一不小心捡到爱

上册

纯风一度 著

青岛出版社
QINGDAO PUBLISHING HOUSE

图书在版编目（CIP）数据

一不小心捡到爱/纯风一度著.—青岛:青岛出版社,2021.7
ISBN 978-7-5552-6975-5

Ⅰ.①一… Ⅱ.①纯… Ⅲ.①言情小说—中国—当代 Ⅳ.①I247.6

中国版本图书馆CIP数据核字（2021）第059246号

书　　名　一不小心捡到爱
作　　者　纯风一度
出版发行　青岛出版社
社　　址　青岛市崂山区海尔路182号（266061）
本社网址　http://www.qdpub.com
邮购电话　18613853563　0532-68068091
责任编辑　李文峰
特约编辑　龚雅琴
校　　对　耿道川
装帧设计　千　千
照　　排　梁　霞
印　　刷　三河市良远印务有限公司
出版日期　2021年7月第1版　2021年7月第1次印刷
开　　本　32开（880mm×1230mm）
印　　张　17
字　　数　340千
书　　号　ISBN 978-7-5552-6975-5
定　　价　65.00元（全2册）

编校印装质量、盗版监督服务电话　4006532017　0532-68068050

目录／上册

目录／下册

序　曲

奇妙的初遇

“我关注你很久了！第一次见面我就喜欢上了你，每天都想看见你，晚上做梦梦到的也是你！我知道自己这么说有点突然，但还是想把心里的话说出来！

“所以，你……你愿意做我的男朋友吗？”

顾安心一打开病房的门，便看到护士正鼓起勇气向一个病人表白，一脸含羞带怯的样子。

非常巧，这个病人就是顾安心一个月前救了的男人。

顾安心看见这一幕，没有急着进去，饶有兴趣地靠在门上打量着二人。

类似的告白，这个月已经发生七八次了。

顾安心想起一个月前自己在户外写生时救了他。当时，他受了伤，浑身是血，五官都看不清楚，哪儿有现在这么受欢迎……

护士此时正紧张呢，一张小脸红到了耳朵根，根本没注意到顾安心。

护士见那个男人一直不说话，更加紧张了：“你怎么不说话？是我太唐突了吗？没关系，我……我可以等！”

这时，被护士表白的男人发现了靠在门上的顾安心，把视线从护士的身上移开，定定地看着顾安心。

顾安心没办法，这才走过去，道："你是等不到他的回答的。"她脸上带着一抹笑意，继续道，"他是哑巴，你不知道吗？"

"什么？"护士震惊地看着躺在床上的那个男人。

他五官英俊，浑身散发着贵族般的气息，这样一个男人竟是哑巴？

"没错，他不但是哑巴，而且可能会全身瘫痪。护士小姐，我知道这是个看脸的社会，但是，你愿意跟一个不会说话的残疾人过下半辈子吗？"

小护士的脸因为害羞变得通红，她确实只是看上了男人的脸。

护士想到自己要跟既哑又瘸的人过下半辈子，内心是断然无法接受的！但是，自己刚刚都深情表白过了，现在怎么收场呢？

护士噘着嘴，瞪着顾安心："你又是谁？在这里指手画脚。"

"我好心提醒你不要跳入火坑，你怎么还怪上我了？"

顾安心话音刚落，床上的男人突然伸手把她拉入怀里，然后温柔地用手给她理了理额前的碎发。

顾安心惊呆了，心想：拜托，你要拒绝别人也不要拿我当挡箭牌啊！

而护士小姐看着眼前这一幕，气得跺了跺脚，瞪大眼睛看着他们："你们两个是什么关系？"

正好这个时候男人的主治医生进来了，看到顾安心，道："顾小姐，你老公今天可以出院了，你在这儿签一下字。"

老公？护士小姐听到这个十分惊愕，脸都绿了。

她看了看顾安心，又看了看床上她喜欢了一个月的男人，迅速溜走了！

"喂，护士小姐！"顾安心的"他不是我老公"六个字还没说出来，护士已经消失了。

主治医生笑嘻嘻地看着顾安心问："又一个被你老公拒绝的？"

顾安心皱眉："韩医生，我跟你说过很多次了，他不是我的老公。"

“行了，小两口吵架很正常，差不多得了。”韩医生看着他们俩摇头道。

顾安心这么一个如花似玉的大姑娘，一个月来天天衣不解带地照顾这个男人，甚至还帮他洗澡。说他们不是夫妻，谁信呢？反正韩医生不信。

顾安心有些无奈，她之所以这么用心地照顾这个男人，是因为他的肩膀上有一个枫叶形状的胎记。

两年前，一位姓白的阿姨救了她一命。

白阿姨人特别好，唯一的心愿就是找到与自己失散多年的儿子。

白阿姨曾对顾安心说：“我这辈子最大的遗憾就是把儿子弄丢了，他很聪明，长得很好看，肩膀上有一个枫叶形状的胎记，但我再也找不到他了。”

“顾小姐？顾小姐？”韩医生见她突然发起了呆，叫了她几声。

顾安心这才回过神来。

白阿姨的话犹在耳畔，无论是从年龄、相貌还是肩膀上枫叶形状的胎记来看，顾安心都觉得眼前这个男人极有可能是白阿姨的儿子。

“好的，医生，我这就收拾东西，带他回家。”顾安心对韩医生说道。

韩医生拍了拍顾安心的肩膀：“这就对了！夫妻间哪有隔夜仇？回家好好过日子。”

顾安心：“……”

韩医生走后，顾安心看着沉默的男人，表情严肃，问：“你叫什么名字？你的母亲是不是姓白？”

男人瞥了她一眼，缓缓闭上眼睛。他马上就要出院了，但什么都不说。

“你不会说话，那会不会写字？或者画画？你写出来给我看也可以！”顾安心不死心地晃了晃他的胳膊。

然而，男人连眼睛都懒得睁开，仰着脸，态度傲慢。

“你！”顾安心快被他气死了，但想起白阿姨，又觉得自己不能不管他。

顾安心没办法，最后还是把这个男人带回了家。

顾安心的房子是租的，简单的一室一厅，面积虽小，但被收拾得十分整洁。

顾安心指着客厅的沙发对男人道："我允许你在我的沙发上睡几天，但你必须尽快找到落脚之处！"

男人仍旧不理她，扫了一眼麻雀虽小但五脏俱全的出租屋，随手拿起桌上的遥控器，打开电视，调到了财经频道。

"最新消息，凌天集团内部今日发生了重大股权变更，三子凌越名下的股份归其大哥凌方、二哥凌胜所有。目前，凌越下落不明，凌天集团人心惶惶……"

男人定定地盯着电视屏幕，默默地握紧了拳头。

他清楚，凌越下落不明的消息是真的，凌方、凌胜霸占了凌越的股权的事情也是真的，因为他就是凌越！

凌越看了一晚上的社会新闻和财经新闻。顾安心没觉得有什么问题，只当这是他的兴趣。只要他不闹出什么事情来，一切就好说。

第二天一大早，顾安心被一阵尖叫声惊醒！

她吓得一个鲤鱼打挺，连忙从床上爬起来，刚跑出房间，便看到邻居唐梦站在她家门口。唐梦正捂着嘴巴，瞪大眼睛盯着给自己开门的男人。

唐梦是来找顾安心的，然而给唐梦开门的却是个男人，而且还是个光着上身、肌肉健硕、长相英俊的男人！

"安……安心姐，他……他……他……"唐梦看了看正穿着睡衣的顾安心，又看了看上身赤裸的男人，一脸尴尬。

显然，这个男人昨晚在安心姐家过夜了！

唐梦还是个大学生，跟奶奶住在顾安心的隔壁，大早上的，哪里受得了这种刺激？

"快穿上衣服，你吓到别人了！"顾安心连忙对凌越说道。

顾安心尴尬死了，翘起的刘海在慌乱之中显得分外好笑，加深了她的窘态。

她不知道这男人竟然有裸睡的习惯！

唐梦看到这种场景，不得不多想。她笑嘻嘻地拉着顾安心，接着挑了挑眉，眼神暧昧："安心姐，他好帅啊，是你的男朋友啊？"

她们关系很好，要是顾安心能找到合适的另一半，唐梦第一个祝福她！

"不是！"顾安心断然否认。但她一时又不知道要怎么介绍这个男人，只能道："我也不知道……"

"不知道？这……"唐梦瞪大眼睛，上下打量着顾安心，"安心姐，我一直以为你是那种保守到骨子里的女人，没想到你这么爱玩！"

这时，凌越已经穿好了上衣，往她们这边看了一眼，然后推着轮椅去了卫生间洗漱。

唐梦刚才只顾着惊讶，这才发觉他是坐在轮椅上的！

她震惊地张了张嘴，然后突然想起什么似的凑到顾安心的耳边道："安心姐，我听说男人如果一方面不行的话，另一方面就会特别厉害。他如果腿不好，那么，那方面……"

"小梦！"顾安心打断唐梦，"你一个小孩子，脑袋里都在想什么乱七八糟的？我就收留他几天，和他什么关系都没有！"

唐梦龇牙笑着，依旧好奇，踮起脚看了看男人离去的方向，说："可是安心姐……"

一个单身女人收留一个大帅哥在自己家过夜，而第二天一早，他们一个光着上半身，一个穿着睡衣，两人还都一副没睡醒的样子……唐梦怎么看都觉得这两个人不像什么关系都没有啊！

"你来找我有事吗？"顾安心立刻转移话题。

唐梦这才想起自己过来的目的，忙说："对，房东昨天过来收房租了，你不在，他让我跟你说一声，20号之前把下个季度的房租打到他的卡里。"

顾安心听到消息，脸色一变。

唐梦瞅了瞅顾安心，问："安心姐，怎么了？有困难吗？"

“没。”顾安心勉强地摇了摇头，“我想起来我等下还要去漫画公司一趟，先不跟你说了。”

顾安心见凌越已经洗漱完出来了，为了避免唐梦再一次语出惊人，连忙把唐梦送走。

唐梦一边往外退，一边笑着对凌越挥手：“帅哥，有空和安心姐一起来串门呀！”

顾安心关上门，靠在门后，觉得压力极大。下个季度的房租……她还真的拿不出来。

如果她没有救凌越，没有给他垫付医药费，那么完全不用烦恼房租的事。可是，在支付完男人的医药费之后，下个季度的房租她实在拿不出来了！

顾安心正担心着，一抬头，视线就跟那个男人撞上了。她这才发现凌越一直在卫生间门口盯着她。

“你看什么啊？！”顾安心的心情更不好了。

她越过他走进卫生间，关上门。

一切都是因为他！

早餐过后，顾安心用手机查了查银行卡里的余额，忍不住叹了口气。

这下，她就算是勒紧裤腰带都过不下去了。

这时，顾安心的身后突然出现一个脑袋，她扭头一看，凌越正盯着她的手机。

“你干吗？吓死我了！”她被吓了一跳，反应过来后连忙把手机屏幕挡住！她也是要面子的好吗？银行卡里才几百块，怎么好意思被人看到？

凌越慢慢地把视线从她的手机屏幕上移开，低头沉默了片刻，推着轮椅出去了。

顾安心白天要去漫画公司上班，离开前嘱咐凌越：“你待在家里别出去，如果我中午没回来，就给你叫外卖。”说完便走了。

凌越看着顾安心离去的背影，身子缓缓地靠在轮椅的椅背上，眉头微蹙。

外面下了一天的雨，顾安心晚上才回来，觉得有些疲惫。

她刚放下包包，还没来得及喘口气，便看到茶几上放着一个大箱子。

家里面积小，顾安心一向收拾得很整洁，桌子上突然多出来个大箱子还是很显眼的。而且，这个箱子看起来十分高档。

“什么东西？”顾安心有些好奇，打开了箱子。

看到里面的东西后，顾安心突然瞪大了眼睛，因为太过震惊，连忙缩回了手，却不小心将箱子打翻在地，一摞又一摞粉红色的钞票散落一地！

顾安心盯着那些钱，惊讶得半天都回不过神来。

天哪！这是一箱钞票？

顾安心揉了揉自己的眼睛，在确认不是自己眼花之后，紧张地在箱子前踱步，大脑飞速地转动起来。

家里除了自己，只有那个男人在，这钱肯定是他的。可是，他一个来历不明、既哑又瘸的残疾人，上哪儿弄到了这么多钱？

顾安心回来后就没有看到那个男人，阳台上没有，卫生间没有。最后，她打开卧室的门，发现他竟然躺在自己的床上。

“喂，你醒一醒，怎么睡到我的床上去了？”顾安心走过去抓住凌越的手臂晃了一下，却在触碰到他的那刻被吓到了。

他的体温出奇地高！

“你发烧了？”顾安心顿时慌了，连忙伸手摸他的额头。

凌越真的发烧了。

顾安心好不容易把他喊醒，他却只微微睁眼，看了她一眼之后又闭上眼睛，精神状态很差。

“你还好吗，怎么会突然发烧呢？还有，客厅里的钱是怎么回事？是不是有谁来这里了？”

顾安心的心里有一堆问题，但无论她问什么，那个男人都不搭理她。他皱着眉头，仿佛是在告诉顾安心，自己现在需要休息，让她不要吵。

顾安心想带凌越去医院，但他死活不去。没办法，她只好出去给他买药。

顾安心匆匆买了退烧药回来，烧了开水喂凌越吃药，不停地给他换湿毛巾、喂他喝水，一直忙到后半夜。凌越的烧渐渐退了，而顾安心则累得站都站不起来了。

她看了一眼客厅内的银色箱子，对着正躺在床上安心地熟睡着的男人说："要是你明天还不说这钱是从哪儿来的，我就把这笔钱上交给国家！"顾安心说完便趴在床边睡着了。

次日，叫醒顾安心的不是清晨的闹钟，而是香肠焖饭的香味。

顾安心摸着肚子在床上翻了个身，迷迷糊糊地吸了吸鼻子。

她觉得兴许是自己闻错了，没人下厨，家里怎么会传来香肠焖饭的香味？她这样想着，又睡了过去。

过了一会儿，香肠焖饭的香味实在太过浓郁，饥肠辘辘的顾安心再次醒过来了。

她先伸了个懒腰，然后睁开眼睛。

突然，一双目光深邃的眼睛映入眼帘，顾安心啊了一声，吓得立马从床上坐了起来，惊魂未定地看着眼前的男人。

他有病啊？喜欢看别人睡觉？

凌越见顾安心彻底醒了，转身走了。这个照顾了他一整晚的女人睡觉的时候其实很温顺乖巧，不过这句话他没说出口。

凌越打开电视看新闻，薄唇紧抿。

"凌天集团已经完成了内部股权变更，凌越彻底失去凌天集团继承人资格，一直没有现身，不知……"

顾安心一大早被人吓醒，很不自在，慢慢地从床上下来，准备去洗手间洗漱、换衣服。

她跑到半路突然停了下来，回头问他："你退烧了吗？"

男人把视线从电视机上移开，冲她点了点头。

“哦，那个……香肠焖饭是你做的吗？”顾安心又问道。

男人再次对她点了点头。

“香肠你是从哪里弄来的？”顾安心记得家里没有香肠。

这时，男人突然看着她皱了皱眉，目光冷峻。

顾安心咂了咂嘴，他这副表情，明显是嫌弃她问题太多了，打扰他看电视了。

“真傲娇。”顾安心哼了一声，转身去洗漱，心想：幸好他会做饭，不然真是一个优点都没有。

香肠焖饭的味道非常好，顾安心惊讶之余没忘记正事，在男人面前坐好，拍了拍那个大箱子问：“这是你的东西吗？”

男人往椅背上靠了靠，用手指敲着轮椅的扶手，姿态优雅，没有回答她。

顾安心看到他这个样子，急了，猛地站了起来：“你发烧是因为出门淋雨了吧？你该不会是去抢钱了吧？这是谁的？你快告诉我，我赶紧帮你还回去，这样你还不至于吃官司！”

男人险些被她气笑了。抢钱？这么点钱他有必要抢吗？

顾安心以为他是默认了，紧张地围着箱子走来走去。

顾安心下了决心，咽了口唾沫，说：“你要是不说，我就把钱送去公安局！反正，我家里不能有来历不明的钱。”

顾安心说着真的把箱子提了起来。

“这钱是我的。”男人突然回答她，嗓音有些嘶哑。

砰的一声，箱子再次摔到地上了。顾安心极度震惊，没拿稳箱子。

她瞪大眼睛盯着眼前的这个男人，惊讶地问：“你……你……你会说话？”她认识这个男人一个多月了，他一句话都没说过，顾安心真的以为他是个哑巴。

男人没有回答顾安心，而是扬起笑脸道：“钱的来路明着呢，以后，我可以养你。”

他的声音其实很好听。他低沉的声线、俊朗的脸，配上这句承诺，足以让天底下所有的女人尖叫。

顾安心一时消化不了：“你是什么意思？”

男人轻笑了一声，看着那箱钱道：“这钱归你支配，我需要继续在你家住一段时间。”

顾安心回过神来，瞪着这个男人，有很多很多问题想问他，比如“你之前为什么不说话”“这些钱是从哪里弄来的”“你为什么要继续住在我家”。

然而，顾安心刚张嘴，还没问出来，男人便抬头盯着她，冷冷地说：“我不喜欢话太多的女人。”

“可是你既然能说话，至少该告诉我你是谁、叫什么名字！”顾安心从来没见过这么嚣张的男人，敢情他之前不说话，是因为他不屑于跟她说话？

沉默，沉默，还是沉默。

良久，他终于开口道：“你可以叫我三哥。”

第一章

/

跟他同居了

其实，凌越没打算跟这个女人有太多瓜葛，之所以不说话，正是不想跟这个女人解释太多。他现在只想找个隐蔽的地方，安全地度过一段日子，就比如顾安心的这个小出租屋。

“你只剩700块了，还要把我的钱上交给国家，是打算以后让我跟着你喝西北风吗？”凌越用一种看白痴的眼神看着她。

凌越见过太多见钱眼开的女人，那些女人看到一箱钞票摆在家里，第一想法往往是据为己有。他本以为顾安心跟那些女人差不多，没想到她居然要把钱上交给国家！

而且，她显然不是在开玩笑！

“三哥？”顾安心摊手，这算什么称呼？“你不能告诉我全名吗？你姓甚名谁？家人在哪儿？我算是你的救命恩人，你就算不报答我，让我救个明白总行吧？”

凌越摇头，目光深邃得让人难以捉摸，缓缓开口：“我没有家人。”

“这怎么可能呢？你……”

“我说过我没有家人！”凌越再次大声地重复了一遍。

顾安心愣住了，白阿姨的儿子在很小的时候就和白阿姨分开了，不记得妈妈或者后来有了新妈妈也说不定。

他这么排斥提起家人，顾安心根本问不出什么，只能暂时作罢："可是你既然有钱，就去找个大点的房子住吧。我家太小了，而且我们住在一起也不方便。"

说到这里，她小脸泛红。那天早上的场景，她现在想起来还是觉得尴尬。

"我需要有人照顾。"凌越断然拒绝了她的提议。

"我不是你的保姆，而且也不想当保姆。"顾安心不赞成他的说法。

凌越看向那笔钱："你现在缺钱，不是吗？"他露出一副"你照顾我，我就把这些钱当工资付给你"的表情。

"你！"顾安心猛地被他戳中心事，无话可说。她最近之所以早出晚归，正是想再出去找一份兼职。

她是职业画手，下个月中旬才能拿到稿费，必须想办法解决当前交不出房租的问题。

凌越扬起嘴角，知道她动摇了，定定地看着她，等着她的答案。

"好吧。"顾安心最终被现实打败了，做保姆就做保姆吧，反正自己现在也不忍心赶他走，"但是你必须告诉我这钱是从哪里来的，我不收来路不明的钱。"凌越被她救起的时候连衣服都是破的，怎么可能有这么多钱？

"这里面一共有 30 万元。"凌越道，"是我最后的积蓄，是合法财产，你不用怀疑。"

最后的积蓄？也就是说凌越把全部的财产都交给她了？顾安心想到这儿，顿时有些手足无措。

"我需要一部手机、一台手提电脑，晚饭之前你买好放到我面前。"凌越立马把她当成保姆使唤。

顾安心听到他这种命令式的话语，刚想发怒，但又想了想那笔钱，最终接受了现实。

她撇撇嘴："是，三哥，你有钱，买什么都行，但是这是你的全部身家，如果没有必要还是不要浪费钱了。你买手机和手提电脑干什么？"

30 万对他这样一个腿部残疾、没有收入的男人来说，并不算是巨款。他的下半辈子都要靠这 30 万，顾安心觉得自己还是有必要提醒他不要挥霍的。

凌越沉默了一下，然后道：“玩游戏。”

顾安心特别无奈：“你现在没有劳动能力，以后就只有这 30 万了，你可是要用这笔钱生活好几十年的！”

这男人想提前把钱挥霍光然后去流浪？

然而，凌越给了她一个不容置疑的眼神，说：“马上去办！”

“我……”顾安心还想劝几句，陡然间被凌越瞪了一眼，顿时脊背发凉，被他震慑住了。

他这么一个没有工作能力的残疾人，气场竟然这么强？！

“行吧！”顾安心转身拿了钱，出门给他买电脑和手机，反正这也不是她的钱。

“买最好的。”凌越补充道。

顾安心默默地翻了个白眼。他不就有 30 万吗？现在弄得跟暴发户似的。

顾安心出门时正好撞见唐梦。唐梦见了她，拉着她一脸暧昧地说：“安心姐，他还在你这儿吧？”

顾安心不知道该怎么解释。之前她跟唐梦说三哥只在她家待三天，但现在不同了，三哥在没找到新住处之前会一直待在她的家里。

唐梦见她不说话，笑了一声：“安心姐，他对你那么好，要不你就跟他交往试试？”

“对我好？”顾安心尴尬极了，他整天板着一张臭脸，还使唤她做这个做那个，哪里对她好了？“小梦，你说梦话呢？”

“咦？他从我家拿走了香肠，难道不是给你做饭去了？”唐梦挠了挠头。

顾安心恍然大悟，原来香肠是这么来的啊……

不过她还是要否定唐梦的说法：“小梦，你别胡说了，他一个身份不明的残疾人，我不会跟他扯上任何关系的。”

唐梦听顾安心这么说，点点头道：“安心姐，你小心点也没错，其实我看到你家那个男人总觉得面熟，好像在哪里见过，但是又想不起来了。”唐梦朝门内看了看，随后凑到顾安心的耳边小声道，“反正你要小心，这种来历不明的人，说不定是某个登过报的诈骗犯！”

“咋咋呼呼的。”顾安心笑着拍了拍唐梦的脑袋，“诈骗犯倒是不像，不过你要是真的觉得他眼熟，就帮我仔细想想，我还是希望他能早点回家。”

唐梦点头：“行，我一定认真想，真的好像在哪里见过他。”

顾安心只是笑笑，压根儿就没抱什么希望，毕竟唐梦是个花痴，只要见到帅哥就觉得眼熟。

其实三哥只是单纯地失忆了，或者离家出走了吧？顾安心摇了摇头，不再多想，出门去了。

顾安心不知道的是，她刚走没多久，家门口便出现了一个女人。

女人长相美艳、气质干练，打扮精致、一丝不苟，敲响了顾安心家的门。

凌越打开门，看到门口的女人时并不意外，脸上没有太多表情，薄唇微启：“你来得很快，Alice。”

这个叫Alice的女人看见凌越之后瞳孔明显放大，有些激动，但长久以来的职业素养让她很快镇定下来。

Alice警觉地看了看周围，迅速进去并且把门关上。

“先生，您怎么在这儿？我们都以为……”Alice说到这里不再继续说下去了。

“你们都以为我死了？”凌越微微挑眉问。

“我找了您一个月，没有发现您的任何踪迹。您既然活着，为什么不早些联系我？现在您旗下的产业全成凌方和凌胜的了。”Alice既激动又着急。

凌越的脸上突然浮现出一个意味深长的笑容。他看了一眼窗外，冷静地道：“只要我还活着，任何时候都不晚。”

Alice听到这话，眼睛亮了起来。

当了三年凌越的特别助理，Alice非常清楚，这个被媒体评为商业天才的男人言出必行、有仇必报！

Alice很快从“凌越还活着”的惊喜中冷静下来，环顾了一下屋内，正要说话，却被凌越打断。

“你把私人号码留下就可以走了，我还要在这里待一段时间。这段时间你不要来找我，我会在适当的时候联系你。”凌越很清楚自己接下来的路该怎么走。

Alice信任凌越，没再说话。

她仔细观察了这个房间，所有的家具都是旧的，就连凌越坐的轮椅都是二手的。房间虽然被收拾得还算干净，但是通风条件差、面积小、杂物多，看着十分拥挤。Alice不敢相信一向对生活品质要求极高的凌越竟然要继续住在这里！

“先生，如果您需要空间做一些准备工作，我可以给您找一个安全舒适的房子，这里……”Alice还是没忍住，嫌弃地道。

凌越的成长环境中虽然充满了竞争与阴谋诡计，但他在物质上拥有的从来都是最好的，不会习惯在这么艰苦的环境中生活的。

“这里很好。”凌越直接打断Alice。

凌越向来说一不二、极有主见。Alice自知说服不了他，只好作罢。

房子里有不少女性用的生活物品，Alice意识到这点后，满脸不可思议，boss（老板）跟女人同居了？这也太令人震惊了。

Boss从未谈过恋爱，一直认为娇滴滴的女人最麻烦，比起爱情，更在意地位和权势。这样的他怎么会……

不过就算再好奇，Alice也不会问出来。她清楚自己只是凌越事业上的左右手，不该也没必要过问凌越的私生活。

Alice转身准备离开，突然听到凌越说：“禁止你调查她。”

Alice一愣。为了确保凌越的安全，她确实萌生了要调查这间房子的主人是谁的念头，没想到直接被凌越制止了。

凌越在保护这个女人！

Alice迅速低下头：“是，先生。”

顾安心拿着新手机、新电脑回来的时候凌越正在客厅里看电视，这次他看的不是新闻，而是一档关于计算机程序专利的访谈节目。

凌越看得很认真，但顾安心看了很久都没看出来这档节目到底有什么意思。

她把电脑和手机放到他面前说："三哥，给你买好了。"

"嗯。"凌越的视线没有离开电视屏幕，"拆开，开机，我现在要用。"

顾安心看着他的侧脸磨了磨牙，他是腿伤了，又不是手伤了，还真使唤她上瘾了啊？

但是想到他们之前达成了协议，以及他确实有些可怜，顾安心还是照做了。

凌越拿到电脑后立刻下载了一个英文软件，软件的名字很长，顾安心没看懂，也不知道他到底在干吗。

凌越打开软件后，便开始专注地敲代码，随后突然转身看向盯着自己的顾安心，说："去做饭。"

顾安心连忙收回视线："哦……你这是在干什么？"

"一个游戏。"凌越低声回答她。

顾安心就知道他不会干什么正事，完全不理解男生为什么会沉迷于那些无聊的游戏。

凌越瞥见顾安心走开了，静下心来，盯着眼前的电脑屏幕。

刚刚电视节目里的那项计算机程序专利本来是他的，但目前被凌方占为己有，而且凌方还说那项专利是自己发明的！

凌越的眼睛里有怒意，他不可能让自己的仇人成为自己的成果的受益人，现在便要利用这台电脑毁了自己亲手搭建了几个月的数据库！

厨房里的顾安心完全不知道此刻的凌越已经化身为"小恶魔"了，只当他是个爱玩游戏的宅男。

顾安心再次出来是因为电视机里传来了尖叫声。

"怎么回事？计算机专利程序崩了？导播，插广告！快！"电视机里的女主持人突然慌张地说道。

顾安心从厨房出来，疑惑道："啊？节目里发生什么事了？"

"谁知道呢？"凌越松了一口气，啪的一声合上电脑，愉悦地看着电视机里一脸慌张的女主持人以及一脸错愕地坐在嘉宾席上的凌方，也就是凌越的大哥。

“哇！”顾安心看了一眼，立刻就明白主持人为什么要尖叫了。

主持人当时正在展示一个高科技程序，但展示到一半，屏幕上突然出现了一幅裸女图，还是尺度特别大的那种。

节目很快切换到了广告，顾安心问：“他们这是被黑客攻击了吧？”

这话顾安心当然是跟凌越说的，屋子里没有其他人。

凌越本来没有闲聊的习惯，转头却看到顾安心兴趣盎然地看着电视，显然她觉得刚刚那个“播出事故”很有意思。

顾安心很少像现在这样笑，凌越认识她这一个多月以来，见过她为生计发愁，为交稿焦虑，还从来没见她这么笑过，她笑得让人……不忍心拒绝跟她闲聊。

“攻击的人不一定是黑客。”凌越道。

黑客是一个相对贬义的概念，凌越并不承认自己是黑客。他刚刚只是在毁掉自己的东西而已，这并不犯法。

听到他这么说，顾安心点头道：“你说得也是，电视里的那个人应该是凌天集团的长子吧？他们凌家发展得这么快，肯定触及了很多人的利益。喝人血的事情做多了，难免被人报复，这些人并不值得同情。”

“哦？那么在你看来，凌家没有好人？”凌越微眯着眼睛，有些不高兴。

顾安心虽然发现他的眼神不太对劲，但还是点点头：“他们家个个含着金汤匙出生，嚣张惯了，想来也从来不会在意一般人的感受。”说到这里，顾安心顿了顿，不打算继续说下去了，“算了，反正我跟凌家人不会有任何交集，讨论这个也没意思。”

顾安心说完转身去厨房炒菜。

“你确定？”凌越轻笑了一声。

“确定什么？”顾安心回头，却发现他又打开了电脑，在玩那个她看不懂的“游戏”，仿佛刚刚什么话都没说。

难道自己刚刚幻听了？顾安心揉着脑袋想了想，转身进了厨房。

第二章

／

恋爱的滋味

晚饭后，顾安心推着凌越下楼，医生说他需要呼吸新鲜空气。

尽管他十分不乐意还摆着张臭脸，但为了他的身体考虑，顾安心还是带着他去楼下待了半个小时。

大城市里人们忙碌而冷漠，顾安心在这里住了两年，除了唐梦和唐奶奶，就不认识其他人了。当然，这样也就不会有人讨论她和一个陌生的残疾男性同居的事，所以顾安心放心大胆地把凌越带出来了。

他们快要回去的时候，碰到了唐奶奶。

“唐奶奶。”顾安心刚跟唐奶奶打了个招呼，便被她一把拉到旁边。直到离凌越远一些了，唐奶奶才道：“安心啊，小梦说你交了个男朋友，就是他吗？”

顾安心摇头：“奶奶，您别听小梦胡说，他不是我的男朋友。我救了他一命，他现在暂住在我家。”

“他不是你男朋友？那就好。”唐奶奶突然松了口气道，“今天上午你出门之后，我看见一个女人进了你家，是那个男人开的门。那女人可厉害了，长得漂亮，身材好。如果他是你的男朋友，我就要提醒你了，你把他养在家里，说不定他从外面还给你带回来一个！”

“奶奶，您说什么？”顾安心从唐奶奶的话里抓住了重点，“您说今天有人来找过他？”

唐奶奶点头：“是啊，那个女人在你家待了半个小时才走，而且走的时候还依依不舍的，我看他们的关系不简单啊。”

顾安心愣住了。若不是唐奶奶跟她说，她还以为凌越是个没有朋友、没有家人的可怜虫。

有人来找他，这件事他为什么不跟自己说？

一回到家，凌越便打开电脑，玩她看不懂的“游戏”。

顾安心等了许久，见他一点要跟自己坦白的意思都没有，没忍住，直接走过去，啪的一声合上他的电脑。

“三哥，我们需要谈谈！”

凌越正在研究一个极其复杂的项目，突然被顾安心打断，而且还是以直接关他的电脑的方式，瞬间变了脸色，眼神冰冷地看着顾安心。

他是一个工作狂，从来没有人敢在他工作的时候这样！

“你关了我的电脑！”凌越见顾安心还没意识到错误，生气地提醒她。

顾安心撇了撇嘴：“不就玩个游戏吗？任何时候都能玩！我现在就想问问你，今天是不是有人来找过你？”

他扫了一眼顾安心白皙的脸，这些日子她照顾自己的画面一幕幕浮现在凌越的脑海里。很奇怪，刚刚被她关掉电脑的恼怒感瞬间烟消云散了。

凌越收回视线，重新打开电脑。

他并不想跟她讨论 Alice，这是他的私事。

“这么说是真的了？”见他没否认，顾安心愕然，上前一把拽住他，“要不是唐奶奶跟我说，我还不知道。你老实告诉我，你是不是离家出走故意不回家？今天过来的女人是谁？她是你女朋友还是你老婆？”

顾安心质问他的时候靠得极近，脸颊因为着急而微微涨红，看着很可爱。

她抿着嘴唇，与其说是咄咄逼人地质问他，倒不如说是……听说有女人来找他，心理不平衡。

凌越伸出手指，鬼使神差地轻轻抬起她的下巴。

两人近在咫尺，凌越能看到顾安心瞳孔中的自己。

这个女人最大的优点就是拥有一双明亮的眸子，眼神清澈得像从深山中逃出来的精灵。

凌越第一次发现，顾安心竟如此耐看。

顾安心被他突如其来的动作弄得一愣，水汪汪的大眼睛更是直勾勾地盯着凌越，视线向下，移到凌越玫瑰色的唇瓣上。

顾安心突然有一种想咬他一口的冲动。果然，孤男寡女共处一室，是要出问题的。

顾安心觉得自己疯了，竟然会被眼前这个人散发出来的男性魅力吸引！如果凌越知道她刚刚有亲吻他的想法，应该会不乐意吧！

顾安心回过神来，赶紧打掉凌越捏着她的下巴的手："你干什么？我……我在问你话呢，今天过来的女人……"

顾安心的脸更红了，她已经不清楚这么做到底是在质问他，还是在质问自己了。

"我没有女朋友，也没有老婆。"凌越回答得干脆。

但是这是什么答案？他还是没说清楚今天来的女人到底是什么身份。

顾安心为了掩饰因暧昧的气氛而涨红的脸，找了个距离凌越最远的位置坐下，道："我不知道你跟你的家人之间发生了什么，让你对他们避而不谈。但如果他们还爱你的话，请你一定要珍惜，不要等到失去了才后悔。"顾安心说这话的时候，眼里闪过一丝落寞之色。她看似在劝说凌越，实则吐露的是自己的心声。

凌越转头认真地看着她。顾安心的人生似乎并非是一帆风顺的，她的心里藏着事。

顾安心见凌越一直沉默，皱眉道："不说算了，你爱怎么样就怎么样吧。"她起身准备离开，"我去洗澡睡觉了！"

她不想管他的事了，也不想知道白天突然到访的漂亮女人到底是谁了。

突然，顾安心的手臂被凌越抓住，凌越用力地将顾安心往他这边一拽。毫无防备的顾安心陡然失去重心，直接倒在了凌越的怀里……

顾安心一抬头便对上他的视线。

“你有病啊！”看着他的脸，顾安心没来由地有些紧张，连说话的声音都变了。

“她叫 Alice，是我的朋友。还有，我没有爱我的家人，所以不会后悔。”凌越正色道。

顾安心惊觉，原来他是拉自己回来解释的，又想起自己刚刚还不耐烦地跟他说了那些话，顿时有些尴尬。

“三哥，我不是……”

顾安心正要挣脱起身，凌越却突然伸手搂住了她的腰。

凌越的男性气息瞬间扑面而来，如果说两人刚刚拉拉扯扯已经超出朋友间的界线了，那么现在的拥抱简直就是犯规!

凌越搂着她的腰，她身上甜美的气息钻进他的鼻子里，也钻进了他的心里。他的眸中染上了一抹火红，只差一步便要熊熊燃烧。

气氛突然变得微妙起来，顾安心觉得既陌生又害怕，本能地抓紧了凌越的手臂，却发现自己这样做反而让气氛更暧昧了连忙松开手。

凌越拉着她的手缓缓贴近自己的身体，使她隔着衣服摸到了自己结实的肌肉。

随后，凌越满意地盯着顾安心通红的脸，薄唇微启:“要不咱俩一起洗？”

顾安心听到这句话，如梦初醒，猛地推开凌越站了起来，动作大到凌越连人带轮椅往后退了好远。

“你胡说什么呢？”顾安心吼道，瞬间满脸通红，不知道该将视线落到哪里，也不知道自己到底该不该看凌越。她觉得自己一定是走火入魔了，竟然会被他诱惑!

不得不说，凌越五官立体，还有结实的八块腹肌，确实很有吸引力。

“都是成年人，如果需要，可以各取所需。”相比顾安心的局促，凌越显得风轻云淡。

暧昧的气氛被凌越这极其现实的一句话打破了。

顾安心迅速恢复正常。原来，他刚刚之所以这么做，只是想要满足自己的生理需求。

男人的思维其实很简单，凌越更是简单得霸道。无论是生理上的还是心理上的，他如果有需求，便会直接提出。

然而顾安心是个漫画家，骨子里或多或少有些浪漫主义情怀，不会因为单纯的生理需求而跟某个男人不清不楚。

“自己洗吧。”顾安心低声说完这句话便迅速回房间了。

凌越发现顾安心的情绪瞬间变了，开始思索自己刚刚说的话是不是有不妥之处，莫名地有些后悔。

其实就连凌越自己也不知道为什么会对顾安心产生别样的情愫，刚刚顾安心躺在他的怀里时，他没来由地有一种冲动，并将这种冲动归结为单纯的生理需求。

但是，顾安心显然很不喜欢这种说法。而且，她回房间的时候明显很不高兴。

哄女人是一件复杂、困难的事情，凌越以前从未尝试过，这种事也不适合他做。

但是凌越看着顾安心紧闭的房门，沉默了片刻，还是过去敲了敲门。

“什么事？”顾安心在房里喊道，语气不太友善。

“你出来照顾我。”凌越本来是想跟她好好说话的，但是一张嘴便习惯性地以命令的口吻说出这句话，就连他自己都觉得不可思议。

“滚！”顾安心听到这句话，更生气了。顾安心觉得这个男人太无耻了，先是突然对自己说那些露骨的话，之后还让自己去伺候他？他当自己是什么啊？床伴加保姆吗？

凌越皱眉，敢让他滚的人，顾安心是第一个。

他本来应该很愤怒，现在却一点也愤怒不起来，只是死死地盯着房门。

半个小时后，顾安心打开门出来洗漱，觉得这个时候凌越应该已经睡了。然而她打开门后吓了一跳，凌越居然抱着笔记本电脑坐在她的房间门口。

见她开门出来，凌越立即抬头盯着顾安心。

“吓死我了，你坐在这儿干什么？”顾安心在房间里生了半天闷气之后，情绪稍微稳定了些。

凌越作为一个男人，对女人有生理需求很正常，他只是诚实地说出来了而已。顾安心摸着自己的良心，觉得自己不该欺负一个残疾人，即使这个残疾人很无耻。不过，她并不是一个随便的女人，所以即使气消了，对他的态度也不如之前好了。

凌越合上电脑，揉了揉眉心，有些疲惫，用嘶哑的嗓音道：“你出来了？我还没有洗澡。”

顾安心皱眉道：“你刚刚拉着我的时候明明力气那么大，自己洗澡应该没有太大的问题吧？”

凌越双眼微眯：“我想我已经给你付过保姆费了，这是你应该做的。”

两个人视线交错，互不相让，一时间甚至能看到火花从眼睛里蹦出来。

“算了。”比气场，顾安心终究还是比不过凌越，只能败退下来，认命地推着凌越往浴室走去。

进浴室前，顾安心回房间取了墨镜戴上。虽然顾安心每次只是帮凌越递东西，辅助他，并没有真正地接触他的关键部位，但还是怕看到什么不该看的东西。

凌越洗到一半，顾安心的手机铃声突然响了。

顾安心就像听见了救命音符一般，迅速逃离浴室，一边往外面跑一边道：“我去接个电话，有人找我，可能有急事。”

凌越还没来得及阻拦，她就一溜烟地跑出去了。不过，看着顾安心那副慌慌张张的样子，凌越不禁觉得好笑。

“明天我会去的……不用了吧……不用了，我自己能过去，谢谢你……好，再见。”

房子面积小，隔音效果也不好，顾安心在客厅接电话，通话内容被凌越听得一清二楚。

凌越从浴室出来的时候，正好看到顾安心在收拾东西，身旁放着一个背包。

“你要去哪里？”凌越假装漫不经心地问了一句。

顾安心没看他，把毛巾和登山杖放进背包里：“忘了跟你说，明天我们漫画公司组织员工去爬山，我很早就要出发。冰箱里有食材，你会做饭，自己做吧。”

顾安心想起他之前做的香肠焖饭，香喷喷的，好吃到她当时连吃了两碗。以凌越的厨艺来看，他一个人在家待十天半个月都没问题。

凌越沉默下来，没表态，只是擦头发的手停了下来：“你过来给我擦头发。”

顾安心不耐烦地看了他一眼：“自己擦一下，我还要准备明天要用的东西呢，没空。”

顾安心刚刚忙着跟他生气，差点忘了自己明天要去登山，现在才匆忙地收拾起东西来。

凌越有些不爽，以往接触的那些女人都听话得很，顾安心却一而再再而三地拒绝自己。

顾安心见他不说话了，转头看了他一眼，以为他下一秒就会发难，给自己脸色看，没想到他这次竟然微微仰了仰下巴，然后低头继续擦起了头发。

顾安心有些惊讶，看来，这个三哥有时候也没那么难伺候。

凌越想的却是，让她这一回！而且，这种顾安心在他面前忙碌、抱怨的场景，给了他一种家的安定感。这种安定感，在他看来是很奢侈的东西。

第二天一大早，顾安心为了不吵醒凌越，蹑手蹑脚地出门了。

“顾安心，这边。”

顾安心一出门便听到有人在喊她，转身一看，竟然是漫画公司的副主编陈龙飞。

“陈主编，您怎么在这儿？”顾安心很讶异。

陈龙飞笑了笑，抓了抓修剪整齐的短发：“单位这不是组织活动吗，我正好路过这里，听说你住在这边，就顺道过来接你一起去。”

顾安心哑然，她不是傻子，陈龙飞最近在滨江那边买了房子，而滨江和她家根本就是两个方向，这算顺路吗？顾安心又想到最近陈龙飞一直对她照顾有加……这才惊觉，难道陈主编一直在对自己示好吗？

陈主编今年刚好 30 岁，长相普通，身材普通，去年离异，据说他的上一段婚姻只维持了一年。顾安心一直只把他当作领导，从来没往那方面想过。

顾安心正想着，陈龙飞已经朝她走了过来，伸出手揽了揽她的肩膀：“走吧。”

顾安心吓了一跳，连忙后退了几步，和陈龙飞保持一定的距离，笑道：“不用了吧，陈主编，您也挺忙的，我自己坐车过去就好，又不远。”

“小顾啊，我来都来了，你总不会让我开辆空车回去吧？而且时间要来不及了，大家都等着我们呢。”陈龙飞笑着看她。

顾安心不说话。

“上车吧，我又不会吃了你。”陈龙飞主动给顾安心打开了车门。

陈龙飞是她的上司，而且都到她家门口了，她确实很难拒绝。顾安心虽然不太愿意，但还是半推半就地上了车。

陈龙飞的车很快从小区楼下开走，但是顾安心不知道的是，楼上有一双眼睛一直在盯着他们。

凌越目睹了顾安心被陈龙飞带上车的全过程。在凌越看来，那个小老头似的男人压根儿配不上顾安心。看着陈龙飞的车消失，凌越扶着轮椅的手紧了紧。

× × 山。

顾安心很久没出来运动了。自从捡到凌越，她就过上了保姆一般的生活。其实有时候顾安心也会为自己感到不值，因为凌越看起来并不是一个很懂得感恩的人。

“安心，你的电话又响了。”陈龙飞提醒顾安心。

"哦，好。"顾安心连忙停下脚步拿出手机，看到来电显示的时候皱了皱眉，这已经是三哥今天打来的第八个电话了，他的事真够多的。

"顾安心，盐在哪里？"电话那头的凌越道。

"不是跟油在一起吗？你刚刚还问我油在哪里呢，盐就在旁边啊。"顾安心觉得今天的凌越仿佛一个智障青年。

"哦，你什么时候回来？现在在哪里？"凌越又问道。

"晚上回去，一会儿还要聚餐呢，你刚刚已经问过一遍了。我现在在半山腰，没事挂了啊，挺危险的。"顾安心没等凌越再说话，直接挂断了电话。

前面的队伍已经把她甩出去好远了，身边的陈龙飞又一直跟着她，她要是再不快点的话，就要跟陈龙飞单独爬山了。想到这里，顾安心加快了脚步。

陈龙飞笑了笑，看了一眼她的手机："谁的电话？男朋友查岗吗？"

他是故意这样问的。他确实对顾安心有那种意思，但还需要确定顾安心是否单身，好决定要不要更进一步。

顾安心被他问得有点烦了，突然很想告诉陈龙飞：是的，刚刚就是男朋友打来的电话！

但是顾安心是个不擅长说谎的人，眼看错过了说谎的最佳时机，只能摇头道："不是，是一个普通朋友。"

陈龙飞在听到顾安心说出的"普通朋友"四个字之后，立刻神采飞扬起来，道："这样啊，我听大家说你还单身，还纳闷你这么漂亮可爱的女孩子怎么会没有男朋友，原来是真的。"

顾安心的眉头微微皱起，陈龙飞现在的意思越来越明显了，看来她必须找个机会告诉陈龙飞自己现在还不想谈恋爱。

而顾安心口中的这个"普通朋友"在被挂了电话之后，听着手机里传来的嘟嘟嘟的忙音，心情瞬间糟糕起来。

很好，挂他的电话，从来没有人敢这么做。

凌越突然发现顾安心在自己这里犯了很多个从来没有人犯过的忌讳，包括昨天她还叫他"滚"。

这个女人，胆子真的很大。

其实顾安心也很苦恼，陈龙飞一直在她身边嘘寒问暖，必要的时候伸出手拉她一把，丝毫不在意旁人的眼光，弄得好多同事看他们的眼神越来越怪。

顾安心很尴尬，恨不得现在就跟陈龙飞摊牌。

但是陈龙飞目前又没有明确地表示什么，她突然摊牌会显得很自恋。

“李慧，我们陈主编是不是对顾安心有意思啊？”

休息的时候，顾安心去卫生间，刚要从隔间里出去便听到这么一句话，顿时站在原地不敢发出声音。

“应该是吧，陈主编已经表现得很明显了。”李慧道。

“不会吧，陈主编竟然能看上顾安心？我听说顾安心以前蹲过监狱啊！”

顾安心听到同事说的话，脸色立马变得苍白起来，额头上直冒冷汗。

她瞬间陷入回忆，脚下一软，嘭的一声瘫在地上。

外面的人听到隔间里发出声音，感觉不太对劲，毕竟说别人的坏话时会心虚。她们没想到卫生间里还有人，有些尴尬，立马过来敲隔间的门：“里面有人吗？发生什么事了？”

过了很久，直到外面的人说要找人来撞门，顾安心才从隔间里出来，脸色苍白、面容憔悴。顾安心扫了一眼刚刚讨论她的两个人，没有说话。

说闲话的人连忙上前跟顾安心道歉：“对不起，安心，那件事我是听别人说的，我以后再也不乱说了，你把我刚刚说的都忘掉好不好？”

顾安心没有搭理她们，越过她们走出了卫生间。

之后爬山时，顾安心一直很蔫，虽然她的抗压能力已经被锻炼得很强了，但是这并不代表她听到那种话后还能玩得开心。

下山之后，顾安心也没心情参加他们的聚餐，说要先回去。陈龙飞不放心，执意要送她。

他这个时候的关心之举对顾安心来说是珍贵且难得的，她有一段不算光彩的过去，任何不在乎她的过去、对她好的人都直接被她戴上了圣洁的光环。顾安心盯着陈龙飞："陈主编，你不在乎那些传言吗？"

陈龙飞一愣，他何尝没听说过那些关于顾安心的传言，也是犹豫了很久才决定追求顾安心的。

但听顾安心这么问，陈龙飞挺起胸膛道："我不在乎！"

顾安心的眸子突然湿润了，她努力仰着头，不让眼泪掉下来，转身调整了一下自己的情绪，才回头对陈龙飞道："好，那就麻烦陈主编送我回家了。"

陈龙飞顿时笑得脸上都起褶子了："好，我这就去取车，你在这里等我，我马上就来！"

看着陈龙飞跑去开车的身影，顾安心突然意识到自己已经到了该嫁人的年龄了。也许，她以后会跟陈龙飞这样的普通男人结婚，过着普通的日子。重要的是，那个男人不在意她的过去。

陈龙飞在送顾安心回去的路上一直试图让顾安心开心一点，但很可惜，顾安心只是回以礼貌的微笑，无法真正地高兴起来。

车子停在顾安心家楼下。

"我到了。"顾安心跟陈龙飞道别，下了车。

陈龙飞跟着顾安心下了车："安心，我看你心情不太好，要不我陪你上楼聊聊？"

现代男女快餐式的爱情大家司空见惯，顾安心不知道陈龙飞是不是存着今晚要在她家留宿的心思，只知道自己完全没有那种想法，摇头道："已经很晚了，我也没什么想聊的。"

顾安心这明显是拒绝了陈龙飞的提议，然而陈龙飞还是绕过车头走到了她身边，笑了笑："那你请我上楼喝杯茶总可以吧？我没别的意思，只是想认认家门，你家一定也和你一样让人觉得舒服。你是知道的，我现在是一个人，回去也没什么事做，很无聊。"

陈龙飞一下子说出这么多让人难以拒绝的理由，顾安心觉得，如果三哥没在家的话，她也许真的会考虑一下，毕竟陈主编看起来不像坏人。但是此时家里有那样一个处处挑剔、脾气还不算好的男人，顾安心是绝对不会让陈龙飞上楼的。

顾安心坚决地拒绝了陈龙飞，陈龙飞虽然无奈，但也只能说："没事，那下次等你愿意了我再上去看看。"

"嗯。"顾安心点头道。

陈龙飞说要亲眼看着她上楼才放心，顾安心便别扭地在陈龙飞的目送下上了楼。

顾安心打开家门，一道冷厉的目光射过来，凌越盯着她上下看了不下五遍。"你……干吗那么盯着我？"顾安心被他盯得有些局促。

"比我预想的要早。"凌越道。

"嗯，我没参加聚餐。"顾安心放下钥匙，去了卫生间，也没告诉凌越今天遇见的插曲。

但是凌越明显能看出来她心情不佳，一般出去玩了一天的女人回家后不应该是这种闷闷不乐的状态。

外面突然有人敲门。

顾安心在卫生间听到了声音，以为是隔壁的唐奶奶或者唐梦来了，便叫凌越去开门。

凌越慢悠悠地打开门，看见了一个男人，一眼便认出来，正是这个男人早上过来接走了顾安心，还对她动手动脚。

凌越盯着门外的男人，目光瞬间变得凌厉。

就在凌越打量陈龙飞时，陈龙飞也在打量凌越。两个男人在顾安心的家门口对峙了差不多两分钟。

陈龙飞很震惊，顾安心的家里竟然有个男人！更要命的是，这个坐在轮椅上的男人还摆出一副"这是我的地盘"的表情，俨然像在自己家一般。

陈龙飞分明记得顾安心之前说过，她是一个人住的。

"请问你是？"陈龙飞没忍住，先开口问道。

"你又是谁？"凌越没有回答陈龙飞的话，反问他。

陈龙飞本想让对方先表明身份，毕竟是自己先问的。然而凌越就这么冷冷地看着他，带着一种睥睨凡人的强大气场，陈龙飞竟然鬼使神差地胆怯了。

“我是顾安心单位的副主编，姓陈，你好。”陈龙飞先亮明了身份，并且强迫自己礼貌地对待这个男人。万一这个男人是顾安心的哥哥或者亲戚呢？他可不能得罪人家。

“我不是她的哥哥，也不是她的亲戚。”凌越突然道。

他竟然能猜出别人在想什么？！陈龙飞愣了，看着凌越，格外手足无措。这个男人的洞察力也太强了。

这时，顾安心从卫生间出来，本来以为这么晚来敲门的只能是邻居，没想到竟然是陈龙飞！

“陈主编，你不是回去了吗？”顾安心看了看陈龙飞，又看了看凌越，视线在这两个男人之间来回移动。

陈龙飞尴尬地举了举手里的遮阳伞：“安心，你的伞落在我的车上了，我想你应该还没睡，就送上来了，不过好像……不太方便？”陈龙飞看了一眼凌越，话里有话。

顾安心何尝听不出来？但是她一时半会儿无法跟他解释清自己和凌越间的关系。况且，顾安心仍旧心情低落，根本懒得跟陈龙飞解释太多。

“确实不太方便。”凌越替她开口了。

“说什么呢？！”顾安心瞪了凌越一眼，这个人不帮忙解释就算了，还要火上浇油，根本不怕事大。

听到凌越这么说，陈龙飞立刻想歪了，看着顾安心，突然呸了一声。陈龙飞本来就脾气暴躁，只不过善于伪装，一直没表现出来。他的前妻就是因为他家暴而跟他离婚的。

“顾安心，没想到你是这种女人！我就知道在监狱里待过的女人没有什么好东西。你藏得够深啊。家里养着一个男人，竟然还在外面装出一副贞洁烈女的样子，我说你为什么不让我上楼坐坐呢！”

陈龙飞气得嘴都歪了，数落顾安心的时候还不忘往凌越这边瞥了几眼，在碰到凌越刀子般的眼神之后吓得立即收回视线，但很快又重新瞪着凌越道：“看什么看？你一个残疾人，还能吃了我？有本事站起来跟我打一架啊！”

面对陈龙飞的挑衅，凌越目光冰冷，视线挪向桌上的水果刀。正当他伸手去拿刀时，眼角的余光突然瞥见顾安心过分苍白的脸。

她的脸色比方才进门时还要差，她难以置信地看着说变脸就变脸的陈龙飞，说："陈主编，你……你说什么？"

顾安心没想到，之前还信誓旦旦地跟她保证不在乎她的过去的陈龙飞现在竟然会撕扯她的伤口。

顾安心摸着胸口，往事一幕幕在脑海里回放，额头上立马冒出了豆大的汗珠。她艰难地用手掌撑住了沙发才勉强维持身体的平衡。

"你少装了，好像自己有多可怜似的，我不过是说出了事实，你有必要那样？你坐过牢是事实，还不允许别人说了？我算是明白为什么整个单位没人敢追你了，顾安心，你就是个心理阴暗、私生活混乱的女人！"

陈龙飞感觉自己长久以来的努力白费了，狭隘地想用言语为自己讨回些公道。此外，他为自己竟然看上了顾安心这种女人而感到不值。

顾安心的脸色越发苍白，她不甘心地抬头瞪着陈龙飞，眼泪在眼眶里打转。但她早就学会憋回自己的眼泪了，明白以陈龙飞目前在漫画公司的地位，如果自己跟他来硬的的话，陈龙飞能找到一百种理由让她的漫画下架。

"给你三秒钟，从她的眼前消失。"凌越看着顾安心这副委屈的模样，拿起桌上的水果刀。

陈龙飞以为凌越是个待在顾安心的家里吃软饭的残疾人，只是外表看起来有些强势而已，但当他看到凌越拿起水果刀时，立刻惊呆了。

陈龙飞强装镇定，道："笑死人了，一个被女人包养在家的残疾人，以为拿一把水果刀就能吓唬我？"

哐当一声，凌越利落地把刀子向陈龙飞扔了过去，不偏不倚，刺中了陈龙飞的脚指头！

陈龙飞的登山鞋立马被鲜血染红，他痛得当即倒在地板上滚来滚去，鬼哭狼嚎起来。

"杀人了，这里有人杀人了！"陈龙飞从来没见过凌越这种扔刀子的人，现在反应过来后，既害怕又不服。他陈龙飞竟然被一个残疾人用刀子伤了脚！

“你刚才辱骂顾安心的那番话，我已经用手机录音了。如果你继续喊下去，我现在立刻通知警察，让警察过来看看你在别人家做了什么。”凌越盯着陈龙飞低声威胁道，整个人格外强势。

陈龙飞听到他竟然录音了，惶恐之下就要过来抢手机，但是这个时候凌越已经再次举起了一把水果刀。

“你……你……你……好啊，顾安心，你养的男人可真有出息！”陈龙飞知道自己是斗不过凌越的，但是又不肯认输，只能在离开的时候恶狠狠地指着顾安心说道，“顾安心，你给我走着瞧！”

陈龙飞走了。门关上的一刹那，顾安心瘫倒在沙发上，已经没有多余的力气支撑自己了。

凌越坐在她面前，看着她苍白的脸，眉头紧皱。

这个各方面都平平淡淡的女人现在的样子格外让人心疼。她垂着头却还是一脸倔强，让人有一种想为她抚平伤口的冲动。

凌越也确实这样做了。他伸出手，缓缓抚上她的脸。

“交友需谨慎，以后这种人，你不需要跟他多接触。”凌越强迫顾安心看着自己，说这些话也是想安慰一下她。

他以前从来没安慰过人，这种程度已经是极限了。

顾安心透过凌越的瞳孔看到了自己，躲开凌越的手：“你今天是很威风，但你想过我明天的处境吗？陈龙飞回去后会把我的家里藏着一个男人并且私生活混乱的事情添油加醋地传播出去，我在那家漫画公司根本待不下去了。”

顾安心并不是受气包，也想有仇必报，想说什么就说什么，想做什么就做什么。在陈龙飞侮辱她的时候，她甚至有豁出去跟陈龙飞打一架的冲动，但是还是克制住了。她需要养活自己，如果漫画公司跟她终止合作，她将完全失去经济来源。

可是她再克制又有什么用？凌越把陈龙飞彻底得罪了。

顾安心一方面觉得凌越做了自己想做的事情，很感激他；另一方面，她想到即将到来的窘迫境遇，对凌越心存不满，心情很复杂。

凌越见自己帮了她后，她不但不感激，还十分不满，怒气在这一刻爆发出来。

“那么我应该眼睁睁地看着那个男人继续辱骂你，然后看戏一样地送他离开？顾安心，因为你救过我，我才袒护你的，你是否应该反省一下自己对我的态度？”

“我不需要你袒护！”顾安心的情绪在这一刻也爆发了，她看着凌越，后退了一步，“你们男人都是这样，口口声声说不在乎，很快又变脸！我一个人好好的，不需要你袒护我，你走开！”

顾安心的眼睛里没有了往常的神采，仿若一潭死水。

“你干什么？走开！”顾安心瞪大眼睛看着他，明明自己让他走开，他却越靠越近，眼看就要触碰到她了。她后退一步，突然被凌越伸手抱紧。顾安心想要挣脱，凌越却伸手摸了摸她的头。

顾安心一直憋得很好的眼泪瞬间顺着脸颊淌下来，像断了线的珠子，打湿了凌越的肩膀。

凌越觉得自己是疯了才让一个女人把眼泪甚至鼻涕全部擦在他的身上。但很奇怪，面对如此柔弱的顾安心，他并不排斥。

“你真的录音了？”顾安心边哭边问他。

“哪有什么录音？策略而已。”凌越道。

顾安心突然笑了一声，但是片刻后又哭了起来。

顾安心哭了足足二十分钟，哭到最后已经不是单纯地伤心了，变成了发泄情绪。反正她在凌越面前已经没有形象了，索性把长久以来积攒的委屈和压力全部释放出来。

顾安心这一哭，刷新了凌越对女人的认识，原来，女人真的是水做的。

顾安心哭完之后不记得是怎么睡着的，反正一觉睡到天亮。

翌日，醒来的时候，顾安心隐约感觉自己正枕着什么东西，软硬适中，很温暖很舒服。她不记得自己什么时候买了个这么好用的枕头，睁开眼一看，吓了一跳，竟然对上了凌越的眼睛！

这已经不是顾安心第一次在凌越的注视中醒过来了，但是这次跟上次完全不一样，这次他们靠得更近。她的脑袋竟然枕着凌越的腿，除此之外，她的手臂还搂着凌越的腰！

这简直要命！顾安心反应过来，连忙不知所措地起身，看着凌越。

他们刚刚的距离实在是太近了，姿势也很暧昧，她难道是……抱着他睡了一晚上?

“我并没有占你的便宜，是你自己哭着抱住我不放手的，我没有办法。”凌越无奈地说。

“嗯。”顾安心点了点头。她本身缺乏安全感，有抱着东西入睡的习惯，昨晚哭累了便抱着身边的凌越睡着了也是有可能的……

“丑。”凌越突然看着她的脸道。

顾安心皱眉，任何女人听到男人说自己丑都会不开心。

她摸了摸自己的脸，这才惊觉两只眼睛已经肿成灯泡了。一双哭得又红又肿的眼睛，再加上几绺沾在脸上的刘海，自己这个样子确实挺狼狈的。

“不许说女孩子丑！”顾安心低着头警告凌越，随后迅速跑进卫生间。

经过昨晚，两个人之间好像有一种特别的东西在心中萌芽了，导致顾安心现在都不太敢直视凌越。她认为这应该是因为自己被凌越看到了最丑的一面。

早餐过后，顾安心决定去一趟漫画公司，虽然陈龙飞心胸狭隘，应该不会放过她，但该来的总要来。

她觉得自己现在已经有足够的勇气应付陈龙飞了，就算他把她的漫画下架了，她也认了，大不了解约后重新找一家漫画公司投稿。

“我出去了，冰箱里有些菜。如果你不想吃，可以点外卖。”顾安心临走前对凌越嘱咐道。

凌越抬起头目送她：“自己小心，有问题允许你向我求助。”

顾安心笑了，知道这是不可能的，她就算要求助也不会找他。

但顾安心还是点点头道：“谢谢。”

看着顾安心出门了，凌越拿起手机，拨通了一个电话。

那边立马激动地大叫一声：“凌越，我还以为你死了呢！ Alice 说你会联系我，我终于等到了！”

凌越十分镇定，跟那个人形成鲜明的对比，道：“萧一山，我找你谈正事。”

顾安心忐忑地赶到漫画公司，本以为迎接她的将是狂风暴雨，没想到同事们照常跟她打招呼，就像什么都没发生过一样。

顾安心有些奇怪，自己今天迟到了好几个小时，按照昨天陈龙飞的架势来看，今天他上班的第一件事应该就是惩治她才对，可是现在看来一切一如往常。

顾安心拉着前台小妹，问她："陈主编今天来上班了吗？"

前台点头："来了，陈主编今天是第一个来的，你找他有事吗？"

顾安心连忙摇头："没，我就随便问问。"

这就奇怪了，陈龙飞既然第一个来了办公室，没有理由毫无反应啊。

顾安心在陈龙飞的手下画了两年稿子，从陈龙飞的催稿方式就可以看出来，陈龙飞并不是个心慈手软的人。那么他今天是唱的哪一出？

她今天本来做好了被陈龙飞报复，然后收拾包袱走人的准备，但是现在陈龙飞什么都没说，她总不能主动凑上去求他报复自己吧？

就在顾安心犹豫的时候，她收到一条短信，是唐梦发来的。

"安心姐，西街新开了家龙虾店，开业打三折，我们一起去吃吧！"

顾安心最爱吃小龙虾，但现在能记住她喜好的人，除了她自己，就只有唐梦和唐奶奶了。

顾安心十分感动，发短信跟唐梦约好了时间及地点。既然陈龙飞暂时没有要报复她的意思，她就只能到时候见招拆招了。

顾安心想到马上要去吃小龙虾，心情突然变好了，打车去了西街。

龙虾馆。

顾安心到的时候，唐梦还没来。离午餐时间还早，店里人也比较少，顾安心随便找了个位置坐下来等唐梦。

几分钟后，一个风风火火的身影跑过来，停在顾安心的身边，来人正是唐梦。

唐梦是一个无忧无虑、真实又快乐的丫头，顾安心很喜欢她，每次跟她在一起都会变得很轻松。

“你还挺快，在附近干吗呢？”

“安心姐你先别说话，我刚刚在那边的咖啡厅里看到了熟人！”唐梦一脸神秘地告诉顾安心。

“熟人？”顾安心想了想自己和唐梦都认识的人，实在没想出来，问，“谁啊？”

“你三哥啊！”唐梦端起桌子上的水喝了一大口，“他跟一个帅哥还有一个美女在一起喝咖啡。如果忽略他的轮椅的话，那幅画面简直太赏心悦目了。”

“真的吗？”顾安心猛地站起来，又突然顿住，“怎么可能呢？他如果有那么要好的朋友，早就从我那里搬走了吧？”

“你怎么还不信呢？”唐梦说着就拉起顾安心的手，“这样，安心姐，反正现在还早，咖啡馆离这儿很近，我领你去看看，我们等一下再来吃小龙虾。”

唐梦是个行动派，话音刚落便拉着顾安心往外走。

顾安心是真的有点好奇，想去看看那个人是不是三哥。她希望能尽早地确认三哥和白阿姨的关系，帮白阿姨找到儿子，更想解开三哥身上所有的谜团。

唐梦拉着顾安心在咖啡馆门口停下，指了指里面靠窗第三排的位置：“就是那里，安心姐，那个人是不是三哥？”

顾安心顺着唐梦指的方向看过去，一眼便看到了那熟悉的轮椅以及轮椅上熟悉的男人。

虽然隔得远，但这一个多月来的朝夕相处使顾安心很快确定那个人就是三哥，而坐在三哥对面的一男一女，顾安心并不认识。

凌越对面的男人正在滔滔不绝地说着什么，凌越偶尔点个头。他们一直紧锁眉头，似乎在聊什么严肃的事。

偌大的咖啡馆内除了他们竟没有其他客人。

“是他。”顾安心对唐梦点了点头，踮着脚往里面看。顾安心对凌越的身份十分好奇，此时恨不得立马冲进去拉着他问个明白。

“安心姐，要进去打个招呼吗？”唐梦问她。

顾安心点头道：“要！”机不可失！

然而她们还没走进去便被服务生拦住了：“不好意思，两位小姐，这里被人包场了。”

包场了？顾安心没想到三哥这么财大气粗，推开服务生，道：“我认识里面的人，就进去跟他说两句话。”

“不行。”服务生再次拦住她们，“里面的客人吩咐过，不准任何人进去。”

这时，凌越察觉到门外的动静，看了过来，诧异地发现被服务生拦住的人是顾安心。

“放她们进来。”凌越高声对服务生说道。

服务生这才放她们进去。

“你怎么在这儿？”见顾安心过来，凌越低声问她。

顾安心扫了一眼凌越身旁的两个人，问凌越：“你呢，怎么在这儿？你不是没有家人吗？那他们是谁？”顾安心语气强硬，有一丝质问的意味。

“你就是顾安心小姐吧？我终于见到真人了！”这时，凌越对面的男人突然站起来，笑得灿烂且热情。

顾安心刚刚站得远没看清楚，现在走近才发现这个男人长得极其好看。如果用俊朗来形容凌越的脸，那么这个男人便可以用俊美来形容。

唐梦看着这两个男人，抑制不住内心的喜悦，不断在心里感叹，这两个男人怎么可以这么帅？！

“你……知道我？”顾安心听到萧一山的话，有些诧异。

“当然了，三哥刚刚说了，他现在跟你住在一起。”这个男人语气暧昧，好像在说“你们的事我都知道哦”。他说完上下打量了一番顾安心，和 Alice 一样，对凌越身边的这个女人十分好奇！

萧一山作为凌越的好友，从来没见凌越的身边有过女人，一度以为凌越这家伙喜欢男生，还有些为自己担心。

顾安心被萧一山说得有些害羞，隐隐觉得这句话有点不对劲，但又说不出哪里不对劲。

萧一山看着脸红的顾安心，用胳膊肘推了推凌越，小声道：“小美人不错，很可爱。”

凌越蹙眉瞪了他一眼：“事情聊完了，你可以走了。”

萧一山不高兴地撇撇嘴：“三哥，你这么没情趣，小心人家顾小姐不要你！”

顾安心忽略萧一山不正经的话，上前一步：“这位先生怎么称呼？”

“哦，我叫萧一……”萧一山脱口而出，不过话还没说完，身后的Alice便突然咳嗽了一声。

萧一山立马反应过来，Alice这是在提醒他不能透露真名。他萧一山也算是名人，直接说出名字的话，顾安心肯定会怀疑凌越的身份。

萧一山连忙改口道：“我姓萧。”

顾安心认真打量了萧一山一番，发现三哥的朋友和三哥一样，都无比神秘。

“萧先生，我能不能跟你说几句话？”顾安心指了指咖啡馆外。

好不容易碰到了三哥的朋友，她必须问清楚三哥到底是什么身份。更重要的是，她必须确定三哥到底是不是白阿姨的儿子。

“你有话要跟我说？”萧一山指了指自己，有些受宠若惊，然后看了一眼凌越：“三哥，看来你的女人更喜欢我这款。”

凌越顿时眯起了双眼。

顾安心有些急，忙道：“萧先生，你误会了，我是要单独问你几个问题。”

“我今年28岁，未婚，性取向正常。”萧一山立即说道，嘴角带着笑意。

顾安心被他噎得说不出话来，这个姓萧的未免太自恋了。

萧一山见顾安心没说话，勾了勾唇角，了然地道：“那你就是要问三哥的情况？他人在这里，你何不直接问他？”

顾安心算是彻底明白了，不仅从三哥那里问不出什么来，在他的朋友那里也什么都问不出来。这个萧先生看起来大大咧咧，但其实也是个很有分寸的人。

“我们借一步说话好吗？我只是想知道……”顾安心还是希望能单独跟萧一山聊聊，然而话才说了一半就被凌越打断了。

凌越对萧一山道：“还不走？”

萧一山当即对顾安心回以一个略带歉意的微笑：“不好意思顾小姐，我还有事，先走了，我们有缘再见。”

顾安心瞪了瞪凌越，咬牙对萧一山道：“嗯，你慢走。”

萧一山和 Alice 一起走了，凌越仍然坐在他的轮椅上，目光冰冷，面无表情。

一旁的唐梦开口打破了沉默：“那个……三哥，我和安心姐还没吃饭，先去吃……”

唐梦不知道他们两个之间到底怎么了，才会将气氛弄得如此尴尬。她只知道自己现在正饿着呢，一定要去吃东西！

顾安心哼了一声，拉着唐梦往外走：“吃饭吧，我懒得管他！”这个三哥一副神秘莫测的样子，莫名地令顾安心恼火！

两个人刚走了几步，身后的凌越突然道：“推我过去。”

顾安心脚步一顿，回头看了他一眼：“这个咖啡厅这么高档，你可以在这儿吃。我们要吃小龙虾，想必三哥是不喜欢吃的，大家还是各吃各的吧。”

“顾安心，”凌越的手指在轮椅上敲了敲，“我可支付了你 30 万元保姆费。如果你继续这样的话，我就要考虑跟你签订一个劳务协议了，明确地告诉你你的职责。”

顾安心听到他威胁的话语，迈不开步子了。她当时就应该把钱和凌越一起扫地出门！

顾安心沉默了片刻，咬了咬牙，还是认命地推着他去了龙虾店。

对于他的身份，顾安心仍然十分好奇，在吃饭时再次询问道：“那些人是你的朋友，你为什么不跟他们回家？”

“他们是我的朋友，并不是我的家人，我跟着他们是无法回家的。”凌越抬头解释道。

顾安心白了他一眼，他说了等于没说。

唐梦坐在餐桌对面，大胆地抬头看了凌越一眼："三哥，我……我总觉得在哪里见过你！"

凌越气势逼人，唐梦坐在他对面吃饭还有点紧张，说话也不太利索。

凌越的表情瞬间严肃起来，他看了唐梦一眼，眼神十分冰冷。

唐梦连忙害怕地低下头："我……我可能是认错了……"

顾安心盯着凌越，他吃个饭还用眼神吓唬人，自己怕是捡到了一个大爷！

吃完饭，唐梦找借口说她还有事，溜得很快。

顾安心推着凌越一路散步回去，路过一家小报摊，报摊的老爷爷冲顾安心笑道："小姐，新出的杂志，要不要看看？"

顾安心往报摊上扫了一眼，看到放在最上面的杂志的封面上，标题十分醒目：凌氏三少意外失踪，揭露豪门内幕！

顾安心正要去拿这本杂志，凌越突然开口："今天去漫画公司了？"

凌越一说起漫画公司，顾安心就想到陈龙飞，心情瞬间变差了。

她不知道陈龙飞的葫芦里卖的什么药，今天一点动静都没有，但是知道陈龙飞一定不会放过她。

想到这里，顾安心没心思看杂志了，手缩了回来，闷闷地道："去了，但是陈龙飞并没有报复我，不知道想玩什么花招。"

凌越自己推着轮椅往前走："兵来将挡，水来土掩。"

顾安心跟上他，本想跟凌越说一说心里的委屈，但是一回到家，凌越就守着他的电脑，继续玩那个顾安心看不懂的"游戏"，无暇顾及她的心情。

顾安心担心陈龙飞背地里报复自己，根本坐不住，也没有心思画漫画，从客厅走到卧室，又从卧室走回客厅，在凌越面前转了好几圈，最终坐到他身边，问："这个游戏是怎么玩的？看起来很好玩。要不你教我？我现在很烦。"

凌越把视线从电脑屏幕移到她的脸上，放下电脑，缓缓地靠近她。

顾安心一点点向后退，他一点点向她逼近。

凌越粗重的呼吸声传来，顾安心的脸红了。她慌张地看着他，问：“你……你要干什么？”

凌越的嘴角微微上扬：“其实，还有一个游戏更好玩，我们可以试试。”

顾安心不是小孩子了，从他漆黑的瞳仁里，从这暧昧的气氛里，瞬间感受到了他指的是什么。

她忽然站了起来，大喊：“流氓！”

凌越看着她跑回卧室的背影，坐正身子，再次专注地看着电脑屏幕。他在玩的“游戏”，怎么可能教给她？

这是一套价值十几亿的智能系统程序，将来他要凭借这个东西，夺回自己在凌天集团拥有的一切。

当晚，顾安心做了个噩梦，梦里的陈龙飞手拿一把刀，在昏暗的路口堵住了她，目光凶狠，宛如疯子。

凌越在她身后，但是无论她怎么呼救，凌越始终坐在轮椅上一动不动，就像一座雕塑。

最后，陈龙飞把刀刺进了她的胸口！

第三章

/

以她之名，为她撑腰

顾安心大喊一声，从床上坐起来，一头冷汗。

顾安心抬头看了看自己房间，才意识到刚刚只是一个噩梦。她定了定神，坐在床上大口大口地喘着气。

房门在这个时候突然被人打开了，凌越出现在门口。顾安心吓得连忙抱过被子挡住自己："你……你……你是怎么进来的？！"她记得自己将门反锁了！

凌越的手里拿着被他拧坏的门把手，他说："你这门把手的质量太差了。"

凌越见她没什么事，猜到她刚刚是做噩梦了，便没多问，拿着门把手走了。

顾安心起身追出去，拿过凌越手里的门把手看了一眼，一脸震惊地道："我的门把手！"顾安心觉得自己的生活本来就被他搞得一团糟了，他还到处破坏东西，这孤男寡女的，房间没有锁怎么行？

然而她还没来得及跟他理论，手机铃声突然响了。

一般没人会这么早给顾安心打电话，她有些讶异，狠狠地瞪了凌越一眼，把门把手放在桌子上，接了电话："喂，小梦？怎么这么早给我打电话？”

给顾安心打电话的人是唐梦。

电话那头，唐梦一边吃早餐一边问：“安心姐，你的漫画怎么下架了？”

“下架了？”顾安心的心脏怦怦直跳，“你等等，我去看看！”

顾安心意识到情况不妙，心里一阵慌乱，匆忙打开电脑。

“安心姐，你看到了没有啊？还是说我这边网络出问题了？”唐梦在电话那头问。她一直在看顾安心的漫画，是顾安心的粉丝，现在顾安心的漫画突然下架了，她也没漫画看了，心里挺着急的。

顾安心登录后台，电脑上立马显示“404 无法找到页面”。

顾安心仿佛被泼了一桶冷水，表情瞬间变得很难看，不仅漫画被下架了，就连她的后台账号都被注销了！

这肯定是陈龙飞干的，普通人没法注销她的作者账号！怪不得陈龙飞昨天没有对她出手，原来是想用这种损招！

“安心姐？你还在听电话吗？怎么不说话了？”唐梦那边很久没得到回应，着急地问顾安心。

“你的网络没有问题。”顾安心深吸了一口气，盯着自己的电脑屏幕，“漫画确实被下架了。”

不仅如此，网站还将漫画下架的消息在全站公布了——

由于《星辰不及你迷人》的漫画作者涉嫌抄袭等违规行为，网站已将该漫画下架，待调查清楚后才可上架！

“这是怎么回事？是暂时的吗？”唐梦问。

“小梦，我这里有点事要处理，先挂了啊。”顾安心没有心思跟唐梦说下去了。

没等唐梦继续说，顾安心直接挂了电话，并且在手机通讯录里找到了陈龙飞的号码。

电话拨出去很久后陈龙飞才接听。他就像是知道她会打电话过来一样，接听后用一副神气十足的口吻说：“哦，是安心啊，你总算来找我了。”

顾安心咬牙，果然是这个浑蛋搞的鬼。

“陈主编，我的漫画被下架了，我想问问你是什么原因。”

陈龙飞在那边哈哈大笑：“什么原因？网站上不是写得很清楚吗？你不识字吗？”

“你！”顾安心顿了顿，最终还是深吸了一口气，强迫自己冷静下来，“如果是因为那天在我家发生的事情，那么我向你道歉，可是你不能公报私仇，不能将‘抄袭’这样的罪名安在我的身上，你这样做以后还有谁会要我的稿子？”

顾安心也是急了，才会奢望陈龙飞能尚存一丝良心。他要么不做，要做就赶尽杀绝！

顾安心这个作者，陈龙飞从带伤走出她家门的那一刻起，就决定了要封杀她！

“我可什么都不知道，现在在医院养伤呢！哦，对了，你和你家那个男人必须感谢我，我没有以故意伤害罪去法院起诉你们，是不是很好？我要是你，现在就赶紧去烧炷高香，哈哈哈……”陈龙飞心满意足地挂掉了电话。

“等等！喂？等一下，你……”顾安心还想说什么，可陈龙飞已经挂断了电话。顾安心再打过去，陈龙飞便不再接听了。

顾安心气得把手机往床上一摔，脸上的表情十分阴沉。

她想过陈龙飞会报复她，也想过陈龙飞会将她的作品下架，但是没想到陈龙飞竟然会给她安上了一个抄袭的罪名！

原创漫画圈很小，小到她如果真的背上抄袭的罪名的话，以后连混饭吃的地方都没有！但是她除了画画又没有其他能谋生的本领，不画画只能喝西北风！

“啊！”顾安心烦躁地揉了揉自己的头发。

她刚睡醒，头发本来就蓬松凌乱，现在被她这么一揉，更乱了。

凌越盯着她，直皱眉头，还从没见过这么不注意形象的女人。

顾安心回过神来，这才发现凌越一直在盯着自己，问：“你怎么还在我的房间？”

顾安心刚刚一心想解决漫画被下架的事情，完全没注意到凌越还在。

凌越用手指敲着轮椅的扶手，问："看来你是真遇上麻烦了？"

"还不是因为你？！"顾安心其实并不是个脾气好的女人，现在凌越刚好撞到她的枪口上，她便没忍住责怪起他来了。

"哦？"凌越微眯着眼睛，"看来那天我那刀扔得不够准。"

他一直在房间里听顾安心打电话，自然知道发生了什么事。

顾安心抬头看着凌越，两行眼泪突然顺着脸颊流了下来，失业的恐惧感骤然袭来。

监狱风波之后，她的生活一直还算平稳安定。可自从她将凌越捡回来后，一切又变得一团糟。如果上天再给顾安心一次机会，对于把凌越带回家这件事，她一定会再三考虑的！

凌越见她突然哭了，眼中闪过一丝错愕与不知所措之意。他严肃地看着顾安心，但还是不知道怎么哄女人，只能尝试用眼神安慰她。

"我上辈子一定是欠了你的！"顾安心越过他跑开了。

这是顾安心的一句气话，却很容易伤害一个男人的自尊心，特别是像凌越这种自尊心极强的男人。他俨然被顾安心当成了累赘……

凌越看着顾安心的背影，再低头看了看自己，薄唇紧抿，心里的烦躁感不断增加。

几分钟后，顾安心从卫生间里出来，一条干毛巾递到了她的面前。

顾安心一愣，看着给自己递毛巾的凌越，震惊得不敢伸手去接。他今天是哪根筋不对？从来不干活的大爷竟然懂得给人递毛巾了……

凌越见她一直不接，没了耐性，一把将毛巾扔到她的手上。

他并不习惯伺候别人，转过轮椅往客厅的方向去，道："我并不习惯欠别人的，既然这件事与我有关，那么我一定会替你解决的。你过来。"

顾安心愣了愣，不知道他要干什么。

凌越把电脑打开，随后打开了那个他经常玩的"游戏"的界面，抬头看了一眼顾安心："你还记得昨天在咖啡馆里见到的我的朋友吗？"

顾安心点头，长得那么好看的人，她怎么可能忘记呢？

“他姓萧，正在筹办一家公司，聘请我担任开发顾问，这个游戏就是我为他的公司开发的。”

凌越声音低沉，表情严肃，全身上下都透着一股成熟男人的魅力。

顾安心盯着他的脸，一时有些走神。

“你有没有在听我说话？”凌越见她走神，皱眉训斥她。

顾安心反应过来，脸蛋通红：“听，我当然听到了，可是你跟我说这个干什么？我对你的业务不感兴趣！”

她嘴上这么说，但心里非常感兴趣。原来他并不是一无是处的，还能给人开发游戏。

“既然你在原创漫画界生存不下去了，萧老板那里也刚好缺一个广告设计师，以你的能力应该可以胜任。为了补偿你，我打算把你介绍过去。”凌越道。

“广告设计师？”顾安心张大嘴巴，刚刚还觉得凌越是个累赘，现在他却突然变成了自己的靠山，随随便便地就能帮她解决生存难题。

“嗯。”凌越点了点头，认真地说道，“软件开发这个行业离不开宣传设计，他那边刚好在招人，我只是给你提供一个机会，至于最后能不能留下来，还需要看你自己的本事。”

其实，只要他开口，顾安心完全不需要任何条件就能进公司拿高薪。但凌越跟顾安心认识一个多月了，多少了解她的性格。她自尊心强，个性低调却不服输，让她“靠自己的本事”得到那份工作，比直接给她安排工作要好得多。

果然，顾安心心动了，但思考片刻后，还是摇摇头：“谢谢你，但是我的专长和兴趣是漫画和动画，不到万不得已，我不想放弃自己的兴趣和梦想！”

说完，她突然释然了。为了实现梦想，她一定可以解决这次的危机！

“我现在就去找陈龙飞，一定要洗清我身上抄袭的污名！”砰的一声，顾安心带上门，一阵风似的走了。

这是凌越头一次给女人东西被拒绝。

这时，凌越的手机铃声响了。他看了一眼来电显示，是刚出门的顾安心。

“三哥，忘了跟你说，唐奶奶说今天包饺子，叫我们一起过去吃。我要是没回来，你就自己去吧，她一个老人家在家里没人说话挺可怜的。”顾安心莫名其妙地叮嘱了这么一句，之后便挂了电话。

凌越把手机往沙发上一扔，皱着眉头。顾安心是把自己当成雷锋了吗？他绝不会去陪邻居老太太吃饺子的！

片刻后，手机铃声又响了，凌越以为还是顾安心，接通电话后便直接道：“我不想吃饺子，要去你自己去！”

电话那头的人沉默了。凌越这才意识到自己可能搞错了，果然，手机屏幕上显示的是萧一山的名字。

“哈哈哈哈！”萧一山突然发出一阵爆笑声，“三哥，你以为是顾小姐给你打的电话吧？三哥不想吃饺子，怎么办呢？好可怜，哈哈哈！”

在金融圈呼风唤雨的凌越说他不想吃饺子时那委屈至极的语气可以让萧一山取笑他一年了！

“闭嘴！”凌越瞬间怒了，冷酷地说，“萧一山，你再笑一声试试！”

萧一山那边的笑声戛然而止。凌越之前教训他的画面历历在目，他现在想起来还有点后怕，不敢再笑了。

他连忙正色道：“三哥、三哥，你先别生气，我找你是有正事要说。”

“什么事？”凌越不耐烦地问。

“就是你的公司啊，你不是交给我和 Alice 办吗？你想给公司取什么名字啊？”

名字？凌越抬起头，看见了顾安心放在茶几上的小木梳，缓缓说出四个字：“安心集团。”

“安心集团？”那边的萧一山震惊地重复了一遍，“这不是顾小姐的名字吗？”

萧一山反应过来后恍然大悟：“可以啊，三哥！一直以来，我都认为这个世界上没有哪个男人能比我浪漫，这次我承认自己败给你了！”

凌越无话可说，就是想让集团叫这个名字。

刚刚顾安心的名字刹那间涌上他的心头，再加上早上她决定坚持自己的梦想和事业时那副执着、坚忍的样子令凌越十分动容。

安心集团是他冲击凌天集团的希望，他要的就是这份执着和坚忍。

“去办吧。”凌越沉声道。

“可是安心集团听起来像是卖卫生巾的，三哥，你真的要为了顾小姐把我们的高科技软硬件公司的名字弄成女性生理品牌名吗？”萧一山斗胆劝道。

凌越的脸色瞬间变了，他淡淡地吐出一个字：“滚！”

顾安心很晚才回家，脸上的表情还算轻松，进门时甚至对凌越笑了一下。

“谈妥了？”凌越不太相信，陈龙飞的做法已经充分彰显了其人品，陈龙飞不太可能因为顾安心亲自上门求情而妥协。这丫头莫不是被人骗了？

“还没有。”顾安心摇头，“我今天等了陈龙飞一天，他虽然没有见我，但是答应明天晚上在汉街花园跟我见面谈谈。”

汉街花园……

凌越深吸了一口气：“如果我没有记错的话，汉街花园在这周连续发生了两起强奸案，其中一起还是奸尸案。你确定他是想约你谈谈？”

凌越因为一直关注凌天集团的动态，所以最近的新闻都有看，正好留意到了汉街花园的新闻。

“不会吧？！”顾安心惊愕地道，“你不要吓我，那儿怎么可能发生那种事情？我前段时间去过汉街花园，挺漂亮的。”

“前段时间是什么时候？”

“春……春天。”

“顾安心，现在是秋天。”凌越用看傻子的表情看着她。

屋子里顿时陷入沉默。

顾安心咬着下嘴唇，如果真是这样，那陈龙飞约她明晚在那里见面确实有些古怪。

“你是怎么跟他说的？”凌越又问。

“他一开始不肯见我，也不肯替我证明我没有抄袭，后来我跟他说，如果他不替我澄清，我就把他克扣作者的稿费的事情说出去，然后他才答应的。”顾安心说完，意识到危险，脸上闪过一丝慌张之色，“他该不会是因为我的手里有他的把柄，想杀人灭口吧？”

顾安心瞪大眼睛，这个推测太可怕了，但她又不得不往这方面想。

“既然你有他的把柄，明天自然要去。”凌越突然扬起了一个意味深长的笑。

“去？可是你刚刚也说了，那边现在很危险，发生奸杀案之后，晚上必定没什么人。我不是陈龙飞的对手，万一跟他发生争执，会很吃亏的。”顾安心分析道。

“还有我。”凌越说完便用电脑继续玩他的“游戏”，一副胸有成竹的样子。

“你？”顾安心一脸怀疑地上下打量着凌越，“你站都站不起来，关键时刻不是拖我的后腿吗？”

凌越的身体素质还不错，顾安心看到过他身上的肌肉，他很健壮，但是一个残疾人是不可能斗得过陈龙飞的。

凌越上次能把陈龙飞赶走只是一个意外，顾安心一直这么认为。

凌越的手指停在键盘上，他眯着眼睛扫了顾安心一眼。若是以前，有人敢这么质疑他的能力，他必定要让那人知道自己的厉害。但是现在……他为了找回自己的位置，必须在顾安心的面前隐藏自己的身份和能力，只能暂时忍耐一下。

顾安心被他这么一看，顿时觉得自己不知好歹，凌越是担心她才要陪她去的，她却说凌越会拖后腿。

“不过，你和我一起去总比我一个人去强，你到时候就见机行事吧。如果陈龙飞真的敢对我下手，你立即报警或者喊人来帮忙，我相信在那种环境下，陈龙飞应该不会做得太过分。”

“所以，在你的眼里，我陪你去就只能帮你喊人？”凌越没忍住质问道，眼神越发凌厉。

顾安心分明已经二十六七岁了，却拥有一张充满了胶原蛋白的脸，他此刻很想伸手捏一捏她的脸，表达自己的愤怒！

“对啊！”顾安心直言不讳，真的是这么认为的。

下一秒，凌越的大手突然捏住了顾安心的脸蛋，并且大力一推，让她靠在沙发上。凌越迅速凑到顾安心跟前，令顾安心吓了一跳，无法动弹。凌越的男性气息从四面八方涌来，包裹着顾安心，顾安心的脸蛋骤然泛红：“你……你干什么？”

空气中弥漫着暧昧的气息，两人靠得这么近，凌越甚至能看清楚顾安心的脸上有可爱的小绒毛。

他轻笑了一声：“我到时候会努力帮你喊人的。”

“神经病！”顾安心被他说话时呼出的热气熏糊涂了，慌忙逃开凌越的包围。

昨天晚上他也是这样，动不动就把气氛搞得这么尴尬！顾安心生气地道：“我警告你，下次不准这样突然靠近我，我跟你只是被雇用者和雇用者的关系，或者是收养者和被收养者的关系，请你注意分寸！”

顾安心说完便逃回房间了。时候不早了，她要养足精神，明天跟陈龙飞周旋，不想再跟凌越纠缠了。

顾安心走后，凌越定定地看着电脑屏幕，脑子里却都是顾安心刚刚说的一个词：收养者。

他发现这个词虽然不怎么好听，但也不招人讨厌。

隔天，顾安心在出门前将自己准备好的东西放在凌越的面前，说：“你挑几样，待会儿如果有意外情况的话，你可以用来防身。”

凌越看着面前摆放的东西：刀子、剪刀、辣椒水、防狼喷雾，竟然还有一把小锤子。

他瞥了一眼，然后一脸自信地道：“不用带。”

“怎么能不带呢？我们势单力薄，万一陈龙飞带了杀伤性武器怎么办？我们就算喊人来也需要时间，震慑不了他。”顾安心不由分说地把东西全部装进包里。

势单力薄……凌越死死地盯着她，默默地记下这个词。总有一天，他会让顾安心改口，并且让她看看自己有多强大！

凌越懒得跟顾安心多说，径自出门，顾安心装上东西后紧随其后。

她并不觉得自己小题大做。她之前就遇到过一些心理变态的男人，那些男人什么都做得出来。为了保护自己和凌越，她必须做好万全的准备。

他们提前半个小时到达了汉街花园。

到了之后，顾安心找了一个隐蔽的角落把凌越藏起来。“这个地方不错，隐蔽性强，你待在这里。”顾安心叮嘱道，“我跟陈龙飞发生争执是意料之中的，如果陈龙飞没有动手，你就不要轻举妄动，好吗？”

凌越虽然不耐烦，但仍低声道：“嗯。”

凌越虽然顺从地表示自己听到了，但很清楚，接下来发生的事情不可能只是争执那么简单。

他是男人，了解男人在羞愤难当时的心理。他用刀子伤了陈龙飞的脚指头，使陈龙飞颜面尽失，像陈龙飞这样心胸狭隘的男人是一定会报复回来的。

而且，陈龙飞对顾安心还存着“得不到就毁了她”的心思，怎么可能只是约她谈谈？

但不论如何，只要今天陈龙飞敢动手，就要付出相应的代价！

半个小时后，陈龙飞从汉街花园东北方向的入口进来了。

他不是一个人来的，身后还跟着四个男人，这是顾安心没有料到的。她觉得陈龙飞可能会带凶器，却没想到他带了这么多人手！

顾安心看着陈龙飞身后的四个壮汉，瞪大了眼睛，心里立马想到两个字——完了！

要是自己真的跟陈龙飞起了冲突，就算长了八只手都打不过他们！

但事已至此，她强迫自己冷静下来，毕竟手上有陈龙飞克扣作者的稿费的证据，有跟陈龙飞谈判的筹码！

陈龙飞远远地就看见顾安心了，和身后的几个人立马发出不怀好意的笑声。

陈龙飞说："我没想到你这么实诚，竟然是一个人来的，哈哈哈！"

看到陈龙飞这副恶心的嘴脸，顾安心强忍住呕吐的欲望，问："陈主编，是你约我来谈的，他们几个是怎么回事？"顾安心指了指陈龙飞身后的四个壮汉，很不满，"你是来谈判的，还是来打架的？"

"我怎么知道你有没有带人来？毕竟我可是把你赶出原创漫画圈的人。"陈龙飞说着还特意看了看顾安心身后的树林，怕她也带了人来。

顾安心担心他看到凌越，故意上前一步，转移话题："别废话了，说正事吧，要怎样你才能放过我？还是说你想我把你克扣作者的稿费的事情捅出去？到那时，我没法在原创漫画圈待，你这个主编也待不下去！"

既然陈龙飞连打手都带来了，顾安心也不跟他拐弯抹角。

陈龙飞的眼中闪过一丝凶狠之色，他说："只要你把我的银行流水单还给我，我明天就去帮你澄清抄袭的事情。"

顾安心并不上当："你骗谁呢？我今天还给你了，明天还能找到你的人吗？你现在就请给网站的负责人打电话，说我没有抄袭！"

陈龙飞却笑了，看着顾安心，突然上前一步："顾安心，你知道我喜欢你哪点吗？"

顾安心被他逼得后退了一步："有话直说，不要碰我！"

陈龙飞不听，还在往顾安心的方向逼近，道："我就喜欢你的灵气和冲劲。我跟你认识两年了，要不是你进过监狱，我早就追你了。"

说到这里，陈龙飞脸色一变，突然狰狞地道："但我没想到，你竟然还假装清高不接受我！谁不知道你当时进的是男女混合监狱，从那种地方出来的女人，有什么好清高的？"

往事再次被人提及，顾安心的额头上冒出一层细细密密的汗珠，脑子里瞬间闪过那些令她难受的画面。她顿时觉得既愤怒又无助。

在陈龙飞靠过来的时候，她猛地抬脚踢向了陈龙飞的关键部位！

陈龙飞早料到会惹怒她，闪身一躲，竟躲了过去。但即便如此，他也被顾安心狠狠地踢中了膝盖。

他捂着膝盖蹲在地上痛苦地喊了出来，接着抬起头恶狠狠地瞪着顾安心："本来我是想好好谈的，但既然你这么不听话，那就别怪我不客气了！"

"你带这么多人，竟然还说想跟我好好谈？"顾安心的眼神也认真起来，她从包里取出一把剪刀，"你再过来的话，无论伤到了哪里，我都属于正当防卫！"

她刚说完，陈龙飞身后的一个壮汉捡起一块石头朝顾安心扔了过去，击中了顾安心的手肘。她手里的剪刀立马掉在了地上。

陈龙飞趁着这个机会，冲上去掐住顾安心的脖子把她往墙上一推："当时让你帮我转账的时候，我怎么都没想到有朝一日你竟然会用这个来威胁我。既然今天你这么蠢，自己送上门，那我也必须给你点教训！"说着，陈龙飞竟然开始扯顾安心的裤子！

天气渐凉，顾安心庆幸自己今天穿的是紧身牛仔裤，陈龙飞一下子拉不下来。

顾安心的嘴巴被陈龙飞捂住了，她挣扎着看向凌越所在的方向，试图向凌越求助。

就在陈龙飞的手触碰到她的身体的一刹那，顾安心的脑袋里一片空白，胃里泛起一股强烈的恶心感，过去的某个画面再次浮现在脑海中……

顾安心的眼神突然变得空洞了，她渐渐地失去了意识，晕倒在地！

就在陈龙飞撕扯顾安心的衣服时，突然唰的一声，从旁边飞来两块刀片！

刀片扎进了陈龙飞的手背，紧接着，陈龙飞惨叫了起来："啊啊啊，杀人了！有人杀人了！"陈龙飞的双手满是鲜血，他害怕极了，捂着伤口狂奔起来。

"站住！"一个女人冰冷的声音响起。

陈龙飞一回头，看见一把闪着寒光的刀片正对着自己的脖颈，顿时吓得瘫软在地上。

"饶……饶命……"陈龙飞连说话都哆嗦起来。他这辈子除了在电视上，从没真正经历过这样的场面。

旁边的四个壮汉也因为这个插曲被吓得不敢上前，面面相觑，往后躲着。他们以为陈龙飞叫他们来顶多打个架，没想到竟然会闹到这一步！

“陈龙飞。”Alice用口罩遮住了自己的脸，冷冷地道。

“是，我是！”陈龙飞不敢不应。

Alice冷笑了一声：“你父亲56岁，母亲55岁，在乡下经营一家超市。你还有一个妹妹，今年25岁，马上研究生毕业。”

“女侠！女侠！”Alice刚说完，陈龙飞就趴在地上求饶，“我的错……都是，都是我的错，跟我的家人无关。你要我做什么？我都答应你！”

“很好。”Alice收回刀片，道，“澄清你强行给顾小姐安上的抄袭污名。另外，不许再找顾小姐的麻烦。不然，我随时都可能找到你或者你的家人。”

陈龙飞一抬头，便看见了Alice拿着刀片站在月光下的样子，如鬼魅般可怕。

“是，是！我明白！”陈龙飞连忙道。

Alice看了一眼晕倒在墙边的顾安心，对陈龙飞道：“如果你再敢动顾小姐，就不会像今天这么幸运了。”

“我知道，我知道！谢谢女侠饶命！”

“滚吧。”

陈龙飞连忙爬起来，带着他的人跑了。

Alice把顾安心扶起来，凌越也推着轮椅从隐蔽处出来了。

“先生，没想到顾小姐这么脆弱。”Alice看了顾安心一眼。这么胆小的女人以后怎么站在凌越身边？

凌越拍了拍顾安心的脸，她没有反应。他收回手，沉默了一会儿，然后对Alice道：“Alice，帮我查一下她的过去。”

之前他一直不让Alice查，是因为他不仅对顾安心不感兴趣，而且认为自己不会跟顾安心有太多交集。但他刚刚听见陈龙飞提到监狱，而顾安心对此表现出了很强的抵触心理。

她没那么脆弱，不是一见到坏人就害怕到晕倒的女人，应该是被陈龙飞的话刺激到了。凌越对顾安心产生了令他自己都无法忽视的好奇心。

“是，boss！”

凌越终于答应她去查顾安心了，这是让 Alice 欣慰的一点，毕竟顾安心长期待在凌越身边，还是尽早查清底细为好。

顾安心一觉醒来，被阳光刺得好半天才睁开眼睛。

她发现自己已经回家了，敲着脑袋，怎么都不记得自己是怎么回来的，甚至连陈龙飞撕扯她的裤子之后的事都想不起来了，只记得自己当时十分愤怒。

顾安心想到这里，猛地掀开被子看了一眼，瞳孔顿时放大。她现在竟然穿着……睡衣!

昨天穿的裤子被叠好放在床尾的凳子上，她顺着凳子，看到窗户边坐着一个人!

“三哥！”顾安心大喊了一声，“这是怎么回事？你怎么又在我的房间？我的衣服……是谁……是怎么换的？”

她的脸因为着急而变得通红，整个人都处在一种发蒙和慌乱的状态中。

凌越回头，不带任何表情地瞥了她一眼：“你应该感谢我，而不是冲我大喊大叫。”凌越说完便心安理得地等待她感谢自己。

顾安心认真地想了想，问：“在那之后，是你叫人来救了我？”

叫人？凌越轻笑一声。Alice 一直守在暗处，谁也伤不了她。

不过凌越还是点了点头：“算是吧。”

“那最后怎么样了？我怎么什么都想不起来了？”顾安心一脸疑惑地看着凌越。

凌越没说话。他不擅长说谎，也不屑于说谎，但是昨晚 Alice 出现的事情他不能跟顾安心说。

“是你报警了吗？”顾安心又问。

凌越皱眉，最终还是点了点头。

顾安心松了一口气："还好你动作迅速。"她低头看着自己的睡衣，还是冷静不下来，"那我的睡衣是谁换的？"她死死地盯着凌越，心想：不要告诉我是你！

凌越仰着头，既没有承认也没有否认，就这么看着顾安心的脸由白转红，再由红转白，似乎觉得这是个很不错的消遣活动。

顾安心："你倒是说话啊！"

"先生，该出发了。"这时 Alice 突然从外面走了进来。

顾安心愣愣地看着突然出现的 Alice，刚刚的话堵在喉咙里。她完全不知道自己家里竟然有第三个人！而且看 Alice 这副样子，显然已经在这里很久了。

"顾小姐，你好，我叫 Alice。我准备了早餐，先生刚吃完，我接他去公司了。"Alice 落落大方，对顾安心也十分礼貌。

顾安心顿时没了脾气，毕竟谁也无法对一个有礼貌且美丽的女人发脾气。她嗯了一声，这才明白过来是 Alice 给自己换的衣服，连忙调整情绪对 Alice 道："昨天晚上麻烦 Alice 小姐了。"

"顾小姐叫我 Alice 就可以了。"Alice 办事十分利落，打完招呼便推着凌越出门了。

顾安心看了看 Alice，又看了看凌越："你们……要去新公司上班？"之前她确实听凌越说过要去萧老板的公司做顾问，但没想到这么快，更没想到萧老板还给凌越配了个这么漂亮的女助理。

"是的，顾小姐。"Alice 点头。

凌越像是想起什么，回头提醒顾安心："不要妄想我会在短时间内离开这里，以后我大部分时间还是在家里办公。"

顾安心："我没有妄想摆脱你，毕竟我是拿了你的保姆费的。"她只是觉得惊讶，并为凌越感到高兴，他能实现自我价值了。

凌越看了她一眼，转身走了。

凌越走后，顾安心想登录漫画网站，看看自己的漫画被下架的事情是否有新进展。这时，她的手机铃声响了。

这是个座机号码，而且还是港东本地的，很像推销电话。

顾安心本想直接挂断，但因为心不在焉，莫名其妙地按了接听键。

“喂，是顾安心顾小姐吗？”那边的人语气很冷淡。

顾安心一听就直皱眉头。现在的推销员不仅能拿到别人的号码，竟然连对方的真实姓名都能弄到，她以后真的要小心保护自己的个人信息了。

就在顾安心要挂断电话时，那人道：“我是大川漫画公司的总编夏大川。”

“谁？”顾安心以为自己听错了。

港东最厉害的、出过无数热门漫画的大川漫画公司竟然打电话给她？而且还是总编亲自打来的？她这是在做梦吧？

“您说您是谁？”顾安心又问了一遍。

“我是夏大川，关于你的事情，我已经知道了。你以前的副主编确实不地道，同时我也看了你的作品，发现风格很符合我们公司接下来要推出的少女风漫画。我今天打电话过来，就是想问一下顾小姐愿不愿意跳槽来大川？”

“啊……我……”顾安心反应过来，兴奋地捂着手机话筒尖叫了一声，然后清了清嗓子，抑制住激动不已的心情，“我愿意，夏总，我想进大川漫画很久了，很乐意跟大川漫画合作！”

幸福来得太突然，导致顾安心在跟夏大川通完电话之后久久不能平静。

大川漫画是每一个漫画工作者实现梦想的最佳去处，是一个非常、非常、非常好的平台，有最优质的推广资源。

顾安心深吸一口气，感觉自己的春天要来了！她突然很期待凌越赶紧下班，那样就可以把这个好消息分享给凌越了。

顾安心在家里走来走去，脸上神采飞扬。

果然，祸兮福之所倚，这句话是对的！

这一次，她不但甩掉了陈龙飞这个大麻烦，还即将进入大川漫画！顾安心顿时对未来充满希望，认认真真地做了个工作规划，然后给唐梦打了一个电话。

她想让唐梦陪她去商场买几件衣服。刚刚夏大川说了，大川所有的画手都实行坐班制，也就是说，她以后不再是个兼职人员，要成为朝九晚五的白领了！

顾安心将唐梦约出来，二人疯狂地买了一通，之后吃了顿大餐。

顾安心摸着肚皮从餐厅出来，唐梦突然指着前面不远处喊道："安心姐，你快看，那个人是不是萧老板？！"

顾安心往唐梦指的方向一看，果然看到了一个高高大大的男人。他正倚靠在一家奢侈品店的柜台上。

虽然他戴着墨镜，但五官、气质太出众，加上这穿衣风格，顾安心一眼便看出来他就是那天见过一次的萧老板。

"走，我们过去跟他打个招呼。"顾安心觉得萧老板不仅给三哥提供了工作，还愿意给自己工作机会，虽然自己最终没有去，但还是应该当面谢谢这个人。

唐梦是个典型的"花痴"，早就垂涎萧一山的脸了，见顾安心要过去道谢，立马点头跟上。然而她们还没来得及跟萧一山打招呼，就见到一个长发飘飘的女人飞奔到了萧一山身边，后面还跟着好几个拿着衣服、包包的导购员。

女人亲昵地搂住萧一山的腰，声音娇滴滴的："都好看，我都喜欢。"

萧一山捏了一把女人的脸，对后面的导购豪气地道："都给我包下来！"说完低头在女人的唇上亲了一下。

顾安心、唐梦看傻了，算是见识到了什么叫为女人一掷千金了！

那家店是法国知名的奢侈品店，衣服的价格基本在一万元以上，包包则十几万、几十万元的都有。

萧老板随口说了句"都包下来"，可能得花上几百万元！

顾安心连忙拉住唐梦："小梦，还是不要去了，你看人家在过二人世界，应该不想被打扰。"

实际上，顾安心觉得萧老板说不定根本不记得她是谁，更别提那份工作了。她根本没必要跑去感谢人家。

"咦？安心姐，那个女人怎么那么像大明星郑婉如啊？"唐梦拉着顾安心的手，悄悄在她的耳旁道。

"啊？真的是郑婉……"唐梦看清那个女人的长相后，完全控制不住自己激动的心情。这可是她第一次在大街上偶遇大明星！

然而，唐梦连名字都没叫全，便被突然走过来的郑婉如捂上了嘴巴。

郑婉如比了个噤声的手势，小声说："乖，不要叫。"郑婉如本以为自己戴着口罩、帽子，没有人能发现她，没想到突然冒出来个眼尖的小粉丝。

她现在有点尴尬，毕竟被粉丝发现自己谈恋爱了，恨不得立马把这个粉丝的嘴缝起来。

但明面上，她还是很注重表情管理的，弯着眉眼对唐梦笑了笑。

听见女神的声音跟电视上一样温柔，唐梦连忙乖乖地点头，表示自己会安静。郑婉如这才放心，慢慢松开了手。

顾安心对他们抱歉地笑了笑："不好意思啊，我们没打扰到你们吧？"

萧一山见到顾安心，十分惊讶，想起了最近因为她而性情大变的凌越，眼睛亮了："顾小姐，是你啊？！"

顾安心没想到萧一山还记得自己，有点受宠若惊，道："是啊，萧老板，真巧，我本来还想谢谢你的。"

萧一山想起了凌越的嘱咐，摇头笑道："谢什么？三哥是个不可多得的人才，给你们一些关照，我十分乐意。"萧一山说完，在心里偷着乐。其实整个安心集团都是凌越的，想给顾安心提供工作的人也是凌越，好人全给他萧一山做了。

他何乐而不为？

萧一山还想跟顾安心说说安心集团，怀里的郑婉如给唐梦签完名后却扯了扯他的衣服："我们还是走吧，刚刚好像有人在看我。"

郑婉如最近非常红，不太好在这个时候公布恋情，有些害怕。

萧一山虽然觉得郑婉如麻烦，但目前对郑婉如还挺感兴趣的，便依她所言跟顾安心道别，临走的时候道："顾小姐，后会有期。"

"好的，再见！"顾安心不太明白萧一山这个"后会有期"的意思，受宠若惊。

唐梦目送女神离开，拿着郑婉如的签名，感觉整个人都飘飘然了，激动地搂住顾安心道：“安心姐，真的是婉如啊！我好高兴！”

顾安心被她抱得太紧，差点没喘过气来。

郑婉如确实很红，顾安心虽然平时不怎么看影视剧，但是对郑婉如的名字还是很熟悉：“恭喜你啊，见到女神了。”

唐梦好不容易冷静下来，开始一本正经地分析郑婉如的感情史：“媒体一直说郑婉如单身，没想到女神早就有男朋友了，而且还是咱们认识的人。”

顾安心失笑道：“媒体说她单身你也信？像郑婉如这种流量女明星，谈恋爱肯定要保密啊！”

顾安心说完发现唐梦没跟上来，转头一看，唐梦愣在原地，似乎在思索什么。

“小梦，你怎么了？”

唐梦这才回神，道：“安心姐，你还记不记得我以前跟你说，觉得三哥很眼熟，好像在哪里见过他？”

顾安心点头：“你确实说过，但是你想了这么多天，也没想出来到底在哪里见过他，我以为你是开玩笑的。”

“不是开玩笑！”唐梦瞪大眼睛道，“刚刚碰到郑婉如，把大老板跟影视明星联系起来，我忽然发现好像在电视里见过三哥！”

顾安心一愣，满脸怀疑：“你是说三哥曾经上过电视，是个明星？你确定？”

唐梦摇头：“不是明星，但是他一定上过电视，我这脑子……偏偏想不起来是在什么节目上看到他了。”唐梦不停地敲着自己的脑袋，嘴里念叨道，“到底是什么电视节目呢，到底……”

唐梦想了半天也没想起来，垂头丧气。顾安心突然想起三哥的游戏，问她：“是不是跟软件相关的访谈类节目？”

唐梦瞪大眼睛，恍然大悟，指着顾安心道：“好像确实是个访谈节目！”

“三哥拥有开发游戏软件的能力，会上一些小型的访谈节目介绍软件也不是什么奇怪的事。”顾安心笑了笑，心里对凌越生出一丝敬佩，没想到他以前那么风光！

唐梦听她这么说，还是隐约感觉不对："总觉得不是什么小型的访谈节目……安心姐，三哥该不会是什么大人物吧？你看那次他跟萧老板站在一起，跟朋友一样，丝毫没有员工和老板的感觉，我甚至觉得三哥的气场比萧老板还要强。"

顾安心倒不这么认为："他本来就那样，谁都不奉承。你看，他住在我的家里，还一副大爷的样子呢！"

唐梦想想也是，便不再多说。

不过，顾安心从唐梦的话里得到了灵感！

夏大川总编不是说最近主推少女风漫画吗？她可以以三哥为原型，再用上唐梦的构思，创作一部少女漫画，名字就叫……《天上掉下个总裁》！就算三哥不是大人物，顾安心也可以假装他是！

顾安心兴冲冲地回到家，发现三哥已经下班了，Alice 正站在他身旁说着什么。

不过，一见到顾安心，Alice 便立刻闭嘴了。

"啊……我……我打扰到你们工作了吗？"顾安心指了指自己。

"我知道了，你先回去吧。"凌越抬头看着 Alice 道。

Alice 应了声"是"，对顾安心点了点头后便走了。

顾安心送 Alice 出门，把今天买的衣服放下，问凌越："你们刚刚在讨论什么？怎么我一来便不说了？"

凌越抬头看着顾安心，她白皙的额头上因为赶班车冒出一层细密的汗珠，在灯光的照射下，让她的整张脸显得年轻且富有灵气。

刚刚 Alice 跟他汇报的正是关于顾安心的事。

顾安心，女，大学毕业时 22 岁，毕业当年去国外度假，因卷入药品案件被判入狱半年，关押的监狱是 ×× 中心监狱。

Alice 道："那是一所国外的男女混合监狱，她关押期间的大部分经历没有书面记录。不过，我找人打听到她在长达半年的时间里，受到一个外国狱警的骚扰，后来在别人的帮助下才脱困。即便如此，那个狱警还是给她留下了难以抹去的心理阴影。她出狱之后不久，那个狱警也辞职了。"

Alice办事效率很高，把凌越想知道的东西查得一清二楚。

凌越十分震撼，就连谈下几百亿的大项目都不如知道顾安心的过往这么让他震撼。

明明有着如此不堪的过往，顾安心却仍然能坚守初心，对生活充满热情，对梦想充满期待。她的心中充满阳光。

凌越莫名地觉得心疼。

但他知道，针对这件事，最好的处理办法是只字不提。

"我们在讨论工作。"凌越这才道，"你来了，不方便。"

"哦……"顾安心撇嘴，对他们的工作没兴趣。

"对了，我今天有好消息要告诉你，两个！"顾安心兴致勃勃地道。

"两个？"凌越早就知道了大川漫画公司的事，因为正是他托Alice把顾安心的画稿送给夏大川的，夏大川看后才主动找上了顾安心。

但是要说两个的话……另外一个，他还真不知道。

"对啊，第一个，我以后要去大川漫画上班了！"顾安心兴奋地道。

"嗯，恭喜你。"凌越虽然并不惊讶，但还是假装惊喜地道，"那第二个呢？"

"第二个就是，我要以你为原型创作一本漫画！我觉得这本漫画很有卖点，要是以后火了，我就告诉大家，你是人物原型。"

凌越："这算什么好消息？"

顾安心："嗯……对我来说是好消息！"

凌越一脸淡漠。不过，顾安心能这么关注他，以至于把他的形象画到自己的作品里，他还是乐意的，便随口问了一句："什么故事？"

"讲的是一个总裁在被人陷害后被一个平凡的女孩儿捡到了的故事，名字我都想到了，就叫天上掉下个……"顾安心话还没说完，凌越猛地抬起头，一脸严肃地盯着她。他的表情冷到了骨子里，带着一股生人勿近的气息。

顾安心被他看得汗毛倒立，结结巴巴地问："怎……怎么了？"

她说错话了？没有啊！他这是发的哪门子神经？

凌越眉头紧皱，一下将鼠标扔到了地上，问："谁告诉你我是总裁的？"

凌越一方面担心顾安心是突然发现了什么，另一方面觉得自己没有露出什么破绽，包括萧一山和 Alice 的身份也隐藏得很好。

顾安心被他的反应吓到了，喃喃道："小梦说以前好像在电视上看见过你，我想你大概是因为游戏软件上过一些小访谈节目。不过我觉得小梦的想法很好，可以在你本人的身上增加一个总裁的身份，用这个形象画漫画，现在的小姑娘都喜欢看这些！你到底怎么了？"

听了她的解释，凌越松了一口气，捡起地上的鼠标，恢复往常的样子："没什么。"

没什么？你刚刚发那么大的脾气，现在又说没什么？

"你要是不同意的话，那我不画就是了。"顾安心闷闷不乐起来。

"你画你的，我没有不同意。"凌越的态度突然变好了。

顾安心十分无奈，这个男人简直跟神经病似的……

"那个……小梦说你上过电视，是上的什么节目？你怎么没说过？"顾安心对这件事还是比较好奇的，因为她想知道他的过去，毕竟连萧老板都夸赞他是不可多得的人才。

然而，凌越压根不想回答顾安心的问题："我工作的时候，不喜欢有人打扰！"

三年前，他确实受邀上过一档财经节目，那个时候他的身份是凌天集团的负责人。从那之后，他再也没有出现在媒体面前。

不得不说，唐梦的记忆力很好，但他并不打算跟顾安心袒露任何有关身份的信息。

翌日，顾安去大川漫画报到，受到了总编夏大川的热烈欢迎，夏大川还亲自为她安排了办公桌。

她的左边坐着一个女画手，叫秦玲，右边坐着后勤部的刘姐。

她们互相认识了之后，刘姐见顾安心长得漂亮，十分热心，想帮她介绍男朋友。

"安心，你有没有男朋友啊？我们大川漫画有好几个单身小伙，人都不错。你看，宣传组的小李、发行组的小杜……”

秦玲打断了刘姐的话：“刘姐，你都没了解情况，怎么就随便帮人家介绍？人家安心是有男朋友的！”

顾安心奇怪地看着秦玲，自己什么时候有男朋友了？秦玲竟然说得这么笃定……

顾安心正要问，发现秦玲给自己使了个眼色，便没否认自己有男朋友这件事。

刘姐可惜地摇了摇头，干活去了。

顾安心这才笑着问秦玲：“玲玲，你怎么知道我有男朋友？”这件事连她自己都不知道呢。

秦玲对顾安心眨了眨眼睛：“夏总说的啊！他说你有个很好的男朋友，还让我帮你挡桃花呢！我挡得好不好？”

顾安心更加惊讶了，夏大川怎么会觉得她有男朋友，而且还让秦玲帮她挡桃花？这简直不可思议！

不过，她就算再惊讶，也不可能跑到夏大川的办公室去问他为什么在公司里传播自己有男朋友的消息。

她第一天上班，还是好好工作吧，工作要紧！

顾安心当即跟负责自己的责任编辑说了一下关于《天上掉下个总裁》的构思，得到了编辑组的一致好评，当天便开始画这本漫画。

日子就这么平淡地度过，顾安心忙于画漫画，凌越忙于开发“游戏”。

他们俩一个比一个忙，虽然能交流的时间不多，但住在同一屋檐下，越来越默契，也越来越习惯对方的存在。

如果凌越加班晚归，一定会提前和顾安心打招呼。久而久之，顾安心也养成了这种随时跟凌越报备的习惯。

这天，顾安心画完稿，准备看电视休息一会儿。刚打开电视，她便听到一个女主播播新闻的声音：“安心集团是近期由专业人士组建，并迅速成长起来的一个集团型企业，据知情人透露，安心集团拥有强大的背景和充足的资金，未来将在市场上成为凌天集团的强劲对手。”

这本来是一条再普通不过的财经新闻，放在往常，顾安心根本不会有兴趣。但是这个集团竟然叫安心集团，好巧！顾安心不免关注了一下。

结果，她竟然发现安心集团的法人代表是萧一山！

所以，三哥供职的公司叫安心集团？这也太巧了！

“三哥！三哥！”顾安心像是发现了新大陆，大声喊他。

然而顾安心没看到人，只听到卫生间里传来哗哗的流水声。

顾安心急着找他，再加上卫生间的门只关了一半，她觉得三哥应该只是在洗手，便直接推门而入。

“三哥，萧老板那个公司……”这句话刚说一半，顾安心便被眼前的一幕惊呆了！

凌越全身上下只剩下一条内裤，正低着头，不知道在看什么。

顾安心突然闯入，他下意识地抬头，两人四目相对，气氛瞬间变得暧昧且尴尬！

顾安心第一次看见凌越这样，视觉上受到了极大的冲击，下意识地叫了出来：“变态！”

凌越十分无辜……自己刚刚不小心在衣服上泼了一杯茶，正准备洗澡、换衣服，是她突然跟流氓似的闯进来的，最后还倒打一耙说他是变态。

不过，凌越意外地发现自己被她骂后竟然没有生气，反而……产生了要跟她好好理论一番“什么是变态”的念头。

他顺着顾安心的视线低头看了自己一眼，瞬间疑惑起来：“你在看哪里呢？”

顾安心这才反应过来，天哪，她在看哪里？

卫生间里的空间本来就小，他们根本不可能拉开距离。凌越直接把她拉过来，然后伸脚一踢，砰的一声关上卫生间的门！

他是个正常且强壮的成年男人，即便天天听她洗澡的声音、看她穿着睡衣在自己面前走来走去，也没动她，已经很克制自己了。

今天是她自己送上门来的，凌越的脑子里只有四个字：不必客气！

他一把将顾安心压在墙上，气氛瞬间变得更为暧昧、刺激了。

卫生间里的空气本来就不怎么流通，他们这样互相紧贴着彼此，顾安心感觉自己的脸都要被蒸熟了，觉得好热。

凌越虽然几乎没穿衣服，但也热，甚至比顾安心还热。

两个人都没有说话，但是看向对方的眼神说明了一切。

朝夕相处了这么多天，他们早就把彼此当成生活中必不可少的一部分了。

顾安心曾多次在心里问自己，凌越到底是她的什么人？为什么她越来越觉得家里多了个男人很有安全感？

就在她盯着凌越思考的时候，凌越的薄唇突然贴上来，有些凉，但是在触碰到顾安心之后，瞬间变得火热起来。

顾安心瞪大眼睛，一时竟忘了要推开他。直到凌越的手突然覆盖在她的胸上，顾安心才猛地惊醒，慌忙地拉开他的手，将他稍稍推开，看着他大口地呼吸起来。

“你并不讨厌我吻你。”凌越道。这是陈述句，不是疑问句。

他为此赶到愉悦、兴奋，眼睛里充满了光芒，亮晶晶的。

顾安心被他戳穿了心思，小脸更红了。

在凌越凑过来想再次亲吻她的时候，她侧身一躲，有些着急地推开他：“可是我们之间什么都不是，不应该这样的。你放开我，今天太突然了，我要想想！”

她也不知道自己在说什么，推开凌越落荒而逃。如果再待在这里，她真的不知道接下来会发生什么！

凌越说得对，她好像真的不讨厌他吻自己。

凌越看着逃跑的她，轻笑了一声。

他知道，顾安心不允许他硬来，是因为有心理障碍。他们两人之间要想进一步发展下去，只能顺其自然。

可是，他低头看着自己……只觉得某种生理反应似乎来得太突然了。

凌越深吸了一口气，用脚大力地一踢，把门关上，带着一种没被满足的怒意，打开了淋浴头。现在，只有冷水澡能解救他！

他在心里默默地想：顾安心，你等着！

翌日。

以往，顾安心起床后都会先跟凌越问好，再准备好早餐，随后去上班。但是今天，所有的事情好像都变得不一样了。

顾安心打开房门，看见已经起床了的凌越，想说早安，但憋了半天都没说出来，反而把自己的脸给憋红了。

“早。”倒是凌越先开了口。他神色如常，好像昨晚什么事都没发生。

凌越最近一直很忙，去哪里都带着电脑，具体在忙什么顾安心也不知道……

顾安心突然想起了新闻里说的安心集团，本来昨天正是要问这个才闯进卫生间的，结果在被他亲吻之后将安心集团什么的全都抛到脑后了……

“那个……安心集团是怎么回事？你们公司的名字跟我的……”

“不巧。”凌越打断她的话，把视线从电脑屏幕转移到她的脸上，“那时萧老板让我取名字，我想到了你，所以才有了现在的安心集团。”

凌越解释完又埋头工作。

顾安心更诧异了，所以，这并不是巧合？！这个集团的名字真的是根据她的名字命名的？萧老板未免太随便了吧！

然而顾安心看凌越这么镇定，就好像这是一件很正常、普通的事情，便慢慢平复了自己的心情。顾安心觉得，人家就是在取名的时候发现身边有个人的名字还不错，便用了，自己不用太当回事！

但即使如此，顾安心还是忍不住多想起来，毕竟他们昨晚……过界了。

不过，这种事情如果男人不提，顾安心也不会主动提及。

她尴尬地摸了摸自己的脸，上班去了。

顾安心走后，凌越给 Alice 打了个电话：“帮我准备一束玫瑰。”

那边，Alice 正跟萧一山一起，听到凌越的命令后十分诧异：“先生，恕我刚刚没听清，您是让我准备一束……玫瑰？”

凌越从来没有吩咐她办过这种事，她倒是帮萧一山买过几次花，现在听凌越这么说，怀疑此时跟自己通电话的人是不是凌越。

“对，玫瑰，你看着买。”凌越说完便挂了电话。

Alice一脸震惊之色：“是……”

“我没听错吧？三哥打电话让你买玫瑰？”萧一山的震惊程度不亚于Alice。

凌越要送女孩子玫瑰了，是火星撞地球了吗？！

Alice点头，心想：看来凌越对顾安心是真的上心了。

“你觉得他有几分真心？”萧一山一脸玩味，立马摆出一副要跟她打赌的架势。

Alice想了想：“先生目前的生活重心还是在与凌天集团对抗上，在其他事情上，他应该不会耗费太多的精力。大概是顾小姐天天出现在他面前，他有了些兴趣。”

她跟了凌越这么久，不觉得凌越是个会陷入情网的人。他就算谈恋爱，也应该是理智的。

“啧啧。”萧一山对着Alice摇头，“亏你还是个女人，怎么就这么不相信爱情呢？因为顾小姐天天出现在他面前，他才对她感兴趣？那你之前还天天和他寸步不离呢，他怎么没对你感兴趣？”

Alice：“请萧少不要拿我和先生开玩笑，不然我会告诉你的新欢郑婉如小姐，你上周末给旧爱许清清小姐过了一个令人难忘的生日！”

萧一山立刻闭嘴了，真是……有什么样的领导就有什么样的下属！Alice威胁人的方式现在越来越像凌越了，她完全不给人活路啊！

Alice办事一向利落，当即查询了玫瑰花的花语，并在傍晚时分帮凌越订了99朵玫瑰花，寓意是：爱你久久。

虽然Alice并不认为凌越能永久爱顾安心，但送99朵比较有意义，十分浪漫。

她将玫瑰花交到凌越的手里时，凌越还在专心地敲代码，只扫了玫瑰花一眼。

Alice越发确信，他对顾安心只是一时兴起。然而Alice不知道的是，在凌越看来，玫瑰花只是他用来追求顾安心的工具而已，他在意的是顾安心这个人，对这束花并没有太大的兴趣。

“帮我找一家西餐厅，要靠近大川漫画公司、氛围浪漫的。”凌越继续吩咐。

这么浪漫的事情从他的嘴里说出来却像在竞标，透着一股志在必得的味道。

Alice 点头，道：“是。”

看来，凌越跟萧一山做了这么久的朋友，多少学到了一些追女生的技巧，竟然还懂得要找氛围浪漫的西餐厅。

“先生，我能问一个问题吗？”Alice 没忍住。

“问。”

“为什么是顾小姐？之前您父亲给您介绍过几个富家千金，您都拒绝了，我看不出顾小姐有什么优点能够使您主动展开追求。”Alice 是真的好奇。

凌越手上的动作停了下来。

那些富家千金确实都比顾安心有气质，自己为什么选顾安心呢？凌越一时也不知答案是什么。

但他很肯定，自己想要顾安心，无论是生理上还是心理上都想亲近她！

“你很闲吗？”凌越并不打算回答 Alice 的问题。

Alice 连忙低头道：“先生，我这就去选餐厅！”

两个小时后，凌越手捧玫瑰花，抵达西餐厅，做好了准备。现在万事俱备，只欠顾安心。

凌越没追求过女人，但是今天对抱得美人归信心满满。一方面，他昨晚亲吻顾安心时她态度温和，这表明她不讨厌他，甚至还可能有些喜欢他；另一方面，他拥有与生俱来的自信，并且有资本追求她。

顾安心今天左眼皮一直在跳，下午正犯困的时候，收到了一条凌越的微信：“什么时候下班？”

顾安心瞬间清醒了。因为昨晚他们莫名其妙地接吻了，她现在一看到三哥的名字就脸红。

她犹豫片刻，小心翼翼地回道："还有十几分钟下班，你是不是想让我帮你买什么东西回去？"

顾安心尽量克制住自己的那点小心思，回复得很正经。

她刚发完消息，秦玲从旁边走过来，瞥了一眼顾安心的脸，笑道："安心，跟男朋友聊天呢？"

"哪……哪……哪有？！"顾安心一惊，差点将手机扔了！

要是以前凌越被人误会是她的男朋友，她不会有丝毫尴尬。但是经过昨天的卫生间亲吻事件之后，她心里有鬼，便开始不淡定起来！

"不是男朋友啦！"顾安心连忙解释，一张小脸羞得通红。

秦玲暧昧地冲她挑了挑眉："话说你为什么给你的对象备注三哥？他在家排行老三吗？"

顾安心摇头道："我也不知道。"她连三哥的真名都不知道，怎么可能知道他的家人？

这样想想，顾安心不禁有点心酸。随后，她猛地反应过来，自己刚才是承认三哥是自己的男朋友了？

顾安心连忙补充道："还有，他不是我的男朋友啦！"顾安心红着脸跺脚。

"你看你的脸都红成什么样了？"秦玲笑她，"就算现在不是，迟早也会是。"

顾安心没再言语。

秦玲见她害羞极了，不再逗她："不过，你这眼皮怎么一直在跳？"

顾安心点点头："我也不知道怎么回事，今天眼皮跳了一天！"

秦玲笑了："据说左眼跳很吉利，今天可能有好事找上你！"

顾安心也笑了，没当一回事："我们不搞封建迷信那套。"

顾安心跟秦玲聊完，发现三哥又发来一条微信："没事！"

顾安心觉得这人真无聊。

今天动漫组的杜明过生日，大家约好了要一起出去给杜明庆祝一下，顾安心将此事告诉了三哥："今天同事过生日，我会晚点回去，晚饭你自己想办法解决吧。”

顾安心的消息刚发出去没多久，凌越的电话便打过来了。

顾安心看了一眼时间，距离下班还有五分钟，一边收拾东西一边接了凌越的电话：“三哥？”

电话那头，凌越的声音很严肃：“你不要去给同事过生日。”

他霸道的命令之言让顾安心听愣了。

“为什么啊？大家都去！我刚来公司，就需要多参加这种同事聚会，尽快跟他们熟悉起来。”

凌越坚持道：“下次再去。”

“下次？”顾安心意识到他这么反常，可能是有事，“你怎么了？”

凌越：“你现在应该下班了吧？”

顾安心：“嗯。”

“Alice 在楼下等你。”凌越不再解释了。他是打算给顾安心惊喜的，不可能在电话里透露太多。

“Alice 在楼下等我？”顾安心透过窗户往楼下看，果然看见高挑的 Alice 正站在一辆黑色的小车旁。

她不知道凌越的葫芦里卖的是什么药，便道：“行，那我先下来。”

顾安心挂掉凌越的电话后，找到杜明，说：“杜哥，我先下楼，有个朋友在等我。”

杜明点头：“没事，你去吧，我们出发的时候再叫你。”

Alice 是个干练、有能力的助理，但并不是顾安心的助理，顾安心不好让人家等太久，便赶紧下楼了。

当她见到 Alice 后，Alice 却不说具体有什么事，只说三哥在前面的路易斯西餐厅等她。

“啊？”顾安心越来越蒙了，“Alice，到底发生什么事了？你们这样急死我了。是不是他出事了？”

“顾小姐不要急，没事。”Alice 不急不缓，露出一丝笑意。

顾安心心存疑惑，他没事让自己去西餐厅干吗？

这时，同事们从办公大楼下来，看到顾安心，杜明喊了一声：“安心，走啦。”

Alice见顾安心竟然还跟别的男人有约，眉头紧蹙："顾小姐，请你务必现在去路易斯西餐厅！"

凌越好不容易看上个女人，如果在中途被别的男人抢走了，不但他没面子，Alice这个助理也显得太无能了！

顾安心见Alice突然这么严肃，决定先去路易斯西餐厅看看，便跟杜明说："杜哥，你们先去吧，我等一会儿跟你们会合。"

杜明疑惑地问："怎么了？你有事啊？"

顾安心摇头道："应该没什么事，一个朋友让我去一趟路易斯西餐厅。"

"路易斯西餐厅？正好，我昨天丢了一张卡，不知道是不是落在他们店里了，我跟你一起过去。"

"好。"顾安心没觉得有什么不对，便把杜明带上了。

凌越是一个占有欲极强的男人，在他打算表白的时候，看到顾安心和一个男人一起去找他，怕是会当场发怒！

Alice觉得额头直冒冷汗，不由得打了个寒战。

她本来打算把顾安心送到路易斯西餐厅后就离开，但现在怕有事需要自己料理，便连忙跟上了顾安心的脚步。

路上，杜明一直在跟顾安心聊天，讨论今晚的节目以及公司里的趣事，两人聊得热火朝天。

顾安心听到好笑的事情时，也忍不住莞尔一笑。

Alice的脸色越来越差，她几次想用咳嗽声提醒顾安心，但顾安心都没有察觉。

顾安心和杜明先行走进了西餐厅，服务员立马迎了上来，问他们："两位想要个情侣座吗？"

Alice立刻愣住了。

顾安心很尴尬，连忙摇头："不不不，我是过来找人的，你有没有看到坐着轮椅……"她还没问完，便看到了坐在窗口处的凌越，"哦，我找到他了，你去忙吧！"

与此同时，凌越也看到了她。他很严肃，满脸写着不爽和烦躁！

顾安心愣了一下，心想：今天谁得罪他了？

“你找到朋友了？”杜明凑到顾安心的耳边问她。

这一凑，二人便靠得太近了，他甚至碰到了她的头发。顾安心被吓了一跳，连忙后退了一步，指了指窗边的凌越：“嗯，找到了。”

杜明点头道：“去吧，我去问问服务员有没有捡到我的卡。”

顾安心这才走向凌越，然而越靠近凌越便越觉得他今天不对劲。他盯着她，眼睛里是掩饰不住的质疑和不满之意。

“你怎么了？”顾安心走到凌越面前，正要坐下，凌越突然冷冷地道：“我有让你坐下吗？”

顾安心尴尬地愣在原地，站也不是，坐也不是：“三哥，你到底有什么事啊？那边还有同事在等我呢。”

“同事指的是他？”凌越指了指站在柜台处跟服务员说话的杜明。

那个男人刚刚跟顾安心靠得极近，已经超过了凌越对安全距离的定义。

虽然凌越还没表白，但是从昨天开始，顾安心就已经被他划分到了“凌越所有物”这一类中。

他绝对不允许在这个分类里的女人和其他男人之间过分亲密。

顾安心拉了拉他的手，说：“你别这样指着人家，不礼貌，他好歹是我的同事，以后我跟他还要朝夕相处的。”

“人家”和“朝夕相处”这两个词顿时刺痛了凌越，他严肃地盯着顾安心。

顾安心有点着急，也有点摸不着头脑，Alice让自己一定要过来，可是自己过来了，凌越又一直不说重点。

眼看杜明已经跟服务员沟通完了，正在等她，她不免催促凌越道：“三哥，你到底有没有事啊？我还有事呢。”

凌越见她没了耐性，顿时没了心情。虽然他今天已经做好了表白的准备，但最终还是咬牙道：“没事！”

顾安心很无奈：“咱们都是成年人了，你能不能不要这么任性啊？你特意把我叫到这里来，又跟我说没事，不是在耍我吗？我都跟你说了要参加同事的生日聚会，你这不是耽误大家的时间吗？”顾安心抱怨了一通，转身走了。

凌越看着她的背影咬牙切齿。顾安心如果不是他喜欢的女人，说这种话简直就是找死！

他目送顾安心和杜明离开西餐厅，看了看藏在桌子下还没来得及拿出来的玫瑰花，深吸了一口气。

Alice 一直在一旁看着，见凌越还没把玫瑰花给顾安心就放顾安心走了，突然失笑。

凌越一向敢说敢做，今天倒是畏首畏尾了，真是稀奇。一场策划好的表白就这么无疾而终，而女主角甚至什么都不知道。

Alice 像是发现了新大陆般稀奇地看着凌越。

“看什么？”凌越不喜欢 Alice 看他的眼神，像在看一个傻子，“看看她去了什么地方，回来跟我汇报！”凌越声音低沉，带着一丝怒意。

Alice 连忙点头：“是！”

第四章

/

你是我的情不自禁

顾安心他们在平安饭店吃完饭，之后去了附近的一家 KTV（影音类娱乐场所）。

她没什么朋友，很久没跟这么多人一起聚会了，玩得很高兴。别人给她酒时，她也没拒绝，喝了一点。她酒量并不好，喝到最后都有些醉了。

散场后，大家准备回家，其他女同事要么有老公或者男朋友来接，要么有护花使者，只有顾安心还没着落。

她本想自己打车回家，但寿星杜明即便被灌得烂醉，还是挣扎着站起来说："安心，我送……送……送你回家！"

其他同事开始起哄。

顾安心笑了，他醉成这样，是想送她回家还是想送她上路？

顾安心拒绝了杜明，决定自己回去，但一出 KTV 便感觉一阵眩晕。

顾安心走到路边，刚伸出手拦车，一股呕吐感就涌上心头。她太久没有喝酒了，胃部十分不适。

她深吸一口气，慢慢平复下来后，一抬头就看见了一个鬼鬼祟祟的男人，吓了一跳。

“小姐，你喝醉了吧？这是要去哪里？我送你回去。”男人说着就过来拉住了顾安心的胳膊，拉着她朝路边的一辆面包车走去。

顾安心虽然不是很清醒，但是潜意识里知道这不是好人，便勉强站直身子，挣开了男人的手：“放开！我不认识你！”

这时有人路过，见顾安心被人骚扰，犹豫要不要过来帮忙。

这男人是个老手，见路人注意到这里后，大声对顾安心道：“早就跟你说，让你不要喝酒了！你一喝醉就爱胡说，连老公都不认识了！我要是把你扔在大街上，看你能找得到北不？”

路人一听，以为他们是夫妻，便没再管，径自走了。

男人见路人走了，拉顾安心的力道更大了，连拖带拽地想将她送上面包车。

“老婆乖，听话，咱们回家！”男人一边拉顾安心，一边用语言混淆路人的视听。这样路过的人就不会多管闲事。

经过一番努力，男人把顾安心拉上了车，看着躺在面包车后座上的顾安心，露出猥琐的笑容。

经常有男人在酒吧或KTV门口守着醉得不省人事的女人，把她们带回家，这种行为俗称“捡尸”。他经常这么干，但从来没捡过这么漂亮的。

他不禁感叹自己今天的运气太好了，都等不及去宾馆了，准备直接脱下顾安心的外套。

“住手！”一个声音传来。

满脑子淫秽想法的男人被这个声音吓了一跳，心里很不爽。他往车外一看，见外面有一个坐在轮椅上的瘸子，不禁不屑地想：就你也敢来管闲事？

男人拉开车门，对凌越没有丝毫畏惧之意，蛮横地道：“你小子少管闲事！”

“你想死吗？”凌越狭长的眼睛微眯着，浑身笼罩着危险的气息。

“我想死？”男人笑了，“我接我老婆回家，关你什么事？我警告你，赶紧离开，不然你这瘸子即便是瘫在大马路上也没人敢扶！”

“老婆？”凌越眼里的怒意比刚刚更盛了，这个词明显惹怒了他。

他今天本来是要跟顾安心表白的，结果她还没变成他的女朋友，就变成别人的老婆了吗？

凌越很生气，后果很严重。

就在这时，Alice 突然从凌越的身后出现，给了对面的男人一巴掌！男人当即大叫了一声，被扇倒在地上！

凌越扫了一眼地上的猥琐男，克制怒意，对 Alice 道："报警，跟警察说我们抓住了一个强奸犯。"

"可是……" Alice 看了一眼地上的男人，"我们没有证据，警察应该不会……"

"不需要证据，能在这种地方如此熟练地作案，他必定有前科，警察应该感谢我们。"

Alice 点点头："先生说得是。"

凌越说完便拉开了面包车的门，将顾安心拉了出来，调整她的姿势，让她坐在自己的腿上，头靠在自己的胸前。

醉后的顾安心睡得很安稳，看上去十分乖巧，轻轻地呼吸着。然而凌越不打算让她就这样安然地睡着，道："醒醒！"

这个女人到底知不知道刚刚差点发生了什么？如果不是他及时出现……后果不堪设想！

今天他必须让她知道一个人出来喝酒的后果！

凌越拍着顾安心的脸，一心想要把她弄醒。然而他拍了半天，顾安心也只是哼哼唧唧的，像一只猫，缩在凌越的怀里，很安逸。

"顾安心！"凌越没什么耐心了，拎着她的耳朵低吼道。

顾安心这才有了点反应，睁开眼睛，瞅了近在咫尺的凌越几秒钟，道："你……有点像我三哥。"

顾安心因为醉酒，声音听着有些性感，像猫爪似的挠在了凌越的心上。

他愣了一下，一时竟忘了要教训她。

"咯咯……" Alice 没忍住，出声打断他们，"先生，我刚刚报警了，警察说十分钟就会赶到这里。我们要是再不离开这里，可能要被警察带回去做证人了。"

凌越是不能面对媒体或者警察的，他寄住在顾安心家正是为了隐藏自己的身份，避免让凌天集团的人发现他还活着。所以，Alice看到凌越跟顾安心还待在大马路上不走，有些着急，便直接插话了。

凌越扫了Alice一眼，脸上闪过一丝不悦之色，Alice见状连忙闭嘴。

凌越看着怀里的顾安心，无奈地深吸了一口气，稍一用力，便把顾安心抱了起来。与此同时，他也直接从轮椅上站了起来！

Alice震惊地看着凌越，见周围没人，立马上前提醒他："先生，您还不能……"

凌越："闭嘴，我知道分寸。"

Alice皱眉，但也只好闭嘴。她又看了一眼凌越怀里的顾安心，心想：顾安心竟然能让凌越这般不管不顾，看来要重新看待这个女人了！

"你还愣着干什么？是要等警察过来带我们回去做证人吗？"凌越看了Alice一眼。Alice这才回过神来，连忙给凌越打开车门。

凌越抱着顾安心上了车，低头盯着顾安心的脸颊看了几秒，然后在她的额上印下一吻。

Alice："……"

凌越情不自禁地吻了顾安心后，自己也微微愣住了。这是他第一次这样亲吻一个女人，感觉……尚可。

顾安心突然在他的怀里扭动起来，小脸通红，似乎很不舒服。

"下次再喝酒，我饶不了你！"凌越看着她训斥道。

"你好吵啊。"顾安心突然伸手，摸到了他的唇。

她想找东西堵住这张骂人的嘴，但又一直找不到，情急之下，直接用自己的嘴唇堵了上来！

凌越触碰到她的嘴唇后，瞬间惊呆了，大脑一片空白。他甚至能从这个吻中品尝到她喝过的红酒有多甘甜，令人欲罢不能。

车厢内的暖风温度很高，顾安心觉得太热，不安地想要逃离凌越的怀抱。但凌越正沉浸在这个吻中，险些迷失自己，不想推开她，反而给以热烈的回应。

他用手托着她的后脑勺，抚摸着她的发丝，将她的身体压向自己，随后缓缓伸出舌头在她的口中探索。

Alice一路上都不敢用力呼吸，听到既奇怪又暧昧的声音后，连后视镜都不敢看了，怕打扰了后排那两个吻得忘情的人。

Alice将车停在小区楼下，安静地等待着。等了好一会儿，凌越才问她："到了吗？"

Alice："到了……"Alice嘴上这么说，但腹诽道：不就亲个嘴，你俩有必要亲这么久吗？

凌越下车时，衬衣已经皱巴巴的了，脸上和脖子上还看得见顾安心留下的口红印。

Alice不敢再看凌越，感觉自己仿佛成了一个电灯泡。

凌越抱着顾安心直接上楼了，脚步轻快，很难让人相信这个男人刚刚还坐在轮椅上。

Alice确认四周没人看到这一幕后，便没有跟上去，一脸玩味地看着凌越急匆匆的背影，觉得这真的不像他！

她摇摇头，转身回家了。

顾安心家。

凌越把顾安心扔在柔软的床上。

她不安地翻了个身，然后找了个舒服的姿势抱着他的胳膊，红红的脸蛋在灯光下分外美丽。

凌越看着这个女人，一想到她现在这副样子被那个猥琐男看见了，便觉得呼吸不畅。

这个女人的自我保护意识太差了！

凌越并没有因为刚才的吻而忘记教训她，在她的耳边郑重地警告道："你下次不准在九点后回家。"

他本还想继续说什么，但红酒的醇香和她的体香一起钻入他的鼻孔，令他难以自持。他越发深情地看着这个女人。

顾安心很困，此刻被凌越对着耳朵吹气，感觉很痒，晃了晃头，下意识地嘟囔了一句："好吵。"

虽然这是凌越第一次被人嫌烦，但他没有生气，道："我不是在开玩笑！你给我听好了，社会险恶，你出门在外，我没办法时刻保护你，你必须足够警觉。”

凌越态度认真，仿佛顾安心现在是清醒的。他说完后心情很好，唇角微扬，不再废话，伸手去解她的衬衫扣子。

她今天穿了一件水蓝色的休闲衬衫，看着清爽、可爱。凌越一向喜欢她的穿衣风格，就算是价格便宜的衣服，也能被她穿得很好看。

凌越曾在梦里解过她的衣服扣子，但如今真的解起扣子来，才发现并不如想象中那样简单。

他手抖加上顾安心不配合，一时无法继续下去。

他好不容易解开一颗扣子，顾安心突然扭动起来，看起来非常害怕，蜷缩成一团，嘴里喊道：“不要过来。”她紧紧按住他的手，不让他再动。

凌越愣了，脑海中浮现出Alice说过的一句话：“顾小姐长期受到一个狱警的骚扰，有一些心理障碍。”

凌越深吸了一口气，顿时没了任何想法。他看着她紧闭的双眼和皱着的眉头，伸手轻抚她的发丝，试图安慰她。

但他毕竟是个血气方刚的男人，想克制自己，哪有那么容易？凌越在触碰到她的肌肤后感觉浑身燥热得跟着了火似的，十分要命！

他打算尽快离开这里，以免无法控制自己内心的欲望！然而就在这时，顾安心突然抓住他的裤子，随后吐了起来！

凌越呆了。一股可怕的呕吐物的味道袭来，凌越瞪大了眼睛，死死地盯着自己被弄脏的裤子！

顾安心又是一阵呕吐！

凌越没忍住，咒骂了一声。这是他第一次照顾一个喝醉的女人，没想到不仅体验到了心动的感觉，还拥有了可怕的体验！

他犹豫了片刻，最终还是强忍恶心，把顾安心扔进浴室清洗了一番！

清晨的第一缕阳光洒进窗户，房间内呈现出温柔的暖色调。

“好渴……”

顾安心缓缓醒过来，揉了揉太阳穴，感觉喉咙干干的，很想喝水。依旧闭着眼睛的她伸出手，在床头柜上摸索着，摸到了一个杯子，而且还是一个装满了热水的杯子。

突然，她又摸到一只耳朵。

谁的耳朵？顾安心吓了一跳，瞬间清醒。

她睁开眼，映入眼帘的是凌越的脸，他的五官像是被上帝精心雕刻过一样，完美得无可挑剔。

顾安心愣住了，安静地看了一会儿。

凌越眉头微动，狭长的眸子突然睁开。

两人四目相对，顾安心这才意识到他们竟然躺在同一张床上！尴尬和暧昧的感觉在她的心中缓缓蔓延……

顾安心扶着额头，猛地想起自己昨晚喝了不少酒，而之后的事完全不记得了！

她神色惊恐，低头一看，发现自己的身上穿着睡衣！

“我们……”顾安心难以置信地盯着凌越，“我们那个……嗯？”

“对，跟你想的一样。”凌越的嘴角扬起一抹戏谑的微笑，他撑着脑袋，伸手搂住她的腰，一脸玩味地看着她。

这个女人昨天让他那么担心，今天该轮到她慌乱了。

“我们真的发生关系了？”事情发生得太突然了，顾安心震惊得几乎从床上跳了起来！

她的第一次就这么没了？可是她怎么一点感觉都没有？

她有点怀疑地看着凌越。

“是这样的。”凌越淡淡地道：“昨晚你喝醉了，过于主动，我毕竟是一个有正常的生理需求的男人，无法拒绝你，所以我们就顺理成章地……”

房间里慢慢陷入寂静。片刻后，顾安心回过神来，小心翼翼地问：“就这样？”

凌越：“就是这样！”

“你是浑蛋！”顾安心拿起一个枕头砸向凌越！

虽然大家已经是成年人了，虽然昨天是她自己喝醉了酒、做了不该做的事，虽然她该为自己的行为负责任，但是……她甚至连他叫什么名字都不知道！

三哥？三哥是什么名字？这个男人根本没告诉她自己的真实姓名，整个人都是一个谜！

他既没有好好跟她相处的诚意，也不够坦诚！

顾安心越想越觉得委屈，两行眼泪眼看就要流下来。凌越见状，突然有些心慌，忙道："我会对你负责的。"

"负责？"顾安心转了转眼珠子，把眼泪憋了回去，"那你答应我两件事。"

凌越想也没想便点头道："可以。"

"第一，告诉我你的名字，还有你以前住在哪里，你的父亲叫什么名字，你的母亲叫什么名字，你是否有兄弟姐妹，以及你的学历和年龄。"顾安心对这些都太好奇了。她虽然嘴上不说，但无时无刻不想解开他身上的谜团。

"这个不行，换一个。"凌越直截了当地拒绝了。

顾安心抿着嘴唇，紧咬牙关，失望的情绪席卷而来。沉默了良久，她才道："我很后悔，我不应该喝醉的，毕竟家里住着一个来历不明且心怀不轨的男人。"

他什么都不说，还装出一副深情的模样，根本就是在耍流氓！

凌越眉头微皱，知道顾安心在说气话，在斥责他。这女人当真牙尖嘴利，他昨天就应该跟她把生米做成熟饭，之后再慢慢"驯服"她！

他突然伸手捏着她白皙的小脸："信不信我真的让你体验一回什么叫心怀不轨？"

顾安心推开他的手，继续道："我还没说第二件事呢！第二，我想知道我们昨天是怎么发生关系的。现在我的身体没有任何感觉，难道是你的……"

顾安心说完，已经做好了逃跑的准备。男人都好面子，她竟然敢怀疑他的某种能力，难保凌越不被气炸了。

凌越自尊心极强，控制欲也强，听不得她说这种话，在她逃跑之前一把抓住了她！

他将她按回床上，压住她问："我的身体怎么样，难道你不知道？嗯？"

他一脸暧昧，顾安心顿时想起来，那天她兴冲冲地跑进卫生间，看到了他只穿着一条内裤的场面……

顾安心瞬间满脸通红，推了推凌越："你压到我了，快起开！"

"你不妨告诉我，你刚才在想什么？"凌越在她的耳边吹气。

"我没有在想关于你的事！"顾安心矢口否认。

说完她才意识到，自己竟然不打自招了，这简直是此地无银三百两！

两个人突然都安静了下来，静得能听见彼此的呼吸声。

其实顾安心刚才就反应过来了，他们昨晚应该并没有发生什么，凌越只不过是在逗她。但是，就目前这种情况来看，昨晚没发生的事情可能马上就要发生了。

"三哥。"顾安心首先打破沉默。

"嗯。"凌越直勾勾地盯着她。

她的脸蛋因为害羞而变得通红，既好看又可爱，令人移不开视线。

"你能不能先下去？我们只是室友，这样……不太好。"顾安心用商量的语气说。

"做我的女人！"凌越突然道。

顾安心听到这句话后愣住了。

他的手掌很温暖，抓住她的手捏在手心里，瞬间传递出一股温暖的力量。

顾安心愣愣地看着他，不知道该怎么回答。他这是在对自己表白吗？

凌越用自己那深情的眼神告诉她：对，没错，我就是在表白！

顾安心的脑子里迅速掠过这段时间跟他朝夕相处的画面，狼狈的他、骄傲的他、孤独的他、不可一世的他以及神秘的他，都已经成了她日常生活的一部分。似乎有了他，她便不再孤独。

同时，唐奶奶之前叮嘱的话回荡在她的耳畔："安心啊，你年纪不小了，如果碰到好男人了，就相处看看，万一合适呢？缘分很奇怪，一旦送到了你的手上，你就千万不要轻易让它溜走。”

顾安心看着凌越，突然感觉口渴，再次将手伸向水杯。

凌越迅速按住她的手，说：“答应我后再喝水。”

他表面不着急，一直用一种风轻云淡的表情看着顾安心，但可能只有他自己才知道，他此时有多么煎熬，仿佛被百爪挠心一般！

“我现在不能答应你，要再想想。”顾安心道。

先不说他表白得太突然了，他甚至连名字都不肯透露！就算自己不介意这件事，但女孩子也该矜持一点，怎么能一被表白就立刻答应呢？

凌越见她竟然还要考虑，将薄唇抿成一条直线。以前，追他的女人多到可以排成一条长队，他只需要勾勾手指头，便有女人自动送上门来。现在，顾安心竟然还要考虑？！

“那你要怎样才能答应我呢？”凌越是个目标主义者，现在顾安心就是他的目标，他必须迅速达成这个目标！不然，他难以安心。

“我怎么知道？！”顾安心震惊了，哪有人这么问的？他也太直接了！

“那从今天开始，我让 Alice 每天给你准备一束玫瑰。”凌越认真地道。

顾安心：“哦……”

凌越再次觉得十分挫败：“不喜欢？”

顾安心：“还好吧。”

“那你喜欢什么？”凌越看着她的样子，无奈地笑了笑。

女人这种生物，纠结起来怎么这么可爱？

“我喜欢蝴蝶兰，和蝴蝶一样，既自由又漂亮！”

“那我让 Alice 给你准备蝴蝶兰。”

“为什么是 Alice？不应该是你亲自为我准备吗？”顾安心撇嘴。

“所以你这是答应做我的女人了吗？”凌越趁机伸手捏了捏她红通通的脸蛋。

阳光照射在凌越的身上，让他整个人仿佛在发光。顾安心不知不觉地竟然看呆了，连忙移开视线：“那个……我还要上班呢，要来不及了！”

她迅速起身，往卫生间跑去。

凌越看她一脸羞赧，目光追着顾安心的背影，带着以往没有的宠溺和温柔的味道。

顾安心收拾好东西，正准备出门，凌越突然道：“明天是周末，我们可以想一些活动，两个人一起出去。”

顾安心的脸再次红了起来！两个人还没开始交往，就要约会了？

“再说吧，我去上班了！”她连忙拉开门逃跑，心里却藏着一丝不可言喻的雀跃感和期待感。

其实，凌越的问题一开始便有了答案。她不讨厌凌越靠近、触碰甚至追求自己，想试着和他交往。

第五章

人间蒸发的他

秦玲是个八卦爱好者，见顾安心眉眼带笑、面露羞怯，便一脸暧昧地凑过来问："安心，我怎么好像闻到了爱情的味道？"

顾安心一愣，意识到自己过于喜形于色，立马害羞地道："没有啦，就是心情好……"

毕竟事情还没完全确定，顾安心不想这么快跟同事说。

秦玲眨了眨眼睛，眼神越发暧昧："我怎么听说动漫组昨天过生日的杜明对你有意思啊？"

正在喝水的顾安心险些呛到自己。

顾安心压根没想到自己竟然会跟杜明扯在一起。她一直将心思放在三哥的身上，和杜明之间是单纯的同事关系，也从未感觉到杜明对自己有什么不一样的地方。这些风言风语令她感到十分无奈。

秦玲咋舌："你怎么反应这么迟钝呢？你没发现杜明这两天来我们办公室来得很勤吗？而且他一来就往你这边看！"

顾安心："玲玲，你想多了吧？"她完全没发现。

"你这个傻妹子，我……"秦玲话还没说完，突然瞥见杜明来了，连忙住嘴。

“安心！”杜明声音洪亮，直接朝顾安心走过来。

秦玲冲顾安心挤眉弄眼，一副“我说得对吧”的表情。

顾安心本来觉得没什么，但被秦玲这么一说，突然有点排斥杜明。杜明该不会真对她有意思吧？最近自己的桃花运怎么这么好？

她突然想起来，杜明几天前确实问过她有没有男朋友，那个时候她说没有。而且，她一直以为当时杜明只是在开玩笑……

“杜哥。”杜明已经来到了跟前，顾安心平和地跟他打了个招呼。

“嗯。”杜明笑得很灿烂，随手把一盒杏花酥放在她的桌上，“昨晚你在KTV的时候好像喜欢吃这个，我今天路过甜品店，里面刚好有卖，给你买了一盒。”

顾安心顿时不知该作何反应了。他怎么还用买零食讨好女孩子这种招数，是真的对自己有那方面的意思吗？

“不用了，杜哥，你拿回去吧。”顾安心下意识地拒绝了。

“你就拿着吧，跟我那么见外干什么？就几块钱的东西。”

两个人在办公室一阵推搡，吸引了许多人的目光。

顾安心只得无奈地收下，然后将东西分给其他人吃：“来，杜哥请大家吃点心啦！”顾安心故意忽略杜明是特意将杏花酥送给她的事实。

杜明挠了挠头，心中生出挫败感。

“对了安心，我还要跟你道个歉。昨晚我本来要送你回家，但被他们灌醉了，后来你是怎么回家的？”杜明表情凝重、紧张，关切之情溢于言表。

顾安心连忙摇头，并默默地后退了一步，跟杜明拉开距离：“没事，我好着呢！”

顾安心说完立刻想到凌越，对杜明越发排斥，示意自己要工作了：“杜哥，我要画稿子了。”

杜明不傻，感觉到她在刻意拉开跟自己的距离，心里一急，冲动地道：“安心，今天下班后我请你吃饭好吗？楼下新开了一家西餐厅，牛排很不错！”

顾安心这下子确定了，杜明是真的对自己有那种意思。但她已经决定跟凌越交往了，不打算吃着碗里的看着锅里的，所以直接拒绝了杜明："不好意思杜哥，我就不去了，还有事。"

杜明更着急了："你有什么事？安心，你昨天不是还说自己单身吗？正好我也一个人，下班后我们结伴吃饭呀！"

杜明靠近了一些，贪婪地闻着她身上好闻的香味。

顾安心被他逼得后退了一步："我真的不方便跟你去吃饭，抱歉。"

杜明总算听出来了，顾安心是在拒绝他。当着大家的面，他觉得没面子，再加上他是个急性子，咬了咬牙，突然大声地喊道："顾安心！"

顿时，整个办公室的人都定定地看向这边。

顾安心皱眉，但现在想要阻止他已经来不及了。

杜明深吸了一口气，认真地道："顾安心，说实话，你第一天来上班时我就注意到你了。你的各方面都很符合我对另一半的要求，我立刻就喜欢上你了，但那个时候我听说你有男朋友，不敢靠近你。后来我才知道你没有男朋友，欣喜若狂，决定一定要追到你！安心，你如果觉得我还行，就给我一个机会，好不好？"

所有人都在等顾安心回答。

大川漫画公司的企业文化很开放，老板并不反对办公室恋情，甚至，如果公司内真的有员工在一起了，大家都会鼓掌祝福。

杜明和顾安心在大家的眼里非常般配，已经有人按捺不住开始起哄了。

顾安心完全没料到会闹成现在这个局面，虽然觉得对不起杜明，但还是摇头道："对不起，杜哥，我有男朋友了，不能耽误你！你很好，一定会找到更适合你的另一半。"

"什么？"

不仅是杜明，办公室里的其他人也震惊了。

顾安心刚进公司时，大家都被夏总编告知她有男朋友，单身男士们对此觉得很可惜。后来，她说自己依旧单身，杜明这才鼓起勇气向她告白。

现在顾安心突然说自己有男朋友……又是一个反转。顾安心是来搞笑的吗？

杜明的脸色顿时很不好看，他说："安心，你就算想拒绝我，也不用找这种理由……"

她一会儿说自己有男朋友，一会儿说没有男朋友，一会儿又有了，给人的印象很不好。

顾安心都不知道该怎么解释了："我以前确实没有男朋友，但现在有了！杜哥，这是实话！"

顾安心此话一出，立马惹人非议。

"杜明不表白的时候，她没男朋友。杜明一表白，她就有了？"

"我倒觉得顾安心绝情一点好，既然不喜欢人家，就不要给他希望。"

"可她也太狠了，好像她多受欢迎似的，杜明多可怜啊！"

顾安心皱眉，事实就是如此，她懒得解释了。

大部分人站在了"受害者"杜明那边，甚至有不少人上前安慰杜明。

后勤组的刘姐资历最深，出来替杜明解围，将杜明拉回工位，说："小杜，别站着了，干活去吧。"

杜明想了很久，还是觉得不甘心，倔脾气上来了，竟对顾安心道："你的意思是，你一夜之间交了个新男朋友？我不信，除非你让我见见！"

杜明在这么多人面前告白被拒，很没面子，非要从顾安心这边讨一个说法，甚至还要求见顾安心的男朋友。

顾安心知道他这是面子上过不去，也不恼，道："以后肯定有机会，下次我们聚餐或者开年会的时候，我会把我的男朋友带来的。"

杜明："你……"

顾安心拒绝得有鼻子有眼的，甚至还要带男朋友来跟他们聚聚！

杜明无话可说，一颗心被伤透了，咬了咬牙，转身冲了出去。

刘姐顺势对大家道："散了、散了，大家都去干活，别把刚刚的事放在心上，就当没发生过。"

刘姐一贯会打圆场，大家点头说好，但其实心里都十分好奇顾安心的男朋友到底是谁。

同事们没想到顾安心看起来柔柔弱弱的，却这么不留情面，差点把杜明气哭。争议更大的是，她一会儿有男朋友，一会儿没有男朋友，感情生活是个谜！

顾安心坐下来，深吸了一口气，本来好好的心情因为这个插曲瞬间变得不太好了。不过，她并不后悔拒绝杜明，跟暧昧者划清界限，才是对待感情最好的方式。

但这件事难免招来许多流言蜚语。顾安心去洗手间时，时不时听到有人议论她。

“你说，安心是真的有男朋友吗？”

“肯定是假的！女人拒绝男人的时候一共就那么几个说法，这你还不知道啊？”

“唉，杜明太可怜了，好好的一个阳光帅小伙，都快得抑郁症了！”

“我怎么觉得顾安心是在故意钓我们公司的单身男士啊？她那种女人我以前碰到过，外表清纯，心里恨不得把所有男人都攥在手里。你信不信？过几天她肯定会宣布她分手了，然后就又有男人上她的钩了。”

顾安心在卫生间的隔间里听到这些话，咬着下唇，很想立马开门跟她们理论一番！但这份工作来之不易，顾安心必须珍惜。想了想，顾安心还是忍了下来。

几分钟之后，那几个议论她的女人终于离开洗手间了。

顾安心从隔间出来，站在镜子前看着自己，突然有点想三哥，很想逃回家去看他。

三哥虽然霸道，偶尔有些无礼，但不会像同事这般在背后捅刀，对她充满敌意。

他和家都能给她温暖。

顾安心平复好心情，刚下班便飞奔到家。

“三哥！”顾安心打开门第一件事便是叫凌越。她想起早上他的告白，小脸通红，还有点害羞。

然而房间里没人应她，她觉得奇怪……以往这个时间，他应该回来了。

大部分时间，他就坐在沙发上玩他的电脑，整个人安静又沉稳。但今天沙发上没人，电脑也不在了。

顾安心又去了卧室、洗手间和阳台，全都没有他的身影。

她看着空荡荡的小家，没来由地不安起来，但转念一想，他可能还在加班。

顾安心回过神，给凌越打电话。电话里却响起一个冰冷的女声："对不起，您拨打的电话已关机。"

关机？顾安心内心的不安感慢慢放大，没来由地眼皮狂跳。

她魂不守舍地做起了晚饭，觉得等晚饭做好了，三哥就该回来了。然而当她把三菜一汤端上桌后，还是不见凌越的人影。

现在已经晚上八点了，以往这个时间，凌越已经坐在电视机前看财经新闻了。

但此刻，顾安心看了一眼空荡荡的客厅，顿时觉得这个家冷冰冰的。

她再次拨打凌越的手机号码，他的手机仍旧处于关机状态。

顾安心没办法保持淡定了，坐立不安。正当她要出门寻找他时，突然发现家里摆放的三哥的物品全都消失了！

他的衣服、鞋……全都不见了！就连他藏在茶几下的烟灰缸都不见了！

三哥这个人好像突然从她的家里甚至从她的生活里消失了！

顾安心瞪大眼睛，站在狭小的客厅里，听着电视机里传来的新闻主播标准的播音腔，脑袋里嗡嗡的，一时反应不过来。

三哥就这么连人带东西消失了，仿佛他的存在只是顾安心做的一场梦。

顾安心慌忙查找他的其他联系方式，发现除了三哥本人的电话号码，没有任何能联络到他的方式。

这个男人神秘地消失了。

屋子里空荡荡的，顾安心呆坐着，重回自己独居时的状态。很快，钟表的时针指向十点。

餐桌上的饭菜完全没有了热气，就像这个屋子，冷冰冰的。

顾安心感觉不到饥饿，机器人似的把饭菜放入冰箱，接着瘫坐在沙发上。

她有些不知所措，心中既惶恐又气恼。

三哥的随身物品全都消失了，很显然，他是主动离开的。

可为什么啊？早上他还深情地向自己告白，承诺会对自己负责，甚至还说周末要和自己约会。

他让她做他的女人，要每天给她买蝴蝶兰，这真是好笑……

骗子！大骗子！

顾安心恨得咬牙切齿，两行眼泪突然滑落下来。

这一夜，她被黑暗淹没，一个人呆坐着想了很多。她甚至怀疑自己是不是做错了什么，惹三哥厌恶了。

她惶恐不安，讨厌如此不自信的自己。

第二天一大早，天还没亮，顾安心便出门了。

安心集团！顾安心还记得安心集团。

安心集团是三哥工作的地方，这么大一个公司，不可能跟着三哥一起消失！她要去安心集团，要知道三哥消失的理由，不想就这么不清不楚、不明不白地失去他！

但安心集团的注册地址竟然是假的，她连个办公室都没找到！

接着，她跑了一趟人才市场。公司成立时肯定会招人，招人就肯定会留下地址。

然而人才市场那边压根没有安心集团的招聘信息，也就是说，这家公司根本就没有对外招聘过！

顾安心又辗转去了工商局，想得到公司的登记地址。工商局倒是好找，但人家不肯对私人透露企业的信息。

最终，顾安心无功而返，失魂落魄地回了家。

她站在门外，看着熟悉的家门，情绪几近崩溃。

“安心、安心？”唐奶奶喊了好几声，顾安心才反应过来有人叫她。

“唐奶奶，你叫我？”

“安心，你怎么了？”唐奶奶一向很照顾她，此刻发现顾安心不对劲。

顾安心疲惫地对唐奶奶挤出一个笑容，说：“奶奶，如果没什么事，我先进去休息了，今天很累。”

“你今天是不是加班了？”唐奶奶心疼地问她。

“不是。”顾安心突然被人关心，鼻子一酸，摇了摇头，“谢谢奶奶，我先进去了。”

“安心，你等一下。”唐奶奶却把她拉住，“小区里贴的公告你看了吗？”

“没有。”顾安心摇头，现在哪还有心思看那些东西啊？

“今天一大早，社区人员在告示栏那边贴了两张纸，说要找一个人。天哪，他们要找的竟然是凌天集团的三少爷！”

顾安心愣了，问：“凌天集团的三少爷不是坠机死了吗？”

她记得三哥之前看过凌天集团的新闻，新闻中说凌天集团的三少爷坠机死了。

“是啊，我也听说那个人好几个月前就死了。可能是没找着尸体，凌老爷子心存幻想，以为三儿子还活着，便发寻人启事了。”唐奶奶道。

顾安心对这个不感兴趣，仍旧心不在焉的。

凌氏家大业大，是名副其实的豪门，那些人跟她扯不上任何关系，她没必要关注这件事。

“奶奶，我累了。”顾安心不想再听了。

“那好，你先休息。”唐奶奶看着她，心疼地点点头，“不过公告上说了，这段时间谁家有外来人员，都可以向社区汇报，凡是汇报了的都有奖金，无论这个人是不是凌家三少爷。你们家三哥不是前段时间才来的吗？安心，等你休息好了可以去汇报，这奖金多好拿！”

唐奶奶认定凌天集团的三少爷已经死了，让顾安心向社区汇报只是想让她去领奖金。

顾安心也明白唐奶奶的好意，但现在身心俱疲，对那种莫名其妙的奖金没兴趣。更何况，她家的新增人口已经没了，她根本没办法领到奖金。

“奶奶，三哥已经走了。”顾安心如实对唐奶奶说道。

“走了？”唐奶奶非常震惊。

这段时间顾安心和凌越越来越亲近，在唐奶奶眼里俨然一对情投意合的小情侣。

“他怎么就走了？你不是说他没有家人吗？他能去哪儿啊？”

唐奶奶跟凌越当邻居这么久了，对凌越的印象还不错。别看凌越平时冷冰冰的，一副生人勿近的模样，但他会主动过来陪她吃饺子，听她唠叨。唐奶奶觉得凌越骨子里是个有爱心的好青年。

这个好青年虽然是个瘸子，但是各方面都不错，不但长得好看，据说还会研究电脑程序。唐奶奶觉得如果顾安心真的喜欢他，身体残疾不是他们之间的障碍，他若是积极治疗的话，还是有希望治好的。

然而，好青年无缘无故地消失了……

“安心，你先别着急，说不定他就是去办事了，过几天就回来。你给他打电话了吗？”唐奶奶问。

顾安心摇头道：“他的电话一直打不通，东西也全部不见了。”她说罢自嘲地笑了笑，“没事，奶奶，这么多年我一个人不都过来了吗？有他没他都一样。”

唐奶奶听得出她的心情有多低落，但又不知如何劝导。

接下来的几天，他们小区格外热闹。

社区那边每天都挤了很多人，都说找到了凌氏三少爷，但大部分人其实是来骗奖金的。

奇怪的是，就算是有人骗奖金，凌天集团那边的人也没有大发雷霆，而是鼓励他们继续找人，阵仗颇大。

“凌老爷子想儿子想疯了？”

“人家有钱，你管得着吗？”

“我听说这位三少爷其实没死，是假死，在暗中铆足了劲，准备置之死地而后生，所以现在凌家掌权的大少爷迫切地要把三少爷揪出来！”

“兄弟内斗？这么劲爆吗？”

“豪门兄弟内斗，很正常。”

顾安心下班时偶尔能听到类似的议论声，但这些跟她没关系的人和事，她听完就忘了。

三哥对她的影响比她想象的还要大，她现在只想好好调节自己的情绪，尽快回到没有三哥时的状态。

为了不回家后独自黯然神伤，这天，顾安心下班后去了港东中心商场散心。她万万没想到会在这里遇到萧一山！

萧一山身着休闲式西服，斜靠在女装店的柜台上，正跟一个漂亮女人有说有笑，看起来十分愉悦。

“萧一山！”顾安心大喊。

因为三哥不告而别，她心中积攒、压抑了多天的怒火在看到萧一山的这一刻突然爆发了！

凭什么？三哥凭什么跟自己告白完了就跑？呸！这个负心汉！

萧一山听到这声呼喊，吓了一跳，以为是哪个旧爱撞见了他和新欢，要来找事！毕竟他混迹情场这么多年，这种事情随时可能发生。

他回头一看，发现来找他的人竟然是顾安心！

顾安心？对萧一山来说，此刻遇见顾安心绝对比遇见旧爱更恐怖！

萧一山想起凌越嘱咐的话，内心没有丝毫犹豫，拉着女伴拔腿就跑！

顾安心心里有气，见萧一山竟然跑了，和不负责任的凌越的做法简直如出一辙，心头的怒气更盛了！

“萧一山，你给我站住！”

顾安心不打算放过他，用这辈子最快的速度奔跑起来，拿出追小偷的架势在商场里奋力追赶萧一山！

萧一山身边的女人感到莫名其妙，根本没反应过来，见萧一山和顾安心一个跑一个追，立马掉进了醋缸：“萧一山，你给我说清楚，她是谁？为什么看到我们在一起，她会这么愤怒？她为什么要追我们？

你说啊！”

那个女人拖着萧一山一再追问，不得到答案誓不罢休。

“姑奶奶！”萧一山特别着急，眼看快要被顾安心追上了，连忙讨好道，“宝贝，这事情一时半会儿说不清楚，咱们先跑，回头我跟你慢慢说！”

然而女人不肯相信他。她一直知道萧一山是情场浪子，这会儿更是眼见为实。

“我不跑！我有什么见不得人的？萧一山，你就实话实说吧，她是不是你以前的女人？你跟她还没断干净？”

“不是！”萧一山头一次在面对感情纠纷时这么理直气壮，“三哥的占有欲很强的，我才不敢觊觎她。”

“嗯？”女人没听懂，“谁是三哥？”

“反正我跟她没有半点关系，对天发誓！宝贝快跑吧！”萧一山拉着身边的女人，加快奔跑的速度！

萧一山一定不能被顾安心追上，因为凌越离开的原因自己是不能告诉顾安心的！

就在这时，顾安心追上来了，虽然没抓住萧一山，但是眼明手快地抓住了那个女人。

“小姐姐，不好意思打扰你们了，我就想跟萧先生说几句话。”

萧一山完全不想跟顾安心说话，若不是这个新欢他还没厌烦，都想直接丢下这人逃跑了！

他调整好情绪，故意一脸茫然地回头，冲顾安心一笑：“咦？这位妹妹，请问我们认识吗？”

顾安心：“萧先生，别开玩笑了！你告诉我，三哥去哪儿了？他为什么不辞而别？”

萧一山怎么可能告诉她凌越的下落呢？他一脸抱歉，对身边的女人道：“宝贝，今天我还有事，先走了，明天再去找你赔罪！”

说完，他竟然真的扔下女人跑了！

顾安心震惊了，愣在原地，一时反应不过来。“物以类聚，人以群分”这句话说得没错，三哥这种扔下女人逃跑的毛病跟萧一山如出一辙！

女人没想到自己竟然就这么被萧一山抛弃了，哪里受得了这种委屈？她当即伸手拉住了萧一山的衣服，向后一拽，把他拽了回来！

“跑什么？你是不是男人？”女人冲萧一山大吼道！

萧一山毫无防备，被拉扯得脚下踉跄，直接摔倒在地！

“我的老腰！”萧一山扶着腰，疼得直不起身子来。他原以为这个女人很温柔，没想到竟是个剽悍的“女汉子”！

顾安心愣了一下，对萧一山的新欢说了声“谢谢”，然后把萧一山拉起来。

“萧先生，看你这副样子，你应该知道我为什么找你吧？”顾安心的语气很平静。

“不，我不知道！我什么都不知道！”萧一山坚决地否定道！

凌越准备东山再起，用自己的经验和现有的人脉打造一个能与凌天集团抗衡的商业帝国。目前他正处于创业的关键时期，绝对不能贸然露面。

“你说不说？”顾安心着急地道。

萧一山：“不说。”

凌越之所以不告诉顾安心自己的真实身份，是因为料到早晚会有这么一天。

他不想把顾安心卷进这些事情。

“你要是不说，我就……”

“你就怎样？”萧一山笑了。他又没有把柄在顾安心的手里，倒要看看她能怎么威胁人。

顾安心凑近了一步，低声道：“我就……告诉你的新欢，你前两天还跟大明星郑婉如在一起！”

萧一山不得不认输。天哪！这个女人怎么这么有手段？！顾安心是要毁了他以后的爱情之路啊！

如果顾安心将他脚踏多条船，其中还有一条船是郑婉如的事情捅出去，他以后都别想装深情好男人追求别人了！而且，郑婉如粉丝众多，那些粉丝一人一口唾沫都能将他淹死。

顾安心见他怕了，厉声道："快说！"

她心里始终对三哥抱有幻想，认为他不是那种故意失踪的负心汉，觉得三哥突然消失一定是有原因的！

现在既然萧一山出现在她的面前了，她就一定要问清楚！

萧一山瑟瑟发抖："顾小姐，我……你是个好姑娘，三哥能被你真心相待，真是他的福气……"

"你能不能说重点？"顾安心咬牙切齿地道。

萧一山要崩溃了："重点是，我不能说啊！顾小姐，你就给三哥一些时间，等到该说的时候或是能让你知道的时候，他自然就会告诉你了。你稍微理解一下他，好吗？"

"理解？"顾安心的嘴角泛起一抹苦笑，"我已经够理解他了！否则，我早就把他抛之脑后了！"

萧一山挠头道："他这样做确实对你不公平，但我真不能说……"

顾安心："你是不是一定要逼我把你那些乱七八糟的私事传播出去？！"

旁边的女人听到这话，皱着眉头问："萧一山，你到底有什么乱七八糟的私事？"

萧一山被两个女人逼急了，索性豁出去了："随便你们吧！反正我的形象在很多人的心里早就崩塌了，我也不在乎了！顾小姐，你别逼我了，逼我我也不说！"

萧一山异常坚定，不惜得罪女人，也要为三哥保守秘密。

顾安心有些惊讶，但同时也明白，自己再说什么都没有用了，心里的挫败感一点点放大。

萧一山见她那么失落，有些于心不忍，道："顾小姐，你也不要太伤心了，其实三哥还是很喜欢你的，他对你……"

"闭嘴！"顾安心不想听他说这些没用的。

一个男人，连姓名都不肯告诉你，能对你有多深的感情？她不信他们的这些鬼话！

顾安心不是小女孩儿了，当即平复心情，道："我可以不逼你，但你必须帮我传一句话给他。"

萧一山点头："这个没问题，你说。"

"你就告诉他，我只等他三天！要是在三天之内，他一直没有来见我，那么我就跟他就一刀两断！"

"三天？"萧一山直摇头，"恐怕不行啊，顾小姐！三天不行，要不你给他三十天？三十天后他应该能来找你。"

顾安心快被萧一山气死了："就三天，他爱来不来！让开！"顾安心说完，怒气冲冲地走了。

萧一山看着顾安心的背影，摇摇头，心想：女人生起气来真恐怖！

独栋别墅里，一个男人倚靠在酒柜上，酒杯里的红酒呈现猩红色。他喝了一口红酒，紧蹙眉头。

"三哥，你竟然还坐得住？我要是你，肯定把顾小姐一起带来啊！你是没看到昨晚她拦住我的样子，跟要吃了我似的！那姑娘是真的很在乎你啊！"萧一山感叹道。

凌越嘴角向下，心中苦涩："这不是想与不想的问题。"

"我知道你这么做是为了保护她，可是你毕竟没有跟她商量啊……我要是她，宁愿跟着你逃亡。"萧一山道。

"逃亡？"凌越质疑萧一山的用词，眯起双眼。他现在不是在逃亡！

"呸，我说错了！"萧一山连忙改口，"是韬光养晦，对，韬光养晦。"

凌越懒得再听他胡说，道："你走吧！我工作的时候需要安静。"

萧一山无奈地摇摇头，说："反正我已经把话传到了。她只给你三天时间，你自己看着办。"

凌越将薄唇抿成一条线，把酒杯放到一边，重重地叹了一口气。

顾安心把画稿带回家，请了三天假，一心在家里等凌越回来。

第一天，他没回来。

第二天，他也没回来。

第三天，顾安心已经烦得画不出稿子了。

虽然她跟三哥没有许下什么山盟海誓，但这是她第一次如此依恋一个男人，潜意识里不愿意这段感情无疾而终。

下午三点多，她正心烦意乱时突然听到有人敲门，噌的一下从沙发上起来，既紧张又激动。

是他吧？一定是他。他会回来的，她愿意相信他。

她冲到门边，直接打开门："三……"

她看到门外的人后，笑容凝固在脸上，门外不是三哥。

门外站着两男一女，穿着社区的制服。那个女人问："请问是顾小姐吗？"

顾安心十分失落，情绪不佳，缓缓问："请问你们是？"

"我们是社区办公室的。"其中一个男人亮出了工作牌，道，"我们这几天一直在帮凌天的老爷子找他的三儿子凌越，顾小姐应该知道吧？"

顾安心点头："嗯，我知道。"但她不知道还会有人上门。

"是这样的，我们的工作人员偶然听街坊说，你家前段时间来了个陌生男人，并且还在这里住了一段时间。冒昧地问一句，我们能不能见见他？"

社区工作人员说完便看向她的家里。

顾安心正在生三哥的气，三天期限已到，他却迟迟不出现。同时，她也恼自己没出息，被一个男人影响到茶饭不思。

顾安心索性对工作人员道："没有，我一直一个人住，家里没有住过什么男人。"她这话带着赌气的味道，既然三哥不回来，那自己就当他从来没出现过！

工作人员没料到她会否认，越发觉得其中有问题："可是街坊十分确定，还说住在你家的那个男人长得不错，气质很好。顾小姐，如果真的有这个人，我们还是希望你能把人交出来。如果这个人真的是凌家三少爷，凌氏那边给的奖金是很高的，够你潇洒地过下半辈子了！"

"我再说一遍，没有。"顾安心没心情跟他们周旋，现在只想关上门一个人待着。

工作人员不肯放弃，坚持道："顾小姐，我们可以看看你家里吗？"

"看什么？"顾安心有些反感这些人了。

"顾小姐不用担心，我们就是想确定你家确实没有住男人，好向上面交代。"工作人员一脸无奈，"这是我们的工作，烦请你支持一下。"

顾安心都要被气笑了，跟他们对峙了好几分钟，眼看就要撕破脸了，索性敞开大门："来！看吧！"

他们见顾安心突然这么配合，你看看我，我看看你。

刚刚见顾安心一直藏着掖着，分明是屋里有人的样子，他们以为有戏，甚至已经在心里窃喜了。要是他们能在这家找到凌家三少爷，就能拿到部分奖金了！但现在，顾安心突然表现得这么大方，几个人心中顿时有些拿不准了。

不过，既然街坊那么确定顾安心的家里有陌生男人，他们还是要好好搜一搜的！

几个社区工作人员当即走进了顾安心家。

顾安心冷眼看着他们进门。三哥临走前把他所有的物品都拿走了，如果他们真的能找到一些三哥的东西，那顾安心还真的要谢谢他们。至少他们证明了，这一切不是顾安心做的一场梦。

工作人员仔细地在顾安心的家里翻找了一遍，甚至连卫生间的通风口都没放过，却一无所获。

她家里不仅没有男人，甚至连任何男性用品都找不到。好像正如她所说的，她一直以来都是一个人居住。

"安心姐！"许久不见的唐梦突然出现在门外。

唐梦这段时间出去旅游了，回来之后便立马来找顾安心："安心姐，我想死你了！我这次去海边给你带了几个贝壳，等下给你啊！"

顾安心微笑："嗯，谢谢小梦。"

唐梦还不知道顾安心家里发生的事情，发现顾安心有些不对劲，又听到屋里翻箱倒柜的声音，有些诧异："里面是三哥吗？他在干什么，弄出这么大的动静？"

社区工作人员还没走，顾安心赶忙给唐梦使了个眼色。

但一切为时已晚，工作人员已经听到唐梦说的话了："顾小姐，三哥是谁？"

顾安心深吸了一口气，道："前男友，已经分手了，小梦不知道才问的。"

顾安心说完看向唐梦。唐梦震惊了，安心姐承认三哥是她的男朋友了？不，这不是重点，重点是他们已经分手了？

唐梦顿时感觉自己说了不该说的话。

她懂了顾安心的暗示，立马道："是啊，我不知道。你们什么时候分手的？"

顾安心："其实也不叫分手，我们甚至都还没真正开始，没什么好说的。"

工作人员没心思听她们讨论感情问题，在顾安心家里也确实找不到任何男人存在的痕迹，只好作罢，道："那打扰顾小姐了，实在是不好意思。"

顾安心冷着脸，没有搭理他们。你们现在说不好意思？翻箱倒柜的时候没见你们不好意思啊。

唐梦见顾安心脸色不好，不放心，同时也对这段时间发生的事很好奇，便留下来陪她。

"安心姐，发生什么了？刚刚那几个人怎么那么讨厌？！"他们还随便翻人家的东西，一点教养都没有！

顾安心摇头："没事。"

凌天集团找人的阵仗这么大，几乎展开了地毯式搜索。顾安心知道，若不放他们进来，这群人是不会罢休的。

他们闹到现在，天都黑了。今天是顾安心给三哥的"三日之限"的最后一天，眼看这天快过去了，他的手机依旧处于关机状态！

唐梦看顾安心失落的样子，即使之前不懂，现在也大概了解了，安心姐这是失恋了啊！

她有点心疼，连忙安慰顾安心："安心姐，你不要难过，没什么大不了的。你既年轻又好看，将来肯定能找到比他好一百倍的男人！或许几年之后，你就要感谢他的不娶之恩了。"

顾安心被她逗笑了："谢谢。"

有了唐梦陪伴，顾安心心里舒服了不少。唐梦给顾安心讲了旅途中发生的一切趣事，时间不知不觉地过去了。

零点过了。顾安心不再多想，彻底把三哥从脑海中抹除，沉沉睡去。

第二天，顾安心调整好状态，跟以前一样，做运动、吃早餐，然后去上班。

她又回到了一个人独来独往的日子，仿佛一切跟以前一样。

但是，她在上班时还是被秦玲发现了异样之处。秦玲问："安心，你之前请了三天假，是有什么事吗？"

顾安心表面平静，但是旁人仔细观察后就会发现她的眉宇间藏着一丝失落，每一个毛孔都在诉说自己心情不佳。

顾安心一愣，没想到自己已经尽力维持平静了，却还是被人看出来了。

"现在已经没事了。"她道。她已经决定翻篇了，不想多说什么。

秦玲安慰她："不想跟我说没关系，但坏情绪还是需要排解的。一份难过让两个人分担，就少了一半。你有事不要憋在心里，不是有男朋友吗？找男朋友撒撒娇也是可以的。"

顾安心听秦玲提到男朋友，脸上的表情更难看了。

秦玲一眼便看出问题："怎么了？这是吵架了？"

顾安心自嘲地笑了笑，道："我们分手了。"

"你们分手了？"

秦玲非常震惊，没意识到自己的声音有点大，办公室大部分人听见了。

众人看顾安心的眼神顿时不对了。

之前同事之间便有传言，说顾安心是一个擅长玩弄男人的女人，甚至有人说她在拒绝杜明后不久便会说她分手了，目的是享受将男人招之即来、挥之即去的感觉。

现在，她果然说她分手了！

这段恋爱关系来得快，去得也快，从开始到结束，应该不超过一周！

有人开始窃窃私语。

秦玲连忙捂住嘴巴，意识到自己不该喊出来："抱歉安心，我不是故意的。"秦玲是真的太惊讶了。

顾安心看起来不像那种女人，但她的这段恋爱谈得确实草率了。

"没事。"顾安心知道自己免不了要被人议论一番，尤其是上次杜明表白的事闹得那么大。

但她觉得自己没说谎，行得正，坐得端，不怕被人说。

第六章

办公室追求者

午休时，这件事传进了杜明的耳朵里。旁边还有同事起哄，让杜明再次展开行动。

“顾安心已经分手了，你不是说要一直等她？时机到了，冲！”

杜明很忧郁，虽然仍然喜欢顾安心，但上次被顾安心拒绝怕了，这次不敢贸然行动：“你们别闹了，我……我再看看。”

“看什么呀？是男人就上！”

“女人失恋的时候最好追了。她现在缺乏安全感，你主动一点，一追一个准！”

“你要是不行动，公司里的其他单身汉就要行动了，到时候你可别后悔！”

一群男人围着杜明七嘴八舌地出主意。杜明被他们说得满脸通红，十分心动。

下班时，杜明偷偷看了顾安心一眼，再次被她精致的五官和温柔的气质吸引。

他想起同事说的话，跃跃欲试，打定主意后，当天下班后便开着自己的新车在公司楼下等顾安心。

这辆车是他新买的，价值二十多万元，对他这个年龄的人来说已经算不错的了。他觉得这辆车应该能为自己在顾安心面前加分！

顾安心现在正因为她的原创漫画而心事重重。《天上掉下个总裁》她已经画完第一卷了，得到了总编夏大川的大力表扬。夏大川对她的这部漫画有很高的期望，希望能把它做成热门漫画。但问题是，《天上掉下个总裁》的男主角是以三哥为人物原型的，现在三哥走了，她的灵感来源和更新动力也消失了。

接下来的部分她画得很痛苦，正在考虑还要不要继续画下去。

"安心！安心？"

顾安心心里装着事，杜明喊了她好几声她才听到。

"杜哥？"顾安心有点意外杜明会跟自己打招呼，上次的告白事件后，两人闹得有点僵，她以为杜明要跟自己老死不相往来了。

"安心，回家吗？"杜明倒一点都不尴尬。

顾安心点头："嗯。"

杜明："我听说你家那边最近在修路，坐公交车要绕很远的路，不如我送你回去吧？"

顾安心愣了，不明白杜明怎么又突然对自己献起殷勤来了。

"不用了，我自己回去就好，反正也没事，路上还能看看风景。"顾安心摇头，不好意思麻烦他。

杜明还是不放弃："没关系的，我顺路。我没有其他的意思，单纯地想载你一程，你别误会。"

杜明都这样说了，如果顾安心再拒绝他，就有些过分了。而且杜明也说了，只是想载她一程而已。

"你真的顺路吗？"顾安心问。

杜明连忙道："顺路、顺路！我外婆就住在你们小区旁边，就是桃花路那边，我正好想去看看我外婆！"

桃花路确实就是顾安心住处附近的那条路。她点头道："那就麻烦杜哥了。"

杜明上次吃了亏，这次没有急于表明心意，一路上极其绅士，就怕顾安心心里不舒服。

他尽量跟顾安心保持着朋友之间的安全距离，两人身处安静的车厢内，气氛倒不算尴尬。顾安心并没有往那方面想。

但是，第二天下班，杜明又在楼下等她，并且仍然以去外婆家吃饭为借口，要送顾安心回家。

顾安心这次不愿意坐他的车了，想找理由拒绝他。

杜明还是那句话："我就是顺路，安心，你别多想。"

这一幕被路过的几个同事看到，流言蜚语立刻传出去了。而且，这次大家的话很不中听。

"看吧，顾安心果真是高手，你们都学着点！"

其他人纷纷低头取笑顾安心。

杜明在公司其实很有异性缘，长得不差，还有车有房。这些明目张胆地嘲笑顾安心的女同事中就有对杜明有好感的，这样做不过是嫉妒顾安心！

顾安心心里跟明镜似的，哂笑一声，突然转身直接上了杜明的车！

既然她们都说顾安心是欲拒还迎，那顾安心索性如她们所愿，气死她们！

女同事见顾安心竟然真的上了车，而杜明一副喜笑颜开的样子，顿时气得咬牙切齿！

另一边，顾安心虽然上了车，但觉得自己有必要跟杜明说清楚，怕杜明再在自己的身上付出感情，而自己又辜负他。

"杜哥，"顾安心道，"我这个人比较相信一见钟情，如果一开始我对谁没有感觉，那以后也不会跟他在一起。"

她这话说得很明确，同时也给了杜明一个台阶下——我拒绝你，不是因为你不好。

杜明愣住，一时没有接话。

这时，顾安心的电话铃声响了。

顾安心看了一眼来电显示，发现是个陌生号码，犹豫半晌后接通了电话："喂？"

"顾小姐。"电话里竟然传来萧一山的声音。

顾安心早已在心里跟三哥划清了界限，没想到还会接到萧一山的电话。

“萧先生，你找我干什么？”顾安心说出这句话时，连自己都吓了一跳，她的语气里竟然带着明显的怒意。

不，她应该释怀的。

“其实也没什么事，就是我刚刚路过你们大川漫画楼下，好像看到你上了一个男人的车……”萧一山道。

“这跟你有关系吗？”顾安心感到莫名其妙。

“当然有关系了，你是三哥的女人，我是三哥的兄……我是三哥的老板！我很关心下属的感情生活，你怎么能随便坐别的男人的车呢？这孤男寡女的，共处一车，像什么话？！”萧一山责怪她道。

顾安心完全摸不着头脑。这萧一山是不是脑子有问题？就连三哥都没资格说她，更何况是萧一山这么一个无关紧要的人！

“萧老板，我不但今天要坐他的车，明天也要，后天以及之后的每一天都要！”顾安心说完气话便直接挂了电话。

杜明紧盯着顾安心，脸上洋溢着微笑。

顾安心突然觉得很糟糕，刚刚是为了气萧一山才说那些话的，并不是真的要每天都坐杜明的车……

“谁的电话啊？”杜明笑着问。

顾安心：“一个朋友。”

“你要是需要的话，我可以每天顺路带你。”杜明的笑意更深了。

“不是，杜哥，我刚刚是跟朋友开玩笑的！”顾安心连忙解释。

“没事，我外婆住在你那边，我这段时间刚好想多陪陪她。”

杜明非要说是为了陪外婆，顾安心也不好自作多情地再说下去。

顾安心冷静下来，盯着自己的手机出神，莫名怀疑三哥是不是在什么地方默默地关注着自己。

她一上杜明的车，萧一山就打电话过来了。她才不信萧一山真的是正好路过大川漫画！

为了证实这个想法，她之后又搭了杜明的顺风车。

别墅里，听到消息的男人目光幽暗，里面含着汹涌的情绪，生人匆近的感觉让空间都变得逼仄起来。

萧一山打了个寒战，继续道："三哥，你再不把你的女人带过来，她恐怕真的要被别的男人追走了！她连续三天坐同事的车回家，这问题太严重了！"

萧一山还以为顾安心挺耐得住寂寞的，没想到她转身就上了别的男人的车。这怎么行？三哥这棵铁树好不容易开了花，可不能就这么枯萎了。

Alice端着咖啡从萧一山面前经过，撇了撇嘴："萧少，我终于知道什么叫皇帝不急太监急了。"

萧一山气极了，跳起来指着Alice向凌越告状："三哥，你还管不管你的助理了？她骂我是太监！"

凌越深吸了一口气，道："她是故意的。"

"Alice当然是故意的，你的助理太无法无天了，你得管管她！"萧一山喊道。

凌越白了他一眼："我说安心是故意的。她是故意用其他男人刺激我，好让我露面。"凌越把顾安心的想法猜得一清二楚。

萧一山觉得凌越说得好像有道理，毕竟他见过顾安心拽着自己问三哥的情况的样子。她不像朝三暮四的人，这次是真的着急了。

"那你回不回去？"

凌越低下头，用勺子轻轻搅拌着咖啡，最终还是道："暂时不回。"

萧一山感叹道："三哥，最狠的还是你！"

凌越没再接话，喝完咖啡后继续工作。

顾安心已经不知道是多少次感到心寒了。

她搭杜明的顺风车确实是抱着刺激三哥的念头，然而搭了一个星期，三哥还是没有回来……

顾安心觉得之前是自己想多了，同时也懊恼自己没用。三日之限一过，她就应该跟他彻底划清界限，却因为萧一山的一个电话再次对他产生幻想。可是，这个男人压根就不打算回来！

顾安心觉得这样对杜明不公平，决定请他吃顿饭，感谢他这几天让自己搭顺风车，然后跟他彻底说清楚。

吃饭地点就定在公司楼下那家新开的西餐厅。两人说清楚后就可以各自回家了，不用拖泥带水。

杜明听说顾安心要请他吃饭，心里不禁幻想起来，以为自己终于打动顾安心了。

他之前一直有顾虑，没有展开行动，现在觉得到这种地步了，差不多可以主动出击了！

杜明趁着午休跑到楼下的西餐厅订了个包间，预订了浪漫双人餐，还准备了一束鲜花。他决定，如果今晚顾安心没有刻意地跟他保持距离的话，就再次向顾安心表白！

杜明做好了准备，满心期待着晚餐，工作时一直笑眯眯的。

同事问他是不是有喜事，杜明忍住没说，毕竟上次他表白失败的事闹得全公司都知道了。那件事让他太没面子了，这次，表白没成功之前他不打算告诉任何人。

相较于杜明，顾安心这边就很平静了。

为了避免同事之间又传出新的流言蜚语，顾安心在下班后还等了半个小时，等同事们相继回家了，这才下楼赴约。

顾安心再拒绝杜明一次，等于再伤他一次。顾安心其实不想做这种事，但这一步明显不能省，杜明是个好人，她不应该耽误他。

杜明早就等在电梯口了，见到顾安心后一脸惬意，道：“安心，你来了。”

顾安心点头：“杜哥，我今天请你吃饭，是有些话要跟你说。”

“行，待会儿我们边吃边说。”杜明笑了笑。

“嗯。”顾安心开始措辞，想既不伤害杜明又把话说清楚。

两人一进餐厅，服务员便热情地迎了过来：“两位，这边请。”

他们跟同事中午经常来这里吃饭，服务员认识他们很正常，顾安心没多想。直到服务员把他们引入一个包间，顾安心才感觉不对劲。

“我没订包间啊。”她很诧异。

杜明：“现在人少，可能是给熟客的福利。”

服务员知道是杜明订了包间，要给他身边的女士惊喜，便笑着站在一旁，没拆穿杜明。

顾安心没再多想，跟着他们进了包间。

二人坐下之后，服务员还没上菜，先上了两排烛台，上面点了几根非常漂亮的白色蜡烛。

“两位客人今天很幸运，今天我们餐厅免费赠送包间的客人烛光晚餐。”服务员道。

见服务员将氛围搞得这么浪漫，顾安心觉得那些话都有点说不出口了。

杜明很开心：“安心，我们今天太幸运了，竟然还有烛光晚餐！”

顾安心强颜欢笑，看着这些蜡烛，感觉很尴尬。

“安心，你不是有话要跟我说？”杜明往嘴里塞牛排，吃得很开心。到目前为止，顾安心还没刻意地跟自己划清界限，他打算一吃完就表白！

“先吃吧，吃完再说。”顾安心不想影响他的食欲。

一顿饭下来，只有杜明在说话，顾安心很安静，时不时地应一声。

见杜明差不多吃完了，顾安心放下餐具，咳了一声，道：“杜哥，我觉得我们还是做普通朋友比较好。”

杜明的脸色瞬间变了。刚刚两个人吃饭时气氛那么融洽，他以为他们的关系马上就能再进一步了，结果顾安心竟然说了这种话！

这时，服务员捧着玫瑰进来，笑着对杜明道：“先生，您准备的鲜花。”

包间内的气氛越发尴尬了。

顾安心这才明白过来，原来包间、烛光晚餐都是杜明刻意安排的。

服务员见二人的表情不对，顿时觉得有点尴尬：“先生……”

杜明黯然神伤，接过玫瑰无奈地说：“安心，我以为我们挺好的，结果你……”

顾安心：“对不起。”

“安心，你不妨试着接受我，我会一心一意对你好的。”事情都到这一步了，杜明只能把心思和盘托出，“我知道你前段时间感情不顺，都是那男人没眼光，不懂得珍惜！”

“你在说我吗？”一个顾安心十分熟悉的声音突然从包间外传来。

第七章

/

你舍得回来了?

顾安心的脑子顿时一片空白，她惊愕地转过头，看到了许久不见的三哥。

当初她盼星星、盼月亮地盼着他回来，他不回来，现在她已经死心了，他却突然出现……

顾安心瞪大眼睛，死死地盯着凌越，凌越坦然而坚定地迎接她的目光。

包间里的气氛瞬间不对了，杜明变成了多余的人。

“不好意思，请问你是哪位？”杜明瞪着突然闯进来的凌越，感到莫名其妙。

凌越虽然坐在轮椅上，但气场强大，令杜明莫名地产生一丝危机感。

凌越：“我是顾安心的男朋友。”

顾安心：“我不认识他！”

两人同时开口。

杜明愣在原地。怪不得他刚刚就觉得凌越眼熟，现在猛地想起来，这不就是上次在路易斯西餐厅见到的那个男人吗？那天是他的生日，他去找卡，而顾安心去见这个男人。

杜明当时完全没把凌越当回事，没想到他竟然是自己的情敌！杜明这一刻才真正感觉到自己很多余。

“我们闹了点矛盾，我现在需要哄哄她。”凌越道。

杜明既尴尬又气愤，脸上红一阵白一阵的。最终，杜明低声咒骂了一句，将手里的玫瑰花往地上一丢，踩了几脚泄愤，之后转身离开。

杜明一走，凌越就关上了包间的门。

“不好意思，麻烦把门打开，我也要走了。”顾安心一脸冷漠地说，不想跟眼前这个不尊重、不在意她的男人继续纠缠下去。

凌越伸手拉她，顾安心用力将他的手甩开：“麻烦这位先生不要拉拉扯扯的！”

“我突然离开是有原因的。”凌越低声道。

“无论你有什么原因，现在都与我无关，再见！”顾安心拉开门便要走。

“顾安心，我向你道歉！”凌越着急地说。

顾安心气得笑了起来：“你是不是觉得，你突然出现在这里，我应该感动得声泪俱下，然后当作什么都没发生过一样？”

“别把我想得这么不堪，安心，这段时间我也很想你。”凌越道。

他说得很认真，明明是个浑蛋，说出来的话却莫名地打动人心。顾安心怕自己再待下去会被他迷惑，拉开门要走。

凌越见道歉行不通，便直接动手了，猛地把轮椅往前一推，恰好使自己挡在顾安心的身前。

顾安心大步往前，没有防备，被他一绊，直接摔入他的怀里。

凌越接住她，紧紧地揽住她的腰。

“你放开我！”顾安心吓了一跳。

熟悉的男性气息席卷而来，顾安心的心里早已兵荒马乱了。

凌越摁住她的肩，微凉的唇贴上了顾安心的唇。

顾安心的脑子里嗡的一声，她忘记思考，也忘记抵抗，暧昧的气息在二人之间蔓延。

直到凌越吻得越来越用力了，顾安心才回过神来，奋力地推开他：

“你有病！”她擦了擦嘴角，一张脸憋得通红。

凌越突然笑了：“我确实有病，在不该回来的时候回来。”

东山再起的计划还没实现，他原本不该出现在这里。但他无法忍受顾安心一而再再而三地坐别的男人的车回家，更无法忍受她跟别的男人约会！

他的定力一向很强，今天他却忍不了了。

凌越认真地看着眼前这个女人，这才意识到她对自己来说比想象中更重要。

包间外，Alice突然敲门道：“先生，这里人多眼杂，您是否要换个地方？”

顾安心听到Alice的话，觉得很可笑。换地方？不必！顾安心一秒钟都不想再跟凌越待在一起！

但凌越依旧紧紧地搂着她的腰，现在她动弹不得。两人挨得很近，她又气又恼，不懂世界上怎么会有这么无耻的男人！

“你松手！”顾安心挣脱不开，气愤之下，张嘴要咬凌越。

凌越挪了挪胳膊，躲了过去，轻笑一声，在顾安心的耳边调侃道：“几天不见，你还学会咬人了？”

顾安心羞得满脸通红，气恼不过，伸手扇了他一巴掌。

啪的一声！包间内瞬间安静下来。

凌越挨了她一巴掌，竟然没生气，愣了一会儿反而笑了。顾安心觉得这人简直病入膏肓了！

凌越一边笑一边道：“看你反应这么激烈，想必是真的很在意我。”

顾安心：“谁在意你啊？你少自作多情了！你不出现，我都快忘记你是谁了！”

凌越像是没听到她的话一样，说：“咱们回家再说。”

“回什么家？！”顾安心终于挣脱了他的怀抱，“我早就让萧一山给你传过话了，三天之内你没回来，我们一刀两断！现在三日之限已过，你我现在是陌生人！”

“萧一山没给我传话啊。”凌越睁着眼睛说瞎话。

顾安心瞪大眼睛：“不可能。”

凌越："不信明天我把萧一山叫过来，你好好问问他。"

顾安心："那……"顾安心一时不知道要说什么。

就在她愣神之际，凌越伸手拉着她出了包间："你松手！就算你没收到传话，你也是浑蛋！"

顾安心说完，转头一看，发现包间外面有一群人看着她。

凌越："人这么多，你确定要继续吵下去？"

"我没有跟你吵架！"她甚至不想跟他说话！

但两个人继续在这里纠缠，被大众围观，好像真的不是一个明智的选择。

凌越对Alice使了个眼色，Alice立马上前，道："顾小姐，跟我来，我们的车在这边。"

顾安心没有跟着Alice上车，走出餐厅后，深吸了一口气，对Alice道："Alice小姐，麻烦你转告三哥，我先走了，请他不要再来找我。"

Alice一时不知道该说什么，老板竟然还没哄好顾安心？她以为两个人亲都亲了、抱也抱了，差不多该和好了……原来，boss并不是无所不能啊。

顾安心说完转身就走。

"站住！"凌越在身后喝道。

"你还要……啊！"顾安心还没来得及说完话，突然被凌越像拎小鸡一样拎上车。

他速度惊人，把顾安心塞进车里之后，自己跟着坐了进去，大力地关上车门，一气呵成！

顾安心震惊地看着凌越，这人的腿真的断了吗？他的动作也太敏捷了！

站在一旁的Alice目瞪口呆，不愧是执行力惊人的boss，无论是在事业上还是在恋爱上，都如此强势！

Alice连忙上了驾驶座。

"等一下！"顾安心对Alice喊道，"放我下去！"

但是，在这种时候，Alice自然只听凌越的，一下将车门锁死。

顾安心此时叫天天不应，叫地地不灵。

Alice发动车子，顾安心由于惯性直接撞进了凌越的怀里，凌越顺势搂住她的腰。

Alice恰到好处地播放了一首浪漫的流行音乐：“一定是特别的缘分，才可以一路走来变成了一家人……”

顾安心听着音乐，莫名觉得心酸。

顾安心安静下来，背后就是凌越的胸膛。她能感受到他的心跳，一切都如此真实。

良久，顾安心道：“谈谈？”

要流氓谁也比不过他，她索性沉下心来，想听听他到底因为什么突然一声不吭地离开自己。

凌越顿了顿，道：“可以。”

顾安心：“说说你为什么突然消失。”

凌越搂紧她的腰，把下巴抵在她的肩膀上，眼神变得温柔起来，道：“有点复杂，目前我还不能跟你说。”

顾安心冷笑道：“你就打算这么谈吗？”

凌越犹豫了一下，道：“出于很多原因，你不会对这些事情感兴趣的。我回来是想告诉你，我心里有你。”

凌越说完这句话，两个人都沉默了。

顾安心知道他不会再多说了，虽然有点失望，但也没再问什么。凌越见她突然安静下来，既不讽刺自己也不继续发脾气，心中反而有些惶恐。

到了家，顾安心先一步进门，紧接着砰的一声关了门，把凌越关在外面。

很显然，她对这次谈话的结果不太满意。

“顾小姐。”Alice敲门。Alice敲了几十下，顾安心都没有反应，是吃了秤砣铁了心，不想搭理凌越了。

凌越还留着这扇门的钥匙，本想直接开门闯进去，但低头一看，发现门锁被换了。

凌越看着这把新锁，突然觉得很好笑。她对自己还挺了解，知道自己会直接开锁，提前把锁给换了……

隔壁的唐奶奶听到动静，开门一看，发现门外之人竟是凌越。

“你回来了？”老人家擦了擦眼睛，“你这段时间去哪儿了？你不在，我们安心可伤心了，天天一下班就躲进房间里，跟丢了魂似的。好几次我叫她她都没反应。”

“是吗？”凌越挑眉，眉眼中透着愉悦之色。

他看了一眼顾安心的大门，道：“唐奶奶，您能不能帮我一个忙？”

为了哄女人，男人有时候甘愿让自己变成小人。

顾安心听着外面接连不断的敲门声，内心没有波澜是不可能的。但她现在还看不透凌越，不知道该不该相信他。

三哥瞒着她，到底是不信任她，还是为她好？

顾安心的脑袋都要想炸了。

外面的敲门声突然停了，门外安静下来。顾安心透过猫眼往外看，外面哪里还有人？

这个一直说心里有她的男人，敲了一阵门之后便不耐烦地走了。顾安心咬着下嘴唇，用力地往门上踢了一脚！亏她还在犹豫要不要原谅他！合着这男人压根不在意能否得到她的原谅！她完全是浪费感情！

过了一会儿，就在顾安心咒骂凌越时，外面的敲门声再次响起。

他又回来了？顾安心立刻跑过去，打开门却发现外面的人是唐奶奶。

“奶奶，您这么晚找我有什么事啊？”

唐奶奶挠了挠头：“安心，我家里的电视机突然坏了，你过来帮我看一下。”

顾安心点了点头，跟唐奶奶过去了。因为唐奶奶家就在隔壁，她只把门轻轻带上了。

老太太年纪大了，不懂电器。顾安心检查后发现唐奶奶连电视机的电源都没接上，电视能好用才怪。

她帮唐奶奶把电源线插上了，说：“奶奶，您怎么把电源线给拔了？电源线不是一直插着吗？”

“咦？电源线拔了吗？我忘记了。”唐奶奶扶了扶眼镜，“瞧我，太糊涂了！没事了，你回去休息吧。”

“嗯。”顾安心点头，“那您有事再叫我。”

“好。”唐奶奶送顾安心出门，突然问她，“安心，你家那个三哥还回来吗？”

顾安心一听人提起三哥就生气，那个男人完全没打算在她的身上花心思。

“他不会回来了！”

唐奶奶心里清楚，咯咯地笑了，对顾安心道：“奶奶活了七十年，见过一些世面，觉得三哥这个人还是很真诚的。”

顾安心一愣，不知唐奶奶突然说这话是何意，好奇唐奶奶怎么突然帮三哥说话了。

顾安心心里这样想着，回到家关上门后才发现不对劲——三哥此刻正淡定地坐在她家的沙发上！

顾安心一惊：“你是什么时候进来的？”

凌越一脸得意，静静地看着顾安心：“刚刚你家大门敞开着，难道不是为了欢迎我？”

顾安心受不了他那副一切尽在掌控之中的表情，好像自己是他掌中的玩物：“你太自恋了，我只是出门帮唐奶奶……”

顾安心说到唐奶奶，突然反应过来，唐奶奶难道是故意找借口引她出门，然后帮助三哥进门？唐奶奶一定是被三哥蛊惑了，才会觉得他是一个好人，进而说出那番话。

顾安心深吸一口气，心想：长得好看的男人确实会耍花招。

“我今天要住在这里。”凌越强势地说。

“你以为这里是酒店？你想来就来，想走就走？”顾安心跑回卧室，取出银行卡，然后回到客厅扔给凌越，“拿上你的钱，去找个真正的酒店！”

凌越被她下逐客令后也不恼，像盯着自己的猎物一样盯着她。

死缠烂打这种事会让人上瘾，凌越做了第一次，现在第二次便轻车熟路了。

“不去，我要和我的女人住在一起。”

在遇见顾安心之前，他对女人毫无兴趣；遇到顾安心之后，他发现之前是没遇到对的人。尤其是等他在这里住习惯之后，他见不到顾安心都觉得浑身不适。

他骨子里的强势基因迫使他回来拿下她！

顾安心被他过于炙热的眼神吓了一跳，下意识地后退了一步，但瞥见他的双腿时又笑了：“不要那么看着我，就你现在这样，还能吃了我？”

凌越挑眉问：“你在质疑我？”

顾安心瞥了他一眼：“你一个行动不便的人，能别老是摆出一副自己无所不能的姿态吗？你不觉得自己很自负吗？”

凌越唇角微扬：“你歧视残疾人。”

“我不是！我没有！你别瞎说！”顾安心吓了一跳。她知道残疾人最敏感，即使她对他不满，也不会在这方面歧视他。

“既然你不歧视残疾人，那为什么不原谅我？你是不是嫌弃我是残疾人？”凌越突然逗她。

“你胡说八道什么呢！”顾安心的一张脸憋得通红，“我不原谅你纯粹是因为你是浑蛋，跟你残不残疾无关！”

“我不信，除非你今晚收留我！”

顾安心之前不知道，原来三哥的脸皮这么厚。但她这人睚眦必报，自己被他晾了这么多天，至少也要晾他几天才解气，就算唐奶奶帮他也不行。

顾安心不再跟他废话，推着他的轮椅要把他推出去。

“等一下。”凌越开口，“我告诉你一个秘密。”

顾安心：“嗯？”

凌越：“等你知道了这个秘密，今天就必须让我留在这里。”

顾安心：“我拒……”

“拒绝”二字还没说出来，她便见到凌越的腿动了一下。

她震惊地盯着他的腿，一时忘了自己要说什么。

凌越慢条斯理地扯了扯领带，接着理了理衬衫的扣子，然后迎着她的目光站了起来！

他拥有一双长腿，站起来后看着极高，挡住了顾安心的视线。

顾安心整个人被他的影子笼罩着，表情惊诧，像见鬼了一般："你……你……你怎么回事，怎么站起来了？"

她瞪大眼睛，盯着凌越，愣是反应不过来！他是被医生宣告过将会终身残疾的人，不可能才离开这么一段时间便好了。

"你一直在骗我？"顾安心难以置信。

凌越不对她敞开心扉就算了，没想到还瞒着她这么大一件事！她要是不闹，看样子他也不打算告诉她！

顾安心突然感觉很委屈，这段时间尽心尽力地照顾他，因为他的腿尽量顺从他，甚至还把自己的一颗真心交出去……换来的却是他一次次地欺骗自己。

顾安心的视线突然模糊，眼泪掉了下来。

凌越慌了，赶忙抱住她，不顾她的挣扎，用力地抱紧她说："对不起，我不是故意骗你的。我身份特殊，所以一开始向你隐瞒了一些事情。"他强调道，"但这些不代表我的感情立场，事实上，我非常在意你。"

顾安心愣了一下，没想到这种时候他会突然向自己告白。

顾安心不争气地被他打动了："除了这件事，你还有什么想对我说的吗？"直到现在，她还不知道他的身份和过往。

凌越见她冷静下来，这才松开她，道："没有。"

他挺括的西服上留下了她的眼泪和鼻涕，但他毫不在意，只是认真地盯着她说："不说是为你好。等时机成熟了，我会和盘托出，并且让你过上好日子。"

"不说是为我好？"顾安心生气了，下意识地跑进房间，砰的一声关上门，在里面吼道，"你滚！"

凌越站在原地手足无措。

顾安心骂完就后悔了。她竟然气得把自己关进了房间里，这就等于自己默认了凌越可以待在她的客厅。

她懊恼地往自己的脑门上一拍，三哥这么强势，今晚自己是无论如何都赶不走他了。

顾安心独自在房间里待了两个小时，其间，匿名在网上发了个帖子。

“旧爱回来了，说在意我，说之前伤害我是迫不得已的，而我好像也对他还有点感觉。接下来我要怎么办？”

她很快便收到了很多网友的回复。

“找到个有感觉的不容易，你既然这么问了，肯定倾向于原谅他。”

顾安心：“但我还是介意他对我不够坦诚。”

“帅吗？帅就原谅他。”

顾安心：“帅，但是……”

“别想这么多了，床头吵架床尾和！”

顾安心跟网友聊了一阵，心里轻松多了。

门外十分安静，她好奇三哥在干什么，便蹑手蹑脚地走到门边，将耳朵贴着门，还是听不清外面的声音。

现在已是深夜，她想他应该睡着了，毕竟这位大爷的生物钟和他的人生规划一样令人捉摸不透。

顾安心轻轻地打开房门，完全没料到凌越就守在她门外！

他高大的身躯映入顾安心的眼帘。他正认真地盯着她，目光深邃。

凌越看到她出来，突然扬起嘴角，露出一抹得意的微笑，沉声道：“你果然还是放不下我。”他自信地说完这句话，随后把她扛起来！

顾安心感觉身体一轻，下意识地抱紧他，尖叫起来。

凌越对她投怀送抱的举动颇为受用，直接把她压在门上，亲吻她，感受她的气息。

顾安心挣扎起来，面色潮红：“你……放开我。”她的脑子里突然出现帖子里网友回复的那句话“床头吵架床尾和”。

顾安心的脸更红了，她有些气恼起来，心想：这都什么时候了，自己还在想那些乱七八糟的。

“你在想什么？”凌越见她脸红，隐藏不住心里的欢喜之意，紧紧地搂着她。

顾安心：“我在想你什么时候滚出我家！”

凌越眯了眯眼睛：“你这张嘴，得治一治。”随后一把将她抱进了房间。

凌越将她丢在床上，身体覆了上去，顾安心再也说不出话来……

他起初很霸道，但渐渐温柔起来，一遍又一遍地喊她的名字，声音低沉。顾安心陡然发现，这一刻，自己的心早已被他占据。她放松下来，停止挣扎，不想思考太多，伸出手臂拥抱住他。

凌越感受到她在回应自己，心情越发愉悦。

夜已深，情正浓。

这个夜晚，顾安心美得令他着迷。

清晨，金色的阳光透过窗帘洒在二人的肩上。

顾安心猛地睁开眼睛，看了一眼身边裸着的男人，开始回忆昨晚发生的事情。

这个男人的体力太强了。

她昨晚像是一块煎饼，被人翻来翻去“煎”了无数次……之后，这个男人竟然还有体力抱着她洗了个澡再睡觉。

顾安心从“害羞地回忆昨晚的事”到“被迫接受现实”再到“恨自己被他迷惑了”，心理活动十分复杂。

就在她思考接下来要怎么办的时候，旁边的男人皱了皱眉头，醒了。

顾安心觉得尴尬，不知该如何应对，赶紧闭眼装睡！谁知凌越一下戳穿了她，揉了揉她的脑袋，说：“昨晚辛苦了，再睡一会儿。”

顾安心尴尬至极，为什么这个人能一本正经地说出这么让人害羞的话？

凌越轻笑，知道她不好意思，没有强行叫醒她，翻身在她的额头上留下一个吻：“早安，我的女人。”随后起身离开。

凌越一走，顾安心就赶紧睁开了眼睛，抱着被子在床上翻滚了好几分钟，这才把成年人的淡定心态找回来。

顾安心看了看时间，上班快迟到了，赶紧冲出来洗漱，却听到凌越慢条斯理地道：“我已经帮你请假了，你可以再睡一阵子。”

“你帮我请假？怎么请的？是跟谁请的假？”

"跟你的老板夏大川。"

"你是怎么说的？"

"我说你很累，今天晚点去上班。"

"……"

凌越一脸淡定，看着她气急败坏的样子，觉得好笑，眉眼微微弯起："乖。"

"乖你个头！"顾安心瞪了他一眼，还是冲进了洗手间。

凌越见她执意要去上班，没办法，便说："那我送你过去，让Alice开快一点就行。现在还有时间，你先吃点东西。"

凌越一夜之间有了责任感。他以前从不花心思去了解女人的需求，但现在知道，女人需要爱和呵护。

顾安心也隐隐感觉他变得温柔了许多，没说什么。

凌越出门的时候依旧坐着轮椅，顾安心实在想不通，道："既然你的腿没问题，那你为什么要天天坐这轮椅？"

凌越道："我这个身残志坚的顾问给了安心集团的许多员工认真生活的信心和勇气。为了激励他们，萧老板要求我必须继续坐轮椅上班。"

"不说就不说。"顾安心现在想通了，不再刨根问底。他现在能陪在她的身边，这就够了。

成年人该洒脱一点。反正大家各取所需，她也不亏。

当天顾安心下班很早，一回家便看到Alice带着两个工人师傅过来了。

"顾小姐！"Alice今天的态度十分恭顺，"先生吩咐我来给顾小姐家换一张床。"

"换床？"顾安心反应不过来，"我家的床挺好的，为什么要换床？"

Alice笑了："先生说床小了。"

顾安心不受控制地想起了昨晚的画面，她那张小小的单人床确实有点承受不住……

但凌越直接让Alice过来换床真的好吗？

看Alice一脸"我什么都知道"的表情，顾安心恨不得挖个地洞钻进去！

“顾小姐，装好了，这床够大，而且很结实，您和先生两个人睡应该没问题。”床换好后，Alice还特意提醒顾安心这床够结实，这让顾安心尴尬得不行。

Alice跟在凌越身边这么多年，很懂察言观色，见顾安心实在臊得慌，很识趣地道别：“顾小姐，我先走了，祝您和先生百年好合、早生贵子。”

Alice知道凌越这次是冒了多大的风险跑回来的，凌越真的很在乎顾安心。现在，在Alice的眼里，顾安心的脑门上仿佛刻了三个大字：凌太太！

顾安心被她搞蒙了，不过被Alice提醒后猛地想起了一件很重要的事情，原本羞红的脸顿时更红了。

昨晚他们没做安全措施，万一自己中招了怎么办？她刚想通，要跟三哥好聚好散、及时行乐，完全没有当母亲的准备。

等Alice离开后，顾安心便下楼，直奔药店。

楼下，唐奶奶正和人聊天，见到顾安心，忙喊道：“安心！”

“嗯！”顾安心只是应了一声，没空跟唐奶奶搭话！她现在必须赶紧吃避孕药。

唐奶奶见顾安心不搭理自己，心里有些惶恐。昨晚她帮凌越溜进了安心的家，后来就再也没见凌越出来了，也不知道他们到底怎么样了。

唐奶奶有些担心，安心现在难道是生自己的气了吗？气自己自作主张？

唐奶奶越想越后悔，赶紧上前跟着顾安心出去了。

顾安心不知道唐奶奶这么纠结，买了避孕药后没回家，在小区找了个凉亭坐下吃了药。

唐奶奶见顾安心在凉亭，手上有拆开的药包，问：“安心，你怎么了，身体不舒服吗？”

顾安心见唐奶奶来了，微笑道：“没有啊，唐奶奶，我很好。”

“那你在吃什么药？”

“避孕药。”她说得洒脱。

唐奶奶愣住了，随后自责地抹眼泪：“安心，奶奶昨天是老糊涂了，不应该帮着那个小子算计你……”

“奶奶你这是做什么？”顾安心笑了，连忙打断她，帮她擦眼泪，“我现在挺好的。”

“你好的话就不用吃避孕药了，”唐奶奶不信，“该顺其自然，怀了就生！”

顾安心摇头道：“奶奶，很多事情不能单纯地用好或不好来评价。我觉得我现在挺洒脱、挺好的，之前就是太钻牛角尖了，跟自己过不去。现在我要多向三哥学习，珍惜当下。至于以后，谁知道呢？”

唐奶奶揉了揉太阳穴，愣是没懂顾安心在说什么，现在的年轻人好复杂。

阿嚏！忙碌的凌越突然打了个喷嚏。

“哟，这是谁想你了？”萧一山在凌越对面装模作样地嗅了嗅，“一股情欲的味道！”

凌越瞪他一眼，难掩脸上的轻松和愉悦之色，低声斥道：“闭嘴。”

萧一山眼睛一亮：“三哥，真的被我猜对了吗？”

凌越不想跟旁人讨论自己和顾安心之间的私事。

凌越的眼神变得犀利起来，他仿佛在说：我们间的事是你能乱猜的吗？

萧一山吓了一跳，连忙收回视线。

“给你分配的工作都完成了是吗？”凌越的声音十分淡漠，“安心集团的事你也插不上手，你要是闲得难受，东非那边……”

“三哥，我的三哥，你是我的大爷还不行吗？”萧一山一听“东非”两个字立刻急了，“我刚把郑婉如给拿下，新鲜劲还没过呢，你不会这么残忍吧？”

凌越冷哼一声。

萧一山见他竟然还不松口，连忙求饶：“三哥，你别自己吃肉了，就连汤都不让兄弟喝了啊！你是不知道，这郑婉如……”

“闭嘴！”凌越对他的那些事不感兴趣，“你再胡说八道，就自己主动打好疫苗去东非！”

萧一山连忙点头。

虽然今天又被凌越威胁了，但萧一山莫名感觉凌越有人情味了，身上的气场都变了。

萧一山特别想知道凌越和顾安心之间到底有什么进展，但实在不想去东非那边，便不敢问凌越了。

凌越专注地干着手里的工作，归心似箭，只想早点下班！

终于到下班的点了，凌越把Alice叫过来，道：“你去秦记一趟，准备一些补气血的开胃菜，送去安心那里。”

Alice点头道：“好的先生。”先生果然在意顾安心，现在连她的饮食都放在心上了。顾安心在Alice心里的地位又上升了。

一旁的萧一山听得目瞪口呆，没想到凌越这个什么恋爱经验的真正谈起恋爱来这么体贴！

“今天就到这里了，你回去休息，我也下班了！”凌越看了一眼时间对萧一山道。

萧一山震惊了：“三哥，你前几天都工作到凌晨，今天竟然到点就要下班？”

凌越挑眉问：“你有意见？”

Alice低头笑了起来。

萧一山连忙提醒他：“三哥，你这刚吃到肉，悠着点，别累着了。就算你不累，顾小姐也累……”

凌越用眼神警告萧一山，萧一山这才闭嘴。

Alice打完订餐电话，回来道：“先生，您看当归炖鸡、龙骨炖鱿鱼汤、淮山红枣炖排骨，再加一个枸杞红枣红豆粥，怎么样？”

凌越点点头：“可以，再加一个素菜。另外，你跟秦记那边说要长期送餐，记得七天之内菜品不要重样！”

萧一山由于太过吃惊，嘴巴张成了O形：“兄弟真是甘拜下风！我在女人堆里成长了好几年，还没你厉害呢！”

凌越扫了他一眼，没说话。凌越没有刻意地去干什么，做这些只是因为想这么做。

凌越一回到家，便见顾安心正趴在手绘板前吃泡面，吃一口，画一笔。

他深吸了一口气，既心疼又生气，将泡面拿走，问："你怎么又吃上泡面了？"

他们认识之前，顾安心经常吃泡面，简单地解决饮食问题。后来，她把他捡回来了，他们一日三餐，顿顿都荤素搭配，日子过得十分温馨。现在，她又开始吃泡面了。

顾安心画得很专心，都不知道他已经回来了，愣了一下，看了一眼自己的泡面，说："哦……我还没习惯你回来了。"

凌越何时被人这么无视过，伸手把她的脸都掐变形了："那你记住，我回来了！以后我天天都在，你不要吃这种东西了！"

凌越说罢，不客气地把泡面扔到了垃圾桶里，庆幸自己回来了，不然都不知道她竟然天天这么对待她自己。

"唉，好浪费……"顾安心虽然这么说，但听到他说"天天都在"，一丝喜悦涌上心头。

"过来，推我去餐桌旁！"凌越一声令下。

顾安心："你的腿、脚又没问题，干吗不自己走过去？"

顾安心真想直接给他一脚，这个人昨晚生龙活虎的，现在又来假装残疾，让人伺候他。

凌越："快点！"

顾安心撇嘴，自从自己救了他，就彻底和麻烦成了好朋友。

她刚把这位大爷推到餐桌旁，Alice从秦记订的晚餐便到了。

顾安心瞪大眼睛，看着一盘又一盘精致的菜肴被摆上餐桌，没忍住咽了一口口水。

她从未看过哪家的外卖用这么精致的盘子，跟宫廷御宴似的。

凌越盯着她，看她一副嘴馋又不好意思吃的样子，不禁失笑，问："你怎么不吃啊？"

他想给她补补，想给她吃最好的、用最好的。

顾安心尝了一块淮山，顿时眯起眼睛，感觉口齿留香，好好吃！

“你在哪里订的餐？”顾安心很好奇，这家店的菜也太好吃了，是她吃过最好吃的外卖！

“你别管，喜欢就多吃点。”凌越笑着不停给她夹菜，见她欢喜，自己也跟着笑了起来，“以后不许你吃方便面！”

“好的。”她想了想，又说，“三哥，这个肯定很贵，以后别订了，我可以买菜自己做……”

“你是我的女人，不是我的保姆！”凌越一脸严肃。他怎么可能让他心尖上的人受累？

顾安心笑了：“可是我收了你30万元的保姆费。”

凌越顿了顿，缓缓道：“你想当保姆也行，换身女仆装给我看看！”

顾安心第一次听三哥讲这种话，险些把饭喷出来。

顾安心吃饱喝足，瘫在沙发上看电视，觉得日子过得太惬意了。

“我昨晚没睡好。”凌越坐在顾安心身旁，突然道。

顾安心愣了一下，慢慢扭头看他。她的小脸已经红了，昨晚那种情况，她也没睡啊！

凌越咽了咽口水，目光深邃，意味深长地说：“我们今晚早点睡。”

顾安心当然知道他这是在暗示什么，眨了眨大眼睛，表情为难。

凌越上前拥住她，在她的耳旁低声说：“我本来只是单纯地想早点休息，你不要招惹我。”

顾安心十分委屈，自己干什么了？

顾安心想起他昨晚的样子，赶紧往回缩了缩身子，说：“今晚不行，我刚吃了避孕药，现在还有点晕。”

凌越的表情突然僵住了：“吃那种药对身体不好。”

“不然呢？”顾安心笑了，“难道我还要给你生孩子啊？想得美！”

凌越盯着顾安心，突然发觉她跟以前不一样了。自从放弃追问他的秘密之后，她对他的态度也变得有些随意了，不再跟他交心了。现在的顾安心给凌越一种感觉，就是他可以离开，可以回来，也可以什么都不说。

顾安心给了他足够的自由。

凌越不喜欢这种感觉，没来由地烦躁起来。但他现在还不能暴露自己的身份，毕竟，他的身边还有一群虎视眈眈的狼。

他不是不能跟顾安心摊牌，但是他知道，顾安心若是被卷进权力的游戏中，就会很危险。他也在想若是她知道待在自己的身边会这么危险，还会不会选择跟自己在一起？

凌越思绪良多，但都没法对顾安心言明，只能用力地抱紧了顾安心。

顾安心察觉到他心情不太好，没说话，任由他抱着自己。

她现在已经懒得问了，反正也问不出结果。

凌越对她来说，就像一朵缥缈的云，很不真实。顾安心很明白，云若要走，风是挽留不住的。

次日一早。

顾安心睁开眼，没有起身，盯着面前的男人发呆。

他的五官完美得宛如上帝的杰作，就连他睡着了，眉眼之间也散发出与众不同的气息。

她很少这么盯着他看，现在仔细一看，感觉自己赚了。她伸出手指，刮了刮他的鼻梁。

突然，她的手指被他抓住了。

凌越没有睁开眼睛，唇角微微扬起，问："对我的长相还满意吗？"

顾安心的脸瞬间红了，原来他早就醒了……

"还行吧，给你打 7 分。"顾安心揶揄道。

"才 7 分？"凌越不满，翻身把她压在身下，"这个分数不对。"

"你已经够自信了，再打高分，你得上天。"顾安心伸手推他，"快下去，我还要上班呢。"

凌越没动，一脸暧昧地盯着她。

顾安心看到了他眼底的欲望，猜到自己再不跑就跑不掉了，赶紧推开他。

然而他的力气太大，她压根推不动，他按住她的手，把她禁锢得死死的。

顾安心："我还要上班，不上班喝西北风吗？"

凌越轻笑道："不会的，我养你。"

顾安心："你养不起。"

凌越："我的工资很高。"

顾安心撇嘴，不信。但凌越没给她逃走的机会，吻了下来。

两人缠绵完已是八点多。

顾安心红着脸从床上起来，匆忙地穿上衣服去上班。

凌越躺在床上看着她，一脸满足，慢悠悠地道："不急，Alice 会送你去上班的，你不会迟到。"

顾安心："迟到了我就弄死你！"

凌越："欢迎。"

顾安心无话可说。

Alice 早已在外面候着了，看见顾安心出来了，一脸意味深长地提醒她道："顾小姐，今天天气凉，系条围巾吧！"

顾安心一愣，意识到她意有所指，跑到镜子前一看，一张脸顿时红成了番茄色。

三哥太可恶了！她的脖子上都是他留下的吻痕！

凌越见她如此羞愤，认真地跟她道了个歉："下次我会注意的。"

顾安心瞪大眼睛，Alice 还在，他说的这是什么话？！

凌越贴心地把她和她的早餐一起送上车，说："将就着吃，午餐到时候有人给你送。记住，别吃泡面！"

顾安心撇嘴，懒得搭理他。若不是 Alice 提醒她，她就直接这么去上班了，到时候估计会被人笑死。

凌越看她生气的样子，觉得甚是可爱，嘴角的笑意止不住。

没错，他就是故意的。

凌越还记得那天她的同事抱着鲜花向她表白的场景。凌越都没有给她送过花，当然不可能让别人给顾安心送花。这次，他就是故意在她的脖子上种"草莓"的，想借此宣示主权，顺便断了别人的念头！

顾安心一进办公室，便发现气氛不对。

大家都偷偷看着她，还有人时不时地窃窃私语。

顾安心低头检查了一下自己的着装，没发现哪里不得体。而且，吻痕也被她遮住了啊！

顾安心忍不住问秦玲："大家都怎么了？我的脸上有花？"

同事们的目光害得她连稿子都没法专心画了，她总觉得有人在背后议论自己。

秦玲压低声音道："安心，你……又拒绝杜明了吗？"

原来是因为这件事！

顾安心以为自己在外面拒绝杜明，这件事就没人知道，可是没想到同事的消息这么灵通。

顾安心点头："我和他本来就没有可能！"

秦玲的表情不太自然："可是你之前不是说和男朋友分手了吗？你还每天坐杜明的车下班……"

顾安心解释道："分手是事实，杜明送我下班是因为他说与我顺路，这些我都已经跟他说清楚了。"

当时她想逼三哥现身，所以多坐了几次他的车，但已经跟他解释过了。

秦玲摇摇头，道："安心，我相信你，但你这么解释没有说服力。现在同事们都说你玩弄杜明的感情，一直把杜明当备胎！"

顾安心承认自己在搭车这件事上确实做得不对，也觉得有些对不起杜明，但根本没有玩弄他啊。他们在车上一直保持距离，以普通朋友的关系相处。

"杜明是怎么说的？"顾安心问。

"这些就是他说的啊！他发了一条长微博。"秦玲道，"现在你都被人骂死了，同事们都说他是绝世的痴情种，具体内容你自己去看吧。上面有好多难听的话，我都不好意思跟你说！"

秦玲见她还不知道，赶紧把网址发给了她。

顾安心皱眉，迅速打开手机，浏览了一遍那篇文章，心里十分生气。

杜明的用词十分夸张，他不去写小说真是可惜了！他洋洋洒洒写了数千字，将她说成是骗吃骗喝的极品女人，而他因为爱着她才一味付出。这简直是一派胡言！

她没想到杜明看上去忠厚老实，背地里竟然会做这种事！

顾安心看了一眼下面的评论，险些气到吐血，直接去了杜明的办公室，将手机放到他面前质问道："你能解释一下这是什么情况吗？"

杜明看到她，没什么好脸色："什么情况？我不知道你在说什么。"

"你写的那篇长微博，难道不是在污蔑我吗？我什么时候骗吃骗喝了？你给我买衣服、买包了？麻烦出示一下小票！"顾安心生气地道。

她不占别人的便宜，也不允许自己吃这种哑巴亏！

杜明冷笑一声，脸色阴沉地道："我懒得跟你说！"

他承认自己确实在诋毁顾安心，但并不觉得对不起她，反而觉得这是顾安心欠他的！

第一次告白失败，他原本已经打消了追她的念头，可是她突然说分手了，这不就是在暗示他吗？结果他再次向她告白时，她竟然又拒绝了自己。她这种女人就应该被人骂！

"那是我发的，我确实在用词上稍微夸张了一点，但这又怎样呢？"杜明大方地承认了，道，"顾安心，你这样厚脸皮的女人居然会在意自己的名声？"

顾安心见杜明这样无耻，心里的怒气反而消失了，冷笑了一声："杜明，厚脸皮的人到底是谁？是谁在楼下三番五次地说顺路，让我搭你的顺风车？是谁在我已经明确表示跟你不可能的情况下还心存幻想？是谁在得不到我后试图毁掉我？你可真是有出息！"

顾安心用几句话说明了事情的前因后果，办公室里听到这些话的人都愣了，这跟杜明说的不一样啊……

杜明说是顾安心主动上了他的车，而且两个人的关系一直很暧昧……

顾安心看了看大家的反应，思索片刻，继续道："你说你给我买了很多礼物，花了很多钱，麻烦你跟大家说一下，你给我买过什么牌子的包、什么牌子的香水，在哪里买的，花了多少钱！”顾安心知道，杜明根本不了解这些，现在连编都编不出来。

杜明语塞，结结巴巴地道：“这种事情我怎么可能记得？”

顾安心：“买了那么贵的东西，你一样都不记得了吗？”

杜明憋了半天，说：“自然堂的香水！”

大家忍不住哄堂大笑，自然堂根本不卖香水。杜明在顾安心的质问下漏洞百出，不仅胡说八道，还没脑子！

接下来，顾安心已经不想再跟杜明多费口舌了，觉得杜明很可笑。她轻蔑地道：“就算我是坏女人，也看不上你！”

她说完便走了，留下杜明站在原地。

同事们没想到顾安心看起来柔柔弱弱的，实际上性格这么强势！有了这一出，同事间对她的非议少了很多。

但还是有些人同情杜明，认为杜明在网上中伤顾安心是因为被顾安心伤透了心，顾安心不应该在大庭广众之下不给杜明台阶下。

顾安心懒得理他们，脑子清醒的人自然会相信她，而那些不信她的人，她也懒得理。

收拾完杜明，顾安心觉得浑身舒畅，脑子也清醒了不少，工作效率大大提高。

中午，她拿到了凌越给她订的餐，和昨天的餐具一样，只是菜品变了。三哥想必是见她爱吃，所以订了同一家的外卖。

顾安心没当回事，旁边的秦玲却惊讶地问：“你这是……秦记的饭？！”

顾安心点点头，盘子上确实写着“秦记”二字，问：“秦记怎么了？”

秦玲见她竟然不知道秦记，连忙给她科普：“秦记是超有名、超贵的私房菜馆！据说里面的主厨祖上都是御厨，他们家每天限量供应，有钱都不一定能买到！”

顾安心愣住了。其实她也想过，三哥出手阔绰，能随便给她 30 万元当保姆费，还有 Alice 那种级别的助理，确实不像穷人。

而且，他不仅不穷，还可能家财万贯。而他之所以不说自己的家世背景，可能是有所顾虑。

顾安心现在不想知道太多，看着秦记的饭菜笑了，说："是吗？我只觉得好吃，倒不知道秦记这么有名。"

秦玲笑了："你也太孤陋寡闻了。"

旁边有人听到秦记，凑过来看了几眼，看顾安心的眼神顿时怪异了许多。

"原来是傍上大款了，怪不得看不上杜明。"一个女同事没忍住，吐槽道。

这个同事一直对杜明有好感，早就想跟顾安心吵一架了，现在抓住机会，阴阳怪气地讽刺起顾安心。

顾安心顿时不开心了。

秦玲瞪了女同事一眼，下意识地帮顾安心说话："安心要是真的傍上大老板了，你在这里迟早混不下去！"

女同事被秦玲的话噎住，跑了出去。

"谢谢你！"顾安心真挚地向秦玲道谢。顾安心今天很累，不想再跟人吵架，庆幸遇到了一个能为自己说话的同事。

秦玲笑了笑："谢什么？我就看不惯她那副酸样，她就是嫉妒你！"

顾安心苦笑起来。

直到下班，顾安心的心情还是很差。

Alice 开车，带着凌越来接顾安心回家。

顾安心上了车，看到凌越正在低头处理文件，微微撇嘴，扭头看向窗外。

车厢内十分安静。凌越误以为顾安心还在生自己的气，不由得笑了："还生气呢？要不你也给我留下几个印迹？"

顾安心被他逗笑了，拍了他一下："你别开玩笑了。"

凌越见顾安心的脸上有了一丝笑意，问道："中午吃得怎么样？"

顾安心："你派人送的，自然好吃得要命。"

凌越笑了："你倒是吃饱喝足了，我到现在还没吃午饭呢。"

"你还没吃午饭？现在都下午五点半了！"顾安心震惊了。

Alice 在前面解释道："我们在赶一个项目，没时间吃，先生说晚上跟你一起吃。"

顾安心看着凌越，见他的眼底一片青黑，脸上是掩饰不住的疲惫，不由得心疼起他来。

"停车！"她突然喊道。

Alice 一愣，见凌越没有阻止顾安心，连忙停车。

顾安心下车后直奔路边的一家包子铺。

车上的凌越看向窗外，满脸笑意。Alice 觉得她家先生可能傻了，顾小姐不就怕他饿坏了给他买两个包子垫肚子吗，他至于乐成这样吗？而且顾小姐买的还是他最讨厌的韭菜馅包子。

凌越扫了 Alice 一眼，说："子非鱼，焉知鱼之乐。"

Alice 觉得热恋中的人果然都是愚蠢的。

凌越见苦肉计有效，开始肆无忌惮地支使顾安心，一会儿嚷嚷腿疼，一会儿嚷嚷腰酸，要她给自己按摩。

顾安心虽然很配合凌越，表现得挺开心的，但几天后凌越还是发现顾安心不对劲。

以前她很喜欢上班，喜欢公司的创作氛围，恨不得住在公司，但最近每天站在公司楼下时都愁眉苦脸的。

"Alice，你去查一下安心是不是在公司遇到什么麻烦了。"凌越还记得陈龙飞，对顾安心的同事没什么好感。

凌越越想越觉得不对劲，又道："你现在就去查！"

Alice 连忙点头："好的先生，我现在就去查！"

这段时间，Alice 明白了一个道理：顾小姐的事无小事。

顾安心确实一进公司就遇到了麻烦——杜明正和同事阴阳怪气地议论自己。

"有些女人可虚荣了，什么没脸没皮的事都做，傍了个大款恨不得对方每天都来接送她上下班，就怕同事不知道！"女同事冷冷地说道。

马上就有人接话，一副感叹世风日下、人心不古的样子："世道就这样，炫富的、炫男人的都有，缺什么炫什么！”

杜明冷笑道：“什么大款？就一个瘸子！那个人要不是腿不好，能看上她吗？”

杜明见过凌越，自然知道顾安心的男朋友是什么样子！在杜明的眼中，凌越除了脸长得好看、有点钱，一无是处！

顾安心深吸了一口气，想上去理论，偏偏对方没有指名道姓地骂，她不好跑去对号入座。

行，她忍！

她安慰自己，既然上帝给你打开了一道门，那必然会关上某扇窗。她最近和三哥太甜蜜了，遇到点糟心事也正常。

电梯到了，顾安心越过其他人，抢先迈进电梯。那群人见到顾安心，有些心虚，纷纷躲闪起来。杜明先是一愣，接着冷笑了一声，对身旁的人说：“电梯到了，咱们进去吧！”杜明大步迈进电梯，其他人犹豫了一下，最终也进去了。

杜明看了眼顾安心，微微提高声音，不紧不慢地问：“顾安心，你都没有告诉别人你的男朋友腿脚不方便吗？”

女同事装作惊讶，瞪大了眼睛：“真的吗？安心，那你图他的什么啊？钱吗？”

杜明笑得十分张扬。

很好，他们开始指名道姓地骂了是吧？顾安心回头怒视他们，对那个女同事说：“你喜欢杜明吗？有嘲讽我的时间，不如去打听打听杜明的人品，他不止跟我一个人说过你长得丑！”

女同事顿时尴尬无比，怒斥顾安心：“你胡说什么？！”

杜明早知道女同事喜欢他，却嫌弃别人长得丑，此刻突然被顾安心戳破心思，于是恼羞成怒：“你给我闭嘴！”

顾安心笑了一声：“怎么？被我说出了实情，你不好面对人家了是吗？”

杜明气极了，一拳挥过来。顾安心早有准备，闪身躲开，质问道：“怎么，你想打人？”

杜明意识到自己失态了，庆幸自己刚刚没打到她，因为一旦自己打了她，好男人的形象就彻底崩塌了。

杜明咬咬牙，等电梯门打开后，愤愤地离开了。

顾安心回到办公室没多久，后勤组的刘姐就凑过来说："你和杜明的事闹得挺大啊，他可是咱们公司很有前途的年轻人。"

顾安心皮笑肉不笑地道："那又如何？我还怕他不成？"

"倒不是怕他，只是我有点好奇，你跟男朋友又和好了？"

顾安心点头。

刘姐嘿嘿一笑："听说昨天中午他让人送了秦记的饭菜过来，你男朋友是什么样的人啊？"

顾安心皱眉："刘姐，他就是一般人，没什么好说的。"

刚才嘲讽顾安心的女同事端着水杯路过，讽刺道："他不是残疾吗，怎么会没什么好说的？他说不定是什么忍辱负重的豪门富二代呢，写出来都能出书了！"

顾安心顿时火冒三丈。她可以容忍别人羞辱她，但是不能容忍别人一而再再而三地辱骂三哥："你有种就再说一遍！"

女同事长得高大，还有些奘，丝毫不怕顾安心："我再说一遍怎么了？你男朋友不就是个一无是处的瘸子吗？他是靠钱拴住你的！怎么，你自己做了丑事还怕人说，现在还想欺负我？那……"

她还没有说完，顾安心突然上前扯住她的头发，啪的一声，给了她一个耳光！

女同事被打蒙了，等回过神来，立刻伸手抓住了顾安心的头发，说："好啊，你敢打我？"

顾安心哂笑。她从不主动惹事，但也绝对不怕事，不就是打架吗？谁没打过？

一场混战之后，女同事和顾安心都受了点伤。

刘姐和秦玲吓坏了，在这个大楼里上班的人，还没有一言不合就动手的。现在这两人如同泼妇一样，简直让人大开眼界。顾安心平时看着柔弱，现在竟然骑在一个比她还高大的女人身上还占尽优势。

办公室里乱成一团，画稿掉了一地。

等到夏大川得到消息赶过来的时候，女同事正被顾安心压在身下，脸已经被打肿了。

夏大川虽然气得不轻，但见顾安心赢了，还是松了一口气，不然萧一山那边他可没法交代。

夏大川故意严肃地道："你们两个都到我办公室来一趟！"

女同事一反之前剽悍的样子，哭哭啼啼地跟上去道："经理，不是我，是顾安心先对我动手的，您看我的脸……"

顾安心没有说什么，确实是她先动的手，可是再来一次，她还是会打那个女同事！

办公室内，夏大川看着面前的两个女人，十分无语。

顾安心是萧一山安排到他这里的人，虽然他不知道二人到底是什么关系，但顾安心的身份绝不简单。夏大川调整了一下情绪，叹气道："你们说说，到底是怎么回事？"

顾安心倔强地不说话，女同事委屈地抹眼泪，说："老板，是顾安心先动的手，我当时只是和刘姐搭了句话，她就疯了一样地冲上来打我！"

顾安心冷笑了一声："老板，如果公司允许员工随意地侮辱、中伤其他人的话，那今天这件事就当是我的错！"

顾安心语气强势，既指出女同事的错处，也表明了自己想让夏大川主持公道的意思！

夏大川一愣，顾安心平时看上去十分柔弱、单纯，可是现在一副威武霸气的样子，简直是让人惊讶。

夏大川突然为难了。他不能惩罚顾安心，但今天又确实是顾安心先动的手。

不过，夏大川没有因此为难太久，因为很快Alice就走了进来，冷冷地看了一眼女同事。

Alice有些生气，boss放在心尖上的女人竟然被人欺负了。Alice瞪了一眼女同事，女同事被她的气场吓到了，后背开始发凉。

顾安心愣了，Alice怎么来这里了？三哥该不会知道自己打架了吧？

夏大川一惊，赶紧起身，恭恭敬敬地问 Alice：“您怎么过来了？”

Alice 冷笑道：“我能不来吗？萧总让我问候夏总，同时问问夏总是怎么照顾人的！”

夏大川的额头上顿时沁出一层冷汗：“是……是，都是我疏忽了！”

不等夏大川多说，Alice 立刻恭敬地对顾安心道：“顾小姐，车已经等在外面了，我带您去医院检查一下！”

女同事一听怒了，自己才是受害者，为什么顾安心要去验伤？她还想抓住这个机会把顾安心赶出公司呢！

女同事立刻道：“不行，她打了人，不能走！”

夏大川赶紧拉住女同事。但女同事的力气太大，夏大川没有办法，只好吼道：“她是萧一山萧先生的人，你惹不起！”

大川漫画虽然在业内已经有一定地位了，但倘若夏大川惹怒了萧一山，那大川漫画的路恐怕就不好走了。

女同事惊呆了，顾安心是萧一山的人？顾安心的男朋友不是个残疾人吗？她怎么突然又跟风流倜傥、身家百亿的萧一山扯上关系了？

听到萧一山，女同事不敢再追上去了，心里发怵，问：“老板，那我岂不是要完了？”

夏大川怒了：“你这是自作孽不可活！如果对方真的有意为难你，我也没办法。”

顾安心跟着 Alice 出了公司，觉得有点尴尬。顾安心只想教训一下女同事，没想到这件事竟然惊动了三哥。

顾安心慢吞吞地朝着凌越的车走过去。

Alice 见她这样，有些想笑，顾安心刚刚还神气十足，现在竟然变成了一只鸵鸟。Alice 道：“顾小姐，上车吧，boss 很担心你！”

顾安心点头，刚拉开车门，便看到了一个熟悉的身影。

凌越拉她上车，上下打量了她一遍，表情不悦。看到她脸上的几道抓痕后，凌越终于克制不住了：“你是去武馆上班了？”

凌越伸手碰了碰她脸上的伤痕，顾安心顿时疼得倒吸气。

凌越当即对 Alice 道："开车去医院！"

顾安心赶紧摇头："不用，回去贴个创可贴就行了，这点小伤不用去医院！"她已经够丢人了，只想这件事赶快过去。

凌越皱眉，想了想，又对 Alice 道："既然安心不想去医院，那就让洪安过来一趟。"

Alice 有些惊讶，问："先生，顾小姐的伤……看起来不重，真的需要洪医生吗？"

洪安是医学博士，全家人都是医学界的传奇，他本人更是个中翘楚。洪安与凌越相识已久，两人都是怪胎，凌越假装是瘸子，洪安假装是小医生。

Alice 真的觉得没必要惊动洪医生。

凌越眯了眯眼睛，语气中带着一丝怒意，问："你是医生吗？"

Alice 赶紧点头："是，我这就联系洪医生！"

"三哥……"顾安心虽然不认识洪安，但也觉得凌越找家庭医生确实有些小题大做，想要劝阻他。

凌越立刻打断她的话，道："你别岔开话题！"凌越盯着她问，"是谁伤了你？为什么？"

顾安心的脸竟然被伤成这样，他倒要看看是谁活得不耐烦了！

"我就是和同事发生了口角，这件事你就别管了！"她觉得既然已经出了气，就没必要跟三哥告状了。

最终顾安心还是阻止了凌越，没让 Alice 将洪医生叫来。

但凌越的心里有一团火。据 Alice 调查，顾安心这段时间在公司一直不顺心，很多同事在背后议论她。

凌越忍不住心疼顾安心，回家后把顾安心支开，给了 Alice 一个"你知道该怎么办"的眼神。

Alice 愣了一下，工作上的事她确实知道要怎么办，但是帮老板处理女人的事情自己也还是第一次，有点拿不准。

Alice 小心翼翼地道："我会让那个女人在大川漫画消失的。"

凌越点头。

Alice松了一口气，幸好凌越还有点理智，没有迁怒大川漫画公司的其他人。

凌越还提了几个人，Alice当即心领神会，像杜明那些招惹了顾安心的人，一个都跑不了！

Alice走后，凌越细心地给顾安心处理起了伤口。

顾安心白天体力消耗过大，晚上早早地睡了。

凌越等她睡熟后，打开了电脑，意外地发现与顾安心发生争执的女同事竟然在网上发布了一条视频，关注度还不低。

凌越将声音调小，点开了视频，那个女人的声音传了出来。

“我不知道到底哪里得罪了顾安心，她不顾同事的阻拦冲上来打我，把我的脸都打肿了。她有个残疾的‘富二代’男友，可是还试图勾搭萧一山萧先生。有这样的同事，我都觉得丢人！虽然我知道自己说这些话会得罪她和她身后的男人们，但还是要说！”

视频的录制地点是医院，女同事正声嘶力竭地斥责顾安心。她旁边还站着一个男人，正是杜明。

凌越关掉电脑，脸色一点点变黑，迅速敲了一串代码，然后给萧一山打电话：“把大川漫画给我买下来。”

萧一山听到后，还没来得及从床上爬起来，就发现凌越已经挂了电话。

凌越打完电话，又在电脑上操作了一番，这才仰起下巴，回卧室抱着顾安心沉沉入睡。

第八章

/

既陌生又熟悉

次日，凌越让顾安心在家养伤，帮她向公司请了假。

顾安心正好也不想去公司，不仅如此，还屏蔽了公司同事发的消息，就怕看见让自己生气的言论。

顾安心现在只想开开心心地休几天假。

顾安心请假这件事，夏大川自然不敢有异议。当萧一山通知夏大川要收购大川漫画时，夏大川简直想给萧一山跪下了！顾安心果然不好惹！

与此同时，凌越也没出门，直接把办公地点换成了家里，跟顾安心两个人开启了你侬我侬、难舍难分的恋爱模式。

二人每天吃完早餐后，凌越看文件，顾安心画漫画，水果、热茶以及小点心陪伴着他们度过这温馨的一天。

唯一的缺点就是，两人在一起的时间太长了，三哥总是不分时间、地点地“打扰”她。

几天之后，顾安心怕了，因为无论她是啃手指还是噘嘴，三哥都觉得那是顾安心在邀请或暗示他！顾安心觉得自己再不去上班，就得累死了。

顾安心这边既烦恼又甜蜜，杜明那边却惨不忍睹。

那天他怂恿同事在网上发视频诋毁顾安心，然而视频发出去之后什么都变了。那段视频立即被人删掉了，此外，他的手机和电脑同时出了故障，好像是被人攻击了。

这就算了，接下来发生的事情更诡异。杜明购物后结账时被收银员告知卡里没钱，查了账户的交易明细才知道，钱竟然被捐赠给了贵州的一所贫困小学！现在，他的卡里一分钱都没有了。

杜明当初确实在一家慈善机构里登记过个人信息，并承诺要为贫困地区的孩子捐钱，但是一直没有付诸行动。这次是怎么回事呢？杜明甚至开始怀疑是不是自己失忆了，难道是自己在喝醉后将钱捐出去了？然而，捐出去的钱是不可能要回来的，杜明虽然气得跳脚，但也只能忍了。

接下来，更奇怪的事发生了。当月二十日，杜明的工资发下来后竟然又被捐出去了。他本准备用这笔钱还房贷、车贷，现在计划落空，不得不向父母求助，还因此被父母埋怨了。

顾安心回去上班了。

本来她还以为自己会尴尬，可是到了公司才发现那个女同事和某些看热闹不嫌事大的人都消失了，他们要么辞职要么被开除了。

原来她不在的这段时间，夏大川进行了人员整顿，现在公司里清静了很多。

秦玲见她回来很高兴，跟她说："那个女的还在网上骂你呢，结果你猜怎么着？"

顾安心很惊讶："她骂我？我都没关注这件事。"她这几天跟三哥在一起，没精力关注其他的事。

"安心，你可真沉得住气。"秦玲觉得很诧异，"她和杜明拍了一段视频发到杜明的微博上，结果那个微博账号直接被封了，笑死我了！"

"他的微博账号被人举报了吗？"顾安心问道。

"不知道是怎么回事，反正那段视频不见了。"秦玲大笑，"还有啊，前两天我听会计小张说，杜明现在特别热衷于慈善捐款，不知道是不是良心发现了！”

杜明那种人会良心发现吗？顾安心对此很怀疑。

两人正窃窃私语，会计小张突然拿着一张红色的请帖高兴地走过来：“安心，我下周末结婚，你一定要过来呀！”

顾安心被迫收下请帖，虽然心里祝福小张，但还是觉得有点尴尬。毕竟，她跟小张不熟啊……

顾安心完全没想到小张会给自己递请帖，就连秦玲都没有请帖，自己竟然会有？

顾安心来大川漫画还没多久，其间又发生了那些事，根本没在公司交到几个朋友。顾安心拿着手里的烫金请帖，不知道该怎么办。

但小张还站在她面前等着她回话呢，顾安心也不能说不去，只好点头：“好的，谢谢。”小张特别高兴，还嘱咐她到时候一定要带男朋友过来！

顾安心还以为自己跟女同事打架，一战成名了，所以特别受公司女同事的青睐，完全没往别处想。

能跟三哥一起出席同事的婚礼，顾安心还挺高兴的。

三哥的衣服大多是正装，一看就价格不菲，就连衬衣的袖扣都闪着光。顾安心觉得自己必须有配得上三哥的衣服才行，便给凌越发微信，让他待会儿不要过来接她下班，因为她要去购物。

下班后，顾安心拉着秦玲去了商场。

顾安心知道秦玲特别懂穿搭，叫她陪自己去买衣服肯定没错。她们一直逛到了晚上十一点，顾安心不仅买了好几条裙子，还换了个发型。

顾安心看着镜子中的自己，很开心，果然购物能使女人容光焕发。她这样一打扮，心情也变得极好了。

顾安心回到家，发现屋里一片漆黑，难道三哥还没回来？

顾安心把七八个购物袋放下后，突然想起一些往事。

那时，她在顾家生活，不受欢迎，再加上曾入狱半年，心里很自卑。虽然她画得一手好画，能让她不愁吃穿，每个月还有钱投资自己，但她从不愿意再打扮自己。

顾安心刚出狱时，特别希望自己长得不要这么出众，希望能躲在角落，让别人看不见才好。那时她衣柜里的衣服和男生的差不多，衬衫、卫衣居多。

现在，她突然有了打扮自己的兴致。这是她出狱后第一次花心思打扮自己，感觉神清气爽。顾安心不得不承认，这都是凌越的功劳。

啪的一声，灯突然亮了。

顾安心吓了一跳，原来凌越早就回来了，等她等得睡着了。

凌越看到她，发现顾安心有些不一样了。

"安心。"他唤道。

顾安心："嗯，我回来了。"

"过来。"凌越盯着她，下意识地咽了咽口水。

他一直知道顾安心长得不错，可没想到顾安心打扮起来会这么惊艳。

顾安心被他盯得有点不好意思，磨磨蹭蹭地走过去。她还没来得及说话，凌越突然伸手拉了她一把，然后翻身将她压在沙发上，低声问："买了新衣服，还换了新发型，是打算取悦我吗？"

顾安心害羞了："三哥，不是，我是因为……"

顾安心话还没说完，凌越便堵住她的小嘴，看着这样的顾安心，只觉得愉悦、狂喜。

以前他不明白女人为什么总是用多变的造型去吸引男人的注意力，但现在明白了，这种新鲜感简直是致命的。

而且她愿意为了他而改变，凌越的心里有种前所未有的满足感。

那一晚，二人缠绵到深夜。就连要参加同事的婚礼的事顾安心都没来得及告诉他。

第二天一早，餐桌上，顾安心想起了婚礼的事，直接跟他说："三哥，我有个同事结婚，你和我一起去吧？"

"我没有时间。"凌越直接拒绝她了。

顾安心愣了一下，心里有些失望，试探道："不会耽误你太长的时间，就是吃个饭而已。而且，我也想跟你介绍一下我的同事。"

凌越的态度很坚决："我真的没有时间。"他察觉到顾安心有一丝不悦，连忙补充道，"我让 Alice 送你过去，你记得不要喝酒。"

顾安心皱眉，突然觉得昨天自己特地买衣服简直是多此一举！

"那你明天有时间吗？"顾安心又问他。

凌越："没有。"

顾安心深吸了一口气，死死地盯着他。

昨天疯狂购物的兴奋感、晚上两人缠绵的愉悦感，都抵不过此时内心的失落感，顾安心问："那你什么时候有时间？我的同事想见见你！"

凌越用餐的动作极其优雅，一举一动都像电影里的主人公，他慢条斯理地放下餐具，说："是你们大川漫画公司的同事吗？"凌越擦了擦嘴，继续道，"他们不配见我。"

顾安心的脸色沉了下来。

大川漫画的人不配见他？他怎么能说出这种话？

他难道不知道看不起她的同事就是看不起她吗？

凌越见她生气了，多少有点难受。

他想跟她解释，自己的意思是双方差距过大，不适合一起吃饭，并没有看不起那些人的意思。

但凌越解释了又能如何？他依旧不能和她一起出现在那种场合，倒不如任由她误会自己，一了百了。

凌越干脆不解释了，转身离开。

顾安心死死地咬住嘴唇，盯着他离开的身影。

此刻，顾安心感觉他既熟悉又陌生。是的，他始终是那个对她不够坦白、不打招呼便扔下她的男人。

顾安心问自己，不是早就知道他是什么人并且提醒自己学会释然的吗？怎么又开始钻牛角尖了？

他们本就无法出双入对，对吧？

顾安心想通之后，把心中的失望隐藏了起来。

次日，她不再询问凌越，独自化了妆，穿上了好看的衣服，去参加同事的婚礼。

顾安心一路上浑浑噩噩的，快到酒店的时候收到了唐梦的微信消息。

唐梦：“安心姐，听奶奶说你跟三哥和好如初、修成正果了，恭喜你呀！”

顾安心想起昨晚凌越的言论，不由得苦笑起来，回复道：“没什么好恭喜的，我们随时可能分手。”

唐梦：“你们又怎么了？”

顾安心把凌越不愿意参加婚宴的事告诉了唐梦。

唐梦的想象力极为丰富，她猜测道：“哎呀，三哥该不会是个不方便露面的神秘高人吧？按理说，他这么疼你，应该不会这样啊。”

顾安心看到消息后愣住了……

她突然想到，三哥衣着考究，大多是她从未见过的品牌，光从质感上就能看出价格不菲。而 Alice 对三哥十分恭敬，三哥看上去完全不像个一般的小经理。相比起来，Alice 对萧一山反而有几分漫不经心。

按理说，萧一山是大老板，Alice 应该对萧一山更恭敬才对。

顾安心突然想到了前段时间凌天集团正在寻找的三少爷，但这个念头一冒出来，又立刻被她否定了。

不会的，三哥就是一个普通人，很有可能是白阿姨的儿子。白阿姨是生活在长白山的普通妇女，那样三哥怎么可能是凌三少爷呢？

而且，据说凌三少爷已经死了。这么久没传出关于他的消息，凌家怕是已经找到三少爷的尸首了。

安心集团，办公室。

凌越脸色阴沉，吓得萧一山和 Alice 都不敢靠近他。

“他怎么了？刚来就黑着脸，谁惹他了？”萧一山躲在角落，低声吐槽道。

Alice 摇头道：“早上去接先生，先生既没有让我送顾小姐，也没有让我进门。具体发生了什么，我也不知道！”

“那就是那丫头惹他了，不关我们的事，不怕、不怕！”萧一山不知道是在安慰 Alice 还是在安慰自己。

Alice 鄙夷地看了他一眼："你确定先生不会将我们当成发泄对象吗？"

萧一山一愣，又摇摇头："不确定！"

萧一山干脆将文件交给 Alice，说："重任交给你了，我还有事，先走了！"

Alice 气得想踹萧一山一脚！

虽然很生气，但工作还得做，Alice 硬着头皮推开凌越的办公室的门，走向凌越，说："先生，这是你要的项目资料。"

办公室里安静得能听见人的呼吸声。

Alice 抬头看了他一眼，见他阴沉着脸，下意识地缩了缩脖子。

凌越开始翻资料，过了一分钟后，道："Alice，凌天集团的供应商，我要你半个月之内把他挖来，让他跟我们合作！"

Alice 愣住了，先生这是要对凌天集团发动进攻了吗？釜底抽薪？

可是，半个月也太短了。

"先生，半个月有点困难……" Alice 硬着头皮，如实回答。

说实话，他们现在虽然已经拿到了凌天集团最新的项目研发成果，可是并没有能力将凌天集团打败。那家供应商和凌天集团已经合作多年了，要将它挖过来谈何容易？

"尽量吧，我们不是很擅长把不可能的事变成可能吗？"凌越转身盯着落地窗外繁华的都市街景，说道，"我等不了太久。"

Alice 本以为凌越是被仇恨冲昏了头脑，所以才如此不管不顾，转念一想，凌越也许只是怕老婆跑了。

"是，先生放心！我会尽全力完成这件事！"

老婆和事业都是大事，Alice 理解他！

凌越默默握紧双手。他并非觉得事业、权势比安心更重要，可若是想给他的女人最好的东西，就必须有事业和权势。

顾安心到了酒店，一眼便看见了穿着秀禾服的小张和她的老公，他们正站在门口的红毯上迎宾。

顾安心向他们道了声“恭喜”，并奉上礼金。

小张看了看顾安心身后，疑惑地问：“安心，你的男朋友呢？”

顾安心有些尴尬，自己总不能说他不想来吧，便编了个理由：“他有点事，今天来不了。”

小张的脸上顿时流露出失望之色。

小张跟顾安心其实不熟，之所以叫顾安心来参加婚礼纯粹是看上了她男朋友的势力，想结交一些有钱人。

那个男人不仅跟萧一山关系匪浅，还能让夏大川惧怕，肯定非常厉害！

小张的老公也很失望，拉着小张走到一边，悄悄问：“你没叫她一定要带男朋友来啊？”

“我叫了啊！”小张皱眉，“人家不带，我还能把刀架在她的脖子上？”

“哼，这么神秘，我倒是越来越好奇了。”

“我也是。”

和小张夫妇一样对顾安心的男朋友充满好奇的还有后勤组的刘姐。

今天来参加小张的婚礼的同事不多，刘姐是坐夏大川的车来的。

刘姐一见顾安心，便问了她的男朋友：“安心，你男朋友怎么没来啊？”

顾安心皱眉，这些人怎么都问三哥，三哥的人气这么高吗？

夏大川在一旁打圆场：“来了也不熟，省得尴尬！”

刘姐觉得夏大川偏袒顾安心，调侃道：“老板，你可真够偏袒安心的！”

全公司的人都看出来了，老板偏袒顾安心。顾安心和人打架，那个人被炒了，顾安心却能继续上班。此外，夏大川还教训了其他骂了顾安心的人。

夏大川皱眉：“刘姐，你今天话有点多。”

谁知道他有多苦啊？他的压力可是来自萧一山！他不想偏袒谁，可也没办法好吗？

刘姐笑了笑，对顾安心道："安心，不是刘姐话多，只是大家都是同事，你做事有些绝了。杜明和那个女人确实有些过分，可是你也动手打人解气了，为什么还要将人给赶走呢？出来上班，靠的是朋友和人脉。"

刘姐已经很委婉了，其实她更想说，你因为身边有个大佬罩着，才可以这样为所欲为，但如果你们将来分手了，你还怎么混呢？

刘姐的话确实不好听，但顾安心明白她是为自己好，只是……

"刘姐，我不明白你说的，什么赶他们走？"顾安心疑惑地问。

她没有赶走别人啊，哪有那么大的能耐？

夏大川连忙解释："是他们自己觉得没脸再在公司待下去，所以才离开的，没人赶他们走。"说罢，夏大川扭头给了刘姐一个警告的眼神。

刘姐是个老江湖，瞬间明白了不能再说了，于是点头道："哦，原来如此。"

但刘姐心里对顾安心越发好奇了，她的男朋友到底是什么身份，才能让老板夏大川忌惮成这样？

婚礼开始了。

司仪介绍了这对新人的恋爱经历，接着，这对新人互相表白并感谢了父母、朋友。

刘姐在台下偷偷对顾安心道："我刚刚在洗手间听说小张的老公是个小老板，因为前妻不能生孩子而离婚了。他找小张结婚，就是为了传宗接代。"

顾安心有些惊讶："不会吧……"

"这有什么？"刘姐对这种事都习以为常了，"很多人结婚就是各取所需，男人这样不奇怪。"

说完，刘姐拍了拍夏大川的胳膊，问："老板，你是男人，说一下自己的想法啊！"

夏大川倒十分坦诚："在我看来，结婚后太麻烦了，要受家庭和老婆的双重限制。男人个个都想潇洒一点、自由一点。"

顾安心笑了："我也赞成。"

听她这么说，刘姐和夏大川都愣住了。

“怎么？你家那位不愿意结婚？”刘姐一脸好奇。

顾安心喝了一大口水，脑子清醒了不少：“我没问过他。”

但她猜测，凌越肯定不愿意结婚。自己连他的名字都不知道，他们结什么婚？

顾安心突然有点烦躁，索性端起酒杯喝了一口酒。

烈酒下肚，顾安心内心的烦躁感慢慢消散。但她又感觉自己特别没出息。

顾安心明明努力地说服自己不要在意，要给双方自由，但现在竟然会因为他拒绝陪自己参加同事的婚礼而郁闷，会因为他不想结婚而感到难过。

顾安心敲了敲自己的脑袋，让自己不要再胡思乱想了。

突然，捧花凭空飞了过来，顾安心一伸手便接住了。

刘姐欢呼雀跃起来，恭喜她：“安心，天意如此，祝你们早日修成正果！”

其他人也跟着鼓掌。

顾安心高兴也不是，不高兴也不是。

小张夫妇下来敬酒，见了顾安心也是一脸兴奋。小张道：“安心，恭喜你抢到捧花了，到时候结婚别忘了通知我们呀！”

其实捧花是她故意扔给顾安心的，她太想认识一下顾安心的男朋友了。

“啊，好。”顾安心只能硬着头皮应下。

小张十分热情地向老公介绍顾安心：“老公，这是我的同事安心，我们关系很好！”

顾安心听到“关系很好”这几个字时觉得有些尴尬，她们没说过几句话，也能叫关系好吗？但今天是人家大喜的日子，也许她说的是客套话，顾安心也没说什么。

“你好，谢谢你平时照顾小张！”小张老公憨厚地笑了。

顾安心受宠若惊，连忙摇头：“没有、没有，互相照顾。”

“我听小张说了，你习惯吃秦记，今天的饭菜可能不合你的口味，等以后有空了，我们再单独请你吃饭！”

如果到现在顾安心还不明白他们为什么对自己热情，那她就是个傻子。

原来，小张说和自己关系好，邀请自己参加婚礼，并且一直提自己的男朋友，都是因为她看到了自己吃秦记，觉得自己的男朋友很有背景?

顾安心跟小张夫妇喝完酒，放下杯子，突然感觉没意思。

宴席散了后，客人先后走了。

顾安心出酒店后没有急着打车回家，拿着捧花想散散步，顺便消化一下今天发生的事。

顾安心越走越觉得孤单，突然想起刘姐和夏大川说的话，觉得很失落。

或许，三哥终究不是自己的良人。男人大多能在感情中游刃有余，而她好像越陷越深。

她就是这样的性格，总是管不住自己的这颗心。

顾安心想，要不跟三哥分手算了，但内心又舍不得。

马路上人来人往，好几对情侣依偎在一起，看起来甜甜蜜蜜的。顾安心看到这一幕时有些羡慕，因为三哥从来没有和她像普通的情侣一样在外逛街、散步过。

顾安心思绪万千，却不知道路边有一辆黑色的商务车正缓缓地跟在她身边。

车内。

男人看着窗外那个一身蓝色长裙、拿着捧花的女人，目光深邃。

夕阳西下，女人的影子被拉得很长，看着很落寞。

跟了一段距离后，凌越终于忍不住了，道：“停车。”

Alice 下车走向顾安心，二人交谈一番后，顾安心惊讶地看向凌越这边。

她犹豫了片刻，跟随 Alice 上了车。

不过，她上车后并没有跟凌越打招呼，甚至连看都不看他一眼。

车窗外的霓虹灯一次次照亮她的脸，灯火明灭之间，他们显得格外疏离。

凌越无法忍受顾安心对自己不理不睬，握住她的手。顾安心身体一僵，坚定地抽回自己的手。不知为何，凌越的举动让她鼻头一酸。

凌越见她竟然拒绝自己，眉头紧蹙，再次握住她的手。这一次他的手像铁箍一般，紧紧地箍住她！

顾安心挣扎片刻后放弃了。他总是这样霸道。

“还因为我没陪你去参加同事的婚礼而生气呢？”凌越问她。

顾安心哼了一声：“我怎么敢？”他看不起她的朋友，不愿与他们认识，这只能说明一个问题：他对这份感情的态度十分随意。

Alice见两人之间气氛紧张，担心地看了一眼凌越。凌越貌似不懂怎么哄女人，这种情况，他能行吗？

“不是你想的那样。”凌越解释道，“等我忙完这段时间，一定陪你去参加同事聚会，好吗？”凌越的语气很温柔。

Alice没想到boss虽然没什么哄女人的经验，却能无师自通。

但顾安心始终恹恹的，对他的话既不反驳也不认同。

回到家，顾安心便开始摆弄她的捧花。这花是真花，虽然不好看，但她也舍不得丢。

凌越见她对一束花这么上心，十分不悦：“谁送的？”

顾安心道：“一个男人。”

凌越把她拉过来，强迫她看着自己的眼睛：“你再说一遍。”她竟然敢收别的男人的鲜花！

“跟你有关系吗？”顾安心故意这么说，“别人是以结婚为目的跟我交往的，你呢？你是不是有点耽误我啊？”

凌越脱口而出：“我也是以结婚为目的跟你交往的，怎么耽误你了？”

“哦？”顾安心笑了，“那我们明天去领证？”

看到她的笑容，凌越反应过来了，男人送花什么的都是假的。

他松了一口气，想到“领证”二字，又开始皱眉。

顾安心："看吧，你根本就没想过结婚。"

凌越目前确实不想结婚，现在还没完成自己的计划，怎么能考虑这些事呢？

顾安心自嘲地笑了笑，虽然早就知道答案了，但还是有点心寒。

凌越最怕她失落，把她紧紧地抱在怀里，郑重其事地道："以后，我一定和你结婚。"

"你们男人果然喜欢承诺别人。"顾安心撇嘴，觉得有些透不过气，挣开凌越的怀抱，"三哥，你休息吧，我今天要通宵赶稿子。"

凌越僵在原地。他最怕她过于冷静的样子，仿佛随时都能把他从生活中剔除一样。

"你在闹什么脾气？我承诺的事情，一定会办到。"凌越向来信守承诺。

就在刚刚，他考虑了一下，发现自己对结婚这件事竟也有一丝期待，期待和她成为真正的一家人。

然而她竟然没当成一回事！

凌越紧紧地搂住她的肩，目光深邃，仿佛要将她看穿。

顾安心觉得肩膀生疼，推开他，抱怨道："我没有闹，明天要交稿了，今天真的很忙！"说罢她转身去了书房。

凌越咬牙，觉得女人太复杂、善变了，简直难以捉摸。

顾安心趴在手绘板上，眼角的余光捕捉到了凌越来回晃动的身影，开始构思接下来的漫画剧情。

她的漫画的男主角是以凌越为原型的，可是现在两人闹僵了，她的灵感也跟着消失了。

顾安心没有头绪，手里随意地勾勒凌越的轮廓。

她突然觉得这部漫画好没意思。

男主角含着金汤匙出生，女主角出身平凡，一个天上一个地下，这样的两个人在现实生活中根本不会走到一起！

这本来是一部喜剧题材的漫画，但现在顾安心已经开始构思悲剧性的结局了。

接下来的日子，顾安心和凌越开始冷战。

顾安心觉得在凌越的身上看不到未来，虽然自己喜欢他，但一直犹豫要不要结束这段关系。

凌越虽然从未想过要跟顾安心分开，但认为自己该说的都说了、该做的都做了，顾安心不应该对自己这么冷漠。

他何曾对一个女人如此上心过？

然而无论他怎样吸引她的注意，顾安心都不为所动。

凌越气得咬牙切齿，但还是拿这小女人没办法。

他们冷战了三天，这已经是凌越能够忍耐的极限了！

一向自认为冷静的凌越再也按捺不住焦躁的心情，下午四点，还没到下班时间，便等在了大川漫画公司的楼下。

凌越正准备直接冲上去，Alice 突然接到一个电话："什么？"

Alice 满脸惊慌地挂了电话，对凌越道："凌方他们发现了您的行踪，找过来了！"

凌方是凌越的大哥，凌盛是凌越的二哥。目前凌方正把持着凌天集团。

这段时间，凌天集团的内部程序频繁被不明人士入侵，凌方发觉不对劲，再次对凌越展开搜索。而这次，凌方终于找到了凌越的踪迹。

"先生，我们的计划还没有完全展开，不能跟凌方正面对抗，您需要躲一下！"Alice 审时度势地说。

凌越心里也知道应该怎么办。他现在应该和上次一样，彻底消失，让凌方扑个空！

但他已经没法那样洒脱了，抬头看着顾安心所在的写字楼，若有所思。

"先生在考虑要不要告诉顾小姐吗？"

凌越扫了她一眼，没有否认。

Alice 急了："到时候凌方肯定会找顾小姐的。她不是专业演员，没办法陪我们演戏，知道实情后难免露出破绽。我们这边……"

"够了！"凌越一声呵斥。他何尝不知道这些道理？但他害怕失去顾安心。

这是他第一次觉得这么为难，无法果断地做出决策。

他等了两个小时，才把那个令他朝思暮想的女人等来。

顾安心穿着工作套装，看起来像个刚毕业的大学生。她看见他的车后，犹豫了一下，直接绕道而行。

凌越看了 Alice 一眼，Alice 点头，下车去请顾安心上来。她希望先生能好好跟顾小姐道别，也希望顾小姐能理解先生。

“顾小姐，先生等您好久了！” Alice 拦住顾安心。

她这话可不是谎言，凌越工作繁忙，第一次把这么长的时间花在等人上。

顾安心皱眉，远远地扫了一眼凌越的车，还未平息心中的怒火。

“我想一个人走走。”顾安心道。

他们冷战了三天，顾安心也不好受，但还没想好接下来要怎么办。

Alice 叹气：“顾小姐，您别为难我了，我就是个打工的！” 干练精明的 Alice 露出一副委屈、可怜的模样，顾安心愣住了。

Alice 见顾安心心软了，又道：“顾小姐，你看，我年纪也不小了，就想趁着下班的时间谈谈恋爱……” 我是真的不想在这里跟你们浪费时间。

顾安心终于在 Alice 近乎祈求的目光中点了点头，叹了口气，上了凌越的车。

车内的气氛不太对，她一上来，凌越就盯着她，仿佛要将她吃掉。

顾安心缩了缩脖子，往旁边挪了挪。

“我明天要出差。”凌越道，声音有些嘶哑，透着一丝疲惫。

顾安心撇嘴：“哦。”她还以为凌越要跟她说什么重要的话呢，原来只是要出差。

顾安心正这么想着，身子突然一歪，被凌越抱在了怀里：“你……”

“别动。”凌越声音低沉，带着某种魔力，“我有话要跟你说。”

顾安心安静下来。

“我从来没有跟女人谈过恋爱，所以很多时候可能做得不太好。”凌越道。

顾安心见他竟然懂得反省自我了，欣慰极了，索性把自己心里的不满说出来了：“三哥，你知不知道，你看不起我的同事、朋友就是看不起我。”

凌越笑了：“是因为我说你的同事不配和我吃饭吗？”

顾安心点头，瞥见他嘴角的笑意，问：“这有什么好笑的？”

凌越确实觉得有些好笑，他是凌家三少爷当惯了，说话时自然而然地有一股优越感。许多人约他吃饭时，得通过助理预约，然后再排队。

凌家三少爷说别人不配和他吃饭，任谁听来都不会有异议。可是一个坐着轮椅、寄居在别人家的人说这句话就成看不起人了。

“这句话是我失言。我没有看不起他们的意思，更没有看不起你。你在我的眼里是最好的。”凌越第一次这样低声下气地哄人。

这句话顾安心等了三天。她还以为按他的性格，是不会跟自己道歉的，现在猛地听到了，有些讶异。

她感觉到凌越在慢慢向自己敞开心扉了，心底涌出一丝喜悦。

“其实，这些天我一直在考虑我们是不是应该分开……”

第九章

/

他又消失了

顾安心跟他坦白了，但话还没说完，便被凌越恼怒地打断了。

“你瞎说什么？！”凌越愤怒地道，“顾安心，是不是我太让着你了，你才这么口无遮拦？”

顾安心被他过激的表现吓了一跳，不敢再说话。

车厢里安静下来，但气氛显然比之前融洽许多。

“我不在的这段时间，你好好照顾自己。无论发生什么，我都会在你身边。”凌越道。

“你要去哪里？”顾安心已经忘记他们还在冷战了。

“出差。”凌越坚定地道。

她还要再问，却被凌越的吻打断了。

他的薄唇有些凉，但传递着炙热的情绪，顾安心贪恋他怀里的温暖，深情地回吻他。

凌越过于热情，没一会儿，嘴唇已经落在了她的锁骨上。

顾安心一惊：“喂……我们还在车上！”但这句提醒对凌越来说毫无影响，他深情地盯着她说：“我想你。”

顾安心顿时感到全身酥酥麻麻的，无法抵抗。

第二天一早，顾安心醒来后就立刻察觉到一道炙热的目光。

她抬头，对上凌越的视线，吓了一跳："你盯着我干吗？"

凌越："我想多看看你。"

顾安心被他撩拨得瞬间红了脸，不明白他怎么突然变得这么温柔。

"快到上班时间了，我先去洗漱。"她起身。

凌越却从身后抱住她，说："不用着急，让我再抱你一会儿。"

顾安心："你不就出差吗？说得跟永远不回来似的。"

凌越没说话。顾安心万万没想到，竟一语成谶。

当天中午，顾安心没有收到秦记的外卖。她没当回事，毕竟凌越出差了，忘记给她订餐很正常。

下班回家后，顾安心虽然觉得家里有些冷清，不太习惯，但还是在厨房里做了一人份的晚餐。

她拿碗的时候发现不对劲，她跟三哥的情侣碗筷各少了一半，少的恰好都是三哥的那份。

她骤然想起三哥第一次不告而别时的场景，那次他的物品也是莫名地不见了！

顾安心的心狂跳起来，她疯了似的跑向鞋柜。

事情果然不出她所料，鞋柜里三哥的所有鞋子都消失了。茶几上没了他的烟灰缸，衣柜里没了他的外套，他的洗漱用品也消失了！

顾安心难以置信，盯着这间冰冷的屋子，愣了良久。原来他不是出差，原来他当时是在向自己告别。

顾安心手里的碗突然哐当一声摔碎在地，她只觉得心中十分悲凉，眼泪瞬间滑落下来。

果然，自己跟这种男人不能长久。他果然是难以为自己停留的云。

这一夜，顾安心没有睡，把房间里所有的灯都开着。

一夜痛苦过后，顾安心十分平静，接下来的日子，不仅没有出去找凌越，还开始疯狂地画起稿子来，似乎想借工作麻痹自己。

她不知道的是，自从凌越再次消失后，她家楼下一直停着一辆车。

Alice 就坐在里面，跟人通电话。

Alice：“先生，顾小姐没有出来！”

另一边，凌越端坐在轮椅上，静静地听 Alice 汇报，嗯了一声，脸上看不出任何情绪。

萧一山的脸都黑了，他问：“你到底是想要她找你，还是想要她不找你？”

萧一山觉得莫名其妙，这家伙离开顾安心之后什么都没做，一直让 Alice 观察顾安心那边的动静。

凌越扫了他一眼，给了他一个“与你无关”的眼神，没有回答他。

不过，凌越此刻心里确实很矛盾。

安心到处找他，他会心疼；安心不找他，他又会心慌。

他离开得很匆忙，跟上次一样，不告而别。虽然他事先跟她暗示过，但毕竟没有认真地向她解释，也不知她还会不会原谅他。

Alice 的脸上挂着重重的黑眼圈，她说：“先生，或许顾小姐理解了您的处境，所以没有做出格的事，毕竟她有了上一次的经验！”

Alice 是在安慰他，顾安心并不是因为不在乎你才不找你，而是因为知道你有苦衷。

萧一山哼了一声，很不理解凌越，这个男人长得帅又有钱，将来还可能会夺回凌天集团，这样的人还怕找不到女人？但他偏偏选择在顾安心这一棵树上吊死。

凌越难道不知道现在形势危急吗？他现在竟然还想着顾安心。

萧一山道：“三哥，不然这样，等咱们把凌天集团搞定了，我一定给你找十个顾安心那样的女人，保证……”萧一山话还没说完，便注意到了凌越犀利的眼神，顿时不敢再出声了。

萧一山做了个“给嘴巴上锁”的动作，说：“行，都是我的错。”

凌越瞪了他一眼，这才放过他。

萧一山不知道凌越对顾安心的感情，所以才不理解凌越为何会这样。

顾安心能够将凌越这样一个受了伤的陌生人带回家，在不知道他有钱的情况下，用自己的全部积蓄给他治疗。像她这样善良的女人，他从未见过，所以一直视顾安心为瑰宝。

在他的世界里，除了尔虞我诈就是阴谋诡计。而顾安心就如同他在黑暗中拨开乌云后见到的第一缕阳光，在他的生命完全失去光芒之前温暖了他。更重要的是，顾安心教会他如何去爱。

他知道，自己必须保护好她。而目前，他保护顾安心的最好方式，就是完全和她断绝联系！

接下来的几天里，顾安心一直过着普通又平凡的日子，就像什么都没发生过一般，每天照常上下班。

凌越突然失踪的事，似乎对她的生活没有任何影响。

顾安心没有像上次一样到处找他，没有找萧一山，没有找Alice，甚至连电话都没有给他们打。

凌越却慌了，觉得自己似乎被顾安心遗忘了。

最先发现顾安心不对劲的人是秦玲。她发现顾安心精神很差，而且黑眼圈好重。

询问过后秦玲才知道，顾安心这几天几乎天天通宵画稿子，这样身体怎么受得了？她再一细问才被告知，原来顾安心跟男朋友分手了……

秦玲赶紧把情况告诉夏大川，夏大川怕顾安心将身体熬出毛病来，强行给顾安心放了假。

其实，顾安心更愿意在公司待着，这里人多，有事干，她还能跟人聊聊天，能够在最大程度上分散注意力。最重要的是她怕回家后独自待在那个有三哥的影子的屋子里。

夏大川没办法，说不动她，又不能找人把她抬回家，只能随她去了。

顾安心对夏大川笑了笑，说："老板放心，我很好！其实我早就准备结束这段关系了，因此现在很平静。"

然而，顾安心当天一回到家，就立刻无法平静了。

晚饭后，有人敲门来找她。门外的人西装革履、人高马大，看起来是谁家的保镖，敲门时很不客气。那个人说："你好，我们是来找人的，听说你男朋友……"

“我没有男朋友！”顾安心打断他。这人很没礼貌，她也没必要跟他客气。

这个人皱着眉头，面色不悦：“那人有可能是凌天集团失踪的三少爷，你不把人交出来的话，有你好看的！”

这些天顾安心本就心情不佳，现在又来了一个找碴儿的人，终于能肆无忌惮地发泄出来了。

她撸起袖子：“行啊，我倒要看看，你要怎么对我不客气，摄像头兴许能把你的行为给记录下来！让我想一想，入室行凶，你起码要在监狱里过上好几年吧！”

保镖一愣，没想到顾安心这么不好惹，一时不敢胡来。

“另外，你的脑子是不是有问题？凌家三少爷能在我的这个小地方藏着？”

保镖觉得这女人的脾气也太差了。

“凌家的事情天天上新闻，你以为我不知道你们是谁？你们是大少爷和二少爷派来的人！两个哥哥侵吞了弟弟的财产，如果我是三少爷，我也会卧薪尝胆，找机会杀个回马枪！”顾安心黑着脸吼道，只觉得吼完心情舒畅。

保镖被她这副小太妹的样子吓傻了：“你……等着！”随后落荒而逃。

顾安心舒了一口气。通过这件事，她认真一想，发现所有的事情都能串联起来了。

首先，唐梦说三哥很面熟，好像在什么访谈节目上见过他。

其次，三哥刚来她家的时候，每次在客厅看电视，看的好像都是关于凌天集团的新闻。

最后，Alice 对三哥十分恭敬，对待萧一山却态度平平，看着不像萧一山派来给三哥做助理，更像是三哥的人。

除此之外，顾安心听说秦记私房菜不是有钱就可以买到的，这间接证明了三哥身份不凡。

她越想越觉得不对劲，三哥难不成真的是凌越？

顾安心被自己的想法吓了一跳，顿时坐立不安。她不知道，她将保镖赶走的这一幕已经通过门口的摄像头呈现到凌越的笔记本电脑上。

凌越看着顾安心剽悍的模样，觉得分外好笑。他还怕顾安心被人欺负，专门在她家门口装了个针孔摄像头，没想到最后她竟成了欺负别人的人。

凌越欣慰地松了一口气，笑了起来。

萧一山见状，咋舌道："三哥，哪有你这么护短的？别人欺负顾安心不行，顾安心欺负别人你就这么高兴？"

凌越挑眉问："怎么？你不服气吗？"

萧一山不得不服，道："三哥，你该不会也是这样被顾安心威胁的吧？"

萧一山立马在脑海里想象出凌越跪在顾安心的面前任其打骂的情形。

凌越用看傻子的眼神看着萧一山，十分无语。

萧一山生气了："凌越，我好歹是萧家独子，集万千宠爱于一身，你再瞪我我就……"

凌越不以为意地说："你就怎样？"

萧一山仰起下巴："我就去追顾安心！现在你不在，我正好乘虚而入。"

凌越狠狠地踹了萧一山一脚，萧一山脸朝下，摔下沙发！

Alice 冷眼看着这一切，撇嘴道："活该！"谁让萧一山明知道顾安心是凌越的死穴，还非要挑衅凌越的？

凌越懒得跟萧一山说，一脸严肃地问 Alice："供应商那边你谈得怎么样了？"

Alice 摇头："比我预想的难一点，凌盛给了他们不少回扣，短时间内我们无法说服他们跟我们合作！"

原本供应商都是和采购部沟通的，可是凌盛接手凌天集团之后，直接和供应商洽谈，把中间省下来的钱分给了供应商。就这样，每家供应商的负责人都被凌盛牢牢地掌控在了自己的手中，凌越确实很难从他的手里抢人。

凌越想了想，道："那我们就和这些负责人的上级洽谈，给他们足够多的利益。”

Alice 犹豫道：“先生，可是这样的话，他们之间容易起内讧，凌天集团的供应链可就要出问题了。”

Alice 说完，见凌越的嘴角微微扬起，立马明白了他的意思，先生这是得不到就毁掉啊！

“可是我们这边也需要供应商啊。”Alice 不太明白凌越这样做对他自己有什么好处。

凌越笑着看了一眼躺在沙发上装死的萧一山，说：“他手里的供应商对我们来说更有用！”

萧一山揉着屁股，道：“早知道我就不帮你联系供应商了！凌越，你狼心狗肺！”

凌天集团的采购部被压榨得很厉害，大部分钱进了凌盛的腰包，采购部找的供应商提供的货物质量自然不如萧一山这边的供应商。

Alice 恍然大悟，原来凌越心中早就有别的打算了！

保镖被顾安心骂走后，顾安心以为这件事就算了结了。

事实证明，她想多了。

次日，凌晨五点多，天还没亮，她家的门便被人敲得砰砰作响！

顾安心气得用手砸床！

顾安心昨天因为猜出了凌越的身份，一直翻来覆去，直到凌晨才睡着。她原本就睡眠不足，现在又被人吵醒，生气极了，觉得外面肯定又是昨天那些人。

她愤怒地打开门，刚准备骂人，却在看到门口的人后一愣。

这个人穿着一身高档的定制西装，亮晶晶的钻石袖扣在灯光的照射下分外耀眼。他有一双细长的桃花眼，鼻梁高挺，嘴唇很薄，精致的五官竟与三哥有几分相似。

顾安心上下打量了他一番，没有开口。

那人眯了眯眼睛：“不认识我？”

顾安心皱眉，摇摇头道：“不认识。”

“你不是跟我的保镖说，自己在家经常看凌天集团的新闻吗？我可是凌天集团的大少爷，你这新闻都看到哪儿去了？”凌方揶揄道。

顾安心第一眼看到他时便大概猜出他的身份了，穿得如此精致又与三哥如此相像的人，还能有谁？

“那你应该也听你的保镖说了，凌家三少爷不在我这里！”顾安心加重了语气。

那人仿佛听不到她说的话，直接从口袋里掏出了一张照片：“你好好看看，这个人跟你的男朋友是不是一个人？”

凌方怕这个女人跟人同居了还不认识对方，所以直接拿出了照片。

顾安心看见照片时愣了一下，照片里眉眼分明、一脸傲气的男人就是三哥。

但她早就做好了心理准备，此刻完全没有露馅。

“不是，我的前男友是个瘸子。”顾安心认真地说。

凌方觉得很惊讶，他这边派人查到的结果是凌越这段时间一直和这个女人在一起。他本以为这女人在看到照片后会大喊凌越骗了她，没想到她会这么淡定。凌方都有点怀疑自己是不是找错地方了。

但他没有放弃，来都来了，还是要一探究竟。

“我是凌方！”他大声喝道。

顾安心撇嘴：“我管你是谁，你打扰我睡觉了，麻烦给我滚！”

凌方顿时火冒三丈，凌家大少爷从未被女人这样骂过。

他看着眼前这个女人，越发觉得疑惑，这真的是凌越的女人吗？那凌越的眼光他实在不敢恭维，这女人头发凌乱、一脸刻薄，有哪点值得别人喜欢？

不过，凌方笑了，终于找到了自己比凌越强的地方，那就是看女人的眼光！

“告诉我，他在哪里？”凌方也不打算跟她废话了。

顾安心咬牙，道：“你听不懂人话是不是？我说了，我不认识你要找的人！你跟你的保镖一起被门夹了脑袋吧？”

“你……”凌方瞪大眼睛，这女人是个怪胎吧？别的女人看到他时都两眼发光，她却说他的脑袋被门夹了！

凌方直接开出条件：“你告诉我他在哪里，我给你一百万！”

顾安心不屑地看着他掏出支票本，还是只回答了他三个字：“不知道！”

但凌方像是掌握了什么关键性的证据似的，就是不信她说的话，目含怒意，道：“我警告你，你不要敬酒不吃吃罚酒！”

凌方发起怒来十分可怕。顾安心心头一颤，但还是哂笑道：“你问我多少次，我都不知道。”

她在心里不断暗示自己是真不知道凌越是谁。

凌方死死地咬着后槽牙，阴险地笑了笑：“行，凌越看中的女人还真是好样的，那就让本少爷看看你是不是真的这么有骨气吧！”

“你要干什么？”顾安心下意识地后退了一步。

凌方摸了摸下巴，一副不怀好意的样子，嘲笑她道：“你那是什么表情？本少爷压根看不上你。”

顾安心鼓起勇气，一把将凌方推了出去，随后砰的一声把凌方关在门外。所幸，凌方没有再敲门，留下一句“走着瞧”后便走了。

顾安心知道凌方是个吃人不吐骨头的狠角色。凌方已经认定她知道凌越在哪里了，肯定不会放过她。

楼下，凌方上了车，恶狠狠地命令道：“你们给我死死地盯着这边，不放过任何蛛丝马迹！”

凌方下定决心，一旦凌越出现，就立马抓凌越去见老头！

“大少爷，三少爷的股份已经在二少爷和您的手中了，我不明白，您为什么还非要找到三少爷不可呢？”助理没忍住问道。

凌方一脚踹向助理，说：“凌越在背地里抢我的项目，破坏我的供应链，你还问我为什么？没用的东西！”

凌方有时候真羡慕凌越有 Alice 这样的助理，什么都懂，是凌越的左膀右臂！而他的身边全是草包！

助理见凌方发怒，顿时不敢说话了。

“明天你派人把这个女人绑起来打一顿，逼凌越出手！”凌方道。

“大少爷，万一顾安心不出门怎么办？我们也不能绑架她啊。”

助理说完这句话，又被凌方踹了一脚。

“这种小事你都搞不定，还来问我？她不出门你不会想办法吗？我养你是让你来问我问题的吗？”

助理被凌方骂蒙了，连忙点头：“是，大少爷，我一定想办法把顾安心绑起来！”

凌方的心情还是很差。其实，他还不确定绑架这个女人到底有没有用。凌越是个狠角色，可能压根不在意这个女人，不然也不会不告而别。

但是，即使只有百分之一的概率，凌方也要试一试。万一凌越真的在乎顾安心呢？

试归试，凌方没有把所有的希望寄托在一个女人的身上，接着问助理：“老三出事之后，我让你盯着他身边的人，他们有没有什么动静？”

“三少爷之前负责的部门里的人没有什么异常，只有助理 Alice 跳槽去了萧先生那里！”

凌方很惊讶：“萧一山？”

萧一山是萧家的独子，他的几个叔叔家生的都是女儿，整个家族只有萧一山一根独苗。可以说，萧一山是整个家族的希望。

萧家的家业最后都会留给萧一山，可惜萧一山不稀罕，自己在外面弄了个游戏公司。

凌方和萧一山接触不多，但多少了解萧一山。萧一山和凌越一向不睦，即便在公共场合同时出现，也不会过多接触。

另外，萧一山对女人温柔似水，对男人却嚣张跋扈，凌方之前想跟萧一山交朋友都失败了，更何况凌越？

凌方不认为萧一山和凌越有什么关系，便道：“行吧，先把顾安心绑了打一顿，要是凌越不出现，我们再想别的办法把他逼出来。”

凌方既然想要借绑架顾安心的事逼凌越出现，那绑架顾安心的消息就一定要及时透露出去。

凌越这边很快知道了凌方的动向，心里一紧。项目没完成之前，他不想被凌方拉去见老头，但也不能眼睁睁地看着安心挨打。

凌方就是条毒蛇，连凌越这个亲弟弟都舍得伤害，更何况是安心呢？凌越越想越着急。

萧一山在旁边出主意：“要不要我把安心变成我的女人？凌方再嚣张，也不敢动我的女人！”

凌越瞪了他一眼：“滚。”这是原则问题！

而且萧一山和凌越有交情的事，凌方还不知道。萧一山能帮凌越在暗处获取资源，凌越并不想这么快让萧一山露面。

萧一山摸了摸下巴，突然笑了：“顾安心说不定真能入我妈的眼，我妈就喜欢居家、贤惠的女人，我看中的我妈都不喜欢！”

Alice下意识地离萧一山远了一些，这厮一天不被人踹就浑身难受。

萧一山察觉到了凌越的怒意，赶紧躲到Alice的身后，说：“三哥我错了、我错了，我怎么敢觊觎嫂子呢？我妈喜欢也没用，我最后肯定还是会找个我喜欢的。”

凌越心中焦急，懒得搭理萧一山，转头对Alice说：“Alice，你派人保护安心！”

Alice有点犹豫，道：“先生，现在凌方一定派了很多人盯着顾小姐，若是此时顾小姐的身边多了什么人，凌方就会知道顾小姐在您心中的地位！我担心到时候我们不仅没能保护好顾小姐，反而害了她！”

萧一山点头道：“我同意Alice的说法，现在看来，我也应该离顾安心远一点！”一旦凌方发现顾安心对他们很重要，就绝对不会放过顾安心。

凌越陷入犹豫。发生任何事情他都能迅速做出决定，可是唯独在关于安心的事上，他总是举棋不定。

他做多了，怕安心被人纠缠；做少了，怕安心挨打受伤。

他多迈一步怕，后退一步怕，即便是原地不动，也怕。

Alice见凌越这么纠结，安慰他：“先生，船到桥头自然直，我们见机行事吧。顾小姐不会有事的。”

萧一山惊讶地看着Alice：“你的中文水平真是越来越高了，连这么难懂的俗语都知道！”

Alice是韩美混血儿，与凌越在国外相识，一直是他的助理。

萧一山表面上调侃 Alice，实际上也是为了宽慰凌越，不然凌越一直绷着脸，跟个阎罗似的，煞是吓人。

“你们出去吧。”凌越没什么心情听他们开玩笑。

他低头打开手机，找到了一张顾安心睡觉的照片。这张照片是他在顾安心睡着时偷偷拍的。他活了 28 年，一直无牵无挂，从未想过自己有朝一日会为一个女人这样牵肠挂肚。

这滋味，既苦涩又甜美。

顾安心十分警觉，自从凌方上门之后就再也没打开过家门。

但凌方的助理伪装成快递员叫顾安心下楼取快递，并趁机迅速地把她拉上了车！

顾安心瞪大眼睛，盯着车上的陌生人，问：“你们干什么？救……”

“救命”两个字她还没喊出来，便被人捂住了嘴巴。

绑架的人指着她的脑门警告道：“给我乖乖听话，不然我今天一定饶不了你！”

凌方离开她家时撂了狠话，顾安心猜出他们是凌方的人。

顾安心完全没料到凌方这么嚣张，竟然在光天化日之下派人绑架自己！她十分懊恼，觉得自己不该出门，不该下楼拿快递。

绑架她的男人十分猥琐，见她肤白貌美，捏了捏她的脸，说：“凌家三少爷今天不来救你最好，我可以好好陪你。”

顾安心忍住胃里翻江倒海的恶心感。

她知道自己的处境非常危险，凌方抓她的目的是引出凌越。凌越如果来了，那正中了凌方的诡计；凌越如果不来，她今天就完了。

顾安心很矛盾，不想拖累别人，但心里又希望凌越能来救自己。

她晃了晃脑袋，屏除其他杂念，觉得目前最重要的是尽快自救。

她还没来得及想出自救的方法，旁边一个男人突然道：“后面有车跟着我们！”

“是凌越？”

“看不清，应该是吧，不然还能是谁？”

“好家伙，这么快？！看来大少爷用这个女人当诱饵是正确的，快派人通知大少爷！”

凌方闻讯大喜，当即让他们将顾安心送去仓库，随后自己带人往仓库赶。

顾安心心里一阵打鼓，没想到凌越真的会来。她心里虽然因此高兴，但又怕会连累他。

后面的车跟得很紧，一直试图逼停前面的车。两辆车一前一后，直奔仓库。

凌方已经到仓库了，派人把这里团团围住，摆出了一副瓮中捉鳖的架势！

等后面的车一停下来，凌方的人便上前，把车内的人一个个给拉了下来！

后面那辆车上的人都出来了，没有凌越，反倒有一个凌方认识的老头。

凌方愣了，顿时额头冒汗，赶紧跑过去问：“顾总，您怎么在这里？”

这个老头是顾元朝，商业大佬，跟凌天集团有不少合作。他怎么会出现在这儿？

“放开我！”顾元朝冲凌方的保镖吼道，然后指着凌方的鼻子质问道：“我还想问你呢！你竟敢绑架我的女儿！”

顾元朝此话一出，在场的所有人都愣住了。顾安心则把头扭向一旁。

她确实是顾元朝的女儿，但早已与顾元朝断绝了关系。

她出狱后没有跟顾家的任何人联系过，完全不想和他们有任何关系。

但她没料到顾元朝会在这个时候出现。

“什么？”凌方显然也很震惊。他以为顾安心只是个普通的小白领，没想到她竟然是顾家千金！

“您不是只有一个女儿，叫……”凌方想了半天，“叫顾锦溪吗？”

顾元朝没脸提起这段往事，但不想让凌方随便动自己的女儿：“安心是我的私生女，外人不知道。”

凌方不说话了，叉着腰看了看顾安心，又转头看了看顾元朝，气得要死。顾元朝跟凌天集团还有合作，应该不会为了一个陌生人欺骗自己。

凌方失望极了！现在好了，通过折磨顾安心来引出凌越的路彻底被顾元朝给堵死了！

“凌方，把我的女儿放了！”顾元朝一脸严肃地道。

凌方没办法，朝手下使了个眼色，让人把顾安心放了。

闹剧收场了，萧一山和Alice的目的达到了！

“三哥，你太厉害了！你派人通知顾元朝，借顾元朝之力，救回安心，这个方法真的绝了！”萧一山激动地喊道。凌越在他心里的形象又高大了许多！

Alice也在一旁附和，凌越这招确实厉害。

凌越却高兴不起来。

他是在Alice给他的调查报告中发现顾安心是顾家的私生女的，顾安心一直没有回顾家，也从未提及顾家，显然是不想再跟顾家有任何关系。

他确实从凌方的手中救下了顾安心，安心却未必希望顾元朝出面保护她。

他们父女老死不相往来，其中一定有不可告人的秘密！安心如果知道是自己通知了顾元朝，一定会对自己有意见的。

凌越很头痛，但令他更加头痛的事出现了！

凌方不敢伤害顾安心，但还是想引出凌越，便想出了一个自己追求顾安心的馊主意！

这个主意是凌方的助理出的。

助理觉得凌越如果真的喜欢顾安心，发现凌方和顾安心暧昧不清后，一定会露面！

凌方表扬助理终于机灵了一回，然后立马赶往顾安心的住处！

顾安心一脸无奈地看着门外西装革履的凌方，问：“你又有什么事？”

有顾元朝在，凌方不敢再对她怎么样，顾安心以为凌方不会再来找她了，然而……

凌方挑了挑眉，一改以往凶狠的模样，冲她笑了笑，直接走了进去，毫不客气地坐到了沙发上。

顾安心像看白痴似的看着他，问："你有病啊？"

凌方："你有药吗？"

顾安心觉得这个人无耻极了。

凌方扭头打量她，发现她与上一次见面时不同。这次，顾安心乌黑的发丝垂在肩膀上，五官精致，气质清纯，深蓝色长裙、白色T恤再配上西瓜红色的开衫，看上去十分秀美端庄。

"我发现你长得还挺漂亮。"凌方一直在打量她。

按照他以往的经验，他只要夸夸对方，再用自己英俊的长相、不凡的家世和地位打动对方，追女人很容易！

然而，顾安心只觉得恶心："麻烦你滚出去，不然我报警了！"

凌方一愣，她怎么跟其他女人不一样？难道她是不好意思吗？

凌方干脆解开衬衣的两颗扣子，露出自己精致、性感的锁骨，还刻意理了理钻石袖扣，笑着看向顾安心，拍了拍自己身边的位置，说："别那么凶，过来坐！"

她要是同意过来坐，那就基本等同于接受了他，他便可以进行下一步了。

然而顾安心直接脱了一只拖鞋朝凌方扔过去，道："你在这里恶心谁呢？老娘不发威，你当老娘好欺负是不是？"

啪的一声，拖鞋砸在凌方的肩上，他昂贵的定制西装上立马留下了一个鞋印子。

凌方惊呼一声，不能容忍自己的身上有一丝瑕疵，道："你疯了吗？"

"你再不滚，我会更过分！"顾安心将另一只拖鞋举在手上。嗖的一声，拖鞋飞了过去。

凌方迅速起身躲在沙发后，拖鞋从他的身旁穿了过去。凌方松了口气，得意扬扬地站了起来，嘚瑟的话还没说出口，只见又一只运动鞋飞了过来！

他吓得直接趴在了地上："你是不是想死？"

这个女人真是不可理喻，太暴力了！他这辈子就没这么狼狈过，竟然被一个女人欺负，关键是这个女人还是老三的！

他都让老三有家不能回了，还征服不了一个女人吗？

顾安心被凌方气得火大，手里拿到什么就扔什么："有种你就弄死我！"

她知道凌方忌惮顾元朝，根本不敢对她怎么样。

凌方确实不敢对她怎么样，只能骂一骂她，过过嘴瘾。

她就是泼妇、母老虎，老三竟然找了个这样的女人，真是丢凌家的脸！

最终，凌方气喘吁吁地从顾安心的家里逃了出来，灰头土脸、一脸狼狈。

书房里没有开灯，电脑屏幕的光反射在凌越的脸上，使他的脸看起来棱角分明。

他刚刚通过顾安心门口的监控目睹了凌方闯入顾安心家的一幕。

凌越灭了烟，叹了一口气，随后打电话给守在顾安心家楼下的人。

"那边什么情况？"

"先生，顾小姐好像将凌方给打了……"电话那端的人似乎觉得很解气，"凌方现在躲在车里，顾小姐好像将凌方打得不轻，凌方的助理去买药了！"

凌越一脸凝重，一颗心揪了起来。

凌方是什么人他太清楚了，凌方不会善罢甘休的。

凌方被顾安心打后却没有伤害她，到底存了什么心思呢？

阿嚏！凌方坐在车里打了个喷嚏，越想越生气。

助理拿着药水战战兢兢地坐进车里："总裁，是您自己抹药还是我……"

"我都要疼死了，怎么自己抹药？你的脑袋里装的都是什么啊？"凌方真想一脚踹过去。

本来他就被顾安心用鞋打得鼻青脸肿了，后来捂着脸仓皇逃跑的时候还撞到了外面的铁栏杆，现在连膝盖也青了！

凌方一边喊痛，一边咒骂顾安心。

难怪凌越要抛弃她，这个女人这么凶，哪个男人受得了？

助理赶紧将药酒倒到掌心，揉热了才抹到凌方的膝盖上：“总裁，我们要不要报警啊？”

“报什么警？”凌方大吼，“难道你要全天下的人都知道我凌方被小丫头打了？”

“不是、不是。”助理连忙摇头，“只是顾安心把您伤成这样，我看了都心疼，我们不能轻易放过她！”

“我也不想让她好过，但这中间隔着个顾元朝啊！”凌方一口气憋在肚子里无处发泄。

凌方觉得，不论顾安心是否喜欢自己，只要自己频繁地出现在顾安心这里，像凌越这么多疑的人，就一定会吃醋！

凌方冷笑，从小到大，不管是老头还是身边的人，哪个不说凌越聪明绝顶呢？

可是结果怎么样呢？最后的赢家是他！高智商的人到底战胜不了高情商的人！

助理不小心力气大了，凌方疼得倒吸一口冷气，吼道：“这不是你的腿是吧？你动作轻点！”

助理赶忙道歉：“对不起、对不起……”

凌方狠狠地瞪他一眼，又看向亮着灯的窗户，那个女人……他早晚要报复回来，让她跪在地上求自己！

不过……凌方摸了摸下巴，顾安心这种有性格的女人，让他莫名地觉得有点意思。

顾安心下班回家后，在楼下看到了一辆熟悉的车。

车牌号是 18888，正是顾元朝去救她时开的那辆车。

顾安心当即蹙眉，只当没看见，从车旁走过。

司机探出头来，说：“小姐，顾总等您一下午了！”

顾安心脸色发白，脑海里浮现出顾元朝陷害她，害她因为顾锦溪而入狱后说的话。

“安心，锦溪是大家公认的顾家千金，不能坐牢啊！她坐牢会使整个顾家蒙羞，往后顾家没法在圈子里立足。听话，你在这里吃半年苦，出来后我一定补偿你，你要什么都可以！”

顾安心的眼眶逐渐湿润了。她也想过不再怨恨他，但事实证明，他完全不配获得自己的原谅。

顾安心现在只想跟他断绝关系，不想与顾家有任何联系！

她没有回头，继续向前走。

司机道：“小姐，顾总是来补偿您的。”

“补偿？打人一巴掌再给一个枣？”顾安心的脸上露出讽刺的笑，她道，“不必了顾总！”

车内的顾元朝被她的眼神刺痛，觉得十分尴尬。

司机连忙安慰他：“顾总，小姐还小，不懂事，慢慢来。”

顾元朝深吸了一口气：“嗯。”

顾元朝一走，顾安心立即在路边扬手叫了辆出租车。

出租车一直开到三环边上的一家修车行才停住。

顾安心冲进修车行，伸长了脖子四处张望，寻找熟悉的身影。

正躺在车下修车的男人伸手拿工具，扭头看到顾安心后，微微一怔，立刻从车底爬了出来。

“小顾？”

安心看到一脸油污、浑身油渍的男人，赶紧上前：“徐哥！”

第十章

不愿回忆的过往

徐少波是顾安心在狱中认识的人。徐少波曾经因为替顾安心出头被众人殴打，而顾安心为了帮助徐少波，监禁期被延长。

两人互相扶持，患难与共。徐少波是顾安心非常信任的人之一。

徐少波长得高大强壮，左脸颊上因为打架留下了深深的一道疤，状如蜈蚣。他面相凶狠，走在路上，路人都不敢多看他一眼。

但顾安心知道他心地善良、为人正直，当年入狱也是因为被人坑害。

徐少波随手扯了块破布擦手，见顾安心一脸焦灼的样子，道："咱们去屋里说！"

两人进了屋，徐少波便皱眉问："安心怎么了，有急事？"

徐少波其实不太想看到她来找自己，这个修车行里的人大多是从监狱出来的，他怕顾安心过来被人惦记上。

顾安心是个好姑娘，应该过正常人的日子。

"五哥，我不想在那里住了，你能帮我再找个地方吗？很急！"

她不能通过房产中介找住处，那样顾元朝一查就知道了。

她现在要想躲开顾元朝，只能找徐少波帮自己。

“发生什么事了？”徐少波皱眉，“是不是有人欺负你？”

徐少波见顾安心十分焦虑，更加肯定是有人欺负了她：“是什么人？”

顾安心咬牙道：“我爸来找我了。”

“顾元朝还有脸来找你？！”徐少波知道顾安心当年是被人陷害入狱的，当即大怒，恨不得立刻把顾元朝打一顿！徐少波从未见过谁家的父母能这么狠心、这么偏心，为了一个女儿牺牲另一个女儿。

徐少波知道顾安心不想再与顾家有任何瓜葛，当即道：“你放心，找房子的事包在我身上！”

徐少波朋友多，动作很快，不到两个小时便在郊区给她找了个带院子的乡村自建房。那套房子位置偏僻，环境安静而且价格便宜。

顾安心当即跟夏大川打了电话，告诉他自己这段时间不去公司了，但漫画稿还是会按时交。

夏大川自然不会对此提出异议，立马同意了。

顾安心开始悄悄搬家，有了徐少波和唐梦帮忙，很快就搞定了，一切都神不知鬼不觉。

顾安心搬家的事就连凌方都不知道。凌方再次到顾安心家来找她时扑了空。

他本来以为今天再来，顾安心会后悔上次的所作所为并被他感动。然而，他敲了半天门，无人回应。

他不耐烦地一脚踹开门，看见里面的景象后，眼珠子都要瞪出来了。这空荡荡的房子是怎么回事？

凌方回到车上，说：“查，看看顾安心去哪里了！”

助理赶紧点头：“是！另外，大少爷，您之前让我调查顾安心，刚刚老张把资料送过来了！”

“说！”

“顾安心入狱之前的资料一片空白，父亲的姓名不知，母亲是金绾。顾安心曾在国外入狱，不过服刑期间表现良好，减刑了，在狱中待了半年多就出来了，其间因为自卫伤过人！”

“在狱中还能伤人？”凌方想笑，她还真是个泼辣的女人。

“顾安心长得好看，进的又是男女混合的监狱，被狱警骚扰了。后来她遇到一个叫徐少波的人，徐少波和她算是互相保护对方，为彼此伤了人！”

助理说完，不禁在心里感叹：顾安心还真是重情重义啊！

凌方笑了，觉得越来越有意思了：“顾元朝之前不认女儿，却在这个时候出面搅局，烦死了！”

“大少，顾安心的身份太特殊了，她会不会是带着目的接近三少爷的？”助理怀疑道。

这几年顾家渐渐衰败，顾元朝的实力越来越弱，他极有可能故意让女儿接近凌越，然后通过联姻获得凌越这个大靠山。

“什么？！”凌方瞪大眼睛，“被你这么一说，好像确实有可能！”

顾锦溪最近频繁联系凌方，他才不信她是爱上自己了，她这么做明显就是因为利益。

顾元朝把正牌千金顾锦溪塞给他，又把私生女塞给凌越，相当于在两边都押了宝。不管他和凌越最终谁赢，顾元朝都是赢家！

“顾锦溪那边，你这几天派人帮我挡着。”凌方道。

他虽然喜欢女人，可也很挑剔好吗？

顾锦溪这种送上门来的女人，虽然长得还可以，但他和她相处了一段时间之后发现她毫无内涵，对她便渐渐没了兴趣。

“顾锦溪小姐确实每天都打听您的事，不过大少爷您放心，我接下来会给她一份假行程表。”助理道。

凌方点头：“还没有顾安心的消息吗？”

助理摇头：“顾安心根本没露面，她的东西应该是别人帮她搬走的，现在我们要找到她的住处有点难。”

“找，一定要找到她！她越来越关键了！”

凌方认定顾安心是顾元朝派去凌越身边的一枚棋子，坚信自己一定能通过她找到凌越！

与此同时，Alice也产生了同样的疑惑。

她试探性地问凌越：“先生，您就没有怀疑过顾小姐可能是故意接近您的吗？”

顾安心在凌越出事的时候出现，这未免太巧了。她这么穷，却还给凌越付医药费，这也太不符合人之常情了。之前 Alice 觉得顾安心是因为善良才那样做的，可是在发现她是顾家的女儿后，觉得她或许别有用心！

凌越扫了 Alice 一眼，面露不悦："你不许这么怀疑她。"

他跟顾安心朝夕相处，自然了解顾安心待他是真心还是假意。顾安心并不知道他就是凌越，她的眼神是骗不了人的。如果他连这个都无法确定，那这么多年就白活了。

Alice 见凌越竟然毫不怀疑，撇撇嘴，心想：果然，恋爱中的人都是盲目的。

Alice 不再多说，就算顾安心是顾家安排的，也不会对凌越造成什么伤害，顶多是捞点钱贴补娘家。既然凌越丝毫不怀疑顾安心，Alice 也只能相信顾安心了。

"先生，顾小姐消失了，需要我派人去找她吗？" Alice 又问。

凌越沉默了片刻，摇头道："不着急，让她躲一阵。凌方的人都找不到她，就说明她是安全的！"

敢揣着刀跟不怀好意的陈龙飞谈判，敢用拖鞋将凌方打出家门，这样的女人就算是独自生活凌越也不用担心。

Alice 觉得老板又变成以前那个冷静、有原则的人了，见他不再为顾安心冒险，感到很欣慰。

可没过多久，凌越又反悔了，让 Alice 一定要找到顾安心。

Alice 一脸无奈。

但凌越目光坚定、表情坚决，她毫无办法，只能派人去找顾安心。

因为凌越事先在顾安心的门前装了针孔摄像头，Alice 通过调查帮顾安心搬东西的人找到了徐少波，然后又通过徐少波找到了顾安心。

一番折腾后，深夜，凌越的车停在了顾安心的新房子前。

这是个乡村自建房，共上下两层，周围人烟稀少。这会儿顾安心已经睡下了，房子里没开灯。

"先生，顾小姐已经睡了，不如我们回去吧。" Alice 盯着凌越，心想：他该不会想直接闯进去吧？

凌越没搭理她，下了车，直接翻墙进了院子。

Alice目瞪口呆，只见凌越翻了墙后又翻窗。Alice觉得老板一定是疯了！

半个小时后，凌越又翻墙出来了。Alice看了看一脸满足的他，又看了看仍然漆黑一片的房子，愕然道："先生，您该不会在黑暗中盯了顾小姐半个小时吧？"

凌越没有回答她，皱眉道："回去吧！"

第二天，顾安心醒来时觉得精神非常好。她做了个梦，梦见三哥来看她，还轻轻地吻了她。

顾安心愣了一会儿，连忙强迫自己把这个梦忘掉！就算凌越回来了，她也不能让他轻易地吻自己！

顾安心不再想这些，推开窗户呼吸新鲜空气，觉得神清气爽。

徐哥真的太了解她了，给她找的这个房子满足了她对家的所有幻想。

一排排平房掩映在绿树和青草之中，微凉的风中野花摇曳，红的、黄的、粉的，看上去很热闹。

顾安心看到这样的景色，不仅心情舒畅，灵感都多了几分！

这时，她接到徐少波的电话。

"房子住得还习惯吗？"徐少波问顾安心。

顾安心连忙点头："特别好，谢谢徐哥！"

"你跟我说什么谢谢？！"徐少波大笑，"你住得好就行，如果嫌太安静，就把下面的房间租给其他人，不过最好是女人。另外，你旁边住着我的两个徒弟，我已经告诉他们要多照顾你了。你如果有事，直接找他们就好！"

顾安心感动得不知道说什么好。

她知道徐少波为人仗义，没再多说感谢的话，吸了吸鼻子："徐哥，嫂子和圆圆好吗？"

徐少波进监狱后，他的老婆就跟别人跑了，留下了家里的一老一小。

徐少波出来之后又谈了一个农村姑娘，这姑娘真挚善良，不仅对老太太很好，还和圆圆相处得特别好。

“她们好着呢！不过我娘和闺女都偏向老婆，我在家里没有地位！”徐少波调侃自己道，不过语气中难掩幸福之意。

“对了，晚上你别做饭了，去我家吃，正好也让你尝尝你嫂子的手艺！”

顾安心点头：“好。”

她喜欢徐少波家的氛围，他们虽然也吵吵闹闹，可是家人之间的感情越来越好。

白天，顾安心在院子里写写画画，时间过得很快。

晚上，她在水果摊买了些新鲜水果后，去了徐少波家。她不仅受到了大家的欢迎，还被圆圆黏着不放，圆圆非要让她教自己画画。

顾安心在白纸上随手画了几个卡通人物，让圆圆去涂色。

徐少波的新女朋友或者说准妻子当真烧得一手好菜，知道顾安心在徐少波坐牢期间经常照顾圆圆和老太太，特别感激顾安心，一晚上光给顾安心夹菜了。

顾安心都要被她的热情融化了，笑言徐少波找到了一个贤妻良母。

徐少波听到顾安心说的话，有些害羞，只能假装凶悍地瞪她。

吃完饭，徐少波将顾安心送回家，还千叮咛万嘱咐，让她一定要锁好门。

顾安心笑他过于谨慎，但徐少波一走，她便发现了凌方的车。

顾安心之所以搬家，绝大部分原因是为了躲顾元朝，一小部分原因是为了躲凌方，她没想到凌方这么快就找上门来了！

“凌方，你到底想干什么？”顾安心怒气冲冲地说。

凌方挑了挑眉，笑了笑。

生意伙伴叫他凌总，公司的员工叫他总裁或者 boss，熟悉他的人叫他大少爷，还从来没有人这么咬牙切齿地叫他的名字呢，而且还是个女人！

“你找的这个地方不错啊，用白菜价体验到住别墅的感觉。”凌方很自然地坐到了她放在院中的躺椅上，还顺手摸了摸方桌上的茶壶，

“这么大的地方就你一个人住，多寂寞，我来陪陪你？”

顾安心从门后拿出了扫把：“你滚不滚？再不滚我用扫把‘招呼’你！”

凌方愣了一下，他今天这么风流倜傥、英俊潇洒，顾安心这女人竟然要用扫把“招呼”他？

他既无奈又尴尬，提防地看着那脏兮兮的不知道沾了什么东西的扫把，连忙起身：“你说你对老三这么痴情有什么好处？倒不如跟我……”

“你快离开这里！”顾安心抬手就将扫把抡了出去！

“凌方，我再一次明确地告诉你，你家的那个什么老三我不认识，也不想认识，别用这么烂的借口来跟我套近乎。还有，你长得太丑，我看见你觉得恶心，请你别再出现在我面前！”

我长得太丑？凌方瞪大眼珠，难以置信地盯着顾安心：“顾安心，你的眼睛有什么问题吗？！你该去看眼科了！”

顾安心直接将扫把扔了过去！

凌方快速地跑到大门外，闪身躲过飞来的扫把。顾安心趁机关上了门：“凌方，别再来骚扰我，不然我见你一次打你一次！”

凌方低头盯着自己的西装，见上面沾着一些脏东西，顿时觉得心里硌硬极了。

顾安心打他，他可以忍，但顾安心竟然说他丑？！

凌方越想越气，直到回了家，脑子里还是顾安心拿着扫把骂他丑的场景。

这女人瞎了，一定是瞎了！他必须让这个女人认识到错误！

助理连忙安慰凌方：“大少爷，顾安心纯属胡言乱语，或许她心里觉得您帅得‘惨绝人寰’，只是嘴硬呢？”

“真的？”凌方的心情稍微好了一点，但他转念一想，这形容词用得不对，踹了助理一脚，“你才惨绝人寰呢！”

助理连忙改口：“错了错了，是人神共愤！”

凌方想了想，然后对助理道：“你明天帮我订一些花送过去，不要那些花里胡哨的捧花，要带着花盆的花。”

助理一愣，大少爷被顾安心戏弄成这样了，还送她花？而且送的还是顾安心喜欢的盆装花。大少爷该不会假戏真做，对顾安心动心了吧？

虽然心中有许多疑惑，但助理见凌方一脸忧郁的模样，不敢多问。

第二天，助理便以凌方的名义给顾安心送了一车鲜花，将她刚租的小院“装扮”得生机勃勃，连路人都忍不住停下来观赏。

顾安心没想到凌方的脸皮厚成这样，堪比城墙！

她知道凌方这样没完没了地做戏，最根本的目的就是利用她将凌越逼出来，她也懒得管了。

再说了，凌方的助理放下花便跑了，她拦都拦不住，总不能把花都扔出去吧？

顾安心盯着鲜花，叹了口气。

这些日子，她说不想凌越，是假的。毕竟两个人朝夕相处了那么久，凌越是她第一个付出真心的男人。但她害怕凌越回来。

一方面，凌越回来后他们便要做个了断，凌越是凌天集团的三少爷，她没有信心能和他白头到老；另一方面，如果凌方真的成功地利用她把凌越引出来了，那凌越便会落入凌方的圈套。她怕自己成为凌越的累赘，打乱他的计划。

除此之外，她的身世也将成为她和凌越间的阻碍。

凌越那天晚上去看顾安心，特意在她的院子里装了针孔摄像头。

顾安心收下了凌方的花，并且看了花半个小时的场景，凌越看得一清二楚。

凌越心中饱受煎熬，甚至开始失眠。

他一开始认为凌方接近顾安心，只是为了逼自己出现，但现在看到凌方打不还手、骂不还口甚至送顾安心花，不禁开始怀疑事情并不简单。

凌越了解凌方，凌方从未对女人这么用心过。凌越开始怀疑，凌方是真的要追顾安心！

安心是蒙尘的明珠，说不定凌方也在吹开灰尘后看到了明珠呢？而且，安心竟然收下了凌方的花，并且看起来很喜欢……

凌方外貌出众，有钱有势，这样的男人对女人来说有着致命的吸引力。

日子一天一天过去，凌越越发焦虑。

他一边加紧做着手中的工作，一边盯着顾安心那边的动静。

这天，凌方在追求无果之后，终于没了耐性，直接让人把顾安心拉进车里！

顾安心第二次上凌方的车，这一次显然比上一次淡定了很多。

“凌方，你就不怕顾元朝找你麻烦吗？”她用顾元朝向凌方施压。

凌方大骂道：“凌越越来越过分了，又抢走我一个大项目！我今天不把他逼出来就不姓凌！”

顾安心看着侧脸与凌越有五分相似的凌方，愣了一下，看来他们兄弟间的争斗已经接近白热化了。

顾安心知道自己多说无益，赶紧闭上眼睛，省得看见凌方心烦。

凌方冷冷地看她，笑了一声：“不知道他会不会像你这样沉得住气！”他这口吻，似乎笃定凌越一定会出现。

顾安心睁开眼睛，突然有点紧张。

“大少爷，回老宅吗？”助理问他。

凌方眯了眯眼睛：“凌越藏了这么久，也该出来见人了……我们去公司，顺便找人放出话去，让那些小报记者也忙一忙！”

助理拿出手机开始打电话。顾安心眉头紧皱，不知道该怎么办。

一路上，凌方一直盯着她。

这女人穿着深灰色衬衣、修身牛仔裤，及肩的发丝随意地披着，看起来既简单又知性。

凌方第一次见顾安心这么好看的样子，有些不习惯，不由得多看了她两眼。

顾安心感觉到凌方的视线，不自在地往车门边靠了靠。

凌方顿时一头雾水，难道自己就这么讨人厌吗？他觉得自己比凌越优秀很多啊。

别的女人一看到他就两眼放光，顾安心对自己不感兴趣就罢了，她浑身的每一个细胞都在表达厌恶的情绪！

凌方的心情顿时更差了！

车停在凌天集团所在大楼的门口，楼下已经聚集了不少记者，就等着他们出现。

顾安心的脸色变得很难看，她看着那群人，心跳越来越快。

凌方笑着看她："怎么样？这个排场够不够大？包你一夜成名！"

顾安心心里打鼓，下意识地往车内缩了缩，不知是不是太紧张了，突然感觉昏昏欲睡。

凌方笑得很阴险："怎么，你想睡了？想睡就快睡吧！"

顾安心觉得不对劲："你对我做了什么？"但她已经没力气了，药效渐渐发作，她睡了过去。

凌方见时机差不多了，这才打开车门，将顾安心抱了下去。

她家的围墙太矮，凌方想办法进去给她下个安眠药还是很容易的。

刚刚凌方叫人对外宣布凌越还活着，并且马上要来公司了。现在，凌方一下车，楼下所有的记者就拥了过来。

凌越的事当初闹得沸沸扬扬，多少行业精英为之可惜，多少少女因之心碎，现在人们突然又听说他还活着，这简直令人震惊！

"凌大少爷，听说三少爷还活着，这是真的吗？"

"大少爷，您抱的是女朋友吗？您是不是好事将近啊？"

"听说是三少爷瞒着众人偷偷去休假，还制造出自己意外死亡这样的假象，连累公司股票下跌，对于此事您怎么看？"

"大少爷，您和二少爷已经继承了三少爷的股份，成了公司的大股东，但三少爷突然回来，凌天集团会不会重新进行股权分配呢？"

凌方一直保持微笑，没有回应任何人，抱着顾安心大步走进了凌天集团的大楼。

顾安心已经睡着了，被他抱在怀里，别人很难看清她的脸。

在外人看来，凌家大少爷脚步匆匆地抱着女朋友进了公司，两人绝对是好事将近啊！

凌方的嘴角扬起一抹狡黠的笑，他低头看了一眼睡在自己怀里的顾安心，心中十分得意。

凌越若是看到他这样抱着顾安心还无动于衷，那他就直接把这个女人变成自己的女朋友！正好他也想看看顾安心究竟有什么魔力！

凌天集团的员工看到凌方抱着一个女人进了办公室，都瞪圆了眼睛，惊讶不已！大家知道凌方这个人向来是“万花丛中过，片叶不沾身”，从来没有见他带哪个女人来过公司。这是第一次！

莫非凌方怀里的那个人是他的未婚妻？

大家对此议论纷纷。

凌方看到这一幕后很满意，要的就是这种效果！

凌方把顾安心放在了办公室休息间的床上，下意识地给她盖了盖被子。做出这个举动后，凌方突然觉得自己有些奇怪，犹豫要不要将被子掀了，但最终还是没下手。

凌方坐到自己的椅子上，等待凌越到来。

凌越确实已经知道顾安心在凌方的手中的事了，是通过电视节目知道的。

现在所有的媒体都在猜测凌越到底死了没有，并进行了各种猜测式的报道。

凌越对于这种情况早有预料，对此并不感兴趣，唯一让他惊愕的是，顾安心是被凌方抱进大厦的。

记者们在现场直播的画面很清晰，凌越看得非常清楚。

顾安心缩在别的男人的怀中，似乎是在寻求安全感，搂着凌方一动不动。

凌越当即站了起来，安心已经这么相信凌方了吗？

他下意识地咬牙，若不是亲眼见到，肯定不敢相信！

萧一山在旁边啧了一声：“顾安心红杏出墙了啊……”

Alice 本来不信顾安心是朝三暮四的人，但目睹这一幕，也无法反驳萧一山。

萧一山叹了口气：“凌方追女人很有一套，不像你只知道给人做饭，还像个穷小子一样住在女人的家里！现在的女人，很势利。”

凌越的目光凌厉得像一把利剑，直直地刺向萧一山。

萧一山撇嘴：“就算你瞪我，我也要说。你在追女人上没有经验，不知道女人为了金钱能做出什么事来。事实上，女人很现实，尤其是漂亮的女人！”

萧一山研究女人这么多年，觉得自己说的话是真理！

Alice 觉得萧一山说得不对：“可是顾小姐在先生没钱的情况下还尽心尽力地照顾他，其间没有花过先生一分钱，先生给她的 30 万元，她都没动过。”

萧一山：“当初是顾元朝让她接近三哥的啊，现在她有了凌方，三哥就没有利用价值……”

凌越一脸阴沉地打断他，道：“闭嘴！”凌越不信安心是顾元朝派来接近自己的。

萧一山瞪了他一眼：“三哥，你就别自欺欺人了，这样的女人不要也罢，以后我给你介绍更好的！我找的女人，绝对是天使面孔、魔鬼身材……”

萧一山还没说完，凌越转身就走了。

“喂，你去哪儿？”萧一山连忙追上去。

凌越目光坚定地道：“凌天集团！”

他这边的工作做得差不多了，虽然晚点出现更好，但今天的情况不允许他继续躲着了！

萧一山气得跳脚：“凌越，你为了一个女人这样，也太不理智了！你这样，日后是斗不过凌方的！”

但凌越已经听不到萧一山的话了，头也不回地走了。

Alice 推着凌越，故意避开了记者，从地库直接上了总裁办公室所在的楼层。

她还在犹豫：“先生，你真的要在今天现身吗？如果再晚一些，我们的计划会更有把握。”

凌越目光坚定：“你不了解凌方，我今天一定要将安心带回来！不然，我会后悔一辈子。”

Alice 没再多说，推着他进入了电梯。

电梯直达总裁办公室。电梯门一开，秘书小姐便用见鬼的表情盯着凌越，脸都吓白了。

“三……三少爷？”

大少爷放出消息说三少爷没死，他们还以为这是大少爷的策略呢，现在猛地看到“死而复生”的凌越，顿时头皮发麻。而且三少爷怎么坐上轮椅了？

秘书小姐反应过来，连忙拨打凌方办公室的内线电话。

Alice 目不斜视，直接推着凌越进了凌方的办公室。

凌方终于等到了要来的人，不禁露出微笑，看来顾安心这个赌注他是押对了！

“哟，这不是三弟吗？好久不见啊！”凌方亲自给凌越开门，虽然表面上努力克制，但当真正看到凌越时心里气疯了！

当凌方看到凌越的轮椅后，心里更气了，这人不仅没死，还拥有了在老头那边装可怜的资本！

凌方就等着凌越现身，让凌氏的股票因此大跌。然后他就可以把凌越押到老头面前，让老头对凌越彻底失望。

但老头如今年纪大了，对小辈们有了怜爱之心，难免会因为凌越残疾了而原谅凌越。凌方有些没把握了。

凌越面无表情地扫视了一圈办公室，目光落在休息室那个方向：“Alice，带人离开！”

他非常直接，凌方在他的眼中仿佛只是一团空气。

凌方在 Alice 走过去之前挡在了休息室门口，冷冰冰地盯着凌越：“三弟，这可是我的地盘，你带我的人走都不跟我打声招呼吗？”

“你的人？”凌越眯起眸子，眼里有滔天的怒气。

大哥为了权势和地位不仅要夺他的性命，现在又想抢他的女人！凌越下定决心，自己一定不会放过凌方，势必要将失去的东西一点点地讨回来！

凌方被凌越的眼神和气场震慑住，愣了一下。

但他转念一想，现在这里是自己的地盘，自己才是凌天集团的老大，为什么要怕一个一无所有的瘸子？

凌方挺直了背，开始跟凌越谈条件："如果你把我的项目还给我，我就让你带走顾安心！"

"不行。"凌越斩钉截铁地拒绝道，"大家都是各凭本事拿到的项目，我凭什么要把项目让给你？"

凌越说出的这个"让"字刺痛了凌方的心。

凌方需要凌越让吗？他不需要！

"你真是不识抬举！"凌方彻底忍不下去了，低头看着凌越的腿嘲讽道，"就你现在这样，带走顾安心又能如何？你能给她什么？倒不如让她跟了我。"

凌越险些跟凌方大打出手。

这时，休息室的门突然从里面打开了，顾安心走了出来。

凌方、凌越以及 Alice 齐齐看向顾安心。

顾安心蹙着眉，在里面已经听见了凌越和凌方两人争执的声音了。

她扫了一眼凌越，皱了下眉头，但又迅速移开视线，仿佛不认识凌越一般径直往外走。

凌方看到她的反应觉得很好笑，拉住她的胳膊说："这就走了？快中午了，我一会儿带你去吃大餐！"

凌越盯着凌方落在顾安心胳膊上的手，目光顿时变得十分可怕。接着，凌越低吼道："Alice，还不带安心离开？"

Alice 赶紧上前："顾小姐，车在楼下等着呢，我们走吧！"

顾安心将胳膊从凌方的手中抽出来，接着，没好气地对 Alice 说："不好意思，我不认识你！"

Alice："顾小姐……"

凌越的眉头皱得快拧成一团麻绳了。他就知道，这次回来又要花心思哄顾安心了。

她走出休息室后只瞥了他一眼，就再也没有看过他。

凌越心头一慌。之前没有凌方夹在他们中间，事情还好办，现在有了凌方，凌越不如之前那么自信了。

“安心。”他唤道。但顾安心头也不回地离开了。

Alice 连忙追上去说：“顾小姐，您别为难我了，您和先生有什么事回去说，我只是个打工的，家里还有四个老人等着我养活呢。”

自从 Alice 发现苦肉计对顾安心管用之后，便经常这样做。但这次，苦肉计好像失效了。

顾安心甚至看都没看她一眼，态度十分坚决。

凌越见 Alice 劝不动，正要开口，却被凌方打断。

“三弟，既然回来了，就回一趟老宅吧，老头很想念你呢！”

凌越冷笑，但早料到自己躲不过了。他早晚要见老头，现在既然已经现身了，便没打算再避开。

“不用你说，既然回来了，我自然会主动去见爸。”

Alice 追着顾安心走出凌天集团，一边追一边劝顾安心：“顾小姐，凌方这个人阴险狡诈，先生这次坠机就是他动的手，他是个非常危险的人，您以后还是少和他来往。”

Alice 看凌越对顾安心这么痴心，赶紧劝顾安心，以免未来真的出现三角恋那样的状况。

顾安心一愣，不明白什么意思：“你觉得我和凌方有什么吗？”

Alice 连忙摇头：“没、没、没，我绝对没有那个意思！”

顾安心：“你话里话外都是这个意思！”

Alice 一愣，她确实怀疑顾安心喜欢上凌方了，毕竟顾安心是被凌方抱进办公室的：“我……”

“够了，你不要再跟着我了！”顾安心气极了，不想再理她。

即使凌越不告而别，抛弃她两次，她都在心里给凌越留了位置。而他和他身边的人竟然怀疑她！顾安心深深地吸了一口气，让自己的情绪稳定下来。

Alice 看她一脸怒意，觉得有些糟糕，自己好像帮了倒忙。

Alice 怕说多错多，不再多言，派了个保镖随身保护顾安心，自己则回了凌越身边汇报情况。

顾安心发现保镖寸步不离地跟着自己，很不习惯，问：“你跟着我干什么？”

保镖毕恭毕敬地对着她鞠了一躬："顾小姐您好，我叫柳然，是先生派给您的贴身保镖。"

顾安心愣住了："我不需要保镖！"

柳然没有反应。

顾安心："你听不见吗？我都跟你说了我不需要保镖。"

柳然又鞠了一躬："顾小姐，您不要难为我，我就是个打工的。"

顾安心也没办法了，实在赶不走他，便懒得管了，直接回了家。

傍晚，凌越出现在顾安心家门外。

他一走进院子，便看到她安静地躺在椅子上。她睡着了，脸色苍白，额上冒着汗珠。凌越吓了一跳，以为她生病了。

"安心！"他赶紧把她喊醒。

顾安心从噩梦中惊醒，看到凌越十分惊讶，反应了一会儿后问："你来做什么？"

凌越低头深吸了一口气，说出了自己的心里话："安心，我很想你。"

顾安心感觉心像是被谁揪了一下，淡淡地道："可是，我觉得你还是更想你的事业和地位。"

凌越缓缓地道："我知道我不告而别让你很难过，但我也是迫不得已的。现在，一切都过去了，接下来我会一直陪着你，我们再也不会分开了！"

顾安心笑了，自嘲道："我知道你要说什么，因为你身份特殊、有复仇计划在身，所以可以随时不告而别。你不告诉我，是为我的安全着想，同时也怕我暴露了你的行踪，是不是这样，凌三少爷？"

"凌三少爷"这个称呼太见外了，凌越皱眉，一时无法适应。

但他不得不承认安心说的都是事实，便嗯了一声。

顾安心叹了口气："凌越，我们分手吧。"

早在决定跟凌越在一起的时候，她就做好了和凌越无法走到最后的准备。

现在，她知道凌越是凌家的人后，更确定自己无法跟他白头到老了。她是从豪门跳出来的人，不想再陷进去，他们就这样分开是最好的选择！

凌越脸色阴沉："安心，你在说气话！"

"不，这是我深思熟虑后的决定。"

连她的亲生父亲都可以随时将她舍弃，更别说一个出现不足半年的男人了。

顾安心已经接受了现实，同时也能接受分开的结局。她一个人也可以过得很好。

凌越又气又急，见她执意要分手，把自己所有的涵养和气度都丢掉了，生气地问："顾安心，你是不是喜欢上凌方了？"

顾安心难以置信地道："你胡说什么？！"

凌越见她这么恼怒，瞬间清醒了，慌忙地道："安心，对不起，刚才是我口不择言。我今天看你被凌方抱着……"

"我被他下了安眠药！"顾安心下意识地解释道。

要不是凌越这么说，她都不知道自己还被凌方抱过。顾安心一想那个场面，顿时觉得浑身都不舒服！

凌越见她竟然还会跟自己解释，放松了许多，微微笑了一下。

"有什么好笑的？我都说了，我们分手吧！"顾安心后退了一步，觉得这男人真是病得不轻。

凌越直接伸手把她揽进怀里，不顾她的反应，凑在她的耳边道："安心，再给我一次机会，这是最后一次！"

顾安心拼命挣扎起来。她本已经下定决心要跟他划清界限，突然被他这么一抱，又没出息地有点心软，无力地道："凌越，你放开我！"

凌越没有松开她，反而抱得更紧了。她动一下，他便收紧一分。

顾安心突然不受控制地哭了，这个男人从来不按常理出牌。

凌越心疼地将她搂在怀里，小心地安慰她，把这段时间在忙的事都告诉了她。

顾安心没有回应他，擦掉眼泪，低头听他解释。

"晚上你想吃什么？"凌越问她，"还吃秦记好不好？"

顾安心掰开他的手，起身道："凌越，我想一个人静一静，你先离开吧。"

凌越见解释了那么多，她竟还不松口，一咬牙，索性耍起赖来："我无家可归，只能住在你这里！"

软的不行，那他就来硬的。他这辈子赖定她了！

"你无耻！"顾安心瞪他。

凌家三少爷要什么没有？还用跟她挤在一个小小的出租屋里吗？

凌越打了秦记的订餐电话，自在得像是在自己的家里。

顾安心气极了，想赶他走，但无论她说什么、做什么，他都无动于衷。顾安心拿他一点办法都没有，索性不管他了，直接关门上二楼睡觉。

次日一早，顾安心一下楼便听到凌越在打电话。

凌越对电话那头的人说："你放心，今晚老头在老宅摆的家宴我一定会到场，希望你和二哥也不要缺席！"

凌越挂断电话后，又接了萧一山的电话，二人谈了谈工作的事。

末了，萧一山还问道："顾安心跟你和好了没有？"

凌越听到这句话后，正好转头看到了顾安心，没应声。

"大新闻啊！咱们凌三少爷竟然被人甩了！"萧一山见凌越沉默不语，觉得他肯定没哄好顾安心，幸灾乐祸起来！

当初自己叫他不要为了顾安心这么义无反顾，这下好了，凌越简直是赔了夫人又折兵！

"安心确实还在生我的气。"凌越道。

萧一山还想说什么，却被凌越打断了："所以我打算将你的手脚卸了，送给她玩两天，让她消消气。"凌越说完便挂了电话。

凌越收起电话，转头对顾安心道："我今晚去老宅。"

顾安心没出声，他去哪里又不关她的事。

凌越："我家老头脾气古怪，这次我不但假死还抢走了凌天集团的很多项目，另立山头，他肯定会不高兴。我说不定会有危险。"

顾安心心中一惊，但还是没说话。

凌越盯着她笑了笑，没再说话，亲手给她做了三明治，之后便出门了。

顾安心盯着桌上的三明治，死死地咬着嘴唇。

这个男人，脸皮真的又厚了！

她今天不想待在家里，打算上山写生，一出门便看到了在门外守着的柳然。

柳然看到她，立马恭敬地问："顾小姐，您要出去？"

顾安心没有理他，径直往外走。她知道这个保镖倔得很，自己跟他说不通。

柳然赶紧跟上："顾小姐，先生派了车，您若要出门，我送您！"

顾安心也不说话，拎着箱子走到车站，买了一张去郊外的车票。

柳然赶紧跟着上了车。

顾安心到了泉山后，找了个舒适的位置，搭了个帐篷。柳然连忙上前帮忙。

顾安心见他都跟到这里了，没再拒绝，只是笑着问他："你这是当保镖还是当保姆呢？"

柳然一本正经地道："只要顾小姐需要，我什么都可以做！"

顾安心："那我需要你现在离开。"

柳然又不说话了。

顾安心失笑，不再跟他开玩笑，从包里拿出来一个面包和一瓶水递给柳然："你跟了我一上午，都没有喝过水吧？"

柳然愣了一下，他们保镖就是主人的影子，几乎没有人会在意他们是不是吃饱穿暖了。

顾安心明明不喜欢他跟着自己，却还是注意到了这一点。

柳然看着顾安心，心里暖暖的，顿时觉得顾安心并不像萧一山说的那般，凌越的眼光还是不错的。

"凌越是不是对你们很刻薄？"顾安心问他。

柳然连忙摇头："没有，先生对我们很好！"

"拿着吧！你放心，我不会告诉你那刻薄的老板的。"

柳然接过水和面包后心里轻松了许多，心想：先生，您到底给您的女朋友留下了什么印象啊？为什么您的女朋友一直说您刻薄啊？

顾安心开始心无旁骛地画画。

傍晚，她对柳然道："你先回去吧，我今天晚上要留在这里，明早可以看个日出。"

"您一个人吗？"柳然惊讶了，没想到她的胆子这么大。

他肯定不能走，摇头道："顾小姐，我也看日出。"

顾安心："你什么都没带，睡在哪里啊？"

柳然："没有关系，我受过专业的训练，不怕冷！"

顾安心无话可说，真的拿柳然没办法了。

过了一会儿，柳然打了个电话，之后过来对顾安心道："顾小姐，今晚山里气温低，我怕您冷，叫人送了些东西上来。"

"不用那么麻烦，我的身体挺好的。"

但柳然不听，坚持要让人送上来。

半小时后，顾安心瞠目结舌地看着七八个搬运工上来了，他们带了七八个大包！

包里除了取暖的物品，甚至还有懒人沙发、靠枕、小桌子、茶具……她只是看个日出，并不是要在这里定居啊！

柳然丝毫不觉得夸张，他的任务就是竭尽所能把顾安心伺候好，道："顾小姐，他们只是送来一些日常用品，您今晚好好睡一觉，我查好了明天日出的时间，到时候再叫醒您。"

顾安心很无奈，支起画架，随心所欲地画了一通。

柳然坐在另一边，时不时地看一眼顾安心。

等到天色暗下来，柳然又贴心地拿出灯，照得整个山头都明亮起来，只为让顾安心更好地画画。

顾安心十分佩服，凌越也不知从哪里找到了这么周到的保镖，简直就是个机器猫，自己想要什么他就能拿出什么！

相比顾安心，要回老宅的凌越就过得十分煎熬了。

第十一章

/

这就是豪门？

凌家老宅坐落在西山，四周环境静谧，光从外面看，便知道凌家多么气派。

凌天当年创立凌天集团，雷厉风行，是金融圈的传奇人物。现在他虽然退居幕后，但实际上，凌天集团接下来怎么发展都要听从他的安排。

凌越到了老宅的时候，凌方、凌盛已经来了。

凌老爷子坐在红木椅上，手中拿着一根雪茄，而凌方和凌盛坐在他的对面。凌方、凌盛一反在外人面前嚣张的模样，乖巧得像幼儿园的小孩子。

凌盛长相粗犷，是个虎背熊腰的大汉，凌天常常嫌弃自己这个弟弟没气场，看起来像个保镖。

凌盛看见凌越，立马站了起来："老三，你果然装死！"凌盛性格冲动、胸无城府，凌越没搭理他。

凌越看向凌天，声音低沉地喊了声："爸。"

凌天抬头认真地打量着凌越："我还以为你死了呢，伤心了好几个月，你现在能回来就好。"他一直想好好地培养自己的三个儿子，但现在看来，唯有老三不好控制。

凌越扯了扯嘴角。他很了解自己的父亲，父亲现在并不是想说“回来就好”，而是想直接打他一顿！

“老大刚刚特意吩咐李嫂，让她做了你爱吃的菜，你都瘦了，今天晚上多吃点。”凌天像什么都没发生一样，没有问凌越任何问题。比如，你为什么要假死？你这么久都在做什么？你为什么要夺走凌天集团的项目？

他不问，就是已经知道了。

凌越了然地点点头，问：“大哥吩咐的？”凌越扬起嘴角，“那我不一定受得住。上次坠机后，我到现在还满身是伤，吃不了大哥准备的饭菜。”

他话里有话，直接挑明凌方与他坠机的事有关系！

“你胡说八道什么呢？！”凌方着急地道。

凌天虽然不管他们兄弟间的斗争，但绝对不希望他们斗出人命来，顿时难以置信地盯着凌方：“老大，你干了什么？！”

凌方连忙否认：“三弟坠机的事与我无关！”

“我说与你有关了吗？大哥何必不打自招？”凌越慢悠悠地说道。

“你！”凌方被他堵得说不出话来。

凌越没有证据，只是随便一提，但话说得恰到好处，凌天已经开始怀疑凌方了。

凌盛一直站在凌方那边，见大哥吃了瘪，当即道：“好了好了，别吵了，李嫂炖了汤，对三弟的身体很有益处！”

凌盛露出一个阴险的笑容，不一会儿便端了一碗热气腾腾的汤过来，说：“三弟，来尝尝吧！”说着，他就将汤递了过去。

凌越蹙眉，下一秒，滚烫的汤便洒在他的腿上。

灼痛感从他的腿部传来，凌越的脸色开始苍白起来。但他强忍着，没有做出任何反应，而是一脸平静地看着凌盛。

凌盛一愣，凌越真的伤了腿？他不是装的吗？

凌盛和凌方一致认为凌越是故意装成瘸子给凌天看的，所以今天特意用热汤来试凌越，没想到凌越竟然真的残疾了。

正常人被烫后，应该会直接跳起来，而凌越竟然毫无反应……

“二少爷！”Alice 在一旁抱怨道，“三少爷刚回家，你就这么迫不及待地欺负他吗？”Alice 说完，迅速帮凌越清理身上的脏东西。

凌盛一时无话可说。但他不怕，因为他试探凌越是老头默许的。

“孽障！”凌天把雪茄往凌盛的脸上一扔，“他可是你的亲弟弟！你的良心都被狗吃了？！”

凌越冷笑着没说话。他看出来了，不仅凌方和凌盛想试探他，凌天也想。不然，现在砸向凌盛的就不是雪茄了！

凌天看到刚才那一幕，相信凌越确实残疾了，一脸悲戚之色：“老三，你这段时间在外面受苦了。我对你的遭遇感到抱歉，但是，你也不能另立山头，抢凌天集团的项目啊！你这样做，是在背叛我。”

凌越的脸上没有任何表情，他道：“可惜了一碗好汤！”

凌盛听不懂：“你是什么意思？爸在问你项目的事呢，你少扯其他的！”

凌越用看白痴的眼神看了一眼凌盛，道：“听说你正在动工的新天际地产所使用的材料不合格，若是出了事，整个凌天集团就要完蛋了。”

凌盛脸色一变，目光凶狠地瞪着凌越：“你胡说！哪里不合格？你不要血口喷人！”

凌越微微笑了一下，Alice 立刻从包里拿出一份鉴定书，递给凌天。

凌天看了后，这次没有扔雪茄了，而是直接一脚踹向凌盛，骂道：“浑蛋，这是怎么回事？”

凌盛见父亲生气了，立刻害怕起来，低着头半天都没有说话。

“快说，不然我踹死你！”凌天愤怒地在桌子上一拍，一声巨响传来，吓得众人打了一个激灵。

凌盛见没办法隐瞒了，哆哆嗦嗦地道：“跟新天际同时施工的六处楼盘中，有四处出现了问题……”

凌天的脸色顿时变成了酱紫色，他道：“你将事情瞒下来，接下来打算怎么办？”凌天说着看向凌方：“老大，这事你不知道吗？”

凌方摇头："下面没有人上报，而且这些天我一直忙着找老三……"

"借口！"凌天气得直拍桌子，"你们俩就是这样管理公司的吗？要不是老三告诉我，等你们彻底把凌天集团拖垮了，我都还被蒙在鼓里！"

凌方和凌盛顿时缩着脖子，不敢吱声。

他们今天本来是来看凌越的笑话的，就等着老头骂凌越一顿，然后将凌越彻底地赶出凌天集团。

但老头竟然将怒气发到了他们的身上。而凌越抢集团的项目，竟然变成了救集团。凌方和凌盛不禁气得咬牙切齿！

凌天到底是见过大世面的，很快便冷静下来。

他看向凌越，再次审视这个儿子，对凌越道："老三，这个项目就交给你，我不再追究之前的事情了。爸爸会重新召开股东大会，把你失去的股份还给你，希望你能回来。"

凌越不置可否。

凌盛沉不住气了："爸，股份都是您之前分配好的，再变不太好吧？"

"你闭嘴，你手里那原本属于老三的百分之十的股份必须还给他！"凌天对凌盛十分失望。

凌盛当然不愿意，但现在做错事了，只能缩了缩脖子道："好吧……"

凌越从凌家老宅出来了，除了腿被烫伤，算是大获全胜。

他刚上车，Alice便担忧地问："先生，去医院看看吧！"那碗热汤一看就是刚出锅的，凌越的腿上想必已经被烫出了水泡。

凌越却摇头道："不用，去安心那里。"他现在心情好，只想尽快见到顾安心。

车子开了一段后，Alice发现后面有车一直跟着他们，提醒道："先生，有人跟着我们！"

凌越扭头看了一眼，后面果然有辆车。他生气地道："甩开他们！"

一定是凌方和凌盛在老头那里吃了瘪，派人监视凌越，想见缝插针地再度拖凌越下水。

Alice 不再多问，猛打方向盘，向小路驶去。

她以前跟凌越学过赛车，甩掉后面的车对她来说十分轻松。

Alice 见凌越脸色苍白，觉得他的烫伤一定很严重，便停车去药店买了一管药膏："先生，这药膏对烫伤很管用，我曾经用过。"

凌越没接药膏："不用。"

Alice 一脸担忧："先生，烫伤可大可小，伤口又在腿上，被裤子捂着，不容易好。这药虽然不好闻，但抹上能很快止疼。如果您不方便，去山上让顾小姐帮您抹也行。"

听到后面这句话，凌越骤然眼睛一亮。

他扬起唇角，挑眉道："把药膏给我吧！"

Alice 不知先生在笑什么，狐疑地把药膏递给他，一踩油门快速往山上赶。

凌越很快到了泉山。

顾安心并不知道他要来，一直在画画、看星星，看见他后，震惊地后退了半步。

这里是山顶，顾安心后面是一根栏杆，栏杆下就是悬崖。

"安心，你别动，后面危险！"凌越心惊肉跳。

顾安心被他夸张的反应逗笑了，但笑完发现不对，他们之间的关系还不明确，自己不应该跟他这么熟络。

顾安心收起笑容，道："我来过这里很多次，比你熟悉，不用你担心。"

"熟悉也得小心。"凌越的手很自然地揽住了她的腰。

顾安心很不自在，想要逃开。

凌越却强势地揽着她不放："你不是已经笑了吗？别生气了。"

"凌越，我都跟你说过了，我们之间……"

凌越突然倒吸一口冷气，眉头顿时皱了起来。

顾安心见他这么痛苦，什么都忘记了，下意识地问他："你怎么了？"

她知道他今晚去凌家老宅见了凌天。早上他还跟她说凌天不喜欢他，他随时可能会有危险。现在他的脸色如此苍白，顾安心怀疑他极有可能在老宅受伤了！

凌越见她的脸上有明显的担忧之色，顿时心中一喜，但还是摇头道："没事。"

他越说没事，顾安心就越担心。不会哭的孩子没糖吃，她在顾家也遭受过类似的事，此刻很心疼凌越。

"你到底怎么了？"顾安心皱眉追问道。

凌越盯着她，肯定地说："你在担心我。"这种被人放在心上的感觉，令凌越万分愉悦。

顾安心别过头去，没否认。

旁边的 Alice 适时地帮了凌越一把："是二少爷做的，他为了试探先生是不是真的残疾了，故意把一碗热汤洒在了先生的腿上，烫伤了先生。"

顾安心愕然："凌盛？他还是人吗？你可是他的亲弟弟！"

凌越辛酸地笑了笑，道："不只是他，凌方包括老头也存着试探我的心思。"

"他们怎么能这样？你大难不死，他们不开心就算了，第一反应竟然是试探你的伤势？"顾安心可以想象凌越有多么寒心！

顾安心顿时觉得凌越和自己同病相怜，再也没法对他置之不理了。

"腿怎么样了？"她问。

"伤得有点重，特别痛。"凌越盯着她道。

其实他现在已经不那么痛了，但十分享受这种被顾安心关心的感觉。

"让柳然帮你上药吧。"顾安心说完，抬头却发现柳然和 Alice 不见了。

凌越摊手："看来只能劳烦你帮我上药了。"

顾安心傻了，没办法，只能帮他上药了。

顾安心懒得害羞了，直接把他拖进帐篷，说："把裤子脱了吧！"

凌越："这么直接吗？"

“说什么呢？”顾安心脸一红，但转念一想，凭什么每次都是她脸红啊？今天这状况，脸红的人该是他才对！

顾安心干脆直接上手解他的腰带，面不改色地道：“放心，你的身体我已经看烦了，我不会对你怎么样的！”

“看烦了？”凌越被她一本正经的模样逗笑了，“你都多久没看了？”

他说完不等顾安心反应过来，便开始脱衣服。

顾安心原本有些害羞，一张脸红成了番茄色，但当她看到他的腿上红肿了一大片，而且还有水泡后，顿时心疼得鼻头发酸。

“凌盛那个无赖，真不是东西！”顾安心不禁咒骂了一句。

凌越听到她护着自己，心中十分欢喜。

顾安心拧开药膏，跪坐在他的腿边，一边轻轻地吹着他的腿，一边挤出药膏均匀地涂抹在他受伤的腿上。

药膏抹在腿上，带着微微的凉意，凌越却觉得自己的身体开始发烫。他盯着顾安心，咽了咽口水。

小小的帐篷里十分安静，安静得他们能听到彼此的呼吸声。

气氛开始变得暧昧，凌越慢慢靠近顾安心。

顾安心提醒自己专心地给他抹药，但一抬头，便发现了他的异样之处。

她赶紧胡乱地涂抹了几下，道：“流氓！”

凌越撇嘴：“正常的生理反应而已。”

顾安心：“还有理了？”说完拉开帐篷，想出去透气，“不管你了！”

凌越却把她拉回来，道：“安心，承认吧，你还担心我、心疼我。”

“我这些年的积蓄都用来给你出医药费了，我怕你死了，那些钱就白白浪费了！”顾安心咬牙道。

凌越知道她根本就是嘴硬，调侃道：“怕浪费的话，可以把我变成你的老公。给老公出医药费，不算浪费。”

顾安心没话说了。

他嬉皮笑脸的，跟无赖一样：“你既然投资了我，不管如何我也该让你见到收益才行，现在正是牛市，你把我转手，不是亏大了？怎么我也要让你赚个盆满钵满才行！”

顾安心不以为然：“我是见好就收。”

凌越失笑：“那你还真没有冒险精神，以小博大靠的是胆量。”

“我不想以小博大，只想找个平凡男人过日子。”顾安心说出了心里话，“你们凌家就是个大麻烦，我不想也不敢招惹你，你背后的大家族我无法应对！”

凌越脸色阴沉：“你想找个平凡男人？”

“是！”

“我有特异功能？还是我有三只手八只脚？又或者我长了翅膀会飞？我怎么就不平凡了？而且你放心，我绝不会让别人来找你麻烦。”

顾安心有点被他说动了，一时没有说话。

“我没嫌弃你穷，你反而嫌弃我有钱？怎么会有你这么不讲道理的人？

“我们难得走到一起，这种缘分我想珍惜。

“为我往前迈一步好吗？”

凌越的嗓音低沉又富有磁性，令顾安心耳朵发麻。等她反应过来，整个人都被凌越压住了。

“你干什么？放开我。”顾安心瞪大眼睛。

“不放，你暗示我了，我领会到了。”

顾安心蒙了：“我暗示什么了？”

“你迫不及待地将我拉进帐篷，还脱了我的裤子。”凌越一脸坏笑。

顾安心满脸通红：“我那是给你上药！”

“这个借口不错。”凌越低头，强迫她直视自己的眼睛，“看见了吗？”

顾安心愣了：“看见什么？”

“我的眼里都是你。”

凌越死死地抱住她，一整晚都不舍得松开她。

今夜，他总算睡了个好觉。

之前，没有她在身边，他经常半夜被惊醒，害怕失去她。而现在，两人相互依偎，十分温暖。

守在离帐篷三百米外的柳然虽然觉得冷，但见凌越没被顾安心赶出来，心里非常高兴，立马给 Alice 发了微信报喜：“先生成了！”

Alice 立马回了个“开心”的表情。

或许是觉得“开心”不够表达当前的情绪，她又发了个“普天同庆”的表情！

第二天，天刚亮，虽然四周还雾蒙蒙的，但是已经能够让人看清山石的轮廓了，太阳马上就要出来了。

帐篷里，凌越凑到顾安心的耳畔提醒她：“安心，该起来了。”

顾安心觉得耳朵痒，挠了挠，嘟囔了两句，又往他的怀里钻，继续睡了过去。

凌越十分满意她下意识地抱紧自己的举动，笑了笑，再次提醒她：“小懒猪，你再不起床就看不到日出了。”

顾安心终于醒了，但起床气很大，伸手捏了捏他的脸。

凌越痛得嗞了一声，但又觉得快乐，道：“安心，你可以再用力点！”

顾安心松开手，看傻子似的看着他：“霸道总裁的人设崩塌了！”

凌越一脸委屈：“叫你起床看日出，还被你打，这人设要它有何用？”

顾安心扑哧一声笑了，整个人清醒了不少，连忙出去看日出。

此时，一团红日冒出了头，连山头和树木都被染上了红色。

凌越将自己的西服披在安心的肩上，将她抱在自己的怀中。

顾安心这次没有推开他，看着初升的朝阳，心跳得很快。以前都是她一个人看日出，现在变成了两个人，她心中别有一番滋味。

太阳完全升起后，顾安心扭头对凌越道：“三哥，我有一个秘密，是关于我的家事的。”

凌越挑眉：“你要告诉我吗？”

顾安心摇头：“我妈应该不想让我把这个秘密告诉别人，我之所以想跟你说，是想让你给我两天的时间，我有事要确定一下。如果没问题，我们就重新开始。”

凌越蹙眉：“这个秘密牵扯到了我们的关系？”

顾安心：“反正你给我两天时间，别逼我，我到时候会给你一个明确的答复。”

凌越见她不想说，也没强求，只是强调道：“我是爱你的。”

顾安心：“嗯，我知道。”她也是。

凌越虽然嘴上说不再过问，给她时间，但这件事既然牵扯到了他们的将来，他不可能不派人调查一番。

他对 Alice 道：“你再调查一下安心的身世，把重点放在她的父母身上。”凌越总觉得这个秘密不会太简单。

Alice 这次专门调查了一下顾家，那边的调查结果很快出来了。

“先生，顾小姐的身世确实很复杂，她的生母竟然是顾元朝的小姨子。”

Alice 知道结果的时候也很震惊，没想到顾元朝那么风流，连小姨子都不放过……

凌越明显愣了一下：“杨红的妹妹？”顾元朝现在的妻子叫杨红。

Alice 摇头：“杨红是第二任妻子，顾元朝的前妻叫金琼，金琼的妹妹金绾就是顾小姐的生母。”

“那金绾呢？”凌越好像从来没听顾安心提过她妈妈。

Alice：“她病逝了，两姐妹都病逝了。不过，金绾去年的居住记录表明，她病逝不久。”

凌越沉默了一会儿。顾安心的身世他知道了，可这跟他有什么关系？为什么安心会因为长辈间的关系而重新考虑他们之间的关系呢？

凌越百思不得其解，但已经答应安心要给她时间，只好沉下心来。

他深吸了一口气，心情仍旧不佳，刚好得知凌盛那边出了问题，当即对 Alice 道：“动手吧！”

Alice 愣了一下，先生这是无处发泄自己的情绪，想把火都撒在凌盛的身上啊！

次日，新天际地产的建筑工地上，凌盛正让人将不合格的钢筋水泥尽快往外搬，没想到的是，就在只剩最后一车东西的时候，质监局的人来了。

那群人说什么也要抽查钢筋水泥的质量，接着新天际地产使用劣质材料的事被弄得尽人皆知。

媒体大肆报道，广大网友在网络上发帖，凌天集团的企业形象瞬间崩塌。

凌天生气地将三兄弟叫回家，书房内的气氛极为紧张。

凌天看了看面前的三个儿子，冷冷地问："说吧，是谁干的？"

凌盛立刻看向凌越，说："一定是他！"说完他就挥着拳头冲上去了，对凌越吼道："一定是你把质监局的人找来的，就是想毁了我！"

这件事闹得这么大，有无数人关注事情的进展，凌家总要给外界一个交代，所以凌盛第一时间就被停职了。

凌盛认定这件事是凌越干的，此刻正咬牙切齿地瞪着凌越。

Alice 一把推开他，凌盛没有防备，险些被 Alice 推倒在地。

凌天一巴掌拍在桌子上："够了！"

到底是凌盛惹出来的麻烦，凌天直接在凌盛的后脑勺上打了一下。

凌越全程都冷眼看着，脸上看不出任何情绪。

凌天扫了一眼凌越："是你吗？"

凌越冷笑了一声："问题出在建材上，建材的质量就是不合格的，就算今天质监局没出现，下次一样会出问题。"

凌天愣了一下，意识到什么后瞪大了眼睛问凌盛："你又干了什么？！"

凌盛心头一惊，赶紧摇头："没，我什么也没干……"

凌越看向凌盛，哂笑道："听说二哥想把那批劣质的建材便宜倒卖，为了寻找买家耽误了撤走的时机，这才遇上了质监局。"

凌盛的脸色越来越难看，他没想到凌越竟然连这些都知道！

凌天气得浑身发抖，指着凌盛的脑门问他："老三说的都是真的？"

凌盛的额头上顿时冒出一层冷汗，他结结巴巴地解释道："工……工地上不仅那一批有问题……全都有问题，价值好几千万元，我……

我想等找好了下家再……再……”

凌天一巴掌扇了过去：“蠢货！”

凌盛的脸立刻肿了起来。

凌方赶紧道：“爸，凌盛也是想要挽回损失……”

“是钱重要还是名声重要？”不等凌方说完，凌天就打断他，“扶不起的阿斗，项目抢过去又干不好，如此小家子气以后还怎么……”

凌天气得咳嗽起来，满脸通红，深呼吸后才勉强冷静下来。

他知道当前最重要的是解决问题，不能让凌天集团完蛋，问他们：“你们有什么应对措施吗？”

凌天不看凌越，而是看着凌方，毕竟凌方才是凌天集团的实际掌权人。

凌方皱眉道：“爸，我们必须找个替罪羊，不然二弟很麻烦！”

凌盛一听，立刻慌张地看向凌天：“爸，我可是您的儿子，您不能送我去坐牢！”

凌天不理他。

凌盛双腿一软，跪了下去，抱着凌天的双腿哭着求道：“爸，你救救我！”一个长相凶狠的大男人哭得像个孩子，真是既可怜又可笑。

凌方鄙视凌盛，但凌盛一直跟他是同一战线上的，对自己还有点用处，他必须拉凌盛一把，不然以后一个人难以对付凌越。

凌方赶紧道：“爸，虽然项目确实在凌盛的手中，可是采购原材料这种事都是下面的采购部负责，他就是签个字，顶多算监管不严！”

“对、对，大哥说得对，那些是采购部经理买进来的，该他负责，和我没关系！”

凌天一脚踹开凌盛：“没出息的东西！”但他也默认了凌方的说法。

然而事情还没有完全解决，他们即使能跟这件事撇清关系，但项目还要继续完成。这个项目不能再交给凌盛了。

如果项目继续由凌盛负责，媒体会再次借此做文章。而且，这个项目的口碑这么差，凌盛能力不行，很难成功地完成项目。

凌天看向凌方。但凌方不想接这个烂摊子，抢在凌天之前道：“三弟现在刚好没项目做，既然回来了，可以接手这个项目。”

凌天一听，有道理，不能让凌越光拿钱不干活。

“那新天际地产的项目就交给老三去管！”凌天说完揉了揉太阳穴，示意三个人出去。

凌盛一出去就狠狠瞪了凌越一眼，冷哼了一声后走了。

凌方和凌越一起走出老宅。

凌方对凌越说：“看来老头还是相信你的能力，对你很器重呢。”

凌天到底是器重凌越还是让凌越收拾残局？两人心里都有数。凌方现在分明就是在幸灾乐祸。

凌越笑了：“是啊，我说不定能借这个项目彻底在集团立足呢，多谢大哥！”

凌越说完便走了。凌方望着凌越的背影，隐隐感觉自己上当了。

凌越确实有自己的计划。他打算把新天际地产的项目交给安心集团，这样不但能使凌天集团不受丑闻影响，还能让安心集团以此项目为跳板，打开房地产市场的大门。

然而等凌方意识到这些时，已经来不及了。

Alice挂了电话，眉头紧皱，匆匆走到凌越身边，小声道：“先生，我收到消息，顾小姐是被顾家的人陷害入狱的！”这个消息太令人震撼、生气了，Alice第一时间将真相告诉了凌越。

凌越敲键盘的手一顿，目光凶狠起来：“被陷害？”谁敢这么做？

“对，千真万确！这是顾锦溪在酒吧亲口说的！”Alice道，“怪不得安心小姐不回顾家，还和顾元朝断绝关系，原来是对顾家寒心了！”

凌越的目光顿时如刀锋一般：“有这种事？”

凌越之前还不理解为什么安心对顾元朝有那么大的敌意，现在完全能理解她了。

“顾元朝这个浑蛋！”凌越咬牙切齿，十分心疼顾安心。

“开车，去安心家。”凌越此刻只想抱着她好好安慰一番。

顾元朝给不了她的东西，他可以给她；顾元朝让她受委屈，他帮她讨回公道！

“先生，刚刚柳然说顾小姐现在不在家，去医院了。”Alice看着手机信息说道。

“去医院？她怎么了？”凌越顿时一阵慌乱。

“您别着急，我在问。”

很快，柳然那边回了条信息：“顾小姐不让我跟着，但我问了医生，他说顾小姐是来检测自己的DNA（脱氧核糖核酸）的。”

看到这条消息，凌越明显愣了一下，当即打了个电话给柳然。

“安心怀疑她和顾元朝的血缘关系吗？”

凌越很理解顾安心的心情。他也曾多次怀疑自己和凌天到底是不是亲生父子，因为他没见过哪个父亲会对儿子这么狠。但很可惜，他和凌天确实是父子。所以对于顾安心的做法，凌越表现得并不意外。

“还不知道她是检测谁和谁的，医院这边说要保密。”柳然无奈地道。

凌越也没逼他：“到时候我会亲自问安心的。”

凌越打完电话，Alice立刻提醒他现在要出发去跟一个合作方吃晚餐了。

凌越点头：“走吧。”他现在已经回了凌天集团，办公室就在凌方的办公室楼下。

凌越乘坐电梯的时候遇到了一个浓妆艳抹的女人，这女人身上的香水味非常浓。电梯门一打开，凌越就忍不住直皱眉。

女人看到凌越时，被他帅气的五官吸引住了，愣了一下。但等她看到他的轮椅时，顿时又面露失望之色。

“这里是总裁办公室吧？大少爷呢？”女人问。

Alice面无表情：“小姐，你走错了，大少爷在楼上。”

“哦。”女人重新回到电梯里，在电梯门关上之前，又看了凌越一眼，说，“他长得是挺帅的，不过可惜了，是个瘸子。”

能在别人的面前说这种话的人，都是没脑子的，凌越不跟没脑子的人计较。

Alice却道：“先生，她就是顾锦溪。”

就是她一直欺负顾安心，跟顾安心是同父异母的姐妹。

凌越顿住，盯着电梯门，目光冷冰冰的。

“很好，我知道了。”他一字一顿地道。

办公室内，凌方正和凌盛商讨对付凌越的方法，门突然被人推开了。

顾锦溪走了进来，穿着一身黑色的包臀裙，露出一双白皙的长腿，在深秋季节显得有些冷。

顾锦溪看到凌方，露出娇羞的笑容：“大少……”

“你怎么进来了？”凌方不悦地道，看向随顾锦溪一起进来的助理。

助理连忙解释：“对不起，总裁，我拦不住顾小姐……”

“把她赶出去！你不知道现在是上班时间吗？”凌方看向顾锦溪：“是你自己滚还是让我派人将你请出去？”

顾锦溪顿时眼泪汪汪，脸色瞬间变了：“大少，你怎么……”

但凌方不为所动，瞪了一眼助理：“怎么？需要我亲自找保安上来？”

助理赶紧摇头：“我这就去！”

顾锦溪的眼泪终于流了下来，她泪眼婆娑地说：“凌方，你太过分了！”说完转身跑了出去。

凌盛笑着摸了摸下巴，这就是顾家的大小姐？她的模样看起来还不错，身材也不错。顾锦溪看起来很符合他和凌方的口味，但凌方竟然对她不感兴趣？

凌盛看顾锦溪伤心的样子，觉得这简直是自己乘虚而入的大好时机！凌盛想着顾锦溪身后的顾家，扬了扬唇角。

现在老头将集团交到了凌方的手中，这不过是因为凌方是老大，还被顾家的那个老家伙看中，若是他凌盛成了顾锦溪的丈夫，有了顾家做靠山，那公司会不会变成他的？

凌盛想着直接走出了凌方的办公室，边追顾锦溪边喊：“顾小姐，你别生气。”

顾锦溪抹了抹眼泪：“你大哥也太无情了，最近一直在躲我！”

凌盛赔笑道："我大哥也真是的，一点都不懂怜香惜玉。"

顾锦溪见有人安慰自己，哭着道："他是不是以为我这辈子赖上他了？要不是凌、顾两家门当户对，双方父母又同意我们交往，我才不白跑这么一趟！"

凌盛："是、是、是。"

顾锦溪："我本来只是想问清楚，结果他连说话的机会都不给我！我长得不好看吗？身材不好吗？我为什么要受这种委屈？！"

凌盛往她的胸部瞥了一眼："你好看，特好看！"

凌盛和顾锦溪聊得甚是投缘，之后又一起去逛街。顾锦溪换了一身衣服，带着凌盛去了 798 酒吧。

798 酒吧在港东非常有名，颇受富二代喜爱，一般人进不去。

此刻夜色降临，正是 798 最热闹的时刻。

五彩斑斓的灯光打在年轻男女的身上，现场的气氛既躁动又暧昧。

重金属摇滚乐刺激着耳膜，让人忍不住跟随节奏肆意摆动。

虽已是深秋，但酒吧内的男男女女一个比一个穿得少。

顾锦溪脱下风衣外套，露出里面的黑色亮片吊带衫，下身是一条亮晶晶的超短裤，短裤上还挖了几个窟窿。

她走进舞池，妖娆地跳起舞来。

舞池里的男人见了她都忍不住往她的身边凑，顾锦溪乐在其中，依然肆意地扭动着自己的身体。

凌盛靠在吧台上，摸着下巴，目光追随着顾锦溪。

他将一杯鸡尾酒灌进口中，眯了眯眼，没想到顾锦溪玩得这么放肆。同时，凌盛也明白为什么凌方不喜欢顾锦溪了。

凌方虽然喜欢身材好的女人，但想娶一个识大体且聪明的淑女。

顾锦溪想嫁给凌方，凌方是绝对不会答应的。凌盛盯着顾锦溪，忍不住舔了舔唇角。

他和凌方不同，对名门淑女没那么执着，只要女人能给他带来利益，什么样的都行，顾锦溪当然也行。凌盛默默地在心里盘算起来。

顾锦溪跳得有些累了，径直走到吧台边，后面还跟着好几个男人。

“老九，给我一杯玛格丽特！”顾锦溪话音刚落，身后就有男人急切地道：“这位小姐的酒，记在我的账上！”

顾锦溪耸了耸肩，胸前波涛汹涌，好几个男人看得口干舌燥的，就连凌盛都有些眼睛发直。

“这酒烈，慢点喝！”凌盛一屁股坐在顾锦溪身边，有意无意地往她的身上靠。

其他男人见顾锦溪竟然有男伴，而且气场还很强，虽然心有不甘，但还是悻悻地走了，开始在舞池内寻找其他目标。

“看那些男人，跟打猎似的！”凌盛盯着顾锦溪，饶有兴致地道，“我就不一样了，我觉得锦溪小姐是池中尤物，不忍离开。”

顾锦溪扑哧一笑：“二少爷这话跟多少个女孩子说过了？”

“你怎么能这么说我呢？”凌盛贴近她，一双手搭上她的香肩，“我这人很实在，这话只对锦溪小姐一个人说。”

顾锦溪上下打量着凌盛，然后推开他的手：“二少爷，手别乱放。”

下一秒，凌盛的手又缠上了她的腰，并且两人靠得更近了。

“我刚刚可帮你赶跑了好几个猥琐男，你不感谢我吗？”

顾锦溪笑了起来，用娇滴滴的声音说：“可是，你看上去也不是什么正人君子呀。”

凌盛摩挲着自己的下巴：“我觉得你不会喜欢正人君子。”

两人靠得极近，四目相对，在忽明忽暗的灯光下，调情的意味十足。

凌盛见她没再拒绝，知道自己有戏，胆子越发大了，放在她腰间的手开始不老实了。

凌盛摸了一会儿，心中暗骂：这女人真是够放荡的，竟然没有穿内衣。

他凑到她的耳边吐气，道：“你这个小妖精！”

凌盛直直地盯着顾锦溪，眼神热烈，手开始从她的腰间缓缓下滑。

顿时，二人周遭的空气几乎要燃烧起来了。顾锦溪却在此时快速抽身，甩开了他的手起身道：“我这个妖精可不是什么人都能追的！”

凌盛顿了顿，她是什么意思？事情都到这地步了，她要走？

顾锦溪笑着将酒喝完，对着吧台喊：“老九，给我安排车，妖精要回家了！”

凌盛挑眉道：“这才12点，也太早了吧？”

顾锦溪对他意味深长地笑了笑，从老九的手里接过大衣，直接套上去，便从妖精变成了乖巧的名媛。

她拍了拍凌盛的脸：“我可是要在12点前回家的好女孩儿。”

回家？莫非她在暗示我什么吗？凌盛眼睛一亮：“我送你！”

凌盛放下酒杯，赶紧跟了出去。但顾锦溪走得飞快，等他追出来时，顾锦溪已上了车。

凌盛还没摸到车门，顾锦溪的车便开走了！凌盛扑了个空，骂了一句！

他被顾锦溪诱惑得浑身滚烫，只能踢了一脚墙泄恨！

殊不知，顾锦溪一上车就瞬间清醒了，扭头看了一眼路边的凌盛，拿出手机打了个电话。

“你在哪里？”顾锦溪的声音很嗲。

“天堂，过来吧！”对面的男人声音低沉。

顾锦溪咬唇一笑：“我今天立了大功，你是不是该好好犒劳犒劳我啊？”

对方不知道说了什么，顾锦溪娇嗔地道：“大少爷，你好坏！”

两人又打趣了几句，顾锦溪红了脸，对司机道：“去天堂！”

天堂是会员制的高端休闲会所，最顶层有常年给凌方预备的包间。

顾锦溪已经很久没遇到像凌方这么帅气、多金又有意思的男人了。

凌方竟然让她去勾引自己的弟弟，而这凌盛也真是不争气，她不过随意撩拨了几下，凌盛就乖乖地上钩了。

顾锦溪虽然不知道这兄弟俩在玩什么套路，不过并不在意，反正她爸要将她嫁入凌家，凌方总有一天要娶她。

如果凌方不介意自己未来的老婆勾引其他男人，那顾锦溪也没什么好介意的。并且，她也非常享受将男人收为“裙下臣”的感觉。

顾锦溪露出一个得意的笑，然后拉上车内的隔板，直接把内裤脱下，只穿一条肉色的丝袜。

车一停，顾锦溪就迫不及待地冲了进去。

顾锦溪在凌方助理的引导下进了包间，还顺手关上了门。

凌方穿着一件黑色衬衣，领口的位置随意解开了两颗扣子，看起来男人味十足。

顾锦溪只看他一眼，便忍不住吞了一口口水。

凌方这几年气场越发强大了，再加上俊逸的五官、比例完美的身材，对女人来说有致命的吸引力。

顾锦溪立马扑过去，从背后抱紧凌方，嘴里道："大少爷。"

凌方感觉到背后贴着的人，眉头一皱，掰开顾锦溪的手，转身去吧台倒了两杯酒："还能喝吗？"

顾锦溪跟了上去，拉着凌方的手，塞进自己的大衣里，道："大少爷，你刚刚可是说过要犒劳我的！"

大家都是成年人，就不要拐弯抹角了！

凌方的眉头皱得更紧了，他转身狠狠地将顾锦溪压在墙上，一脸不耐烦地盯着她："不知道的还以为我是牛郎！"

然而顾锦溪被情欲冲昏了头脑，压根没看出凌方眼里的厌恶之意，搂住他的脖子对着他吹气："大少爷喜欢吗？"

凌方是存心把顾锦溪送给凌盛的，绝对不可能娶顾锦溪这样的女人，一看到她脸上厚重的妆就反胃，怎么可能碰她？

"你先去洗脸，好好说话！"凌方伸手将她推开，十分严厉。

顾锦溪一愣，顿时失望至极，不过还是乖乖地去洗脸了。

凌方无论是长相、身材、地位还是财力，都和她的择偶标准完美契合！她无条件地听凌方的话，为他做什么都愿意。

凌方今晚显然没有要和她发生什么的意思，问了她几个关于凌盛的问题后便打发她走了。

顾锦溪咬牙，他们都快要结婚了，她不明白凌方在装什么清高。顾锦溪走出天堂，一脸愤怒！

凌方有心事。

凌越回归后，凌方在集团内的处境变得艰难，凌方负责的很多项目同时出了问题。

凌越在消失的这段时间做了大量的工作，铺垫得太好，凌方一时抓不住凌越的把柄。

凌方深知，事到如今，自己和凌越已经到了“不是你死就是我活”的境地。

他根本没有心思想其他的事情，将顾锦溪打发走后，独自在天堂抽了一夜的烟。

次日一早，凌方浑浑噩噩地开着车出去散心。

车停下来后他才发现，自己竟然来到了顾安心的小院外。

凌方自己也愣了一下，但不得不承认，顾安心这边确实空气新鲜、环境优美。凌方想起顾安心那张素面朝天的小脸，顿时跟饮了山泉水一般神清气爽。

顾安心正准备出门拿 DNA 检测报告，一副忧心忡忡的样子。

当她见到凌方后，心情更不好了，内心的鄙夷直接反映在脸上。

凌方将手肘放在车窗上，探出身子上下打量着顾安心。她今天穿着白衬衣、牛仔裤，搭配咖啡色的风衣，身后背着一个简单的黑色双肩包，看上去像个学生，和顾锦溪的风格截然不同。

凌方顿时调侃道：“嘿，泼妇！”

顾安心翻了个白眼：“你这个无赖，跑来这里做什么？”

凌方已经找到凌越了，顾安心想不出他再次出现在这里的理由。

“好些日子没见，你有没有想我啊？”凌方挑挑眉，轻佻地问。

“想！”顾安心瞪着他，“我在想，你怎么还不死呢？”

凌方非但没有生气，反倒笑了：“你跟你妹妹一点都不像。”

他提到顾锦溪，顾安心的脸色更差了。

顾安心早已经跟顾家断绝关系了，吃过那么大的亏，虽然不打算报复他们，但也不想再跟他们有任何关系！

“我没有妹妹！”她开始赶人，“凌大少爷如果没什么事，就请回吧！我没空跟你耍嘴皮子。”

顾安心要走，但凌方偏偏不让。

凌方见她对顾家这么排斥，更好奇了，下车拦住她：“顾锦溪怎么不是你妹妹了？你跟顾家有矛盾吗？”

顾安心：“关你什么事？！”

柳然也对凌方的无赖行径表示反感，道：“大少爷，麻烦不要挡顾小姐的路。”

“还轮不到你跟我说话！”凌方对柳然的态度很不好。

但他一转头，又嬉皮笑脸地对顾安心道：“我也不太喜欢你的妹妹，这一点我们很像啊。要不找个地方，我请你喝茶？说不定我能解决你和顾家的问题！”

凌方不知道她在顾家发生了什么，但对此莫名感兴趣。

“不需要！我跟顾家之间没有问题！”顾安心果断拒绝他。

她绕过凌方，大步离开。

凌方跟着她道：“我跟顾家有婚约，也算是半个顾家人。你有什么委屈，可以跟我说！”

顾安心回头扫了他一眼：“凌大少爷突然这么热心，想必又有什么企图。”

凌方没企图，但也找不到热心的理由，顿时愣住了，没有回答顾安心。

“不管你有什么企图，趁早死了这条心。你在我这里捞不到任何好处！”顾安心说完上了柳然的车，砰的一声把凌方关在车外。凌方是凌越的死对头，所以她对凌方没什么好脸色，一看到凌方就烦。

凌方碰了一鼻子灰，看着顾安心渐渐远去，脸上莫名其妙地扬起了一个微笑。

顾安心匆匆赶到医院，拿了检测报告之后手便一直在抖，根本不敢看。

顾安心站在楼道里酝酿了很久，还是不敢打开那份报告。

一旁的柳然都看蒙了，问：“顾小姐，出什么事了？需要帮忙吗？”

顾安心扫了他一眼，索性把文件袋扔给他：“柳然，你帮我看！”

柳然更蒙了，但还是说：“好，好的。”

柳然打开文件袋，竟然看见两个再熟悉不过的名字：凌越、顾安心！

他算是明白这段时间顾小姐为什么会拒绝三少爷，也明白顾小姐为什么不敢看检测报告了！

但顾小姐为什么要做她和三少爷的DNA检测呢？他们难道是亲属关系？

“你愣着干吗？难道……”顾安心见柳然拿着报告发愣，以为是不好的结果，眼眶里瞬间充满了泪水。

“不、不、不，匹配度只有2%！”柳然赶紧道，“我只是太惊讶了。”

“真的吗？”顾安心的心中一阵狂喜。

柳然不敢多问，把报告拿给她看。

顾安心亲眼看到结果后松了一口气。

她最近看到了母亲在生前写的日记，发现母亲竟然和凌越的父亲凌天有过一段露水情缘，整个人都震惊了。

凌越的生母不详，他的出生时间又刚好与母亲和凌天在一起的时间吻合。顾安心因此不敢继续和凌越交往，生怕落个“有情人终成兄妹”的悲惨下场。

现在顾安心拿着检测报告，总算放下心来了，道：“柳然，你把这个拿去给凌越吧。”

柳然点头：“见了先生，我要说什么？”

顾安心：“就说我妈妈叫金绾，让他自己去问他爸！”

提到凌天，顾安心替妈妈叹了一口气。金绾的日记中满是对凌天的爱意，可金绾最终被顾元朝强行占有，怀上了顾安心。

金绾知道自己怀孕后便没再和凌天往来，一段情缘就此结束。

顾安心光看日记，就能想象出母亲有多无奈。她无法评价几位长辈的事，但很心疼妈妈。

凌越拿到检测结果后非常震惊，怎么都没想到二人的长辈竟然会有那样一段过往。

凌越惊出一身冷汗，当即起身，准备去找顾安心问清楚。

“先生，顾小姐让您不要急着去找她，她说她妈妈叫金绾，让您去问问您父亲。”柳然道。

凌越顿住脚步，思索片刻，道：“好。”

顾安心很聪明，这件事凌越与其问她，不如去问凌天。凌越还可以趁机从凌天那里套出有关他生母的信息。

这么多年来，凌越只知道他们三兄弟的母亲都不同，但从来不知道更具体的信息。

凌天讨厌谈及这些，仿佛他们的母亲根本不值一提。

凌越拨通了凌家老宅的电话，道：“关叔，今天我回老宅吃晚餐。”

关叔对此感到很奇怪：“您不是说不来了吗？”之前凌越确实说不去了。

凌越假装残疾骗过了凌方和凌盛，也尽量避免参加凌天集团的一切活动和所有的家庭聚餐，就是为了隐藏自己的病情，并让凌天愧疚，借此帮助自己在将来更好地站起来！

“我要是不去，凌家就更没有我的位置了。”凌越道。

关叔叹了口气：“凌越，其实你坠机的事不一定跟凌方、凌盛有关系，他们毕竟是你的哥哥，应该没那么狠心。还有，你爸很看重你，没打算降低你的地位。”

凌越冷哼一声，挂了电话。

关叔叹了口气，放下电话后对凌天道：“老爷，三少爷还是很埋怨家里。”

凌天觉得越发头疼了，忍不住捏了捏眉心。

三兄弟斗成如今这样，其实都是他授意和引导的。

他放权下去，但又不想真正地把凌天集团送给三兄弟中的任何一个。

“我始终觉得，他们三个不像亲人。”凌天深吸了一口气，“跟他们的母亲一样，我在他们身上找不到亲情。”

凌方和凌盛的母亲贪图他的财产，对他更多的是敬畏。凌越的母亲对他可能有情，但那个女人的个性太刚烈了。

“要是金绾能给我生个儿子就好了。”凌天陡然吐露心事。

一旁的关叔不敢再说什么了。

凌越很快到了老宅。

Alice 打算直接把他推入凌天的书房，关叔连忙拦住他们：“三少爷，老爷的书房你不能进！”

凌天的书房一直是顾家的禁地，凌天从来不允许他们三兄弟进去。

但凌越今天偏要进去，道：“关叔，我有重要的话跟他说。”他说完不顾关叔阻拦，直接闯入！

凌天刚想起金绾，对她万分思念，此刻正盯着书房的一幅兰花图出神。

这幅兰花图是金绾亲手画的，现在挂在他的书房正中间，他一抬头就能看到。

书房里有好几处地方摆着金绾的照片，凌越一进门，看见那名陌生女子的照片后便愣住了。

眼前的这名女子跟顾安心至少有六分相似，他一眼便能看出这人是安心的母亲！

怪不得凌天不准别人进来，原来是在这里藏了另一个家。

凌天看见闯进来的凌越，皱紧了眉头，低声训斥道：“你现在越来越没有教养了！”

“有人生，没人养，你还期盼我能有什么教养？”凌越一脸坦荡，眼中满是质问之色。

凌天顺着凌越的视线看到了金绾的照片，有些心虚，呵斥道：“出去！”

“她叫金绾？”凌越突然问道。

凌天愣住了：“你……你怎么知道？”

凌越看着凌天的表情，知道安心说的都是对的。

凌天不仅跟金绾有一段情缘，还一直对她念念不忘。

凌天从小没读过什么书，功成名就后却附庸风雅，可以想象金绾这种充满书香气质的女人对他到底有多大的吸引力。

“你说啊！你是怎么知道金绾的？你见过她？”凌天激动地问。

凌越冷冰冰地说："你说说我的母亲，之后我便跟你说金绾的事。"

凌天从来不提他的母亲，但凌天越回避，凌越就越好奇！

"你跟你那个精于算计的母亲一模一样！"凌天指着他道，"你们一样无耻！"

凌越觉得十分好笑："我跟你谈个条件，就变成无耻之徒了吗？"

凌天犹豫了片刻，但为了知道金绾的消息，还是跟凌越说了实话："你母亲当年陷害金绾，令金绾险些丧命！她还拿肚子里的你威胁我，让我放弃救金绾！那个女人心如蛇蝎，你问她做什么？！"

凌越嘴角的笑容渐渐凝固了，他不知道自己的母亲和安心的母亲竟然有这样一段不算美好的往事。

"那她现在在哪里？"凌越又问。

"据说出国了，反正我没再见过她！"凌天无所谓地道。显然，凌越的母亲在他的心里已经打上了"蛇蝎女人"的标签。

凌越听了心里很不舒服，但如果凌天说的是真的，凌越也没办法替母亲辩驳。

"金绾呢？现在你可以告诉我她的消息了吧？"凌天迫不及待地问。

凌越转动轮椅，在离开前道："很不幸，她去世了。"

"什么？"凌天很惊诧，不敢相信这个事实，"你胡说八道什么？她还那么年轻！"

这些年凌天一直在找金绾，但金绾躲着他，他丝毫没有办法。

"你是听谁说的？这不可能！"凌天不信，而且表现得越来越暴躁。

这时，凌越的手机铃声响了，电话是顾安心打来的。

"凌越，把手机给你爸，我跟他说两句话。"顾安心道。

凌越把手机给凌天。凌天接过电话，听到一个陌生的女人道："凌叔叔，我妈在日记本里写了想对你说的话。"

"你妈？"凌天不知道金绾生了一个女儿。

"对，我是她的女儿，她希望你不要再打扰她，多关心眼前的家人。"顾安心的声音十分平静，语气跟金绾有些像。

凌天沉默良久，最终挂断了电话。

凌越只知道自己的母亲叫白文清。他一直以为母亲是个温柔可爱、善良无私的人，但突然从凌天的嘴里知道母亲竟然有那么冷血的一面，一时无法接受。

凌越一整夜都没有睡觉，努力平复心情，次日才去找顾安心。

他一走进院子，便看到了顾安心。她坐在藤椅上，将画板放在自己的膝盖上，正在画画。

阳光洒在她的脸上，令她白皙的小脸看起来十分温暖。凌越看着她，不由得出了神。

不知过了多久，顾安心察觉到他的存在，回头看了一眼。

“你来了。”她像是早就知道他会过来，表情淡定，扭头继续画画。

“来了。”凌越靠近她，正要看她在画什么，顾安心却突然遮住了画板。

“这么见不得人，莫非在画我？”凌越语气轻松。

顾安心小脸微红。她确实在画以他为原型的漫画，说是在画他也对。他这是明知故问，故意打趣她！

顾安心不说话，低头把画稿收起来，省得他自恋。

凌越不笑她了，握住她的手：“我在秦记订了位子，我们去吃饭。”

“出去吃饭？凌三少爷现在能出门见人了？”顾安心撇了撇嘴角。她还记得凌越故意对她隐瞒身份，两次不告而别的事。

他们之前在一起的时候，从来没有出去吃过饭，凌越每次都是在秦记叫外卖在家里吃。

就连她同事的喜宴，凌越都拒绝参加。

“还在生气吗？”凌越颇为无奈，但这事确实是他做得不对，他无法为自己开脱，只能保证以后不再犯这样的错误了。

凌越道：“我保证此类事件不会再发生，如若再犯，我甘愿被天打雷劈。”

顾安心瞪了他一眼：“谁要你被天打雷劈……”

她其实很理解凌越，凌越经历过坠机事件，行事过于谨慎都很正常。若是她处在同样的情形下，想必也会做出跟他一样的选择。

凌越看出来，她并没有真的生气，还是很在意自己的。

凌越心里很愉悦，握着她的手道："走，去约会！"

顾安心咬着下嘴唇，抽回自己的手，还是很犹豫。

凌越感到很头疼，叹了口气，道："你们女人怎么这么麻烦？不是都不生气了吗？"

"嫌麻烦那你就不要管我好了！"顾安心懒得搭理他，起身要回屋。

凌越拉着她的手腕，把她拽回来："我是开玩笑的，安心，不麻烦，一点都不麻烦！"

一旁的柳然都蒙了，这还是那个敢说敢做、说一不二的强势老板吗？

顾安心叹了口气，道："你家太有钱了。"

凌越一脸疑惑，有钱什么时候变成减分项了？

顾安心撇嘴："我只想当小市民，在你们家生活肯定很累。"

她在顾家生活过一段时间，只留下了痛苦的回忆。凌家比顾家更复杂，顾安心想想就头疼。

"你想得倒挺远，都想到嫁给我后在凌家生活的情形了？"凌越发现了重点。

顾安心被他这么一说，脸立马红了，这才发现自己好像确实想得有点多。

"没事，这个可以想一想……是我疏忽了，你选个日子，我们先把结婚证领了。"凌越道。

"凌越！"顾安心恨不得把他的嘴巴缝起来！

凌越憋着笑，盯着她好半天，随后严肃地道："你放心，我马上要跟凌天集团分家，以后你不用面对家族纷争，只需要跟我搞好关系，其他万事大吉。"

他说"跟我搞好关系"的时候，眼里都是暧昧之色。

顾安心的脸更红了，同时她也因为他的话放松了很多："我才不管你分不分家……"她害羞得不知道说什么了。

“搞好关系的第一步，我们出去吃个饭。”凌越不由分说地把她拉上了车。

秦记私房菜是城中有名的中餐厅，掌勺师傅是御厨传人，菜品每天限量供应。

顾安心以前只知道秦记好吃，没想到他们的店面装修得这么别致。

中式风格的回廊和挂画，每一处都别有韵味。

包间桌子上摆放着白底蓝花瓶，瓶中插着的花上还沾着露珠，散发着幽幽花香，十分怡人。

窗台上摆着几盆兰花，非常精致，花盆外缘都擦得十分干净。

靠墙的位置摆放着好几排古朴的书架，书架上放着很多线装书，还有十几份卷轴和竹简。

一走进来顾安心便深深地吸了一口气，感叹这里果然是备受追捧的餐厅，竟然这般别致。

凌越订的包间叫“兰花馆”，顾安心坐下便道：“我妈妈生前最爱兰花。”

听到安心提起她妈妈，凌越顿时想起凌天放在书房里的兰花图，倒茶的手一顿。

“怎么了？”顾安心见他神色不对，问。

“没事。”凌越摇头。

上一辈的恩怨，他一时不知如何开口。

顾安心提到妈妈，突然想起了救过她一命的白阿姨。顾安心当时正是以为凌越是白阿姨的儿子，才会心软将他带回家的。

可惜凌越那时候连名字都不告诉她，她无法知道凌越是否与白阿姨有关系。

她想了想，问：“对了，我之前遇到过一位白……”顾安心的话还没说完，包间外便闪过一个人影，紧接着凌方推门而入。

顾安心一愣，凌方这个无赖最近怎么神出鬼没的？

凌越问：“大哥日理万机，竟有时间来打扰别人谈恋爱？”凌越听柳然说过，凌方后来还特意去找过安心，这家伙怕是对安心动了别的心思。

谈恋爱？凌方皱眉。他是听说凌越带了女人过来吃饭，所以特意过来看看，没想到跟凌越一起来的人是顾安心。

顾安心和凌越在一起的时候状态轻松、神采飞扬，但是凌方一进来，她的表情中立马有了提防之意。

凌方觉得心里发堵。他本来只是想来打个招呼，讽刺凌越两句后便走，没想到反被凌越刺痛了，顿感憋屈，索性厚着脸皮坐下来了！

“这家私房菜三弟不常来，估计也点不到什么好菜。安心，我给你点几道，可不能亏待了你！”凌方一边说一边看向顾安心，见她神色不悦，继续道，“瞪什么？难道你还想用扫把打我？”

凌方的话中带着一丝亲昵和暧昧之意，仿佛他和顾安心之间关系有些特别。

凌越下意识地皱紧眉头。

顾安心感觉这两个男人之间气氛不对劲，默默地往凌越那边挪了挪。顾安心的小动作让凌越很高兴，凌越立刻紧紧地握住顾安心的手。

凌方盯着那两只握在一起的手，顿时毫无胃口！

凌方心中不悦：“怎么？当着老三的面，你就想和我划清界限了？”

顾安心的脸色变得难看起来，她问：“就算不当着他的面我也要问，我们什么时候有不清楚的关系了？”

凌方笑了：“我就喜欢你这牙尖嘴利的小模样！”

这下顾安心看出来了，凌方是在故意挑逗她，借此达到挑衅凌越的目的。

不过凌越功力高深，突然拉过顾安心的手，在上面轻吻了一下。

凌方顿时气得吐血，感觉自己在凌越面前如同小丑一般！

这时有人敲门，凌方正在气头上，大吼了一声：“滚！”

敲门声戛然而止，外面的人沉默了片刻，然后小心翼翼地道：“大少爷，你在里面吧？”

这个声音顾安心太熟悉了。她当即愣住，脊背僵直，盯着包间的门。

凌越发现她不对劲，顺着她的视线，看见了推门而入的顾锦溪。

顾锦溪是来找凌方的，他们本来约好了在旁边的牡丹馆包间用餐。但是她等了半天也不见凌方，一打听才知道，他竟然跑到别人的包间去了。

“大少爷，你也太不够意思了，让人家等……”顾锦溪用眼角的余光扫到顾安心，顿时一脸惊愕，仿佛看见了鬼一般：“你……你怎么会在这里？”

顾锦溪本以为顾安心还在监狱里，此时见她跟凌越、凌方在一起进餐，眼里顿时满是质疑、不屑和嫉妒的味道。

顾安心把视线从顾锦溪的身上收回来，神色自若，低头看手里的菜单。

顾安心早料到了，既然生活在同一个城市，那她们迟早是要见面的。

凌方虽然知道她们是姐妹，但故意问道：“你们认识？”

顾锦溪：“不认识！”

顾安心一脸不悦，转头对凌越道：“这里好吵，能不能请他们出去？”她一秒钟都不想再见到顾锦溪的那张脸了。

顾锦溪有些气愤，心想：这里是秦记，什么时候轮到一个乡下丫头赶顾家大小姐了？

顾锦溪刚要说话，就听见凌越对自己道：“麻烦从我的包间消失。”

凌越语气不悦且坚定，似乎丝毫不怕得罪顾家。

顾锦溪没想到凌家三少爷会对顾安心这般百依百顺！她被人驱逐，顿感脸上无光，看向凌方，希望凌方能够站在自己这边，好好治一治那两个人！

凌方心下了然，猜到顾安心应该是在顾家受了什么委屈，瞥了顾锦溪一眼：“人家叫你滚你就滚，看我干什么？”

顾锦溪难以置信，怎么凌家的两个男人都站在顾安心那边？他们都疯了吗？

她瞪大眼睛扫视了一圈，最终咬着牙夺门而出！

凌越笑着对凌方道：“大哥的未婚妻跑了，不追？”言下之意是，你妨碍我们吃饭了，跟她一起滚！

听到“未婚妻”三个字，凌方下意识地看了一眼顾安心，道：“谁要和她联姻还不一定呢！”

顾家那边确实想把顾锦溪嫁给凌方，但凌方不想要，之前打算让给凌盛，但现在看凌越这副模样，十分想将顾锦溪塞给凌越！

凌越哦了一声，问：“大哥莫非不想与顾家联姻？小心老头生气……”

最近凌方手里的项目频频出事，有一股不明势力在捣乱，老头对凌方很失望。此外，凌方、顾锦溪与凌盛三人间不清不楚的关系不知怎么竟然也传到了老头的耳朵里，老头直接收回了凌方的公章。凌方虽然依旧是凌天集团的总裁，但现在凡是金额在一千万元以上的项目都要由老头亲自审批。

凌天集团是个大公司，一千万元以下的项目根本没有几个，这分明就是剥夺了凌方的决策权。

现在凌方听到凌越这样说，恍然大悟：“凌越，是你在老头那里嚼舌根？！”

凌越倒也不否认：“若要人不知，除非己莫为。顾家给你送女人，你就好好接着，别动其他心思。”

凌方气极了：“凌越，你太卑鄙了！”

凌越一脸愉悦：“腿瘸了，也只能做这类事情了。”

凌方握紧拳头，恨不得将凌越揍一顿！

顾安心下意识地往凌越的身前凑，一副要保护他的样子，紧盯着凌方问：“你要干什么？”

凌方见顾安心这样，愤怒地道：“你挑也要挑个好男人，他会把你的下半生拖垮的！”

顾安心无所谓：“我的事就不劳烦凌大少费心了。”

见她一脸“你别管闲事”的表情，凌方咬牙，指着凌越不知道说什么才好。最终，凌方爆了句粗口，随后摔门离去！

顾锦溪一从秦记出来，便飞奔回家了。

顾安心不但出狱了，还混得如鱼得水，被凌家的两位少爷护着，这是顾锦溪无法接受的。她才是顾家大小姐，那应该是她才能拥有的待遇！

车子飞速冲进了顾家别墅，伴随着刺耳的急刹车的声音，顾锦溪从跑车中冲出来，风风火火地进了大门。

她一边走一边大喊："妈、妈！"

"你看看你像什么样子？"顾元朝坐在沙发上，见顾锦溪衣着暴露、举止粗鲁，不由得皱眉训斥她。

顾锦溪一愣，赶紧站好："爸爸！"

杨红端着水果盘从厨房走出来，道："这叫时尚！锦溪刚从国外回来，穿衣风格与国内不一样是正常的，你就别训她了。"

说着，杨红对顾锦溪使了个眼色，让她将水果盘递过去。

顾锦溪赶紧接过水果盘，笑道："爸，吃水果，刚洗好的！"

顾元朝叹了口气，没再说她，问："你慌慌张张地跑回来，是又闯什么祸了吗？"

"哪有？爸爸，我很乖的，只是遇到了一个熟人，想跟妈妈说。"

顾元朝点头，对这些事不感兴趣，便回了书房。

顾元朝一走，顾锦溪便拉着杨红道："妈，我看到顾安心了，你不是说把她解决了吗？"

杨红皱眉，第一反应是捂住女儿的嘴："你给我小声点！"

"怎么了？"顾锦溪不明白，"爸不是也站在我这边吗？"

当初她犯了事，顾元朝也同意放弃顾安心保全她。

杨红深吸了一口气，道："人老了，就爱怀念往事，你爸最近去找过顾安心好几次，还因为她险些和凌大少起冲突，甚至还想把顾安心接回顾家！"

杨红提到这件事也是一肚子气！顾安心简直和她那个死去的妈一样阴魂不散！

顾元朝一直因为害顾安心坐牢的事，对顾安心心存愧疚。

"爸怎么这样？！"顾锦溪一脸震惊，"那个金绾是狐狸精转世吗？凌天终身不娶，爸也对她念念不忘。"

“谁说不是呢？！”杨红咬牙切齿。

杨红本来以为金绾死了便一了百了，没想到金绾反倒成了顾元朝心中永远得不到的“白月光”，地位更高了！

顾锦溪对那些前尘往事不感兴趣，更关注当下，道：“妈，顾安心竟然认识凌方，如果她把以前的事情告诉了凌方，那凌方还会娶我吗？”

顾锦溪太想嫁给凌方了，只要跟凌方结婚，那她就是凌家唯一的女主人了，会成为万千女性羡慕的对象。因此她十分在意凌方对她的看法。

“放心吧，她不会说的！她如果将以前的事情说出来，那么她以前的那些丑事也瞒不住！”杨红倒不担心这个。

顾锦溪的一颗心放了下来，她舒服地瘫在沙发上，道：“那就好！”

杨红想了想，问她：“顾安心现在怎么样？”杨红和顾锦溪一样，最怕顾安心过得太好！

然而，顾锦溪告诉她：“顾安心现在不但跟凌越手牵手，还跟凌方不清不楚！在我跟她之间，凌方明显偏向她！”

一想起包间里凌方、凌越对顾安心的态度，顾锦溪便浑身难受！

“什么？”杨红没想到顾安心看起来不谙世事，实际上这么有手段，问，“她竟然会跟凌越在一起？”

顾锦溪点头：“我就知道顾安心出狱后一定会想翻身跟我斗，只是没想到她这么拼，连残疾人都要！”

杨红的嘴角扬起一抹轻蔑的笑容，她道：“她没有选择的余地，只有凌越那种大势已去的人才能看上她。”

听到这话，顾锦溪不禁挺直了脊背。对，她和顾安心不一样，她早就赢在了起跑线上了，顾安心一辈子都没办法追上她！

“不过我们还是要小心一点，我怕顾安心利用你爸的怜悯和愧疚，夺走属于你的东西。”杨红道。

“她敢！”顾锦溪怒道！

不过顾锦溪想起凌家的两个男人对顾安心顺从的样子后，又觉得妈妈说得有道理，道："妈，你赶紧想个办法治治她，我不想再看见她了！"

杨红点头，拍了拍顾锦溪的手安慰她道："放心，她妈赢不了我，顾安心更翻不起大浪来！"

见到顾锦溪后，顾安心做了一个关于监狱的噩梦。

梦里，顾元朝哭着跟她说"对不起"，希望她能帮忙保护顾家的千金小姐顾锦溪。

梦里，顾锦溪不知悔改，在她入狱后多次对她冷嘲热讽。

梦里，狱中那些浑蛋使她懂得人心险恶，她被迫成长。

凌越迷迷糊糊间听见了顾安心的哭声，惊醒过来后才发现安心好像做噩梦了。

"安心，乖，不哭。"凌越仿佛哄小孩子一般，用手轻抚她的背。

顾安心没有醒来，在凌越的安慰下，反而哭得越来越凶。

凌越很担心她，便强行将她唤醒了。

顾安心睁开眼，看见凌越后松了一口气："三哥……"她心中踏实了一些，使劲往凌越的怀里钻。

凌越抱紧她，心疼地问："怎么了？"

顾安心低着头，许久没有说话。她怕凌越知道她坐过牢后会嫌弃她。

但她也知道这件事自己必须跟他说清楚，既然他们决定在一起了，就必须对彼此坦诚。

顾安心正纠结时，凌越突然道："让我猜一猜，你是因为见了顾锦溪，所以想起以前的一些不好的事了吗？"

顾安心一脸震惊，抬起头盯着凌越，问："你知道了？"她不知道该怎么说出口的事情，凌越竟然全部知道了？

凌越点头，咬牙道："顾家没一个好人，我一定给你报仇！"

顾安心沉默了，凌越连忙解释道："安心，我不是故意调查你，只是我们刚认识的时候……"

"不、不、不。"顾安心发现凌越误会了，立刻打断他的话。

顾安心原本担心凌越会嫌弃自己，现在突然发现他不仅早就知道她的一切了，还对她的痛苦感同身受，顿时备受感动。

顾安心感到前所未有地轻松，还感觉有些不真实。她遭遇过太多非议，现在突然觉得老天爷还是很眷顾她的。

顾安心潸然泪下，突然抱紧凌越，道："三哥，我喜欢你，好喜欢你！"

凌越突然被她告白，愣了一下。他心疼她，也觉得自己跟她同病相怜，他们都是被家人狠狠伤害过的人。

凌越可以想象出顾安心当时有多绝望，摸了摸她的头，道："你下半辈子就跟着我，我保证，不会再有人欺负你了。"

"嗯！"顾安心眉眼弯弯，主动献上热吻。

为了安慰顾安心，凌越接连两天都在家里陪她。

第三天，他一到公司，萧一山便盯着他道："啧，你还知道要上班啊？我还以为从此君王不早朝了呢！"

凌越白了他一眼，扫了一眼桌上堆积如山的文件，道："有事直接说。"

萧一山撇了撇嘴，忌妒凌越爱情事业双丰收，感叹道："为什么我就找不到一个体贴我的好女人呢？"

Alice在他身后面无表情地道："因为你从不跟好女人交往，只喜欢坏女人。"

萧一山急了，道："三哥，Alice大白天公然挑衅我，你快管管她！"

但凌越觉得Alice说得对，问："你找女朋友的眼光确实不怎么样啊！"

萧一山放弃了这个话题，道："算了，我们谈正事。新天际建材的案子判了，最终被定性为骗子集团的过错，现在凌天集团和凌盛反而成了受害人，凌盛清清白白了！"

萧一山原本以为凌盛这次完了，没想到凌盛竟然还能翻身！

凌越笑了，分析道："凌盛大概是被我家老头保住了。我现在退出了家族大战，凌方迫不及待地想除了凌盛，但老头偏不如凌方的意。”

萧一山感叹：“还是你家老头厉害，将你们兄弟三个玩弄在股掌之间！”

Alice 皱眉：“可是凌盛没有领导能力，董事长扶他起来做什么？”

萧一山一副“这你就不懂了”的表情，道：“就是因为凌盛没有能力，老头才能放心地放权啊！”

“董事长又不能一直管下去，不是早晚都要找继承人的吗？”Alice 还是不懂。

其实这点凌越想了很多年也没想通。凌天到底在计划什么？凌越感觉凌天一直把三兄弟当外人，完全不想把凌天集团交给他们中的任何一个。

“凌方那边是什么反应？”凌越问。

“凌方很老实，今天还和顾锦溪一起去见了顾元朝，应该马上要结婚了。”Alice 道。

萧一山很疑惑：“顾家不是和你家老死不相往来吗，怎么两家忽然要联姻了？”

顾家和凌家业务重叠性高，是竞争对手，很少展开合作，现在两家突然联姻，确实有些蹊跷。

凌越沉思片刻，对 Alice 道：“你去查查顾家最近的财务状况！”

这次联姻据说是顾家提出的，除了财务危机、有事相求，凌越想不到其他原因。

“先生这么一说，我突然想起来，前两天听一个师兄说顾家的海外投资部最少损失了五亿美元！”Alice 道。

萧一山摸了摸下巴：“对顾家来说，五亿美元不是什么大数目，这点钱不至于令顾元朝低头。”

凌越表示同意：“顾元朝曾经是大学老师，身上还带着些书生气，若不是到了紧要关头，是不会为了区区五亿美元而折腰的。”

Alice 点点头，道：“那我再去查查。”

提起了顾家的财务问题，萧一山突然动了心思，问：“三哥，我们是不是可以趁这个时候拿下顾氏？”那样的话安心集团就可以迅速扩张了。

Alice 点头，表示同意萧一山的看法，如果顾氏的资金链真的出了问题，对他们来说确实是个机会。

凌越却摇了摇头，斥责他们太浮躁了："我们都不知道顾氏到底出没出事，就想着拿下他们，人家那么大的企业，是能被人随便拿下的？新天际这个项目能让凌天集团在房地产业登上一个新台阶，先想好怎么对付凌天吧！"

"唉，我们只是畅想一下未来……"萧一山觉得凌越这人真是没意思，不过不得不承认，凌越踏实可靠、高瞻远瞩。

新天际的案子虽然让人议论纷纷，但最终还是翻篇了。

凌天集团不仅重新购买建材并在相关部门备案，还将所有在建工程推倒重建，赢得了广大关注者的好评。新天际项目走向了一个新高度，不仅没有被人抵制，反而有大卖之势。

这些都和凌越预料的一模一样。

萧一山对凌越简直心服口服，不再提要收购顾氏的事，只想沉下心来跟着凌越转战互联网领域。

凌天集团和顾氏是靠房地产、实业发家的，安心集团只有发展新兴领域，才有机会转型并超越凌天集团！

顾元朝一直想把顾安心接回顾家，好好地补偿她，仿佛他补偿了顾安心，就等于补偿了金绾。

周末，顾元朝还是没忍住，去找了顾安心。

顾安心最近和凌越关系稳定，一直心情很好，但一见到顾元朝，就立刻拉下脸来，问："你又来干什么？"

之前她就跟他说好了，两个人永不联系，顾元朝是听不懂人话吗？

顾元朝一脸愧疚地道："安心，以前确实是我对不住你，我没尽到做父亲的责任，不知道我现在补偿你还来不来得及，我想……"

"来不及了！"顾安心冰冷地打断他，"从那天开始，我就告诉自己，我没有爸爸！"

她心里始终恨顾元朝。同样是女儿，顾锦溪被他捧在手心里，而她被他当成一块破布随意丢弃。

她生性敏感、没安全感，心已经被顾元朝伤透了，现在他说什么也无法挽回了！

顾元朝见她排斥自己，感到十分尴尬：“安心，你别赌气！我知道一个女孩子在外面打拼很难，你还是回来吧！我向你保证，锦溪有什么，你就有什么！”

“我不需要你的施舍，顾先生！”顾安心态度决绝。

顾元朝皱眉：“你不要这么倔！我知道，你坐牢的时候，我没有照顾好你妈妈，你很恨我，但……”

“闭嘴！”顾安心瞪着他，“你也配提我妈？”

当初就是他们拿她妈妈威胁她，她才在明知被陷害的情况下，闭嘴吃了哑巴亏，老实地待在监狱里。出狱后，顾安心才发现他们竟然把妈妈逼死了！

顾元朝被她的态度激怒了：“我为什么不能提你妈妈？不管怎么样，她都是我的女人！”

“这倒是好笑了，你的原配妻子叫金琼，现在的妻子叫杨红，”顾安心神色冷漠，“你敢对外承认我妈是你的女人吗？”

顾元朝愣住了。金绾是他前妻的妹妹，是他的小姨子，这件事传出去是个笑话，他怎么可能对外承认安心是自己的女儿呢？

“要不是你用卑鄙的手段绑住我妈，我妈根本就不会看你一眼！”顾安心为妈妈感到不值，深埋在心底的愤怒全被顾元朝激发出来，“顾元朝，从我妈跳楼自杀的那一刻开始，我就告诉自己，这辈子都不会原谅你！我宁愿自己姓金，这个顾字让我恶心！”

顾元朝没想到顾安心竟然比她妈妈的个性还要刚烈，下意识地想给她一巴掌，让她闭嘴！

但顾安心早有防备，抓住他的手腕，目光中饱含恨意：“想打我？你还不够格！”

顾元朝被她一把甩开，踉踉跄跄，险些摔倒。

他指着顾安心，辩驳道：“你妈的死跟我有什么关系？如果不是你妈死前留下遗言，让我照顾你，你以为我会……”

“那我还得谢谢你了？”不等顾元朝说完，顾安心便快速打断他，“你可以滚了，以后不要再来找我！”

“你！”顾元朝没想到自己过来一趟，跟女儿的关系更糟了，觉得自己很失败。

顾安心和她妈妈简直一模一样，软硬不吃，天生不懂得怎么放低姿态。他咬着牙，没再说什么，转身走了。

顾元朝离开后，顾安心心情很差。她关上房门，缩成一团，在白纸上胡乱地画着，纾解心中的烦闷之情，每一笔都画得很重。

她恨顾元朝，恨杨红，恨顾锦溪，更为母亲感到不值……顾安心画了一笔又一笔，笔仿佛化身成刀，一下下地戳在了那些人的身上！

凌越得到消息后立刻赶了回来，到家时顾元朝已经走了。顾安心的身边有好几张画稿，她还在发泄般地乱涂乱画着。

“安心，你怎么了？”凌越伸手揽住顾安心的肩。

但现在的顾安心一点就着，怒道：“别碰我，也别和我说话！”她说完就反应过来，自己误伤了凌越，回头看着凌越道，“抱歉，我心情不太好。”

“没事，我理解你。”凌越拥住她，“我听柳然说，顾元朝来过了。”

“嗯。”顾安心咬牙道，“我恨不得当场暴打他一顿！”

这话说得痛快，但顾安心知道自己根本就没有机会。就连妈妈临终前都给她留下遗言，让她不要跟顾家作对，好好过自己的日子。妈妈不是不恨顾家，是知道她没能力与顾家抗衡，怕她伤了自己。

“想打就打，我帮你兜着。”凌越笑道。

“你开什么玩笑？”顾安心瞪了他一眼。

顾安心本来挺生气的，但听他这么说，顿时放松了一些。

“你现在有我，可以任性一点，想做什么就做什么。”凌越认真地道。

他不喜欢看她独自舔舐伤口，也不喜欢看她故作坚强。他的女人可以活得嚣张一点。

顾安心扑哧一声笑了，虽然自己不会真的去暴打顾元朝一顿，给凌越惹麻烦，但还是感觉十分温暖，觉得自己有了可以依靠的人。

她把刚刚画的一张图展平，问凌越："三哥，你知道这是哪里吗？"

凌越认真看了看，问："福利院？"

顾安心画的是个小院子，三面都是高高的楼，中间只有小片的花园，留下的一处是铁栅栏门，里面有很多老人和小孩，像福利院。

"嗯。"顾安心点头，"我从小就在这里长大，我妈也在这里生活了十多年。"

凌越顿时对这幅画有了兴趣，原来她是在福利院里长大的。

"我妈是个才女，在音乐、书画上很有造诣，长得也漂亮，所以当时追她的男人不少。"顾安心道。

凌越："我家的老头也是其中一个？"

顾安心点头："其实我妈妈还是很欣赏你爸爸的，二人在一起过，但有缘无分，最终分开了。"

凌越暗自庆幸他们没在一起，不然他和安心就不会相遇了。

"我妈是顾元朝的小姨子，顾元朝对我妈一见钟情，在醉酒后让我妈怀上了我。之后，我妈跟我几乎算是被顾元朝困在了福利院里。我妈不想耽误你爸爸，所以一直躲着他，跟他一刀两断了。"

凌越不由得怒从心生："顾元朝太浑蛋了！"凌越无法想象这世上怎么会有顾元朝这种男人！

顾安心见有人跟自己感同身受，有些兴奋，道："对，他真是个浑蛋！下次他要是还来找我，我就骂死他！"

凌越："骂！"

两个人把顾元朝狠狠地骂了一顿，顾安心的心情不知不觉地变好了。

她偷笑道："真好。"有人依靠的感觉真好。

"什么？"凌越一时没有听清。

顾安心："以后，如果顾锦溪再来我面前冷嘲热讽，我就不用因为担心顾元朝偏向她而不敢说话了。"因为她的背后也有人撑腰了。

凌越莫名觉得心疼，捏了捏她的脸："你值得全世界最好的东西。"

顾安心一愣："三哥，你最近的甜言蜜语越来越多了，跟谁学的？"

"不用学，都是大实话。"凌越笑道。

顾安心不信："是不是因为跟萧一山在一起待久了？你可不能学他。"

萧一山是个花心大萝卜，不值得学习，她宁愿凌越笨拙一点，这样安全。

凌越失笑，把脸凑过去，道："你亲我一口，我就答应你。"

顾安心想了想，正要去亲他，谁知他一转头，将唇对准了她，深深地吻了下去！

马上就是中秋节了，凌越本想带顾安心去度假村赏月，但老宅那边说要举办家庭聚会，所有人必须到场，凌越只好将自己和顾安心的赏月计划搁置了。

顾安心以为自己中秋夜要落单了，没想到杨红会来找她吃家宴。

中秋前一天，杨红驱车来到顾安心的小院。

杨红这次来完全是因为顾元朝。顾元朝跟顾安心谈判失败，但又放不下顾安心，便让杨红来请顾安心。杨红心里当然不乐意，恨不得顾元朝和顾安心的关系越差越好！但现在顾元朝当家，杨红不得不听话。

杨红下了车，见顾安心住在这种乡下小地方，既嫌弃又开心。顾安心过得不好，杨红心里别提多痛快了！

杨红掩饰住对这个乡下院子的鄙视之情，对顾安心道："安心，这里条件这么差，你还是跟我回顾家住吧，你爸爸很想你。"

"顾夫人忘了？当初是您让我跟我爸断绝父女关系的。"顾安心看都懒得看杨红一眼，如果没有杨红，她妈妈也不会过得那么惨。杨红不配得到她的半分尊重。

听顾安心说得这么决绝，杨红其实很高兴。她今天虽然答应顾元朝来劝说顾安心，但不是真心想劝和的，毕竟这对她没有一丁点好处。她巴不得顾安心一辈子不回顾家，这样顾家的东西就都是锦溪的！

顾安心看出杨红心口不一，白了她一眼，道："顾夫人，如果没什么事您就走吧，我这里没有什么好东西招待您！"

"唉，可惜，这次中秋家宴你爸爸是想叫你一起聚聚，然后找个机会把你接回顾家的。你不想回去就算了。"杨红道，"不过有一句话我要提醒你，你休想通过凌越翻身！你和你妈妈一样，出身不高，你最多嫁给凌越，和他一样成为凌家的米虫，但绝对没办法撼动锦溪的地位。"

"你提我妈和凌越干什么？"顾安心本来不想跟她一般见识，她却出言贬低妈妈和三哥，顾安心顿时不想忍了，狠狠地瞪着杨红！

杨红被她的眼神吓了一跳，莫名地觉得顾安心变了。以前的顾安心，别人说什么都信，看到谁都笑，性子软弱、不自信，别人怎么欺负她都行。

可是现在，她变得十分冷酷，像一只攻击性十足的小兽，仿佛随时会扑上来咬你！

杨红下意识地后退一步，道："说他们怎么了？我说的难道不是事实？"

顾安心发出一声冷笑："行啊，中秋家宴是吧？我去！"

"你说什么？"杨红难以置信地盯着她，"你刚才不是还说不去吗？"

"我改变主意了。"顾安心看着杨红，道，"我现在想去了。"

杨红："你找死！"

顾安心失笑："杨阿姨这是现原形了？"

"你……"杨红被噎得说不出话。

"杨阿姨，别以为你自己高人一等。"顾安心逼近她，继续道，"不管是我大姨金琼，还是我妈妈金绾，都对你做的那些事了如指掌。我不对付你，不代表我懦弱。你若逼急了我，我连她们的账一起找你讨回来！"

杨红被顾安心的气场震慑住了，偷偷地咽了一口口水，随后落荒而逃。

不知道是巧合，还是提前商量好的，凌、顾两家的中秋家宴定在了同一个地方——碧丽宫。

得知三哥就在不远处吃饭，顾安心心里踏实了很多。

两人提前商量好了，尽快吃完后离席，去过二人世界。反正顾安心今天过来吃饭就是为了气杨红和顾锦溪的，吃完就可以走。而凌越在凌天那边也是不被看好的边缘性人物，什么时候离席，凌天都不会太在意。

顾安心到包间的时候，顾元朝等三人已经到了。

顾锦溪今天存着要把顾安心比下去的心思，穿的是限量版的小礼服。顾安心则穿着针织衫和牛仔裤。

顾锦溪鄙夷地看了顾安心一眼，道："姐姐也不穿得好看一点，被别人看见了，多丢我们顾家的脸啊。"她这么说是想让顾元朝嫌弃顾安心。

然而顾安心坐下来，淡淡地道："抱歉，一个人打拼，赚的钱不够买妹妹这样的礼服。"这句话顿时让顾元朝更加内疚了！两人都是顾家的女儿，一个能穿限量版礼服，另一个却只能自己打拼，勉强维持生计。二人之间会有这么大的差距，都是因为他太偏心了啊！

顾元朝心里顿时很不是滋味，哪里还会怪顾安心上不了台面呢？他立马拉开身边的椅子，道："来，安心，坐到爸爸这边。"

顾锦溪没想到顾安心竟然会用苦肉计，跟杨红对视了一眼，气得直翻白眼！

顾元朝给顾安心夹了一块红烧肉，抱歉地道："安心，上次是爸爸说话太冲，爸爸向你道歉。你是爸爸的女儿，爸爸是爱你的。这几天我一直在反思，发现自己确实没有尽到父亲应尽的责任，希望你能原谅爸爸。"

杨红和顾锦溪虽然表面上保持微笑，但其实内心恨得咬牙切齿，巴不得顾安心当场就跟顾元朝吵起来，吵得越凶越好！

然而她们等了半天，顾安心都没有反驳顾元朝。顾安心既没有原谅顾元朝，也没有说自己不原谅他，一直没开口。

顾元朝觉得父女关系有所缓和，顿时对顾安心更殷勤了！

杨红和顾锦溪见状，默默地在心里吐槽道：这顾安心是怎么回事？之前明明表现得那么决绝，打死都不回顾家，现在却这样？

顾元朝一直在跟顾安心说话，完全忽略了杨红和顾锦溪。他对金绾的日记非常好奇，问："安心，你妈妈的日记本在你的手上吗？里面有没有她想对我说的话？"

"有。"顾安心神色淡定，一边吃一边道，"我妈想对你说，若有来生，死生不复相见。"

若有来生，死生不复相见？

顾元朝鼻头一酸，眼眶里泛起泪光。

金绾是他最爱的女人，他知道自己强迫了她，有错，但并不想得到金绾这样的遗言。

一时间，气氛有些尴尬。

杨红和顾锦溪的眼眶都气红了！顾安心一会儿装可怜，一会儿引导顾元朝怀念旧人，实打实地掌握了主动权，把顾元朝弄得热泪盈眶。杨红母女坐在一旁仿佛成了透明人，十分尴尬！

但她们不敢打扰顾元朝，顾元朝因为最近公司出了些状况，脾气越来越古怪，在家里发了好几次火，非常恐怖，她们不敢招惹他。

尴尬的气氛持续半个小时，最终，顾安心站起来，摸了摸肚子，神清气爽地道："我吃饱了，先走了。"

"安心，你再陪我聊聊。"顾元朝想念金绾，看着与金绾长得有六分相似的顾安心，舍不得她走。

"不了。"顾安心看了一眼时间，她跟三哥还要过二人世界呢。

然而她还没来得及离开包间，一个器宇轩昂的老头突然从门外进来了。

老头与顾元朝年龄相当，六十多岁的样子，看起来十分精神。

顾安心起初没在意，以为来人是顾元朝的朋友。但那个人见到她十分激动，从进来以后视线便没离开过她，仿佛认识她，这让顾安心觉得很奇怪。

接着，凌方从老人的身后走了进来，随后是凌盛、凌越。

顾安心愣了一下，这才知道那个老头就是凌天！

杨红早已起身，笑着迎了上去：“凌总和几位公子的到来，让这个小小的包间蓬荜生辉啊！”

杨红的目光落在凌方的身上，她点了点头，对这个准女婿简直太满意了！在她看来，凌方要相貌有相貌，要权势有权势，是三兄弟中最耀眼的一个。

凌方给了杨红一个尴尬而不失礼貌的微笑。

凌天的目光一直停在顾安心的身上。他自从知道金绾有女儿后便一直想见她一面，今天真的见到她了，感慨万分。

她和金绾像，真像！顾安心和她妈妈一样，即使穿着普通，身上也有藏不住的气质。

杨红受不了凌天对顾安心欣赏的眼神，明明顾锦溪才是千金小姐，怎么顾安心更被凌天欣赏呢?

杨红笑着挡在顾安心的身前，对凌天道：“凌总过来正好，我们两家拼个桌怎么样？反正迟早是一家人！”

杨红说完给顾锦溪使了个眼色，道：“锦溪，还不快引凌总入座？”

她这样是想让凌天注意到顾锦溪，然而她不知道的是，凌天这辈子识人无数，一眼就看出顾锦溪虽衣着华丽，却眼神飘忽、内心浮躁。

顾锦溪为凌天拉开椅子，道：“凌伯父，您坐这里吧！我爸喜欢喝两杯，我今天特意准备了好酒，你们可以畅饮一番！”

顾锦溪说完又去引凌方入席，语气亲昵地道：“大少爷，你坐到我旁边吧。”

凌方皱眉，没理顾锦溪，而是看向顾安心，问：“安心，你跟顾家和解了吗？”

凌天很惊讶，问：“凌方，你认识顾小姐吗？”凌天看着顾安心，仿佛看到了二十多年前的金绾。他想到了什么，眼睛突然亮了起来。

顾元朝却一脸阴沉。怪不得凌家会打听顾家中秋家宴的地点，怪不得凌天会故意来包间串门，凌天分明就是特意来见顾安心的！

当年金绾就对凌天青眼相加，凌天可以说是顾元朝最大的情敌！顾元朝非常排斥金绾和凌天接触，也视凌天为死敌！这几年，凌、顾两家有很多合作机会，但顾元朝都拒绝了！这次，若不是顾氏的海外投资出了问题，事关集团的存亡问题，他是绝对不会主动向凌家求亲的。

凌方笑着拢了拢顾安心的肩，对凌天道："爸，顾安心是我的朋友！"

朋友？凌方竟然这么亲昵地称顾安心是他的朋友？

顾锦溪站在一旁尴尬极了！凌方没跟人介绍一下她这个未婚妻，反倒先跟人介绍起顾安心了！

"谁是你的朋友？"顾安心一点也不给凌方面子，往凌越那边走了几步，道，"凌大少爷，请不要随便跟我套近乎。"

"安心，你这样很没礼貌！"杨红其实很乐意看到顾安心这副没礼貌的样子。她说完对凌天道："凌总别介意，安心从小在乡下长大，性子有点野！"

杨红的言外之意是，顾安心是个从乡下来的野丫头，大家不用太关注她。

但接下来，凌越拉着顾安心的手，郑重其事地向凌天介绍道："爸，介绍一下，这是我的女朋友。"

整个包间都安静了。

杨红母女没想到，凌越会这么快承认顾安心的身份！顾元朝更没想到，自己挡住了金绾和凌天的缘分，却挡不住他们下一代的缘分。

凌家这边相对淡定些，毕竟凌方和凌盛早就知道凌越和顾安心在一起了。

只有凌天傻傻地感叹道："这缘分真是妙不可言啊！顾总，你的两个女儿都将成为我们凌家的媳妇了！"

顾元朝心里不悦，但没表现出来，苦笑着点了点头！

凌天拉着顾安心坐到他旁边，看着她慈爱地道："我就是上次跟你通话的凌伯伯。"

顾安心点头道："嗯。"

其实，她对凌天的印象不太好。凌越一直处在他的压迫下，而且当年顾元朝带走金绾后，凌天并没有真正地与顾元朝对抗过，没有尽全力去挽回金绾。他不够爱金绾，或者说，感情在凌天的心里不如事业重要。

顾安心不能说凌天做错了，因为那是他自己的选择，但他终究还是辜负了妈妈。顾安心做不到立马跟凌天推杯换盏，庆祝中秋，起身道："我去趟洗手间。"

顾安心出去后，凌天才把视线转向顾元朝，一脸阴沉地道："安心的事我听说了，她可是金绾的孩子，你怎么能那样对她？"

凌天听到顾安心被迫入狱，之后一直无依无靠地在外打拼的消息后，几近崩溃。他本就对金绾心存怜惜，现在将那份怜惜之情转移到了顾安心的身上，只想好好地教训顾元朝一番！

顾元朝最讨厌凌天管与金绾有关的事，便道："这是我的家事，凌总没资格来教我怎么做！"

眼看着两人就要吵起来，杨红连忙出来打圆场："据说外面搭了个戏班子，来的都是老戏骨，我们吃完后可以一起去看看。"

这两人千万不能吵，凌、顾两家接下来不但会联姻，还会展开合作，不能在这个当口闹矛盾。

凌天和顾元朝显然不是不识大体的莽夫，被杨红这么一打岔，立刻收敛了脾气。

不过这饭他们也吃不下去了，凌天撂了筷子，凌家一行人先后离开。

凌越跟父亲道别后，去找顾安心。凌方也不想就这么离开，偷偷地跟在凌越身后。

顾安心坐在拐角处发呆，凌方看见她后故意挡住凌越的视线，道："老三，我一直知道你能算计，但没想到你竟然把感情都算计进去了。你早就知道安心是金绾的女儿，是你在老爷子那边的王牌，你是算好了安心会在那里写生，随后故意坠机在她眼前的吧？"凌方嗤笑一声，继续道，"他们都说我阴险、卑鄙，你又比我强到哪里去？我起码不会算计一个小姑娘，还让她赔上她的爱情！"

凌越感到莫名其妙："你在胡说八道什么？"

凌方冷笑："装什么？谁不知道凌家三少爷不近女色？为了拉拢老爷子的心头好的女儿，你竟然献身了，还装得跟真爱似的！"

这些话顾安心全部听到了。她站了起来，沉默地看着他们。

凌方回头，表现得像是刚发现顾安心在这里一样，道：“安心，你怎么在这里？你是不是不舒服？脸色有些苍白啊！”

凌越想起凌方刚刚说的话，猜到安心可能都听到了，心中暗道不妙。

顾安心看着凌越，嘴上却对凌方道：“凌方，你闭嘴！”

凌越连忙解释：“安心，他说的不是……”

顾安心打断他：“你也不要再说了！”她不想听凌越解释。

凌方窃喜，看来挑拨这两人的关系并不难啊！

凌方推着凌越的轮椅向外走，边走边道：“走吧、走吧，爸在等我们。”

“凌方，你松手！”凌越浑身散发出怒气，道。

他和安心之前就有信任危机，两人才袒露心扉没几天，绝对不能再有误会！

然而，凌方推着他，很快离开了顾安心的视线。

“今晚之后，顾安心在顾家的地位将会直线上升，马上会成为顾家的第二个千金。你现在这样，她跟你在一起，你不是耽误人家吗？”凌方揶揄道。

凌越眯着眼问：“你是什么意思？”

“你倒不如把她让给我，我能让她当凌家未来的大少奶奶。”凌方终于说出他的心思。

“你喜欢她？”凌越虽然不认为凌方是有能力与自己抗衡的情敌，但遇到觊觎顾安心的男人，还是感到很烦躁。

凌方摸了摸耳朵：“还行，我觉得她适合当老婆。”

凌越压抑着怒火道：“滚！”

顾安心讨厌那种尔虞我诈的豪门斗争，但知道自己和凌越在一起后势必要面对这些。

果然，凌越刚宣布她是自己的女朋友，凌方的挑拨之词就出现了。

凌方说凌越早就知道顾安心是金绾的女儿，所以算准时机，故意在她面前坠机……

顾安心乍听有些生气，但立马发现话中有很多漏洞。她索性让凌方误以为他挑拨成功了，省得凌方又打其他主意。

顾安心站在碧丽宫门口等凌越，见他迟迟不来，准备给他发消息说自己先回去了。就在这时，天空突然下起了雨。雨点迅速变成了雨滴，雨滴又结成了雨线，来势越来越急。

顾安心正犹豫要不要让凌越来接自己时，眼前突然开来一辆黑色的车。

顾安心感觉这车有点熟悉，愣了一下。

驾驶座方向的车门开了，一个穿着黑色风衣的青年打着一把黑色的大伞从车内走出来。

他身形消瘦，看着她的目光十分柔和。

记忆中快要模糊的五官渐渐清晰，顾安心瞪大眼睛，难以置信地盯着他，不确定地叫了声："哥？"

第十二章

哥哥回来了！

哥哥怎么一声不吭地回来了？顾安心一时不敢相信，揉了好几遍眼睛，直到顾安生来到她身边给了她一个温柔的拥抱，顾安心才感到真实。

“哥，你怎么突然回来了？你的身体现在怎么样了？”顾安心一脸雀跃，哥哥是除了妈妈唯一对她好的亲人。但他因为患了先天性心脏病，常年在国外疗养。

“我没事。”顾安生抱着她时只觉得硌得慌，顿时表情严肃地问，“你怎么瘦了这么多？”

顾安心摇头，怕他担心，道：“我过得特别好，这身材是我故意保持的，怎么样？”

顾安生嗔怪地瞪了她一眼：“你以为我这几年人在国外，就什么都不知道？”

顾安心愣了一下，低着头沉默了片刻。

顾安生心疼地揉了揉她的脑袋：“雨太大了，上车再说吧。”

“嗯！”顾安心点头。

顾安生脱下外套，给顾安心披好，生怕她淋雨，小心翼翼地护她上了车。

兄妹二人虽然多年未见，但丝毫没有疏离的感觉，顾安心一上车便打开了话匣子，跟顾安生畅聊起来。

她一时高兴，忘了要给凌越发微信，也没看到凌越的轮椅正停在车后。

凌越坐在轮椅上，看着顾安心欢呼雀跃地跟一个男人上了车，二人举止亲密，超过了正常朋友的程度。而且，从顾安心的表情来看，她显然是自愿的，凌越想叫她都来不及。

“先生，这……”Alice 疑惑地道。

顾安心的胆子也太大了，她竟敢当着先生的面跟别的男人卿卿我我，不知道先生的占有欲很强吗?

“查！”凌越盯着载着顾安心远去的车，冷冷地道！

“是！”Alice 刚刚已经记下了那辆车的车牌号，现在只要打个电话便能将与车相关的信息查得一清二楚。

很快，Alice 找到了车牌的主人：“先生，车主名叫顾安生。”

Alice 一看到这名字就放下心来。那两个人应该是兄妹关系吧，这也能解释顾安心为什么会毫无防备地跟着那个人离开。

凌越愣了一下，听到这个名字显然也放松了很多，问：“还有呢？”

“目前只知道他今年 29 岁，未婚，驾龄 11 年，其他的信息还要调查。”

凌越皱眉回想了一下顾安心和顾安生拥抱的场景，心里还是很不舒服。

“是哥哥的可能性比较大。”Alice 继续道，“顾家确实有个常年在国外治病的儿子，应该就是他。”

凌越听完还是有些介意，就算是哥哥，也不能那么抱她吧？他们都是成年人了。

“Alice，我记得你也有个哥哥。”凌越道。

Alice 揉了揉眉心，心里默默吐槽，凌越的占有欲比自己想象的还要强啊！哥哥抱妹妹一下怎么了？凌越竟然还要特意对比别人家的情况。

“我哥偶尔会抱我，那是疼爱我。”Alice 故意道。

实际上她跟她哥哥从小打到大，一见面就“打架”，她的哥哥完全不像顾安心的哥哥这般温柔。

“你哥也这样？”凌越紧皱眉头，对这种兄妹之情无法理解，但也没有继续说下去了。

凌越的心情仍旧不太好，他发了条微信给顾安心：“在哪里？”

顾安心回得挺快：“我哥刚从国外回来，我现在在他的家里。”

凌越：“凌方说的话，你别信，他是胡说八道的。”

顾安心：“嗯。”

凌越见她既聪明又善解人意，心情稍微好了一些。

他犹豫片刻，继续发消息道：“早点回来休息。”

顾安心：“我今天不回家，跟哥哥很多年没见了，在他这边住。”

凌越一脸疑惑，但顾安心没再回复。

当晚，凌越一个人住在小楼里，感觉周遭的空气里都弥漫着寂寞的气息。

凌越隐隐觉得这个大舅子不好应付，刚露面就害他独守空房。他失眠到半夜，最终还是爬起来给 Alice 打了个电话：“Alice，明天我要知道关于顾安生的所有资料！”

那边，Alice 被凌越吵醒，实在忍无可忍了，大吼道：“凌越，你有完没完！那是人家的亲哥哥，不是你的情敌，你有必要那么紧张吗？”

Alice 吼完才意识到情况不对劲，觉得自己一定是疯了！她刚才竟然对凌越大喊大叫了？她一时不知道该怎么解释，下意识地挂了电话。

凌越眯着眸子，表情不悦。

很快，Alice 打来电话，道：“先生，不好意思，刚刚是我妹妹接的电话。她说，您让我查顾安生，是吧？我明天就把详细资料发给您！”

凌越沉默。

过了很久，Alice 才听到他道：“你除了有哥哥，还有妹妹？”

Alice没法反驳，立刻挂了电话，随后打电话向顾安心求救！

顾安心接到电话时刚跟哥哥聊完这些年发生的事，正要去睡，接通电话，问："Alice？"

顾安心有些奇怪，想不通Alice这么晚找她有什么事。

"顾小姐，我完了，我的职业生涯可能要结束了！"Alice把刚刚骂凌越的情况跟顾安心描述了一遍，除了调查顾安生，其他的都讲得清清楚楚。

Alice很惶恐："顾小姐，你一定要救我，先生只听你的话。"

顾安心说道："他这么晚还给别人安排工作本来就不对，活该挨骂。"

Alice一愣，果然是未来的凌太太，这格局无人能及！

"你放心吧，下次我跟他说，让他以后尽量不要在下班时间找你。"顾安心道。

Alice感动极了，恨不得立马高呼"凌太太万岁"！

顾安生默默地看着正在打电话的安心。她比几年前自信了很多，浑身上下都散发着一种恬静、雅致的气息。看到她的这些改变，顾安生觉得很开心。

"谁的电话？"见顾安心挂了电话，顾安生问她。

"凌越的助理。"

提到凌越，顾安心有些不好意思，面色微红，清了清嗓子，郑重其事地对哥哥道："哥，我有男朋友了。"

"咯咯……"顾安生险些被茶水呛死。

他好不容易把顾安心的话消化完，这才发现小姑娘确实已经长大了，到了该谈恋爱的年纪。

"是谁？多大年纪？干什么的？父母怎么样？工资多少？"

一连串的问题把顾安心问得愣住了，顾安心突然有些紧张："哥，他叫凌越，今年29岁……"

"凌越？"顾安生一下站起来，脸色变了，"他的腿不是……"

顾安心："……"这就很尴尬了。顾安心不知道能不能告诉哥哥，凌越的腿并不是真的有问题。

见她沉默，顾安生立马翻脸了："还真是那个凌越？你看上他什么了？年纪那么大，还天天坐轮椅！"

顾安心："他跟你一样大！"

"你闭嘴，不准为他说话！"顾安生根本不给顾安心反驳的机会，"我不同意！"

在他眼里，顾安心是全世界最好的妹妹，值得比凌越好一千倍的男人。他不同意他们恋爱，绝对不同意！

"你别再说了，早点睡！我给你布置了房间，带你去。"顾安生不想她再提凌越，领着她去了她的房间。

顾安心进来后只顾着跟哥哥聊天，没注意到原来这套房子这么大，面积有四五百平方米，有两层，暖色调，看着和顾安生本人一样温暖。

"哥，你发财了？"顾安心进了哥哥给她准备的房间，眼睛都看直了。

浅蓝色的墙壁，四周都是月白色的木制书架，书架上分门别类地放着顾安心爱看的书。床是粉色的，有幔帐，看着很梦幻，是按照她小时候向往的房间风格来布置的！她没想到，哥哥竟然还记得她的喜好。

"谈不上发财了，但你哥我以后完全可以给你想要的生活。"顾安生见她兴奋地盯着房间，像个圆了梦的小女孩儿，内心很满足。

他跟小时候一样，拍了拍她的脑袋，说："行了，早点睡吧。"

他转身走了几步，像是想起了什么，又严肃起来，回头问她："你现在住在哪里？"

顾安心说了小院的地址。

顾安生知道那个地方，皱眉问："那么远？也太不方便了！"

顾安心点头："生活上确实不太便利，但胜在环境好，我还挺喜欢的。"

顾安生盯着她。

顾安心摸了摸自己的脸，问："怎么了？"

顾安生："凌越也住在那里吗？"

顾安心的脸顿时红了。自从他们和好如初后，凌越便光明正大地住在了她那边。

“胡闹！”顾安生的脸上带着怒意，他当即下令：“明天我就去帮你搬家，以后你就在我这里住下！”

顾安心：“啊？”

“啊什么？”顾安生一脸恨铁不成钢的表情，“住在这里，我好照顾你！”最重要的是，顾安生一定不能再让妹妹跟凌越混在一起了！

顾安生一走，顾安心便赶紧跟凌越发微信：“三哥，我哥好像不太喜欢你，怎么办？”

收到这条微信，凌越一宿没睡着。他的预感没错，这个大舅子果然不好对付，比顾元朝还难缠。他们连面都没见过，顾安生就给了他差评。

第二天，凌越带着两个黑眼圈出现在Alice面前。

Alice紧张地汇报道：“顾安生是金琼生的，金琼和金绾是姐妹，严格来说，顾安生和顾小姐是同父异母的兄妹。金琼很早就病逝了，顾安生跟金绾待在一起的时间长一点，他的童年都是和顾小姐一起度过的。兄妹相依为命，关系很好。”

凌越蹙眉：“既然关系那么好，那安心入狱的时候他在哪里？”

“他有先天性心脏病，在美国养了五年，后来才找到匹配的心脏做手术，手术很顺利。顾小姐最惨的时候，顾安生应该在医院做手术。”

凌越点头：“继续说。”

Alice：“有一点很奇怪的是，顾安生康复之后没有立即回国，而是拖到现在才回来。”

按理说，顾安生跟顾安心那么亲近，他康复之后应该尽快回来跟妹妹团聚才对，却拖了将近一年，不知道在海外干什么。

凌越顿了顿，突然想到顾氏在海外的投资失利了的事，问：“他这一年是不是在顾氏的海外投资部待着？”

“先生您是怎么知道的？”Alice惊讶地道，“顾安生换了心脏后一直在休养，其间就职于顾氏的海外投资部，不过不算要职，只是在公司挂个名字而已。”

“挂个名？”凌越挑眉，心里突然有了一个大胆的猜测。

顾安生回国后没有见顾元朝，而是偷偷带走了顾安心，可见父亲远远不如妹妹重要。而金绾将他们俩带大，在顾安生的眼里，金绾的地位应该和亲生母亲一样高。

顾元朝伤害了顾安生生命中那两个重要的亲人，顾安生报复他很正常。顾氏海外投资损失五亿美金的事，该不会是顾安生弄的吧？

凌越设身处地想了想，自己若是顾安生，一定会这么办！

“你之前说顾氏的海外投资部损失了五亿美金，消息确定吗？”凌越问 Alice。

Alice 摇头：“不太确定，不过，顾氏内部确实有些动荡。”

凌越抬手捏了捏眉心，如果事情真如他所想，那海外投资部的亏损金额就不会是五亿美金了。五亿美金对顾氏来说还算不上什么，可是顾元朝这么慌，说明“五亿美金”这个数据很可能有问题。

凌越和 Alice 在国外人脉广，凌越想调查顾氏，并不费劲。

不久，Alice 带来了消息：“顾氏海外投资部的损失金额竟然是二十亿美金！”顾氏即将崩盘，Alice 很兴奋，“现在消息还捂着，顾氏海外投资部的人虽然没有离职，但是已经有人动摇了。我们得到的消息有百分之九十九的可能性是准确的！”

凌越早预料到了，此刻没有太惊讶，问：“知道是怎么损失的吗？”

“过程不清楚，只知道是投资失误了。”

凌越敲了敲桌子：“你再去调查一下顾安生，查一查从他踏上美国国土到离开美国的最后一刻都做了什么，越详细越好！”

Alice 愣了一下：“先生您怀疑顾安生？”

“我说过我怀疑他？”凌越的回答滴水不漏。

Alice 连忙低头闭嘴了。

凌越深吸了一口气，这个大舅子比他想象的更复杂，他必须早点会一会这个人。

“我要去一趟玉鹿台。”凌越道。

玉鹿台就是顾安生现在的住所，顾安心也在那里。

凌越还在路上便接到了柳然的电话：“先生，顾安生一大早便帮顾小姐搬了家，以后顾小姐可能都要住在玉鹿台了。”

凌越：“……”

凌越想起顾安心给他发的那条微信，揉了揉眉心，感到十分头痛。

玉鹿台。

凌越敲门的时候正是午餐时分。

顾安心过来开门，见到凌越，拼命给凌越使眼色，让他先离开。哥哥现在对凌越有偏见，她本打算花点时间，让哥哥对凌越有些好感后再让他们见面，没想到凌越竟然早早地跑过来了！

“你先回去！”顾安心道，“下次我再介绍你和我哥哥认识。”

“为什么？”凌越明知故问。

顾安生不喜欢他，无非两个理由：第一，他的腿伤了；第二，他姓凌。但凌越认为这都不是问题。

“安安，是谁啊？饭菜都要凉了！”顾安生见顾安心这么久没回来，向门口走来。

他看见了凌越和凌越的轮椅，眯了眯眼睛，问：“安安，这位……是谁啊？”

凌越眉头一皱，安安？这个称呼未免太亲昵了！

“您好，我是安心的男朋友，初次见面，我备了些薄礼，请笑纳。”

凌越思路清晰，气质沉稳，若不是坐着轮椅，必定是万千少女追捧的对象。

“我们不需要，你没什么事就走吧，我们要吃饭了。”顾安生毫不客气地赶他走。

“哥！”顾安心看不下去了，“你也太欺负他了。”

“我是为了你好！”顾安生淡定地道。

就在兄妹对峙的时候，凌越的保镖趁机将礼品全都送了进去，整整齐齐地摆在室内。

顾安生：“……”

同时，凌越直接拉住顾安心的手，问：“昨晚睡得好吗？”

顾安生瞪着那两只握在一起的手，有些生气：“这位先生，麻烦你对女士礼貌一点！”

凌越挑眉：“我是安心的现男友、将来的丈夫，我拉她的手，算不上对她不礼貌吧？”

顾安生气得吐血：“谁允许你当她将来的丈夫了？”顾安生说着就要关门，“而且我作为安安的家长，不承认你是她的男朋友！”

凌越抬手挡住门，道：“哥，就算你要给我判死刑，也该给我一个申诉的机会吧？”

“谁是你哥？”顾安生的眼睛瞪得更大了，他就没见过脸皮这么厚的男人！

旁边的顾安心没忍住，扑哧一声笑了。

“你笑什么？”顾安生突然体会到了父母不准孩子早恋的无奈感。

顾安心连忙捂住嘴巴，点头讨好哥哥：“哥，他好歹是我的男朋友，你给他点面子好不好？”

顾安生不说话了，妹妹都这样说了，他还能说什么呢？

顾安心赶紧把凌越推进来：“进来说吧。”

凌越确实是进来了，但因为顾安生的脸色依旧很差，所以，凌越就算进来了，也只能在餐桌前老老实实地坐着。

顾安生盯着凌越，俨然一个驻守领地的士兵。

“这桌饭菜看起来可真是令人食欲大增啊！”凌越看着桌上的家常菜，觉得这不像是顾安心做的，应该是顾安生做的，自己夸了准没错。

“正好我还没有吃饭，你不介意给我添碗饭吧？”凌越看着顾安生，微笑着询问道。

顾安生听到凌越的话，脸色更加难看了，还有比凌越更无耻的人吗？

“介意！”顾安生完全不给凌越面子，直接拒绝了他。

顾安心皱眉对凌越道：“你还是别吃饭了。”

顾安生愣了一下，然后嘴角一扬，露出得意之色！这果然是我的亲妹妹，会站在自己这边。

然而紧接着他又听到顾安心道：“你前几天得了肠胃炎，现在只适合喝粥！等着，我去给你盛粥！”

顾安生："……"

顾安心虽然在福利院长大，但也是被当成小公主捧在手心里的，现在要伺候一个男人？

顾安生觉得"女大不中留"这句话真是太对了。他直接对顾安心道："你去盛粥，暂时别回来！我有话要跟他说！"

顾安心立马担忧地看向凌越，凌越泰然自若地对她点了点头。

顾安心犹豫了一番，虽然很不放心，但还是决定给他们单独谈谈的空间。

顾安心一走，顾安生便开门见山地对凌越道："凌越，我直说吧，我不同意你和安安在一起，你以后别来找她了！"

"为什么？"凌越沉着冷静地问。

"你还问我为什么？"顾安生看了一眼他的轮椅，"你这样能给安安一个幸福的家吗？"

"当然可以。"凌越仍旧无比自信，"这世上绝大部分腿脚比我利索的，没我活得通透。"

顾安生冷笑了一声，觉得凌越是在说大话！

然而下一秒，凌越道："比如，我知道你在顾氏的海外投资部干了什么，但他们都不知道。"

顾安生愣住了，难以置信地瞪着凌越。他在顾氏的海外投资部做的事情滴水不漏，就连顾元朝都以为他只是在那里挂个职。凌越是怎么知道那些的？

顾安生对凌越了解得不多，只知道他是凌家内部斗争的牺牲品，现在已经沦为没用的边缘性人物了，完全没想到凌越竟然是个厉害角色！

"我不知道你在说什么。"顾安生并没有被凌越吓住，很快便恢复平静。

顾安生换了个话题，继续道："我不同意你跟安安在一起还有一个原因！你姓凌，从小接受的是凌天那种大男子主义教育，又在凌家那样复杂的环境下长大，并不适合安安！你的父亲已经伤害过我的小姨一次了，我不可能让你有机会伤害安安！"

凌越轻笑一声，没急着反驳，而是反问顾安生："哥，你有没有发现，安心跟以前不一样了？"

"谁让你叫我哥了？"顾安生虽然没有直接回答凌越的问题，但不得不承认，顾安心确实跟以前不一样了。

她变得自信了，被人欺负后也敢反击了。虽然她还保留着以前温柔、单纯的特点，但身上更多的是独立、洒脱的气质。

这些年，她确实变了。

"你应该也知道，她这些年经历了什么。"凌越道，"她不再是被你护在避风港里的小女孩儿，有了独立思考的能力。我适不适合她，她比你更清楚。"

顾安生算是听出来了，凌越不仅在宣示主权，还在怪自己没有在顾安心最艰难的时候回国帮她。这也正是顾安生的痛处。当时他还在国外治病，消息闭塞，根本就没料到顾元朝会这么对安安。

但不管怎样，顾安生没想过给自己找理由，觉得自己确实对不起安安。这次回来，他正是要给她报仇，好好补偿她！

凌越见顾安生如此愧疚，道："不过没关系，都过来了，往后我会护着她。"

凌越一下子掌握了主动权。顾安生简直无话可说，只能生气地喊："凌越！"

凌越："哥，没必要喊那么大声，我不是聋子，能听到。"

顾安生没忍住说了脏话。

顾安心端着粥出来，看到正针锋相对的两个男人，有点紧张，问："你们吵架了吗？"

顾安生不满地瞪了她一眼："赶紧把他送走，以后不准他进我家的门！"

顾安心一愣，哥哥一向温文尔雅，很少发脾气，肯定是凌越招惹他了。

凌越一脸轻松地对她道："没事，我们好得很。"

顾安生听到这话，更是气不打一处来，还没等凌越喝完粥，就催顾安心把凌越送走。

顾安心连忙缩着脖子给凌越夹菜，小声道："你快点吃，哥生气了。"

顾安生看了，更生气了。

顾安心怕他又催，赶紧给他也夹了一筷子菜，道："哥，你也吃！"

顾安生："……"

凌越叹气，可怜兮兮地道："安心，我的肠胃还是不舒服……"

"有完没完？"顾安生忍不了了，蛮横地打断凌越，"肠胃不舒服就回家歇着，赖在这里能好吗？"

凌越分明是在装可怜，想博取安心的同情。顾安生看不起这种人！但是，顾安心还真的吃凌越这套！她小心地哄着他吃完饭，随后才起身送他出门。

顾安生看着他们的背影，忍不住直捶胸口，纾解郁结之情。

顾安心站在门口对凌越道："那你先回去吧，我哥太关心我了，其实没有恶意。"

"嗯。"凌越点头，"那你什么时候回家？"

顾安心摇头："我最近要住在哥哥这边。"

凌越伸手按着她的后脑勺，在她的唇上轻轻地啄了一口，随后在她的耳边道："我想你了。"

顾安心的脸顿时变得通红，她下意识地回头看了一眼顾安生，结结巴巴地说："你……你快回去吧。"

"我这段时间都习惯有你在身边了，昨晚你不在，我还失眠了。你看见我的黑眼圈了吗？"他一本正经地说。

顾安心摸了摸他的眼睛，还真是，眼底都是青色。她顿时有些心疼，想了想，道："那我……"

顾安心还没说完，顾安生便突然冲过来打断道："有完没完？要不要我帮你打个聚光灯，让你表演一天一夜？"

凌越翻了个白眼，不再说话了。

顾安心无奈地看了一眼顾安生："哥，你别这样。"

顾安生直接把她拉进去，砰的一声把凌越关在门外。

凌越看着紧闭的门，撇了撇嘴。没办法，谁让对方是顾安心的哥哥？

回去的路上，凌越觉得胃有点不舒服，没忍着，直接给顾安心发了微信："胃又有点不舒服，很疼。"

凌越发出去之后，期盼了十多分钟，顾安心那边才回了消息。

凌越一看，一脸无语。

顾安心："疼死最好，我给你立碑！"

顾安生竟然把安心的手机都控制起来了，真是可怕！

马上就是凌天 65 岁的寿辰了，凌天给顾家发了请柬。这几天，杨红和顾锦溪一直在筹备送给凌天的礼物。

"妈，凌天喜欢下棋，我准备的白玉棋盘他应该会喜欢吧？"顾锦溪把自己当成凌家未来的儿媳妇了，生怕自己准备的礼物未来公公会不喜欢。亲爹顾元朝过生日时，顾锦溪都没有这么费心过。

"他肯定会喜欢的，毕竟是你准备的。"杨红点头。

"还有我定制的那条白色晚礼服，怎么样？会不会太素了？"顾锦溪又问。

"不会，白色端庄大气、简约时尚，人家新娘都穿白色呢。"杨红道。

"可是，万一被别人比下去了怎么办？"顾锦溪一向穿着华丽，很少穿白色的衣服，担心到时候凌方的目光会被别人抓住。

"你还是太浮躁了。"杨红拍了拍她的手，道，"你是去给凌天祝寿的，又不是去走红毯的，端庄大方是最好的，尽量展示顾家千金的高贵姿态。"

顾锦溪点头，觉得母亲说得有道理。

不过，顾锦溪听到"顾家千金"这几个字，突然想起了顾安心，问："妈，这次顾安心应该不会去吧？我必须成为全场唯一的顾家千金！"

杨红迟疑了："这个还真说不准，上次看凌天对顾安心的态度，她显然是把对金绾的感情投射到顾安心的身上了。而且，顾安心现在是凌越的女朋友，可能会作为他的女伴出席。"

顾锦溪听她这么一说，顿时觉得手里的葡萄不甜了，把果盘放到一边，埋怨道："顾安心怎么这么阴魂不散？！"

杨红安慰她道："放心，她哪儿能和你比？她就算来了寿宴，也抢不走凌方。未来的凌家大太太只能是你。"

顾锦溪心里顿时舒服了，但想起顾安心在凌家男人中如鱼得水的样子，还是很不放心："妈，有机会还是要给顾安心使绊子，她太讨厌了！"

杨红点头："当然！"

与此同时，凌家老宅的餐厅里，凌天和凌方也在讨论寿宴的事。

凌天："凌方，寿宴的邀请名单给我看一下。"

凌方赶紧将名单递给他："都准备好了，请帖也已经发出去了！"

凌天扫了一眼，合作伙伴、亲戚朋友都请了，没什么问题。只是，他在名单上没看到顾安心。

凌天问："老三不带他的女朋友来？"

凌天自从见了顾安心之后，觉得自己越发想念金绾了，莫名地想要对金绾的女儿好一点。

凌方倒不惊讶，毕竟老头终身不娶就是因为金绾，在意金绾的女儿也很正常。

他道："爸，老三其实是故意接近安心，并借此博取您的好感，以便将来在凌家多分一杯羹。前两天，安心突然发现自己被老三利用了，两个人正闹矛盾呢，安心应该不会跟老三一起来。"

"什么？老三是故意接近安心的？"凌天愤怒了，往桌子上一拍，"他一个大男人，欺骗人家小姑娘的感情，太不像话了！"

凌方点头附和道："可不是吗？老三现在没什么能力，只想通过女人捞点东西，手段确实低劣了点。"

凌天气得手抖，对凌方道："你再给安心发一份请柬，就说凌伯伯请她吃饭，让她不用带礼物，过来说说话就好。"

凌方点头道："好的，我马上就去！"

然而他还没来得及起身就被凌天叫住了。

凌天审视他片刻，道：“算了，这请柬我让下人去送，你就别插手了。”

“为什么？”凌方正愁找不到理由去见顾安心呢，好不容易有送请柬的机会，凌天怎么突然反悔了？

“你还问为什么？”凌天指着他的脑门道，“你以为我看不出来？你看安心的眼神不对劲！”

凌方被凌天戳中心事，无话可说。

“你可是凌天集团的总裁！”凌天厉声道，“我不管老三是不是骗了安心，但她现在是老三的女朋友，你不要乱来！”

凌方反驳不了，见凌天一脸严肃，只能咬牙放弃了。

顾安心收到凌天的请柬时，顾安生正好在她旁边。

他接过来看了一眼，笑了：“我正愁缺个机会让你闪亮登场呢，这请柬来得刚刚好！”

顾安心一头雾水：“哥，你要干吗？”

“你本就是顾家的女儿，这么多年来一直没被人承认，还吃了不少苦头。这笔账，我一定要替你好好算算！”

顾安心反应过来，哥哥是想给她报仇，帮她夺回本该属于她的一切。类似的话，凌越也说过。

顾安心不是菩萨心肠，也确实恨顾锦溪和杨红。顾锦溪不仅不知悔改，还在顾安心入狱后冷嘲热讽；杨红从来看不起她和妈妈，她到现在还怀疑，妈妈会意外身亡，可能跟杨红有关！她做梦都想让杨红母女跪在自己的面前，跟自己说对不起！

只不过她一直把这份恨意埋在心里。此刻，有哥哥陪伴，顾安心的心中顿时有了复仇的底气。

“好，我去！”她道。

顾安生笑了，摸了摸她的头：“嗯。”

他要让所有人知道，顾安心才是顾家最耀眼、最值得关注的女孩儿，任何人都不能轻视她！

寿宴当天，顾安心早早便被顾安生拉去专业的造型工作室，先做身体护理，接着化妆、弄头发、换衣服。直到傍晚，顾安心才装扮好自己。

顾安心站在镜子前，一脸震惊，快要不认识自己了。她从来没这样盛装打扮过，拽了拽裙摆，很不习惯。

“别动。”顾安生拉她站好，眼里都是惊艳之色。

礼服是他挑的，中式旗袍衬托出顾安心沉静、美好的气质，再加上她身材修长，光站着就是一道绝美的风景线，令人移不开眼睛。

顾安生算是明白为什么凌越一个沉稳的大男人会在安安的面前放下身段了。

不过越是明白顾安心有多好，顾安生就越不能让妹妹轻易地被别人拐走。顾安生拉紧顾安心的手腕，道：“到了会场后你跟着哥，不要乱跑。”

顾安心笑了：“知道了，我又不是小孩子。”

秋天的夜晚有些凉，顾安心披着顾安生的外套上了车。她突然想到，以顾家和凌家现在的关系，顾家的人肯定也在邀请名单之中。

她问：“哥，你回家了吗？”

“我天天回家，你不是每天都见我？”顾安生调侃道。

“你知道我指的是哪个家。”顾安心看着他道。

顾安生皱眉，提起顾家，眼里毫无波动。

顾元朝在金琼怀孕的时候出轨了，金琼之所以早逝，除了饱受疾病之苦，心也死了。顾安生出生后，顾元朝根本没履行身为父亲的职责，将他扔在一边。顾元朝既不是一个合格的丈夫，也不是一个合格的父亲。

对顾安生来说，顾家根本就不是家，有金绾和顾安心的地方才是他的家。

然而，这个小家也被顾元朝和杨红母女破坏了。

顾安生垂眸道：“哪里还有别的家？我现在就只有你这么一个亲人了。”

杨红过门后，连孩子都不放过，对顾安生使了各种手段。可以说，顾安生的童年过得甚至不如顾家司机的儿子！但顾元朝当时根本就不管儿子，只在乎事业。

这些顾安心当然也知道，她伸手抱住顾安生道："哥，没事，还有我！以后，我们互相扶持，一定要活得好好的！"

顾安生拍了拍她的脑袋，笑着道："对！"

凌家包下了酒店的两层外加一个足球场布置宴会，现场布置得很奢华，充分彰显了凌氏的地位和名望。

现场灯光璀璨，红酒与美人相伴。应邀而来的客人全都是各界翘楚，一个个看起来都很有魅力。

凌天身边已经聚集了一群人，都在祝贺他。

凌天一直带着凌方，这是很重要的信号，几乎是在向所有人宣告，凌方就是凌天集团未来的继承人。

大家对凌方的态度十分殷勤，但对凌盛和凌越在哪里，则根本不关心。

门口突然有人喊："顾总来了！"

大家顿时齐齐看过去。顾家本就是商业名门，再加上最近大家听说顾家要跟凌家联姻，将来的实力更是不可小觑！

只见顾元朝昂首阔步而来，杨红、顾锦溪跟在他身后。顾元朝笑意盈盈，一边跟大家打招呼一边朝凌天走来。

顾元朝今天穿着一身中规中矩的中山装，杨红穿了一套枣红色的晚礼服搭配貂毛披肩，而顾锦溪只化了淡妆，配一条纯白色的绕颈长裙，看上去清纯高雅。

在场的男人眼前一亮，感叹顾小姐果然漂亮！

顾锦溪扫了一眼在场的男性，见他们的目光都在自己的身上，顿时仰起下巴，得意极了。她自信地看向凌方，正准备迎接凌方惊艳的目光，却发现凌方只是随意地扫了她一眼，然后便没再关注她。

顾锦溪皱眉，低头看了一眼自己的白裙子，果然裙子太素了无法吸引到他。

她忍不住上前拉了凌方一把，不允许他忽视自己的美。

凌方就差给她一个白眼了，不耐烦地问："你干吗？"

顾锦溪道："大少爷，我今天好看吗？"顾锦溪想让凌方夸她，他们之间的互动太少了，一点都不像即将结婚的样子。但她不知道，凌方压根就没想过要跟她结婚，也不打算给她面子。

凌方凑到顾锦溪的耳边，用只有她能听见的声音道："下次别这么穿了，东施效颦，丑！"

顾锦溪的脸色唰的一下变得苍白起来，她没料到凌方会这么刻薄、直接！

他们之间是有婚约的，而且他一直都对她客客气气的，难道那都是假的吗？

顾锦溪瞪大眼睛，难以置信地盯着凌方，实打实地感受到了凌方对自己有多轻蔑，顿时后背发凉。

"锦溪，愣着干什么？过来给你凌伯伯祝寿。"杨红喊了好几声，顾锦溪才反应过来。

顾元朝顿时对顾锦溪十分不满，这个女儿不但总闯祸，还经常心不在焉，不知道在想什么！

顾锦溪走到凌天身边，磕磕巴巴地道："凌……凌伯伯，祝您生日快乐！"

顾锦溪嘴上祝贺，但脑子里还在想凌方到底是什么意思。难道他不想履行婚约了？这绝对不可以！

杨红也不知道顾锦溪到底怎么了，女儿突然神游，都不知道要把备好的礼物送出去！杨红用眼神暗示了她好几次后，顾锦溪终于反应过来，把自己准备好的白玉棋盘送给了凌天。

"凌伯伯，听说您爱下棋，这个白玉棋盘是我找人定制的，希望您能喜欢。"

"锦溪有心了。"凌天扭头便把礼物交给了旁边的关叔。

顾锦溪顿时郁闷了，凌天好像对这份礼物没有半点兴趣，这凌家父子真是一个比一个难搞！

凌天看了看顾元朝，问："安心呢？怎么没跟你们一起来？"

顾锦溪攥紧了拳头。凌天对她精心准备的礼物不感兴趣，却对顾安心那个丫头感兴趣，还在这么重要的场合提及顾安心！

顾元朝很尴尬，他根本就没公开承认顾安心是自己的女儿，凌天当众这么问他，他一时不知道要怎么回答。

“凌总这么忙，竟然还记得一个小孩子。”杨红连忙笑着打圆场，把凌天拉到一边小声道，“安心和锦溪不同，性子野，总在外面交一些奇怪的朋友。我们管多了，怕她叛逆；管少了，她又得寸进尺！现在的父母，真是不容易啊！”

杨红本想不动声色地破坏顾安心在凌天心中的形象，这样凌天就不会再惦记顾安心了。但她低估了金绾的影响力。

凌天不相信金绾的女儿是杨红口中那种不懂事的孩子，觉得杨红故意诋毁安心，顿时对顾家一家都没什么好感了，甚至懒得再跟他们说话，转身找别人寒暄去了。

顾家一家三口被晾着，顿时有点尴尬。

顾元朝皱眉，怪杨红说得太多了：“你好端端的诋毁安心做什么？愚蠢！”

杨红气得跺脚！果然得不到的才是最好的，金绾活着的时候没见这些男人维护，死了反倒成了他们不可触碰的逆鳞了！

杨红正准备反驳顾元朝，突然听见大厅方向传来一阵惊呼声。紧接着，一个宛如从画报中走出来的精致少女出现在众人的眼前。

少女绾着发髻，巴掌大的小脸白皙细嫩，五官精致立体，脖颈修长，有两缕发丝随意地垂在耳侧，让她平添几分风情。

她穿着一条黑色的无袖旗袍，旗袍上绣着精致的金色花瓣，边缘勾着金线，把她的身材衬托得玲珑有致。

在场的男士都瞪大了眼睛盯着她，一时忘记了说话。

凌方惊呆了，这还是那个举着扫把打他的丫头吗？他差点没认出来。

顾安心很少穿这种显身材的裙子，这么一看，虽然身材不算特别好，但胜在比例完美。

顾安心身旁的顾安生穿着枣红色的手工西装，薄唇微微扬起，仿佛从油画中走出来的贵公子。

这两人走在一起，立马引发了轰动，大家纷纷打听这是哪家的小姐和公子，气质这般出众！

“他们是谁？”

“以前没见过，不过一看就不是普通人，那男人的西装是法国著名设计师 Rico（人名）做的，Rico 现在退休了，每年只做一件衣服！”

“你怎么知道？”

那人的声音不大，但还是被许多人听到了：“我当然知道，我家女儿就在给 Rico 做设计师助理呢，我看过这套衣服的设计图！”

这个人既展示自己见多识广，又变相地抬高了自己的女儿，告诉众人她的女儿得到了世界顶级设计师的青睐，立马获得了众人艳羡的目光。

但是，大家更羡慕的是顾安生，他竟然能穿上世界顶级设计师做的限量款服装。大家对顾安生和顾安心的身份更加好奇了！

而顾锦溪此刻仿若被雷劈了一般，愣在当场。

顾锦溪死死地盯着顾安心，整张脸都扭曲了，恨不得把手里的杯子捏碎！顾安心不是爱穿牛仔裤吗？今天怎么打扮得这么好看？

而且，顾锦溪注意到了，凌方从看到顾安心的那一刻起，视线就再也没有离开过顾安心！顾锦溪气得胸口发闷！

杨红怕顾锦溪一气之下做出什么出格的事来，连忙拉住她。

“妈！”顾锦溪低吼，眼眶都因嫉妒而发红了，“当初我们就该让顾安心死在牢里！”

“闭嘴！”杨红低声呵斥她，“在这里不要乱说话。”

顾锦溪只能咬着牙，不甘心地瞪着顾安心。

顾元朝看到顾安生兄妹，十分惊讶。他都不知道顾安生回来了，严格地说，他都不知道顾安生还活着。

顾安生从小体弱多病，医生说他可能活不过 30 岁，顾元朝压根没怎么关注过这个儿子。现在，顾元朝才发现儿子气质非凡、气场强大，看上去颇有天之骄子的风范。顾元朝见顾安生被这么多人羡慕，顿时觉得自己脸上有光。然而，他刚要过去跟顾安生说话，顾安生直接无视他，领着顾安心走开了。

“安安，走吧，我们先去给凌老先生祝寿。”

“安生！”顾元朝喊他，“我在这边，你没看到吗？”

顾安生回头，仿佛现在才发现顾元朝，漫不经心地道：“您也在啊。”

顾元朝皱眉：“你这是什么态度？我是你爸！”

“哦？”顾安生笑了，“真的吗？我一直以为你不是呢。”

顾元朝愣住，仔细回想起来，这么多年来他确实没尽到做父亲的责任。

顾安生懒得搭理他，拉着顾安心走了。

顾安心第一次参加这么正式的晚宴，感觉浑身不自在，特别是被这么多陌生人盯着，感觉自己走路的姿势都不自然了。

顾安生察觉到她很紧张，握紧她的手：“放轻松，把他们当成一群羊！”

顾安心被他逗笑了，顿时轻松了许多。

凌天看着慢慢走近的两个年轻人，很激动，毫不掩饰自己的欣赏之情，道：“顾小姐，你打扮后我都要认不出来了，太好看了，你以后就得这么穿！”

大家听凌天亲昵地称这个女生为“顾小姐”，下意识地看向顾锦溪，难免将二人放在一起比较。

“这位顾小姐更优雅，更像大家闺秀。”

“顾锦溪像是穿了别人的衣服似的……”

“相貌也不是一个水平的，顾锦溪的脸应该调整过。”

顾锦溪虽然听不清别人在议论什么，但是猜也猜得出来，她今天被顾安心比了下去！

顾锦溪一脸阴沉地瞪着顾安心，越来越控制不住自己的面部表情。

杨红见状，立刻掐了她一把。顾锦溪痛得倒吸了一口凉气，道：“妈，你干吗？”

“沉下心来，没什么大不了的。”杨红让顾锦溪冷静，“顾安心拿了她妈妈的剧本！当年，金绾也这般光彩夺目，但结果呢？最后还是我赢了！”

“真的？”顾锦溪疑惑道。

“当然！”杨红自信地对顾安心道。

顾锦溪虽然不知道母亲在打什么主意，但还是强迫自己冷静下来。

那边，凌天还在跟顾安生兄妹谈笑，道：“顾安生、顾安心，你们的名字取得好啊，腹有诗书气自华！”

顾安心不太擅长应对，也不喜欢跟凌天寒暄，只是笑了笑，没回话。

“凌总谬赞。”顾安生倒是应对得宜，“对了，小妹特意给凌总准备了一份生日礼物。”

“不是说了，安心过来只用陪我说说话，不用备礼物吗？”话虽这么说，但凌天面带笑意，明显十分期待。

顾安心轻笑了一声，从包里取出一个小盒子，递给了凌天。

凌天亲手接了过来，没有交给身边的人，反而问：“顾小姐，我现在能打开看吗？”

顾安心点头：“您随意。”

旁人见凌天这么重视一个小丫头的礼物，顿时伸长了脖子，好奇这位漂亮的顾小姐会送什么。

盒子里放着一支毛笔。

众人见状，大失所望。大家都知道，凌天虽然现在发达了，但是出身寒门，根本没念过几年书。顾安心送他一支毛笔，也太讽刺了吧？

凌天看到毛笔，脸色有些僵，疑惑地望着顾安心。

顾安心道：“这并不是什么名贵的东西，但是我妈妈很喜欢这支笔，用它作过不少字画。我想将它送给凌伯伯，让您留个纪念。”

凌天的表情顿时变了，眼睛发亮，他激动地将那支笔拿了出来，问：“这是你妈妈用过的吗？”

顾安心：“嗯……”

事实上，她才不舍得把妈妈的遗物给凌天，这支笔的故事是她随意编造的，就是为了拉拢凌天。

凌天小心翼翼地将笔收起来，交给关叔并嘱咐道：“放到我书房的保险箱里！”

关叔跟着凌天很多年了，知道凌天对金绾的心思，赶紧像护着稀世珍宝一样，捧着笔离开。

不明真相的旁人十分惊讶，凌天这么喜欢毛笔？早知道他们也送毛笔了！

顾锦溪气得吐血，她费尽心思给凌天定制的白玉棋盘凌天不屑一顾，却对顾安心的一根破毛笔感兴趣！

杨红一脸神秘地拍了拍她，附在她的耳边道："锦溪，我已经……"

顾锦溪听完，突然眉开眼笑起来，道："妈，你太厉害了！"

顾锦溪一脸崇拜地看着母亲，暗叹母亲不愧是斗倒了金琼和金绾的最终赢家！

杨红示意她不要声张，小声道："去吧，小心点。"

"嗯！"顾锦溪点头，悄悄地去了酒水间。

一不小心捡到爱

纯风一度 著

下册

青岛出版社
QINGDAO PUBLISHING HOUSE

第十三章

╱

漂亮的还击

凌天一直拉着顾安心说话，问一些她小时候的事情。

顾安心知道他是想听妈妈的事，于是选择性地跟他说了些无关紧要的。

“爸，那边还有很多叔伯想跟您说话呢，人家已经等很久了。”凌方第三次过来提醒凌天，“我们年轻人还是喜欢跟年轻人多聊聊，你把安心都弄得不自在了。”

凌天皱眉，见凌方讨好顾安心，知道他对顾安心不但没死心，反而更加痴迷了，很不高兴地瞪了过去！

凌方对上到凌天的视线，立刻闭嘴了。

“你身为凌天集团的总裁，应该多跟叔伯聊聊，老陪在我身边做什么？”凌天想把他支开。

“爸，我已经敬过一轮酒了，您让我歇歇。”凌方坐着不走。

顾安生意识到不对，看了看凌方，又看了看顾安心，面露不悦之色。凌家的臭男人是怎么回事？每个都觊觎他的妹妹。

顾安生起身对凌方道：“大少爷，我刚回国，以后就在国内扎根了，能否劳烦你领我认识几个人？”

顾安生受不了凌方看顾安心的眼神，想赶紧把凌方弄走！

顾安生一开口，凌方立马殷勤起来，领着顾安生敬酒去了。

凌方一走，凌天便试探性地问顾安心："今天怎么没和凌越一起来？你们吵架了？"

顾安心摇头："他说有事，我便跟哥哥一起来了。"

"他能有什么事？无非是觉得在这么多大人物面前抬不起头来，所以干脆避而不见。"凌天对凌越失望了，现在只觉得他活得狼狈。

顾安心没搭话。

凌天："凌方说凌越是故意接近你的，你信吗？"

顾安心没把话说死，道："不知道。"

"其实我还是很希望你能嫁进凌家的。"凌天语重心长，"但我怕凌越腿脚不便，委屈了你。"

凌天以为顾安心会犹豫，但顾安心目光坚定，轻松地道："不会，我觉得还行。"

凌天一愣，继而笑了："我打个比方，如果我把三个儿子都给你挑，你不用管其他的，挑谁？"

虽然这是句玩笑话，但是只要顾安心表露出对凌方一丝一毫的好感，凌天就会撮合他们！

凌天无法补偿金绾，只能补偿金绾的女儿。顾安心跟着凌越确实有些委屈她，让她跟凌方在一起，成为凌氏的女主人才是对她最好的补偿。

然而顾安心几乎没有考虑，立刻说："凌越。"

凌天："哦？为什么？"

顾安心："因为他长得最好看。"

"哈哈哈！"凌天被顾安心逗乐了。

这丫头看着文静、胆小，实际上古灵精怪，三两下便把凌天给糊弄过去了。

"行了行了，不给你出难题了，我先去会会老朋友！凌方，你过来陪陪顾小姐。"凌天说完起身走了。

顾安心回头，这才发现凌方不知道什么时候站在了自己的身后，脸色有些难看。

“我长得不如凌越？”凌方头一次听到有人质疑他的相貌！

顾安心扫了他一眼：“嗯。”虽然凌方的长相确实还可以，但她也没撒谎。在她看来，凌越确实更胜一筹。

“你！”凌方气得太阳穴直跳，道，“你的眼光有问题！一直以来，我都更受女人欢迎，这是事实！”

顾安心不置可否：“那是因为你会主动招惹女人！凌越高冷严肃，对陌生女人总是一副生人勿近的样子，会主动向凌越示好的女人自然不如你多。”

凌方：“……”

“我哪有主动招惹女人？你不要抹黑我。”凌方辩道。

顾安心轻笑：“你现在不是在主动招惹女人吗？”

凌方愣了一下，被顾安心气笑了：“你和别人说话时都彬彬有礼的，怎么对我就这么咄咄逼人？”

凌方扬着唇角，莫非这是自己的特殊待遇？如果是的话，他不介意被她气。

顾安心道：“因为凌大少爷一看就不是好人。”

凌方因为家族之争，试图谋害凌越。而且在凌越回来后，凌方还想方设法地排挤他。顾安心护短，早就在心里给凌方贴上了“坏人”的标签。

凌方皱眉：“你不能因为我跟凌越不和，就认为我不是好人。”

顾安心：“跟凌越不和就是跟我不和，我觉得你不是好人有问题吗？”

凌方不想再跟她讨论凌越了：“我觉得你对我有偏见，要不我们重新认识一下？”凌方试图跟顾安心握手，郑重地伸出了手。

顾安心有些无语，搞不懂这人到底想玩什么把戏。

“咯、咯……大少爷，您怎么跑到这里来了？”顾安生突然冒出来，一把将凌方拉走了，“那边的曾总，你帮我引见一下。”

凌方：“……”

凌方被顾安生拉走后，顾安心收到了凌越发来的照片，是她的侧面照。

凌越："这是你吗？"

顾安心下意识地抬头，但没看见凌越，问："是谁拍的？"

凌越："萧一山在现场，这是他拍的。"

顾安心："他的业务范围挺广，还兼职做代拍。"

凌越："你怎么穿成这样跑过去了？"

凌越今晚本来是不打算过来的，但刚刚萧一山给他发了顾安心的这张照片，并附言道："你家女人可以啊，令全场的男人蠢蠢欲动！"凌越看清照片的瞬间，呼吸立马变得粗重。

顾安心："怎么了？不好看吗？"

凌越心想：好看，但太过好看了！

他现在充满了危机感！

凌越："你坐在那里别动，不要跟别人说话，我马上过来接你。"

顾安心诧异："你不是不来吗？"

凌越："来！"他必须来！

顾安心坐在角落里安静地等待凌越。一个服务生路过，给她递了一杯饮料。

顾安心接了过来，一口一口地喝了下去。

慢慢地，她感觉有些燥热，刚要起身找水喝，就看到了正朝她走来的顾锦溪。

顾锦溪一脸坏笑，语气中都是嘲讽之意："我没想到姐姐还有这种打入名流圈的大志向，啧啧，真是令我大开眼界。"

顾安心也不甘示弱，轻笑了一声："算不上大志向，也就跟过来蹭吃蹭喝，如果这就让妹妹大开眼界了，那妹妹的眼界也太低了。"

"你……"顾锦溪刚被压下去的怒火再次涌上心头。

对顾锦溪来说，今晚被顾安心比下去是她这辈子最丢脸的事情！不过，顾锦溪没有立即翻脸，咬了咬牙，开口道："你以前没有参加过这样的宴会，时间还长，后面的花样还多着呢！你好好享受，我就不奉陪了！"

看着顾锦溪走远的背影，顾安心突然感觉视线有点模糊。

不知道是不是心理作用，在顾锦溪说完“好好享受”之后，顾安心感觉自己头晕目眩、浑身燥热，跟喝醉了一般。

顾安心晃了晃脑袋，意识到有些不对劲，赶紧起身去找顾安生。

然而她刚站起来便被一个高大的身影挡住了：“顾小姐，是不是不太舒服啊？我看你脸色不好！”

顾安心抬起头，看清了站在她面前的人是凌盛。

“凌二少爷。”顾安心皱眉，没心情跟凌盛寒暄。她知道自己状态不对，需要赶紧回家休息。

凌盛却拉住她不放：“顾小姐这是怎么了？”

顾安心感觉视线越来越模糊：“我……我要找我哥哥。”

“你哥哥啊，我刚刚看到他在那边，你跟我来吧。”凌盛拉着她往另一个方向走去。

凌盛扶着顾安心，低头在她的耳边嗅了一下，顿时眯起了眸子。果然是凌方和凌越都中意的女人，顾安心乍一看平平无奇，但仔细观察后便会发现她颇有韵味。

征服顾安心这种女人比征服顾锦溪有意思多了，凌盛没忍住，伸手揽住了顾安心的腰。

这场寿宴是凌盛操办的，他对这里非常熟悉，很快便避开人群扶着顾安心往走廊深处走去。

顾锦溪看着两人离去的背影，得意地笑了，附在杨红的耳边道：“妈，鱼已上钩。”

杨红不禁露出了笑容，拍了拍顾锦溪，冷冷地道：“她完了。”

凌越虽然是凌氏的边缘人物，没什么权势，但杨红研究过他，这个男人占有欲极强，不可能接受跟凌盛发生过关系的顾安心。而凌方一向看不起凌盛，如果顾安心真的被凌盛占有了，凌方就看不上顾安心了。凌天自然也不会喜欢同时跟他的三个儿子不清不楚的女人。

此举简直一箭三雕！

顾锦溪终于把今晚的怒气发泄出来了，不禁得意起来。

“你去跟你哥说说话，省得他去找顾安心。”杨红对她道。

顾锦溪点头，立马端着酒杯去缠着顾安生。

然而，她们忽略了凌越。

凌越过来接顾安心，却一直联系不上她，立马意识到不对劲。他立刻让萧一山去找顾安心，自己则去了监控室。

没等萧一山找到顾安心，凌越先在监控视频里发现了顾安心的身影，上面显示，五分钟前凌盛把顾安心带走了。

凌越最了解凌盛，凌盛不学无术，常年混迹在女人堆里，什么事都做得出来！

凌越瞳孔一缩，脸色非常难看，严肃地道："柳然，从后廊过去，去三楼尽头的客房！"

"是！"柳然动作很快，话音刚落，人已经飞一般地跑出去了。

顾安心晕晕乎乎的，被凌盛带到偏僻的后廊后才意识到自己有危险。她用力地掐了自己一把，疼痛使她恢复了一些理智。

"放开我！"顾安心推开凌盛，"凌盛，你太卑鄙了！你给我喝了什么？"

凌盛见这里没人，也不跟她客气了，直接伸手捂住了她的嘴："我哪知道你喝了什么？你喝成这副德行，不就是想勾引人吗？"

他用力地拉着顾安心进了房间，将她推到床上。

顾安心头晕目眩，意识越来越模糊，但还是用最后一点力气伸手拿起旁边的烟灰缸，用力地朝凌盛砸了过去！

凌盛没有防备，没及时躲开，眉角被砸出一道伤口。凌盛低声咒骂了一句，猛地制住顾安心，还没来得及亲下去，便突然听到有人踹门的声音。

凌盛怒道："谁啊？是不是有病？"

踹门的人力气特别大，凌盛意识到门迟早要被这人踹烂，索性拿被子盖住顾安心，跑去开门。

凌越已经推着轮椅赶过来了。凌盛打开门，正好看见凌越，顿时有些尴尬。

"你……你来干什么？"凌盛说话时显然底气不足了。

凌越上下打量了凌盛一眼，见他已经将外套脱了，衬衫上也有些褶皱，脸色顿时变了，看向凌盛的目光也冷冰冰的："我来看看，你带我的女朋友来这里干什么。”

“谁带你的女朋友了？胡说八道！”

见凌盛不肯承认，凌越向柳然使了个眼色。

下一秒，柳然一拳击中凌盛！柳然出拳很快，凌盛根本没法躲开，被打得眼冒金星，鼻血喷了出来，险些站不稳！

“凌越……”房间里，顾安心发出微弱的呼唤声。她感觉身体像在被千万只虫子啃咬，燥热发麻，根本不受自己控制。

凌越一听，心中十分慌乱，立马冲了进去。

“乖，没事，我在。”凌越摸着顾安心的脑袋安抚她。

凌盛捂着鼻子，眼中满是怒火。老头要凌越来祝寿凌越不来，却在这种关键时刻出现！

“你竟敢叫手下打我？”凌盛愤怒地走向凌越，试图动手。然而他还没碰到凌越的轮椅，便被柳然撂倒了。

柳然是凌越精挑细选出来的保镖，格斗能力极强，凌盛根本就不是柳然的对手。

“凌越，你敢对我动手？你会后悔的！”凌盛依旧不服，嘴上不饶人，“你给我记着，我要让你连容身之地都没有！”凌盛叫嚣道。

“他太吵了。”凌越扫了凌盛一眼，对柳然道。

柳然点头：“先生放心，我知道怎么做！”

凌盛莫名感觉到一股危险的气息，瞪大眼睛盯着凌越：“你要干什么？”

凌越懒得再搭理凌盛，带着顾安心走了。

柳然不知道从哪里弄来一杯顾安心刚刚喝过的那种酒，看着是果酒，实际上度数极高，不怎么喝酒的人一喝便醉。

现在，柳然以其人之道还治其人之身，捏着凌方的下巴将酒灌了进去！

从酒店出来后，凌越带着顾安心上了车，然后对柳然道：“你留在这里，一个小时后再进去告诉顾安生，就说安心不喜欢这里，我带她先走了。”

一个小时？柳然不太明白，但还是点了点头："好的，先生。"

上了车，顾安心便昏昏沉沉地靠到了凌越身上。

凌越解决完危机，放松下来，才有空好好地看看这个自己思念已久的女人。

这几天，顾安生把她看得太紧了，凌越都没办法好好抱她。此刻凌越竟生出一丝"久别胜新婚"的感觉，摸着她的脸，不由自主地吻了上去。

凌越灼热的气息喷洒在顾安心的颈间，顾安心本就浑身燥热，发出了一声低吟。

凌越呼吸一滞，身体紧绷起来，顿时感觉自己也像是喝醉了，低头再次吻住她红润的唇。

顾安心的呼吸声越来越重："三哥……"

"乖女孩儿……"凌越的声音很低沉，带着一丝诱惑。

一个小时后，寂静的夜里突然响起一声急促的刹车声，一辆黑色的商务车停在顾安心的小院门外。

顾安生从车上冲下来，一脸怒意，连车门都没有关，直接冲了进去："凌越！你给我滚出来！"

他刚刚才从柳然的口中得知，安安险些被凌盛玷污，此刻已经被凌越带走了！在他看来，凌越比凌盛好不了多少，两个人都心怀不轨！

凌越穿着睡袍出来了，顾安生控制不住自己的脾气，一拳挥了过去："浑蛋，不是让你离安安远一点吗？！"顾安生盯着凌越的睡袍，气不打一处来。

凌越没想到外表温柔、和善的顾安生竟然有这么凶的一面，一言不合就动手！凌越没有防备，生生地挨了顾安生一拳。

"顾安生，我念你是安心哥……"凌越不想跟他计较，他毕竟是自己未来的大舅子。但顾安生根本不听他说，打断他的话，又挥了一拳过去！

凌越干脆直接从轮椅上站起来，一把抓住顾安生的手腕，问："你有完没完？”

顾安生震惊了，死死地盯着凌越的腿：“你的腿？”

“我装的。”凌越干脆跟他摊牌了。

顾安生实在太难搞，因为凌越的腿一直不松口把安心交给凌越。凌越干脆在顾安生面前站起来，告诉顾安生，自己完全有能力让安心幸福！

顾安生一脸震惊，盯着凌越道：“你……竟然是装的！”凌越竟然连这种招都想得出来，这也太可怕了！

凌越看了看顾安生，决定先发制人：“你就是这样护着她的？在你的眼皮子底下，让别人对她动手脚？我还以为你是个可靠的哥哥，没想到，你这么不合格！”

凌越想想就觉得害怕，如果他当时再晚来一会儿，安心便会被凌盛折磨……

“浑蛋，你说谁不合格？”顾安生一把扯住凌越的衣领。

顾安生本来就因为没保护好妹妹而自责，此刻被人说是不合格的哥哥，恼羞成怒，再次挥着拳头冲了上去。

凌越也不是任人打骂的，本就对顾安生不满，此刻心底的怒火也涌了上来。

两人你一拳我一脚，像小学生一样打了起来，这让匆忙赶来的柳然十分无语。男人何苦为难男人？

柳然一时不知道要怎么劝架，但见他们也没下狠手，索性坐下来观战。

十几分钟后，两人都累了，才最终罢手。

顾安生疲惫地躺在地上，大口喘息着，浑身上下没有一处不疼。凌越这个浑蛋，还真是一点都不手软。

凌越靠在墙边，喘了口气，道：“你只是她的哥哥，在择偶这方面不要盲目给她定规矩，给个参考意见就行了！”凌越说罢又霸气地补充道，“不过，那些规矩对我来说没用！”

顾安生平静片刻，坐起来，抬手摁了摁自己的嘴角，疼得倒吸一口凉气：“你还知道我是她哥哥？你就是这么对她哥哥的？”

凌越皱眉："不是你先动的手吗？"

"把安安叫出来，我要带她回家！"顾安生不想再跟凌越说话。

"我正准备给她洗澡，她今天回不了你家了。"凌越一脸得意。

顾安生瞪大眼睛："洗澡？"

"洗澡有什么问题吗？你没交过女朋友吗？"凌越道。

"我自己叫她下来！"顾安生说着就要上楼。

凌越不慌不忙："她还没穿衣服呢。"

顾安生："……"

顾安生心想，要不是浑身疼痛，一定要把凌越再打一顿！

顾安生默默骂了一句脏话，向外走去："我明早再来接她！"

凌越看着顾安生的背影，刚要笑却发觉嘴角好疼，想了想，上楼后向顾安心告状："安心，你哥打我。"

睡得迷迷糊糊的顾安心伸手摸了摸那个"小学生"，笑了笑，道："乖，不疼。"

凌越顿了顿，抓住她的手："疼死了，你哥怎么这样？"

顾安心没再搭话。她本身就喝醉了，刚刚还被他折腾了一小时，现在浑身无力。

然而凌越还无比清醒，狠狠地吻她："你明天就去告诉你哥，你非我不嫁，好吗？"

凌越真是既霸道又幼稚。顾安心实在太困了，在他问了无数遍后，终于点头："好、好。"

凌越满意了，越发欢喜："哥哥打人，妹妹负责，好吗？"

顾安心："好、好。"

凌越很高兴，翻身压向顾安心："这可是你说的！"

温暖的阳光从落地窗照进来，顾安心睁开眼，揉了揉眼睛，下意识地想翻身，却觉得浑身酸软。她想起昨晚的事，立马红了脸，把脸埋到被子里，伸手去摸身旁的男人，却发现身边空荡荡的。凌越早就起床了。

旗袍不见了，床头柜上放着准备好的衣服，是一套纯棉的卫衣套装。

顾安心换了衣服，刚下楼便听到顾安生和凌越说话的声音。

顾安生："所以你把房间里的人换成了顾锦溪？"

凌越："怎么，又要怪我算计了你妹妹？"

顾安生："那个不算，我只认安安一个妹妹。顾锦溪自作孽不可活，你这件事做得还可以。"

凌越："你突然表扬我，我很不习惯啊，哥！"

顾安生："跟你说几百次了，不要喊我哥！"

"哥。"顾安心喊了一声，"顾锦溪怎么了？"

顾安生这才看到站在楼梯上的顾安心，刚要回答她的问题，又想起了昨晚的事，顿时给了她一个"女大不中留"的眼神。

顾安心感到莫名其妙，自己哪里招惹哥哥了？

凌越扭头对顾安心笑了，道："你哥昨晚没睡好，现在有起床气。你别管他，过来！"

顾安生立马瞪了一眼凌越，心想：你才有起床气，你全家都有起床气！

顾安心走近了，突然发现他们的脸上都有伤，瞪大了眼睛，有些紧张："你们怎么了？"

顾安生皱眉道："没事！"

凌越也道："没事。"

顾安心看了看哥哥，又看了看凌越："你们……该不会打架了吧？"

"怎么可能？！"顾安生矢口否认，"我虽然不看好你们，但也不至于跟他打架。"

凌越也点头："不至于。"

顾安心："……"

见顾安心已经调整好了，顾安生起身道："收拾一下，跟我回去！"

"好……"顾安心闻言，心虚地缩着脖子，乖乖地跟着顾安生向外走去。

凌越拉住顾安心，舍不得放手。顾安生立刻回头，拉着顾安心，警告凌越："你给我安分点！我还要考察你呢，休想再骗安安夜不归宿！"

正处于考察期的凌越只好暂时忍耐，皱着眉，看着顾安心离开。

酒店里，一阵惊慌的尖叫声传来！

半裸的顾锦溪抱着被子，惊恐地盯着床上脸肿得跟猪头一样的凌盛："凌盛，你怎么在我的床上？"

"叫什么？吵死了！"凌盛脾气不好，扶着额头醒过来，却在碰到脸的时候疼得龇牙咧嘴。

凌盛暗骂凌越和柳然，艰难地睁开眼睛，看到顾锦溪后也很震惊："顾锦溪，怎么是你？"

他记得昨晚柳然给他喝了酒后，没多久便丢了一个女人进来……他当时根本没看清那个女人是谁，现在才发现那人竟然是顾锦溪！

"你有病！"顾锦溪顿时觉得凌盛有些恶心，随意地拿了件衣服穿上，然后质问凌盛，"顾安心呢？"现在跟凌盛躺在一起的女人应该是顾安心啊！

"顾安心被凌越带走了。"凌盛也在状况之外，"我还想问你呢，你怎么在这里？"

顾锦溪暗叫糟糕，自己这是被凌越反将了一军啊！

凌盛见自家老头对顾安心另眼相待，以为搭上顾安心会有不少好处，便想让顾安心成为自己的女人。顾锦溪也看顾安心不顺眼。两人一拍即合，在杨红的指点下谋划了整件事情。然而他们没想到，最后……

要是凌方知道她和凌盛昨天晚上在一起，那后果不堪设想！

顾锦溪想到这里，心里十分着急，立马慌张地下床，并警告凌盛道："今天的事情你就当没发生过，听到没？"

凌盛还没来得及回答，就听见了敲门声。

外面传来凌天的声音："凌盛，你在干吗呢？"

昨晚凌天也住在酒店，房间刚好就在凌盛的隔壁。凌天听到凌盛的房间里传来女人的尖叫声，怒不可遏，直接跑过来教训凌盛。

“凌盛，你给我滚出来！”

房间里，凌盛和顾锦溪瑟瑟发抖。

见凌盛去开门，顾锦溪都恨不得跳窗逃跑！但这里是三楼，她又不敢跳，连忙藏到了床底下！

凌天冲了进来，问：“女人呢？把你的女人拉出来，让她看看我是怎么教训你的！你一天到晚就知道鬼混！”凌天一直奉行“不打不成器”的教育方式，对凌盛恨铁不成钢！

顾锦溪躲在床下，暗暗后悔，觉得自己还不如从三楼跳下去！

眼看凌天就要找到她了，顾锦溪立马尖叫了一声，从床下爬出来，捂着脸跑了出去！

凌天看着狼狈地逃走的顾锦溪，一脸惊愕。他知道凌盛荒唐，没想到凌盛竟然荒唐到这种地步！

凌盛意识到气氛不对，连忙开口解释：“爸，不是你想的那样，我跟顾小姐其实没……”

“凌盛！”凌天怒吼道，“我的鞭子呢？我抽死你这个混账东西！”

顾锦溪惊慌失措地跑回顾家，杨红和顾元朝正在吃早餐。

看到顾锦溪后，顾元朝怒骂道：“你这又是去哪里野了？”

杨红在一旁对顾锦溪使眼色，让她先跟顾元朝认错。顾锦溪却突然哭了起来。

顾元朝和杨红都吓了一跳，杨红问：“你这是怎么了？”

顾锦溪哭得很大声，道：“爸，顾安心给我下药，把我灌醉了送到了凌盛的床上！爸，我完了，我被顾安心毁了！”顾锦溪的哭声越来越大，眼泪停不下来。

在回来的路上顾锦溪就想好了，这件事她没办法隐瞒了，只能把责任推给顾安心！

杨红瞪大了眼睛，仿佛被一道惊雷劈中，结结巴巴地道：“你……你说什么？”

顾锦溪委屈地道：“妈，顾安心算计我，我被凌盛玷污了。而且，凌伯父还知道了这件事！爸、妈，你们要帮我讨回公道！”

杨红一脸煞白，本以为可以令顾安心成为众人唾弃的对象，万万没想到会害了自己的亲生女儿。发生了这种事，凌家怎么可能让凌方娶顾锦溪？

杨红气得快要吐血了，不过很快便冷静了下来。

顾锦溪把责任推给顾安心是对的，只要顾绵溪咬定是顾安心害了她，那她就是无辜的。杨红可以要求凌家负责，让凌盛娶顾锦溪！

杨红立马哭着对顾元朝道：“老顾，最近我们对顾安心够好了吧？我们三番五次地去找她，希望能弥补她，她不但不领情，还做出这么恶毒的事情！她怎么能这么狠？锦溪被她毁了！”

杨红这话戳到了顾元朝的痛处。他最近三番五次地向顾安心示好，这已经是他能做的极限了。顾安心却一直不识好歹，屡次拒绝他补偿她的提议。说不定顾安心早就想整顾锦溪了，所以才会拒绝他们，坚定地站在顾家的对立面！

顾元朝想到这里，脸色越来越难看，一掌拍在桌子上：“金绾怎么能养出这么恶毒的女儿？这事不能就这么算了！”

顾锦溪见父亲站在了自己这边，心情放松下来，继续道：“爸，安心一定和哥哥在一起，也不知道她跟哥哥说了什么，哥哥到现在都没回家。”

这句话更是刺痛了顾元朝。一想起顾安生在寿宴上对自己那冷漠的态度，顾元朝就气不打一处来！

以前顾安生不会这样的，无论顾元朝让他去国外治病、做手术、休息还是在海外投资部挂职，他都会乖乖听话。

怎么儿子一跟顾安心搅到一起，就变得这么叛逆了？顾元朝越来越觉得顾安心有问题！

顾元朝通过海外投资部的负责人拿到顾安生在国内的电话，打给顾安生，直接道：“回家一趟，带顾安心一起！”

顾元朝非常生气，自己联系儿子竟然还要通过别人！

电话那头，顾安生冷漠地问：“什么事？”

顾元朝："顾安心现在无法无天，不但对我不屑一顾，竟然还设计陷害锦溪！我倒要问问她到底想干什么！"

"你是不是有什么问题？"顾安生听不下去了，"你都这把年纪了，还听信他人的一面之词？怪不得顾氏会在你的手里败了。"

"你说什么？"顾元朝难以相信向来百依百顺的顾安生竟然这么说自己，"我可是你爸！"

"行了，我会回去一趟的。"顾安生不耐烦地道，"但也请你清醒一点，顾锦溪是什么样的人你这个当父亲的比我更清楚，她就算不喝醉也能干出大堆荒唐事！"

"你！"顾元朝还要说什么，但顾安生已经挂了电话。

顾元朝抬头一看，顾锦溪还在哭哭啼啼，穿着一件男士衬衣，松松垮垮地露出半个肩膀，身上还有一片一片的印迹，真是不堪入目。

想起顾安生的话，顾元朝皱着眉头对顾锦溪喊："哭、哭、哭，你就知道哭，还不快回房收拾一下？你看你现在像什么样子！"

顾锦溪见父亲上一秒还站在自己这边，下一秒突然翻脸骂她，即便想辩驳也不敢。

"走吧，我带你上去换衣服。"杨红拉着顾锦溪，以眼神示意她闭嘴。顾锦溪这才跟着杨红上了楼。

"妈，等顾安心来了，爸会帮我的对吧？"顾锦溪回了房间，拉着杨红，心里七上八下的。

这样的情况出现过很多次了，通常是她犯了错，但因为全家都站在她这边，所以她最终把责任推给了顾安心，让顾安心给她背黑锅。这次，顾锦溪想故技重施。

杨红却皱眉道："现在的情况跟以前不一样了。"

"哪里不一样了？"顾锦溪不明白，"顾安心不还是一无所有吗？妈，我们想让她怎样，她就得怎样！"

"现在我们手里没有金绾作为把柄，而且顾安心也不像三年前那么好欺负了，再加上顾安生这个帮手……我总觉得顾安生变了。"

杨红回想了一下昨晚寿宴上的顾安生，他早已经不是那个病恹恹的少年了。

“那怎么办？”顾锦溪慌了，“妈，你要救救我啊！我就算嫁不了凌方，也要嫁给凌盛！我一定要嫁入凌家，不然在外面会被别人笑死的！”

“好了，你别吵了！”杨红头痛，瞪了一眼顾锦溪，“但凡你机灵点、矜持点，也不会被人灌醉了送去凌盛的房里！”

杨红最了解顾锦溪，一看便知道是顾锦溪自己惹的祸！

顾锦溪不知悔改，道：“妈，你现在说这些也没意思了，该发生的都发生了，你还是帮我想想解决办法吧。”

“现在没其他办法，等顾安心来了，我们就一口咬定是她陷害你了！”杨红道，“反正她也没证据证明自己是清白的！”

顾锦溪点头：“好！我一定死死地咬住她！”

顾安生很快带着顾安心来了顾家。

进门之前，顾安生一再嘱咐顾安心：“待会儿跟在哥身后，别乱跑。”

顾安心心里很温暖，哥哥这是怕她再被杨红母女欺负了。

她点头：“嗯！”

一进门，顾安生便对上顾元朝不善的目光。

顾元朝瞪着顾安生：“你还知道回来？！”

顾安生玩世不恭地道：“你要是不叫我，我倒真没想过要回来。”

“你！”顾元朝气得手抖。

不过他也知道眼下首先要解决顾锦溪的问题，直直地盯着顾安心：“你现在高兴了？锦溪今天是哭着跑回来的！”

顾安生挡在顾安心前面道：“那分明是你女儿顾锦溪自作自受，她做完了不想承担责任便嫁祸给安安。你但凡清醒一点，就应该知道这又是以前那一套！你现在不应该骂安安，而应该去问问你那个不知廉耻的女儿！”

“哥哥，你说谁不知廉耻？”顾锦溪从楼上冲下来问。她换好了衣服，卸了妆，一副柔弱的受害者的模样，说着就流下了眼泪：“哥，明明我也是你的妹妹，为什么你只疼顾安心？”

顾元朝听到顾锦溪的话，又看见顾安生护着顾安心，眉头皱得很紧。

“锦溪说得对。”顾元朝道，“你既然回国了，身体也恢复了，为什么不回家？顾安心不认这个家，你也跟着她不学好？严格来说锦溪才是你妹妹，顾安心已经跟我断绝了关系，你怎么还帮着顾安心一个外人抹黑锦溪？”

顾锦溪听到顾元朝一句接一句地质问，掩饰不住脸上的喜悦之情，嘴角露出一抹笑意。

顾安生却像是早料到顾元朝要说这些一般，神色平静地说：“其实我今天过来，就是想解答一下这几个问题。”

顾安生看着顾元朝，认真地道：“你当初是怎么跟安安断的关系，最好现在也给我走一下流程，往后我无父无母，只有安安这一个妹妹。”

“你说什么？”顾元朝难以置信，“你也要跟我断绝关系？”

杨红也很震惊，又怕顾安生把这些年自己是如何对待他的事说出来，赶紧站出来恶人先告状：“顾安生，你也太没良心了！”

“我没良心？”顾安生盯着杨红，“红姨说这话也不脸红，当年是谁把我往死里打，还扬言让我滚出顾家的？现在我滚了，你应该高兴才是啊。”

“你胡说八道什么呢？”杨红瞠目结舌，连忙转头对顾元朝道：“老顾，他们兄妹俩怎么都变成这样了？一个个都成了没良心的白眼狼！”

顾元朝听到顾安生要跟自己断绝关系简直如晴天霹雳，而且还听到顾安生说杨红虐待他。顾元朝对此完全不知情，难以置信地盯着杨红：“他说的是真的？”

“不是真的！顾安生现在为了替顾安心狡辩，真是什么话都说得出来！”杨红厚着脸皮极力否认。

一旁的顾锦溪见母亲难以招架，直接朝着顾安心冲了过去：“顾安心，你害得我家鸡犬不宁，我要打死你！”

然而顾安生先一步挡在顾安心前面，拦住了顾锦溪，将顾锦溪推了出去：“疯子，你给我老实点！”

杨红连忙跑过去扶住顾锦溪，一脸悲哀地看向顾安生："你是她哥哥，怎么能对妹妹动手呢？"

杨红说完眼泪汪汪地看着顾元朝："老顾，顾家这是容不下我们母女了啊……"

"顾安生，你怎么敢当着我的面对锦溪动手？！"顾元朝怒由心生，直接甩了一巴掌过去，"逆子！"

说时迟那时快，顾安心从旁边抄起一本书扔了过去，刚好打到了顾元朝的手。

"你有什么资格打我哥？"顾安心真是看不下去了，"杨红欺凌我哥的时候你在哪里？我哥跟着我和妈妈吃苦的时候，你在哪里？他受病痛折磨的时候，你这个父亲又在哪里？"

顾安心上前戳着顾元朝的胸口问："你摸着你的良心说话，作为一个父亲，你配吗？"

顾元朝后退了两步，整个人都被顾安心问蒙了，一句也答不上来。

杨红正要帮他说话，被顾安心打断了："你们口口声声说是我陷害顾锦溪，证据呢？拿出证据后再说话！"

顾锦溪跟杨红对视了一眼，一时无言以对。她们怎么可能有证据？

"没证据就敢随意嫁祸别人？顾锦溪，你是不是觉得我是你的专属冤大头，惹了祸找我就行？"

顾安心的语气非常强势，顾锦溪本就心虚，被她这么一说，一时闭了嘴。

顾安心冷笑，看向顾锦溪道："我的好妹妹，昨晚其实你自己也享受到了，怎么就不敢承担责任呢？"

"享受？"顾元朝蹙眉。

"你胡说！"顾锦溪脸色一白，慌张地看了看顾元朝，然后扭头看向杨红："妈妈，快让她闭嘴！"

杨红想上前争辩，下一秒却被顾安生的眼神给吓了回来。

"本来这些事情与我无关，但今天你们非要拉我下水，那有些事我就不得不提了。”顾安心继续对顾元朝道，“顾锦溪在国外留学时堕过胎，回国后一直养着男人。另外，在这之前，她还特意勾引过凌盛。这些事你都不知道吧？”

“什么？”顾元朝不可思议地看向顾锦溪。

他一直以为顾锦溪虽然调皮了些，但大家闺秀的样子还是有的，而且杨红也经常给他制造出一种“顾锦溪是名门千金”的错觉。顾元朝完全没想到，顾锦溪竟荒唐到这种地步！

其实这些事情顾安心早就从凌越和顾安生那里知道了，只是一直没揭发顾锦溪。

但她不说并不代表她是好欺负的哑巴！她们胆敢把脏水都泼到她的头上来，她也绝不留情！

顾锦溪拼命地摇头，慌乱中带着惊恐：“不，不是这样的……”

杨红赶紧将顾锦溪紧紧地搂在怀里，大喊道：“老顾，顾安心这是想要逼死锦溪啊！她不仅把锦溪灌醉，送到凌盛的床上，还冤枉、诋毁锦溪！这让锦溪以后怎么活啊？”

杨红哭得撕心裂肺，试图通过胡搅蛮缠来获得顾元朝的同情。

顾安生撇嘴，只觉得可笑，对顾元朝道：“我们丑话就说到这里，如果你愣是要当老糊涂，还信她们母女的鬼话，我们也无所谓。”

顾安生说完便拉着顾安心走了。

他的身后传来顾元朝失望到极致的斥责声以及杨红母女的号叫声。

顾安生兄妹俩从顾家出来，把话说清楚了，关系也捋清楚了，觉得浑身轻松。

“我还怕你跟过来会被她们欺负，看来是我想多了。”顾安生从未见过顾安心这样反击。

顾安心被他说得不好意思了：“幸好有你和凌越撑腰，不然我也不敢。”

顾安生听到这话，心疼地拍了拍她的脑袋：“以后哥不走了，哥一辈子给你撑腰！”

顾安心笑了，没忘记要替凌越说几句好话：“哥，你考察凌越考察得怎么样了？他还行吧？”

顾安生见她一副既小心翼翼又期待万分的样子，撇了撇嘴：“我还没考察完呢！”

“还没考察完啊……”

这时车身一个颠簸，顾安心突然抬头，听到顾安生道：“有人跟着我们，你坐好，我甩掉他们！”

顾安心一愣：“是杨红吗？”杨红吵不过他们，派人来下黑手？

顾安生摇头：“不知道。”

后面的车跟得很紧，司机在河边的公路上拼命加速，试图把顾安心的车往河的方向挤！

千钧一发之际，顾安生一脚油门踩下去，将车开出了河边公路，拐进了一条小路。

对方仍旧穷追不舍，疯了一般。

“他们疯了吗？！”顾安生的额头沁出一层冷汗，车上如果只有他一个人的话，他一定跟对方拼一把！然而车上还有顾安心，他不敢开太快。

就在这时，顾安心的手机铃声响了。她低头看了一眼，发现竟然是柳然。

柳然声音急促：“顾小姐，你们往前开，在第二个路口往东拐，过去有人接应你们！”

顾安心愣住了，与顾安生对视了一眼。

“可靠吗？”顾安生问她。

顾安心坚定地点头：“他是凌越的保镖，绝对可靠！”

顾安生没再说什么，当即按照柳然所说的，拐进第二个路口。

路口立马冲出来一辆黑色的车，与顾安生的车呈夹击之势，堵住了后面的车。

后车的司机见有人接应顾安心他们，自己再也没机会下手了，便找了个岔路跑了。

顾安生松了一口气，下车问柳然：“怎么回事？凌越又给我家安安惹什么祸了？”

柳然赶紧替凌越解释：“刚刚那是凌盛的人！凌盛现在被凌天逮着

了，恼羞成怒，想找顾小姐算账。我是先生派来保护顾小姐的。”

顾安生顿时没说话了。刚刚确实惊险，如果没有凌越的人帮忙，他和顾安心指不定会发生什么危险呢！

“凌盛这个浑蛋，敢把气撒到我们的头上，找死！”顾安生握紧了拳头。

他们重新上车回家，顾安心问顾安生：“哥，这次凌越救了我们，我们是不是要感谢他啊？”

顾安生专心开车，没说话。

顾安心：“要不叫他来家里吃顿饭吧？”

顾安生哼了一声，回头给了她一个“女大不中留”的眼神。

“你能不能矜持点？他作为男人，保护你不被他二哥伤害是应该的，你不能把他的一丁点儿优点无限放大。”

“哥，你也太强词夺理了……”顾安心嘟囔道。

顾安生其实已经松口了：“再说吧！”

无独有偶，就在顾锦溪把责任推给顾安心的时候，凌盛也把责任推给了凌越。

他被凌天当场抓住跟顾锦溪鬼混，无法辩驳，便一口咬定是凌越陷害他。

凌天大怒。他本身就听信了凌方的谗言，以为凌越是故意接近顾安心以求在他这里换好处的，现在又出这种事情，便立马把凌越叫过来和凌盛对质！

凌越一进门，脚下便摔过来一个杯子，凌天一脸“恨铁不成钢”地质问他：“你二哥说是你把顾锦溪灌醉了塞到他的房间里的？”

凌越大方承认：“没错。”

凌盛赶紧道：“爸，我就说了吧，凌越摔断了腿，没了底牌，就到处找机会陷害我和大哥！”

“混账！”凌天怒斥道，“顾锦溪可是你大哥的未婚妻，你怎么能干出这种混账事来？！”

“我是跟二哥学的。”凌越不慌不忙，对凌天道，“二哥昨晚把安心灌醉了，带进了房间！”

说到这个，凌越浑身散发着寒意。

“什么？”凌天愣了一下，没想到竟然还有这种隐情。

“凌盛！”凌天一声怒吼，“你哪儿来的狗胆，竟敢动安心？！”在凌天看来，顾安心是金绾的女儿，顾锦溪跟安心没法比！

凌越若动了顾锦溪，凌天顶多骂凌越两句，但如果凌盛动了顾安心，就不是骂两句能过去的了！

凌天要好好补偿顾安心，怎么能容忍凌盛这混账东西对她产生不轨之心？！

“爸，那是顾安心喝醉了，主动跟着我进房间的！”凌盛慌了，开始胡言乱语。但凌盛不知道，这触碰到了凌天的底线。

顾安心的妈妈金绾在凌天的心里纯洁无瑕，顾安心在他的心里跟她妈一样。她不可能做出凌盛说的那种荒唐事来。凌盛诋毁顾安心，就等于诋毁金绾！

“胡言乱语，我打断你的狗腿！”凌天挥着手杖砰的一声，敲在了凌盛的腿上。

凌盛直接跪倒在地，但还是嘴硬：“本来就是！顾安心是自愿的！”

凌天怒不可遏，还要出手，这时柳然突然冲过来，对凌越道：“已经解决了。”

“什么解决了？”凌天盯着他们。

凌越这才道：“二哥厉害，不动声色地派人跟踪安心，不过刚刚已经被柳然他们解决了。”

“什么？你还想教训安心？”凌天越发觉得凌盛没救了。

凌盛挨了几棍子，浑身火辣辣地痛，受不了了，对着凌天喊：“爸，我可是你儿子，你这样会把我打死的！为了一个外人不值得！”

凌天没收手：“你还不醒悟？老子今天就打到你清醒为止！”

凌盛脾气大，受不了苦，昨天被柳然打，今天又被凌天打，瞬间就爆发了！

他突然站起来，恼羞成怒地瞪着凌天，恶狠狠地说：“那你们可要看好了她，只要有机会，我还真要尝尝她的滋味！”

凌越脸色一变：“柳然！”

柳然动作非常快，凌越话音刚落，柳然便一脚踹得凌盛趴在地上起不来。

凌盛好半天才缓过来，抬头看着凌天，道："爸，凌越他让人打我！他让人当着你的面打……"

凌天看着凌盛，眼里没半分怜悯之意："老二，你好歹也是三十多岁的人了，该把脑子里装的垃圾倒掉了。"

凌盛看见父亲冷冰冰的眼神，愣了一下，立刻求饶道："爸，我错了，你饶了我！我再也不敢了！"但凌天直接转身离开了，没有再理凌盛。

凌盛因为和顾锦溪的事完全丧失了凌天的信任。

凌方倒是乐享其成，不但消除了凌盛对自己的威胁，还顺势解除了和顾锦溪的婚约。

顾家那边听说凌方要退婚，急得团团转，立马表示要凌盛对顾锦溪负责。然而凌家懒得搭理顾家，这件事就一直拖着。

顾锦溪成为凌太太的梦碎了，心情很不好，在外面玩得越来越疯。这几天，她认识了一个志同道合的新朋友。

"还在因为凌家的事伤心呢？"徐嫣然扭着细腰迎上来，挑了挑细长的眉，扬手给顾锦溪要了一杯最烈的酒。

顾锦溪撇撇嘴，仰头将酒一饮而尽："别提了，扫兴！"

"行，不提了。"徐嫣然吸了一口烟，对着顾锦溪的脸缓缓吐出烟雾，附在她的耳边诱惑她道，"我这边有好东西，你要不要尝一下？"

顾锦溪眼睛一亮："在哪里？"

"当然是在我的包间里。"徐嫣然递给她一个意味深长的眼神，然后在她的耳边低声说了两句话。

顾锦溪听完立马来了兴致："这么厉害？"

"那当然。"徐嫣然勾了勾顾锦溪的下巴，"一起怎么样？"

顾锦溪笑着在她的胸前揩了一把："真行，走吧！"

徐嫣然看着顾锦溪的背影，狠狠吸了两口烟，冷笑着将烟头扔掉。

几天后，一段视频在网上疯传！视频的女主角就是顾氏千金顾锦溪，也是凌方曾经的未婚妻！视频里的她正兴高采烈地跟好几个男人喝酒、玩闹。

大家看完视频，震惊之余恍然大悟，怪不得凌方会退婚。

一时间，顾家被推到了风口浪尖，企业形象一落千丈。

顾氏本就亏损严重，顾元朝不仅要处理公司的事，还要应付守在公司和家门口的各大八卦记者，简直焦头烂额！杨红则躲在家里，根本不敢参加任何活动。

顾锦溪知道被徐嫣然出卖了，但也不敢跟顾元朝说，说了后自己之前做的荒唐事就要全部暴露了！

顾元朝质问她时，她什么都不说，只是哭，然后一口咬定有人陷害她，但顾元朝现在已经不会相信她了！

顾锦溪的丑闻对顾家影响太大，顾元朝不惜花重金在全网删除了视频。然而，每次他花钱把视频删完后，没几天又有人再发出来。

这件事的背后操控者不仅要顾锦溪身败名裂，还存心要击垮顾家！

顾元朝没几天就气病了，杨红见状，头痛欲裂。杨红这才意识到，自己之前对顾锦溪太宠溺了，什么都满足她，一直跟在她的身后替她收拾烂摊子！顾锦溪因此天不怕地不怕，什么事都敢做！

杨红将顾锦溪养大，给她最好的教育，给她最好的生活，可是这丫头根本就是扶不起的阿斗，不管自己怎么培养都没用。

“妈，真的是别人诬陷我，”顾锦溪很委屈，“那些视频都是别人合成的，那里面的人根本不是我！”

顾锦溪现在恨死徐嫣然了，更恨在全网散布视频的人。

她还想翻身，还想在名媛圈子里混，不想这样身败名裂，像个过街老鼠似的人人喊打。

杨红不懂什么是合成，她养了顾锦溪这么多年，还能认不出自己的女儿吗？

“这话你和别人说也就算了，还拿来糊弄我？”杨红抬手就是一巴掌，“那段视频我看了，里面的人和你一样，后背上有一颗红痣，你别告诉我合成视频的人连你身上有痣都知道！”

顾锦溪听到这里也顾不得哭了，捂着脸不可思议地看着杨红：“妈，你竟然打我？”

“别叫我妈！”杨红狠狠地瞪着她，“这些年，但凡你有一点长进，也不至于被顾安心比下去！你看看你，享受最好的资源，却混成了垃圾！你太让我失望了！”

顾锦溪看到杨红的脸上流露出失望之色，吓得脸色苍白，双腿一软，跪了下去：“妈，你别不管我！爸不要我了，我现在只有你了！”

杨红气极了，但是看到顾锦溪可怜兮兮、孤独无助的样子又于心不忍，最终叹了口气：“事已至此，网上的视频已经清不干净了，只能否认视频里的人是你了。你下午就跟我去美容院，把那颗痣给点了！”

“好、好！”顾锦溪连忙哭着点头。

然而，点痣并没有用。接下来的几天，不但视频引发的风波没过去，顾锦溪其他的丑闻又被一点点挖了出来。先是顾锦溪上高中的时候曾经和老师不清不楚，很多校友出面做证确实有此事。接着，又有人曝光顾锦溪高考失利没有考上大学，是花钱进的大学，结果读了没几天就因为作风问题被退学了。更可怕的是，还有人称顾锦溪陷害姐姐，让姐姐替她入狱！

因为证据链清晰，顾锦溪立马成了各大社交平台的唾骂对象，“做人不要太顾锦溪”这句话更是火遍全网！

几天后，顾锦溪在国外留学时期的一些见不得光的事也被查了出来，奢靡和荒淫简直成了顾锦溪的代名词！

顾元朝气得一病不起，所有的力气都用来骂顾锦溪了。

顾锦溪的日子非常难过，现实中被顾元朝骂，一上网又被网友逮着骂，她甚至不敢出门。顾锦溪一直光鲜靓丽地活着，从来没这样被全世界针对过。她整天缩在自己的房间里，几乎快抑郁了！

就在这时，她突然接到了凌方的电话。

“凌方？”顾锦溪一时反应不过来，凌方竟然还会打电话给她？他不是嫌弃她并且退婚了吗？

“顾小姐，近来可好？”

顾锦溪从电话里听不出凌方的情绪，但现在已经不对他抱有幻想了，毕竟她风光的时候凌方都不曾高看她一眼，现在她落魄到人人喊打了，凌方更加不会回头了。

“凌大少爷是来看我的笑话的吗？”顾锦溪一抬头，便看到镜子里蓬头垢面的自己，眼神都变得黯淡起来。

“我是来帮你的。”凌方道。

“行了，你又想利用我做什么？反正我现在既没有名声也没有脸面，有什么事你就直接说吧！如果你能帮我弄死顾安心，说不定我还能帮你！”

顾锦溪知道凌方早就想跟她解除婚约了，从他叫自己去勾引凌盛的那一刻起，他就没打算要她。

能在凌氏家产争夺战中取得胜利，凌方有着过人的谋略，顾锦溪知道他不会平白无故地给自己打电话。

“伤害顾安心？不行。”凌方道，“我家老爷子对顾安心怎样你也看到了，顾安心我留着还有用。”

“你要怎么用？”顾锦溪突然自嘲地笑了起来。

“闭嘴！”凌方显然有些恼怒，“顾锦溪你不仅人脏，嘴也脏！”

顾锦溪笑得更大声了。她想尽千方百计都没得到的男人却为顾安心着迷，真是可悲。

“行，我闭嘴。”顾锦溪翻了个白眼，“那你说你要怎么帮我？”

“你现在唯一的出路是嫁给凌越。”凌方道。

顾锦溪听后翻了个白眼：“凌方，你是不是有病？我是皮球吗？你把我踢给凌盛，凌盛用完了踢给凌越？”

凌方不置可否，低沉地笑了一声：“凌越虽然是个瘸子，但只要有凌家在，他就有花不完的钱。想嫁给他的女人多了去了，包括顾安心。你不要的话，那算了。”

凌方说完作势要挂电话，但立马被顾锦溪喊住了。

顾锦溪转念一想，对啊！凌越虽然是个瘸子，但有大笔钱可以供她挥霍，只要她有了钱，以后想做什么都可以！

现在，顾元朝恨不得从来没有她这个女儿，杨红对她也是满脸失望，天天把她关在房间里，更过分的是杨红还冻结了她所有的银行账户。

“这确实是个好主意。”顾锦溪道，“但凌家还认这个婚约吗？我上次说要嫁给凌盛，你爸都不同意。”

“凌盛和凌越不同。”凌方道，“凌盛依然是凌家的门面，要对外见人的，但凌越已经是个弃子，老头能用凌越换来整个顾氏，何乐而不为呢？”

顾安生已经放弃了顾氏，顾氏将来是顾锦溪的。如果顾锦溪嫁给凌越，顾氏也将是凌越的。不光凌天会同意，一无所有的凌越应该也不会有意见！

顾锦溪的眼睛亮了！但随后她想到自己的现状，又不太自信：“我现在名声这么臭，你家老头真的会答应吗？”

这个凌方倒不担心：“就算是公众人物，丑闻都会被遗忘，何况你不是公众人物。过不了十天半个月，就没有网友记得你了！”

“你说得有道理！”顾锦溪突然激动起来，一想到自己不仅能过正常人的日子，还能无拘无束地玩，心里美滋滋的！

“我会劝说我爸同意你和凌越的婚约，顾家那边，你自己搞定。”凌方道。

“大少爷把路给我铺得这么好，果然还是为了得到顾安心。”顾锦溪静下心来一想便知，凌方从中得到的好处也只有顾安心了。

“我的事不用你管。”凌方直接挂了电话。

顾锦溪恨到咬牙，凌方果然为了顾安心绞尽脑汁！

玉鹿台。

顾安心正在家里画画，猛地打了好几个喷嚏。她揉了揉鼻子，正要起身喝水，门铃响了。

顾安生最近在创业，不怎么回家，门外应该不是他。

顾安心眼睛一亮，难道是凌越吗？她一开门，果然看见了心心念念的男人，他还带着蛋黄酥。

“三哥！”顾安心赶紧把他拉进来。

凌越进门后，顾安心便要去拿蛋黄酥，这是她最近最喜欢的点心。

凌越从轮椅上走下来，顺手脱下外套，扬起嘴角，随后把蛋黄酥藏至身后，微微低头，一张脸凑了过来。

他想要什么不言而喻。

顾安心故意装傻，拍了拍他的脸：“这是要干什么呀？”

下一秒，她被他的大手搂住腰，凌越往前一揽，她整个人被送到他跟前。

“不主动是吧？你会后悔的。”

“别、别、别！”顾安心连忙求饶，上次就是因为自己不够主动，才被他折腾了一整夜。

哥哥对他的考察还没结束，他们还处在“地下情”阶段，在这个家里可不能乱来。不然，她无法想象哥哥的脸色会有多阴沉。

顾安心连忙抱着他亲了几口，凌越这才罢休。

顾安心躺在凌越的怀里一边吃蛋黄酥一边聊八卦：“这几天你上网了吗？网上到处都是顾锦溪的事，简直热闹死了！”就连当年她被顾锦溪陷害入狱的事情都被网友查出来了。

现在顾锦溪就像过街的老鼠。顾安心大仇已报，整个人神清气爽！

凌越笑了一下，这事他当然知道，毕竟他就是在幕后推波助澜的人。他早就想给安心讨回公道了，是顾锦溪自己找死，撞在了枪口上。

“喜欢看吗？”凌越挑眉问她。

顾安心毫不掩饰：“嗯，你说我是不是不太善良啊？”可顾安心就是心里很爽怎么办？

凌越点头：“确实不善良。”

顾安心伸手去揪他的耳朵。凌越赶紧改口：“夫人饶命，我的意思是，正好跟不善良的我是天生一对。”

顾安心笑道：“啧，恶人当道啊！”她很快反应过来他到底是什么意思，接着问，“顾锦溪的事是你找人曝光的？”

凌越没回答，伸出修长的手指放在唇边嘘了一声。

“你好坏啊！”顾安心抱着他狠狠地亲了一口，“不过，我喜欢！”

沙发很快因为他们打闹而变得凌乱，凌越向她的脖子吹气，低沉的嗓音带着致命的吸引力：“带我去看看你的房间？”

“没……没什么好看的。”顾安心意识到气氛不太对劲了，下意识地往后缩了一下。

孤男寡女共处一室，果然要出问题。

“看看。”凌越耍赖似的道。

“我哥马上就回来了……”顾安心红着一张脸，害羞得都不知道看哪里。

下一秒，她被凌越抱起来，走向卧室。

一小时后。

顾安心躲在被子里，只露出一双眼睛，脸上还有红晕：“你快走吧，我哥今天好像要回来吃晚饭。”

凌越弹了弹她的脑门，不但不走，还把她拉过来，紧紧地抱在怀里：“他回来就回来，我们光明正大，你怕什么？”

顾安心不得不提醒他：“我哥说，要是他再看到你欺负我，就打断你的腿。”

“我哪有欺负你？”凌越伸手挠她。

顾安心笑得满床打滚，赶紧求饶。凌越这才罢手，跟她说正事：“你住在他这里，我很不方便。”

“怎么不方便了？”顾安心心想：你还不是想来就来吗？

凌越低头咬了一下她的嘴唇。顾安心连忙同意：“对，很不方便，你说什么就是什么。”

凌越帮她调整了一个舒服的姿势，抱着她道：“这里的房子是一梯两户的格局，我买下了对面那套房，精装修。这几天我们一起买些喜欢的家具，之后就可以入住了。”

“你买了对面那套房？”顾安心震惊，“这么大的事，你怎么没跟我说？”

凌越："因为这是惊喜啊！"

顾安心确实被惊到了，一想到自己以后随时能找到他，就觉得既浪漫又有安全感。

"可是，就怕我哥哥要生气了。"顾安心笑道。

"他有什么好生气的？他不能一直把你留在家里。而且他最近忙着开公司，百忙之中还要回来照顾你，多累啊！"凌越已经给顾安生找到了同意的理由。

顾安心扑哧一声笑了出来："是、是、是，三哥说得对！"

凌越："我已经很迁就他了，选了他对面的房子，以后你们随时都能见到彼此。"

"三哥最好了。"顾安心抱着他道。不过，说到哥哥，顾安心还要找凌越帮忙。

"三哥，你有空帮帮我哥，他身体不好，以前根本没有工作过，也没有创业的经验。他现在刚开始做，一定不顺心，"顾安心认真地道，"要是有什么困难，你帮帮他！"

"帮他？"凌越要被她逗笑了。她以为顾安生跟刚毕业的大学生一样吗？

"你笑什么？我说的是真的。他脱离了顾家，说不定还要被顾元朝打压，一定很难。"顾安心道。

"放心，只要他开口，我就会帮他！他是你哥，就是我哥。"凌越说道。既然顾安生没把他的事告诉顾安心，凌越也不打算戳穿他。

"太好了！以后我们一家人一起努力！"顾安心感慨完，把他从被子里拉出来，"好了，你真的该走了，不然待会儿被我哥看到就糟了。"

这一拉，凌越的肩膀露出来了，上面的枫叶形状的胎记非常显眼。

顾安心一愣，突然重新想起了白阿姨的事。之前发生的事情太多了，顾安心竟然把这件重要的事情给忘了。

"发什么呆？"凌越穿好衣服，道，"那我先过去了，晚上你哥要是回来，你跟他说一下……"

"三哥，"顾安心突然打断他的话，"你妈妈叫什么名字？"

顾安心突然问他妈妈的名字，话题转变得有些快，凌越显然愣了一下。

“怎么？丑媳妇要见婆婆吗？”凌越捏了捏她的下巴，不禁摇头，“可惜我也不知道她在哪里，怕是难见。

“我只知道她的名字，白文清。”

第十四章

/

寻找白文清

顾安心不禁瞪大了眼睛，凌越的母亲果然姓白！顾安心赶紧跟他道："我以前贪玩，从福利院偷跑出去，结果不小心落水了，是被一个白阿姨救起来的。那个阿姨说她有一个失散多年的儿子，肩膀上有一个枫叶形状的胎记，和你的一模一样。"

她虽然不知道那位白阿姨叫什么名字，但现在越发相信白阿姨就是凌越的妈妈了！这个世界可真小！

凌越顿住了，十分震惊，过了好久才反应过来："你可能见过我妈？"

顾安心点头："既然你说姓白，那可能性很大。"

"在哪里？"凌越不记得母亲的样子，一直存着找母亲的心思，但凌天有意阻止，所以凌越至今没有收到任何与母亲有关的消息。现在他突然听顾安心这么说，心中生出一线希望。

"你还记得是在哪里见到了她吗？"凌越问。

"当时是在长安山那边的白溪村，但我不确定她现在还在不在。"顾安心道。

一种难以言喻的情绪在凌越的心底滋生。他一直没有体会过母爱，羡慕别人能跟母亲在一起，此刻难以抑制住想去找母亲的想法。他抱紧顾安心，在她的额头落下一吻，道："我要去找她！"

顾安心理解他的心情。当初她刚知道自己的父亲是顾元朝时，也疯狂地想见见父亲。顾安心点头："嗯！"

长安山离这里上百公里，凌越次日一早便去了，但路不太好走，而且他也不知道能不能找到白文清，所以并没有带上顾安心。

顾安心一直在家里等他的好消息，结果当天下午便从电视上看到长安山山体滑坡的新闻。顾安心吓得脸色苍白，一边查受灾地址，一边祈祷凌越不要有事。

然而，她查出来的受灾地段刚好就是凌越必经的地段！

顾安心吓得手都在发抖，连忙给凌越打电话。可怕的是她根本联系不上凌越。顾安心彻底坐不住了，思考了一会儿，拿着包冲了出去！

天空阴沉沉的，似乎在酝酿一场大雨。

司机载着她，一边开车一边劝道："姑娘，听说长安山那边出事了，你要不要改天再去？"

顾安心摇头，心里七上八下的："师傅，你快点开！"

司机越往前开，发现天气越差，顿时有点后悔接了这单生意。

"师傅，你知不知道有什么近路？"顾安心不停地看时间，一脸焦虑。她恨不得立马飞到凌越身边。

"有近路，但是路况不好，我不走！"司机还是坚持安全第一，走大马路。顾安心再着急也没办法。

这时顾安心的电话铃声忽然响了起来，电话是顾安生打来的。顾安心赶忙接通电话："哥，我出去一趟，马上回来！"

"这么大的雨，你去哪里了？"顾安生问。

"长安山。"顾安心说了实话。

"长安山？"顾安生惊讶了，虽然他们都是在长安山福利院长大的，安心想回去看看也情有可原，但天都快黑了，而且长安山那边刚发生了山体滑坡……

"你赶紧给我回来！"顾安生严厉地道。

"哥，我真的有事，先这样吧！我这边快进山了，信号不好，晚点再给你打电话。"

"安安、安安！"

顾安心那边确实信号不好，顾安生再打过去时，电话已经无法接通了。

今天天气特别差，才到傍晚，已经黑得伸手不见五指了。狂风肆虐，小区花园里碗口粗的大树竟然被吹得几乎要倒地了。

顾安生根本没法放心，叹了口气，大步冲出了门。

风太大，出租车司机开到郊外的加油站就拒绝再往前走了。

可是这里距离山体滑坡的路段还有点距离，顾安心对司机道："我给你加钱！"

"姑娘，这不是加多少钱的问题，这么大的风，车一开就偏向，谁会拿自己的命开玩笑呢？"司机无奈地摊手，"而且我刚刚看了天气预报，一会儿还要下暴雨，长安山估计已经封路了，我载你过去也没用。"

"我真的着急去长安山找人……"顾安心一想到凌越可能被压在土堆里呼救就想哭，将包里的钱都掏了出来，"师傅，这些都给你，行吗？"

司机摇头："姑娘，真的不能进去了！要不你跟我一起在便利店里躲一躲，等天气好些了，我再送你过去？"

司机话音刚落，外面的雨势变得更大了，瓢泼大雨已悄悄降落。

"你看吧！"司机害怕地看着外面，"果然不能再往前走了！老天爷都喊我们停下来！"

"算了。"顾安心也不想为难他，转身穿上雨衣便冲下了车。

司机目瞪口呆，被她吓了一跳："喂，这里距离山上还很远呢！"

"我知道！"顾安心头也不回。她知道自己现在可能有些莽撞，但满脑子都是凌越挣扎的场景，要是她因为滞留在这里而耽误了救凌越，那她一辈子都无法原谅自己！

司机震惊了，现在的年轻人真疯狂！

雨越下越大，顾安心脚下的路变得泥泞不堪。大雨倾盆，狂风大作，顾安心的眼睛都快睁不开了。

深秋的大雨带着十足的寒气，顾安心穿得薄，又淋了雨，此时冷得浑身颤抖。

她紧紧地咬着牙，抬手抹了一把脸上的雨水，继续往前走去。

顾安生被堵在高架桥上，前后都是车，既过不去也下不来。

安心的电话还是打不通，顾安生气得一掌拍在了方向盘上！

他坐立不安，想了想，打给了凌越，但凌越的手机也打不通。顾安生隐约感觉他们可能在一起！

他打了几十通凌越的电话，本没抱什么希望，没想到竟然打通了！凌越那边全都是风声和雨声，一听就在长安山！

“凌越，你这浑蛋！这种鬼天气，你把安安骗到长安山去做什么？你的脑子生锈了吗？”顾安生没控制住自己的脾气。

通话信号不好，声音断断续续的，但凌越还是听到了，顾安心跟着自己来了长安山？

“什么时候的事？”凌越慌了，在风雨中颤抖着问道。

刚刚前面还发生了山体滑坡，顾安心贸然跑来太危险了！

“一个小时前！我打听到她坐了辆出租车过去……”电话里传来顾安生断断续续的质问和斥责声，但凌越已经顾不得听了。凌越挂了电话，转头问旁边的柳然：“进长安山的公路上有没有避雨的地方？加油站或者村庄什么的。”

“有，我刚刚查了，”柳然看了一眼手机，道，“有两个加油站和一个村庄！”

凌越二话没说，上了旁边一架直升机。

他从不打没准备的仗，早上便看了今天的天气预报，所以直接开着直升机去了。

他刚刚已经去过一趟白溪村了，在目睹相关路段山体滑坡之后，准备原路返回，却得知顾安心也来了。

凌越调整方向，去了加油站，最终找到了载顾安心来的那个司机。

司机远远地看到直升机，从便利店里探出脑袋围观，听说是来找一位姑娘的，震惊地道："原来她急急忙忙的就是去找你啊？跟不要命似的！"

凌越一脸阴沉："她往哪边去了？"

司机指了一个方向，道："我劝过那位小姐，这样的天气进山很危险。可是那位小姐不听，我只能送她到这里了。她一定很爱你才会这样不惧生死的，我老婆就不会。我来长安山这么久了，她一个电话都没有给我打……"

听司机絮絮叨叨，凌越感觉胸口堵得发慌。他不敢想安心是否真的会出事，只能以最快的速度朝着顾安心的方向飞去。

此时，顾安心已经累得完全没力气了，但还在不停地往上走。她拿出手机，想打电话，但手机没有信号。

凛冽的寒风夹杂着大雨，顾安心已经分不出来眼前的是雨水还是自己的眼泪了。她的腿脚已经完全没了知觉，人也有点眩晕，但她一想到凌越，就觉得自己不能放弃。

天色越来越黑，风声、雨声却没有变小。她的头顶突然飞过一架直升机。

顾安心觉得这应该是救援队的人，并没有关注。但这架直升机一直盘旋在她的头顶上，迟迟没有离去。顾安心感觉不对劲，抬头看了一眼。她这才发现，直升机飞得极低，她甚至能看到机身上刻着的英文字母"L"。

凌家的人来了？难道凌越真的出事了？顾安心慌了，脚下的步子越发快了。

直升机开始往下降，停在了不远处。顾安心朝直升机的方向跑，觉得自己跟着直升机一定能找到凌越！

然而她冻得腿脚僵硬，再猛地加快步伐，没控制住平衡，身体猛地往前倾，一头倒在了泥水里，险些呛到。

她抬起头隐约听到凌越在喊她："安心！"

顾安心揉了揉耳朵，以为是自己幻听了，刚爬起来，就在摇摇欲坠的时候，整个人被拉入了一个结实、熟悉的怀抱。

“三哥？”顾安心既蒙又激动，确认凌越安然无恙后，再也支撑不住了，一头扎进了他的怀里！

“你怎么这么傻？这种天气跑过来，你不要命了？”凌越终于见到她了，这才放下心来，但见她浑身发抖，状态十分糟糕，忍不住心疼起来。

凌越撩起她的裤腿，看着已经肿成萝卜状的脚腕，脸色铁青，忍不住斥责她胡闹！

“我担心你呀。”顾安心闭着眼睛靠在他的怀里，虽然身体不舒服，但找到了他，终于能放心了。

凌越转身蹲在了顾安心前面：“上来。”

顾安心摇头，这种天气，一个人走路都费劲，如果再背上一个人，就更走不快了：“要不我还是自己走吧，我们要赶快离开这里，说不定还会发生山体滑坡。”

“你现在知道害怕了？闯进来的时候倒天不怕地不怕！”凌越被她气笑了，强行背着她道，“直升机就在那边，不远。”

“那架直升机是你的？”顾安心反应过来了，“我好蠢啊。”

凌越早有先见之明，本来没什么事，但她愣是把自己搞成现在这副狼狈的样子。

“你不蠢，别瞎说。”凌越虽然斥责她鲁莽，但心底还是隐隐有些高兴，“安心，我觉得我这辈子值了。”他从未被人这么重视过，此刻只想将她的真心好好收藏起来。他决定了，以后要免她苦、免她惊，不让她四下流离、无枝可依。

他们要一辈子在一起。

两人刚登上直升机，外面的雨下得更大了，好在没有打雷。

顾安心赶紧抱紧凌越，心有余悸。

凌越失笑：“现在知道怕了吧？下次再遇到这种情况，别冲动，知道吗？”

顾安心点头：“我要是早知道你有直升机，说什么也不跑出来。”

凌越替顾安心脱掉湿衣服，换上自己的干衣服，紧紧地搂住她，用自己的体温温暖她。

凌越见她还在发抖，心中很自责："安心，你以后真的不能这么莽撞了，我宁愿不找母亲，也不想你出事。"

顾安心一愣。

"她生了我，却又抛弃我，其实找不找得到我都无所谓。我不过是想要看看她。"凌越抱着她的手臂收紧了些，"你不同，我已经离不开你了。"

"你好肉麻。"顾安心扯了扯嘴角，想笑但没什么力气，闭上眼睛道，"三哥，我想睡觉。"

凌越摸了摸她的额头，发现顾安心的额头比刚刚更烫了。

他脸色阴沉，立马对柳然道："开快点！安心发高烧了！"

"是！"柳然回答道。

顾安心迷迷糊糊地听见凌越慌张、低沉的声音，觉得温暖可靠，昏睡了过去。

顾安心这一觉睡得特别沉。梦里，她一会儿看见了凌越，一会儿看见了哥哥，还看到顾锦溪躲在小黑屋里疯狂骂她。

最后，她还梦到妈妈，妈妈让她珍惜当下，要过得幸福、快乐。

她太想妈妈了，试图抓住妈妈，伸手一拉，却直接把自己给吓醒了。

顾安心缓缓睁开眼睛，看到凌越坐在旁边："三哥？"

她摸了摸自己的头，原来是做梦。

"醒了？"凌越一脸紧张，"你是不是要喝水？现在感觉怎么样啊？"

顾安心摇头，抬头却发现他的脸上有伤："你的脸怎么了？"

凌越的笑容有些僵。他抬手遮了遮脸："没事，我给你倒点水。"

顾安心一脸怀疑，上一次凌越伤到脸还是跟哥哥打架……

就在此时，门被人推开了。

顾安生大步走了进来，见顾安心没事，沉着脸对凌越道："你可以走了！"

凌越的脸色很难看："我……"

"我什么我？"顾安生很不客气，一脸不耐烦，"我让你在这里待一个小时就够宽容了，赶紧给我走！"

顾安生气得不轻，安安原来多么听话啊，结果被凌越影响后变得这么大胆。顾安生看到凌越抱着晕倒的顾安心的那一刻，恨不得一拳打死凌越。他单方面宣布对凌越的考察结束了，凌越不合格！

他是看在凌越尽心尽力地照顾安安，同时满怀歉意的分上才让凌越在这里待一个小时的，现在一个小时到了，凌越可以走了！

"哥……"顾安心暗道糟糕，连忙解释，"这事不怪凌越，是我自己跟着过去的，怪我事先没沟通好。"

"你闭嘴！"顾安生不听，"要不是他，你会突然跑去那个地方吗？"

顾安心一时无言以对。她突然发现顾安生的眼底一片乌青："哥，你的脸怎么也受伤了？"

顾安生抬手捂住眼睛："没事。"

顾安心急死了："你们又打架了？"

凌越端着水过来，岔开话题："喝点水。"

顾安心皱眉："你们是小学生吗？就不能好好说话吗？"她夹在中间可太难了！

凌越把她扶起来，给她喝了口水："没事，松松筋骨，对身体有好处。"

顾安心很心疼凌越。

"要我赶你走？"顾安生见凌越还不走，有点不耐烦。

凌越刚刚跟他打了一架，说好今天只待一个小时，也不好反悔，便道："好好听医生的话，按时吃药打针。抽屉里有蜜饯，如果你嫌药苦，就吃点蜜饯！"

顾安心："好。"

顾安生在一旁撇嘴，冷哼了一声。

"你等一下。"顾安心见凌越真的要走，连忙问他，"找到白阿姨了吗？"

“她已经搬走了，我打听到她后来搬去了宜山。等你病好了，我找个时间过去一趟。”

顾安心点头，知道他心里肯定很着急，想尽快找到母亲，道：“那你赶紧去吧，我就是感冒了，不是什么大病，再说还有哥哥在呢。”

顾安心始终不相信白阿姨会抛弃凌越，白阿姨能不顾自身安危救一个不相干的人，心地多善良啊！白阿姨的身上散发着母性的光辉，她怎么会抛弃自己的亲生儿子？

这里面肯定有隐情。

凌越考虑了一下，道：“那我明天过去。”

“嗯。”

凌越终于走了，顾安生砰的一声把门关上。

顾安心见哥哥还在生气，连忙赔笑道：“哥，真的不关凌越的事，是我自己太莽撞了。”

“你别急着帮他说话，我听了更生气！”顾安生道。

顾安心连忙闭嘴，不敢再说了。

“你知道哥有多担心你吗？你昏迷了两天，我就两天没睡。以后你如果还这样，先想想哥哥的身体能不能陪你这么折腾吧！”顾安生委屈地道。

顾安心过意不去，连忙道歉：“哥，对不起。”

顾安生要的不是她的道歉，而是承诺：“答应哥，以后再也不任性了。下次你遇到这样的情况，先跟我打电话！”

“嗯！”顾安心乖巧地点头。

顾安生这才消气，温柔地问顾安心：“饿了没？想吃什么？”

顾安心吸了吸鼻子：“我现在只想哥哥好好睡一觉。”

顾安生拍了拍顾安心的头：“算我没白疼你！”

次日一早，凌越给顾安心打了电话，说他已经在去宜山的路上了。

正好过来送早餐的顾安生听到安心在跟凌越打电话，一张脸拉了下来。

等顾安心挂了电话，他立刻不满地嘀咕：“我就说他不是好人，你为了他病成这样，他还跑去宜山，一点都不知道心疼你！”

“哥，凌越到底哪里惹你了？人家在这里，你赶人家走；人家不在这里，你又说人家。”顾安心现在知道为什么凌越说大舅子难伺候了。

顾安生脸色一变，将手中的早餐推到一边：“怎么？现在就和他站在一起了？”

顾安心嬉笑着摇头道：“怎么可能？我和哥才是最亲的人。”

顾安生的脸色顿时好了，但他还是觉得妹妹跟凌越在一起会吃亏。

外面有人敲门。

“谁？”顾安生问道。

“是我，凌方。”

兄妹俩都愣了。顾安心一听到这个名字就想到了凌家那些乱七八糟的事，觉得很烦，对顾安生道：“哥，交给你了！”

“人家毕竟是凌天集团的总裁，来都来了，还能避而不见？”顾安生去开门。

“好吧。”顾安心沮丧地随手拿了本书，看了起来。

凌方今天穿着西装，进来之后很客气，把手里的花递给顾安心，道：“听说你生病了，我过来看看。你好点了吗？”

凌方彬彬有礼，说话也很客气。顾安心也不好把内心的厌恶摆在脸上，伸手接过了花，勉强地道：“多谢凌大少爷。”

顾安生：“大少爷，请坐。”顾安心一眼便看出顾安生对待凌越和凌方有多大的区别。

哥哥对凌越态度恶劣，对凌方笑脸相迎，但明显跟凌方之间有距离感，面对凌越时倒比较自在。果然，哥哥还是知道远近的，顾安心很欣慰。

凌方也看出顾安生十分客气，道：“直接叫我凌方就行，不要太见外。”

顾安生笑着倒了水。

凌方赶紧接过水，问：“安生最近忙什么呢？听说你没有去顾氏上班？”

兄妹俩一愣，安生？凌方倒真不见外！

“顾氏的产业以实业为主，我更喜欢金融投资行业，公司没有适合我的位置！”顾安生模棱两可地答道，“听说凌越不仅在金融领域多有涉猎，而且对高科技行业也很有研究？你们凌氏在这方面应该很强吧？”

他明知道凌方和凌越兄弟不和，还当着凌方夸凌越，分明就是想让凌方不痛快。

顾安心偷偷看一眼顾安生，哥哥越来越坏了。

凌方脸色一僵，不过很快恢复平静，道：“原来安生喜欢金融业，凌氏倒是有这方面的业务。安生有没有兴趣来凌氏上班啊？”凌方说的明显是客套话。

顾安生失笑：“你就不怕我能力不够，把凌氏给搅乱了？”

“顾家和凌家马上就要成为亲家，”凌方说着看了一眼顾安心，“我们将来都是一家人。”

顾安心不解，问他：“你还要娶顾锦溪？”

凌方摇头：“不是我要娶，是老三要娶。”

“什么？”顾安心诧异地看向凌方，这人真有意思，开什么玩笑？

凌方也一脸诧异：“这事老三还没跟你们说？”

顾安生感觉自己听错了，确认道：“你是说，凌越要娶顾锦溪？”

“嗯。”凌方一脸认真，道，“老三在凌家越来越边缘化，我爸给他安排这桩婚约，也是为了帮他，毕竟他娶了顾锦溪之后，在顾家也就有地位了。另外，顾锦溪那边急需找个靠山……”

“是接盘侠吧？”顾安生打断他。

凌方见这兄妹俩这么不满，心里越发窃喜，道：“反正现在两边达成共识，这桩婚事应该是板上钉钉了。”

“这不可能！”顾安心根本不信，见凌方一脸笃定，十分反感，“你父亲好歹也是个要面子的，顾锦溪现在臭名昭著，他不怕因此拖垮凌家的形象？”

“我知道你一时难以接受，但顾锦溪的名声还真不是问题。你看几天过去了，网友已经把她忘得差不多了，再过一段时间，谁也不记得在她的身上发生过什么事了。”

顾安心皱眉："可是我们圈子里的人知道！"

凌方："凌越本来也不常出席圈内的聚会，他连我爸的寿宴都不去。"

顾安心一时无言以对。顾锦溪先是和凌方订婚，后来又和凌盛睡到一起，最后却要嫁给凌越？凌天的决定也太荒唐了，他到底有多不看重凌越，竟然让凌越娶顾锦溪？！

凌方安慰顾安心道："像我们这样的家庭，婚事常常无法自己做主，就算我是凌天集团的总裁，之前不也得听从父亲的安排吗？"

凌方的言外之意是，这事凌天已经定了，就算接下来凌越不同意也不行。

顾安生没说话，心里觉得怪怪的。他一直不放心把安安交给凌越，觉得她会吃亏，但现在猛地听到凌越要跟别人结婚，又不太想接受。

"不过好在你跟他在一起的时间并不长，就你的条件，要找个比他更好的男人不是轻而易举吗？所以，你也没必要太伤心。"凌方道。

顾安心皱眉："凌方，你今天是存心来给我添堵的吧？"她顾不上礼仪了，直接质问凌方。凌方突然跑到她跟前说这些，分明是看她过得太舒服了，存心来捣乱！

"我告诉你，是想让你有个心理准备，是为了你好。"凌方道，"你还真把老三当情圣？我跟他做兄弟这么多年，还不知道他凡事利益至上？"

"你给我滚！"顾安心不想再跟他说话了。

凌方见她动怒了，叹了口气，道："行，我滚！总之你别太难过了，为了他伤心、伤身，不值得。"

把凌方送走后，顾安生看了一眼顾安心，道："行了，虽然凌方今天确实是来给你添堵的，不过我觉得他对你并没有恶意。我们早知道这件事，也能有个心理准备。"

"什么心理准备？"顾安心不想有这方面的心理准备。

顾安生："万一凌方说的是真的，凌越就是个利益至上的人呢？"

"不可能。"顾安心还是不信。如果说凌越凡事利益至上，她信；但如果说他无条件地利益至上，她不信。

“你还别不信，男人靠得住，母猪能上树！凌越想要顾家，所以娶顾锦溪，这完全是有可能的！”顾安生教育她。

顾安心：“哥，男人何苦为难男人？”

“你别嬉皮笑脸的，我跟你说正经的！你确实需要有点准备。”顾安生认真地道。

顾安心也认真起来，道：“哥，这件事还需要听凌越怎么说，凌越的态度才是关键的吧？”

顾安生想想也是：“那行吧，等他回来你们好好谈谈。哥只希望你不要受到伤害。”

“嗯。”顾安心点头，“如果他真是那种人，那我也没必要专情于他。你放心吧！”虽然她说得洒脱，但顾安生知道，要是事情是真的，她绝对没现在这么淡定。

顾安生不禁摇头。

第十五章

信任危机

次日，顾安心做完身体检查，确认没问题后便出院了。

顾安生因为忙于应酬没办法来接她，把这件事交给柳然了。但顾安生没想到凌盛会找上门来。

凌盛自从被凌天狠狠地教训了一顿后，不敢再轻举妄动，在凌氏内部也逐渐失去了威信。

凌盛不敢去找凌越的麻烦，那样要付出的代价太大了，听说顾安心生病住院后，便专门过来给她添堵。

停车场，凌盛拦住了顾安心的车。顾安心盯着他，跟看见鬼一样，这令凌盛十分满意。他觉得自己来对了。

“怎么，你不认识我了？”凌盛深吸了一口烟，吊儿郎当地对着她吞云吐雾。

“喀、喀！”顾安心被他呛得咳嗽不止。

柳然意识到凌盛是来找碴儿的，连忙扔下手里的东西朝凌盛冲过去！

然而凌盛早有准备，五六个彪形大汉从凌盛的身后走了出来！

凌盛好歹是凌家二少爷，怎么能容忍一个保镖在自己的面前耀武扬威呢？自从那天在酒店被柳然打了之后，他便去安保公司花了大价钱挑了几个厉害的保镖，为的就是在再次看到柳然时，好好地收拾柳然一顿！

现在机会来了！

凌盛盯着柳然坏笑，摸了摸自己的下巴，道："你就是凌越的一条狗，敢打我？我今天就找人灭了你！"

凌方说完看了保镖一眼，意思是"往死里打"。然而，保镖还没冲过来，顾安心便挡在了柳然的前面，鼓起勇气道："打狗还得看主人呢，柳然可是凌越的人！凌盛，你这是公然挑起兄弟之间的矛盾！"

凌盛一愣，凌家兄弟之间虽然谁都看谁不顺眼，但在凌天面前都维持着和平的局面。谁要是公然宣战了，那必定会被凌天教训。

这女人够聪明，竟然知道其中的利害关系。

凌盛咬咬牙，一把将顾安心拉过来："臭女人，就你事多！"

凌盛虽然不甘心，但也不再敢下狠手，对保镖道："别打脸就行了，在看不见的地方，可以多踢几脚！"

"凌盛，叫他们住手！"顾安心见柳然被一群人围着打，着急得不得了！

柳然一直尽职尽责，对她忠心耿耿，他们已经不是单纯的雇主与保镖的关系了，他们是朋友。顾安心看到朋友被欺负，又制止不了，干脆报警了。

然而下一秒，她的手机被凌盛抢走并扔在了地上。凌盛看起来格外凶狠，道："你报警试试！"

柳然见顾安心被凌盛抓住了，怕拖累她，连忙喊道："顾小姐，不用管我，我这几年没少挨打，我没事！"

他越说没事，顾安心越心疼他。这时车库里有一辆车开进来，顾安心刚要扯着嗓子喊救命，便被凌盛用手捂住了嘴巴。

"你待会儿再喊吧！"凌盛在她的耳边坏笑道。

顾安心愣了一下，无法发声，用惊恐的眼神看着他。

"听说凌越要娶顾锦溪了，那我睡他的前女友，应该没关系吧？"凌盛不怀好意地道。

顾安心开始拼命挣扎，但因为没有力气，直接被他拖上了车。顾安心意识到可能发生的事后，眼里充满绝望，凭借最后一丝力气用脚钩住车门，不让他关门。

只要他不关车门，就带不走她；只要他带不走她，她就有得救的希望！

柳然见顾安心有危险，用尽全身的力气反抗起来，以一敌六。但每当他快要跑到顾安心身边时，又会被保镖拖走。

就在凌盛将顾安心完全塞进车中，正要关车门时，突然被人一把拉开，脸上被人狠狠地揍了一拳。

凌方突然出现，推开凌盛，问："老二你干什么呢？！"

顾安心的眼睛因为挣扎而变得通红，此刻她正看着凌方，向他求助。凌方赶紧拉顾安心下车，并对凌盛道："凌盛，你疯了吗？上次还没被教训够吗？"

凌盛皱眉："你跑来捣什么乱？"

"你该庆幸我来了，阻止你犯下无法挽回的错误！"

凌盛转过头，哼了一声，很不屑。

"你们给我住手！"凌方对不远处的那群保镖道。

等那边停下来后，凌方语重心长地对凌盛道："老二，你安分点！如果老头知道你对安心使用暴力，往后你在凌家就更难混了！"

凌盛目露凶光，心里仍旧不服。

凌方继续道："行吧，反正你手头就剩那么一点股份了，你要是不在意，就继续折腾吧！"

这句话戳到了凌盛的痛处。凌盛没什么本事，全靠那点股份才能勉强在凌天集团有一席之地，要是连股份也没了，那就彻底没法混了！

凌盛盯了凌方很久，然后狠狠地瞪了一眼顾安心，带着人走了。

顾安心松了一口气，连忙跑过去查看柳然的伤势。柳然刚刚是强撑着站起来的，现在凌盛等人一走，他立刻摔倒在地！

"别着急，我帮你们打 120。"凌方从容不迫地叫了辆救护车过来。

三人上了救护车。

路上，顾安心对柳然道："我这就给凌越打电话，让他替你讨回公道！"

"不要！"柳然制止了她，"今天没保护好您，是我失职了。我没脸再让老板替我讨回公道。"

"什么失职？凌盛带了六个人来，你就算是李小龙转世也打不过他们啊！"

凌方接话道："保镖这行不管过程，只论结果，他没保护好你是事实。要是凌越知道你险些被凌盛掳走，柳然就惨了。"

顾安心叹了口气，不再想这件事，反而问凌方："你怎么也跟上来了？"

"我不放心你……们啊。而且，我今天没事。"凌方道。

顾安心知道柳然和凌方说得有道理，考虑再三，还是放弃了要告诉凌越的想法。

"不过凌盛要是敢再派人来，我一定找凌越对付他！"顾安心道。

"你话说得那么清楚，凌盛也不是傻子，不敢再来了。"凌方很笃定。

顾安心点头，凌盛不敢来最好。不过凌方今天的行为倒是颠覆了她的认知，她从没想过，自己有朝一日会被凌方救了。

"谢谢你，凌方。"她觉得自己有必要感谢他，便认真地道。

凌方愣住了，头一次被顾安心感激，感觉有点奇妙，笑道："不用谢，凌盛是我的弟弟，及时阻止他犯错是我这个当哥哥的该做的。"

顾安心扫了他一眼，没想到凌方也有这么负责任的一面。

到了医院后，柳然在里面上药，顾安心在外面等着。她看了凌方一眼："你回去吧，这些事我能处理。"

顾安心不明白凌方怎么还待在这里，感觉怪怪的。

"嗯。"凌方点头，但走了几步又回来了，问她，"老三和顾锦溪的婚事，你别太伤心！他既然选择了顾锦溪，就说明他不是你的良人。"凌方仿佛笃定凌越一定会选择顾锦溪一般。

顾安心听了后很反感："凌越还没说要跟顾锦溪结婚呢，你能不能不要再提这件事了？！"

“他还没跟你说吗？”凌方诧异地道，“要不你打电话给老三问问？让他亲口……”

“不用，”顾安心对凌越还是很信任的，“我懒得问。”

凌方没想到顾安心能这么淡定，一方面觉得惊讶，另一方面觉得她这样是因为还不够爱凌越。

想到这里，凌方露出一丝笑意，道：“看来，你没有我想象中那么爱老三。”

顾安心没搭话，自己爱不爱凌越，不是凌方说了算的，那是她和凌越的事。

顾锦溪不是凌越喜欢的类型，而且凌越也不是那种甘愿被人摆布的人。顾安心坚定地认为，凌越是绝对不会乖乖地娶顾锦溪的。

凌方见她不回答，便默认她不够爱凌越。他想想觉得这也没什么不对的，谁会对一个残疾人付出真情呢？

凌方有些高兴，突然伸手帮她把额前的一缕碎发别到耳后。

顾安心吓了一跳，后退一步：“你干吗？”

凌方顿了顿，尴尬地收回手：“抱歉，你的头发上有脏东西。”

顾安心没再搭理他，继续专心地等柳然。

这时，凌方接了电话，恭敬地对着手机喊了声“爸”。

顾安心扭头看了他一眼，等他们快聊完的时候，突然出声道：“可以让我跟你爸爸说几句话吗？”

凌方愣了一下，对电话道：“爸，我跟安心在一起，她说想跟您说几句话。”

电话那头凌天不知道说了什么，凌方应了两声后便挂断了电话。

“我爸让你去凌家老宅说，他正好想见见你。”凌方道。

顾安心皱眉。她刚刚只是想警告凌天，儿子不是他的工具，让他不要强人所难。而他却让她去凌家老宅？

顾安心本想直接拒绝，但又想起凌天对她的态度，觉得自己没准真的能改变凌天的想法，替凌越解决一个大麻烦，便点头道：“行，等我确定柳然没大碍了，就跟你一起去凌家老宅。”

凌方有些无奈。他不排斥顾安心去老宅，但排斥她为了凌越而去。

但凌方转念一想，凌天之所以答应让凌越娶顾锦溪，原因之一是凌天觉得凌越配不上顾安心。就算顾安心亲自去劝凌天，凌天大概也不会改变主意！

所以，等顾安心确定柳然无碍后，凌方便带着顾安心去了凌家老宅。

隐秘的角落，一台相机正对着他们，一个黑衣人正不断地按着快门键。

顾安心见到凌天时，他正在院子里和花匠一起修剪花枝，过着悠闲惬意的老年生活。

凌天抬头看见顾安心，笑得很爽朗："你来了，过来这边说话。"

一阵花香扑面而来，顾安心却没有赏花的心思，在心里盘算着要怎么劝凌天取消凌越的婚约。

凌方见他们有话聊，知趣地走了，道："你们聊，我去楼上了。"凌方离开院子，看了一眼微信消息，直接上了二楼茶室。

茶室里，凌盛正在倒酒，看到凌方进来，不怀好意地道："美人是不是对你改变印象了？"

原来，刚刚凌方在车库英雄救美都是演的，就是为了扭转凌方在顾安心心中的形象。

凌方端起酒杯，摇了摇，将酒一饮而尽，道："你的主意还可以。"

"那你答应我的法国酒庄可别忘了！"凌盛哈哈大笑起来，没想到大哥也有为美人头疼的时候。

"放心，我答应你的东西一定兑现！"凌方说着走到窗前，一边品酒一边看着花园中的人。

凌盛随凌方走到窗边，看到顾安心和凌天，撇了撇嘴："老头还真是喜欢她，咱们三个亲生儿子竟然都比不上顾元朝的女儿。"

"在老头的眼里，她不是顾元朝的女儿，是金绾的女儿。若论深情，咱家老头称第二，没有人敢称第一。"凌方道。

凌盛笑了一声："俗话说，得不到的才是最好的。他是因为没有得到那个女人，才那么痴心。如果老头得到了她，说不定早就烦她了！"

凌天的配偶栏虽然空了一辈子，他的情人却不少，不然怎么会冒出三个儿子呢？

凌方扫了他一眼："看来你最近找的那个文学院的校花对你的影响不小啊！这么文绉绉的话都能说出来了。"

凌盛抬手摸了摸下巴，回味了一番，还是感觉不满意："她看着很单纯，可是在床上一点也不单纯，我有点失望。"

凌方："闭嘴！"凌方讨厌凌盛把这种事情搬到台面上来说。

然而凌盛不觉得有问题，猥琐地看向凌方，随后问："她呢？在床上怎么样？"

凌方听到这话，脸色骤变，目光严肃起来，道："你再胡说，我就派人缝上你的嘴！"

凌盛意识到凌方真的生气了，感觉十分稀奇："大哥，说都不让说啊？你该不会真对那女人动了真情吧？"

"管好你自己！"凌方不承认自己动了真心，但也没否认，因为连他自己都不确定对顾安心的感情有多深。他觉得顾安心有吸引他的特质，但具体是什么特质，他也说不上来。

凌盛看凌方这副模样，觉得无话可说。不过，凌盛倒是乐意看到凌方、凌越为顾安心大战一场，这样他自己就能坐收渔翁之利了！

楼下，凌天正向顾安心介绍花园里的各类名贵花草，但顾安心一句都没听进去。

她焦躁地挠了挠头，打断他道："凌伯伯，其实我这次来，是想说一下凌越……"

"其他的事晚点说。"其实，凌天的心里跟明镜似的，他知道她过来主要是说凌越的婚事，但想先聊些别的。

"我和你母亲刚认识的时候，她还是个十四五岁的小姑娘，光着脚站在小溪里，仰着下巴，目光凶狠。她误以为我是小偷，要将我送去公安局！"凌天一脸怀念地道。

顾安心还是第一次从别人的口中听到母亲的事，觉得很新鲜，便继续听凌天说下去。

“我们再见面时，顾元朝的妻子金琼刚过世。你母亲那时已经长大了，变得既漂亮又机灵。”

顾安心点头，这话她信，她见过母亲那时的照片，就算母亲不施粉黛，也是一个标准的美人。

“那个时候，凌家和顾家的关系还行，我经常找各种理由去顾家找你母亲。你母亲活得太精致了，当时明明只是个刚成年的女孩子，照顾顾安生时却井井有条，育儿经一套一套的。”凌天一想到那场面便笑了，“不过她做什么都很认真，令我深受感染。”

这个顾安心也知道，她小时候母亲就是那样，蔬菜、肉类、蛋类全部要计算好营养成分，水要喝多少、隔多久喝一次，母亲还会列出一个表来。

母亲非常细心，把顾安心养得白白胖胖的。在顾安心的印象中，自己没有得过大病，这都是母亲的功劳。

“那时候你母亲多会享受生活啊！她说，她希望以后有一个自己的孩子，然后相夫教子，平平淡淡、和和美美地过完一生。”凌天结束回忆，脸色沉了下来，“但很快，她就被顾元朝缠上了。顾元朝就是个浑蛋！”

凌天现在提起当年的顾元朝，依旧恨得牙痒痒。这也是这么多年来凌家和顾家关系紧张的主要原因！

顾安心发现自己竟然跟凌天有很多共同话题。她同样认为顾元朝是个浑蛋！

但她知道，凌天当时并没有为母亲做什么，他眼睁睁地看顾元朝占有了母亲，选择躲在背后和顾元朝较劲。但那有什么用？母亲已经被顾元朝伤害了！

“既然顾元朝这么浑蛋，为什么你当时不帮帮我母亲？”顾安心咬牙，实在忍不住问道。

凌天明明是缩头乌龟，却在回忆母亲的时候表现出一副深情款款的样子。顾安心看不下去了！

凌天一愣，抬头盯着顾安心看了好几秒钟，突然笑了起来：“你的身上果然有金绾的影子，连这副直接的性子都跟她一模一样！”

凌天说完一脸愧疚："没错，我当时确实没能帮到她。我不舍得放弃手里的权势，是个孬种！"凌天说完居然打了自己一巴掌！

顾安心吓了一跳。她本来有些看不起凌天，但见他这么后悔，倒也不好怪他了。

气氛陷入尴尬……

不过，凌天很快冷静下来，道："安心，其实我今天叫你过来，是有一件很重要的事要跟你说。"

顾安心："什么事？"

凌天："我怀疑你妈妈的死跟杨红有关！"

顾安心瞪大眼睛盯着凌天。她不是因为惊讶，而是因为他的猜测和自己的一模一样！她也认为母亲的死有蹊跷！

当年，金家是大户人家，杨红是金家收养的孤儿，一直在金琼和金绾身边当丫头，算是金家姐妹的玩伴。

金琼好强，个性跋扈，当年总对杨红颐指气使的。那些年，杨红确实在金家受了不少气，对金琼怀恨在心。

后来，金琼嫁到顾家，杨红则跟着金琼进了顾家。

顾元朝娶金琼只是看中了金家的财力，对金琼没什么感情，很快便与杨红在一起了。从此以后，杨红便一心想取代金琼成为真正的顾太太。

杨红好不容易等到金琼病逝，以为自己有机会了，没想到顾元朝又看上了金绾。

杨红彻底没了耐心，想尽各种办法败坏金绾的名声，包括污蔑金绾和凌天有染。最终，杨红嫁给了顾元朝。再后来，顾安心进了监狱，金绾突然自杀了。

顾安心仔细地捋了一下，认为杨红确实有杀人动机。而且，杨红那时已经是顾太太了，有那个能力！

凌天诧异地盯着顾安心："安心，你也怀疑她？"

顾安心点头："我从听说妈妈自杀的第一天开始便怀疑杨红了，但没证据。"

没证据的话她不能乱说。而且，当时妈妈给她留下遗言，让她一个人好好活着，不要再跟顾家的人纠缠。她很听妈妈的话，一直没深挖这件事。

“这件事你放心，我会尽力调查清楚。”凌天深吸了一口气，“我不会让你妈妈死得不明不白！”

“谢谢凌伯伯。”顾安心道。

“这是我应该做的。”凌天看着她，仿佛看到了当年的金绾，不禁感叹，“其实在认识金绾之前，我是一个花花公子，有过好几个女人。认识她之后，我浪子回头，却没有机会了。”

听一个男人倾诉自己多么爱慕她的母亲还是有些怪，于是，顾安心转移了话题：“对了，凌伯伯，这次我过来主要是想请你打消让凌越跟顾锦溪结婚的念头，因为凌越是我的男朋友！”

凌天没直接回答她，而是问：“凌越一辈子都要坐在轮椅上，你真的愿意跟他一直生活在一起吗？”

顾安心丝毫没有迟疑，道：“我愿意！”

“你愿意，凌越不一定愿意啊！”凌天道，“他娶顾锦溪多好啊！现在他在凌家分不到什么好处，但娶了顾锦溪就能得到整个顾家了。他会很乐意的。”

顾安心算是看出来了，凌天就是个老顽固，自己再跟他理论下去也是白费口舌！

“行，那我们就走着瞧，看凌越愿不愿意！”顾安心一脸自信。

凌天对她道：“其实凌方的条件比凌越优越多了，而且凌方对你也不错，要不然你试着接受他吧？”

顾安心死死瞪着他：“我是疯了才会被你刚刚的话触动！我是疯了才会以为你懂感情！”

他怎么能乱点鸳鸯谱？他是不是觉得男人和女人能随意地配在一起，不必谈感情？顾安心觉得自己根本无法跟凌天沟通！

“安心，我真的是为你好。”凌天语重心长地道。

“再见！”顾安心干脆转身，离开了凌宅。

顾安心刚回玉鹿台，顾安生就到了。

他神色不对，一回来便问顾安心：“安安，你和凌方见面了？”

“你怎么知道？”顾安心诧异，自己分明刚从凌家老宅回来，没跟别人说啊……

“你都上八卦新闻了！”顾安生打开手机页面给她看。

凌方这种金融圈的顶层青年才俊一向是网友热议的话题，凌方订婚了、解除婚约了、又有新欢了等等，这些都是网友非常关心的事！

顾安心看了一眼新闻，惊讶极了！网页上全是她和凌方在一起的偷拍照，其中还有一张凌方给她撩头发的。因为角度问题，照片中的他们看起来关系格外暧昧！

顾安心看到这些，背后凉飕飕的。

照片下面的评论十分可怕！

“霸道凌总的新欢竟然是‘小青菜’型！这个女人看起来好清纯啊，跟以前那些不一样！”

“你们看到凌总的眼神了吗？他撩头发的时候一脸宠溺啊！”

“都是假的！我老公只有我一个人，没有新欢！”

顾安生立刻问：“你怎么回事，怎么突然跟凌方关系这么好了？”

“上午我出院的时候遇到了凌盛，被他纠缠，是凌方帮我解围的。后来凌天邀我去他们家聊聊，我就去了。”顾安心一五一十地说了出来。

顾安生听得心惊肉跳：“凌盛纠缠你？你没事吧？”

顾安心摇头：“没事，幸好当时凌方及时出现！”

顾安生没想到凌方会帮她，但还是提醒道：“凌方心机重、不简单，你以后还是离他远点，少见凌家的人。”

“好。”顾安心点头。

说完，顾安心心惊胆战地翻看了一遍照片，不得不佩服这些八卦记者的抓拍能力。

这些照片中，她的脸上一直没什么表情，甚至看起来有些不悦，但因为角度特别，凌方的眼神和表情又很到位，二人看上去还真有点像小说里写的“霸道总裁在哄小娇妻”。他们明明没有任何亲昵的举动，偏偏引人遐想。

顾安心越看越害怕，小心翼翼地问顾安生："哥，你说这个……凌越会看到吗？"

"你说呢？"顾安生反问她，"凌越只要有手机，就能看到这些照片！"

顾安心顿时更慌了，心想完了。凌越虽然对她百依百顺，但遇到这种原则性的问题，一定会生气。

"你怕什么？那又不是真的。"顾安生见她担心，安慰她，"他自己和顾锦溪的事情还没搞清楚呢，你们这顶多算是扯平了吧！你们谈一下，没问题！"

顾安心觉得哥哥说得有道理，但看了看这些照片，又觉得顾安生太乐观了。

事实证明，还是她更了解凌越。

当天下午，凌越便火急火燎地从宜山赶回来了，身后还跟着一脸担忧的 Alice。

"你回来了！"顾安心笑脸相迎，可凌越的脸色依旧十分阴沉。

Alice 率先道："顾安心，我以为你对先生是真心的！"

顾安心直接看向凌越："你也信那些八卦吗？"

Alice 是旁观者，被网友影响判断很正常。顾安心不怪 Alice，只关心凌越是怎么想的。

凌越盯着她，仿佛要将她看穿，不回答她，转身对 Alice 道："这里没你的事，你先回去！"

Alice 踩着高跟鞋离开了，走之前特意对顾安心道："顾安心，上次先生坠机的事就是凌方干的！你现在和凌方纠缠，对得起先生吗？"

"轮不到你来质问她，滚！"凌越的心情差到了极点。

他的怒吼声吓了顾安心一跳，她震惊地盯着凌越。

Alice 一走，凌越便起身站在她身前，盯着她道："我不信那些花边新闻，只想听你的解释，那些照片到底是怎么回事？"

"那都是无中生有的！"顾安心不喜欢他这种咄咄逼人的态度。他明明嘴里说着不信花边新闻，却把她当犯人审问。

"你们怎么会一起去医院？谁生病了？为什么我不知道？他碰你

的头发，你怎么没反应？”凌越一肚子疑问，想让顾安心一一跟自己解释。

顾安心顿时不高兴了：“这个你去问柳然！我跟凌方一起出现在医院完全就是意外！还有，他突然撩我的头发，我要有什么反应？喊非礼吗？”顾安心被凌越的态度激怒了。

顾安心明明是想解释，却激化了矛盾。

“那你呢？你跟顾锦溪的婚事，你有跟我说过吗？”顾安心的情绪激动起来。

“如果你想知道，我当然会告诉你！但是，现在我们有一说一，你先把你的事解释清楚！”凌越还是迈不过这道坎，“你跟凌方聊了半个小时，都聊了什么？”

“凌越，你这是在审问犯人吗？”

凌越咬牙，凌方恨不得置自己于死地，是自己的仇人，而顾安心却跟凌方见面，还一副相谈甚欢的样子。而且，凌方还对顾安心心怀不轨，这让凌越怎么能不生气？

“说啊，你们到底谈了什么？”凌越本觉得自控能力还可以，但只要一想到顾安心可能会被凌方夺走，就瞬间变成了一个被忌妒心蒙蔽的普通人。

“我懒得跟你说！我当时一直跟凌方保持着安全距离，我们之间没有任何不妥之处。”顾安心不想再解释了，觉得心寒！

“为什么不说？为什么这样模棱两可？难道你和你妈一样，喜欢周旋在两个男人之间？”

顾安心听到这句话，愣住了。凌越说完也愣住了，立刻意识到自己气昏头了，口不择言！

他其实是相信安心的，但多年来一直缺乏安全感，所以才会一再地让顾安心解释清楚。顾安心偏偏不解释。

他一激动便说出了这种无法挽回的话。

看到顾安心黯淡的目光，凌越顿时慌了：“安心，我没有那个意思，刚刚那是……”

“滚！”顾安心大吼了一声，眼神冷漠。

“安心，原谅我刚刚失态了，我向你道歉。”凌越道。

顾安心甩开他的手：“我不接受你的道歉，滚！”

顾安生回来了，看见他们剑拔弩张的样子，明白两人是因为八卦新闻而闹矛盾了。

顾安心见到哥哥，委屈感瞬间涌上心头。她跑到顾安生身后，道：“哥，叫他出去！我不想再见到他！”

顾安生自然无条件站在顾安心这边，对凌越道：“听到了吗？还不快滚！”

“安心。”凌越也对自己很失望，自己无论如何都不该对顾安心说出这么伤人的话，“我再一次为我刚刚的言行道歉。安心，我真的不是有意的。”

然而顾安心再也不听了，捂着耳朵跑回了房间。她不知道凌越竟然有这么讨人厌的一面，他就是一个既小气又过分的幼稚鬼！

凌越还想追上去，但被顾安生挡住了。顾安生扯了扯嘴角，道：“为了一件无中生有的事闹成这样，你们真是厉害。”

凌越垂下目光，没说话。

顾安生：“这件事一看就是凌方干的！用几张照片就让你们的感情产生了裂痕，他还真是高明！”

凌越虽然不喜欢顾安生鄙视自己的眼神，但不得不承认，顾安生分析得很到位：“哥，你说得没错，这件事是我的错，我的反应太激烈了。”

顾安生：“说了别叫我哥。”

凌越：“我没谈过恋爱，没有经验，以后绝对不会这样质问她。”

“别拿没经验当借口！”顾安生道。

“是。”凌越道，“但我也是因为太在乎安心了。今天我口不择言，说了一些不该说的话，希望哥能帮我在安心那里说点好话。我不是故意的，是真的很爱她。”

顾安生冷哼一声，觉得凌越说的话虽然很肉麻，但应该有几分真心。

顾安生以前觉得自己的妹夫不能是凌越，但现在想想，跟阴险的凌方相比，凌越还是好多了。凌越虽然情绪不太稳定，但至少直来直去，不会对安心耍心机。

所以，在接下来的日子里，顾安生倒也替凌越说了几句好话。

顾安心很不解："哥，你怎么回事？你以前不是不喜欢我跟他在一起吗？怎么现在还会帮他说话？"

"可是他每天下班后坐在门口等你，给你送花。我觉得他还挺有毅力的！你看，他今天又等了你两个小时。"顾安生道。

顾安心透过猫眼看了一眼门外，凌越果然又来了。

这几天，凌越俨然把顾安心家门口当成了办公室，还让人搬了张桌子过来，一边办公一边守着她。

顾安心哼了一声，还是不想搭理他。

顾安生不想承认自己已经有点认可凌越这个妹夫了，问顾安心："所以你打算一辈子都不原谅他吗？"

顾安心沉默了。她倒没这个打算，只是凌越说话太过分，她生气了，不想理他，仅此而已。

其实，她知道凌越没有恶意。他一向宠她、爱她，不可能真的觉得她是那种不堪的女人。但她真的对凌越的态度很失望。

顾安生看出顾安心很纠结，故意道："行！那以后我们两个相依为命，你也不需要什么男朋友了！以前只有我们两个人，以后也只有我们两个人，这样挺好的。他这个多余的人就不要出现在我们的生命中了，我现在就去帮你提分手！"

"哥！"顾安心立刻叫住顾安生，她还没想过要分手呢！

"那你说要怎么办？你总该让我知道你想怎么样吧。不然，我夹在你们中间很难办啊！"顾安生道。

"再等一周吧！要是他这周表现得好，我再原谅他。"顾安心说道。

顾安生："还要一周？"女人生气后果然可怕，顾安生突然庆幸自己没有女朋友。

顾安心说完回到电脑桌前，电脑屏幕上竟然出现了一行清晰醒目的大字："安心，对不起！"

顾安生看了后震惊了，道："凌越这个浑蛋，连咱们家的电脑都入侵了！”

顾安心气不打一处来，冲到门边，拉开门对凌越道：“你是不是有病？里面还有我的稿子呢！”

凌越见她终于来找自己了，笑道：“不着急，我只是放了个程序进去，不会清除电脑里的数据的。”

“以后别乱放程序了！”顾安心顿时觉得很尴尬，小声地吐槽道，“幼稚鬼！”

随后，顾安心对顾安生道：“哥，快来帮我给电脑杀毒，把这程序关了！”

凌越听见后，微微一笑，淡定地道：“关不了。”

“胡说。”顾安心不信，之前顾安生就帮她把凌越安在她电脑里的程序关了！

“今天的关不了，我加密了。”凌越道。

顾安心皱眉：“你想干什么？”

凌越：“我想让你消消气。”

他西装革履、气度非凡，却委屈巴巴地说出这样的话。看到这一幕，顾安生都恨不得自戳双眼。

顾安心没搭理他，显然还没消气。

凌越赶紧乖乖地道：“那我进去帮你杀毒吧。”

顾安心挡在门口：“你别进来！”

凌越：“那你的电脑可没法用。”

顾安心无可奈何，往旁边挪了挪，最终让凌越进门了。

这天，凌越一直赖到深夜十二点才回去睡觉，中间还和顾安心一起吃了晚饭。但顾安心一直没看他。

次日，凌越上班时仍面容憔悴，心情不佳。

Alice 小心翼翼地问：“顾小姐还没原谅您？”

凌越深吸了一口气。

“先生，我也想去给顾小姐道个歉。”她当时是一时气愤才出言不逊的。

“你要是能见到她就去吧！”凌越看了Alice一眼，觉得没准Alice会是一个突破口。

顾安心是因为对他要求高，太在意他的言辞了才会不理他，对Alice应该会宽容很多。

“嗯。”Alice点头，“我下班后就去。”

“不用等下班了，我给你放假，你现在就去！”凌越道。

Alice有些无语，先生这也太着急了。萧一山总说女人依赖男人，但现在分明是凌越更依赖顾安心。

为了帮凌越尽快抱得美人归，Alice立马如他所愿去找顾安心了。

Alice一走，萧一山便冲了进来，道：“三哥，凌方的手伸得可真够长的！”

“他又做什么了？”凌越问。

“凌方手下的多家小公司忽然给顾氏注资了，每家公司的注资金额不大，但累计金额达五千万元。这应该是凌方的主意，顾氏现在貌似被盘活了。”

“凌方肯帮顾元朝，一定是因为顾元朝在背后承诺给他极大的好处。”凌越道。

萧一山点头：“肯定是这样！一旦他们达成合作，凌方、顾元朝会双赢。到时候，凌方的根基就更稳了。”

“不能再让事情这样发展下去了。”凌越很清楚当前的互联网市场仍旧是凌天集团一家独大，凌越必须尽快削弱它，不然安心集团就没活路了。

萧一山见凌越一脸无情的样子，眼睛都亮了！他最喜欢跟着凌越拼事业了，痛快极了！

“顾氏不能留了。”凌越缓缓地道。

“要怎么做？你说！”萧一山早就眼馋顾氏了。

顾氏这几年占了各种社会资源，却没创造出相应的价值，早该退出历史舞台了。

“凌方明知顾氏海外投资部亏损了二十亿美元，地产和金融这两块救不回来了，却依旧分多笔为顾氏注资五千万元，目的应该是救顾氏的实业。”凌越分析道，目光笃定。

顾氏是老牌实业企业，很有竞争力，如果让凌越来选，凌越也会先救实业。

“对啊，原来是这样！”萧一山一拍大腿，想明白了！

顾氏旗下的房地产业还没宣告破产，顾氏天天被各方追债。如果那些债主知道顾氏有钱了但不还钱，一定会上门闹事，把局面闹得很难看。

房地产业就是个无底洞，五千万元填进去根本不够，到时候顾氏不但救不了实业，也无法让房地产方面的业务恢复生机。

“将顾氏被注资五千万的消息放出去！”凌越冷冷地道，“他们怕别人知道，我们便帮他们装个喇叭。”

萧一山忍不住给他竖了个大拇指：“三哥，你可真是太机智了！”

那样一来顾氏势必会被各种债主闹得鸡犬不宁。再加上顾氏本就亏空严重，恐怕过不了多久就得宣告破产，进入清算阶段。而凌方不但损失了五千万元，还惹了一身麻烦。

三哥真牛，萧一山简直佩服得五体投地！

“不过三哥，你这么厉害，怎么女朋友这么久还没哄好？”萧一山见凌越并没有多开心，知道他肯定还被顾安心拒之门外！

凌越抬头瞪了他一眼：“滚！”

“被我戳中心事了？”萧一山更乐了，故意对凌越道，“等顾氏的事情解决了，我要带我的女人出去度假，提前跟你请个假啊。”

凌越一脸不悦，萧一山真是哪壶不开提哪壶。凌越问：“你和那个小明星还没分手？”

萧一山纠正他：“郑婉如不是小明星，是大明星！不过，我已经跟她分手了。”

凌越皱眉，对萧一山这种见一个爱一个的行为无法理解，也不想理解：“正事说完了，你可以走了，我没空跟你闲扯。”

“别那么苦大仇深啊！”萧一山笑着瘫坐在沙发上，悠闲地晃着腿，道，“要不要兄弟教你几招？”

凌越看了萧一山一眼，想了想，没有拒绝。

萧一山啧了一声，凌越是真的急了啊！凌越以前从来不听他说这些，现在竟然默认要向他求教了！

“三哥，你收购公司不是很有一手吗？”萧一山觉得凌越对自己还是不错的，决定帮帮凌越，“其实，追女人和商战是一样的。”

凌越眯了眯眼睛：“嗯？”

“就像在商战中要瞄准商机一样，你必须找准女人的敏感点，然后一击即中！比如，有些女人的敏感点在腰上，有些女人的在……”

萧一山收到凌越警告的眼神，立刻住嘴，把后半句咽了回去，讪讪地道：“三哥，你不要觉得我表述得有问题，我说的可都是至理名言！女朋友生气了，你就直接强吻她、推倒她！床头吵架床尾和，你一定要领会其中的要义啊！”

“闭嘴！”凌越阴沉着脸，就知道不该把希望寄托在萧一山身上，“你的脑子里除了那些垃圾还能装点别的吗？刚好集团的业务拓展到非洲了，你要是闲得无聊，就去非洲待一段时间！”

“哎呀，别、别、别！”萧一山吓得脸都白了，赶紧向他求饶，“你要是觉得这个办法不行，我还有别的办法！”

哄女人的办法，萧一山能拿出一百个来。

凌越皱眉，勉强再给他一次机会：“说！”

萧一山：“比如装可怜，女人大多心软，或者……”

凌越觉得萧一山说得有点道理。他和安心初次见面时，正是因为他坠机后很可怜，安心才把他带回家的。在他不辞而别又重新回到她身边后，安心是因为他在老宅被热汤烫伤了腿，十分可怜，才原谅了他。或许装可怜这招真的管用！

“就这个吧！具体怎么做？”凌越向萧一山讨教。

萧一山一愣，没想到凌越会选这么普通的招数，道：“其实我觉得强吻和推倒更好一点。”

“说了这个就这个！”凌越的态度很坚定。

“好吧，那就去 798 吧，那里是我的主场，我替你安排！”萧一山拍了拍胸脯，一副“包在我身上”的样子。

凌越点了点头：“要是这件事搞定了，我给你放半个月假，让你带人出去好好度假。”

凌越突然这么体贴自己，萧一山很不习惯，瞬间起了鸡皮疙瘩。

过了一会儿，Alice那边打来电话：“先生，顾小姐见了我，接受了我的道歉。”

凌越心中十分欣喜：“那我……”

Alice打断他的话：“但当我提到您的时候，她让我闭嘴。”

凌越觉得自己需要尽快试试萧一山的招数。在凌越的催促下，萧一山很快打点好一切。

这天晚上，凌越在萧一山的建议下没睡觉，愣是熬出了两只“熊猫眼”。次日，凌越往798的包间里一坐，颓废感立马出来了。

萧一山把一堆空酒瓶往桌上一摆，再让凌越拿着一瓶酒，这样桌上的酒瓶看起来就都像是凌越喝空的了。

“很好，低头……非常好！再来一张！”萧一山对着凌越连拍了七八张照片，检查确认没露出任何破绽之后，将照片一一发给了顾安心。

接下来，他们就该等待顾安心的回复了。

“她回你了吗？”

“她回你了吗？”

“她到底回没回你啊？”

凌越隔一分钟问一次，在这件事上显得十分紧张。

“你急什么呀？有点定力行不行？”萧一山真是无语了，这还是自己认识的凌越吗？爱情果然是毒药啊！

这时，柳然突然闯进包间，一脸激动：“先……先……先生，顾小姐来了！”

按照他们的计划，萧一山把凌越买醉的照片发给顾安心后，顾安心肯定会因为担心凌越而跑过来找凌越，两人可以趁此机会重修旧好。

不过他们没想到顾安心来得这么快！

凌越忍不住嘴角上扬，觉得这说明她比想象中更加关心和在乎自己。

“你别笑了，跟傻子一样，我看不下去了！”萧一山瞪大眼睛，一副活见鬼的表情。

凌越瞬间抿紧唇，摆出高冷的姿态，在顾安心进来的前一秒重新拿上酒瓶，低头坐在沙发的一角。

顾安心刚推门进去，便看见了“醉得不省人事”的凌越。

“他怎么回事？”顾安心问萧一山。

萧一山摊手道：“还不是因为你？他觉得自己失去你了，认为自己失恋了，一时想不开，突然叫我过来喝酒。我是觉得他不对劲，所以才叫你过来的。”

顾安心听着萧一山的话，看着桌上的十几个空酒瓶，心里很不是滋味。

“这些都是他喝的？”顾安心问。

“对啊，我根本拦不住！”萧一山见顾安心目光含情，觉得有戏，忙道，“虽然我不知道你们为什么吵架，但三哥对你绝对是真心的。我认识他这么多年，从来没见他这么伤心过。这次你们吵架后，他颓废成这样，完全是因为他真的太在乎你了！”

顾安心咬着下唇没说话。其实，她心里已经原谅凌越了，一直不松口只是在跟他赌气。和很多女人一样，她希望凌越能多哄哄她，能在她的身上再多下些功夫，能再多了解她一些，而不是一遇到问题便劈头盖脸地质问她。

现在，顾安心看到伤心地买醉的凌越，觉得自己之前太矫情了。

她在凌越的身边坐下，一把抢过了凌越手里的酒瓶。凌越因此失去平衡，倒在了她的肩上。顾安心没躲开，抱着他道：“你以后别喝这么多了。”

凌越睁开眼睛问道：“是安心吗？”

顾安心：“嗯，是我。”

“安心？”凌越不敢相信，抵着她的额头认真地看了几眼，随后一把将她搂进怀里！

“你……”顾安心没有挣扎。

旁边的萧一山一边叹气一边摇头，道：“嫂子，我跟你说实话吧，其实三哥已经三天没合眼了！您赶紧带他回去好好睡一觉吧！”

“三天？”顾安心震惊地看着凌越，果然看到他的眼底一片乌青：

“凌越你疯了吗？”

顾安心顿时十分心疼凌越，赶紧把他拉起来：“快，跟我回去睡觉！”

听到“睡觉”两个字，萧一山的眼睛亮了，他要的就是这个结果！睡完这一觉，两个人也该和好了！

“对、对、对，三哥你就别喝了，赶紧跟嫂子回去睡一觉，嫂子已经原谅你了！”萧一山赶紧把凌越扶起来，往顾安心的身上一推。

凌越顺势搂紧顾安心的肩膀，跟着她往外走，嘴里念道：“原谅我了，安心原谅我了……”

“小心脚下。”顾安心搀扶着他，不小心碰倒了桌上的酒瓶，那些酒瓶一下全掉到了地上。奇怪的是，酒瓶里都没有酒流出来。

按理来说，酗酒之后人会丧失自控能力，将酒洒得到处都是。凌越怎么会将酒喝得一滴不剩？

顾安心愣了一下，捡起其中一只酒瓶，用力甩了甩，没甩出一滴酒来。顾安心再看向凌越，虽然他的领口被扯开了，但是衣服上没有一丝褶皱，和往常一样。

顾安心盯了他几秒，凑近认真地闻了闻，虽然他身上有酒味，但并不浓郁。若他真的喝了这么多酒，那他的每一个毛孔都会散发出酒味。

顾安心推开凌越：“你给我站好！”

凌越一个踉跄，勉强站稳身子，随后又重新靠过来：“安心，怎……怎么了？”

“别装了！”顾安心拽着他的衣领，瞪着他咬牙切齿地道，“凌越，你现在了不得了，学会骗人了！”

凌越和萧一山皆愣了，立马意识到他们露出破绽了。

凌越心里一慌，然而解释的话还没说出口，顾安心便甩手离去：“别再跟着我，你这个骗子！”

凌越想反驳，但仔细一想，安心骂得没错。

凌越瞪向萧一山：“都是你想的好主意！”他现在真想揍萧一山，更想揍自己！

“这能怪我吗？”萧一山不服气，“我之前跟你说了，让你把衬衫脱下来擦擦地再穿上，那样会比较真实，但你不擦。谁让你有洁癖，这还能怪我？”

“你的酒瓶是从废品店里拖来的吧？里面一滴酒都没有，全是干的！”

“那我怎么知道她还会去看酒瓶啊？你的女人太难伺候了！”

就在两个人争论得不可开交的时候，柳然突然慌张地跑进来：“先生，刚刚顾小姐和凌方在外面偶遇了，凌方邀请顾小姐一起去参加杨红的生日宴！”

“急什么？”凌越一把甩开萧一山，理了理袖口道，“她肯定不会同意的。”

凌越之前是被醋意冲昏了头脑，这几天清醒了，知道安心根本不是那种见异思迁的人，更不会看上凌方，现在自然也不会作为凌方的女伴参加杨红的生日宴。对于这一点，凌越还是有信心的。

但柳然说完苦着一张脸，表情怪异，想说什么又不敢说。

“还有什么事？”凌越皱眉。

“那个……顾小姐同意了。”柳然一脸害怕地道。

凌越愣住了。

萧一山没忍住，扑哧笑出声来，见凌越一脸怒意，连忙解释道：“不是，三哥，我不是笑你，我是觉得嫂子有点意思。她明显是在跟你宣战啊！”

凌越知道安心是因为自己今天骗了她，才故意答应了凌方的邀请。他深吸了一口气，连着给顾安心打了几个电话，但她都没接。

凌越转头问柳然：“杨红的生日是什么时候？”

“刚刚我听到凌方说是这周六！”柳然道。

萧一山连忙道：“三哥，杨红给我家发了邀请函，到时候我领你去找嫂子！”

凌越眯着眼睛看了萧一山一眼，点了点头，暂且饶了这个总出馊主意的萧一山。

第十六章

/

顾夫人的生日宴

凌方也没想到顾安心会同意跟他一起参加杨红的生日宴，毕竟顾安心曾因为跟自己拍的照片而和凌越吵架。凌方还以为顾安心这段时间会很排斥自己，完全没料到自己只是随便一提，顾安心便同意了。

凌方愣了片刻，然后欣喜若狂。目送顾安心离开之后，他也不想继续在酒吧待着了，赶走了黏在他身边的女人，随后立刻上车，在车上给顾元朝打了电话。

凌方给顾氏注资五千万元，解了顾氏的燃眉之急，顾元朝因此对凌方格外热络，简直把凌方当成了救世主。

电话一接通，凌方便听到顾元朝乐呵呵地道："大少爷，你这么晚打电话有事啊？"

凌方也不说废话，直接跟他道："周六顾夫人的生日宴，我会带安心过去。"

"安心？"顾元朝惊讶，"没想到大少和安心这么熟……"

前段时间，顾锦溪说顾安心勾引凌方，还说自己被曝光的绯闻都是顾安心编造的。之后，顾元朝把顾安心找来顾家对质，二人因此撕破了脸。

顾元朝已经对顾锦溪失望透顶了，现在见凌方特意为顾安心打电话过来，顿时后悔自己当时没跟顾安心处理好关系。

“熟？”凌方笑了，直接道，“我要得到她！”

听到凌方这么说，顾元朝越发后悔了。他之前是打算把顾安心接回顾家的，若不是顾锦溪捣乱，说不定真的能成功。如果顾安心能作为顾家的女儿嫁给凌方，那顾氏绝对有救！

顾元朝悔不当初，叹了口气。

“我希望你和顾家的人打声招呼。到时候我不想看到有人为难安心。”凌方道。他知道顾安心和顾锦溪母女的关系闹得很僵，便提前打了招呼，避免到时候顾家的人给顾安心脸色看。

“大少爷多虑了。”顾元朝道，“就算安心和家里有些矛盾，但她始终是顾家人，没有人敢为难她！”

顾元朝讨好凌方的意图非常明显。顾锦溪这张牌显然已经没用了，要想拯救顾氏，顾元朝就必须利用好顾安心这张牌！

“嗯。”凌方很满意，顺便问道，“对了，顾锦溪和凌越的婚事怎么没动静了？难得我家老头同意了，你就赶紧操办吧！这桩婚事若是成了，对你们没有坏处。”

“嗯，我正在积极准备，谢谢大少爷提醒。”顾元朝也想尽快把顾锦溪嫁出去。

虽然凌越在凌家是没什么地位的边缘性人物，但毕竟姓凌，对现在的顾锦溪来说是个极好的选择。同时，这桩婚事若是成了，顾家便相当于扔掉了顾锦溪这个烫手山芋，顾元朝求之不得。

“趁老头还压得住凌越，凌越目前还不敢反对老头的决定，你们就赶紧办了吧！等凌越的翅膀硬了，事情就不好说了。”凌方提醒他道。

“大少爷放心，”顾元朝保证道，“我一定尽快促成这桩婚事，凌越和安心注定走不到一起。”顾元朝清楚，凌方急着促成凌越和顾锦溪的婚事，完全是为了顾安心！

凌方轻笑了一声：“顾总果然明白事理。”

凌方挂了电话，看着车窗外的风景，哼起了歌。

助理见状笑道：“大少爷，您今天心情很好啊！”

“就你机灵！”凌方一想到宴会就开心，对助理道，“对了，你挑几件 ×× 品牌的新款礼服给顾安心送过去。”

助理愣了一下：“万一顾小姐不要呢？”

这是很有可能的，毕竟顾安心很排斥大少爷。她之前都拿扫把赶大少爷了，现在会接受他的礼服？

“叫你送，你就送，哪有那么多废话？”凌方不耐烦地道。

其实，他也不知道顾安心会不会要，但万一她接受了呢？就像刚才，他邀请她时同样不知道结果，但如果他不说，就永远不知道她是否愿意。

与此同时，顾家炸开了锅。

“什么？顾安心也要来？”杨红很生气，自己的生日，顾安心跑来干什么？

上次顾锦溪的“黑历史”被人曝光后，他们已经彻底撕破脸了。杨红不信顾安心会真心地跑过来给她祝寿！

顾锦溪也气得咬牙切齿。如今，她不但名誉尽失，还要被迫嫁给一个残疾人，在父亲的眼里也变成了一个弃子，这一切都是因为顾安心！

“我不会让她踏进顾家一步！她要是敢来，我就敢把她赶出去！”顾锦溪恶狠狠地道。

话音刚落，她便被顾元朝打了一巴掌！

“你给我闭嘴！”顾元朝看着顾锦溪，仿佛在看一堆垃圾，“你都把顾家害成什么样了，还口出狂言！”

顾锦溪捂着脸，难以置信地盯着顾元朝：“顾家变成这样又不都是我的错，是你自己经营不善……”她说到顾元朝的痛处了。

眼看顾元朝又要发怒，杨红连忙一把将顾锦溪拉到自己的身边，训斥道：“锦溪闭嘴，不准这么说你爸！”

“爸……”顾锦溪看到了顾元朝可怕的眼神，知道杨红是在保护自己，后退了一步，不敢再说话了。

“你给我听好了，安心这次是跟着凌大少爷来的，你要是敢动她一根毫毛，我就把你赶出家门！”顾元朝指着顾锦溪的鼻子警告她。

顾锦溪怕得缩进了杨红的怀里，不敢反抗顾元朝，生怕顾元朝也与自己断绝关系。顾锦溪过惯了锦衣玉食的日子，也没什么糊口的本事，一旦脱离顾家，就会变成乞丐！

但等顾元朝一走，顾锦溪的眼里立刻又充满了恨意。

“妈，你想想办法啊！爸现在把拯救顾家的希望放在了顾安心的身上，一直捧着顾安心，难道我们就这么眼睁睁地看着顾安心登堂入室，看着她在您的生日宴上耀武扬威吗？”

“她不配！”杨红也露出了本色。她讨厌金绾，也讨厌金绾的女儿，不可能给她们任何骑到自己头上的机会！杨红冷笑了一声：“你放心，这可是我们的家，哪儿轮得到一个野丫头放肆？”

第二天，凌方的助理小曾把十套礼服送到了玉鹿台。

那时顾安生在家，听说衣服是凌方送给顾安心的，拒绝替她签收，把礼服和人一起拒之门外！

小曾料想过会被顾安心拒绝，但没想到拒绝自己的竟然是顾安心的哥哥。顾安生态度坚决，小曾也没办法，只好带着礼服打道回府了。

小曾走后，顾安生立马将正在买礼服的顾安心喊了回来，问：“你要跟凌方一起参加生日宴？”顾安生的眉头皱成了一个川字。

“嗯。”顾安心点头，“哥，我得去顾家看看。蓝叔不是说了吗？我妈死的前几天，杨红一直去找我妈，而且在我妈去世当天杨红还鬼鬼祟祟地往保险箱里藏了东西。我怀疑杨红藏的是我妈妈的遗物。凌天也怀疑我妈的死和杨红有关，我必须查清楚！”

蓝叔是顾家的保安，在顾家待了二十多年，金琼还是女主人的时候，他便在了。蓝叔对金氏姐妹更忠心，所以才会把杨红的异常举止告诉顾安心。

顾安心之所以要去杨红的生日宴，就是要借此机会把这件事情查清楚！

“胡闹，要查也是我去查！”顾安生也拿到了杨红的邀请函，连怎么开保险箱都想好了。

原来兄妹俩心有灵犀。

“那我们一起行动吧！”顾安心道。

顾安生知道这事事关她的妈妈，顾安心是不可能袖手旁观的，便懒得再劝她。而且，她毕竟是跟着凌方去的，无论再怎么闹腾，顾家都不敢拿她怎么样。

“你是因为想拿凌方当幌子，才跟他一起去的吗？”顾安生恍然大悟。

“对呀。”顾安心点头，“不然你以为呢？”

“我以为你抛弃凌越了。”顾安生说完自己都自嘲地笑了。

听顾安生提到凌越，顾安心撇了撇嘴，想起凌越装醉骗人的事，觉得既好气又好笑。凌越看着挺稳重内敛的，怎么会做出那么幼稚的事情来？！

“我也是为了敲打他一下，他太笨了！”顾安心道。

顾安生哼了一声，懒得再管这对小情侣。

顾安心转了转眼珠子：“可是，哥，你刚刚好像不想我跟凌方去参加生日宴，这是不是代表你觉得凌越还不错，觉得我不该抛弃他？”

“没有！”顾安生誓死不帮凌越说好话，“我只是觉得凌家没有好男人，你不能刚从凌越这个火坑里爬出来，又跳进凌方这个火坑！”

安心觉得想要哥哥认可凌越，真是比登天还难。

杨红生日宴当天，顾安心穿了顾安生给她准备的礼服。

绕颈的水蓝色长裙衬得她皮肤白皙，衣服质感十足，裙边缀着一粒粒碎钻，让顾安心看起来很有大家闺秀的风范。

凌方亲自来接顾安心，看到她时愣了半晌，直到听到顾安生的咳嗽声才回过神来。

“安心，你今天真漂亮。”凌方是情场老手，知道女孩子在这种时候最喜欢听到什么。

顾安心扬眉：“是我哥买的礼服好看。”

凌方：“衣服能包装人没错，但人也抬高了衣服的档次。”

顾安生一出来便听到凌方的夸赞之词，浑身起鸡皮疙瘩，拉了拉顾安心：“我们快走吧，时间要到了。”

比起凌越，顾安生更加不喜欢凌方，觉得凌方油腻，不想让这个人接近自己的妹妹。

凌方盯着顾安生与顾安心交握的手，问："安生也去？"凌方不太高兴，顾安心今天不是要当自己的女伴吗？怎么中途还杀出个程咬金来？

"我不能去吗？"顾安生看出了凌方眼里的占有欲，顿时对凌方产生了敌意。

凌方不好得罪顾安生，摇头笑道："怎么会？你是顾家人，自然也要去。"

顾安心就这么被顾安生牵着手，上了顾安生的车。

凌方站在原地，盯着顾安心离去的身影，十分不甘。但当他见到顾安生投来了不善的目光后，便赶紧收回了自己的视线。

半个小时后，他们一行人到了顾家大院。

因为顾氏获得了新投资，有起死回生的迹象，顾元朝便特意大办了杨红的生日宴，一方面告诉合伙人，顾氏集团仍旧强大；另一方面挽救一下顾氏的形象。

这次，杨红的生日宴操办得极为隆重，杨红母女却一点也不开心。这哪里像生日宴？这分明是顾元朝的商业酒会。而且，顾元朝还撂下话给顾锦溪，让她待在房间里，不要出来丢人现眼。

顾锦溪穿着一身黑色洋装，已经化好了精致的妆容，却连露脸的机会都没有。她不能下楼，只能站在楼上，透过玻璃窗看着属于别人的热闹场面。

突然，一辆车停了下来，顾安心从车上下来了。她一亮相便吸引了所有人的目光，凌方更是殷勤地大步走向顾安心，还绅士地把外套脱下来，披在了顾安心的身上。

顾锦溪死死地盯着顾安心，眼神幽怨。

楼下，顾安心拒绝了凌方的衣服，道："不必了，凌大少爷，谢谢。"

"这么客气吗？"凌方微笑道，"其实我更喜欢你对我又打又骂的样子。"

顾安心瞬间无语，觉得凌方真的很奇怪。

接下来，凌方伸出一条胳膊，示意顾安心挽住自己，道："我们进去吧。"

顾安心一愣，对上凌方的目光，觉得很不自在。最终，她没有挽着凌方，而是很自然地回头挽住了顾安生。

顾安生笑出了声，用只有她能听到的声音道："你挽我干什么？你有本事跟凌方来，没本事去挽他啊？"

"我不想挽，"顾安心表示拒绝，"他好奇怪。"她也不知道凌方今天是怎么回事，眼神过于炽热，令她难以招架。

"你现在知道怕了？开始担心凌越吃醋了？"

"凌越？"顾安心被顾安生提醒了，回头一看，这才发现凌越也过来了。

此刻，凌越正坐在车上，定定地看着她。

顾安心连忙收回视线，拉着顾安生进去了。

"你急什么？"顾安生笑了，"人家又不会吃了你。"

凌方见顾安心的反应这么大，明白她依旧很在意凌越，顿时变了脸色。

凌方深吸了一口气，回头给了凌越一个挑衅的眼神，这才跟着顾安心兄妹一起进去了。

车上，柳然被凌方的眼神激怒了，道："顾小姐真是的，再怎么样也不能给凌方做女伴啊！"

"闭嘴。"凌越斥责柳然道。

Alice很同情凌越："先生，用不用我给您找个女伴呢？"

凌越看着顾安心的背影，道："找什么女伴？我有现成的。"

柳然和Alice对视了一眼，纷纷撇嘴。他们才不信先生今天能把顾小姐抢回来。

凌方和顾安生兄妹一进门便成了全场的焦点。顾元朝连忙领着杨红过来迎接。

顾元朝看到凌方，恨不得当场弯腰给凌方鞠一躬，热情地道："大少爷，您能来，我这里真是蓬荜生辉啊！"

顾元朝在商场上摸爬滚打了这么多年，见人说人话、见鬼说鬼话的能力很强。就连见了刚跟自己断绝关系的顾安生和顾安心，顾元朝都能热络地拍拍他们的肩膀。

杨红也把情绪隐藏了起来，看着他们时一直笑得很温和，跟以前判若两人。

顾安心看到杨红，一想到杨红可能是杀害妈妈的凶手，便忍不住咬牙切齿。顾安生捏了捏顾安心的手腕，提醒她冷静一点。

顾安心点头，表示自己知道分寸。

此时，凌方拿出早就准备好的礼物递给杨红："顾夫人，这是我的一点心意，希望您喜欢！同时，我要祝顾夫人生日快乐、永葆青春。"

杨红笑得大方得体："凌大少爷太会说话了，我都一把年纪了，还永葆青春呢！"她说着就要把礼物递给跟着自己的管家。

"顾夫人不打开看看吗？"顾安心突然道。

杨红一愣，手顿住了。既然顾安心提了，自己不打开看像是不给凌方面子似的。

"大少爷，您介意我打开看看吗？"杨红问凌方。

凌方也不知道顾安心为什么突然想要杨红拆礼物，但既然她提了，凌方自然不会驳了她的面子。

凌方对杨红点点头，道："我当然不介意。"

杨红把礼物盒打开，里面是一张凌天集团旗下的高端会所玲珑宫的金卡。

"这不是玲珑宫的终身金卡吗？"盒子一打开，顾安心便开口道，"听说玲珑宫很神奇，很多'小三''小四'指定要去玲珑宫保养呢！那里简直是女人的驻颜所。"

听到"小三""小四"，杨红的脸色瞬间变差了，顾安心这是在暗讽她杨红吧？

杨红还没来得及发脾气，又听到顾安心道："不过顾夫人跟那些'小三''小四'不一样，顾夫人可是正室。但美容护肤还是需要的，女人一旦上了年纪，就会出现各种皱纹。我才二十多岁，都感觉脸上有皱纹了呢。"

皱纹也是杨红的痛。她今年已经 51 岁了，无论怎么精心保养，脸上的皱纹都掩盖不住。尤其是她最近烦心事多，这张脸若不是打上了厚厚的粉底，都没法见人！

杨红下意识地摸了摸自己脸上的皱纹，立刻意识到自己被顾安心嘲讽了，又迅速放下手。

若是之前，顾安心这种乡野丫头要是敢在她面前说这么多乱七八糟的，她早就一巴掌扇在顾安心的脸上了！但今天顾安心是跟着凌方过来的，她敢怒不敢言，一张脸憋得通红。

凌方早就察觉到了顾安心的嘲讽之意，但一直不出声，任由顾安心过过嘴瘾。

杨红委屈地看向顾元朝。然而顾元朝懒得搭理杨红，就像是没听到顾安心的话一样，依然对他们三人格外殷勤。

这一幕被众人看在眼里，大厅里一时众说纷纭。

“那个穿蓝色长裙的就是顾总的私生女吗？”

“八成是了！你看到她身上的礼服了吗？我在杂志上看到过这件衣服！这是意大利著名设计师汤米今年唯一的一款纯手工礼服，裙子上的碎钻都是纯手工打造的！”

“她怎么跟着凌大少爷？两个人郎才女貌，看着还挺登对。”

“我刚刚就发现凌大少看她的眼神不对劲了，十分宠溺！凌大少可从未带女伴参加过这种活动啊，肯定是喜欢她吧？”

“顾安心将来了不得。”

…………

凌越一进来，便听到前面有几个女人聚在一起叽叽喳喳地讨论凌方和顾安心。

他不爱听八卦，但偏偏听到了自己的女人的八卦，顿时脸色阴沉，握紧了轮椅的扶手。

正在聊八卦的女人们很快发现不对劲，回头一看，被凌越的眼神吓了一跳，一个个都觉得背后一凉，赶紧散开了。

“刚刚那个是凌家老三吧？吓死我了！”

“他估计是残疾了，有厌世情绪，看起来一脸愤世嫉俗的样子。”

“唉，可惜了一副好皮囊。”

…………

听到这些，凌越更生气了，脸上的怒意越来越明显。

“先生别生气！”Alice 连忙安慰他。

“哟，这不是凌家三少爷吗？”这时，一个声音突然响起。只见萧一山穿着一套暗红色的西装出现在凌越的面前，萧一山那枚大大的钻石袖扣简直把人闪到眼花。萧一山和凌越的合作关系还处于保密阶段，所以两人在外要假装不熟悉。

凌越的脸上没多余的表情，他淡淡地道：“萧少别来无恙。”凌越虽然在跟萧一山说话，但视线已经落在了顾安心的身上。

萧一山俯身，顺着凌越的视线看到了顾安心，顾安心正在跟凌方说话。萧一山啧了一声，拍了拍凌越的轮椅，道：“凌家三少爷好可怜！佳人有约，你却只能坐在轮椅里看着。”

“少废话！”凌越用只有他们两个才能听到的声音道，“你去给我把凌方支开！”

萧一山自信满满地扯了扯领结，支开凌方这种事，萧一山最在行了！

“关键时刻还得我萧爷出马！”萧一山扬起嘴角，朝凌方走去。

凌方正在跟顾安心聊蛋糕：“这种凹下去的蛋糕表皮酥软，内里有蜂蜜流心，甜而不腻，是当下最受欢迎的产品之一。别说你们女孩子了，连我也喜欢吃。”

凌方跟女孩子聊天很有一套，永远都不会冷场。

“这么甜腻的东西，凌大少爷也喜欢吃？”萧一山突然插话。

顾安心见萧一山过来了，仿佛看到救星，眼前一亮！她来这里是为了撬开杨红的保险柜，然而现在凌方寸步不离地跟着她，她根本就没有上楼的机会！顾安心正为此发愁呢！

凌方见萧一山突然打断自己和顾安心的对话，不太高兴，随意地打了个招呼：“萧少，好久不见。”

萧一山接过他的话：“我们是好久没见了。我刚刚在那边看见了一个很符合你审美的女人，走，我带你过去看看！”

顾安心一愣，难道他们还一起追过女人吗？

凌方的脸色变得很难看。他道："萧少，这是顾夫人的生日宴，请你注意自己的言行。"

"注意自己的言行？你以前同时追两个女人的时候怎么不……"

萧一山话还没说完便被凌方捂住了嘴，凌方一字一顿地道："萧、一、山！"凌方下意识地看了看顾安心，只看到她一脸震惊的表情。

凌方心里一慌，立马跟顾安心解释道："你别听萧少胡说八道！我马上回来陪你！"然后便拉着萧一山走了。

顾安心见凌方离开，心中一喜，立马跟顾安生会合。两人以找洗手间的名义，先后来到了主卧。

"哥，你知道杨红的保险箱密码吗？"顾安心关上门，小声问顾安生。

顾安生找到了藏在衣柜里的保险箱，摇头道："不知道。"

顾安心："那你能开保险箱？"

顾安生："密码一共八个数字，蓝叔上次看到了四个，剩下的四个我们根据排列组合从高往低试。"

"哥，你太厉害了！"顾安心给他竖了个大拇指，但同时也有些担忧，"保险箱不是都有警报系统吗？如果我们连续输错几次，警报系统就会被触发。"

"我有准备。"顾安生说完便掏出工具，三下五除二，把警报线弄断了。

顾安心非常惊喜："哥，你连这个都会？你在国外该不会抢过银行吧？"顾安生的手法也太老练了！

"呸！"顾安生白了她一眼，"哥在你的眼里形象这么差吗？"

"没、没、没。"顾安心连忙摇头，"哥哥在我的眼里是全天下最优秀的男人！"

顾安生笑出了声，继续试密码，显然不信顾安心说的话："最优秀的男人不是凌越？"

"不是！"一听到凌越，顾安心就板起了小脸。

顾安生笑了，道："刚刚我在楼下阳台那里，看到顾锦溪在勾引凌越。”

“顾锦溪？”顾安心皱眉，“顾元朝不是禁止她跑出来吗？她又要挑事了？”

“她没成功。”顾安生道，“我看到顾锦溪端了杯香槟过去，要跟凌越碰杯。结果凌越将香槟泼了，还溅到了她的衣服上。”

顾安心哈哈大笑。

顾安生抬头瞅了她一眼，见她的脸红红的，揶揄道：“是不是觉得你家男人帅呆了？”

“哪有？”顾安心赶忙否认，“他不是我家的男人！”

两人正聊着，旁边的感应器突然亮了。感应器是他们上来时放在楼梯口的，亮了说明有人上楼了！

“有人上来了，你出去帮我把风！”顾安生迅速说道。

顾安心点头，走出了主卧，一出来就看到了顾家的保姆。

保姆上楼来取顾元朝珍藏的酒，见顾安心在这里，觉得奇怪：“安心小姐，您怎么在这里？”

保姆在顾家干了十多年，为人聪明，既尊重顾安心又能妥善地照顾好顾锦溪。

“哦，我找洗手间，在楼下没找到，所以……”顾安心挠了挠头。

“洗手间楼上楼下都有，您最好用楼下的，因为楼上的都在卧室里。您等一下，我拿了酒后领您去！”保姆说完就要开主卧的门。

见保姆要进主卧，顾安心故意大声地提醒顾安生：“你要去主卧拿酒啊？”

“是的，是老爷珍藏了 8 年的好酒。”保姆说着打开了房门。

顾安心透过门缝看到了恢复如初的衣柜，松了口气，幸好哥哥没暴露。

保姆拿了酒，准备带顾安心去洗手间，顾安心只好跟着保姆走了。

她刚下楼，迎面便撞上了凌越。凌越镇定地盯着她，一动不动。

顾安心本来就有点心虚，猛地被人盯着，拍了拍胸口，道：“你吓了我一跳。”

凌越原本阴沉的脸上露出一丝笑意。他一把将她拉住，说：“你终于和我说话了？”

顾安心挠了挠头，其实自己本来就没打算继续跟他怄气了，而且知道凌越是在乎她的。

两个人对视了几秒钟，凌越见顾安心没有推开自己，心中很欢喜，正要开口，顾安心却害羞地跑了：“我先走了，要去洗手间。”

凌越扬起唇角：“好，我在外面等你。”

顾安心进了洗手间，看见镜子中嘴角上扬的自己，脸更红了，连忙伸手捏了捏自己的脸。

从洗手间出来后，顾安心隐约发现宴会厅的气氛不对劲。钢琴演奏停下来了，所有人站在原地窃窃私语，而顾家的用人们站成一排，看上去既焦躁又无奈。

凌越来到顾安心身边，道：“萧夫人的胸针不见了，听说那是萧从文送给萧夫人的定情信物。”

萧夫人就是萧一山的妈妈，萧家背景雄厚，虽然萧家人处事低调，但谁都不敢招惹他们。萧夫人与丈夫的定情信物丢了，众人自然十分紧张。

现场，五个用人站成一排，正被保镖搜身检查。

顾安心皱眉，搜身其实是种挺不尊重人的行为，但因为宴会上丢失的是萧夫人的心爱之物，没有一个人敢提出异议。

杨红不停地安抚萧夫人：“在我的生日宴上发生这种事，我真的很抱歉。萧夫人，别担心，我一定会帮您把胸针找回来的！”

顾安心往杨红那边一看，竟然看到了正被禁足的顾锦溪。此刻顾锦溪正站在杨红身边，还一副趾高气扬的样子。

顾安心突然感觉背后一凉，预感有不好的事要发生。

果然，顾锦溪开口说话了：“现场没有人离开，胸针也不会不翼而飞。要不然这样，大家都配合一下，把贴身的包拿出来，先简单地找一找。”

顾锦溪为了表示诚意，还特意强调道：“要不就从我开始吧。”

顾锦溪不会突然这般好心地帮萧夫人找东西，顾安心立马想到了自己的包。之前，有一个女孩子从顾安心的包里取出气垫用过……顾安心看顾锦溪一副小人得志的样子，觉得那个女孩子八成是顾锦溪派来的人，目的是诬陷顾安心偷窃了胸针！

顾安心今天出现在这里，抢走了本属于顾锦溪的风头。顾锦溪恨她入骨，所以要给她安上偷窃的罪名，想在众目睽睽之下陷害她。

顾锦溪这招十分高明，因为在大家的眼里，顾安心本就是从乡下来的私生女，会偷东西也不奇怪。

顾安心不禁深吸了一口气，这一幕她简直太熟悉了。当初，顾锦溪也是这样在众目睽睽之下陷害她的，最终害得她坐牢。那个时候的她一声不吭。但现在，她不会再懦弱了！

顾安心目光冷厉地盯着顾锦溪，问："搜身不太合适吧？大家都是有头有脸的人物，搜身也太不尊重人了。"

顾安心知道，现在胸针一定在自己的包里，她必须阻止顾锦溪搜自己的包。

众人原本在顾锦溪的引导下，想在萧夫人面前自证清白，但现在听顾安心这么一说，顿时清醒了一些。很快，有些对此感到不满的客人站出来说话了。

"对啊，搜身太不合理了，我们是什么身份啊？难道还会捡了萧夫人的胸针不还吗？"

"就是，参加顾家的生日宴还要被搜身，顾家真是厉害了！"

"男人还好，女人怎么办？也要随便被人搜身？"

有人更是直接攻击出了馊主意的顾锦溪："顾小姐生活作风豪放，不介意被人搜身，但我们介意！"

此话一出，大家立刻想到了顾锦溪跟许多男人的精彩故事，都意味深长地看着顾锦溪。

顾锦溪本想借机顺理成章地打开顾安心的包，没料到会被顾安心反将一军！顾锦溪的脸色顿时青一阵白一阵，她一时不知道要如何收场。

杨红没想到顾安心现在这么不好惹，赶紧出来打圆场："不好意思，真是抱歉，锦溪只是想尽快找到萧夫人的胸针，没考虑那么多！

安心说得对，搜身确实不妥，我们还是再到处找找吧。”

杨红说话滴水不漏，称顾锦溪是因为着急找胸针才那么做的。大家又逐渐把焦点转移到找胸针这件事上了。

萧夫人一脸平静，这么多年来一直明白低调做人的道理，不想因为一枚胸针让大家都围着她转，息事宁人道：“算了吧，不过是枚胸针，你们玩你们的，我自己再找找就行了。”

“不行，那可是您最心爱的东西！”顾锦溪不想就此作罢。

她是千挑万选才挑中了重量级的萧夫人，想出了这个整治顾安心的方法，今天说什么也要让顾安心栽在自己的手里！

顾锦溪盯着顾安心的包，正想去拿，却被凌越拦住了。

凌越神色淡然，对顾元朝和杨红道：“抱歉，我先告辞了。”顾元朝和杨红并不意外，凌越本身就是凌家的边缘性人物，没什么人关注，觉得无聊想早点回去很正常。而且凌越生性淡漠，杨红看得出来，他对找胸针这种事并不感兴趣。

“好，那你早些回去休息！锦溪，你送一下凌三少爷。”杨红对凌越很客气，今晚凌越能到场给自己祝寿，杨红还是感到很欣慰的，立马给了顾锦溪和凌越单独相处的机会。

但是，杨红不知道凌越已经拒绝顾锦溪了。顾锦溪对凌越没什么好感，又因为还没收拾完顾安心，自然不愿意去送凌越！

凌越也冷着脸摇头道：“不用了。”说完，他转身看向一旁的顾安心，大声说道：“安心，你送我。”凌越这话是说给所有人听的，大家听到后都很惊讶。凌越不是要和顾锦溪订婚了吗？他怎么看上去更喜欢这位顾安心小姐？

顾元朝和杨红的脸色顿时难看到了极点，杨红死死地盯着凌越，用眼神警告他，并道：“凌越，还是让锦溪送你吧！你们快结婚了，多培养培养感情。”杨红以为，凌越作为凌家最没用的一个人，一定会接受长辈的安排，把顾锦溪娶回去好好地伺候着。

但杨红没想到，凌越完全没理她，目光一直在顾安心的身上。凌越对顾安心道：“你不是喜欢敦煌壁画展吗？我已经和负责人打好招呼了，我们现在过去正好。”

顾安心愣住了，敦煌壁画展？她曾经在凌越的耳边念叨了好几次。可是壁画展不是月底才对外开放吗？他们现在怎么去看啊？

凌越知道她在想什么，宠溺地道："场馆月底才对外开放，我知道你喜欢，提前让馆长给你开个绿灯。"

凌越此话一出，众人议论纷纷。凌三少爷跟顾安心是什么关系啊？竟然专门找人为她"开绿灯"！况且，凌三少爷的旁边可是站着他的未婚妻顾锦溪啊！

顾锦溪的脸色难看极了。顾安心不给她台阶下也就罢了，她没想到一个残疾人也跳出来打她的脸！

眼看凌越就要把顾安心带走了，顾锦溪冲上去，一把拉住顾安心道："你不能走，就是你偷了萧夫人的胸针！你这个小偷！"

然而她的手立马被凌越大力地甩开。凌越把顾安心护在自己的身后，冷冷地盯着顾锦溪。

顾锦溪不服气，继续冲顾安心喊："顾安心，你敢打开自己的包给大家看看吗？"

她想激怒顾安心，但顾安心依旧十分冷静、淡定。顾锦溪气极了，喊道："这种偷鸡摸狗的事，只有你这种坐过牢的人才做得出来！"

什么？顾安心坐过牢？宾客们听到这个爆炸性的消息，顿时开始交头接耳。

"够了！"凌越怒吼道。

顾锦溪一时被他震慑住，没再做出什么过分的事情来。其他人也下意识地闭上了嘴巴。

顾锦溪觉得奇怪，凌越依旧是那个坐在轮椅上的凌越，但他的这声怒吼，仿佛让空气都凝固了，令人有点不敢在他面前放肆。

不过，顾锦溪很快回过神来，对凌越道："凌越，你是要和我订婚的，现在竟然帮着一个外人来吼我？"

"哦？"凌越一副不知道订婚这件事的样子，"我要和你订婚吗？我怎么不知道？"

众人纷纷屏息，今天到底还有多少令人震惊的事情发生啊？凌越跟顾锦溪的婚约，难道是顾家一厢情愿的？

“我对放荡的女人没有兴趣！”凌越神情淡漠，毫不留情地说。

大家好不容易淡忘了顾锦溪的那些不堪回首的往事，现在又被凌越提醒，看顾锦溪的眼神悄悄地变了。

“凌越！”顾锦溪不知道事情怎么会成了这个样子，明明该在困局中的人是顾安心，为什么变成了自己？

顾锦溪刚要骂凌越，顾安心又道：“锦溪妹妹，我说了没拿胸针就是没拿，你何必这样揪着我不放？我知道你瞧不上我，但若闹出笑话，毁了你妈妈的生日宴，你真的能安心吗？如果能的话，那你说是我就是我吧。”顾安心说完，委屈地看向萧夫人，道：“萧夫人，您的胸针是什么样子的？我一定给您找回来！”

顾安心先是站在顾锦溪的立场上为她考虑，接着又站在杨红的立场上考虑，担心会因为这件小事毁了生日宴，最后再将委曲求全的精神发挥到极致，承诺帮萧夫人找回胸针。

众人听了顾安心的话，心中的天平已经慢慢往顾安心这边倾斜了。他们都觉得顾安心很可怜，明明顾安心和顾锦溪都是顾家的小姐，却同人不同命。

顾锦溪从小锦衣玉食，却把一手好牌打得稀烂；可怜的顾安心已经二十多岁了，却还没被顾元朝正式地介绍给大家。

凌越在一旁悄悄扬起了唇角。他知道以前的顾安心是不屑与顾锦溪争斗，安心若真的动了争斗的念头，顾锦溪怕是捞不到半点好处。

顾锦溪还要反驳，但是杨红已经看出她不是顾安心和凌越的对手了，连忙呵斥她：“锦溪，你别说了，难道真要毁了妈妈的生日宴吗？”

杨红都这么说了，顾锦溪就算再不服，也只能咬牙忍住了。

众人纷纷点头，觉得顾锦溪着实有些无理取闹。

顾安心与凌越对视了一眼，这才把包从柳然的手里拿回来，道：“不过，既然锦溪妹妹说我拿了胸针，为了自证清白，我愿意让萧夫人看看我的包。”

顾锦溪听到顾安心这么说，立马兴奋起来！虽然顾锦溪不知道顾安心的包什么时候到了柳然的手里，但包里的胸针是她派人放的，她很肯定那个人已经放进去了！顾安心完了！

众人一脸好奇地盯着顾安心。

只见顾安心拧开铜扣，将包打开，放到萧夫人面前，道："我包里的东西不多，萧夫人这样应该能看清楚了。"

萧夫人只看了一眼，便将她的包合上，眼中流露出对顾安心的欣赏之意，道："东西确实不在安心小姐这里，看来是锦溪小姐误会了。"

"多谢萧夫人。"顾安心颔首道。

顾锦溪很惊讶，突然冲过来，夺走顾安心的包疯狂地翻找："这不可能，不可能！"可包里确实没有胸针。

顾锦溪气得脸色涨红，却无话可说！

杨红面色一沉，上前拉住了顾锦溪的手臂，对在场的人道歉道："对不起各位，这丫头从小被我惯坏了，让各位看笑话了。不过，她这么做也是因为凌越突然和安心走得近了，这丫头气不过……"

杨红的话立刻将顾锦溪的陷害之举转变成小女孩儿间争风吃醋的闹剧。由此可见，杨红四两拨千斤的功力十分了得。

"顾锦溪确实不懂事，那您呢？杨阿姨！"这时，楼上突然响起一个声音。

大家闻声看过去，只见顾安生站在那里，手里拿着几幅画。杨红看到他手里的画，险些昏厥，靠着身边的顾锦溪，才勉强维持身体的平衡！

"妈，您怎么了？"顾锦溪一脸讶异，不知道杨红在怕什么。

顾安生大步下楼，把手里的画小心翼翼地放在桌子上，这才开始质问杨红："我能否问一下杨阿姨，为什么您会私藏金绾的遗物？"

杨红私藏金绾的遗物？大家有些好奇，金绾不是一个去世了的画家吗？她跟杨红有什么关系呢？为什么杨红会一脸慌张呢？

这时，顾安心跑了过来，拿起画，流下了眼泪："妈妈！"

众人恍然大悟，原来金绾是顾安心的亲生母亲啊！那金绾和杨红应该是情敌吧？杨红为什么会私藏自己的情敌的画呢？

下一秒，顾安心便给出了答案。她盯着杨红咬牙切齿地道：“你当初说我妈的遗物都被烧了，但为什么会偷偷藏下这些画？莫非是你见我妈妈的画值钱，想要偷偷卖了换钱？”

顾安心话音刚落，一个人从人群中走出来，拿起其中一幅金鸡图看了看，震惊地道：“这不就是上次顾夫人想卖给我的画吗？”

因为鸡有吉祥的意思，所以金鸡图特别好卖，杨红想把这幅画卖给他，他都已经交定金了！没想到，这些画是杨红偷来的啊！

“不是的，不是这样的。”杨红急切地解释。但她的言语太过苍白，大家还是更相信顾安心说的话。

另外，大家之前一直听说顾氏出了问题，顾家到处寻求资金，顾元朝甚至向老对头凌家低头，想要通过联姻挽救濒临破产的公司。现在，大家联想到杨红卖画的事，觉得那些传言都是真的，顾氏可能真的不行了！

顾元朝见火从顾锦溪的身上烧到了杨红的身上，接着又烧到了公司的身上，双腿一软，跌坐在地上。他本想通过今天的生日宴，恢复股东们对顾氏的信心，进而恢复顾家在商场上的地位，可是现在全毁了。顾家的名声不仅没有恢复，反而更差了。

顾元朝一想到明天可能会崩盘的股票，怒火攻心，晕了过去！

顾家顿时一团乱，宾客先后表示要离去。

杨红扶着顾元朝，一时手足无措。今天来的都是有声望的大人物，他们根本不愿意听杨红解释，杨红说得多便错得多。

“我们也走吧。”顾安生一手抱着金绾的画，一手拉着顾安心道。

他在走之前特意走到杨红身边，在她的耳边低声问：“绾姨到底是怎么死的？”

杨红瞪大眼睛，肩膀抖了抖，但没说话。

“你不说也没关系，我会去找证据的。”顾安生扬起一抹嘲讽的笑容，又提醒她道，“不过，我还是建议你去自首。”

听到“自首”这两个字，杨红忍不住爆发了：“顾安生，你的良心都被狗吃了？！我好歹养你长大，你现在在干什么，威胁我？”

“杨阿姨可能年纪大了，脑子不好使，”顾安心出声道，“我哥在你身边时骨瘦如柴，多次生病发高烧，险些早夭。是我妈妈把他养大的，这跟你有半点关系吗？”

“不用跟她多说。”顾安生微眯双眸，道，“她现在不自首也没关系，有她求我们的时候。”

顾安生说完，最后看了顾元朝一眼，咬了咬牙，带着妹妹离开了。

第十七章

重归于好

顾安生兄妹和凌越一起回到玉鹿台。

兄妹俩把金绾的遗物仔细地整理了一番，一共有七幅画，是金绾最拿手的动植物图中最精美的一批。

金绾是在一次慈善拍卖会上成名的，那是她第一次给慈善机构捐画。她画风灵动，画中的动植物栩栩如生，她的画在拍卖当天便受到很多收藏者的青睐。后来，她连续十几年给慈善机构捐画，在业内是独树一帜的知名画家。

杨红看中了金绾的这几幅画，觉得价值不菲，所以在金绾死后将这些画据为己有，想要偷偷卖了赚钱。

“这幅画的落款日期是 12 月 3 日，那不正是绾姨去世的日子吗？”顾安生指着一幅画的右下角的落款日期道。

顾安心凑过去一看：“确实没错。”

“这说明杨红极有可能是阿姨见过的最后一个人。”凌越分析道。

顾安心沉默了，越来越多的证据表明，妈妈是被杨红给逼死的！

“其实，这幅家禽图不太正常。”顾安心道，“妈妈的画风偏温馨，她一向只用暖色调，但这幅画用的是冷色调。而且，画面上的母鸡和小鸡都被红绳缠住了腿，看样子在极力地挣扎，但依旧没有逃脱束缚。”

顾安生对金绾的画没有研究，但听顾安心这么一说，认真看了一下，发现妹妹说的确实是对的。

他摸了摸红绳的笔触，甚至能感觉到金绾当时有多绝望。

“杨红，我一定不会放过你的！”顾安心狠狠地咬着后槽牙道。

凌越握住她的手，将她搂在怀里安慰道：“要不了多久，我们便会将她绳之以法的。”

顾安心点头：“嗯。”

顾安生看他们依偎在一起，这才反应过来：“凌越，你怎么这么晚还在我家？”

现在都晚上 11 点了，凌越还丝毫没有要走的意思。

“不急，我家就在对面。”凌越道。

顾安生：“嗯？”

“哥，凌越把我们对面的那套房子买下来了。”顾安心小心翼翼地对顾安生解释道。

“胡闹！”顾安生果然生气了，“凌越，请你不要将这些手段耍到我妹妹的身上！”

“我怎么耍手段了？我想离我的女朋友近一点，不行吗？”凌越挺直了背跟他争辩道。

“你！”顾安生觉得自己无话可说，索性直接动手赶人，将凌越往外轰，“太晚了，你回你家去，我们要睡觉了！”

凌越沉着一张脸：“哥，我知道你舍不得安心，但姑娘大了总要嫁人的，你也不能守她一辈子。”

顾安生：“滚！”

凌越在顾安生关上门前对顾安心道：“那我先回去了，明天再……”

砰的一声，凌越被关在了门外，还没说完的话也被打断了。

“凌越太奸诈了，你迟早会在他的身上吃亏！”顾安生转身对顾安心道。

“哥，”顾安心笑了，“他挺好的，今晚萧夫人的胸针风波就是他帮我解决的，不然我可能会被顾锦溪诬陷成小偷呢！”

当时，顾锦溪确实把胸针放进了顾安心的包里，但后来凌越趁乱让柳然把胸针从包里拿走，还给了萧一山。所以，后面事情才能进展得那么顺利。

顾安生撇嘴，无法否定今天凌越确实功不可没，摸了摸鼻子，不自然地说：“我不否认他有些事确实做得不错，也不否认他可能是个很好的依靠人选。”但下一秒，他立刻板起了脸，“但是，一码归一码，人品和能力是没有关系的！反正我对他的考察还没结束，你别跟着人跑了！”

“好、好、好！”顾安心笑着答应他。听哥哥夸奖凌越，顾安心觉得既好笑又新鲜！

第二天，顾安心早起做了三明治。

顾安生闻着香味来到了餐厅，见顾安心下厨了，激动地道：“好久没吃你做的三明治了，给我来两份！”

顾安心给了他两份。顾安生大快朵颐之后发现三明治还有三份，道：“你做这么多也吃不完，给我装起来，我带去办公室当午餐。”

顾安生说完发现顾安心蹙着眉，表情不对，问：“怎么，不愿意啊？”

“不是、不是。”顾安心连忙摇头，“哥哥喜欢吃，以后我每天给哥哥做！但是我觉得午餐还是吃得正式点比较好。”

顾安生看了看她，又看了看三明治：“这该不会是给凌越准备的吧？”

顾安心没说话。

顾安生瞪大眼睛：“我昨天不是跟你说了要矜持些吗？你倒好，人家刚搬过来，你就给人家做早餐！”

顾安心抠着手指，低头不好意思地道：“他昨晚发微信说想吃我做的三明治了……”

顾安生无语了，原来自己是沾了凌越的光！一想到顾安心可能压根儿没准备给自己做，顾安生就有些生气。他拍拍胸脯，给自己顺气，暗暗地想：果然女大不中留。

“哥，你怎么了？”顾安心担忧地问。

顾安生缓过来后，提包出门，走前再三提醒她：“反正你给我矜持点，等我再考察考察他！”

“好、好、好！”顾安心满口答应。

顾安生一走，她便端着盘子给凌越送早餐去了。

凌越一早就起床等着她了。他穿了一身蓝色的西装，看起来精神饱满，眉宇之间英气十足。

“你这是？”顾安心看呆了，不知道的人还以为他要去结婚呢！

“不是说了要去看敦煌壁画展吗？”凌越反问她。

“啊……”顾安心摸了摸脑袋。

“你以为我说着玩的？”凌越失笑。

顾安心没想到凌越真的能让自己提前看展览，嘴角渐渐上扬，心中万分雀跃，忍不住手舞足蹈。

她很小的时候就听金绾讲过各种关于敦煌壁画的故事，其中有许多感人的典故和历史传说。听金绾讲故事是她年少时最快乐的事。

她立刻忘了顾安生的叮嘱，直接跑过去，抱住凌越，在他的脸上用力地亲了一口！

凌越愣了一下，身体僵硬了片刻，随后紧紧地搂住了她。他们太久没有这般亲密地接触过了，浓烈的感情此刻释放了出来，周遭的空气仿佛都变甜了。

凌越轻笑着摸了摸她的唇角，下一秒，低头吻住她。

敦煌壁画比顾安心想象的还要漂亮，让她震撼不已。

因为他们是提前进来的，所以馆中没有其他人，顾安心有充足的时间跟馆长一起探讨敦煌文化，就连原本对这些东西不感兴趣的凌越都听得津津有味。

看了一天的展，他们出来后，凌越接了个电话。

“跟我在一起……不回去了……再见。”凌越没说几句就挂断了电话。

“谁啊？”顾安心随口一问。

“你哥。”凌越撇嘴。

一想起这个未来的大舅子，凌越就觉得有点头疼，这个顾安生跟长辈似的，不但保守，还管得非常宽。

顾安心掏出手机，上面显示有多通未接来电。顾安心这才发现由于自己入园时把手机调成了静音模式，所以没接到哥哥的电话。

“不用回电话了，我刚刚跟他报了平安。”凌越猜到了顾安心在想什么，赶紧道。

“可是哥哥给我打了电话，我不回不太好。”顾安心道。

“你在微信上跟他说一声。”凌越抱住她，“我买了电影票……如果你跟他联系了，他会把你叫回家的。”凌越太了解顾安生了。

顾安心点头，觉得凌越的话有道理。他们太久没约会了，她也想再跟凌越待一会儿。

“好吧，那我们先去吃饭，再去看电影！”顾安心笑道。

凌越眼珠一转，摇了摇自己的狐狸尾巴，假装委屈地道：“我们像是偷偷早恋的小情侣。”

顾安心笑了：“我哥也是疼我，他说你还在考察期，还得再观察观察！”

“你觉得我还需要考察吗？”凌越问她。

顾安心想了想，觉得自己已经挺了解凌越了，便摇头道：“在我这里不需要了。”

凌越突然紧紧握住顾安心的手，道：“安心，我们领证吧。”

耳边有清风拂过，吹得顾安心的耳朵痒痒的，她一时没反应过来：“啊？”

“我会安排一场正式的求婚仪式的！不过在那之前，你先答应我怎么样？”凌越在她的耳边蛊惑道。

“不怎么样！”顾安心却跑开了，像煞有介事地道，“我哥说得没错，你果然心机重，把商战中的那套万无一失的策略用到我的身上了，竟然要求我先答应你……”

凌越哼了一声："我上辈子是不是跟你哥有仇，所以他这辈子才铆足了劲地扯我的后腿？"

顾安心哼了一声，撇嘴道："就算我哥不说，我也不会同意。我上一次跟你求婚时，你拒绝了我，我也要拒绝你一次！"

凌越停下脚步，问："你说的该不会是我重新回来后，你试探我的那次吧？"

顾安心点头："对，你拒绝我了。"

"真能记仇。"凌越忍不住捏了一把她的脸，"你知道的，我当时没有方向，不答应你也算情有可原吧？"

"我不管，反正你拒绝我了，我当时好伤心！"

月光下，凌越亲了亲她的额头，笑了笑，温柔地道："行吧，下一次，你就不能再拒绝了。"

被凌越挂了电话，顾安生心情不佳，吃完晚饭便守在客厅，想等顾安心回来后教训她一番。

其间，他接到公司张副总的电话。张副总道："顾总，顾元朝最近在跟一家投资公司接触，可能打算拼死一搏了！"

杨红的生日宴被搞砸之后，顾氏的企业形象一落千丈，股价直线下跌。顾元朝终于撑不住了，要再进行融资。

"他要怎么做？"顾安生扯了扯嘴角，冷笑了一声。

"顾元朝签的协议非常极端，若是他融资后业绩继续下跌，他将直接把顾氏送给投资公司！"张副总道。

"把顾氏送人？"顾安生起身，这他就不同意了，"他要送给谁？"

顾安生笃定顾元朝气数已尽，如果任由顾元朝这么做，顾氏就铁定是别人的了。

"还不知道。"张副总道。

"查一下，尽快！"

顾安生在顾氏的海外投资部待了两年，搭建好了人脉网。他早就有接手顾氏的想法了，若任由顾元朝胡来，那他这两年在海外的努力就都白费了。

顾安生正沉思着，突然门外传来响声，接着是钥匙声和顾安心鬼鬼祟祟的脚步声。

顾安生看了一眼时间，22 点 59 分。凌越可真行，还知道在晚上 11 点前把人送回来。

顾安心本以为哥哥睡了，突然看见他坐在沙发上盯着自己，吓了一跳！

“哥，你……你……你没睡啊？”顾安心被抓了个正着，有点不好意思。

“你知道现在几点了吗？”顾安生质问她。

“其实我们看完电影就回来了，凌越知道分寸。”顾安心连忙解释道，“我刚刚一直在对面，就是他的家里……”

顾安生听着听着，眉头越皱越紧，一副恨铁不成钢的样子：“这么晚，你待在他家里做什么？”

顾安心的脸瞬间变得通红。

顾安生见状，联想到了什么，立刻朝大门的方向走去，想去找凌越算账！顾安心连忙拉住他：“哥，你冷静冷静，其实我们也没干什么！”

“没干什么是干了什么？”顾安生不信她，“我还在这里，凌越都敢乱来，如果哪天我不在家，他不得拉着你偷偷结婚啊？！”顾安生觉得自己家的白菜被猪拱了！

“他今天确实向我求婚了。”顾安心道。

顾安生愣住了，随后焦虑地围着她转了两圈：“你该不会直接同意了吧？”

“没有，哥，我不会意气用事的。而且，我还要考虑你的想法啊！”顾安心拉着他坐下来。

听到她说没同意，顾安生虽说松了一口气，但还是觉得自己的妹妹怕是留不住了。现在她还会考虑自己的想法，但总有一天会被凌越拐去领证的！

顾安生越发焦虑，考虑了片刻，对顾安心道：“你先去休息吧，我明天约凌越聊聊。”

顾安心眼睛一亮："哥，你终于同意跟他心平气和地聊聊了？"

她对凌越还是有信心的，只要哥哥肯认真地了解凌越，就一定会认可他！

顾安生生气地道："别高兴得太早，你们年龄相差太大，我跟他聊完再说。"

"我们的年纪相差不大，才五岁。"顾安心伸出一只手。

"大！他太老了。"顾安生道。

"哥，凌越比你还小几个月呢，如果他老，那你……"

顾安心话还没说完，顾安生便拿起一个抱枕朝她砸去，道："顾安心，滚去睡觉！"

"是！"顾安心连忙溜回了自己的房间。

次日，没等顾安生约凌越，凌越先带着一份文件找到了顾安生："哥，我想跟你聊聊我和安心的事。"

顾安生一听他喊哥就烦，道："别叫我哥，我还没承认你这个妹夫。"顾安生倒没赶他走，直接道，"正好，我也想找你聊聊这事。"

凌越把手里的文件递给顾安生："在我们聊之前，哥你先看看这个。"

顾安生打开文件一看，是盛世集团和顾氏的融资协议，里面写明，若是顾氏在融资后生意仍无起色，顾元朝便将顾氏 36% 的股份转让给盛世集团。

"怎么会在你的手里？"顾安生震惊地盯着凌越。他正派人查这件事，准备查完之后一步一步把顾氏夺回来，结果凌越今天直接带着协议上门了。

"盛世，我的。"凌越自信而张扬地说道。

顾安生愕然，盛世竟然是凌越的？那顾元朝等于一条腿迈进了凌越的圈套里。按照现在的情形，过不了多久，凌越就将成为顾氏最大的股东，掌管顾氏。

顾安生盯着凌越，心想：这男人果然不简单，不动声色地拥有了盛世这么大的公司，又不动声色地偷偷吞下了顾氏。

“顾总！”这时，张副总推开门跑了进来，气喘吁吁地道，“我查到了，是盛世集团！盛世集团的前身就是安心集团，董事长是萧一山……”

张副总还没汇报完，发现办公室里气氛不对，看了看顾安生，又看了看凌越，不知道发生了什么事。

“都是表面信息。”顾安生道，“盛世集团真正的老板在这里坐着呢。”

“啊？”张副总震惊地看了看凌越，“这……”所以自己是查到老板的未来妹夫头上了？

“你去忙吧。”顾安生道。

顾安生送走张副总，之后将门反锁并拉上了帘子，转身问凌越：“你想干什么？”

凌越嘴角上扬：“哥，别这么严肃，不知道的还以为我们要在办公室里打架呢。”

“少废话！你明知道我对顾氏志在必得。”顾安生蹙眉，“你想与我为敌？”

“怎么会？”凌越的目光炯炯有神，“哥，我是来给你送聘礼的。”

“你说什么？”顾安生怒火中烧。

“顾氏，是我的聘礼。”凌越又重复了一遍，然后郑重其事地喊，“哥！”

顾安生愣了一下，随后回过神来，问：“你要把顾氏送给我？”

“前提是你得同意安心和我在一起。”凌越道。

顾安生陡然放松下来，笑了一声，盯着凌越，没给答复。

凌越向来干脆利落，此刻谈及自己跟安心的终身大事，更不想拖泥带水。他见顾安生不出声，干脆道：“你不说话，那我当你默认了。”

“等等。”顾安生打断他，“其他事情能默认，这件事不能！”

凌越挑眉，等他继续说。

“能拿整个顾氏当聘礼，你还是挺有诚意的。”顾安生从头到脚打量了凌越一遍，看着他道，“就算盛世集团是你的，但你也只是个见不得人的幕后老板，是个游离于家族之外的人，一直有很多人在背后嘲笑你。我只有安安这么一个妹妹，希望她的另一半不仅能逗她开心、护她一生，还要让她锦衣玉食，过上好日子，成为所有女人羡慕的对象。但是，现在的你明显不够格。”

“安心确实值得最好的人。”凌越表示同意。

在这一点上，两个男人意见一致。

“你知道的，我的腿没问题。”凌越道，“我既然能够成为盛世幕后的老板，就有足够的能力带安心领略最好的风光。”

“那你到底什么时候能站起来？”顾安生看着他的腿，皱眉问。

“很快！”凌越自信地道，“等我的盛世集团上市的时候……”

两人谈完了，Alice 在外面敲门提醒道：“先生，凌天集团的股东大会要开始了，我们该走了。”

“我知道了。”凌越转身要走，走前对顾安生道：“如果这次会议进行得顺利，会更快。”

顾安生看着凌越离开的背影，沉默了，不知道凌越的葫芦里卖的什么药。不过，今天凌越主动过来亮出底牌，他们之间交谈得比以往任何时候都要愉悦。

顾安生一直知道凌越不是普通人，是天生的王者，但还是没想到他竟然如此厉害，不但在一年之内建立了盛世集团，而且貌似对凌天集团也早有计划。

凌越走了没多久，顾安心便打电话过来。

“哥，你跟凌越谈了没？”她很惶恐，生怕两个男人一言不合就动起手来。

“谈了。”顾安生故意卖关子。

“谈得怎么样？凌越现在怎么样？”

顾安生一下就听出来了，她此刻更关心凌越。他取笑道：“你还没嫁过去呢，胳膊肘便拐到凌越那边了？你这是怕我欺负他吗？”

“没有、没有。”顾安心连忙解释，“在这件事上，只要哥哥不怎么样，凌越是肯定不会怎么样的！”

“我跟凌越谈了个条件。”顾安生道。

听到这里，顾安心顿时放下心来，哥哥肯跟凌越谈条件，就说明他已经接受凌越了。

“什么条件呀？”顾安心顿时十分放松。

顾安生：“彩礼50亿元。”

顾安心震惊得险些咬到自己的舌头，难以置信地道：“哥，你是故意的吧？你想让我留在家里孤独终老吗？”在她看来，凌越根本不可能在几年内拿出这么多钱！

若是以前，在凌天集团大权在握的凌三少爷或许有拿出50亿元的本事。但现在，凌越已经被赶出凌天集团了，还处在卧薪尝胆、伺机而动的阶段，去哪里弄50亿元的彩礼呢？

“你怎么咋咋呼呼的？”顾安生看了一眼凌越刚刚拿来的合同，这份合同的价值远远超过50亿元。

他对顾安心道：“凌越同意了。”

凌越同意了？顾安心被震惊得不知道该说什么好，凌越是疯了吗？

与此同时，凌越在凌天集团股东大会召开之前，赶到了会议室。

凌天正准备讲话，凌越突然推着轮椅进来了。凌越衣着休闲，完全不像一名商人。

会议室里的人纷纷议论起他来，有人怜悯，有人嘲讽，还有人什么都不说，专门等着看凌越的笑话。凌方就属于什么都不说的类型。

今天的股东大会，最重要的议程就是讨论下一年的工作计划及项目分配。集团每年都开一次这样的大会，往年还有看头，凌氏三兄弟你争我抢，暗流涌动。但今年，凌方一人独大，结果毫无悬念。

所以，凌方今天特别轻松。

见凌越进来，凌方打趣道：“三弟在忙什么呢？我们都到很久了。”

此言一出，旁边的人都忍不住看着凌越笑了。

在座的都是大忙人，尚且能提前到，凌越这么一个边缘性人物，没什么可忙的，竟然比他们到得晚，真是笑死人了！

凌越看了凌方一眼，轻声道：“其实也没什么事，在家里陪安心看电视，忘记了时间，所以来晚了，抱歉！”

凌方愤愤地咬着牙，深吸了一口气。凌越明知道他对安心有心思，还故意说这些让他难受！凌方安慰自己，有了公司，自己想要什么女人都行，何必为顾安心烦忧？

“好了，我们开始今天的议程吧！”凌天怜爱地看了凌越一眼，把大家的注意力吸引过来。凌越会断腿，是三兄弟争斗的结果，也是凌天放任的结果。

凌天年纪大了，心变得柔软了，对凌越有了一丝怜悯，甚至还有了维护凌越的心思。这一点凌方早就察觉到了。此外，因为顾安心死心塌地跟着凌越，老头又想让金绾的女儿过得好，所以老头无论如何也不会亏待凌越。

这些凌方都不在意。就算凌天给凌越一些股份，那也动摇不了凌方的根基。只要凌方能掌管凌天集团，等将来老头过世了，凌越会怎么样还不是凌方说了算吗？

凌方想到这里，再次得意起来，笑得十分张扬。

会议开始了，首先是各部门负责人向凌天报告今年的业绩情况。其间，凌盛出去抽了两次烟，凌越则选择假寐。大家对会议内容都没什么异议。

“接下来，我们做个业务划分。”凌天道。

听到这里，凌越总算睁开了眼睛，凌盛也扔了烟头，进来坐好了。业务划分决定了接下来一年，他们将在凌天集团扮演什么角色。去年，凌越夺走了凌天集团的投资业务、互联网业务这两大重量级板块，所以才会被凌方、凌盛联手打压。

凌越发生意外后，凌天集团的投资业务和互联网业务顺理成章地被凌方接管。如果不出意外，以后这两部分业务应该依旧是凌方的。

“投资和互联网这两方面的业务在大少爷的管理下，发展速度和发展规模都很喜人，我建议维持这个现状不变。”立马有人跳出来为凌方说话。

“对，大家手里的投资报表上列得很清楚，大少爷英明果断，在投资方面非常敏锐，我们集团应该没有比他更合适的人了。”

越来越多的人开始支持凌方。

凌越坠机之后，一些比较看好他的高层也渐渐投靠了凌方，而凌盛本就不被大家看好，目前一边倒的情况十分正常。

凌越连眼皮都懒得抬一下，静静地等他们说完。凌盛也不说话，默认这两个领域的业务是属于凌方的，不想抢也没本事抢。

“都说完了吗？”凌天扫了所有人一眼，然后道，“凌方接手后确实做得不错，总体呈上升趋势，但是……”

听到这里，凌方的好心情瞬间消失了！他不是傻子，知道老头一说“但是”，情况必会生变。

只见凌天指着数据报表道：“我们是上市企业，对自己的要求应该更高一些，要尽量让增长速度也呈上升趋势。”

大家一看，果然，凌方接手后，两个领域业务的增长速度不如凌越在的时候。

凌方顿时死死地盯着凌天，这老头到底想干什么？

凌天：“凌越做金融还是很有一套的，我们让他闲着也不合适，我建议把小蜜蜂金融分出来，单独交给凌越做，其他的交给凌方。”凌天说完问旁边的几位大股东：“你们觉得怎么样？”

大股东们面面相觑，看了看凌天，又看了看凌方和凌越，顿时明白老爷子是因为愧疚想给凌越一些东西。既然凌天都这么说了，股东们沉默了片刻，纷纷投票表示同意。

凌方被凌越分走业务后，觉得浑身不痛快，开完会后便关起门来发脾气，还砸碎了一个镶着金边的烟灰缸！

凌盛现在唯凌方马首是瞻，一开完会便直接进了凌方的办公室，道：“大哥，我昨天看到老三去了老宅！小蜜蜂金融肯定是他跟老头要的！老头年纪大了，怜悯老三，想补偿他！”

凌方听到这话，心里反倒舒服了一些。凌越现在只有向老头乞讨，才能拿到点东西了，确实有些可怜。

“算了。”凌方道，“老三现在也就这点能耐了，身边又没人，即便我把小蜜蜂金融给他，他也翻不起浪花来！”

凌盛本来是想挑拨凌越和凌方的关系，好让凌方对付凌越，这样小蜜蜂金融的业务说不定能轮到凌盛来接手。但他没想到，凌方完全不把凌越放在眼里。

凌盛不甘心，继续对凌方道："上次凌越在顾夫人的生日宴上闹了一通，私自跟顾家解除婚约，老头竟然也不说他，还默许他和顾安心谈恋爱。要知道，顾安心可是金绾的女儿啊，老头现在也太宠凌越了。"

凌盛提到这个后，凌方果然有些生气了。

凌盛继续添油加醋："我听说凌越和顾安心的感情很稳定，他们快要结婚……"

凌盛话还没说完，凌方骤然转头，目光冰冷地瞪着凌盛道："闭嘴！"

凌方作为凌氏的继承人，争女人却争不过一个残疾人，不仅在感情上受挫，也觉得自己的尊严受到了践踏！

凌盛见凌方彻底怒了，不再多说什么，道："那等凌越掌管小蜜蜂金融之后，是否需要派人盯着他？"

之前凌越掌权时，他们就是这么做的，时刻派人盯着凌越，伺机而动，一有机会便弄死凌越！坠机事件就是这么来的。

凌盛希望凌方恨凌越，然后灭了凌越，这样自己就有机会了。老头总是让他接手一些没油水的工作，久而久之，大家都知道他是凌家的草包，没几个人真正瞧得上他。凌盛馋金融这块肉已经很久了。

"盯什么盯？你一天到晚但凡能干点正事，也不至于比凌越混得还差！"

凌方认为即便凌越掌管了小蜜蜂金融，自己也没必要再跟他作对，那样反而会让自己被老头厌烦。接下来，凌方必须沉淀下来，真正地把凌天集团的人脉和权力握在自己的手里。

凌盛被骂了一通，灰头土脸地跑了出去，骂骂咧咧："哼，骂我没出息？等哪天凌越翻身了，我看到时候谁混得最差！"

凌盛完全没想到自己的一句气话竟然会成真。

三个月后，有传言称新兴的互联网企业盛世集团拿到了第一笔融资，即将上市。而跟盛世集团合作的平台就是凌天集团的小蜜蜂金融。

凌方得到消息后，赶紧联系凌越："你怎么回事？我们不能帮盛世集团上市，盛世是我们公司的竞争对手。凌越，你是要搞垮集团吗？"

盛世集团最近风头正盛，背后不仅有萧家，还有了凌天集团，一旦上市，大有赶超凌天集团之势！凌方对此非常担忧。

盛世集团不仅规模大，而且和凌天集团的业务范围重叠太多！两个集团已经不止一次因为争抢市场而发生摩擦了。现在小蜜蜂金融帮助盛世集团上市，简直是自毁长城！将来，盛世集团一定会成为凌天的劲敌！

"你的脑子跟你的腿一样没用吗？"凌方怒不可遏，在电话里斥责凌越。

然而凌越直接挂了电话，这让凌方十分愕然。凌天集团里，谁敢这样挂他的电话？

凌方有实权，而凌越只管着一个小小的金融分支业务。凌越做错了事情，凌方还不能骂他两句了？

凌方深吸了一口气，继续给凌越打电话。

这次，凌越回话了："凌方，当初说好了，我掌管小蜜蜂金融，拥有绝对的话语权。我做事，轮不到你插手。"

"你……"

这回，凌越再次没等凌方说完话就挂断了电话！

凌方气极了，意识到找凌越已经没什么用了，干脆打电话给凌天。

但凌天高血压犯了，十分疲惫，懒得再管他们兄弟间的事了。有事得他们自己解决。

凌方纵然着急，也拿凌越毫无办法。

几天后，凌盛火急火燎地跑来找凌方。

"大哥、大哥，不好了！"凌盛急得脸都红了。

凌方刚好有一个项目被盛世集团夺走了，现在正浑身不痛快，看到凌盛这样，更来气了："什么叫我不好了？你就不能盼着我好吗？"

凌盛喘过气来，道："盛世集团要上市了！"

凌方哼了一声，盛世集团迟早会上市，对于这个消息，凌方一点都不意外。

“大哥，这不是重点！”凌盛一脸惊愕，现在还无法完全消化自己得到的消息，“重点是盛世集团在上市之前进行了股权变更，现在他们的第一大股东变成了凌越！”

“咯、咯！”凌方被一口水呛得喘不过气来。

他连嘴角的水都来不及擦，一脸慌乱地问凌盛：“你说谁？”他觉得这一定是自己听错了！

“你没听错，是老三！”凌盛道，“我当时听到这个消息后都傻了！怪不得他要让小蜜蜂金融帮盛世集团上市，原来盛世集团就是他的！”

“你胡说什么？”凌方不敢相信这个事实，“盛世集团怎么可能是凌越的？那不是萧家的吗？”

凌方无论如何都不相信凌越能在最落魄的一年间创建一个能和凌天集团抗衡的商业帝国！这不可能！

“大哥，这是真的！”

随后，凌盛把手里的邀请函递给凌方：“大哥，盛世集团邀请你参加上市仪式，你去不去啊？”

凌方瞥了一眼邀请函，再想想凌越是盛世的老板这件事，顿时连呼吸都有些不畅。

“滚，你给我滚！”凌方暴跳如雷，吼了出来！

凌盛拍了拍袖子，出了凌方的办公室，哼了一声，道：“我还以为你有多大的能耐呢，结果还不是被凌越摆了一道？”

盛世集团股权变更以及即将上市的消息传遍了整个圈子，大家都感到很震惊。一些原本跟随凌越、后来倒向凌方的人扼腕叹息，恨自己没有跟对人。还有一些人在凌越最落魄的时候对他冷嘲热讽，此刻大惊失色！

凌越顿时成了媒体争相报道的对象，多家媒体联系凌越，想为他做人物专访，关于“凌越商界神话”的消息很快在坊间流传。

顾元朝也收到了盛世集团上市仪式的邀请函。当初他因为受制于凌越，很快将凌方给他投资的五千万元赔了，欠了一屁股债。接着他又上了凌越的当，跟盛世集团签了协议，但依旧无法挽回公司的颓势。

按照协议，顾元朝需要把自己在顾氏的所有股份转让给盛世集团，现在只差办手续了。顾元朝现在一穷二白，整个人精神状态很差，突然接到盛世集团的邀请函，百感交集。

盛世集团这是在提醒他尽快把顾氏交出去啊！接着，顾元朝看到邀请函上的名字——凌越！

“小红，快把我的眼镜拿过来！”顾元朝吓了一跳，盯着邀请函上的名字发愣。

杨红没去拿眼镜，坐下来告诉他：“你没看错，那个就是凌越的名字。”

“怎么会是凌越呢？盛世集团不是萧家的吗？”顾元朝的手控制不住地抖起来。

顾元朝因金绾而讨厌凌天以及凌家的人，后来是勉为其难，才答应和凌家联姻的。他一直看不起凌家，没想到最后让自己一败涂地的正是凌家的人！

“你这段时间病了，我没告诉你，盛世集团前几天就完成了股权变更。其实，盛世集团的幕后老板一直是凌越，只不过他一直等到翅膀彻底硬了，才让大家知道。”

顾元朝不知道自己都做了些什么，才会在不知不觉间把顾氏直接送给了凌家的人！他一时无法接受这个事实，加上身体本就虚弱，现在受了刺激，晕了过去！

“元朝？元朝，你醒醒！”杨红被吓得不轻，连忙让保姆叫救护车！

但是，救护车还没来，法院的人先到了。

“顾夫人，顾氏进行融资的时候把房产抵押了，我们现在来履行程序，对你们的房子进行估值。如果你们一直还不上这笔钱，那房子就要被拍卖了。”

法院的人公事公办，说完便开始对房子进行评估。

“等一下！”杨红没反应过来，“你们在胡说八道什么？要拍卖我们的房子？做梦吧！”

杨红自从跟顾元朝在一起后，一直锦衣玉食，游走于富太太之间，日子过得惬意滋润，压根就没想过有朝一日自己要面临露宿街头的局面！

她不信，顾氏这么大的企业怎么可能说垮就垮？

法院的工作人员很无奈："顾夫人，我们是按规矩和法律办事的，如果你坚持要阻拦我们，就是犯罪，需要承担一定的法律后果。"

杨红不禁后退了一步，被吓住了。此刻，杨红才真正意识到，顾氏真的已经完了。

她突然笑了，笑完又哭，俨然疯了一般。工作人员面面相觑，一时不知道该拿她怎么办。好在杨红哭哭笑笑了一阵后，自己停下来了。

她跟法院的工作人员求情，让他们过几天再来。工作人员见她态度变好了，再加上这时救护车来了，自己不能耽误人家送病人就医，便同意了。

杨红松了一口气，将顾元朝弄上了救护车。

到了医院之后，杨红打电话给保姆，让她炖些汤送来医院。

保姆却支支吾吾："夫人，我的小孙子出生了，家里需要人照顾，我想辞职。"

杨红皱眉："你的小孙子不是已经两岁了吗？"

保姆明显是见顾家没钱了，想要另谋出路，坚持道："两岁了也需要人照顾啊，我的儿子、儿媳还要上班。"

"你滚吧！"杨红对这些用人的态度本就一般，时常打骂，此刻因为心情很差，大吼道，"有多远你就给我滚多远！"

"好的。"保姆已经习惯了她的态度，之前是因为顾家给的工资高才留下来的，现在没必要了，"夫人，我上个月的工资麻烦您支付一下。"

若是以前，杨红会把工资丢给她，叫她去买副棺材！但现在，一提到钱，杨红的舌头仿佛打了结，她什么话都说不出口了。

她前几天刚把顾锦溪送出国，几乎花光了所有的积蓄，现在根本没钱。而顾元朝更没钱给她。

"就你那点工资，我还能不给你？"杨红吼完，不等保姆说话，直接挂了电话。之后，杨红怕保姆再来催，干脆关机了。

这时，病床上的顾元朝醒过来，问她发生了什么。杨红本想爆发，质问顾元朝为什么不跟自己商量就抵押了房子！但刚刚医生嘱咐过，说顾元朝最近身体虚弱、血压很高，不能再受刺激，否则随时会没命。杨红想到这里，便把一肚子气压了下去，道："没什么！"

顾元朝没再问她，叹了口气，道："我投资失败了，现在公司亏空严重。小红，你把手里的钱拿出来给法院吧，不然我们可能连住的地方都没有了。"

杨红斜眼看他："我没钱！"她没问他要钱，他竟然先算计起她的私房钱了！

"你那里应该还有几百万吧。"顾元朝心里有数，"这些年，你们母女俩一个月有上百万元的生活费，不可能存不下钱。我从来没克扣过你们的零花钱，现在顾氏遇难，你帮帮我吧！"

"真的没了。"杨红蹙眉，"你以为把锦溪送出国不花钱吗？"

"锦溪去国外不是为了去你朋友的公司帮忙吗？她自己能赚钱，有饭吃，还要花什么钱？"顾元朝觉得杨红就是不想给自己，在故意找借口。

杨红被逼无奈，跟顾元朝吵了几句，一不小心把顾锦溪出国整容的事情说了出来。

顾元朝愕然，感觉自己的血压再次升高了："杨红，你有病！你送她出国整容？"

"她在国内的名声已经臭了！要想混下去，她必须整容，我这也是没办法了！"杨红据理力争，"不然你还能找到其他办法吗？我不想我的女儿一出去就被别人骂！"

"那是她自己作孽！"

病房内争吵声渐渐大了，医生赶紧赶过来，十分无奈地道："顾夫人，我不是跟您说了，现在不能刺激病人吗？他现在身体很差，您作为家属，请多担待一些。"

杨红忍住了，吸了吸鼻子，抬头对顾元朝道："好了，我不跟你吵！我已经跟法院的人商量了，让他们再宽限几天。这几天，你去找顾安生、顾安心谈谈，你好歹是他们的亲生父亲，他们不至于铁石心肠、见死不救！”

顾元朝听到这话，气得坐了起来，吼道：“我不准你去找他们！我就是死，也不去求他们！”即便是走到了现在这一步，顾元朝依旧无法放下所有的面子，在已经跟自己断绝关系的儿女面前卑微地乞讨。

医生安抚了顾元朝之后，把杨红带出去谈话。

“顾太太，我们观察顾先生后发现他可能有抑郁症。这段时间，你照顾他的时候多注意一下他的情绪。”

“抑郁症？”杨红恍然大悟，怪不得顾元朝一蹶不振，甚至多次产生轻生的念头。

杨红听到这个消息，格外焦虑。自己跟了顾元朝这么多年，对顾元朝还是有感情的。她也知道顾元朝的心病就是顾氏，只要顾氏好了，他就能跟着变好。

杨红思虑再三，最终拿着盛世集团的邀请函，代替顾元朝出席了上市仪式！

盛世集团上市仪式当天，现场来了很多嘉宾、记者。

坊间把凌越传得神乎其神，甚至有人把凌氏三兄弟的斗争写成了长篇小说在网上连载，阅读量高得惊人！大家都对凌越从崛起到陨落再到崛起的传奇故事非常感兴趣。

当天一早，能拿到邀请函的记者都早早地来到了会场，拿不到邀请函的也在会场外守着。

然而记者们不知道，凌越早就进入会场了。

记者们扑了个空，纷纷感叹凌越还是之前那个凌越，依旧神秘。以前凌越在凌天集团风头正盛时也十分神秘，从未在网上公开露过面。

就在记者们准备收工时，凌方的车到了，记者们顿时又激动起来！

凌越和凌方这些年斗争激烈，现在凌越东山再起，凌方内心肯定百感交集！

凌方一下车，记者们便拥了上去，一个接一个地提问。然而今天的凌方跟以前笑眯眯的他不同，直接让保镖把记者推开了。

凌方面无表情，大步走入会场，找到自己的位置坐下来，发现左边是自己曾经的合作伙伴，右边也是自己曾经的合作伙伴，险些没绷住！

所以，凌越一声不吭地挖了自己那么多客户，然后还让他们坐在自己的旁边。凌越邀请他来这里，完全就是在示威。

但凌方又不能不来，不来就代表他没有度量、没有格局。

凌方强迫自己沉下心来，只希望时间赶快过去。仪式即将开始，他的身边渐渐坐满了人，只剩下凌越没到了。

凌方在心里吐槽，这个凌越，公司还没上市，架子倒摆得挺足！

这时，会场内突然传来一阵喧哗声。不知道发生了什么事，众人突然交头接耳、议论纷纷。后排的嘉宾中有几个直接站了起来。

凌方顺着他们的视线看到了从后面走来的凌越。

凌越穿着一身定制的手工西服，深邃的眉眼、微扬的唇角使他看起来十分自信。他朝前方走去，浑身散发着魅力，一出现便吸引了所有人的目光。

大家先是惊艳，接着意识到他没坐轮椅，纷纷惊愕！

“凌越怎么站起来了？他的腿不是伤了吗？”

“不知道啊！”

会场内全是这样的声音。

凌方死死地盯着凌越的双腿，仿佛被雷劈了！凌越现在这样丝毫不像受过严重的腿伤！他一直都在伪装？

凌方今天之所以过来，就是想看看凌越到底是怎么在一无所有的情况下打出另一个江山的。但凌方现在明白了，原来凌越其实一直什么都有，只是别人认为凌越一无所有罢了！

凌方盯着台上正意气风发地发表上市感言的凌越，突然感觉呼吸不畅、头痛欲裂，从头到脚都发凉发麻。以前凌越和他对抗的时候，他还没这么有危机感，但现在危机感猛地袭来，如狂风骤雨般，摧残着凌方的意志。

凌方知道，这正是凌越邀请他来的真正目的。

凌方知道自己必须冷静，但实在坐不下去了，咬着牙起身，大步离开！

后排的记者拍到了这一幕，新闻通稿铺天盖地而来。

“直击盛世集团上市仪式现场！凌方不堪败给胞弟，愤然离席！”

“细数凌氏兄弟斗争细节，凌方的眼里都是喷薄而出的怒火！”

“豪门兄弟斗艳，颜值不输流量男星，谁更胜一筹？”

还有一些记者在写凌越突然站起来惊艳全场的稿子。

杨红今天拿了顾元朝的邀请函来，本来是想找顾安生和顾安心的。

凌越的公司上市，这兄妹俩应该心情不错，要是听说他们的亲生父亲过得很惨，说不定能不计前嫌，帮忙解决顾家眼前的难题。

但杨红算错了，凌越把顾安心当成家人保护，不会带她出席这种记者众多、人员复杂的场合。而顾安生不知道为什么也没来，杨红扑了个空，顿时觉得很没意思。

此外，当她看到凌越站起来时，还很震惊、悔恨，恨自己为什么之前没发现凌越的潜力！若是当时她能促成凌越和顾锦溪的婚事，他们顾家现在也不至于落魄成这样！

一想到顾安心捡到一个大便宜，杨红便嫉妒极了。她待不下去了，起身离开，出来时遇到了两个坐在台阶上聊八卦的会务人员。

“凌越好帅啊！天哪，以前他坐在轮椅上不怎么帅，但今天真是太帅了！”

“他是挺帅的，今天状态好，心情也好，简直满面春风。”另一个会务人员道。

“他有女朋友吗？”

“有。”

“你怎么知道？”

“我当然知道，我以前跟他的女朋友是邻居，而且我们关系还不错。”

“天哪，真的假的？他的女朋友怎么样？”

“她不负责任、没担当，就是一个狼心狗肺的女人。”那人说着像是回忆起什么来，咬牙切齿的。

杨红听到这话，陡然停下脚步，看向正在说话的女孩子。

这个女孩子二十出头，非常年轻，说起顾安心时一脸嫌恶。杨红瞬间来了兴致。

杨红转过身，走近女孩儿，打量了她一眼："你好，你认识顾安心吗？"

女孩儿抬头看着杨红，诧异地道："你也认识她？"

"嗯，她确实是个不负责任、没担当、狼心狗肺的女人。"杨红笑了，道，"我觉得我们可以聊聊。"

女孩儿思考了片刻："你是谁？"

"我是她的继母，杨红。"杨红说着伸出手表示友好。

杨红亲和中带着威严，女孩儿下意识地伸出手跟她握了一下："你好，我叫唐梦。"

第十八章

/

再遇故人

凌越丢掉轮椅之后开始真正地忙碌起来。他忙着扩张版图，忙着稳固根基，但还是在百忙之中抽出时间来陪顾安心。

这一天，两人一起去看话剧《倾城之恋》，这是一部顾安心一直想看但没机会看的话剧。表演团刚好来巡演，凌越纵使晚上有应酬，也给她安排上了。

晚上 7 点，凌越从应酬的酒店赶来剧院，总算在开场前十分钟到了。

他立刻打电话给顾安心，她说自己还堵在路上。凌越松了口气："不着急，还有时间。"

顾安心："嗯。"

挂了电话，凌越站在剧院旁边的廊桥上接到了萧一山的电话。

"三哥，剑来那个项目的预算表我刚发给你，你看一下有没有问题，没问题我叫下面的人继续做。"

凌越的身后突然传来一阵脚步声，他一回头，便被顾安心一把抱住了。

原来，她刚刚是骗他的，其实早就到了。她是为了缓解一下他的压力，所以假装还没到。

凌越愣了一下，随后迅速地抱住她。他发现即便是冬天她的身上依旧很温暖，一丝凉气都没有，不禁舒服得眯了眯眼睛。

“你早就过来了？”凌越问她。

顾安心不好意思地吐了吐舌头：“我等你一次也没事。”

凌越心里高兴，拉着她吻了下去。

萧一山还在唠唠叨叨：“三哥你人呢？这件事很急，你快点看一下！喂？凌越？”

凌越总算松开了顾安心，一边拉着她往剧院走去，一边对萧一山道：“现在没空，你自己做决定。”

“不行啊，这个项目我拿不准，你快点看一下。”

“没空。”凌越很坚定。

萧一山咬牙道：“你又约会去了？又跟那个红颜祸水在一起吗？”

凌越只要跟顾安心在一起就容易失联，很多时候萧一山压根找不到他，所以顾安心在萧一山这里已经成为“红颜祸水”的代名词了。

凌越只是轻笑一声，跟萧一山说了句“再见”，然后便挂了电话。

“萧一山又骂我？”顾安心在旁边都听到了萧一山的声音。

“他是忌妒我。”凌越道。

“他不是有很多女朋友吗？还需要嫉妒别人？”顾安心觉得这事稀奇了。

“那我不知道，但他好像对一个小明星动心了，跟人家分手后又想追回人家，人家并不理他。”凌越大致回忆了一下这段时间在公司里传得沸沸扬扬的“萧一山和女明星”的八卦，说道。

“小明星前女友？该不会是郑婉如吧？”顾安心想起曾经偶遇萧一山和郑婉如一起逛街，“三哥，郑婉如爆红之后为了沉淀自己、磨炼演技，开始演话剧了，今天的《倾城之恋》里就有她呢！”

“哦？”凌越挑眉，“那我们就看一看，能让萧一山浪子回头的女人演得到底怎么样。”

进场的时候，顾安心在奶茶店点了杯奶茶，点完后问凌越要不要。

凌越本来想喝咖啡，但看到她手中的奶茶，愣了一秒，随后摇头道："不需要。"

顾安心："你什么都不喝吗？"

凌越："不喝。"

顾安心没给他点喝的。

但两人进场坐下后，凌越又目不转睛地盯着她的奶茶。

顾安心喝了几口，忍无可忍地问他："你不是说不喝吗？"

"我没喝过，想尝尝。"凌越如实回答她。

顾安心拿他没办法，将奶茶递过去："那我的给你喝一口。"

凌越没接她的奶茶，低头捏住她的下巴，在顾安心没反应过来的时候吻住她的唇，尝了一下奶茶的味道。

后排的观众立马投来惊讶的目光，好奇地注视着他们。

顾安心抱着奶茶，红着一张脸问凌越："你干吗呀……"

凌越认真地回味了一番，道："奶茶好甜。"

顾安心恨不得堵上他的嘴。

凌越语不惊人死不休："我还想再喝一口。"

顾安心瞪了他一眼，见他坚持，放低声音道："人好多，回家再说吧。"

凌越直接凑到了她身边，顾安心拦不住他，双手抵在他的胸前，连忙闭上了眼睛！他想亲就亲吧，反正只要他们不尴尬，尴尬的就是别人！

但顾安心等了三秒钟，无事发生……

顾安心忍不住睁开一只眼睛，看到凌越已经坐好了，嘴里还叼着吸管。

他一脸戏谑，吸了一口奶茶之后，笑道："这样喝，就索然无味了！"

顾安心生气地夺过奶茶，一脸羞愤："不理你了！"

现场响起了音乐，话剧正式开始了，凌越愉悦地把她搂入怀里，认真地看话剧。

这场话剧的演员表演得非常出色，现场氛围渲染得恰到好处，郑婉如在里面的表现也可圈可点。

“怪不得萧一山会对郑婉如念念不忘，就连我看完话剧都要喜欢上她了。萧一山真有眼光，现在能沉淀下来磨炼演技的演员不多了。”顾安心道。

“还行。”

散场后，两人一边讨论刚刚的话剧一边往外走。这时，一个手持扫把的保洁员在转弯时撞到了顾安心。

凌越立刻紧张起来，把顾安心往身后一拉，看了一眼这个保洁员。

“对不起、对不起，我不是故意的！”保洁员连忙低着头道歉。

顾安心本来没什么事，正要拉着凌越离开，听到这句道歉后突然愣住了。

“唐梦？”顾安心惊讶地盯着保洁员。

听到这个名字，凌越也惊讶地看向保洁员。

唐梦道完歉，听到顾安心喊她，抬起头来，惊讶中带着一丝无措，揪着自己的保洁员制服往暗处挪了挪。

“安心姐，三哥……”她和他们打招呼时都没什么底气。

顾安心在和唐梦当邻居的时候，双方互相照顾，像家人一样。现在再见到唐梦，顾安心很高兴，但也敏锐地发现唐梦的眼里闪过了一丝自卑。

顾安心看着她的制服，疑惑地问：“小梦，你不是大学毕业了吗？怎么在这里？”

唐梦喜欢旅游，大学学的是旅游管理专业。她曾说毕业了要当一名导游，周游世界。但她现在怎么在话剧院打扫卫生？

顾安心最艰难的时候，没有钱也没有人可以依靠，是在唐奶奶的帮助下才租了个一室一厅居住。后来她跟唐奶奶越来越熟悉，和唐梦也跟姐妹一样。

顾安心了解唐梦，唐梦是一只渴望翱翔的小鸟，现在毕了业，早就应该跑遍全国了，怎么会待在这个小剧院里？

唐梦哽咽着不说话。

顾安心意识到唐梦那边可能出事了，一脸担忧：“告诉我，发生什么事了？”

那次凌方无缘无故地跑到她家来找凌越，再加上顾元朝也找上门，顾安心便托徐少波给自己另寻了住处。后来，顾安心一直没回去，电话号码也在那时候换掉了，一直没和唐梦联系。她完全没想到两人再次见面时，唐梦会这么落魄。

“奶奶走了。”唐梦吸了吸鼻子，还是没忍住，哭了出来。

顾安心听闻唐奶奶过世，心中陡然一阵悲痛。唐奶奶帮助她、爱护她的那些画面顿时一一在脑海里掠过。顾安心鼻头一酸，抱着唐梦潸然泪下。

“奶奶那么健朗，怎么会？”顾安心一时无法接受。

唐梦吸着鼻子，道：“摔了一跤，中风了，然后没过多久就走了。”

两个人的眼泪大有止不住的架势，凌越最看不得顾安心落泪，上前给她擦了擦眼泪：“别哭了。”

顾安心点头，觉得自己确实不应该惹唐梦再哭一场。

“走，小梦，我们也很久没见面了，出去找个地方聊聊天。”

唐梦却摇头，后退了两步：“安心姐，我今天的工作还没完成，你们先回去吧，等有时间我们再联系。”

唐梦说完便往剧场里跑。

“等等！”顾安心拉住她，看了一眼扫把，心里很不是滋味，“你还没告诉我，你怎么在这里工作？”

“奶奶治病花了很多钱，我没钱，都是找别人借的。我现在要还钱，就找了这个工作当兼职。不过，安心姐放心，我的本职工作没丢，我也在本地做导游。”

“花了很多钱你怎么不找我……”顾安心话说了一半，意识到自己当时为了躲凌方和顾元朝连电话号码都换了。就连顾元朝都找不到她，唐梦又怎么能找到她？

“对不起，在你最困难的时候，我没在你身边。”顾安心看着唐梦，内心悲痛。

当初她最困难的时候，是唐梦和唐奶奶陪着她度过的，但她竟然没能陪唐奶奶最后一程。

“你怎么会对不起我？”唐梦笑了，“安心姐，你这样我很惶恐的。”

顾安心索性把她的扫把扔了：“这兼职我们不做了！你现在还欠多少钱？我自认是奶奶的半个孙女，希望能帮你分担一些。”

“不用，安心姐，真的不用。”唐梦连忙摇头拒绝她。

她越是懂事，顾安心便越心疼她。两个人僵持不下，最后顾安心还是拗不过唐梦，和凌越一起帮她把剧院打扫完才作罢。

“我现在送你回家，路上聊聊。”打扫完，顾安心把她拉上车。

唐梦没再拒绝，说了个地址。

顾安心愣了：“这不是你家的地址啊。”

“那套房子卖了，我后来租了个单人间。”唐梦道。

顾安心叹了口气，唐梦得被逼到什么程度才会连房子都卖啊！

路上，顾安心一直在安慰唐梦，然后将自己的联系方式给了唐梦，问了她的欠款情况。

车子越走越偏，最后在老城区的一个很破旧的待拆小区外停下。

顾安心盯着待拆房斑驳的外墙，瞠目结舌：“小梦，你现在住在这里？”

“嗯，因为是待拆房，很难租出去，租金便宜。”唐梦说完生怕顾安心担心，道，“安心姐，你别看外面破，其实里面还挺好的，房东当初买的是精装修房，里面什么都有，我住得挺舒服的。”

唐梦跟他们道别后便上楼了。

顾安心看着唐梦的背影消失在过于破旧的楼道里，一颗心揪了起来。她三步一回头，上了车之后还一直盯着唐梦家的方向。

凌越发动了汽车，顾安心却按住他的手：“等一下。”

凌越扭头看她，扯了扯嘴角：“你该不会想把她带回家吧？”

最近他好不容易打动了顾安生这位难缠的大舅子，让顾安心搬到自己家住了。他们刚在一起住了两天，就又要来一个“电灯泡”？

凌越不乐意，还是二人世界好。

“三哥……”顾安心柔柔地喊了一声，喊得凌越的骨头都酥了。

凌越无奈地看了她一眼，依旧没松口。下一秒，顾安心突然凑过来主动亲了他一口！

凌越愣了，随后摸了摸自己的唇角，笑了笑："行吧，但是带回家不行，我可以帮她安排一个住处。"

"不用、不用，这几天我哥刚好要去国外出差，我跟小梦住哥哥那边就行！等她心情好点了，我再给她安排工作。"顾安心早就想好了。

"所以我接下来要独守空房了吗？"凌越完全没从她的计划里听到自己的名字，不由得蹙眉问。

顾安心笑了："只能委屈你啦。"

楼上。

唐梦进了家门之后便掀开窗帘的一角，看了下面一眼，他们的车果然还停在原地。

她拿起手机，道："放心吧，一切都在计划中。"

"唐小姐，你果然很优秀。"电话里传来杨红的声音，"那就祝你尽快拿到自己想要的东西，祝我们都达到自己的目的。"

唐梦面无表情，并不想跟杨红说太多："拭目以待吧。"

她刚挂掉杨红的电话，敲门声便响起了。

唐梦盯着门，脑子里都是顾安心从他们小区偷偷搬走后，凌方的人来找顾安心的场景。

当时，凌方急于找到凌越，将所有希望放在顾安心的身上。但顾安心突然消失，这激怒了凌方，凌方便派人来唐家闹事。

唐梦还记得那个混乱的场面，就在那时，本该颐养天年的奶奶被人推搡在地，受了伤，被顾安心间接地害死了。当时唐梦刚大学毕业，本该去周游世界，实现自己的梦想，却因为要照顾奶奶，再加上债务缠身，整日奔波于各个兼职之间，活得全无自我。

但顾安心丝毫不受影响，越来越好，不仅住进了豪华楼盘，还被盛世集团的大总裁捧在手心里宠爱，这凭什么？

唐梦冷笑了一声，然后起身开了门。

…………

最终，唐梦收拾了一些随身物品，跟着顾安心回了玉鹿台。

"安心姐，这房子也太大了……"唐梦从未住过这么大、这么好的房子，一进家门便被眼前低调奢华的室内装修震惊了。

“小梦，这几天把这里当成你自己的家，刚好我在家工作，我们可以多聊聊。”

“嗯。”唐梦点点头，“谢谢安心姐。”

顾安心带她参观了一遍房子，唐梦还是不太愿意打扰他们：“安心姐，我看到处都是三哥的东西，我在这里暂住还是不太合适，他……”

唐梦话还没说完便被顾安心打断：“这不是三哥的东西，是我哥的，他最近要去国外出差，拓展海外业务，所以你不用担心。”

唐梦诧异，从没听说顾安心还有亲哥哥，问：“那三哥住哪里？”

顾安心：“他就住在对面。”

唐梦明白了，原来顾安心的哥哥和凌越是邻居，顾安心当真是集万千宠爱于一身。

唐梦这才没再推辞，暂住了下来。

凌越曾经在顾安心租的小房子里待过几个月，唐奶奶虽然是个啰唆的老太太，但心地善良，对他很关照，时常喊他吃饺子。而且，后来顾安心生他的气，唐奶奶也曾帮助过他。

凌越虽然不满顾安心把注意力分给了别人，但因为感激唐奶奶，也没有对此提出异议。但慢慢地，凌越发现顾安心和唐梦在一起的时间越来越多，他甚至连顾安心的面都很难见到！顾安心一个在家全职画画的竟然比他还忙！

每次他忙完回到家，都发现顾安心不在。她要么是和唐梦一起出去吃饭，要么和唐梦看电影，反正她们总有活动，经常玩到接近凌晨才回家。虽然有柳然跟着她们，凌越不必担心她们的安全问题，但她们每次回来时，凌越基本上都已经休息了。

等到第二天早上，凌越起床上班时，她们又还在睡。

明明相隔不足一百米，凌越和顾安心却像在谈异地恋！凌越对唐梦这个“电灯泡”的忍耐值渐渐达到了极限。

这天周五，凌越提前跟顾安心道：“周末我有空，你得陪我两天。”他语气强势，不容拒绝。自从唐梦来了后，他们已经好多天没正经地约会了。

顾安心却道："不行，我跟小梦约好明天去白云湖参加漫画展，在 × 市。我们要在那边住一天，所以我没有时间陪你。"

凌越："我现在都怀疑我到底有没有女朋友。"

顾安心："你再委屈一下，这几天小梦的心情变好了，人也比之前开朗了，而且我跟她也玩得很开心。漫展我十几岁的时候就想去了，但一直没机会，你让我去体验一下好不好？"

凌越约会的请求被女朋友无情拒绝，他十分忧郁。但他又不能表示反对，毕竟女朋友那么可爱，说什么都对。

这时萧一山敲门进来，满面春风地告诉他："我刚刚约婉如，她答应了！三哥，周末我不加班了，项目你盯着吧！"

凌越抬头，觉得自己在萧一山的衬托下越发惨了。

"想都别想，自己的项目自己搞定！"凌越拒绝了他。

"凌越，你到底是不是兄弟啊？你也知道我约她很久了，她好不容易才答应，你就不能为我的终身大事考虑一下？"萧一山说完还揶揄道，"反正'祸水'最近也没时间陪你，你一个独守空房的大老爷们儿，帮我加个班怎么了？"萧一山知道顾安心最近因为唐梦冷落了凌越，背地里没少嘲笑凌越。

若萧一山不提这件事，凌越还真打算勉为其难地放他去约会，但他一提，凌越这么多天来压抑着的怒火立马上来了！

"加班！谁都别想出去约会！"凌越怒道。

萧一山崩溃了。

第二天一早，顾安心便和唐梦去了漫展。凌越守着空荡荡的家，觉得无趣，便去了公司加班，到了之后才发现萧一山果然没来。

中午，顾安心发了一条朋友圈，配了九张图，其中有两张是她和唐梦的合照。凌越一点开大图，便眉头紧皱。这两张图中，一张上，两个人抱在一起，笑得格外灿烂；另一张二人就更亲密了，唐梦竟然在亲顾安心的脸。

凌越越看越觉得不舒服，工作也没办法正常进行，索性把两张合照发给萧一山。

萧一山刚跟郑婉如吃完浪漫的西餐，收到凌越的消息时愣了一下，问："发'祸水'的照片给我干吗？我对她不感兴趣。"

凌越："我是想问你，女孩子这样拍照正常吗？"

萧一山认真一看，没觉得哪里不正常，道："凌越你是在醋缸里泡大的吧？这有什么不正常的？女孩子在一起，换衣服时都不关门的。"

凌越无话可说。

萧一山："想她就找她去呗，又不远！她白天参加漫展，晚上的时间都是属于你的。"

凌越没回信息，但看着萧一山的文字，觉得萧一山说得有点道理。

凌越："谢谢。"

过了一会儿，萧一山回复道："不用谢，我是怕你拉我回去加班。今晚对我来说非常关键，你还是找你的'祸水'去吧，千万别打扰我！"

凌越冷哼一声，收拾东西出了门。

顾安心和唐梦在漫展上玩了一天，仿佛身处二次元的世界。顾安心感觉特别开心。

两个人逛完回来，聊了一会儿，准备晚上在房间里看一部电影后再睡觉。

"那我去楼下的便利店买点零食，你找找电影。"唐梦起身道。

顾安心走了一天，有点累，点点头，等唐梦出门后便开始找自己想看的电影。

她刚找了没两分钟，突然听见门外传来敲门的声音。

"你忘记带手机了吗？"顾安心以为是唐梦回来了，打开门，竟然看到凌越站在外面。他穿着她给他买的风衣，身姿挺拔，一只手抄进兜里，另一只手撑着门，看着她一脸坏笑。

"三哥，你怎么来……"顾安心惊讶，然而话还没说完，凌越便将她推进房里，堵住了她的红唇。

顾安心也很想他，刚刚见他站在门外，开心极了，现在被他抱在怀里，仿佛失去了力气，腿都软了。

两人这段时间很少见面，此刻小别胜新婚，周遭的空气瞬间暧昧起来，凌越的手从她的后脑勺一路往下。

“别！”顾安心突然想到唐梦马上要回来了，清醒过来，双手抵在凌越的胸口，“小梦出去买零食，马上就回来了。”

凌越的眼中还有欲望，他突然被她喊停，内心十分不爽：“你们住一间房？”

“对啊。”顾安心理所当然地点头，“女生出来玩，不都住一间房？”

凌越看了一眼房间内的布置：“你们还睡一张床？”

顾安心也觉得很正常：“对啊，我们在家也睡一张床。”

凌越双眸微眯：“在家她不是睡客房吗？”他记得自己帮唐梦搬东西过来时，给她安排的就是客房。

“后来她搬到我的房间睡了。”顾安心道。

凌越看着那张小床，又想起朋友圈里她们的亲密合照，顿时觉得不太舒服。他圈住她的手腕，十分霸道：“我在对面开了个套房，你今晚跟我睡。”

顾安心脸上通红，在他的怀里摇头：“小梦说要和我看电影呢。”

凌越捏着她的下巴，低头咬了一口，格外坚持：“等她回来了，我跟她说。”

两人正亲热时，唐梦回来了，手里提着两大袋零食和啤酒。唐梦见到凌越十分惊讶：“呀，三哥怎么来了？”

“我路过，住一晚，今晚安心跟我睡。”凌越跟唐梦打完招呼便要把顾安心拉走。

顾安心拿他没办法，只好对唐梦道：“小梦，那我？”

他们都这么说了，唐梦也不能硬将顾安心留下来。她的脸上闪过一丝不悦，但很快隐藏住了。她道：“没事，我最近一直霸占着安心姐，三哥都要对我有意见了。你们今晚过二人世界吧，正好我也累了，洗个澡后就睡了。”

“嗯。”顾安心点头，“那明天见。”

顾安心说完便要收拾自己的东西，一回头，发现凌越早已把她所有的东西都收拾好了。

“走吧。”凌越一只手提着箱子，另一只手拉着顾安心，目光锁定在她的身上。

唐梦盯着他们的背影，眼神中流露出一丝厌恶之意，努力克制情绪道：“明天见。”

不料这时，凌越突然回头，扫了唐梦一眼。唐梦连忙笑着目送他们离开。

顾安心发现，从唐梦的房间出来后，凌越一直处于若有所思的状态。

“你怎么了？”顾安心不明白他为什么这样。

“你最近跟唐梦朝夕相处，有没有发现她不对劲？”凌越问顾安心。

顾安心觉得他还在吃唐梦的醋，笑着捶了他一拳：“你才不对劲，我跟她以前也这么亲密。她偶尔回来晚了，不想听奶奶唠叨，都是跟我睡的，能有什么不对劲？”

凌越却再次回想起刚刚自己瞥见的唐梦的表情。他应该不会眼花，唐梦真的有问题。

“这次你回去之后，让她尽快搬走吧！我已经让柳然给她找好了房子，她现在心情也恢复得不错，你们没必要再天天在一起了。”凌越严肃地道。

顾安心只当是因为自己最近冷落了凌越，他才这么说，便道：“放心吧，亲爱的！过两天我哥也要回来了，我早就跟她说好了，她再住两天就搬走。”

凌越听到唐梦要搬走了，心中顿时有种苦尽甘来的感觉。

顾安心仰头盯着他问：“这样你满意了？”

“满意。”凌越捏着她的下巴狠咬了一口，随后将她拦腰抱起，凑到她的耳边低声说，“现在，换我让你满意了。”

相比他们的温馨、甜蜜，唐梦这边便冷清多了。顾安心和凌越走后，唐梦抄起刚才买来的一瓶啤酒，哐当一声便往墙上砸去！

砰！啤酒洒了一地。

唐梦没心思收拾，接通了杨红的电话。

“我说了不要老是打电话给我！”唐梦现在十分暴躁。

“你这是吃了炮仗吗，竟敢跟我大呼小叫？”杨红比她更凶。

杨红发泄完之后问她：“怎么样，你灌醉她了没有？”

唐梦今天的计划是把顾安心灌醉，然后脱光她的衣服，让她和自己一起拍些照片，制造顾安心是同性恋的新闻。这相当于复制了当初顾锦溪被人设计的套路。

而且顾安心和金融界传奇凌越是情侣关系，这条新闻一旦被曝光，顾安心受到的关注会比当时的顾锦溪更多！

但唐梦没想到，自己好不容易才把顾安心骗出来，还没来得及灌醉她，凌越便追了过来，自己根本无法下手。

“凌越看得太紧，今天我没办法实施计划。”唐梦道。

“今天没机会，昨天也没机会，你天天待在她的身边会没机会？你觉得我会信？唐梦，你该不会对顾安心动了恻隐之心吧？”杨红尖酸刻薄地说。

唐梦死死地咬着牙，这段时间她和顾安心在一起，确实感觉回到了以前的时光。那时候奶奶还在，她还是个涉世未深的小丫头，能无忧无虑地享受和姐妹在一起的快乐。

杨红见电话那头的唐梦沉默了，冷笑了一声：“看来你已经忘记你奶奶是怎么死的了，也忘记自己是怎么代替顾安心受苦的了。我现在明白了，顾安心就是上帝的宠儿，不但享受男人们的宠爱，而且害死了人也没事，毕竟受害者都表示无所谓。”

“你闭嘴！”唐梦听到杨红提到奶奶，再次被戳到痛处。她想起奶奶因为顾安心而生病去世的痛苦模样，脸再次因仇恨而扭曲起来。

“我会让顾安心付出代价的！因果轮回，她不可能独善其身！”唐梦吼完，愤怒地挂断电话！

第十九章

／

危机四伏

杨红听到唐梦因被激怒而几近崩溃的语气，渐渐放心了，谁让顾安心兄妹都不肯帮助自己呢？上市仪式那日后，杨红好不容易跟顾安心兄妹联系上了。顾安心却说，只有杨红自首，向警察坦白是杨红引诱金绾自杀的，顾安心才会考虑救顾氏集团。

杨红在电话里就跟顾安心撕破脸了。顾安心想让她自首？这是不可能的！在杨红看来，她这辈子做的最厉害的事情就是看着金绾在自己的面前死去。她从不后悔自己这么做，又怎么可能会去自首？

杨红意识到这对兄妹是无论如何都不会帮顾氏的，于是更恨他们了。她发誓，无论自己今后有多穷困潦倒，都一定要利用唐梦这个棋子，让顾安心得到教训！

这时，房门口传来一阵急促的脚步声，顾元朝进来了，皱眉问：“你怎么还坐着呢？不是叫你收拾一下东西吗？”

昨天顾元朝便告诉她，这房子保不住了，接下来的欠款他们暂时无力偿还，二人需要出门暂避一下。

杨红留恋地看着自己住了几十年的卧室，不想走，拼命摇头：“你到底要带我去哪里？我不想走，我不走！”

“我托一个朋友替我们租了个房子，今晚我们得连夜过去。”顾元朝瞥了杨红一眼，皱眉道，“就算我们现在不走，明天也会被人赶出去！我们能有个地方住就不错了，我现在需要寻找机会东山再起！凌越坠机后都能东山再起，我为什么不行？”顾元朝一脸不服输地道。

杨红对此却不抱任何希望。她亲眼看着这些年顾氏不断走下坡路，深知公司的一些经营和管理理念已经不适合当下的市场环境了。而且，顾元朝性格偏执、固执己见，落得现在这种下场也不令人意外。

“你就别想东山再起了，有那心思，不如好好想想怎样才能跟顾安生联络一下感情。他是你的儿子，不会不管你的！”杨红还是认为应当先把当下的窟窿填起来。

“你怎么还在寄希望于别人？”顾元朝却不同意，“我早就跟你说了，我跟顾安生和顾安心已经断绝关系了，在这件事上，我不需要求他们！”

“可是我们已经身无分文了，连用人的工资都付不起！昨天保姆和司机还来找我闹了！顾元朝，你能不能清醒一点？”

“是你不清醒！我还有人脉，还有根基，迟早是要回来的！这个时候你应该站在我身后支持我，而不是像现在这样泼冷水！”顾元朝不想承认自己就这么彻底败了。

“我不是泼冷水，说的是事实！”杨红终于忍不住吼了出来，“顾元朝，你该退休了！”

两人越吵越激烈，最后甚至在卧室里摔起了东西。

“我跟你无法沟通！”他们吵了半个小时，顾元朝夺门而去，砰的一声把自己锁进了书房。

杨红坐在床上独自生闷气。过了很久，一个保姆敲门进来，一副欲言又止的模样。

“你有事？”杨红瞥了一眼保姆，皱起了眉头。她现在害怕保姆找她，保姆绝对是为了工资的事来的！

顾家的保姆与寻常人家的保姆不同，她们的工资非常高，相当于普通白领工资的好几倍。

以前，保姆的工资对顾家来说根本不算什么，但现在这些钱对顾家来说完全是个负担！

保姆笑了笑，道："夫人，您和先生要走吗？"

"走？这是我家，我走到哪里去？"杨红拒不承认。

她一旦承认自己要跑路，这群用人讨要工资时便不会像现在这样客气了。

"哦哦。"保姆知道她不跑，放心了，道，"夫人，家里买菜的钱也没有了，这是开支明细，我过来跟您预支一下明天的菜钱。"

"这么快？"杨红十分惊讶。她以前不觉得钱这么不经用，最近却觉得分外捉襟见肘。

杨红之前从不看开支明细，但此刻愣是拿着它认真地看了十几分钟，这才发现平时家里的开支也是一笔不小的数目。每餐必有六荤六素，必有养生汤，海鲜都是去码头买最新鲜的，蔬菜都是吃有机的，她上周给的钱确实已经花完了。

"行。"杨红只好回答，"但是我的手机摔坏了，等明天我换了新手机再转给你。"

刚刚他们大吵一架之后，杨红的手机确实正躺在地上。

保姆点点头："好的，夫人，那我打扫一下这里。"

杨红点了点头，心里长舒了一口气。

等保姆离开后，杨红便关起门来迅速收拾东西。她知道，顾元朝虽然固执，但有些话说得对，他们必须走了。这个家已经不姓顾了，他们在这里待不下去了。

入夜，等家里的用人都睡了，一辆面包车停在顾家的后门处。

顾元朝和杨红亲自把他们收拾好的值钱、有用的东西搬上了车。

"怎么这么多？"顾元朝搬了十几趟，发现一辆面包车竟然塞不下，心中很是反感。

"这些都是必须带上的！"杨红已经预见到未来的日子有多么艰苦，所以把能带走的东西都带上了！

"我都跟你说了，过不了多久我就能东山再起，你根本没必要带这些乱七八糟的东西！连羽绒服都带上了，你是不是有病？"

“你才有病！到时候没钱买羽绒服，你是想冻死我吗？”杨红没理他，坚持将羽绒服塞进车里。

顾元朝嘴里念叨着女人头发长见识短，但因为怕吵醒其他人，便没再跟杨红吵。

搬到最后，他们发现一辆车根本塞不下，杨红便让司机先走，他们拖着行李箱打车过去。

顾元朝十分无奈，对杨红又是一通数落！

就在这时，保姆起夜上厕所，发现后门的灯是亮的，过去一看，大惊失色：“先生，夫人，你们这是要干什么？”

只见顾元朝和杨红一人拖着个大箱子，坐在台阶上等出租车。

保姆瞪大了眼睛，完全清醒了，意识到这两人要在今晚跑路！

“夫人！你这是要走吗？”保姆冲上前去质问杨红。

杨红吓了一跳，心虚地后退了一步：“你……你大呼小叫干吗？！”

“你都要跑了还问我干吗？！”保姆急了。

最近用人们私底下议论过，顾家快破产了，他们怕是也待不久了。他们甚至怀疑，顾家现在是不是连工资都发不出来了。现在看来，他们还真是说对了！

这怎么行呢？他们都是高级保姆，不能白给顾家干活！

保姆立马扯着嗓子喊道：“快来人啊！大家都快醒醒，先生和夫人要走了！你们再不起来就拿不到工资了！”

用人们住在楼下，一个个都很警觉，听到喊声立马醒了，纷纷跑出来想知道发生什么事情了。

“你喊什么？”顾元朝瞪着保姆，一脸怒意，“我顾元朝还能少了你们那点工资？”

但保姆不听，只相信自己看到的，大声道：“你们连夜逃跑，不就是因为发不起工资吗？”

杨红一只手拉着行李箱，另一只手拉着顾元朝，一脸惊慌：“老顾，走！快！”他们要是再不走，等用人们都出来了，就走不了了！

顾元朝起初还不想如此狼狈地逃跑，太不体面了，但保姆的反应让他意识到自己在这个家已经彻底失去威信了。他已经落魄到连一个保姆都不肯相信他了。

顾元朝顿时失去了所有的底气，像没有灵魂的木偶一样，被杨红拉扯着，跌跌撞撞地离开了这个家。

渐渐出来的用人们见顾元朝夫妇竟然真的当着他们的面跑了，当场愣住了，反应过来后立刻拔腿去追顾元朝和杨红！

杨红一边跑一边跟出租车司机联系，出租车司机说他正在赶来的路上，大概还需要十分钟。

杨红一听，瞬时急得汗如雨下！

她和顾元朝一直养尊处优，怎么可能跑得过后面那些常年干粗活的用人呢？如果他们被用人逮住，那就太难堪了！

一想到这里，杨红跑得更快了，拉着顾元朝道："老顾，我们走山上的那条小道吧？我算了下时间，等爬上去后，司机差不多就到了！"

顾元朝点点头，喃喃道："我们不能被老张他们追上啊，就往那边走。"

"嗯！"

两人下定决心朝山上跑去。

这里是私人别墅区，后山的占地面积很大，用人们见顾元朝和杨红往山上跑去，仿佛看到工资也跟着他们飞走了！

用人们的愤怒和恨意顿时涌上心头，一群人拼命地朝顾元朝和杨红追去，誓要把那两个人给追回来！

顾元朝和杨红上山后，发现路很不好走，再加上天黑看不清楚，他们还拖着两个箱子，顿时觉得更吃力了。

眼看就要被用人追上了，顾元朝毅然决然地把手里的两个箱子丢了！

"箱子里面有我的项链！"杨红大喊道。

"是我的脸面重要还是你的项链重要？"顾元朝显然已经想到自己被用人追上的后果了，坚决不肯让行李箱拖后腿！

杨红舍不得项链，回头看了好几眼，一个没留意，脚下突然踩空了！

“哎哟！”钻心的疼痛感从脚踝处传来，杨红的额头瞬间沁出一层冷汗，她下意识地叫出了声。

“你怎么这么麻烦？！”顾元朝皱眉，嫌弃地低头看了杨红一眼。

在他们身后，用人们的声音已经传来了。

虽然用人们不如顾元朝熟悉这片山，但是身姿矫健，不一会儿便追上来了。

顾元朝顾不得太多，直接拖着杨红向前跑，杨红一边喊痛一边骂顾元朝。最终，两人甩开了身后的人，翻过了山，来到了公路边。

司机这时正好也到了，和杨红预想的一样。杨红像是看到了救命稻草一般，立马爬上了车！

然而他们因为一路逃跑，全身变得脏兮兮的，脸上还有伤。司机看到他们，吓了一跳：“你们是谁啊？！”

“我是叫你来的杨女士，快开车！”杨红对司机吼道。

司机愣了愣，接着便听到山上传来了喊声，虽然觉得疑惑，但是被杨红和顾元朝催得没办法，只好开车走了。

直到用人们离他们越来越远，杨红才松了一口气！然而，这一劫虽然逃过了，但接下来，他们又该何去何从呢？

顾元朝陷入深思，不知道如何才能东山再起。就在这时，杨红盯着她肿得像发面馒头的脚踝，突然放声大哭。

“你哭什么？”顾元朝被打断了思路，一脸烦躁地道。

“我哭什么？如果你的脚踝肿成这样，你哭不哭？而且，你竟然把我的项链扔了，那可是我最喜欢的项链！顾元朝，你就让我跟着你受这种苦吗？”

杨红好像从来没这么狼狈过，觉得既丢脸又绝望，更看不到未来。

“你够了！”顾元朝用力推开她，目光冰冷，道，“你除了吃喝玩乐，买各种奢侈品，还能干什么？！我落得今天这个下场，也有你的原因！你和你女儿都是败家玩意儿！”

顾元朝一直忽视是因为自己投资失败才导致顾氏集团破产的事实，想把失败归咎于别人。

“顾元朝，你是不是男人？！”杨红被他气得面红耳赤，脸因愤怒而变得扭曲。两个人甚至不顾形象地扭打在了一起。

出租车司机本就对他们的身份表示怀疑，此刻终于忍无可忍地把车停在路边。

“麻烦两位下车！这单我不接了！”司机从后视镜里盯着两位乘客，越发觉得他们一个像泼妇，一个像无赖。司机生怕惹上什么是非，不打算接这单生意了。

“什么？”杨红愣住了，停下手上的动作，道，“这三更半夜的，你要把我们扔在半路上吗？”

若是以前，杨红会骂司机一顿，然后给他出三倍甚至五倍的钱！但现在，身无分文的两人对视了一眼，杨红尖着嗓子喊道：“信不信我投诉你？”

“我看你们不像好人，你敢投诉我，我就报警，让警察来调查你们！”司机瞪圆了眼睛，反将了她一军！

司机刚刚亲眼看到他们正在躲避别人的追赶，而且模样十分狼狈、落魄，觉得这两个人搞不好是贼，一定不敢叫警察过来！

顾元朝和杨红听到司机说要报警，果然面露难色，眼里闪过一丝慌张。

他们现在哪里还经得住调查？只能赶紧下了车。

司机看了他们一眼，本着多一事不如少一事的原则，迅速开车跑了。

凌晨两点的沿江路，北风呼呼地吹，透过杨红花了十几万块钱买的薄丝巾，灌进了杨红的衣服里。杨红打了个寒战，一瘸一拐地走向顾元朝：“老顾……”

两人对视了一眼，都被对方眼里那个狼狈的自己吓到了。

他们被冷风吹清醒了，决定面对现实，没再争吵下去。

顾元朝长叹了一口气，扶住了杨红。杨红咬着牙，眼泪流了下来：“老顾，我们接下来怎么办啊？”

顾元朝紧皱眉头：“走一步看一步吧。”

沿江路这边太偏僻了，打车软件上根本无人接单。顾元朝尝试在马路上拦车，然而大晚上的，没人愿意在这种地方停下来载两个如此狼狈的人。

杨红坐在路边的石头上，看着肿得高高的脚踝，眼泪都要流干了。

阿嚏！寒风袭来，两人先后打起了喷嚏，眼泪、鼻涕几乎要把他们给逼疯了。

最终顾元朝放弃拦车，和杨红在路边的大树下凑合着睡了一夜。

这一夜，两人深刻地体会到什么叫落魄。

次日一早，两人先搭乘大巴，然后转乘公交车，才到了他们租住的地方。

这个地方是顾元朝的朋友帮他租的，对于这唯一一个还能帮助他的朋友，顾元朝心中觉得十分感激。但那个地方十分偏僻，他们下了公交车后，还要再走七八百米路才到住处。

顾元朝抬头一看，险些气晕过去！

这是郊区工厂旁边的民租房，周围别说配套的商圈了，可能离菜市场都有几公里远。

夫妻俩此刻再也控制不住了，杨红瞪大眼睛问："老顾，搞错了吧？老李不可能让我们住在这里吧？"

顾元朝也觉得难以置信，重新翻看了一遍地址，确认就是这里！

顾元朝愤怒地给老李打电话，电话铃声响了很久对方才接通。

"喂，老李，你怎么回事？怎么给我租了个民租房？这里能住人吗？"

这时，隔壁的工厂要开工了，民租房里陆续有人出门去上班。顾元朝目测每个单间不足 10 平方米，真的觉得这里无法居住，还不如他们家的卫生间大！

老李觉得顾元朝有点自以为是，道："顾元朝，是你求我，让我给你租房子，我才租了这么个相对安全的地方！你不住就算了，我跟房东说退租！"

顾元朝心中的怒火就这么被浇灭了。

确实是他求朋友帮自己租房子的，他欠债之后，成了失信被执行人，就连高铁都不能坐，正规、高档的楼盘自然也是住不进去的。

他们好不容易来到这里，若是不住下，接下来也不知道要去哪里。

旁边的杨红一脸无奈。

他们既没有精力再去找别的房子，也不可能立刻找到。

“好……好吧。”顾元朝立马放低了姿态，道。

“那就这样。”老李的声音听起来很不耐烦，他生怕再跟顾元朝扯上关系，“你这种情况，以后最好不要再跟我联系了。”

顾元朝嗯了一声，对方迫不及待地挂了电话。

顾元朝搀扶着杨红上了六楼，两个人累得头晕目眩，感叹这栋七层高的楼内竟然没有电梯！

两个人找到房间，用钥匙打开门后一看，里面除了一张床、一把椅子，什么都没有！

创业之初的辉煌成就历历在目，顾元朝再看了看眼前的惨状，气急攻心，眼睛一闭，晕了过去！

“老顾！老顾！”狭小的单间里传来杨红惊恐又无助的哭喊声。

玉鹿台。

顾安生明天就回来，按照原定的计划，唐梦明天就要搬走。

两个女人这段时间在一起玩得很开心，最重要的是，唐梦变回了那个活泼开朗的小丫头，顾安心放心多了。

顾安心一边给唐梦收拾东西，一边嘱咐她：“奶奶治病时你借的钱我已经先还了，你以后别到处打工了，一个人也要好好享受人生。”

唐梦的眼眶湿润了，虽然她恨顾安心害死了奶奶，害自己没有了唯一一个相依为命的亲人，虽然她已经打定主意要让顾安心付出代价，但这段时间顾安心无微不至的照顾又让她万分感动。

唐梦盯着顾安心，内心十分犹豫，不知道原定的计划还要不要执行下去。

“你怎么了？看着我干什么？我的脸上有东西吗？”顾安心见唐梦盯着自己发呆，诧异地摸了摸自己的脸。

唐梦连忙回过神来，低下头道：“没，就是……不知道要怎么谢谢安心姐才好。”

“谢什么？”顾安心揉了揉她的脑袋，“我们是姐妹呀。”

这时唐梦的手机铃声响起。唐梦低头看了一眼来电显示，眼里闪过一丝慌张。电话是杨红打来的。唐梦抬头看了一眼顾安心，立马挂了电话。

“谁的电话？”顾安心问。

“没……骚扰电话。”唐梦道。

顾安心没多问，去阳台收衣服了。唐梦看了她一眼，拿着手机去了卫生间。

唐梦关上了卫生间的门，又拉上了浴帘，打开水龙头，确认外面没人之后，才回拨给了杨红：“你又打电话来干什么？”

唐梦已经后悔了，怀着对顾安心复杂的感情，宁愿自己没有跟杨红接触过。

“你到底打算什么时候动手？”杨红此刻正在照顾顾元朝，在不足10平方米的简陋单间里体会着人生有多绝望。她越发恨顾安心，迫不及待地想让顾安心和她一样惨，甚至比她更惨！

同时，她也需要从顾安心那里得到一笔钱，解决眼前的困难。她现在甚至连去医院的钱都没有，所以才会催促唐梦尽快动手。

“再说吧，我还没考虑好。”唐梦敷衍地道。

“你还没考虑好？”杨红从电话里听出唐梦在犹豫，愣了片刻，然后冷笑道，“唐梦，你该不会想回头，跟顾安心做一对真正的姐妹吧？”

唐梦没说话。

“顾安心现在确实对你好，”杨红提高了嗓音，“但那是因为她可怜你！你以为她是对你奶奶心存愧疚吗？不是！顾安心狼心狗肺！她的亲生父亲现在半死不活地躺在民租房里，她不闻不问。她根本就不会在意你奶奶是怎么死的！她现在会帮你，完全是在施舍你！”

“你闭嘴！”唐梦被杨红说得有些烦躁，“顾安心她……她不是那种人！”

杨红明显感觉到，唐梦已经被顾安心打动了，自己光用言语刺激唐梦已经没什么用了。

“不得不说，顾安心笼络人心确实很有一套。”杨红突然笑了，“她害死了你奶奶，再借你点钱还医药费，然后让你一辈子背上债务不得翻身。她不但不用为你奶奶负责，还轻而易举地掌控了你，这招的确高明。”

“你在胡说什么？”唐梦怒不可遏，“我没有被她掌控！”

“但她帮你还了医药费，你只要一天没还她钱，她就是你的债主。久而久之，你还不是得听她的？”

“你！”唐梦突然无法反驳。

“顾安心害死了人还这么嚣张，我要是你，就果断地按照原计划，拍下她的不雅视频卖给媒体。这样你不但能还清医药费，还有钱环游世界，潇洒地过日子。同时，顾安心也得到了应有的惩罚！”

杨红说完迅速挂断了电话，让唐梦自己考虑。

唐梦愣愣地拿着手机，听着耳边的流水声，想着杨红刚才说的那番话……自己不但能让顾安心得到应有的惩罚，还能环游世界……

“小梦？”顾安心在外面敲门，“你在里面干吗？要出门吃饭啦。”

明天唐梦就要搬入新租的房子，顾安心打算今晚请她吃一顿大餐。

唐梦回过神来，打开门，若有所思地看了顾安心几秒钟，道：“安心姐，我晚上还是想跟你喝两杯酒。”

“不是说不喝了吗？”顾安心有些惊讶。

唐梦：“我现在又想喝了。”

顾安心摇了摇头：“你可真是一个善变的女人，行吧，那我就舍命陪君子啦！”

“晚上可以不叫三哥吗？”唐梦又道，“我想和你说一些女孩子之间的悄悄话。”

顾安心很困惑：“什么话啊？”

唐梦欲言又止。

“你该不会有男朋友了吧？”顾安心猜测道。

“还没呢。”唐梦摇头，然后支支吾吾地道，“我有一个暗恋对象，但他可能都不记得我了。”

“怎么会呢？小梦这么好看，但凡跟你接触过的男人，都会对你印象深刻的。”顾安心道。

“其实我和他也没什么接触。”唐梦道，“当时奶奶病重需要钱，而我实在筹不到钱了，医院让我们办出院手续，是他挺身而出帮我解决了困难，还请我吃了一顿饭。”唐梦说着脸上的红晕渐深，一副少女怀春的模样。

“这么善良的男人现在都要绝种了！”顾安心光是听听就能感受到唐梦有多心动，道，“那你们现在经常联系吗？”

说到这个，唐梦失望地摇头：“后来我尝试联系过他几次，但他似乎很忙，还拒绝让我还钱，估计他现在都不记得我了。”

“没事。”顾安心拍了拍她，安慰道，“慢慢来，好男人不能错过，我们晚上好好计划一下，我一定帮你追到他！”

“嗯！”唐梦点头。

女孩子间说悄悄话，自然不能让凌越听到。于是，顾安心给凌越打了个电话，称自己晚上要陪唐梦，让他自行解决晚餐问题。

凌越本来要与顾安心共进法式大餐，突然被她放了鸽子，心里很不满。但他一想到唐梦明天就要走了，便随顾安心去了，只是愤愤地威胁顾安心道：“看我明天怎么收拾你！”

顾安心听出了凌越的言外之意，立马红着脸挂了电话。

晚餐后，两个女人买了一大堆零食和各种颜色的酒，准备痛痛快快地喝一场！

顾安心一开始没喝多少，毕竟她不怎么会喝酒，是个出了名的“一杯倒”。她怕自己倒了之后还得麻烦唐梦。

但唐梦一直在讲她和“男神”的故事，讲着讲着就哭了起来，死活要顾安心陪她喝两杯。

顾安心便多喝了两杯，没想到这种不知名的酒喝起来不怎么样，却后劲十足，顾安心没多久便晕晕乎乎的了。她感觉眼前的唐梦像是有了分身，一个唐梦变成了三个唐梦。

“安心姐，我真的好喜欢他，他完全就是我的理想型。但是，他应该看不上我吧？他穿衣很有品位，应该非富即贵。”唐梦还在她的耳边念叨。

顾安心现在已经不清醒了，骤然举起杯子，说话结结巴巴的，道：“别……别管那些，一个字，追！女追男，隔层纱！”

“嗯！”唐梦点头，“隔层纱！我一定能把他追到手！”

顾安心：“追到手！”

唐梦：“为了我的男神，干杯！”

顾安心迷迷糊糊地跟唐梦碰杯，然后将酒一饮而尽！

喝完这杯酒后，顾安心彻底不省人事了。

“安心姐？安心姐？”唐梦推了推顾安心，顾安心完全没反应。

唐梦盯着顾安心，咬紧了牙。事已至此，唐梦不再犹豫，先是从屋里把相机拿出来，调整好角度，然后便开始脱顾安心的衣服。

唐梦一边脱顾安心的衣服一边道：“顾安心，到时候我和你的照片、视频会被传到网上，你将被所有人指着鼻子骂，将失去现在安逸的生活，这些都是你的报应！”

唐梦说到这里哽咽了：“但你只是失去了这些，而我呢？我失去了唯一的亲人。我从小无父无母，你根本就不知道奶奶对我来说有多重要！你害死了她，本来她至少还可以再陪我20年的！”

唐梦哭完脱了自己的衣服，慢慢走入镜头，准备实施自己的计划。

就在此时，顾安心的手机铃声突然响了。

唐梦被吓了一跳，匆忙赶过去，想挂掉电话。她瞥见来电显示上的名字是“哥哥”，没敢接电话。直到铃声停了，她才点开未接来电的页面看了一下，意外地看到了一个号码。

唐梦盯着这个号码，瞳孔放大，陡然愣住。

这个电话号码她太熟悉了，她在梦里拨打了无数遍，简直可以倒背如流！这个号码的主人不就是那个在医院帮助她渡过难关，还请她吃了饭的男神吗？他是顾安心的哥哥？

唐梦看了看电话，又看了看顾安心，接着抬头看了一眼这个房子……

顾安心说这是她哥的房子，她哥正在出差……

这段时间，她不止一次提到她哥，说她哥优秀、温柔，是全世界最好的哥哥。

顾安心哥哥的形象突然跟自己朝思暮想的“男神”的影子重叠起来，唐梦全身都开始颤抖了，心里十分慌乱。

不会的，他怎么可能是顾安心的亲哥哥？

电话铃声再次响起，这次唐梦没有犹豫，立马披了件衣服接通电话。

“喂，安安？”电话那边果然传来唐梦熟悉的声音，这个声音唐梦一辈子都不会忘记！

唐梦慌张地看了一眼赤裸的顾安心，一时不知道要怎么办。

“怎么这么久都不接电话，在干什么呢？”顾安生问道。

“我……我不是安心姐，我是她的朋……朋友！”唐梦突然跟他说上话，既激动又紧张。

“唐梦是吧？”

唐梦瞪大眼睛，没想到顾安生竟然会认出自己。

“嗯。”她木讷地点头。

“安安呢？”顾安生丝毫不意外顾安心的手机在唐梦的手里，因为顾安心早就跟他说过，要带朋友回家住一段时间。

“她……她喝醉了。”唐梦一紧张，竟然说了实话。

“喝醉了？”电话那边，顾安生立马担心起来，“怎么回事？她不会喝酒，怎么突然喝醉了？”

“安心姐是为了陪我，才跟我一起喝了两杯，所以……”唐梦道。

顾安生深吸了一口气，道：“那辛苦你照顾她一下，我今晚提前回来了，刚下飞机，现在正在路上，马上到家。”

“啊？”唐梦听到顾安生说他即将到家，立马清醒了！

唐梦现在满脑子都是，不能让顾安生知道她在做什么，甚至连自己的计划都不能让顾安生知道！

唐梦挂了电话后连忙把相机收起来，然后又迅速给顾安心穿好了衣服。

接着，她又觉得家里太乱，开始打扫起来。

唐梦清理完，打开门，正要下楼扔垃圾时，顾安生回来了。

他穿着一件黑色风衣，身上还带着一丝楼下桂花的香气，就这么站在她面前，笑着对唐梦道："你好，唐小姐，我们又见面了。"

唐梦手里的垃圾袋一下掉在地上，她赶紧低头将垃圾袋捡起来："你好，好久不见。"

"安安怎么样了？"顾安生没再看她，侧身进门去看顾安心。

唐梦连忙放下垃圾袋跟了进去："我帮她换了衣服，她应该睡一觉就没事了。"

顾安生去房间里看了顾安心一眼，见她睡着了，这才放下心来。

唐梦一直盼着能再次跟顾安生相见，也多次尝试跟他联系，但当他真的站在自己面前时，又紧张得不知道说什么了。

"顾……顾先生，你刚回来，饿了吧？我给你煮碗面？"唐梦结结巴巴地说道。

顾安生看了她一眼："不用了，太麻烦你了，我去凌越那边吃点，他请了保姆。"

"哦……"唐梦说完这句话后，不知道要说什么了，一时显得有些局促。

"你没什么事就去休息吧。"顾安生对她道，"安安酒量太差，麻烦你照顾她这么久。"

"没有啦，其实我……"唐梦挠着后脑勺，紧闭双唇，突然觉得很惭愧，认为自己不该对顾安心做那些事。

"去睡吧。"顾安生一如既往，十分温柔。

唐梦点头，但走了几步，突然转身走回顾安生身边。

"你还有什么事吗？"顾安生见她又回来了，诧异地问。

唐梦咬了咬牙，索性直接道："我根本没想到，你竟然是安心姐的哥哥！"

唐梦整晚都在跟顾安心讨论如何才能和男神产生交集，根本没想到自己现在就住在男神的房子里，而且还住了十多天！

听到唐梦的话，顾安生笑了："我倒是一早就知道你是安安的邻居。"

唐梦一愣："难道你在医院里帮我，请我吃饭，是因为知道我是安心姐的邻居吗？"

顾安生点头："嗯，那时候安安为了躲避凌方和顾元朝，不方便露面，便让我代替她回去看看你们。我过去之后才发现你奶奶住院了，而且情况不太好，顺便帮了点小忙。不过这件事我没跟安安说，我怕她着急。"

顾安生说完还问唐梦："你奶奶现在怎么样了？"

唐梦听完顾安生的话，整个人都蒙了，小声道："奶奶走了。"

"节哀。"顾安生依旧很温柔。

唐梦突然冲过去，一把抓住顾安生："安心姐当时托你来看我们？她真的很关心我们吗？"

顾安心被唐梦突如其来的举动吓了一跳，惊讶地看了她一眼，道："她当然关心你们，把你们当家人。"

"家人……"唐梦再也克制不住自己的眼泪，哭了起来。

"唐小姐，你哭什么？"顾安生见唐梦在自己面前哭成了泪人，心中有些慌乱。

这么多年，他一直忙于事业，很少接触女人，根本不知道怎么应对女人的眼泪。

他不敢挣脱她的手，只好一边安慰她，一边笨拙地给她擦眼泪。

"顾先生，你不要对我好了，我是浑蛋，我才是那个狼心狗肺的人！"唐梦此刻彻底想清楚了。奶奶死后，她一直沉浸在悲痛中无法自拔，一直在找寻一个发泄渠道，最后找上了顾安心。其实，顾安心并不是杨红口中那个刻薄的女人，顾安心善良、感性，早已把自己和奶奶当成家人了。

唐梦觉得自己不该被杨红当枪使，不该试图毁掉顾安心来之不易的幸福生活。

顾安生被唐梦搞得莫名其妙，问她怎么了，她也不说。正当顾安生一筹莫展之际，门铃响了。

顾安生立马趁机把自己的胳膊从唐梦的手里抽出来，道："我去开门。"

顾安生打开门一看，外面是凌越。

凌越站在门口，看了看突然出现的顾安生，又看了看里面正在哭的唐梦，不由得浮想联翩。

凌越思考了一秒，然后后退了一步，对顾安生道："不好意思，打扰了。"

顾安生一脸无奈，阴沉着脸呵斥了一声："凌越！"

凌越盯着顾安生，又思考了一秒，道："放心，我会替你保密的。"

顾安生忍无可忍，对唐梦说了一句"我过去吃饭"，然后迅速离开了。

凌越若有所思，一脸暧昧地看着顾安生。

顾安生受不了他的眼神，解释道："你别瞎想，我跟那个女孩子没什么！"

"哦？"凌越意味深长地道。

顾安生听起来觉得特别奇怪："你该不会以为我在家里轻薄了她，所以她才哭的吧？"

凌越挑眉道："难道不是？"

"不是！"顾安生否认，但说话时已红了脸，毕竟以前从没造成过这样的误会，"我没碰她！"

凌越一脸稀奇地盯着红着脸的顾安生，跟发现了新大陆一般，恨不得当场搬来一个十亿像素的相机，将他这副样子拍下来留念。

"那她为什么哭？"凌越不信。

"我怎么知道？"顾安生也很无辜，然后跟凌越讲了一下经过，请凌越分析。

凌越见顾安生确实没做什么出格的事，一脸失望，也没耐心听顾安生和唐梦的故事，便打断他："安心呢？"

"她喝酒了，在隔壁睡觉。"顾安生道。

"喝酒？"凌越很诧异。他知道顾安心向来滴酒不沾，顿时皱眉："又是唐梦撺掇的。"

这是一个肯定句。

顾安生一听便知道凌越对唐梦十分不满，笑道："谈不上撺掇，唐梦才多大？不过我会提醒唐梦下次注意的。”

凌越听说顾安心醉倒了，阴沉着脸走进顾安生家，进了顾安心的卧室。顾安心还在睡，屋子里都是酒味。

凌越把床单和被罩换了，然后对一旁不知所措的唐梦道：“今晚我照顾她。”他的言外之意是“你可以走了”。

凌越向来气场强大，唐梦不敢再说什么，只能给了凌越一个抱歉的眼神，随后带上房门出去了。

唐梦一出来，便遇到了独饮红酒的顾安生。他已脱去外套，白衬衫最上面的那颗扣子解开了，露出性感的锁骨，袖口挽起，举手投足间散发着高贵的气息。

“没事，凌越就是这种人，脾气臭，但明事理，不会真对你怎么样的。”顾安生见她出来，道。

唐梦盯着他愣了一下，随后脸颊泛红，低头嗯了一声：“我知道。”

“不过以后注意别让安安过量饮酒，伤身体。”顾安生声音低沉，这句话里虽然带着警告的意味，但语气依旧很温柔。

“顾先生放心，不会有下次了！”唐梦不仅向顾安生保证，也在心里提醒自己就此收手。

唐梦回到客房后没有犹豫，立马给杨红打了个电话。

杨红很快接通了电话，兴奋地问道：“成了？”

按计划，今晚唐梦将会拍下顾安心的不雅视频，然后卖给媒体，她们借此大赚一笔，而顾安心则名声扫地，永不翻身！

见唐梦这个时候打来电话，杨红以为计划完成了。

杨红只要一想到接下来不仅能看到顾安心被世人谩骂，自己还能拿钱离开这个鬼地方，就抑制不住地激动起来。

然而，唐梦只给了她冰冷的两个字：“没有。”

“什么？”杨红的语气十分失望，“灌醉顾安心不是很简单吗？她现在信任你，只要你随便劝她喝两杯酒，这事不就成了？你到底在搞什么？”

“我不想做了。”唐梦认真地道，“我今天才知道，原来顾安心曾经托人去找过我和奶奶，那人正是顾安生，是我跟你提过的那个好心的男人，所以我根本没有理由报复顾安心。她把我和奶奶当成家人，现在提到奶奶，也很伤心。”

“你闭嘴！”杨红没想到才一晚上，唐梦便站在了顾安心那边。

杨红仔细一想，问：“你是不是爱上了顾安生？”

唐梦突然被杨红戳破心思，一时不知道要怎么回答。

“你果然爱上他了！”杨红咬牙切齿，怪不得唐梦之前还在犹豫，顾安生一出现，唐梦便彻底倒戈！

杨红自知已经完全没办法说服唐梦了，在电话里发出瘆人的冷笑声。

“我挂了！”唐梦听到这笑声，头皮发麻，“以后不要再联系我！”

“你做梦！”杨红突然道，“你敢挂电话，我就立马把我们以前的电话录音发给顾安生！”

唐梦听到这话，瞪大眼睛，如坠深渊，肩膀止不住地颤抖起来，对着电话低吼：“杨红！”

“怎么，你怕了？”杨红抓住了唐梦的痛处。

杨红知道，陷入爱情的女孩子在心仪之人面前总是小心翼翼的，只想把最好的一面展现出来。唐梦是不敢让顾安生知道她如此蛇蝎心肠的。

“你到底要干什么？”唐梦骑虎难下，想回头却没办法。

杨红道：“我给你发个地址，明天下午三点，你把顾安心带到这个地方，剩下的事情就不用管了！”

唐梦挂掉电话后，果然收到了杨红用短信发来的地址：筷子巷。这个地址唐梦越看越觉得熟悉，随后反应过来，那一片都是待拆的旧楼，就在她之前租住的房子附近。

唐梦意识到杨红想做什么，大惊失色，迅速打电话给杨红，问：“杨红，你要绑架她？！”

杨红的声音平静得可怕：“你只要把她骗过去就行了，反正你以前住在那边，把她骗过去也不难。但如果你跟我耍什么花招，我就直接把你对顾安心的所作所为告诉顾安生！顾安生这辈子最爱他的妹妹了，我看你到时候在他面前如何自处！”

唐梦后背发寒，面色苍白，还想再说什么，但杨红根本没给她机会，直接挂断了电话。

唐梦手指一软，手机啪嗒一声掉了。她呆呆地跌坐在地板上，像个被抽走灵魂的布娃娃。

次日一早，顾安生起床上班，一打开房门便看见唐梦挂着两个黑眼圈呆坐在客厅里。

顾安生觉得唐梦有些不对劲，问："唐小姐，你昨晚没睡好吗？"

"哦，没……没有！"唐梦连忙否认，然后对他道，"顾先生，你叫我唐梦就好。"

"嗯。"顾安生多看了她几眼。

顾安生临出门时，对唐梦道："安安昨晚醉酒，凌越又在她的房间里，他们应该会晚点起来。你搬家这件事不急。"

"我知道。"唐梦点头，"不急。"

顾安生回头又看了她一眼："唐梦你真的没事吗？"

她跟昨天不一样，跟丢了魂似的。

唐梦这才意识到自己在顾安生的面前情绪流露得太明显了，强打起精神，道："没事，我昨晚也喝了点酒，头有点晕，过一会儿就好了。"

顾安生蹙眉，虽然觉得唐梦精神不佳，但他们萍水相逢，自己不便多管她的事，说了句"注意休息"便走了。

顾安生走后，唐梦坐在沙发上发呆，迷迷糊糊中进入了一个梦境。梦里，顾安生知道她想害顾安心后大发雷霆！她从未见过那么生气的顾安生，仿佛她是十恶不赦的恶魔！

"唐小姐，唐小姐？"一个声音突然响起，把唐梦从噩梦中叫醒了。

唐梦抬头一看，是凌越的助理 Alice。

"Alice？"唐梦摸了摸额头上的冷汗，意识到刚刚只不过是一场梦，松了一口气。

"嗯，又见面了。"Alice 一脸温柔地问她，"做噩梦了？"

唐梦连忙抽了几片纸巾擦汗：“嗯，昨晚没睡好，一不小心在沙发上睡着了。”

Alice 没多问，道：“先生让我过来给你搬家。”

“你给我搬家？”唐梦下意识地看了一眼顾安心的卧室，“安心姐她……”

“顾小姐还没醒酒，先生想陪她多睡一会儿，他们现在没空。”

Alice 话音刚落，顾安心的卧室里便传来声音，像是有什么东西掉在地上了。

他们不像是在睡觉啊。唐梦不敢细想，连忙起身道：“好的，那就麻烦 Alice 姐姐了！”

两人收拾好东西准备出门，唐梦最后还回头看了一眼。

“你落下什么东西了吗？”Alice 问她。

唐梦深吸了一口气，想起方才的梦境，逐渐攥紧拳头，眼神决绝，道：“没有，走吧。”

宿醉后的顾安心醒来时觉得头疼欲裂，迷迷糊糊地摸了摸身边的人：“小梦？”

下一秒，她的手被一只大手抓住，耳边传来凌越低哑的嗓音：“叫老公。”

顾安心这才意识到，原来自己睡在凌越的怀里，昨晚是凌越照顾了她一夜。

顾安心笑了：“你好恶心，我不叫。”

顾安心的脸上带着慵懒和惬意，凌越起了逗她的心思，突然凑近，手指向下滑动，低声威胁她：“叫不叫？”

顾安心被他一压，脑袋陷进了枕头里，突然跟触了电似的惨叫了一声！

凌越吓了一跳，一时不知道她哪里难受，下意识地起身，结果没注意到她这小床的尺寸，砰的一声摔下了床！

“哈哈哈哈！”顾安心捂着脑袋，看着狼狈的凌越，忍不住大笑起来，“我好想给你拍下来！”

谁能想到平日里冷酷的凌越一大早会摔到地上，样子还这么可爱呢？

还没等她拿手机拍照，凌越已经迅速爬起来，拉下一张脸问她：“你昨天怎么回事？”

顾安心无辜地揉了揉脑门：“人家头疼……”

凌越拿她没办法，帮她洗漱后，还给她冲了一杯蜂蜜水。顾安心又睡了一会儿，才总算缓过来。

“小梦呢？我还要帮她搬家呢！”顾安心总感觉有什么事要做，现在陡然想起来了。

凌越叹了口气：“她早就走了，我叫了 Alice 过来帮忙，你今天就在家好好休息，哪里也别去。”

听到凌越说 Alice 帮唐梦搬了家，顾安心放心了。

这时凌越拿起了外套，对她道：“顾家资产清算方面还有点后续工作，我要去一趟公司，你想吃什么就把对面的保姆叫过来吧。”

顾安心点了点头，但其实她胃不太舒服，什么都不想吃。

顾安心记挂着刚搬家的唐梦，看了一眼时间，这时已经是下午两点钟了。她觉得唐梦那边应该收拾得差不多了，便给唐梦打了个电话。

另一边，唐梦看着眼前的手机，十分纠结。唐梦一边想叫顾安心去筷子巷，一边深受良心的谴责，迟迟不敢跟顾安心联系。

唐梦看了一眼时间，此时距离自己和杨红约定的时间只剩一个小时了，已经到了必须抉择的时刻。

唐梦拿起手机，准备给顾安心打电话，但想到顾安心对她那么好，又把手机放下了。

唐梦就这么把手机拿起又放下，放下再拿起，反复了十几次，仍旧拿不定主意。

就在她犹豫之际，顾安心打电话过来了！

这个电话令唐梦坐立不安。良久，她狠下心，接听了电话！

“安心姐。”

“嗯，小梦，都安顿好了吗？”顾安心问。

“都安顿好了，Alice姐姐很周到。”

“那就好，还缺什么？你尽管跟我说。”

“没有，什么都不缺。”唐梦说完死死地咬着牙，在寻找开口的机会。

“虽然你搬过去了，但我们两个的小区离得不远，以后我们要经常走动……”

“安心姐！”唐梦突然打断顾安心的话。

“怎么了？”顾安心从电话里都能听出唐梦有多犹豫，轻笑道，“有什么话你就说，跟我还有什么不好意思的？”

唐梦用手指狠狠地掐了掐自己，最终道：“安心姐，我还有东西在筷子巷，你能陪我去拿一下吗？”

顾安心沉默了一会儿，凌越叫她今天待在家里别出去，而且她也确实懒得动。

“我一个人拿不了，里面有奶奶的遗物，我想尽快拿过来。”唐梦又道。

顾安心一听是唐奶奶的遗物，便没再犹豫，答应唐梦后便准备换衣服出门。

唐梦挂断电话，发了一会儿呆，然后啪的一声，打了自己一耳光！安静的新房子里，这记耳光发出的声音格外刺耳。

唐梦最后给杨红打了个电话：“人我已经约过去了，杨红，从此以后我们就是陌生人！”

杨红看着自己肿胀的脚踝，冷冷地笑了一声：“这次你倒是有效率，爱情的力量果然很强大！”

唐梦不想再跟她说话，直接挂断了电话。

杨红听着手机里的忙音，一脸得意，正要换衣服出门，却听到床上传来顾元朝的咳嗽声。

“你刚刚在跟谁打电话？”顾元朝艰难地抬起头盯着杨红，“你千万别给顾安生兄妹打电话求救，我亏欠他们，我没脸！你就让我这样死了算了吧！”

杨红沉默地看着他。自从住进了这个民租房，顾元朝一夜之间白了头。

他这几天疯了一般地寻找出路，希望还能拯救顾氏，重返以前的辉煌时刻，却被现实狠狠地打败了。

以前的朋友已不再是朋友，以前的合作伙伴更是对他避之不及，他一夕之间变成了一个遭万人唾弃的人。无论他再怎么央求，再怎么保证，都得不到一丁点儿资助，顾元朝彻底绝望了。

他现在已经放弃了，并且对人生失去了希望。他觉得与其活得这样狼狈，不如去死！

顾元朝绝食了一天一夜，此刻固执地阻止杨红去向别人求救，一心求死。

“我没给顾安生和顾安心打电话。”杨红说完把刚刚热好的粥端过去，“老顾，你就吃一点吧。”

“不吃。”顾元朝的眼神里没有一丝生气，他别过头，“你就不要管我了。”

“可是我怎么能眼睁睁地看你饿死？”杨红的眼泪又流了下来，“你要是真的走了，我一个人孤苦无依地留在这世上有什么意思？”

“怎么没意思？”顾元朝只想自己死，不想杨红跟着他，“你还有锦溪。你不是把她送出国了吗？而且投资失败也不是你造成的，冤有头债有主，我死了一了百了。等锦溪回来了，你解决了这些琐事，还可以过安稳的日子。”

杨红见顾元朝依然为她着想，攥着顾元朝的手，问出了多年来想问却又不敢问的问题：“顾元朝，我对金绾那么狠，你是不是一直在恨我？”

金绾是顾元朝心心念念的女人，也是他们中间的一根刺。杨红视金绾为眼中钉，直到现在，都害怕顾元朝心里的天平偏向金绾。

顾元朝听到她的话，突然自嘲地笑了笑：“以前的事情就不要提了，你跟了我这么多年，我们之间的情分怎么能用‘恨’字来衡量？”

杨红愕然抬头，盯着顾元朝，觉得十分意外。

杨红趴在顾元朝的床边大哭，哭了一阵子后才起身，想起顾安心，眼神里重新闪过一丝凶狠之意。

“我出去一趟。”杨红道。

“你要去哪里？”顾元朝感觉到了杨红身上的变化。她现在浑身戾气，十分吓人。

见杨红不答，顾元朝越发着急，冲她大声道：“你到底要去哪里？去干什么？”

杨红站在门口，最后看了顾元朝一眼，唇角扬起一抹诡异的微笑，道：“老顾，我要是没回来，你要替我活下去。”

杨红说完便拖着受伤的腿出了门，也不管顾元朝在身后拼命地叫喊。

唐梦跟杨红通完电话之后，一直很不安。她知道杨红应该不会把她供出来，但她的良心每时每刻都备受煎熬。

钟表的时针指向了三点，这正是杨红要动手的时间。

唐梦越来越紧张，根本无法坐下，在屋内走来走去。

偏偏这个时候，她还接到了顾安生的电话！

唐梦看到来电显示，吓得险些把手机扔出去，害怕顾安生是知道了什么。

但她仔细一想，这个点，杨红应该正在赶过去的路上。顾安生打电话来可能是有别的事。

唐梦接通了电话，这才发现自己的声音特别嘶哑，甚至可以说极其难听。

唐梦连忙调整状态，试图掩盖自己的紧张和不安感，清了清嗓子，道：“顾先生，你好。”

“你好。”顾安生道，“安安是不是在你那里？”

唐梦慌张地回答道：“没有，她不在。”

“她不在？”顾安生诧异地道，“可是我十几分钟前给她打电话，她说要跟你一起去取东西啊，难道她没去找你吗？”

唐梦没想到十几分钟前他们兄妹俩竟然通过电话，一时无法反驳，只好改口："不错，她确实来找我了。"

"这丫头的电话现在关机了，她在你身边的话就行了，我刚好快到你家楼下了，顺路过来接她回去。"

顾安生说完挂了电话。

唐梦听说他要过来，脑袋一片空白。

不到十分钟，顾安生便来敲门了，唐梦根本没来得及做任何准备。

唐梦通过猫眼看着门外挺拔英俊的顾安生，手都开始发抖了，最终还是强行让自己冷静下来给顾安生开了门。

月季发出扑鼻的清香，唐梦没想到他还带了花来。

月季盛开后娇艳欲滴，美得令人移不开眼睛，尤其是这花还是顾安生亲自送来的。唐梦拼命克制自己内心的慌张感，定定地看着顾安生。

顾安生轻笑了一声，道："办公室里的小姑娘新购入了一批花，我想着你早上似乎心情不好，便拿了一盆过来。怎么样，月季还不错吧？"

"好看。"唐梦连忙点头，"真的很好看。"

她鼻头一酸，顾安生竟比自己想象的更加温柔。他能注意到身边的人的情绪，甚至因为她心情不好，特意给她带来一盆新鲜的花。

"安安呢？"顾安生探了探头，没看到顾安心，道，"把她叫出来吧，我带她回家。"

唐梦猛地从感动中回过神来，道："她不在我这里，已经走了。"

"走了？"顾安生诧异，"可是刚刚电话里你明明说……"

"她确实来找过我，不过后来走了，我现在也不知道她去了哪里。我本来要跟你解释的，但你挂得太快……"唐梦慌张地解释道。

顾安生皱眉，心里隐隐有些不安，但唐梦是顾安心的好朋友，她既然说刚见过顾安心，那么应该不会有什么问题。

顾安生点头："那行，我再联系她。"

然而正当他转身离开时，唐梦却突然道："顾先生！"

"你还有事？"顾安生回头。

唐梦犹豫了片刻，尝试着组织了一下语言，才道："顾先生，我刚刚看了一本小说，现在很疑惑，你能帮我解惑一下吗？只占用你五分钟。"

顾安生看了一眼时间，点点头。

唐梦缓缓道："主人公原本是个善良听话的好孩子。但突然有一天，她因为一些事尝试了吸烟、喝酒，然而又觉得这样并不好，所以打算做回好孩子。但是坏孩子威胁她，如果她不继续吸烟、喝酒，就把她以前吸烟、喝酒的证据拿给大人看。这个孩子很害怕，很在意大人的想法，所以又一次跟着坏孩子做了坏事。"

唐梦盯着顾安生，问他："好孩子现在如果想回头，还来得及吗？"

顾安生听了她的故事，笃定地道："改过自新无论什么时候都不晚，而且故事里的主人公后期也是受害者，应该被原谅。"

"应该被原谅"，唐梦满脑子都是这句话。

顾安生觉得唐梦有些奇怪，还来不及多想，便接到了凌越的电话。

"哥！安心出事了！"

顾安生瞪大眼睛："出什么事了？"

"她被杨红绑架了，刚刚杨红打电话给我，索要现金八百万元。"凌越一向沉稳干练，但此刻也无法冷静下来。

顾家彻底垮了，杨红现在过得十分凄惨。她本就憎恨金绾、顾安心，此刻顾安心落入杨红的手里，很有可能发生危险！

顾安生也意识到事情的严重性，当即转身准备赶回去，在电话里对凌越道："我马上过来！"

唐梦却突然冲过来，挡在他面前："顾先生，对不起。"

顾安生此刻恨不得飞到妹妹的身边，皱眉对唐梦道："不好意思唐小姐，我没空再听你讲故事了，安安出事了。"

"是我，都是因为我。"唐梦突然坦白。

顾安生愣了一下："你什么意思？"

"是我把安心姐约过去的。杨红能够成功绑架安心姐，都是因为我。"唐梦紧张地吞咽口水，继续道，"包括十几天前，我主动联系安心姐，也是另有企图。我当时想毁了她，虽然后来没那么做，但当时确实那么想过！”

把这一切和盘托出后，唐梦突然感到前所未有地轻松。她后悔没有早点回头。

顾安生难以置信，但还是艰难地消化了唐梦的话。

怒意上头，顾安生突然上前，一把抓住唐梦的衣领。

他死死地咬着后槽牙，额前青筋突起：“安安那么关照你，你真是一个魔鬼！”

唐梦既不反驳也不逃避，直直地盯着顾安生的眼睛。顾安生会生气在她的意料之中，这些也是她该受的。她活该，罪有应得！

看到唐梦缓缓流下了两行悔恨的眼泪，顾安生突然想起了她刚刚讲的那个故事，想到她也渴望被救赎，慢慢地松开了唐梦的衣领。

“给我好好说清楚！”顾安生严厉地道，“安安要是真的出了什么事，你这辈子都不会被原谅！”

五分钟后，顾安生带着唐梦一起往筷子巷赶去，同时打电话给凌越，将绑架地点告诉了他。

凌越和警方都很惊讶，他们还没来得及跟罪犯周旋呢，顾安生那边已经知道地点了？

顾安生看了一眼旁边的唐梦，没直接戳穿她是共犯的事实，只是给了她一个警告的眼神，随后对凌越道：“你们别管我是怎么知道的，反正尽早行动，杨红应该没料到我们会这么快找到她。”

凌越也没再问，不管怎样，这件事有了转机，营救顾安心的成功率变大了。

凌越和顾安生几乎同时赶到筷子巷。路上，顾安生也接到了杨红的电话，杨红跟他提的要求和凌越说的一模一样，都是将八百万元现金放在指定的垃圾桶里。

杨红显然已经走投无路了，为了钱，敢在他们的眼皮子底下绑架他们最重要的人！

顾安生看见凌越和警察后，立刻对警察道：“具体楼栋不知道，但肯定就在这一片。建议你们展开地毯式搜索，但要注意隐蔽，不要暴露自己，否则会激怒罪犯的。”

警察点头，开始搜查。

凌越发现了端倪，目光扫过唐梦，问顾安生：“她是什么情况？”

凌越早就觉得唐梦不对劲了。唐梦先是天天带着顾安心玩到深夜，之后又把顾安心灌醉……凌越一直对唐梦没什么好感。

他不是第一天认识唐梦，去年坠机后也与她当过几个月邻居，现在的唐梦跟那时候无忧无虑的女孩子相比，真的差别很大。

但他只当她是因为失去了至亲才这样的，也没往坏处想。

此刻，凌越见唐梦一脸悔恨地站在这里，才意识到唐梦可能与绑架事件有关！

见凌越目光凶狠地大步走过来，顾安生连忙拦住他：“不要乱来，当下最重要的是找到安安。”

知道凌越已经猜出真相了，唐梦一个劲地低头道歉：“对不起，对不起！”

“顾安生！”凌越对拦着自己的顾安生一脸恼怒，“你知道你在护着谁吗？”

“我没有护着她。”顾安生道，“但你也应该知道，如果她没有坦白，我们就不可能这么快找到这里！我之所以带她过来，就是要让她亲眼看看她到底做了什么！”

这时，警察过来告诉他们，这边快要拆迁了，住户很少，非常好排查，现在已经查出杨红在哪里了。

凌越听到这消息，逐渐恢复理智，瞪了唐梦一眼，这才跟着警察赶过去。

顾安生、唐梦紧随其后。唐梦努力控制住自己的哭声，不停地说对不起，但是没有人回应她。

杨红给顾安生打完电话之后，看着被自己打晕之后又苏醒过来的顾安心，露出一抹鬼魅般的笑容：“顾安心，你也有今天！”

顾安心作为盛世集团总裁凌越的女朋友，还有一个创业成功并火速成为行业新贵的哥哥顾安生，一夕之间成为万千女人艳羡的对象。她的人生，很多人这辈子想都不敢想。

但此时此刻，她被一根粗糙的绳子绑住，一身灰尘，头发凌乱不堪，脏得像个乞丐。

顾安心飞上枝头变成了凤凰又怎样，还不是跪在她面前？杨红笑了，顾安心越惨，她越高兴！

顾安心已经从眩晕中清醒，虽然嘴巴被杨红用胶带粘着不能说话，但眼睛死死地盯着杨红，眼神凌厉，仿佛在看一个疯子。

“瞪我也没用，凌越和顾安生现在就是无头苍蝇，除了乖乖筹钱什么都做不了！”杨红自信满满，说完从背包里拿出相机架好，“在他们取钱的这两个小时里，我们也别闲着，干点有趣的事吧！”

顾安心不知道杨红要做什么，但见她架起了相机，眼皮狂跳，感觉不妙，下意识地往后缩了缩。

“害怕了？”杨红笑得一脸狰狞，“当初你找人拍锦溪的那些照片时，是不是很爽、很痛快？”

顾安心摇头，顾锦溪当初的那些视频不是她找人拍的。而且顾锦溪被人曝光的新闻是事实，这根本就不是杨红绑架她并胡作非为的理由。

“我知道你想否认。”杨红怒视顾安心，“但就算不是你做的，也是凌越做的，这没什么区别。这笔账我现在就要帮锦溪算清楚！”

杨红说完便抄起一把剪刀朝着顾安心走过来。

刺啦一声，杨红本来要剪开顾安心胸前的衣服，却因为顾安心躲闪，剪开了她的袖子。

接连几次，杨红都没能把顾安心胸前的衣服剪开，气极了，突然把剪刀抵在顾安心的脸上：“你要是再乱动，我就直接让你毁容！”

杨红盯着这张脸，越看越生气。顾安心太像金绾了，这对母女的眼睛和脸形几乎是从一个模子里刻出来的！

听到杨红说要让自己毁容，顾安心的眼中闪过一丝惧意。顾安心惊恐地盯着穷凶极恶的杨红，意识到她可能真的会那么做。

杨红嗤笑了一声，拿着剪刀在顾安心的脸上戳了戳。

“有厉害的男朋友和哥哥又怎样，还不是要乖乖听我的话？我今天就要让你好好尝尝锦溪被所有人嘲讽到在国内待不下去的滋味！”

说着，杨红成功把顾安心胸前的衣服剪碎了。

杨红看到自己的“杰作”，忍不住感慨：“果然还是自己出马利索，要唐梦那个死丫头动手，等了十几天，一点进展都没有！”

唐梦？顾安心愣住了，想起自己今天是被唐梦约来这里的，心底的寒意渗入骨髓。

杨红正要开拍，突然听到一些声响。

杨红愣了一下，但又对自己周密的计划很有信心，认为凌越和顾安生是不可能这么快找到这里的，于是决定继续动手。

然而她还没来得及按下录像键，门突然砰的一声被人踹了一下！

杨红吓了一跳，再看向门口，一脸不可思议。

顾安心像是抓住了救命稻草一般，一双泪眼死死地盯着门。

下一秒，伴随着几声响动，门被踹开了，只见凌越和警察出现在门口，后面还跟着顾安生及唐梦。

杨红的眼里闪过一丝错愕之意。但看到唐梦，她立马反应过来是怎么回事。唐梦竟然临时倒戈了，主动向顾安生坦白，这是杨红怎么都没有想到的。

但此刻来不及思考这些了，杨红在他们冲过来之前迅速抓紧剪刀抵在顾安心的脖子上。

“你们不要过来，再上前一步我就杀了她！”杨红冲动地对着他们嘶吼，一双眼睛里布满了红血丝。

凌越和顾安生一脸阴沉，恨不得当即把这个女人从楼上扔下去！

顾安心白皙的脖子上出现了血痕。凌越和顾安生顿时停在原地，忌惮杨红手里的剪刀，不敢轻举妄动。

“哈哈哈哈。”杨红见他们不敢动，兴奋地笑了，“我既然敢绑架顾安心，就没打算活着回去！你们要是胆敢上前一步，我就拉着顾安心一起下地狱！”

杨红一脸决绝，显然已经做好了赴死的准备，甚至一想到自己死了能拉着顾安心垫背，就十分兴奋。

不过双方没有僵持太久，凌越突然冷笑了一声："你不在意自己的死活，是不是也不在意顾锦溪的？"

这句话瞬间戳到了杨红的痛点，她难以置信地瞪着凌越："你要干什么？"

杨红之所以把顾锦溪送出国，就是想把重新开始的希望寄托在顾锦溪的身上。

她的未来是灰色的、狼狈的，但顾锦溪的未来不会。顾锦溪年轻，以后仍然可以活得很好。杨红不想顾锦溪受到牵连！

凌越显然了解她，威胁道："你若对安心下手，我凌越就算找遍天涯海角，都会把你的女儿送去地狱！"

杨红对上凌越冰冷的目光，意识到他说的都是真的。他一定会说到做到，不会饶了顾锦溪。

这时，旁边的顾安生透过窗户看了一眼对面的那栋楼。

杨红往后一看，顿时吓得抖着腿跪了下来，对面有狙击手！

杨红彻底崩溃了："我放开她，求你们不要去找锦溪，求你们！"杨红将剪刀一扔，目露哀求之色。

凌越大步过来，脱下自己的大衣往顾安心的身上一裹，抱住了她。

顾安心有了安全感，心情慢慢平复下来。

身后的警察也迅速冲过来把杨红铐住了，拉着杨红往外走。

杨红经过顾安生身边时，突然拉住他，哀求道："安生，我没对顾安心怎么样，你们不能去找锦溪啊！她好不容易重新开始，你好歹是她的哥哥，答应我，不要把气发泄到她的身上好不好？"

顾安生厌恶地看了杨红一眼，用力把她的手甩开："滚开！"

凌越先行一步，带着顾安心离开。唐梦看了眼叫喊着的杨红，下意识地去追顾安心："安心姐，我……"

"滚。"唐梦的话还没说完，便被凌越打断了。

凌越十分不客气，对唐梦已经完全失去了耐心，不想再看到她。

顾安心拍了拍凌越，扫了唐梦一眼，又挪开视线，道："我今天累了，有什么话以后再说吧。"

她不是圣母，刚刚险些被杨红拖入鬼门关，不可能不怨唐梦。

无论唐梦今天是不是醒悟了，唐梦曾想害她是事实，这令顾安心感到非常心寒，无法假装什么都没发生。

顾安心缩进凌越的怀里，被凌越抱上了车。

唐梦的目光追随着顾安心，直到顾安心的车离去，唐梦才反应过来，自己还没跟顾安心道歉。

车内，顾安心扭头，透过后窗看着越来越远的唐梦。

顾安生见她始终抛不开与唐梦的友谊，道："是唐梦告诉我你在这里的。"

"真的吗？"顾安心抬头，眼里闪过一抹欣慰之色。

"嗯。"顾安生把唐梦对自己说的故事讲给她听。

顾安心听完，沉默了片刻，道："今天的事就当唐梦没有参与，别提她。"

凌越却不答应："她今天可是罪魁祸首，没有她就没有这件事。"

凌越打开门，见到顾安心瑟瑟发抖的模样时简直心如刀割。杨红因为这件事被抓进了公安局，而唐梦也该为自己的行为付出代价。

"算了。"顾安心垂眸，"若不是我害得奶奶去世，她也不会这样。"

凌越见她对唐奶奶有愧，没再多说，只是安慰道："若要追责，唐奶奶该是凌方害死的，与你无关。"

顾安心深吸了一口气，往凌越的怀里一钻："就这样吧，事情就算过去了！我跟她，两清！"

凌越搂紧顾安心，点了点头。

两天后，顾安心去公安局做笔录，做笔录的同志告诉她："这个案子问题不大，杨红供认不讳，过不了多久就能出一审结果。"

顾安心点头。

"对了，你是金绾的女儿吧？"警察突然问。

顾安心诧异："是的，您怎么知道？"

"杨红不但对绑架案供认不讳，还说出了她逼迫金绾自杀的经过。"警察道。

顾安心愣在当场，死死地咬着下唇。

顾安心一直怀疑母亲自杀的事和杨红脱不了干系，毕竟母亲是个温婉却坚强的女人。这么多年，母亲待在长安山，努力地把她和哥哥抚养成人。这样强大的母亲，怎么可能突然自杀呢？而且连一句遗言都没留。

但顾安心一直没有证据，没办法证明这件事跟杨红有关，没想到杨红突然认了。

“我能见见杨红吗？”顾安心问。

警察一直担心顾安心会因为被杨红绑架而产生心理阴影，此刻见顾安心这般勇敢，自然同意了。

顾安心和杨红隔着一扇玻璃见面，杨红看上去苍老了许多，但脸上的神色比之前轻松。

见到顾安心，杨红扯了扯嘴角：“没想到你还会来看我。”

“认了我妈妈的案子，你不就是想让我过来见你？”顾安心道。

杨红轻笑了一声，没否认。

“你想说什么？”顾安心对杨红没什么耐心，若不是杨红突然良心发现，认了罪行，顾安心这辈子都懒得再多看杨红一眼。

“我希望你能去看看你爸。”杨红道。

杨红仍旧牵挂自己的老公和女儿，之所以认罪，是要换顾锦溪和顾元朝安宁地过完接下来的日子。

顾安心盯着杨红，突然笑了：“杨红，你不觉得你很可笑吗？作恶的时候你怎么不想想你最爱的丈夫和女儿？现在认个罪就以为自己洗白了，能谈条件了？”

杨红一脸无奈：“我知道你恨我。我确实对不起你妈妈，但也遭到了应有的报应。我希望你能发发善心，照顾一下你父亲……”

“杨女士你可能忘记了，我和哥哥已经和顾家断绝关系了，严格来说，他已经不是我的父亲了！”

顾安心说完，拂袖离去。

杨红害母亲惨死，却在她面前大秀夫妻情和母女情！这真是讽刺，太讽刺了！

顾安心怒火中烧，加快了脚步，一想到顾元朝和杨红这几个人，便觉得窒息！

“顾小姐！顾小姐！”身后追着喊她的是刚刚那个警察。

顾安心这才停下脚步：“请问还有什么事？”

“刚刚又来了个男的，说要自首，称逼迫金绾自杀的事他也参与了，申请判自己和杨红同罪！”

这位警察也很蒙，办案这么久，一直都是办案人员找罪犯，头一次碰到罪犯上赶着认领案子的，而且还不止一个人。

杨红认完罪又来一个人，都抢着往自己的身上揽罪，简直闻所未闻！

顾安心愣住了：“谁？”

警察道：“顾元朝。”

顾安心沉默了片刻，突然笑了，这对恶魔般的夫妻还真是“情深义重”呢！

三分钟后，顾安心站在笔录室外，盯着里面正在做笔录的顾元朝。

父女再次相见，明明没隔多久，却仿佛过了很多年。

顾元朝的双鬓已经斑白，眼袋很重，脸上也有了皱纹，皮肤松弛，他看上去仿佛老了二十岁。他的背再也挺不直了，微微地佝偻着，他显然大病了一场。

“哥，过来看看吧。”顾安心打电话给顾安生，笑了一声，“顾元朝和杨红都在维护对方。”

顾元朝会出现，顾安生也很意外。顾安生没想到顾元朝竟然爷们了一次，要替杨红顶罪。

顾安生过来之后，兄妹俩立马和顾元朝见了一面。

顾元朝瘦得不成人形，整张脸都向下耷拉，眼底的乌青太重，不知道的还以为他是刚从坟墓中爬出来的活死人。

顾元朝这副样子令顾安生兄妹完全没了脾气，也对他恨不起来了，心情十分复杂。

“你有什么想跟我们说的吗？”三个人安静了半天，最终顾安生开口打破了沉默。

顾元朝几乎不假思索地摇头，没有。

他们的亲生父亲可以拖着病体来为杨红顶罪，却对他们无话可说。

顾安心突然站起来，眼眶通红，死死地盯着顾元朝，道：“我最后再问你一遍，你有没有什么话想跟我们说？”

顾元朝抬头看了她一眼，眼眶湿润了，但还是摇摇头，最终对顾安心说了一声“谢谢”。

顾元朝知道兄妹俩在给他机会，只要他开口，兄妹俩就会尽量帮他。

不过他还是放弃了这个机会，最后看了他们兄妹一眼，转身离开。

顾安心盯着他的背影咬牙。她就知道，他们父女永远不会有和睦温馨的时刻。既然他们注定没有父女缘，那她也不强求。顾安心踢开凳子，转身跑了出去。

“安安！安安！”顾安生追出来，拉住她，见她一脸怒意，失笑道，“顾元朝不让我们管他，我们反而乐得清闲，你怎么还生气了？”

顾安心咬着后槽牙，道：“哥，他一直视我们如累赘，现在我们不计前嫌地想拉他一把，他却不接受！世界上怎么会有这么偏执的父亲？”

“他不配当父亲，这个事实我们不是早就接受了吗？”顾安生拍了拍她的脑袋，安慰道，“为了他生气，不值得。”

顾安心咬着唇，叹了口气，是的，这个事实自己早就该接受了，何必再对顾元朝存有幻想？

“嗯。”顾安心点头，但还是有点为母亲愤愤不平。

顾元朝自称对金绾一往情深，但最终还是站在了金绾的仇人杨红的身边。

“哥，我想给我妈妈办一次葬礼。”顾安心道。

妈妈因为被杨红威胁、折磨而自杀，当时顾安心还在狱中，甚至没见到妈妈最后一面。顾安心出狱后，等待她的只是一块冰冷的墓碑。这始终是顾安心的心结。

“好，我也正有此意！”顾安生一直以来都把顾安心的妈妈当第二个母亲，心中有着和顾安心一样的遗憾。

两人商量好后，开始选日子，最后把金绾的葬礼日期定在一个月后。那时杨红的判决结果也该出来了，冤有头债有主，逝者总算可以瞑目了。

第二十章

/

迟来的句号

一个月后，杨红因胁迫他人自杀，构成间接性故意杀人罪，与绑架罪数罪并罚，但因自首、积极认罪等行为，被判处有期徒刑十二年。

顾元朝的情况较复杂，警方还要再调查。

顾安心和顾安生听到庭审结果的时候，正在为金绾明天的葬礼做最终的准备。

金绾大半辈子待在长安山福利院，没什么朋友，喜欢清净，所以他们不打算大办，只请了福利院还健在的几个老人以及小辈，在长安山的墓地简单地对金绾进行追悼。

听到杨红的审判结果，兄妹俩沉默了片刻。

“他还能来吗？”顾安心问。她指的是顾元朝。

顾安生摇头。

顾安心又看向凌越：“那你爸呢？”

凌越也摇头：“他不敢来。”

凌天当年为了事业辜负了金绾，一直对金绾心怀愧疚。但若上天真的给他一个与金绾面对面交流的机会，他又觉得自己没脸见她。

“行吧。”顾安心沮丧地道，“妈妈这辈子算是错付了，希望她来生能幸福安康。”

凌越把她搂进怀里，道：“会的。”

次日，顾安心穿着一身黑色的衣服，和顾安生、凌越一起前往长安山。

顾安心上次来长安山，还是因为凌越来这边找他的妈妈。结果，凌越没找到妈妈，她却因为受寒病了一场。

这次再来，顾安心发现长安山上已枯草遍野，模样十分陌生。

长安山因为长年无人打理，从山下到福利院的路上满是杂草。一阵风吹来，野草随风摆动、互相摩擦，发出簌簌的声音，显得此地格外荒凉。

长安山福利院就在草木的深处。福利院外墙上的墙皮已经脱落，露出了红砖，大门的铁栏杆上也已生锈，还有几根栏杆已经断了。

这里早已没了人烟。

顾安心再次来到这里，回忆不断地在脑海中浮现。她看着熟悉又陌生的福利院，不由得红了眼眶。

金绾的追悼仪式办得简单而低调。顾安心没哭，迎着金色的阳光站在母亲的墓前，抚摸着母亲的照片，想起母亲曾对她说过的话：“安心，要快快乐乐的。”

中午，阳光越来越灿烂，照在身上暖暖的，顾安心喃喃道：“我和哥哥一切都好，哥哥很厉害，现在已经创业成功，拥有了一家大公司。

“我交了男朋友，他叫凌越，就是站在我身边的这个人。我们的感情很好，妈妈放心。”

…………

顾安心事无巨细地跟妈妈说了很多。

追悼仪式快结束时，柳然突然过来对他们道：“凌天来了！”

众人纷纷往山下看，果然看见一辆黑色的商务车停在树下，一个单薄消瘦的身影负手立在车旁，定定地看向这边。

凌天最终还是来了，不枉母亲与他热恋一场。顾安心轻笑了一声。

而此刻，黑色商务车里又钻出一个人。

凌方一脸烦躁，顺着凌天的视线看向顾安心和凌越，见他们手牵手互相依靠，更加郁闷。

"爸……"凌方完全没了耐心，想让凌天管一管凌越。

凌越抢走了顾氏后越发嚣张，明目张胆地和凌天集团对着干，大有把凌天集团击垮的架势！凌方实在无力抵抗，这才找到凌天。

老头奋斗一生才创造了凌天集团，不可能眼睁睁地看着凌越把凌天集团击垮！所以凌方很有信心，凌天一定会出手对付凌越。

然而凌天什么都没说，直接把凌方带来这里。

在过来的路上，凌方才知道顾安心今天要给她妈妈办追悼会。

可这跟凌天集团有什么关系呢？

见凌天站在树下看了半天，凌方实在忍无可忍，冲出来道："爸，您必须管一管凌越了！他用您给的资金发家，现在还反过来想吞掉凌天集团，已经有好几个大项目被他夺走了。再这么下去，您多年来奋斗的基业就要垮了！"

凌方以为凌天听了这话后会暴跳如雷，以为凌天还是以前那个什么事都要管的强势父亲。然而，凌天听完之后，脸上毫无波澜。

他只是扫了凌方一眼，道："凌天集团根基深，一时垮不了。"

"可是，从曾经的'领头雁'到现在居于中等位置，这不就是垮了吗？！"凌方难以置信地看着凌天，"爸，您是不是后悔把公司交给我了，所以才放任凌越这样？"

"公司并不是我交给你的，是你自己争取到的。"凌天纠正他的话。

这话凌方听起来十分别扭。严格地来说，公司是他通过不正当的手段从凌越的手里抢过来的。当时凌越几乎已经掌握了凌天集团的半壁江山，但凌方安排了坠机事件之后，所有的事情都变了。

坠机事件的真相一直没查清楚，凌方本以为自己不承认就行了，现在看来，凌天什么都知道，只是不说而已。

凌方一时心虚，不知道要怎么接话了。

"凌越现在从你的手里抢走的项目，也是他自己争取到的，我不该管。"凌天第一次偏向凌越，这次不是因为凌越处于弱势地位，也不是因为凌越年纪最小，而是出于欣赏。

凌方清清楚楚地从凌天的眼里看到了凌天对凌越的欣赏，顿时忌妒得眼眶都红了。

“爸，凌越骗您！他装瘸、装不务正业，把我们当猴耍！”凌方急了。

“我知道。”凌天的目光仍然停留在金绾的墓地方向，他不想再和凌方讨论这件事，“这些都不重要，重要的是凌越有能力给安心幸福。我不在意他是通过何种方式成功的。”

凌方愣住了。

凌天看着顾安心感叹道：“她跟她母亲有些地方真的太像了，气质也如出一辙。我第一次见到金绾，也是在这样一个阳光灿烂的日子。”

凌方顺着凌天的视线看向顾安心，总算明白了，老头把对金绾的感情都投射到了顾安心的身上。现在的情况俨然就是，得顾安心者得偏爱！

凌方好不容易打消对顾安心的念头，一心经营事业，现在却发现搞定顾安心竟然是一种捷径！

“爸，我也可以给顾安心幸福，我也喜欢她，要不你给我们做个主，我可以立马和她结婚，而且保证婚后……”

啪的一声，凌方还没说完，便被凌天猛地甩了一巴掌！当年顾元朝就是这么强迫金绾的，这才导致凌天和金绾分开！

“你疯了？！”凌天瞪大眼睛怒视凌方，眼神里都是失望。

凌方摸着火辣辣的半边脸，脑子一蒙，这才安静下来。但他仍然不死心，对凌越恨得咬牙切齿。

金绾的追悼会结束后，顾安生开始接手顾氏集团，凌越也忙着抢占市场，两人天天忙得团团转。

顾安心帮不上忙，对于漫画也没什么灵感。最近发生的事让她太累了，她打算出去玩几天，省得凌越和哥哥在百忙之中还要分心照顾她。

顾安生没什么意见，觉得旅行挺好的，潇洒自在，但安全第一。

他给了顾安心一百万元的旅行经费，但第二天这笔钱就被凌越给退了回来。凌越把自己那张全球限量发行的黑卡给了顾安心，并强调道：“我的女人我自己能养，哥的钱还是留着自己成家立业吧。”

“你还没跟安心结婚呢，别太得意。”顾安生嗤之以鼻，坚持要再转钱给顾安心：“安安，女孩子没结婚前，最好不要花男方太多钱，不然分手时掰扯不清。”

凌越听到这话，脸色骤然阴沉起来：“分手？你想都不要想！”

顾安生不屑地看了凌越一眼。

顾安心见他们又斗起气来，连忙道：“你们别吵了，我谁的钱都不要。”

两个男人同时看向她。

顾安生：“安安，你可不能学那些学生穷游，没必要。”

凌越：“哥这话说得对。”

“是什么给你们一种我很穷的错觉？”顾安心失笑道，“不瞒两位，我的存款现在有八位数了。”

八位数的存款？

两个男人震惊了，不可思议地看着顾安心。

“你们不要这样看我好不好？跟我的钱是抢来的似的。”顾安心扬起嘴角道，“我可是靠自己挣来的！”

说到这里，凌越想起来顾安心之前告诉过他，她以他为原型创作的漫画火了。现在这本漫画有很多粉丝，而且经过公司运营、推广后，读者越来越多了。

凌越当时只是为她高兴，没想到她已经成了小富婆。

“所以，我这是捡到宝了？”凌越笑道。

“可不是吗？”顾安心的脸上洋溢着自信的笑容，“我的原创漫画不但可以在网上看，而且即将进行版权开发，将来是要被改编成电视剧或电影的。”

凌越倒没想让她赚大钱，但见她因漫画受欢迎而这么开心，也跟着高兴，伸手捏了捏她的脸。

顾安生却迅速把顾安心拉到书房，对她道：“你的存款数额怎么能随便告诉凌越？”

顾安心一愣："这有什么关系？"

"你怎么这么傻？！"顾安生叹气，道，"如果你们真的要结婚的话，凌越一定会要求进行婚前财产公证，再拟一份婚前协议。你现在把底牌亮给他了，到时候婚前协议肯定对你不利！"

"啊？"顾安心倒没想那么多，"还要进行财产公证、签婚前协议吗？"

顾安生点头："但凡有点资产的都会这么做，为了避免以后夫妻之间产生经济纠纷。凌越心机深，一定也不例外。你对他毫无防备，万一以后两人的感情出了什么问题……"

"哥，有件事我没跟你说。"顾安心打断他的话。

"其他的事等一下再说，我现在必须让你认清这件事的重要性，你不要太信任他，到时候……"

"凌越把盛世集团 20% 的股份转让给我了。"顾安心突然道。

顾安生瞬间安静下来，难以置信地看了顾安心好久，道："你再说一遍？"

"他刚刚找律师办了股权转让手续，我现在好像是盛世集团的第一大股东了。"顾安心道。

顾安生咽了咽口水，还是不敢相信："凌越那种精于算计的男人怎么可能这么做？"

通过这段时间的相处，顾安生发现凌越城府极深，每天都担心妹妹跟着凌越会吃亏。他完全没想到，凌越竟然会主动把股权转让给顾安心。

"哥，我都说了，他对我很好，你没必要太担心啦。"顾安心拍了拍他的肩膀。

顾安生摸了摸鼻子，尴尬地道："如果你说的是真的，那他确实有点良心。"

"哥，那我出去了啊，今晚我跟凌越约好了看电影。"顾安心笑道。

"又看电影？"顾安生皱眉，"我完全不明白电影有什么好看的，你们一星期要看三四次。"

"重点不是看电影，重点是温馨的气氛和过二人世界的幸福感。"

顾安心道，“这个等哥有女朋友后就明白了。”

顾安生一时无话可说。

提到“女朋友”这个词，顾安心又道：“哥，你不要一天到晚忙工作，平常关注一下公司的小姐姐们，看有没有合适的。”

“没有。”顾安生想都没想，回答道。

顾安心：“那要不要我给你介绍一个女朋友？我在网上认识了几个漫画作者，都很温柔，而且心思细腻。”

“我已经到了需要你介绍网友的地步了吗？”顾安生一脸不耐烦地道。

“哥……”

“快走、快走！”顾安生把她推出去，“你再啰唆，信不信我给你定个晚上九点钟的门禁时间？”

顾安心这才闭嘴了。

见顾安心逃走了，顾安生叹了口气，接着发现自己收到了一条微信消息。

唐梦：“这周带了一个澳大利亚旅行团……你想和我一起看看美丽的黄金海岸吗？”

下面是一段视频。

顾安生点开视频。视频里的唐梦热情地介绍着当地的特色美食和美景，比一般的导游更有活力。

顾安生看了一遍，迅速关掉，没有回复她。

当天，凌越和顾安心看完电影、吃完夜宵回来时，已经十二点了。

两个人轻手轻脚地从电梯里走出来，点开指纹锁。嘀的一声，不仅他们这边的门开了，顾安生那边的门也开了。

顾安心宛如一个被家长抓住晚归的小孩子，立马站直、低下头，等着大人训话。毕竟以前出现这种情况时，哥哥都要训她半天，说一些不准晚归、不准晚睡、不准和凌越在外面鬼混之类的话。

今天，顾安心都准备好了，却没等到哥哥训话。

顾安心抬头一看，顾安生对他们说了句“下次早点回来”后便关上了门。

顾安心觉得哥哥这次真是一反常态，凌越也很意外："看来你哥对我的考察结束了。"

"所以他现在是不管我们了？"顾安心道。

"很好。"凌越突然扬眉，一把将她拉进家门。

顾安心还没反应过来，已经被凌越抱在怀里了。

她一抬头，便对上他炽热的目光，周遭的空气变得暧昧起来。顾安心的耳朵慢慢泛红，很快红到了耳朵根。

凌越轻揉着她的耳垂，双眼放光，余光瞥见她放在玄关处的行李箱，觉得很不舍："明天晚上我就看不到你了。"

顾安心轻笑："我会每天给你打电话的。"

"还有呢？"

顾安心的耳垂红得跟番茄似的。她突然踮脚在他的唇上咬了一口，随后立刻跑开，道："我去洗澡啦！"

凌越摸了摸被她轻咬后微微发麻的唇，看着她的背影，嘴角缓缓扬起不怀好意的弧度。

浴室的方向传来哗哗的流水声。

凌越扯了扯自己的领口，缓缓解开扣子，大步走进浴室。

下一秒，浴室里传来顾安心的惊呼声："凌越！"

次日早晨，阳光透过窗纱洒了进来。顾安心睁开眼，伸了个懒腰，连忙爬起来看了一眼时间。

已经9点半了！可她去四夏岛的航班是8点多的！

顾安心一拍脑门，没想到自己竟然能错过飞机！

可是她并没有听到闹钟响，难道是自己睡得太死了？

她打开手机一看，上面哪儿有什么闹钟？都被凌越关掉了。这家伙为了让她多睡一会儿，老干这种事。

顾安心正要打电话找凌越算账，却听到敲门声。她以为是保姆喊她起床，开门一看，来人竟然是Alice。

Alice笑靥如花："顾小姐，先生说您昨天睡得晚，让我帮您改签了下午的航班。您不用着急，慢慢来，吃了午饭我再送您去机场。"

睡得晚……这句话从Alice的嘴里说出来没什么，但听在顾安心的耳朵里，顿时有了画面感，让顾安心一大早就羞红了脸。

顾安心摸了摸自己的脸，连忙转移注意力，道："好的，那我去收拾东西了。"

Alice点头："反正是自由行，您不用在意时间，怎么舒服怎么来。"

顾安心觉得Alice说得有道理，想着凌越也给她改签并安排妥当了，便没找凌越算账。

午餐后，顾安心坐Alice的车去机场。

到了机场之后，顾安心刚要跟Alice说再见，却没想到Alice又从车上取下另外一件行李，说："不用说再见，顾小姐，我也要去。"

"你？"顾安心一脸问号。

"对。"Alice笑道，"这次旅程，顾小姐把我当成小助理就行了，途中遇到任何问题都可以找我解决。我这边做了三个路线攻略，顾小姐待会儿可以看一下，选一个。另外，我会一点点跆拳道和格斗术，可以保护顾小姐的安全，顾小姐这段时间大可以放心大胆地游玩！"

顾安心目瞪口呆。她一直知道Alice优秀，是凌越的得力助手，但今天才深刻地认识到什么叫细致周到！

她们到了四夏岛之后，Alice给她安排了视野最好的套房，Alice就住在她对面。

顾安心确定了游玩路线之后，Alice便根据她的喜好做好了各项准备。

每天早、中、晚，Alice都保证她的餐桌上有当地的特色美食。吃了几天之后，顾安心已经把当地的特色菜尝了个遍。

白天，顾安心没有安排的时候，Alice会自动消失，给顾安心充分的自由。

二人一起出去的时候，Alice 又会成为最棒的旅行搭档。

几天相处下来，顾安心越来越理解为什么凌越这么挑剔的人能和 Alice 合作这么多年，Alice 真的太厉害了！

当天下午，顾安心邀请 Alice 来她的房间晒日光浴，这边有个露天泳池。Alice 穿着比基尼过来了。顾安心作为一个女人，眼睛都看直了。

“Alice，你有男朋友吗？”两人趴在长椅上闲聊，顾安心实在没忍住问她。

Alice 平常都穿职业装，只看得出大致的曲线，没想到脱了衣服后身材竟然这般火辣！再加上 Alice 这么温柔、优秀，顾安心都想把她介绍给哥哥了！

Alice 扭过头笑道：“顾小姐该不会想把我介绍给你哥哥吧？”

顾安心惊讶：“你怎么知道？”

“不瞒您说，因为您是先生最珍爱的人，所以我一直特别关注您。您现在的心思就写在脸上，我当然知道。”Alice 道。

顾安心不好意思地挠了挠头：“那你……”

“我有男朋友。”Alice 的话让顾安心直接断了将哥哥“推销”出去的心思。

Alice 道：“他在国外，盛世集团现在正好也在扩展海外市场，我是主要参与人员。如果顺利的话，我们今年就将结束异地恋。”

顾安心叹了口气，但还是祝福她：“你们一定会幸福的。”

Alice 点头，脸上首次露出小女人般的娇羞和憧憬。

“对了，你最近应该也很忙吧？我看凌越天天这么忙，你是他的左右手，工作量一定也不小。”顾安心道。

“顾小姐该不会想让我中途回去吧？”Alice 扬眉。

顾安心：“又被你猜到了……”

Alice 摇了摇头，十分无奈：“我已经两个月没休息了，平常工作真的太忙了，好不容易得来这么个好机会，能够出来悠闲地陪您游山玩水，您别赶我走啊。”

顾安心本来还怕她耽误工作，听她这么一说，顿时不敢再劝她回去了。

“两个月不给人放假，凌越是魔鬼吧？！”顾安心愤愤地道。

Alice将手指靠在唇上嘘了一声："顾小姐您千万别跟他说我吐槽过他，我还想安稳地被调去海外呢。"

顾安心会意，点头道："你放心，我不会说的。"说完又道，"那你这几天在这边好好休息，其他事情不用管了，我们好好玩就行。"

Alice感动不已："顾小姐您真的太可爱了，先生的眼光果然出色。"

顾安心心疼Alice，立马表示接下来是自由活动时间，Alice想干什么就可以去干什么。

"谢谢顾小姐。"Alice道了谢后转身回了自己的房间。

顾安心关上门，刚准备看一会儿书，房门又被敲响。

"Alice，你还有什么……"

顾安心以为是Alice忘记什么东西了，打开门看到外面的人时完全愣住了。

"凌方？"

在这里碰到凌方，顾安心十分诧异。而且，他的状态似乎不太对劲，胡子应该有几天没刮了，整个人有点邋遢，跟之前光鲜靓丽的凌天集团大少爷的形象形成鲜明的对比。

"你……"顾安心话还没说完，突然被凌越往里推了一把！

顾安心一个踉跄，靠扶住玄关处的墙才勉强维持平衡。她抬头一看，凌方已经进来了，并且迅速关上了门！

"你有病啊？！"顾安心顿时意识到不对劲，迅速把手伸进口袋，想找手机。然而为了进行日光浴，她根本就没把手机带在身上。

这时，凌方开口道："顾安心，我跟你商量个事。"

听到"商量"二字，顾安心微微松了口气。无论如何，还能跟自己"商量"的凌方应该不会做出什么出格的事来。

"商量什么？"顾安心问。

凌方："你跟我结婚，我转让给你凌天集团1%的股份，怎么样？"

顾安心刚松了的那口气重新吊了起来。她瞪着凌方，觉得他确实病得不轻。

"这个没的商量，凌方，麻烦你从我的房间里出去！你作为一个集团的总裁，不觉得这样很没礼貌吗？"

然而凌方只听到“没的商量”四个字，看着顾安心的眼神瞬间凶狠起来。

“为什么没的商量？我哪点比凌越差？你竟然这样蔑视我！”凌方眼里的怒意越来越盛。

他最近一直被人和凌越做比较，各方面信息都表明凌越比他强。但他无法承认自己不如凌越。

此刻见顾安心根本不给他面子，凌方大步上前，一把掐住了顾安心的脖子，眼里闪着疯狂之色：“我再问你一遍，你跟不跟我结婚？”

“不……不结！”顾安心虽然被他掐得呼吸困难，但还是倔强地拒绝了他。

下一秒，趁凌方没注意，顾安心猛地踢向凌方全身上下最脆弱的部位。

凌方一声闷哼，痛苦地弓起了身体。

顾安心趁机迅速跑去取了手机，慌慌张张地拨通了Alice的电话。

凌方缓过来后向顾安心冲了过来，夺走了顾安心的手机，往泳池里扔去！好在顾安心已经成功地通知了Alice。

顾安心戒备地盯着凌方，一步步向后退。她知道自己不是凌方的对手，刚刚能踢中凌方是因为他放松了警惕。

顾安心试图拖延时间：“凌方，感情的事不能强求。而且，你跟我结婚也没用，凌越不会因此改变对你的看法，反而会更加凶猛地报复你，到时候你的处境会更难。”

凌方一愣，似乎在考虑顾安心的话。他十分烦躁，这样不行，那样也不行，自己无论怎样似乎都会输给凌越！

凌方突然暴躁地大吼了一声：“我今天就要了你！凌越是商业精英又怎样？连个女人都守不住！”凌方吼完便冲向顾安心。

这时，门突然被人踹开，Alice出现在二人的眼前。Alice看到凶神恶煞的凌方，没有犹豫，将手机砸向凌方，正中凌方的脑袋！

凌方摸着脑袋，一时头痛欲裂，脑子里一片空白。

下一秒，Alice大步走过来，拽住凌方胳膊，找准角度，砰的一声，给了他一个漂亮的过肩摔！

凌方躺在地上挣扎了几下，晕了过去。

顾安心在一旁看得目瞪口呆，这就是Alice说的“会一点点跆拳道和格斗术”？

Alice解决掉凌方之后，紧张地问顾安心：“顾小姐，您没事吧？”

顾安心摇头：“没事，你来得很及时。”

Alice见她没事，松了一口气，立刻打电话跟凌越汇报：“先生，凌方果然来找顾小姐了，刚刚已经被我解决了。”

顾安心在一旁很惊讶，接过电话：“你知道凌方可能会来找我？”

“嗯，他这些天一直在打听你的行程。”凌越说完又问了她一些细节，见她真的没事，这才放心。

随后，凌越提醒顾安心，这几天要跟Alice待在一起，以免发生危险。

顾安心点头，心里觉得很温暖。她自己都没意识到有人在打听她的行程，而凌越最近这么忙，却能兼顾这些，并且还贴心地把优秀的助理让给了她，真的令她很感动。

顾安心一时感动，脱口而出：“三哥，我想你了。”

电话那头的凌越突然沉默了，就在顾安心以为是信号不好的时候，电话里传来凌越低沉的声音：“你再说一遍。”

顾安心不好意思地抬头看Alice，发现Alice已经识趣地去处理凌方的事了。

“我想你了。”顾安心又说了一遍。

凌越轻笑了一声，道：“再说一遍。”

顾安心：“……”

Alice将凌方拖到酒店外，等晚上再去看时，已经不见凌方的身影了。

顾安心以为凌方不会再来了，毕竟他已经得到了教训。没想到她第二天在沙滩上吹风的时候，凌方又出现了！

他头上缠着白色的纱布，看上去虚弱且颓废。

看到他走过来，Alice瞬间进入备战状态，问：“你又来干什么？

昨天挨的打还不够？”

凌方没搭理 Alice，对顾安心道：“安心，我是来跟你道歉的，我昨天喝了点酒，再加上最近心烦，可能有点失态。”

顾安心诧异地看了凌方一眼，以为他又存了什么坏心思，问：“凌方，你又在耍什么花招？”

“你对我的印象就这么差？”凌方皱眉问。

顾安心点头：“不然呢？第一次见面时你便来我家闹事，之后又害得我搬家，还害得唐奶奶出事，再加上昨天还突然做出那种事，你觉得我还能对你有好印象？”

凌方哑口无言，但还是道：“其实我对你……”

顾安心根本没有心情再跟凌方说话，干脆起身道：“你不走我走。”

“顾安心，你能不能听我把话说完？”凌方突然上前两步，但还没来得及靠近顾安心，便看到顾安心突然盯着他的身后喊凌越的名字。

“顾安心，我今天没喝酒，不会强迫你干什么，你大可不必用凌越来吓唬我！而且，他也吓唬不了我，我……”凌方以为顾安心在唬他，然而话还没说完，身后突然伸过来一只手，将他一拉……

凌方一回头便挨了凌越一拳，鼻血顿时流出来了，好半天才回过神来。原来凌越是真的来了，顾安心不是在唬凌方。

“你怎么来了？”顾安心也很惊讶，凌越没说要来啊！

“我安排好了工作，空出两天时间，便过来陪你了。”凌越见顾安心没被凌方欺负，把顾安心往自己的身后一拉，警惕地盯着凌方。

“凌越你有病吧？！”凌方捂着鼻子，狠狠地瞪着凌越。

凌方这段时间本就对凌越心存怨念，这一拳简直是导火索，凌方气极了，握紧拳头便冲了上去。

然而，凌方受了伤，反应迟钝，压根不是凌越的对手。

凌越一个回旋踢，快到根本看不清动作，凌方便倒在了沙滩上。

“我本想给你留些面子，但你不该动安心！”凌越的眼神十分无情。

谁动了顾安心，就等于动了凌越的底线。只要一想到凌方对顾安心心存邪念，凌越的怒气值便奔向极限。此刻凌越又见凌方缠着顾安心，怎么可能放过凌方？

凌越走到凌方的身边，一脚踩住凌方的肚子，居高临下地看着凌方。

凌方盯着凌越的眸子，头一次感觉到自己对凌越的惧意。他比凌越年长五岁，从小到大，凌越都任由他欺负，他喜欢看凌越不服气但又打不过自己的样子。但是不知道从什么时候开始，二人的角色对调了，现在不服气却又打不过对方的人变成了凌方。

见凌越再次挥起拳头，凌方认命地闭上眼睛，又挨了一拳。

凌方摸了摸脸上越来越多的鼻血，突然自嘲地笑了起来。

顾安心连忙拉住凌越："算了，打死了划不来。"

凌越回头看了一眼顾安心，眼里的愤怒这才缓缓散去。他收起拳头，一把拉起凌方，道："凌方，我若是你，便摆正自己的位置。你知道吗？即使老头偏向你，即使你能娶一个贤内助，即使我当时坠机死了，结果还会如此。你失败是因为你自己！凌天集团在你的手里，迟早要完！"

凌越说完松了手，凌方砰的一声摔到沙滩上。鼻血和沙子混合在一起，粘在凌方的脸上，凌方几乎无法呼吸。但更令凌方难受的是凌越刚才说的话——

"即使老头偏向你，即使你能娶一个贤内助，即使我当时坠机死了，结果还会如此。"

"你失败是因为你自己！"

"凌天集团在你的手里，迟早要完！"

…………

凌越和顾安心走后，凌方的助理赶来，看到一脸血的凌方躺在沙滩上一动不动，吓得尖叫起来，以为凌方死了。

助理正要报警，凌方却说话了："叫什么？吵死了。"凌方很清醒，"扶我起来。"

助理赶紧把他扶起来："大少，您这是怎么了？"

凌方拉过助理的衣服，把脸上的血狠狠地抹去，一脸坚定，仿佛下了什么决心。

"被凌越那小子打的。"凌方道。

“三少怎么能这样？！”助理惊诧，大少昨天被三少的助理打，今天又被三少打，而且他们下手都很重。

“报警吧，大少！”助理道。

“报什么警，你还嫌我不够丢人吗？”凌方把擦得满是鲜血的外套朝助理的身上一扔，一瘸一拐地往前走。

他一边走一边道：“召集公司高层，半个小时后开会！”

“啊？”助理不明白，“大少您是有什么急事吗？我们还是先去医院处理一下吧，您这样怎么开会？”

凌方瞥了助理一眼，扯动嘴角，道：“老子要让凌越睁大眼睛好好看着，凌天集团在我的手里不会完！”

凌越特意抽出两天时间过来陪顾安心。

顾安心本来打算独自去参观阿卡西钻石工厂，既然凌越来了，便带他一起去。

这边有世界上最大的海上钻石矿，开采出来的钻石质量高，非常漂亮，很多世界知名钻石品牌的原料是这里供应的。

下午，顾安心、凌越跟随其他游客一起进了钻石工厂。

讲解员从钻石开采讲到打磨加工，再到包装销售，讲得十分细致。凌越对钻石工厂没什么兴趣，但没有女人不爱钻石，顾安心一进来，眼睛便亮了，听得十分认真。

凌越觉得稀奇，很少见她对一件事这么感兴趣，一边看钻石，一边观察顾安心。

最后，他们被带到钻石成品的销售区。

讲解员一进来便激情满满地道：“这边的钻石都是师傅精心打磨出来的，非常精致，一旦出厂，再经过一番营销，价格直接翻十倍！”

顾安心听到这话，拉着凌越挤到前排去看，正好在一个独立的展示柜内看到了一颗 20 克拉的钻石。钻石晶莹剔透、璀璨夺目，像情人的眼。

你注视着它，它也深情地注视着你。

“喜欢吗？”凌越见她的眼睛已经和钻石一样亮了，笑着问。说起来，他还没给顾安心买过礼物，不禁多看了一眼这颗钻石。

这时，讲解员道："一般我们的钻石是不卖散客的，但我刚刚跟老板申请了一下，每人限购三颗！我必须强调的是，在厂里销售的钻石既没有中间商赚差价，也没有营销成本，购买会非常划算。"

顾安心听到这话便没兴趣了。她一向清醒，此刻从钻石的魅力中抽离出来，对凌越道："限购是销售手段之一，显得我们占了便宜。但我们买回去后很可能会后悔，毕竟这不是必需品。"

她正要拉凌越走，又有几个导购进来。其中一个看了一圈，立马瞄准了气质出众的凌越和顾安心，大步过来跟他们介绍这颗钻石。

"这颗钻石我们取名'情人眼'，切割工艺绝美！我们一年就生产这么一颗，绝对是结婚的不二之选！"

导购还没说完，顾安心便拉着凌越走了。他们暂时不结婚，买这么大的钻石干什么呢？话虽这么说，但顾安心还是免不了被美丽的"情人眼"吸引，又回头多看了几眼。

这些凌越都看在眼里。

凌方突然来找顾安心令凌越产生浓浓的危机感，不然他也不会千里迢迢地赶来。此刻凌越看着钻石以及与钻石相映生辉的女朋友，心里一动，想与顾安心共度一生的心更加坚定了。

和顾安心从钻石工厂出来之后，凌越便给 Alice 发了一条消息，让 Alice 买下那颗"情人眼"。同时，他给 Alice 下达了一个任务：做个求婚策划案。

第二十一章

空中求婚

Alice 接到任务时傻眼了。

她原本以为凌越来了，跟顾安心双宿双飞，自己能趁机休假，没想到凌越竟然给她布置了这么艰巨的任务！

凌越一向挑剔，再加上凡是跟顾安心沾边的事情，凌越全都要求极高，更别说求婚了！

Alice 意识到这件事她很难独自办好，于是找外援，直接联系了一家求婚策划公司。

最终，策划公司发来两个求婚策划方案。Alice 又跟他们要了三个方案，随后把五个方案一起发给了凌越。

凌越收到 Alice 发来的方案时，顾安心正拉着他在商场里给顾安生挑选礼物。

“三哥，你觉得这个玉贝壳怎么样？我哥的车里空荡荡的，我想给他放个东西。”

凌越正在看求婚策划案，抽空抬头看了一眼，点头道：“可以，不错。”

“你在看什么？”顾安心明显感觉他有点心不在焉。

凌越：“Alice 发来的文档。”

顾安心看了一眼，他的手机屏幕上密密麻麻的都是文字。

他一向很忙，以前跟她在一起也经常这样抽空看各种文件和数据，顾安心已经习惯了，没觉得有什么异常。不过她还是忍不住吐槽道：“真是的，休假也没法消停。”

凌越抬头，捏着她的脸笑道：“我看完这个就关机，好不好？”

“真的？”顾安心立马笑了，指了指不远处的小亭子，道，“那你去那边看文件吧，我就在这家店里，你忙完再过来找我，省得拿着手机在我面前晃。”

凌越看了看小亭子，点点头，低头亲了一下顾安心的脸：“遵命。”

凌越在小亭子里坐下，看着策划案，时不时抬头看一眼顾安心，思考她会喜欢哪种形式，但又觉得哪种方案都配不上她。

凌越给 Alice 回了条消息：“就这些？”

那头，Alice都快哭了，小心翼翼地回道：“老板，我真的已经尽力了。”

自从顾安心称凌越对下属太苛刻后，凌越便试着体谅下属。Alice 能在一天之内给他出五个求婚策划案，应该确实已经尽力了。

于是，凌越看了看不远处的顾安心，反复对比了一番后，最后选了“空中求婚”的方案。他直接打电话给 Alice，道：“就在飞机上求婚吧，可以开始准备了。”

见凌越选定了，Alice 松了一口气，总算完成这个任务了。

“好的先生，保证成功！”Alice 不忘送出祝福，“祝先生求婚成功，百年好合！”

“还有一件事……”凌越在听到“百年好合”四个字后明显很高兴。

“先生还有什么吩咐？”

“查一下日子，看什么时候去民政局最好。”

Alice 震惊了，险些没拿稳手机，不得不说，他们老板无论干什么都雷厉风行，就连终身大事都不例外！

凌越跟 Alice 沟通完，直接关了手机，心无旁骛地陪顾安心逛街。

“事情忙完了？”顾安心问他。

凌越静静地看着她，摇头道：“还差一点。”

“这么麻烦？”工作上的事顾安心帮不上忙，只能象征性地鼓励凌越，拍了拍他的肩，“没事，说不定明天就成了。”

凌越突然眼睛一亮，低头狠狠地亲了她一口，抵着她的额头沉声道：“你说得对，明天一定能成。”

“嗯！”顾安心点点头。

他们快返程了，这次旅行除了凌方这个小插曲，整体上还是轻松愉悦的。

但顾安心发现凌越今天不太对劲。他收拾行李的时候看着她走神，出门的时候看着她走神，去机场的路上也时常看着她走神。

在机场候机时，顾安心实在忍不住了，问他：“三哥，你怎么了？”

凌越摇头道：“没事。”

顾安心拉住他的手，发现他的手心里都是汗，而且手还在颤抖，吓了一跳：“凌越你到底怎么了？”

凌越回过神来，意识到自己竟然控制不住地发抖，生平头一次觉得自己没出息。尽管他不断提醒自己要淡定、冷静，但还是控制不了自己的心。

凌越只好对顾安心道：“我有点紧张。”

“什么事这么紧张？”顾安心见凌越这般失态，觉得应该是大事，毕竟凌越就算坠机后一无所有了，也不曾这般紧张。

“就是昨天跟 Alice 谈的那件事。”凌越道。

顾安心想了想，连忙抱着他安慰道：“没事的，一定会成的。”

凌越：“嗯……”

顾安心：“成不了也没关系，你刚起步，能取得现在的成绩，已经很厉害了，我们还有其他机会。”

“不，别的还可以商量，这个一定要成。”凌越表现得异常坚定。

顾安心只好为他加油，道：“三哥加油，你一定可以！”

扑哧一声，在二人身后的 Alice 实在没忍住，笑出了声。

顾安心回头：“Alice 你笑什么？”

凌越也回头，给了 Alice 一个警告的眼神。

Alice 连忙道："哎……我其实对先生还是挺有信心的，他完全没必要这么紧张。" Alice 后悔没把凌越现在的样子拍下来，谁能想到凌越竟然有这么青涩紧张的一面。

"Alice 既然都这么说了，那你就别紧张了。" 顾安心又安慰了凌越一番。

凌越握紧了她的手，这才渐渐稳住那颗在胸腔里狂跳的心，领着她登机。

飞机飞行平稳之后，凌越去了一趟洗手间。

凌越离开了十多分钟，一直没回来，顾安心不放心，刚要起身问乘务人员，一个乘务人员过来问她："请问是顾安心小姐吗？"

"是的。" 顾安心点头。

乘务人员笑道："凌越先生托我传话给您，他在机尾，需要您的帮助。"

顾安心以为凌越出了什么事，解开安全带，大步往后走去。

一拉开舱门，她便愣住了。

整个机舱内充满了粉红色的光斑，光斑中跳跃着"love"的字符，地上用爱心指示着方向，顾安心下意识地顺着指示的方向走去。

第一排有乘客递了一枝玫瑰过来，塞进了顾安心的手里。

顾安心吓了一跳，再看这独特的机舱，接着想起登机之前凌越的反常之处，似乎意识到了什么。

她继续往里走，第二排有玫瑰，第三排也有……顾安心顿时理解凌越为什么会紧张了。她越往前走，越激动、兴奋，明显地感觉到自己心中的小鹿正疯狂地乱撞着，撞得她整个人都跟着发抖。

顾安心最终收到了一大捧玫瑰，也看见了从后面走出来的凌越。

他身姿挺拔，合身的蓝色西服更是衬得他很帅气。他走到顾安心面前，缓缓屈膝，单膝跪地，拿出早已准备好的"情人眼"戒指，认真又深情地问："安心，我可以帮你戴上吗？"

他终于说出了这句话，反而不紧张了，不常笑的脸上露出一抹轻松愉悦的笑意。

气氛陡然热烈起来，整个机舱的乘客都在起哄！

顾安心小脸通红，就在被大家闹得不知所措的时候，凌越执起她的手，温暖干燥的手心仿佛能传递情感，让顾安心安定下来。

凌越的表情认真起来，他直直地盯着顾安心的眼眸。顾安心也下意识回看他，然后听到他用低沉、坚定的声音道："安心，嫁给我，我迫切地想要与你共度余生。"

周遭瞬间安静下来，仿佛整个空间内只剩下了顾安心和凌越。

顾安心盯着凌越深邃的眼眸，脑子里闪过第一次见他的场景、第一次带他回家的场景、他第一次不告而别的场景、他们第一次争吵的场景以及属于他们的无数个幸福的瞬间……

顾安心默默地想：一路走来，庆幸有你。

两行眼泪悄无声息地滑下，顾安心哽咽着点头，道："好。"

啪嗒一声，一滴眼泪落在凌越的手上。灼热的温度令凌越愣住了，随后，他抬头看着这个感性又可爱的女人，心里被塞得满满当当的。

他迅速把"情人眼"戴到顾安心的手指上，迫不及待地起身吻了顾安心的眼睛。

在乘客们的帮助下，这次求婚成功地画上了句号。

顾安心的脸直到下飞机时还是红的，她一时无法平复自己的心情，要不是看到手上戴着"情人眼"，会觉得刚刚发生的事是一场梦。

凌越向来野心大，最近一心扑在事业上，顾安心以为他是那种先立业、再成家的男人，完全没料到他会突然求婚。

要下飞机了，凌越一手拎着顾安心的包，一手牵着她往外走。

顾安心又回味了一遍凌越单膝跪地的场景，握紧了他的手，忍不住问他："你是什么时候买下这颗钻石的？"

凌越把她搂进怀里，低头在她的耳边道："在你看上它的时候。"

顾安心笑了，问："所以，你这两天跟Alice商量的大事就是这个？"

"嗯。"凌越点头，不忘寻求她的评价，"这次求婚怎么样？"

"还行吧，没什么创意。"顾安心故意提高了嗓音调侃道。

见凌越立马失落起来，顾安心大笑着揉了揉他的脸："开玩笑啦！创意不够颜值凑，我三哥今天格外帅气。今天是我最、最、最幸福的一天！”

顾安心神采飞扬，红红的脸蛋像一朵娇艳欲滴的鲜花，令人忍不住摸一下。

凌越执起她的手，看着钻戒道：“夫人，求婚戒指已经戴上了，什么时候过门？”

这时他们已经出了机场大厅，上了来接他们的车。顾安心把安全带系好，一脸茫然地摇头道：“没想过。”

今天这件事出乎她的意料，什么时候结婚，她确实没想过。

“现在可以想一想。”凌越关上车门，通过后视镜给司机使了个眼色。

“你说呢？”顾安心反问凌越。

“择日不如撞日。”

“你不会说今天吧？”顾安心被他逗笑了。

凌越一本正经地反问道：“不行？”

“你还没过30岁呢，按照我哥的说法，你们这种人，30岁以下结婚都算早婚。你不怕啊？”

对于顾安生的言论，凌越嗤之以鼻：“他一个没谈过恋爱的人，你不要听他胡说，等他遇到对的人，便不会这么说了。”

顾安心笑了：“三哥，你今天嘴真甜，我都想给你改备注叫‘小甜甜’了。”

她随意地跟他聊了几句，发现不对劲，这不是回家的路啊！顾安心看着窗外的街道，问凌越：“三哥，我们来新城区干什么？”

凌越：“领证。”

顾安心这才意识到凌越刚才说的是认真的。

几分钟后，车子在民政局门口停下来。

直到这时，顾安心才真正确定，凌越真的要在一天之内完成求婚、结婚这两件人生大事！

“下车。”凌越下了车，好笑地看着顾安心，“怎么，后悔了？”

顾安心看了看他，又看了看庄严肃穆的民政局，问：“我现在后悔还来得及吗？”

“来不及了。”凌越低头威胁她，“要么你跟我进去，要么我抱着你进去！”

顾安心赶紧跳下车，毕竟凌越这种人，什么事都做得出来。

凌越早就打点好一切了，从下车到照相、办手续，一共花了不到半个小时。

顾安心晕晕乎乎地捧着结婚证从民政局出来，这才惊觉天都变了！她竟然从未婚美少女变成已婚少妇了。

一想到自己以后都会被打上“已婚”的标签，顾安心便浑身起鸡皮疙瘩。

“三哥，是不是太仓促了？”顾安心的眼睛瞪得跟小鹿似的。

“现在后悔已经来不及了。”凌越扬起的嘴角怎么也压不下去，他伸手将顾安心手中的结婚证抽走，和他的一起小心地放进大衣的口袋里，“重要证件我来保管，请接受你已婚的事实，凌太太。”

顾安心撇嘴，听到“凌太太”这个称呼觉得怪怪的，既陌生又新鲜，还有点迷茫和不好意思。

凌越捏了捏她的脸，理解她一时接受不了，安慰道：“没关系，即使领了结婚证，在我眼里你依旧是美少女。”

顾安心哈哈大笑起来：“好吧，看在你这么会说话的分上，我就勉为其难地接受了吧，凌先生。”

为庆祝新婚，凌越带着顾安心直奔已经预订好的餐厅。

餐厅布置得温馨、浪漫，但晚餐时间，除了他们再无其他客人。顾安心不禁有些担心，问：“这里的东西……是不是不太好吃？”

“今天你老公包场了。”

在灯光下，凌越的目光既温柔又深情。幸福感悄悄爬上顾安心的心头，此刻，她什么也不想再说，什么也说不出来，只想低头浅笑。

桌上摆着的新鲜玫瑰发出阵阵幽香，钻入鼻尖，沁人心脾。

凌越绅士地替顾安心拉开椅子：“凌太太，坐。”

顾安心被他一口一个凌太太喊红了脸，刚坐下，餐厅里便响起悠扬的钢琴声。

两个人在这种氛围里回忆了过去，畅想了未来。不知不觉间，美好的晚餐时间过去了。

不知是谁突然提到了顾安生，顾安心愣了一下，想起领证之前甚至没有跟哥哥打招呼，不禁有些不安。

哥哥一直怕她轻易地被凌越骗走，而且考察了凌越小半年才勉为其难地同意他们谈恋爱，若是知道她这么冲动地跟凌越领了证……后果不堪设想。

凌越看着她一脸紧张的表情，笑着问："就这么怕你哥？"

顾安心看了看时间，道："我们回去吧！"这件事还是尽早让哥哥知道为好。

凌越点头："好，不过你也没必要太怕他，他要是有意见，让我来解决，好吗？"

凌越握住顾安心的手，微微用力地捏了捏她的手心。

"嗯。"顾安心点头，顿时安心了许多。

但回到家，把结婚证拿到顾安生面前，看到顾安生的眉头紧紧皱着后，顾安心又紧张起来。

顾安生看了看她，又看了看结婚证，脸色越来越严肃，却一言不发。

房间里的气氛越来越沉闷，顾安心也越来越不安。她正要说什么，顾安生突然爆发了，质问凌越道："凌越，你怎么这么厉害呢？！"

顾安生一想到妹妹就这么被凌越拐走了，而且还是背着自己偷偷干的，想揍凌越的心思就起来了，脸上充满怒意。

"安心是成年人，终身大事当由自己做主。哥，我以为你早就有心理准备了，安心迟早是我的人。"凌越自信地道。

这话对顾安生来说，简直像是火上浇油！顾安生情绪失控，大步冲向凌越。顾安心见状，连忙拦住哥哥，道："是我自愿的！哥，我觉得凌越值得我托付一生。"

顾安生回头看了一眼自家的"白菜"，给了她一个"恨铁不成钢"的眼神，终究还是把怒意缓缓地压了下去。

两分钟后，一家人总算"心平气和"地坐下来谈话了。

顾安生瞥了一眼凌越，语气强硬地道："不管什么时候，你都要挡在她的前面，保护她，不让她受到伤害，你能做到吗？”

顾安生说完死死地盯着凌越，仿佛只要凌越说出一个“不”字，他就会立刻对凌越动手！

“我能做到。”凌越毫不犹豫地回答。

若是别人这样问他，凌越一定让他哪儿凉快哪儿待着去。可这是顾安生，是凌太太的亲哥哥，他愿意多给顾安生些耐心。

凌越道：“我答应你，一定会照顾好她，不管发生什么事，都会挡在她前面。”

顾安生对凌越的反应还算满意，但还是叹了口气，道：“凌越，如果我小姨还活着，一定不会同意安安嫁给你，毕竟她最讨厌你的父亲。”

凌越皱眉，以为顾安生又要给自己出难题，接着就听到顾安生语重心长地说：“不过，小姨最疼安安，她如果知道有人和她一样疼爱安安，也会很开心。”

凌越的心情因为顾安生的话百转千回，最终平静下来。凌越上前一步，对顾安生道：“谢谢哥哥成全。”

顾安生捏了捏眉心，一想到自家的“白菜”没了就觉得烦躁，挥了挥手道：“行了，赶紧走吧！”顾安生真的一看到他们就心烦！

得到了顾安生的认可，小两口回去之后便开始拍照发朋友圈。

凌越从来没发过朋友圈，第一条便发了如此劲爆的内容，立马引发了评论及点赞狂潮。

萧一山：“效率竟然比我还高？你才是王者啊！”

Alice：“老板厉害。”

徐总：“恭喜凌总，祝百年好合、早生贵子。”

杨总：“恭喜凌总，祝百年好合、早生贵子。”

王总：“恭喜凌总，祝百年好合、早生贵子。”

顾安心：“爱你。”

顾安生：“呵呵。”

凌越本不喜欢朋友圈里的这些人，但此刻却觉得他们格外亲切、可爱，特别是看到“百年好合、早生贵子”八个字，顿时神清气爽。他一一向对方道谢，宛如对待上亿的大项目般认真。

顾安心的朋友大部分是漫画作者、编辑，朋友圈内同样热火朝天。

在朋友圈接受完朋友们的祝福后，顾安心又被人拉着在群里聊了一番，等回过神来后，发现凌越不知道什么时候靠在了床边。

昏黄的灯光打在他俊朗的脸上，竟显得他的五官十分迷人。

顾安心愣了一下，心跳顿时漏了一拍。

“凌太太，时间不早了，我们该休息了。”凌越扬起唇角。

顾安心眨了眨眼睛，看了他一眼，表示怀疑：“你……确定这是想要休息？”

下一秒，凌越拉起被子，猛地把自己和顾安心全裹了进去。

屋内，只剩下顾安心压抑着的低喊声。

秋去冬来。

凌越和顾安心领证之后，顾安生虽然依旧别扭，但基本承认了凌越这个妹夫。

很快到了腊月二十九，顾安生突然决定去热带过年，顾安心本想一家人一起过年的愿望落空了。

此时，凌天打来电话，让凌越带顾安心回老宅过年。见凌天态度真诚，也为了更好地给顾安心凌家儿媳的名分，凌越便带顾安心回去了。

顾安心虽然对凌天的印象不怎么样，但凌天始终是凌越的爸爸、她的公公，而且她记得凌天去了妈妈的追悼会，所以当凌越提出回老宅过年时，顾安心一口答应了，并且希望他们父子的关系能够因此变得融洽。

一大早，顾安心就穿戴整齐，裹得严严实实地出了门。凌越也穿着毛呢大衣，非常精神。

他们到凌家老宅的时候，凌天已经在客厅里等着了，见他们进门，立马迎了过来。

“回来了。”凌天欣慰地看着他们。

“嗯。”凌越点头，父子俩还是有点别扭。

凌天看向顾安心，顾安心看了眼凌越，这才对凌天喊了声“爸”。

凌天激动坏了，眼眶湿润，立马从管家的手里拿了一张卡递给顾安心："拿着。"

顾安心摇头："我不能要。"

"这个能要。"管家道，"我们家有规矩，新媳妇入门时是要给见面礼的。"

顾安心看了看凌越，见凌越点头，这才接下了卡。

"外面冷吧？快进来坐！"凌天连忙让他们进来。

顾安心这才发现客厅里还有其他人，凌盛以及一个长发美女。

美女起身，撩起头发，露出光洁的额头，一张熟悉的脸出现在顾安心和凌越面前。

两人皆是一愣，尤其是顾安心。她吓了一跳，这个女人怎么长得跟妈妈这么像？顾安心和金绾也有五六分相像，所以跟这个女人站在一起，宛如姐妹。

"吓了一跳吧？"凌天哈哈大笑，给他们介绍，"这位是凌盛从韩国来的朋友，叫司晚。我刚看到她的时候也惊呆了，如果不是金绾已经离开了，如果不是金绾没这么年轻，我真的以为她是金绾！"

"像，太像了。"凌天忍不住感慨。

"司晚？"顾安心盯着司晚的脸，仍旧消化不了这个消息。

这不就是年轻时的母亲？她盯着司晚，有些失态，直到凌越提醒才回过神来，收回了视线。但顾安心能明显感觉到，司晚的目光一直落在自己和凌越的身上。

司晚的笑容莫名地令顾安心觉得不舒服，但因为二人是第一次见面，顾安心也没多想。

很快到了午餐时间。

因为早就知道凌越夫妇要来，凌天特意让人做了一桌子好菜。

顾安心跟着凌越，控制不住地观察司晚，发现司晚常伴凌天左右，很受凌天喜欢。

凌天在主位坐好后，司晚下意识地要坐在他身边。但下一秒，凌天拍了拍身边的位置，道："安心，你过来。"

司晚明显愣了一下，动作有点不自然，看向顾安心的眼神中带了一股敌意。

顾安心有点尴尬，但凌天叫了她三遍，她只好和凌越一起坐过去。

顾安心坐下后，见司晚低头沉默不语，顿时有一种抢了别人的座位的感觉。

一顿饭下来，司晚极力展现自己有多温柔，时不时盈盈一笑，颇有金绾年轻时的风采。

顾安心实在忍不住了，问："司小姐是哪里人？"

"我是港东人。"司晚道。

她的声音有点嘶哑，像是捏着嗓子发出的，不太好听，但这不妨碍凌天宠爱她。凌天一直对金绾有愧，如今碰到金绾的"替代品"，恨不得把她当成亲女儿来宠。

凌越跟凌天之间的寒冰需要时间来融化，他们暂时没什么好聊的，凌越跟凌盛之间更是势如水火。所以，一吃完饭，凌越就带着顾安心离开了餐厅。

"走，这边有个暖房，种了不少你喜欢的花，我们去看看。"

凌越刚说完，凌盛便嗤笑一声。那个暖房可是老头的宝贝，老头天天在里面待着，不允许别人进去，凌越还想去看看？

凌盛等着老头斥责凌越，但等了好久，直到凌越带着顾安心进了暖房，凌天都没提出反对意见！

凌盛震惊地盯着凌天，老头和老三的关系什么时候这么好了？

凌盛想起了凌方，凌方没回家过年，一心扑在事业上，并对凌天心怀怨念。看来凌越在凌天心里的地位，果然发生了翻天覆地的变化。

凌盛正沉思着，突然听到凌天道："老二，你国外的那个酒庄做得还不错，年后继续做吧。"

还不错？继续？凌盛的脸色顿时很难看，他这次好不容易回国，不想再回酒庄了。酒庄再好，也在国外，他感觉自己就像被贬的诸侯王，被流放后无人问津！

凌盛果断地道："爸，我不想做酒庄了。"

"那你能干什么？"凌天反问。

"我……"凌盛顿时被问住了，自己好像真的干不了什么。

“继续做！”在凌盛犹豫的时候，凌天已经帮他做了决定，“等你回去后，挑选几桶好酒送回来，老三年后要结婚，在他的婚礼上用。”

凌盛仿佛吞了苍蝇般难受，自己被贬去国外就罢了，竟然还要给凌越送酒？！他就是把酒都倒掉，也不想给凌越！

但凌天态度坚决，已经开始计算凌越的婚礼需要用多少酒了。凌盛自知还要靠老头，才能继续做潇洒悠闲的凌二少，这事无论如何都推不了，便没再推辞。

凌盛草草地吃了几口，扔了筷子回房间了！

在老宅的这段时间里，顾安心和凌越经常来暖房。

凌天的暖房里确实都是宝贝，不仅有各类鲜花绿植，还种了草莓和樱桃。暖房的二楼有个小书房，里面架了秋千。顾安心坐在秋千上看书，心里有说不出的惬意。

凌越还有些工作上的事情要处理，时不时跑出去接电话。

也不知过了多久，顾安心看完书，一抬头，发现凌越已不在暖房里。顾安心出去找他，却在开门的时候听到外面传来凌越和司晚的声音。

顾安心立刻顿住了，出于对司晚的好奇，立在原地听着。

“三少怎么站在这里？”是司晚的声音。

“接电话。”凌越声音冷淡。

“我刚切了水果，三少要不要尝尝？都是凌叔叔种的，好甜。”

“不用了。”凌越直接拒绝，抬头一看，只见司晚直勾勾地看着自己。

这张和顾安心有几分相似的脸令凌越愣了一下，凌越最终接过果盘，道了声谢。

凌越正要回暖房，司晚却叫住他，道：“三少，您等一下。”

凌越回头问：“还有事？”

“我……”司晚犹豫了一番，道，“其实我想问问您太太到底是什么人，她为什么和我这么像？”

第二十二章

晚晚类卿

司晚说着靠近了一步，脸上还带了悲戚之色："我从小被人收养，一直不知道自己的亲生父母是谁。我这次回国，就是想查清楚自己的身世。既然我和您太太长得这么像，她会不会是我的姐妹？"

"应该不会。"凌越道，"她说过，她妈妈只有一个女儿。"

"哦，那好吧。"司晚顿时既落寞又失望。

自从听到司晚的话，顾安心便联系了远在赤道线附近度假的顾安生："哥，我妈真的只生了我一个？"

顾安生很确定："只有你一个。"

顾安心把司晚的事告诉了顾安生，顾安生不以为意："据说世界上一定会有三个人和自己长得像，大概只是巧合吧！"

"可是这也太巧了吧？"顾安心总觉得司晚的出现有点诡异。

"小姨确实只生了你一个，这个我可以确定！"顾安生又道。

顾安心点头，既然这样，那自己就不必再纠结于司晚的身世了。

这时，顾安心突然听到顾安生那边传来一个熟悉的声音，愣了一下，问："哥，你和小梦在一起？"

绑架事件过去了这么久，顾安心早就原谅唐梦了，但二人之间联系得不如之前紧密了。现在顾安心突然听到唐梦的声音出现在哥哥的身边，有点诧异。

“嗯……是的。”顾安生的语气听起来有点心虚，“刚好碰到她带团在这边玩。”

顾安心愣了一下。她知道唐梦的男神就是顾安生，现在这两个人大过年时同时出现在异国他乡……

“挂了。”然而，还没等顾安心盘问，顾安生便直接挂了电话。

“喂？哥！喂……”顾安心十分无奈，哥哥不是纯情的小男生了，有必要这么紧张吗？

顾安心本来还想深入挖掘一下哥哥的感情状况，突然看见司晚端着一杯咖啡去了凌越工作的书房，顿时皱眉，没心思继续问哥哥了，立马收起手机，大步往凌越的书房走去。

她到书房门口的时候，司晚刚好送完咖啡出来。

迎面碰到顾安心，司晚神色如常，打了个招呼。

“等等。”顾安心叫住她，“方才，司小姐给凌越送了咖啡？”

司晚大方承认：“嗯，我看三少加班辛苦，便随手磨了一杯咖啡。”

那咖啡竟然是她亲手磨的……

不知为什么，顾安心越发觉得司晚对凌越有别的心思，心里醋意渐浓，道：“以后别弄了，司小姐是二少的朋友，也是家里的客人，这种事情还是交给用人做吧！”

司晚抬头看着顾安心，轻笑了一声：“好的，顾小姐。”说完便走了。

顾安心莫名地觉得司晚有问题，那笑容似乎十分不屑。

这时，书房里传来凌越的低笑声，接着，他问：“凌太太吃醋了？”

“你还笑！”顾安心瞪了他一眼，“你没发现司晚不太对劲吗？”

凌越没说话，直接当着她的面把咖啡倒了。

顾安心的心情这才舒畅起来。但想起司晚刚刚那个疑似嘲讽的笑容，顾安心还是有点烦躁，问：“她什么时候走？”

现在已经初六了，司晚在凌家住了一周多，依旧不见有离开的意思。

“不知道。”凌越摇头，“不过你要是真的不喜欢她，我就跟老头打个招呼，立刻把她弄走，省得惹你心烦。”

凌越在这件事上无条件地支持顾安心。

顾安心虽然觉得司晚别有目的，但也不会无理取闹地赶走别人的客人，便摇了摇头：“那倒不用，你千万别乱来，我就是随便问问。”

“好，等你什么时候想赶她了，随时告诉我。”凌越宠溺地拍了拍她的脑袋。

顾安心看他的眼神仿佛一汪春水，他彻底沉溺其中。他凑过去，在她红润的唇上啄了一下。

顾安心抱着凌越的脖子，凑到他的耳边道：“很晚了，我们也睡吧！”

只要一想到司晚的眼神和笑容，顾安心便感觉不舒服，觉得自己必须宣示一下主权！若某些女人真的动了歪心思，她也得让对方睁大眼睛看看，凌越是自己的！

他们从书房出来，要路过客厅，才能到自己的房间。

此刻，司晚正坐在客厅的沙发上看电视。顾安心见了，突然对凌越道：“我最近好像长胖了，你背我，感受一下我胖了没有。”

凌越立马弯腰把她背起来，道：“你完全没有长胖，甚至还比以前轻了。”

顾安心笑了：“你好讨厌，故意骗我！”

两个人有说有笑地进了卧室。

卧室门一关上，司晚便死死地盯着那扇门，目光中带着恼怒和恨意。

因为有司晚在，顾安心对凌越可谓呵护有加，把全部的注意力放在了他的身上，每天都围着他转。

凌越知道是怎么一回事，但不说破，只管心情愉悦地配合顾安心。

次日一早，凌越有事赶往公司，因为心情好，从卧室出来时都掩饰不住脸上的笑意。

司晚迎面走过来，对凌越笑了笑，温柔地道：“三少爷早安。”

“早。”凌越随意地应了一声，径自离去，压根儿没反应过来跟他打招呼的人是谁。

司晚还想说什么，这时，顾安心从卧室里追了出来。

“三哥，你等一下！”顾安心拿着一条围巾冲过去，亲昵地给凌越系上围巾，“外面冷，别感冒了。”

顾安心仿佛没看见司晚一般，系好围巾后便踮起脚，在凌越的脸上亲了一口：“结束了就早点回来，我昨天看了做香蕉派的配方，晚上做给你吃。”

凌越捏着她的下巴亲了一口，眼神极其温柔：“好，需要什么材料就让保姆去买，这么冷的天别出门了，免得感冒。”

凌越走之前揉了揉她的脑袋，顾安心目送他离开。他们像一对热恋中的小情侣，这令在一旁站着的司晚十分尴尬。

司晚尽量维持表面的平静，但此刻心里恨不得立刻遁地逃走。

凌越走远后，顾安心才转过身来，似乎才发现司晚的存在，问：“咦？我听说二少爷出去兜风了，司小姐没跟他一起去吗？”

“没……”司晚低头，皱眉解释道，“我跟二少爷只是普通朋友。”

“这样啊。”顾安心笑了，“我还以为司小姐是二少爷的女朋友呢，不好意思，是我误会了。”

“没事。”司晚咬了咬牙，转身走了。

司晚憋着一口气回到房间，房门一关，脸上的温柔和柔弱之色立马消失了，取而代之的是愤怒和刻薄。

司晚下意识地咬牙，却因为这个动作扯动了腮部的肌肉，传来一股钻心的刺痛感。

她摸了摸自己的下巴，立马紧张地打了个电话。

“喂，我的腮部刚刚有点痛，该不会出现什么问题吧？”司晚强忍疼痛道。

电话那边传来一个中年女人的声音：“你的脸动了那么多地方，腮部会痛是正常的，你忍一忍就好了。你要相信我的技术，只要你不去练摔跤，一时半会儿是出不了问题的。”

司晚这才松了一口气。

“进展得怎么样？”中年女人又问。

“不怎么样。”说到这个，司晚一脸愁苦，“你不是说凌家的男人对金缩这种长相的女人没什么抵抗力吗？为什么顾安心一来，凌天就没那么喜欢我了？而且，凌越看都不看我一眼，他的眼睛是不是有问题？”

“你的眼睛才有问题。”中年女人呵斥她，“坐以待毙有什么用？顾安心有笼络他们的手段，你没有吗？顾锦溪，你肚子里的阴谋诡计要留着对付自己吗？”

再次听到这个名字，司晚的瞳孔都放大了，这个名字令她想起那个被网民谩骂、如同过街老鼠一般的自己。她想起将在监狱里待十二年的父母，内心充满了恨意！

她把自己整成这个模样，就是为了报复顾安心。她发誓要夺走顾安心拥有的一切，不再任由顾安心骑在自己的头上！

“请你睁大眼睛，给我好好看着！”司晚说完，愤怒地挂断了电话。

次日，凌越打算带顾安心离开老宅。

凌天留他们过元宵节，但凌越知道顾安心不太喜欢司晚，坚持要带顾安心尽快回去。

凌天没办法，吩咐保姆晚上做一顿汤圆，准备提前过元宵节。

当晚，一家人坐在桌子旁吃汤圆。突然，凌越放下勺子，皱着眉头问道：“怎么回事？这碗汤圆竟是花生馅的。”

他不喜欢吃花生，这件事家里的保姆都知道，怎么会有花生馅的汤圆出现在他的碗里呢？

凌越眯着眼睛，看向赶过来的保姆。

保姆愣住了，全家只有司晚一个人吃花生馅的汤圆，自己当时明明分好了，可现在花生馅的汤圆怎么会跑到凌越的碗里呢？

“哎呀，可能是我拿错了。”这时，司晚站了起来，道，“我最喜欢吃花生馅的，想必是张姨把我的那碗汤圆跟三少爷的汤圆弄混了。”

司晚说着起身，把自己的碗和凌越的碗对调了一下，然后若无其事地吃起了凌越吃过的汤圆。司晚吃完还一脸享受地说：“花生馅的汤圆很好吃，我最喜欢了。”

顾安心顿时气得火冒三丈，难以置信地盯着司晚。

顾安心之前不确定司晚的目的，但现在几乎可以肯定司晚是冲着凌越来的。

凌越本想换一套餐具，然而还没来得及开口，便看到顾安心突然站起来，对司晚道：“我要去躺洗手间，司小姐要不要一起去？”

司晚抬头与顾安心对视了两秒，放下碗，点头道：“走吧，顾小姐。”

餐桌上的男人们根本看不到两个女人之间燃起的硝烟，凌盛一边吃汤圆一边吐槽：“女人的脑子里不知道在想什么，为什么一定要结伴上厕所呢？”

顾安心哼了一声，心想男人的脑子里装的又是些什么呢？这么大一朵白莲花在这里，你们看不到吗？

顾安心和司晚没有去洗手间，而是去了二楼的阳台，这里没人，很安静。

顾安心不加掩饰地打量着司晚，问：“司小姐到底是什么意思？你我之间就不用拐弯抹角了，有话直说。”

司晚轻笑了一声，道：“我不知道顾小姐的话是什么意思。”

顾安心深吸了一口气，提醒自己要冷静：“你要继续装傻也没关系，我只是想告诉你我们明天就走了，希望你不要做那些乱七八糟的无用功。有这个工夫，你不如把心思放在别人的身上！”

“你也太不自信了，难道是害怕我把三少爷抢走吗？”司晚装出一脸无辜的样子，试图激怒顾安心。

“我当然害怕。”顾安心笑了，双手交叉在胸前，态度强势起来，“我害怕你引火自焚，最后将凌天和凌盛对你仅存的那点好感都败得精光！”

这些天，顾安心看在眼里，司晚一直在小心翼翼地讨好凌天。司晚在意凌家所有男人对她的看法，试图给别人留下美好、柔弱的印象，绝对不希望别人对她的好感消失。

司晚听到这话，神色果然严肃起来。

顾安心继续道："至于抢走凌越？有本事你就来抢，我跟他之间经历过许多磨难，我们的故事甚至画成了一本漫画，我相信我选择的是一个你抢不走的男人。"

顾安心的自信令司晚的笑容凝固了。

顾安心既没有警告她，也没有威胁她，只是在陈述事实。她做的那些事在顾安心看来只不过是一个笑话。

司晚眼里的嫉妒和愤怒之意快要盛不下了，她死死地盯着顾安心，恨不得将心中的仇恨变成一把刀在顾安心的身上戳出无数个窟窿来！

"就说这么多，回去吃汤圆了。"顾安心说完，心情平静了。

她以为自己跟司晚摊牌后司晚能够想清楚，本分一些，但刚转身便突然听到司晚大喊："你怎么能这样？！"

顾安心感到莫名其妙，回头却发现司晚正用手指着自己，浑身发抖，另一只手还摸着脸，并哭喊道："好痛、好痛，顾安心你怎么能随便打人？"

顾安心满脸困惑地盯着司晚，觉得这个女人需要去精神科看一下，满口胡言乱语。

"喂，你是不是有病？！"顾安心道。

凌越已经上楼，正朝她们走过来，顾安心顿时明白司晚为何会哭得这么卖力了。原来她是想在凌越的面前污蔑自己，塑造一个柔弱的受害者的形象。

跟这种女人打交道，顾安心感到十分头痛。但凌越过来了，她又不得不解释："三哥，你怎么来了？我……"

顾安心话还没说完，便被凌越打断："不用解释。"

司晚听到凌越这么说，以为他相信自己了，于是哭得更加卖力了，捂着脸说："三少爷，我不知道自己哪里得罪了顾小姐……"

凌越扫了一眼司晚，没说话。

顾安心又道："三哥，我没有打……"

“我们收拾东西回家！”凌越突然拉着顾安心转身，想要离开这里。

“啊？”顾安心一头雾水，问，“为什么突然回家啊？”

司晚也愣了一下，从号啕大哭转为小声啜泣，捂着脸，时不时瞥凌越一眼。

紧接着，司晚听到凌越道：“不回家等着别人给你泼脏水吗？”

原来凌越的心中早有判断。保姆刚刚送错汤圆，他便觉得情况古怪。再加上这段时间顾安心一直吃醋，即便他再不懂女人之间的明争暗斗，也知道司晚有问题。

凌越追过来一看，果然不出自己所料，司晚又开始给顾安心设局了。

凌越本来打算明天早上回去，现在一刻也不想让顾安心待在这里了，免得还要跟那些无关紧要的人解释。

想到这点，凌越加快了脚步。

顾安心还以为他误会自己了，见他这般信任自己，心里暖暖的，立马跟紧了凌越，道：“好，我们回去。”

司晚看着十指紧扣的两人离去，一颗心坠入了谷底。她以为凌越至少会问问这到底是怎么回事，毕竟这段时间她经常给凌越送咖啡、水果，还每天跟他打招呼，结果，凌越根本不听她说话，无条件地站在了顾安心那边！

司晚气愤不已。

与此同时，顾安心和凌越正在卧室里收拾东西。

“三哥，其实我刚刚确实欺负她了。”顾安心道。

“嗯。”凌越没什么反应，只要别人不欺负顾安心就好。

“你不发表一下意见？”

“我要发表什么意见？哦，对了，你是怎么欺负人的？快跟我说说。”凌越一脸欣慰。

顾安心推了他一把：“你别笑我，虽然我没打人，但确实警告她了，劝她回头是岸。”

凌越连忙夸奖顾安心："你做得对。"

"你下次不要随时随地散发魅力了，不然我会很难做的。"顾安心嗔怪道。

凌越被她逗笑了，正想掐她的小脸，外面突然传来凌天的声音："凌越，你给我出来！"

凌天好不容易碰到金绾的"替代品"，心里自然心疼司晚。即使他和凌越之间的隔阂已经消除，即使他很满意顾安心这个儿媳妇，但司晚受了委屈，他也忍不住要为司晚讨个公道。

凌越和顾安心猜到了凌天是为何而来，司晚一定把刚才那出戏在凌天的面前又演了一遍……

见凌天来势汹汹，顾安心只好打开了门。

"安心！"凌天见到顾安心，立刻板起了一张脸，"你和司晚是怎么回事？两个人好好的，怎么莫名其妙地起了争执呢？"

凌盛看热闹不嫌事大，跑过来火上浇油，道："是啊，司晚是我请来的客人，她受了欺负就是我受了欺负。我看这个家里是有人活得太自在了，敢骑到我的头上耀武扬威！"

凌越把顾安心拉到身后，直接道："如果你是来帮她找安心算账的，那么我告诉你，她血口喷人。"

凌越说话很不客气，凌天也开始怀疑司晚的话是否真实了。但司晚还在哭，眼泪簌簌地落下来，颤抖着肩膀，看起来很可怜。

凌天见了有些不忍心，道："司小姐毕竟是客人，我们在港东也算是有头有脸的人家，不能让人在我们家受委屈。今天这件事，必须好好地调查清楚！"

凌越皱眉道："你是不是老眼昏花了？好好看清楚，她不是金绾，只是一个胡说八道、不知天高地厚的陌生人。"

凌天被凌越戳中心事，顿时觉得很没面子。

凌盛最喜欢看凌越和凌天吵架，见此情形，立马道："凌越，你怎么能这么跟爸说话？真是大逆不道！"

"好了！"凌天没被凌盛激怒，反倒冷静下来了，道，"这样吧，你们各退一步，总要让我弄清楚到底发生了什么事吧？"

凌天说完对司晚道："你先说。"

司晚演得正起劲，听到凌天这么说，连忙把自己早就准备好的说辞搬了出来："刚才顾小姐叫我一起去洗手间，之后非说我跟三少爷之间有什么。我说没有，她便突然扬手……"说到这里，司晚装出一副欲言又止的样子，捂着脸十分委屈。

凌盛接话道："她动手打你了？"

司晚这才委屈地点点头："嗯。"

两个人一唱一和，即使事先没有串通，也配合得非常默契。顾安心在一旁看着，几乎想给他们鼓掌了。

"这话你信吗？"司晚话音刚落，凌越立刻问凌天。

凌越一脸鄙夷地看着凌天，脸上一副"司晚把你当猴耍"的表情。

凌天尴尬得脸都绿了。

"为什么不信呢？"凌盛反问一句，又对凌天道："爸，司晚都哭成这样了，他们还怀疑她说谎。"

凌越嗤笑一声，道："行，那我丑话说在前头，如果被我查出有人说谎，试图抹黑我的妻子，我定不轻饶她！"

凌越的话吓得司晚哆嗦了一下。司晚见识过凌越的手段，现在猛地听到他放狠话，不禁胆战心惊。

但司晚很快回过神来，连忙往凌天的身后躲，看起来既柔弱又无辜。

凌天看到司晚眼里的惧意，皱着眉头问凌越："你想怎么查？"

"我要调取监控录像。"凌越道。

被凌越提醒后，凌天也反应过来了，凌家老宅的走廊上是安装了监控的。谁在说谎，他们一看便知。

"好，那去看监控录像！"凌天同意凌越的提议。

但是正当大家出发去看监控录像时，司晚站在原地一动不动。司晚根本没想到凌家的走廊上竟然安装了摄像头！顾安心没打过她，一旦大家看了监控，那她的谎言就不攻自破了。

不能去！

司晚知道自己不但不能去，还必须想办法继续留在凌家。只有留在凌家，她才有报复顾安心并达到目的的机会。

“怎么，你不敢去？”顾安心意味深长地看着司晚。

“司晚，你怎么了？”凌天也扭头看向司晚，再次对司晚产生了怀疑。

“我……”司晚支支吾吾的，随后捂着脸，哇的一声哭了出来！

和之前不同，这次司晚哭得撕心裂肺，悲恸欲绝。

众人一脸困惑，就连一心配合司晚演戏的凌盛都不知道司晚这是唱的哪一出。

“司晚，你怎么回事？”凌天的耐心快要被她耗光了，语气明显严厉起来。

司晚连忙拉着凌天道：“凌叔叔，我错了，我不该冤枉顾小姐，但我是有苦衷的！”

司晚放弃诋毁顾安心，转身拉着凌天诉苦：“我爸爸在国外欠了高利贷，我这次是跟凌盛一起回国的，只有在凌家才是安全的。我一走，那些追债的人就会把我抓走抵债。凌叔叔，我真的不是故意诬陷顾小姐的！”

“你躲追债的人，跟诬陷安心有什么关系？”凌天听她这么说，既生气又心疼，最终还是把司晚扶了起来问，“你好好说清楚，为什么要诬陷安心？”

“因为顾小姐说要我离开凌家，我怕她把我赶出去，才出此下策。我不能离开凌家，凌叔叔，您能收留我一段时间吗？等追债的人放过我后，我就搬出去。”司晚一边说一边流眼泪，死死地抓住凌天的手臂！

司晚仰起头，让凌天清楚地看到自己这张和金绾十分相似的脸，哭着央求道：“凌叔叔，我求您了，您要是真的把我赶出去，这辈子可能就再也见不到我了。”

凌天看着司晚的脸，顿时心软了，拍了拍司晚的肩，点了点头。

这场闹剧最终以司晚向顾安心道歉告终。至于司晚说自己被人追债的事，凌越和顾安心也懒得再去求证，因为就算事情不是真的，凌天也愿意相信司晚，旁人不必多说什么。

凌越和顾安心最后还是收拾好东西，离开了凌家老宅。

司晚拉开窗帘，看着凌越的车子离去，转身盯着镜子里的自己，露出了得意的笑容。她伸手摸了摸自己的脸，这张脸就是她的资本，她怎么可能会输呢?

回来后，凌越开始忙碌起来，几乎每天都有应酬。顾安心也开始忙着画《天上掉下个总裁》的最终章。

连载了一年多，这部漫画终于要迎来大结局了。读者们每天催顾安心更新，她忙得不亦乐乎，觉得日子过得很充实。

这一天，顾安心正在网上和读者互动，突然接到凌越打来的电话。

“安心，我晚上有应酬，是珠宝项目的庆功宴，可能要晚点回去。”

“嗯，好。”顾安心已经习惯他这种工作节奏了。

不过她想起刚刚跟读者讨论的男女主角之间的误会，不由得问了一句:“合作方是男的还是女的？”

“是个女老板。”凌越毫不避讳。

顾安心见凌越如此坦诚，不禁笑了，没有再问下去:“行吧，那你少喝点酒，早点回来。”

她知道对方是女老板，竟然不吃醋？凌越起了逗她的心思，问:“怎么你现在一点危机感都没有呢？”

“能和你合作的女老板，年龄应该不小吧？”顾安心问道。

“很年轻。”凌越故意道，“她很早便继承了家族企业，而且保养得很好。”

顾安心沉默了，被他这么一说，脑海中立刻出现了一个美艳的女强人，心里还真有了一丝危机感。

凌越以为顾安心生气了，立马解释道:“我跟你开玩笑的，比起女企业家，我还是更喜欢漫画家。”

顾安心默默地翻了个白眼:“我挂了，你跟女老板双宿双飞去吧，我收拾东西回娘家。”

“你真的生气了啊？”凌越连忙问。

顾安心故意吸了吸鼻子:“嗯。”

凌越连忙说："你在家里等我一下，我马上过去，接你一起参加庆功宴！"

顾安心扑哧一声笑了："那你来呀！"

凌越顿了顿，认真地问："真的可以吗？他们一直很想见你。"

凌越已婚的事情早就传开了，公司上下都对凌太太感到好奇。凌越一直想带顾安心露面，好好炫耀一番。

"今天不行，等我画完再说吧。"顾安心不想扫了他的兴，"下次一定和你去！"

凌越："好吧。"

接着，顾安心又嘱咐他少喝酒、多吃菜，两人说了好一会儿才挂了电话。

她揉了揉干涩的眼睛，抬头一看，这才发现天已经黑了。

保姆叫顾安心吃饭，但顾安心最近一直没什么胃口，吃什么都反胃，出去看了一眼今天的菜后，不仅没有想吃的欲望，还莫名其妙地想吐。

保姆若有所思地看着她，赶紧放下碗，跟着她来到卫生间："太太，您不是怀孕了吧？"

顾安心愣住了，瞪大眼睛，觉得难以置信："怀孕？"

她觉得自己还太年轻，完全没准备好迎接新生命，所以平常跟凌越一直有采取避孕措施。凌越虽然想要孩子，但也完全尊重她的意见。

突然被人告知自己的肚子里可能有了一个小生命，顾安心觉得脑子里一片空白。

"是啊，您现在太像怀孕了。我女儿怀孕初期跟您一模一样，也吃不下东西，想吐。"保姆说完又问她，"您经期正常吗？"

顾安心摇摇头："已经一个多月没来月经了。"

"那八成就是了！"保姆笑了，"恭喜太太！先生那么爱您，知道了一定很高兴！"

保姆一脸欢喜，顾安心不禁被她的喜悦感染，盯着自己的肚子，生出一丝期待。

顾安心回到房间，准备把这个消息告诉凌越。但她仔细一想，自己都没确定呢，万一不是呢，岂不让他空欢喜一场？

顾安心放下手机，准备先去一趟药店，买个试纸测一测。就在这时，她收到了一条短信。

顾安心发现给自己发短信的是个陌生号码，点开一看，内容是一张照片。照片里有一男一女，女人漂亮性感，正对着镜头，男人则背对着镜头。

顾安心瞥了一眼，发现图片中的男人竟然是凌越！

她跟凌越在一起这么久，对他太熟悉了，只看了一眼便可以确定这个背影就是凌越的！

这到底是谁给她发的照片？那个人又是什么意思？就在顾安心纳闷的时候，又一条信息发送至她的手机。

这次是文字短信，内容是："凌太太，我好心提醒你一下，你丈夫正在给别的女人挑首饰。"

给别的女人挑首饰？顾安心愣了一下。

出于对凌越的信任，顾安心没有第一时间就发火或者怀疑凌越，而是认真地看了看之前的那张照片。

顾安心放大照片，发现照片中的玻璃上映出了"红星珠宝"的字样。

红星珠宝正是凌越这次要合作的珠宝品牌。跨行业合作推广是现在常有的营销模式，凌越在这方面取得了非常好的成绩，所以才有了今晚的庆功宴。

照片中的这个女人应该就是凌越口中的女老板。她确实长得年轻漂亮，但这不代表他们之间有什么。

顾安心只觉得这两条短信莫名其妙，回道："谢谢你的提醒，我丈夫那是正常的商务合作。"顾安心回复完后，干脆利落地删掉了那两条短信。

她下楼买了验孕棒，回来后还没来得及测，又收到那个号码发来的一张照片。

照片里也是一男一女，也是女人面对着镜头，男人背对着镜头。但这回，两人拥抱在一起了！

正对着镜头的女人是司晚，背对着镜头的男人是凌越！

验孕棒啪的一声掉在地上，刚刚那张照片就算了，凌越和那个女老板根本没有肢体接触。但这张照片不一样，他们两个都抱在一起了！

顾安心一时大脑空白，停止了思考。

她盯着照片，浑身发抖。

照片的右下角有拍摄时间，就在十分钟前，而凌越又刚好没回家。

出于对凌越的信任，顾安心强迫自己冷静下来！她若是个容易被醋意和愤怒冲昏头脑的女人，此刻肯定早已在心里大骂凌越并且准备向凌越发难了。但顾安心冷静思考之后发现这张照片中的疑点太多了。

首先，凌越现在已经去庆功宴了，怎么会和司晚在一起？

其次，从那天凌越带着自己匆匆离开凌家老宅便可以看出，凌越对司晚的印象极差。他不是饥不择食的人，就算要出轨也不会找司晚吧？

顾安心得出结论——这张照片是合成的！

顾安心立马把这张照片发给做设计的朋友，让对方看看照片有没有合成的痕迹。

然而结果令她心凉了，朋友说这张照片是真的。

"怎么了？跟抓奸似的。话说这女的怎么跟你长得这么像？"朋友十分不解，"还有，这个男的是谁？该不会是你老公吧？"

顾安心不想再跟朋友聊这件事了，立刻给凌越打电话，但凌越的手机一直处于关机状态。

顾安心在房间里走来走去，心中烦躁，看到地上的验孕棒后更烦躁了。

她打给 Alice，Alice 却说凌越已经回去了。

"没回来。"顾安心没告诉 Alice 自己收到了照片，只是道，"十点了。"

Alice 知道顾安心着急，便道："太太您别着急，我打电话问问司机。"

"好。"

顾安心挂了电话，又等了几分钟，仍然没等到Alice的回复，而凌越的手机依旧关机。

她干脆拨通了凌天的电话。

凌天接到她的电话，非常高兴："安心，最近怎么样？"

"还好。"顾安心没心情跟凌天寒暄，直接问他，"司晚在家吗？"

"不在。"凌天道，"她之前说今晚要住在朋友家，所以没回来。你找她有事？"

顾安心听到司晚也没回来，一颗心顿时像是坠入了冰窖。

凌天刚要问她怎么了，却发现她已经把电话挂了！凌天本想再打过去，却收到了顾安心转发给他的一张照片。

凌天定睛一看，心中一惊。他以为那天晚上司晚的事只是意外，看到这张照片里司晚微笑的表情，明白或许司晚早就把凌越当成目标了！

顾安心始终认为其中有问题，即使照片不是合成的，那也应该有其他原因。她更愿意相信，这是司晚在从中作梗！

而且，给她发短信的人是谁？那个人真的只是出于好心吗？

顾安心干脆拨打了这个陌生的电话号码。

"喂，凌太太。"电话那头的女人听起来有四五十岁。

"是你给我发的照片？"顾安心问她。

"是的。"中年女人轻笑道。

"你怎么知道我的电话号码？"

"我若是你，现在会立马去九州酒店，不会跟一个陌生人浪费时间。"中年女人道。

九州酒店？他们竟然去了酒店？

顾安心得到了地址，这才意识到事情的严重性。不管凌越是被动的还是主动的，不管其中有没有隐情，他们现在已经在酒店了。

她必须过去看看。

顾安心挂了电话，拿起衣服出门，直奔九州酒店。

Alice接到顾安心的电话后便联系了柳然，柳然也不知道凌越去了哪里。Alice 让他来玉鹿台找一找，看凌越有没有醉倒在路上。

柳然刚到玉鹿台，便碰到准备去九州酒店的顾安心。

“太太！”柳然降下车窗跟顾安心打招呼。

顾安心见柳然开着车，连忙打开车门钻了进去。

“柳然，去九州酒店！”顾安心一脸慌乱地道。

“好！”柳然见她很着急，连忙问，“太太，您去九州酒店有事吗？您不是在找先生吗？”

顾安心看了他一眼：“找到了。”

柳然愣了一下：“找到了？”

顾安心深吸了一口气，道：“就在九州酒店。”

“啊？”柳然很惊讶。这个时间，凌越怎么会在酒店？

顾安心端坐着，表情凝重，直视前方。柳然不敢多问，在顾安心的要求下，一路加速，开车至九州酒店。

车子还没停稳，顾安心便打开车门跳了下去，直奔酒店大堂。

柳然有了一种不好的预感，停好车后一边给 Alice 打电话一边朝大堂追去。

“Alice，我和太太来九州酒店了，她很不对劲，像是……”

“像是什么？你倒是说啊！”Alice 着急了。

“像是来捉奸的……”柳然放低了声音道。

“你胡说什么，是不是不想干了？”Alice 的语气很冲。

柳然知道自己说错话了，立马闭嘴。

“行了，你好好跟着太太，我试着联系一下老板。记住不要多嘴，老板的为人我们都知道，他要是能做出这种事，也不至于当了这么多年的和尚。”

柳然点了点头，觉得 Alice 说得有道理，挂了电话，追着顾安心进了酒店。

顾安心此时正跟大堂经理周旋，想查询今天的入住记录，但是酒店经理坚持说这是顾客的隐私，不能随便对外人公开。

“我不需要知道你们顾客的隐私，我只想看看今天登记入住的名单，只是名单！”顾安心很焦虑，不敢想象司晚会和凌越在酒店里做什么。

大堂经理还是不同意："这位小姐，姓名也是隐私的一部分，入住我们酒店的很多是有头有脸的人物。我们告诉您后，就没法保障客人的合法权益了。"

"怎么说话呢？"柳然打断大堂经理的话。

大堂经理见柳然高大魁梧，一看就是深藏不露、能打的高手，态度顿时好多了。

"抱歉，我可能语气不太好，但客人的隐私真的不能看。"

"就看一下入住名单，你哪儿那么多废话？"柳然道，"这位是盛世集团的总裁夫人，麻烦通融一下。"

大堂经理听见盛世集团的名字，愣住了。

盛世集团火速上市，抢占互联网市场，成了行业巨头，而总裁则是凌天集团的三少爷。这些事大家都耳熟能详。

大堂经理没想到，今天竟然碰到了凌太太！他再看顾安心，确实气质优雅，一看就非富即贵。

大堂经理瞬间变了态度，微笑着对顾安心道："原来是凌太太，失礼了！虽然我还是无法将今天的入住名单给您，但可以帮您确认一下消息！"

柳然听了又要发怒，顾安心却拦住了他，对大堂经理道："我理解您的难处，请帮我查一下今天的入住名单中是否有凌越……"顾安心顿了一下，在大堂经理好奇的目光中说，"或者……司晚的名字。"

1606，这是司晚的房间。

柳然跟着顾安心一起进了电梯，看着身边的人，有些担忧。司晚不就是在凌家老宅住了大半个月的女人吗？听说之前她就和顾安心发生过矛盾。

电梯里，柳然接到了 Alice 的电话。

"老板的电话还是打不通，你那边怎么样？"

柳然有点担心，低声道："不容乐观。"

"我已经在往九州酒店赶了，我没来之前，你见机行事吧。"Alice

道。

“好。”柳然刚挂掉电话，便发现顾安心正瞪着自己，顿时头皮发麻。

“太……太太。”

“刚刚在外面，谁让你把凌越搬出来的？”顾安心一脸愠怒，“嫌我不够丢人吗？”

“对不起。”柳然低头道歉，“我只是觉得他对您的态度太糟糕了。”

这时，16 楼到了。

电梯门打开，顾安心突然有点不想去了，沉默了片刻，对柳然道：“对不起，我不该把脾气发在你的身上。”

柳然摇头：“太太别这么说，是我做错了。”

顾安心又沉默了片刻：“你也不相信凌越是这样的人对不对？”

柳然愣了一下，感觉到顾安心很紧张，忙道：“太太放心，先生绝对不是会干那种糊涂事的人！”

“嗯。”她始终相信，今天发生这样的事是有原因的。

顾安心深吸了一口气，没再犹豫，走向 1606。顾安心到了后，发现房门竟然没关，直接推门走了进去。

“谁啊？！”房间里的司晚听到动静，停下手里的动作，回过头，视线与顾安心撞了个正着。

看到眼前的一幕，顾安心觉得仿佛有一道惊雷在脑门上劈过！

凌越此时躺在床上，上身赤裸，肩上和脸上还有司晚的唇印。而司晚就坐在他的身上，衣衫不整。

顾安心不敢想象，若是自己再晚来几分钟看到的将是多么香艳的场面！

司晚见顾安心突然出现，有些心虚，但看了一眼身下的凌越，顿时又趾高气扬起来，问顾安心：“你来干什么？”

顾安心本就不适，这会儿突然觉得胸闷气短，有点喘不上气来。她感到一阵眩晕，晃了一下。

“太太，您怎么了？”柳然连忙扶住她。

从凌家出来时，柳然就觉得顾安心不对劲，脸色格外苍白，好像随时都要晕倒一样。

顾安心强打精神，指着床上的人问柳然："那个人是凌越吧？"

柳然没回答，虽然他们隔得远，但那个人确实是凌越，这场面令柳然不知所措。

顾安心一时气急攻心，再也撑不住，晕了过去！

"太太！"柳然一时手忙脚乱。

司晚在一旁骂他们碍事，让他们滚。这时凌越突然翻了个身，拉着司晚的手喊了一声"安心"。

柳然顿时明白了，原来凌越是喝醉后把司晚当成了顾安心……

凌越向来自控力强，这么多年来喝醉的次数屈指可数，就算是喝醉了也从来不会这样。

柳然扶着顾安心，正犹豫到底是先管顾安心还是先管凌越时，房门被人推开了，Alice 赶来了！

"Alice，你终于来了！"柳然松了一口气。

Alice 显然也被眼前的情形惊呆了，跟了凌越这么多年，头一次见凌越这般荒唐，很久没反应过来。

Alice 整理完思绪，突然上前一把拉开司晚，对柳然道："你赶紧送太太去医院，这里我来处理！"

柳然也不知道顾安心为什么会突然晕倒，见 Alice 来了便放心了，赶紧带着顾安心去了医院。

司晚还不知道 Alice 有多厉害，被 Alice 拉开后，气冲冲地瞪着 Alice 道："你们是不是有病？都跑来打搅上司的好事，工作不想要了是不是？"

就在这时，醉得不省人事的凌越似乎觉得吵，翻了个身，嘴里嘟囔："滚。"

他睡觉时向来不喜欢被人打扰，一旦脾气上来了，就是一个滚字。

平时就罢了，Alice 能够容忍上司的脾气。但此刻 Alice 就像个被点燃的炮仗，大声道："你疯了吗，凌越？你老婆都进医院了！"

"喂，疯了的人是你才对吧？"司晚难以置信地看着 Alice 道，"你是叫 Alice 吧？你当好助理就行了，竟然还以下犯上？你明天不用再来凌越的公司上班了！”

Alice突然转身盯着司晚，觉得这个女人吵死了！

司晚依旧喋喋不休，扬言要辞退Alice。Alice真的生气了，结结实实地打了司晚一个耳光。

司晚鼻子里的假体移位，鼻子歪向一边，整个人看起来特别诡异！

Alice打完也吓了一跳，活见鬼一般地看着司晚。她只是想稍微教训一下这个不知天高地厚的女人，没想到竟然将司晚的鼻子弄成了这样。

房间里安静了一秒，接着便传出司晚的喊叫声。

司晚捂着自己的鼻子尖叫起来，连忙找到手机，一边打电话一边胡乱地穿好衣服往外跑：“完了……完了，我的鼻子歪了！你现在在诊所吗？我要过去紧急修复一下！”司晚十分着急，夺门而出！

“神经病！”Alice看着司晚落荒而逃，咒骂了一声，这才来到凌越身边，重重地在他的脸上拍了两下：“喂！醒醒！”

Alice还没把凌越叫醒，凌天也赶来了。

“浑蛋！”凌天一进门便开始骂人！他本以为自己这辈子都不会再骂凌越了，但看到顾安心给自己发的那张照片立马怒了，二话没说，便过来教训凌越！

凌天赶到后发现司晚已经不见了，只剩下凌越，顿时把气全撒在凌越的身上！

“装死是解决不了问题的，你现在就起来，去给安心道歉！”凌天吼道。

“我原本以为你是你们兄弟三个中最拎得清的，没想到你也这么糊涂！你们刚领证，你就把事情闹得这么难看，对得起安心？”

凌天一声接一声地质问凌越，旁边的Alice也懒得帮凌越解释，觉得凌越活该！

凌天骂了半天，见凌越没反应，走过去一看，才发现凌越一副醉态。

他回头看着Alice，Alice这才道：“估计是在庆功宴上喝醉了。”

凌天阴沉着一张脸，顾安心都已经被送去医院了，凌越就算喝醉了也不能这么躺着。凌天对身边的人道："去给我弄水，加冰！"

很快，两桶加了冰块的水放到了凌天面前。在凌天的示意下，两个保镖举起来水桶，从凌越的头顶浇了下去。

冰水有强烈的刺激效果，凌越猛地睁开眼睛，酒也醒得差不多了。

他下意识地打了个哆嗦，摸了一下湿漉漉的脸，对眼前的情形感到很困惑："你们在干什么？"

"你还问我干什么？"凌天咬牙切齿，"安心都被你气得住院了，你还不赶紧把这个烂摊子给我收拾干净！"

凌越愣了一下，脸色立马变了。他立马站了起来，步伐不稳，险些摔倒，慌乱地问 Alice："怎么回事？安心出了什么事？"

凌天冷笑了一声："现在紧张有什么用？你跟司晚来酒店的时候，就没想过会有什么后果吗？"

凌越听到凌天的话，环视一圈这个陌生的房间，立马明白过来是怎么回事了。

他今天在庆功宴上多喝了几杯，醉醺醺地出门时遇到了安心。安心说要带他回家，他便跟着她走，没想到竟被人带到了酒店。

而且，那人其实不是安心，而是司晚。

凌越揉了揉隐隐作痛的脑袋，一脸焦急地问 Alice："她现在在哪个医院？"

"市人民医院。"Alice 这才道。

Alice 话音刚落，凌越立刻夺门而出。

"喂，你不能酒驾！"Alice 连忙跟了上去。

凌天在身后长叹了一口气，随后对身边的人道："去给我把司晚找回来，这笔账得好好算一算！"

他这才意识到司晚不如他看到的那般柔弱无助，反而城府极深。或许司晚早就计划好了今天的这场戏！

Alice 开车载凌越去医院，凌越坐在车厢内，低着头，一言不发。

他几乎可以想象顾安心在看到他和司晚躺在床上时有多生气，如果顾安心出事了，那他绝对无法原谅自己。

路上有点堵，凌越烦躁地抬头，让 Alice 开快一点。

Alice 哼了一声，从后视镜里看到凌越一脸焦急的样子，还是猛踩了一脚油门，加速前进。

车子似游龙般在车辆间穿梭，Alice 在其他车主的喇叭声和骂声中把凌越送到了医院。

凌越大步走进医院，Alice 在身后道："柳然说太太已经没事了，在五楼的 VIP（贵宾）病房留院观察。"

"嗯。"凌越应了一声，直奔五楼。

"顾安生也赶来了，比我们早到五分钟。" Alice 补充道。

凌越顿了顿，嗯了一声，显然已经做好了被顾安生批评的准备。

五楼是 VIP 病房的专属楼层，相对于楼下安静很多，只是偶尔有人进出。

凌越一走出电梯，就听到顾安生吼道："你给我滚，让凌越也滚！他可真是厉害，跟我妹妹领证还不到三个月，便闹出这种丑闻！他配不上安安！"

旁人光听声音就可以知道，顾安生此时已经气疯了。顾安心一直被他放在心尖上宠爱，他绝不容许凌越这么糟蹋她！

"顾先生，这其中一定有误会，我老板是因为……"柳然忙着解释道。

但顾安生压根不听："我就问你，安安赶到的时候，他是不是和司晚待在一个房间里？"

柳然无法反驳，只能点头："但是老板是喝醉了，以为……"

"滚！给我滚！"顾安生现在不想看到任何一个和凌越相关的人！

顾安生把柳然轰出来的时候，刚好看到了站在外面的凌越。

顾安生顿了顿，眯着眼睛，一脸凶狠地瞪着凌越："你还有脸过来？"

柳然见凌越总算是赶来了，抹了一把额头上的冷汗，立马给凌越腾出位置，让他好好地跟顾安生解释。

凌越风尘仆仆地赶来，大衣皱巴巴的，看起来很狼狈，但目光很坚定。他道："哥，我可以解释。"

"谁是你哥？有多远滚多远！"顾安生愤怒地道。

"哥……"这时，房间里传来顾安心微弱的呼喊声。

两个男人顿时像是被牵动了神经，不约而同地看向房间。

凌越想进去看看顾安心怎么样了，但立马被顾安生拦住了。

"哥处理点事情，这就来！"顾安生对顾安心说完，带上了门。

"我们在这里说话影响安安休息，你跟我过来，我要跟你好好谈谈！"顾安生对凌越道。

"好好谈谈"的意思基本上就是"好好教训你"。

不过，令顾安生惊讶的是，对于这件事情凌越竟然没有一丁点儿心虚。

两个男人来到走廊尽头。顾安生先停下脚步，接着便使出一记左勾拳，直接打在了凌越的脸上。

凌越没有躲避，生生地挨了一拳。

不过等到顾安生出第二拳的时候，凌越接住了。凌越反手抓住顾安生的小臂说："哥，你冷静一点，今晚的事情我可以解释！"

"谁要听你解释？！"顾安生打断凌越，随后挣脱他的手，准备再次挥拳教训他。

一来二去，凌越只好硬着头皮抵挡顾安生的拳头。

一旁的 Alice 和柳然都惊呆了，好几次想出手阻止顾安生，但都被凌越的眼神逼退了。

最后，两个男人各自气喘吁吁地坐在走廊尽头的阳台上。顾安生仍旧一脸愠怒，死死地瞪着凌越。

凌越摸了摸嘴角的血，无惧顾安生的眼神，道："现在你可以听我解释了吧？"

顾安生哼了一声，没说话。

"我今天有个应酬，多喝了点酒，把司晚认成了安心，落入了司晚的圈套。"凌越解释道。

顾安生冷笑一声："我还以为你能解释出什么来呢，跟其他男人出轨时用的理由差不多。"

凌越耐心地道："你若是见过司晚就知道，她和安心真的很像。"

"再像能像到哪里去？安安被你气得住了院，这是事实，这都是你的责任！"顾安生道。

凌越无法反驳："你说得对，这些都是我的责任，但我希望你能给我一个机会弥补安心。"

顾安生思考了片刻，什么都没说，起身走了。

"老板，顾安生一定是误会了，你要赶紧跟他解释清楚啊。"见顾安生就这么走了，一旁的 Alice 都着急了。凌越白挨打了吗？

"别吵。"凌越回头瞪了 Alice 一眼。

Alice 立刻闭嘴了。

顾安生回到病房，把凌越关在门外，只留下一句话："我现在不想看到你，你回去好好反省一下！"

凌越果然白挨打了。

Alice 和柳然震惊地看着自家老板，平日里高傲霸气的老板此刻嘴角还残留着血迹，却一本正经地朝顾安生点头说："好。"

顾安心猜到是凌越来了，一直在等他们进来，此刻看见顾安生的拳头上沾了一丝血迹，吓了一跳："哥，你又跟凌越打架了？"

顾安心有些心痛，这得下手多重啊？

顾安生皱眉看着她这副没出息的样子，道："你不要告诉我你还心疼他。"

顾安心被他提醒了，顿时想起凌越和司晚躺在床上的场景，脸色立马变了。

"凌越怎么说？"顾安心问。

"他说他认错人了。"顾安生道。

"我猜也是认错人了，他不是这种人，是因为司晚跟我长得……"顾安心说着说着，发现哥哥正生气地盯着自己，这才意识到自己又下意识地帮凌越说话了。

顾安心愣了一下，连忙改口道："嗯……就算是这样，我也不会轻易原谅他。我要是再晚去一会儿，后果不堪设想！凌越这个浑蛋！"

顾安生看到妹妹和自己同仇敌忾，这才叹了口气，语重心长地道：

“安安，你要记住哥哥的话，男人一旦犯了错，就必须让他记住教训，不然他不知道犯错的成本有多高，以后还会再犯！”

顾安心迟疑了一下：“应该不会吧？”

她自始至终都是相信凌越的，在去九州酒店的路上也认为这事有蹊跷。更重要的是，她相信凌越不是那种人。

顾安心见哥哥又板起了脸，忙道：“都听哥的。”

“你要晾他几天，让他自己好好反省一下！”顾安生道。

“好。”顾安心点头，“我听哥哥的。”

“不过你既然相信他，为什么还会被气晕过去？”顾安生诧异地道。

他之前一听说顾安心被气晕了，第一反应是凌越必然犯错了，不然顾安心不会这么生气，所以刚刚跟凌越打架时确实下了狠手。

但他没想到，妹妹竟然还站在凌越那边。

“我也不知道。”顾安心捂着额头，“我这几天本来就胸闷气短，吃不下饭，可能是路上跑得急，饿晕了。”

“饿晕了？”顾安生一脸无奈，“你在跟我开玩笑吧？”

话音刚落，顾安心突然很想吐，捂着嘴巴跑向卫生间。

顾安生听到卫生间里传来顾安心的干哕声！

在外面守着的凌越正根据顾安生的指示反省自己，突然看到一名医生领着护士急匆匆地往顾安心的病房里走去。

凌越吓了一跳，以为出了什么事，连忙起身问医生发生了什么。

医生也不知道里面发生了什么，道：“里面的病人家属呼叫，说有紧急情况，让我赶快过来，我要看了才知道！”

“那你快去吧！”

凌越看着医生进门，心里很焦急，但顾安生禁止他入内，他也不好闯进去。

“太太怎么回事？之前你不是说她还好吗？”Alice 见状问柳然。

柳然也不知道：“是还好啊，就是有点虚弱，医生说她可能有点营养不良。她这两天都没好好吃饭，又遭遇了这件事，身体撑不住了。”

“希望没什么大事。”

“嗯。”

两个人说着，发现凌越往外跑去。

“先生，您去哪里？”Alice 问。您不在这里守着吗？

“我去买点粥，你们留在这里，有什么问题随时联系我。”凌越说完便走了。

Alice 和柳然对视了一眼，对老板迅速变身模范老公的表现感到很吃惊。

而此刻的病房内，医生在给顾安心抽血检查后，脸上都是笑意：“我还以为出什么事了，恭喜凌太太，您怀孕了！”

病房里陷入安静。

顾安心虽然已经有心理准备了，但当医生真正告诉她后，心情很复杂，盯着肚子一时不知道要说什么。

医生立在旁边，看着顾安心道：“早期妊娠反应强烈是正常的，但如果还这样吃不下东西，就必须输营养液。我建议你们做个全面的孕检。”

“嗯，谢谢医生。”

顾安生把医生送走，回来挖苦顾安心道：“你挺厉害，我让你多过几年潇洒日子，你倒好，转眼就怀孕了。”

“哥！”顾安心脸都红了，“这是个意外……”

“行了。”既然顾安心怀孕了，顾安生也没什么好说的，“以后不是一个人了，每天都要好好吃饭。最近吃不下饭怎么不跟我说？”

“你那么忙。”顾安心摇头。

“凌越也忙？”顾安生问。

顾安心点头。

“他就是这么当爹的？”顾安生下意识地挽起袖子，又想打人了。

“哥，他这不是不知道吗？”顾安心嬉笑着把他的拳头压下来。

过了一会儿，顾安心抬头问顾安生：“哥，什么时候能告诉他我怀孕了啊？”

顾安心想把这个好消息分享给凌越，但哥哥说她需要让凌越知道犯错成本。兄妹二人在综合考虑后，决定三天后再告诉凌越这个消息。

随后，顾安心进行了全面的产检。

产检结果是孕酮值比较低，医生建议顾安心住院观察。顾安生也很紧张，勒令她乖乖地待在病房里不能动。

这可把凌越急坏了。凌越看着顾安生忙内忙外，觉得顾安心肯定是身体出了问题，不禁心急如焚！

顾安生派了保镖守在顾安心的病房外，不准凌越进去，凌越几次想要硬闯，还没到门口就被拦了回来。

顾安生油盐不进，摆明了要惩罚他，凌越毫无办法。两天下来，凌越变得胡子拉碴，被折磨得苦不堪言。

这天，见顾安生仍旧不让自己与安心见面，凌越终于没了耐性，直接把负责顾安心的医生拉到配电室里，一脸严肃地问："我太太怎么样了？"

梁医生安慰道："凌先生您别太着急，凌太太昨天输了三瓶液，然后吃了些东西，总算没再吐出来了。"

安心为了吃东西而输液，而且还要输三瓶？总算没吐的意思是她之前一直在吐吗？

他越说，凌越越着急，一秒都不想再耽误了，现在就要见到顾安心！

"把你的衣服脱了。"凌越瞥了梁医生一眼，道。

"啊？"梁医生震惊地看着凌越，然后紧张地把双臂抱在胸前，"凌先生，您别这样。"

凌越心里挂念顾安心，不想跟他说那么多："我数到三，你再不脱衣服，我就打断你的腿！"

凌越的样子非常吓人，没办法，梁医生只能把衣服脱了。

梁医生怀着忐忑的心情，先脱掉了白大褂："凌先生，还是不要了吧，您这是要干什么啊？我们都是男人……"

他话还没说完，凌越便抢过他的白大褂，一边穿一边问他："我太太到底是什么病？"

他觉得不管安心得了什么病，自己作为家属是有知情权的。

梁医生叹了一声："没什么大问题，有些孕妇就是这样的，孕期的反应比较剧烈。”

“孕妇？”

凌越听到“孕妇”两个字后愣住了，白大褂都没穿好，瞪大眼睛一把抓住梁医生的领子问：“你再说一遍？”他怕自己听错了。

梁医生被凌越抓着晃了两下，站稳后道：“您竟然还不知道？您太太已经有两个月的身孕了。”

凌越愣在原地，狂喜、紧张、震惊与不知所措的心情交织在一起。他好半天才反应过来，接着，唇角慢慢扬起。

凌越把梁医生放开，道：“你待在这里等我回来！”随后打开门，一阵风似的出去了。

梁医生只能裹着凌越的高级定制手工西装，待在这狭小的配电室里，听着身后的电流声，挪了挪步子。他觉得凌先生也挺可怜的，想见老婆还必须假扮成自己的模样，不容易啊！

凌越从配电室出来，一路半遮着脸，直奔顾安心的病房。

梁医生和凌越身形相近，一眼看过去，穿着白大褂的凌越还真的有点像梁医生。

病房门口的保镖见到拿着病历本、穿着白大褂的“梁医生”，压根没有多想，直接放凌越进去了。

凌越关上房门，病房内十分安静，只能听见顾安心浅浅的呼吸声。

她在午睡，外面的阳光照在她的床头，令她的皮肤看起来白皙透亮。

凌越坐下来，静静地盯着她，总算明白什么叫“一日不见如隔三秋”了。

他伸出手想要摸摸她的脸，却又怕把她吵醒，视线缓缓向下，停在了她的肚子上，内心的喜悦之情溢于言表。

但他抬头看到她十分苍白的脸色，又忍不住心疼起来。

梁医生说她孕期反应严重，吃不好、睡不好，凌越也发现她肉眼可见地瘦了一大圈，一颗心顿时如刀割般。

顾安心最近睡眠很浅，听到动静还以为是哥哥进来了，没急着睁开眼睛，直到感觉眼前有人目光炽热地盯着她，这才意识到是凌越来了。

她晾了凌越两天，睁开眼睛后一时不知道要说什么，也不知道他是否知道自己要当爸爸了。

她犹豫了一下，又闭上眼，想知道凌越能盯着她多久不说话。

突然，顾安心的手背上传来温热的触感，她震惊地睁开眼睛，看着手臂上的泪珠时瞪大眼睛："三哥，你……你……"

顾安心头一次看见凌越掉眼泪，感到十分震惊，同时也有点慌。

凌越纵使坠机之后躺在病床上，纵使被他父亲放弃，纵使被整个家族排挤，顾安心也没见他掉过一滴眼泪。

他这是怎么了？

凌越见她醒了，这才意识到自己竟然落泪了。

他抹去眼泪，小心翼翼地扶顾安心坐起来："你醒了？"

顾安心点点头："你哭什么呀？不要吓我。我该不会患了什么绝症吧？"

"胡说八道什么呢？"凌越弹了弹她的脑门，叹了口气，道，"你瘦了很多，是我疏忽了。"

顾安心摇摇头，低头看了一眼肚子："你知道了吗？"

"嗯。"凌越低头亲吻她的脸颊，狂喜令他的嘴唇微微颤抖，"谢谢老婆，让我升级当爸爸了。"

顾安心轻笑道："是谁告诉你的？"

"梁医生。"凌越失笑，若不是逼问了梁医生，到现在都不知道自己即将当爸爸了。

"你听到自己要当爸爸了，是什么感觉啊？"顾安心好奇地看着他。

凌越一开始非常高兴，但现在看到她脸色苍白，手背上被扎出密密麻麻的针眼，泛着乌青，心中顿时五味杂陈。

"我们就要这一个孩子。"凌越将她搂紧，"怀孩子太受罪了。"

听凌越说到这个，顾安心哼了一声："宝宝和你一样磨人，难受死我了！"

她最近吃一次吐两次，好不容易输完液，才能吃得下一点。

“是，我替他向你道歉。”凌越这会儿恨不得把天上的星星摘给她。

“那你呢？”顾安心问他。

“我也早就想向你道歉了，谢谢老婆理解我！往后，我一定少喝酒、多吃菜，再也不喝醉了，保证再也不会发生类似的事件！”凌越道。

顾安心本来就理解凌越，而且也早就原谅他了，此刻听到了他的话，一脸满足。

“啊，你的胡子好扎人。”顾安心伸手摸了摸凌越的下巴，摇摇头，“你多久没刮胡子了？”

“两天。”凌越道。

这两天他哪里还有心思刮胡子？顾安生的态度让他以为自己这辈子都看不见老婆了，他吓得觉都睡不着了。

“两天？”顾安心震惊了，凌越向来干净，还有点洁癖，很少这么邋遢。

“你快去处理一下，卫生间里有一次性的刮胡刀。”顾安心笑着推开他。

凌越又抱了顾安心一会儿，才依依不舍地起身。然而他刚站起来顾安生便冲了进来。

顾安生看着穿着白大褂的凌越，一脸震惊：“凌越，谁让你进来的？！”

凌越本来以为顾安生把自己关在外面是因为顾安心还没原谅自己。现在看来，这次是顾安生在为难自己。凌越无奈地皱眉，道：“哥，我上辈子跟你有仇吧？你揍我一顿也就算了，安心怀孕了，我竟然是最后一个知道的人！”

“你还委屈？”顾安生不得不跟他好好理论一下。

凌越被顾安生说得低下头，因为那天晚上自己确实疏忽了。

顾安心看着他们，觉得很好笑。哥哥毕竟是为了她好，她没帮凌越说话，就这么默默地看着。

最终，凌越跟顾安生约法三章后，顾安生才勉强放过凌越。

第一，今后不能再喝醉；

第二，不能再与司晚接触，再见到她，凌越必须跟她保持十米以上的安全距离；

第三，多关心老婆、孩子。

凌越满口答应。

接下来，凌越特意抽出几天时间日夜照顾顾安心。顾安生见凌越表现得不错，便放心了。

顾安心在医院观察了三天后，孕吐反应稍微弱了些。医生嘱咐了一番之后，凌越给顾安心办了出院手续。

回家后，凌越格外紧张，严格地按照医生的要求安排安心的饮食。

顾安心出院的第二天，大川漫画的总编夏大川突然登门拜访。

顾安心一见到夏大川，便想到了自己那拖了一个月的漫画大结局手稿，顿时很心虚："夏总编，您怎么来了？"

顾安心客客气气地把夏大川迎进来了。

"顾小姐，您最近怎么样啊？"夏大川先是关心了一下她的身体状况，在听说顾安心没事之后，果然开始催稿了。

"你的漫画还有一点没有收尾，由于断更太久了，读者那边在评论区里闹。你要是身体无恙的话，能不能抽空把大结局的手稿画出来啊？"

顾安心听后觉得很愧疚。但她前段时间孕期反应过于强烈，压根无法画画，现在稍微好了一些，凌越又不舍得她劳心劳神，强制性地把她的手绘板和电脑给收了起来。

现在总编登门来催稿了，无论怎样，她还是要打起精神，把大结局的手稿画出来，不然既对不起夏大川，也对不起那些热情的读者。

"嗯，这个没问题，其实内容早已在我的脑子里成形了，我会尽快把结局画完的。"顾安心承诺道。

听到她这么说，夏大川松了一口气。

一开始夏大川压根没觉得顾安心的这部漫画会大火，只是按照公司的流程进行运营、推广，但随着连载剧情的深入，阅读量和粉丝黏性越来越高。现在，这部漫画俨然已经成了他们大川漫画的王牌项目。

他接下来准备好好开发顾安心的IP（知识产权），争取把它打造成公司的代表漫画。

但结局没出来，就相当于烂尾了，太影响这部漫画的整体评价了。所以即使知道顾安心怀孕了，即使知道凌越将顾安心视若珍宝，夏大川还是硬着头皮来催了。

他没想到顾安心这么好说话，当即跟她保证道："上次有影视公司的人过来询问你这部漫画的版权价格，我一定会帮你好好谈的，争取把版权卖给规模大的影视公司，到时候让电视剧也大火起来！"

顾安心感受到夏大川对自己作品的重视，顿时感觉遇到了伯乐，两个人聊得非常愉快。

"对了，三天后在省图书馆有文艺创作分享会，你可别忘了，我今天过来也是要特地提醒你这个。"夏大川走之前对顾安心道。

"我记得。"顾安心点头。

这个分享会早在一个月前就已经定好了，地点在省图书馆，除了她还有两个备受欢迎的漫画家参加。

夏大川看她还记得，想把活动流程分享给她，旁边的保姆这时却道："不行，我们太太现在需要静养，医生说了她最好不要外出。我们先生也不会让太太随便外出的，我看你们这个活动还是取消吧。"

保姆天天待在家里，知道凌越对顾安心有多小心翼翼，凌越是绝对不会同意顾安心去这种人多且嘈杂的地方参加活动的。

"这……"夏大川看起来有些为难，"可是参加这种级别的分享会，对顾小姐的作品推广来说，有很大的帮助啊！"

保姆摇头："不行。"

"可是漫画现在正火爆，各大漫画平台都将它放在推荐位。如果现在顾小姐能露个面，我们趁机再推广一下，效果会非常好的，同时还可以帮顾小姐的下一部作品预热！"夏大川继续道。

保姆丝毫不为所动："不行。"

夏大川向顾安心求救。

一般这种活动的名额是漫画作者挤破头争来的，他现在把机会送给顾安心，实在是因为这部漫画太火了。夏大川无论如何都想让顾安心去参加这个活动，不仅能进一步推广顾安心的作品，还能借机让自己的漫画公司成为行业翘楚。

顾安心笑了：“没问题，夏总编，我到时候一定准时出席。”

一旁的保姆听到顾安心答应夏大川后，立刻说：“太太，先生吩咐过，您这段时间无论如何都不要外出。您也答应过先生会好好在家静养的。您的体质太弱了，本就不适合要孩子，您一定要格外小心才行！”

顾安心轻笑道：“我会小心的，而且夏总编会保证我的安全的，是吧？”

夏大川连忙保证道：“不会出什么问题的，这种活动绝对安全，现场有保安，而且能到现场的大多是顾小姐的粉丝，保护她还来不及呢，怎么会伤害她呢？”

夏大川说完立刻跟顾安心说了一下活动流程。

“没问题，一切按照总编的安排来。”顾安心道。

“什么没问题？”这时凌越刚好下班回来，看到夏大川，一脸严肃，语气不悦地问他：“你是来催稿的吗？”

凌越清楚，夏大川来找手下的漫画作者只有一个目的，那就是催稿。

而凌越只想让顾安心静心休养，不想让她画漫画。

顾安心对夏大川使了个眼色：“夏总编，您先走吧，到时候把时间和地点告诉我就行。”

夏大川看了一眼凌越，连忙点了点头走了。

凌越极其护短，要是让他知道自己催着他的老婆干活，自己还有好日子过？夏大川想到这里，离开的步伐都加快了不少。

“不准画画。”凌越见夏大川溜了，知道自己猜得没错，这家伙果然是来催顾安心交稿的。

夏大川也不想想，他凌越的女人缺那点稿费吗？夏大川想让孕妇工作？这是不可能的！

顾安心早就料到他会这么强势，什么也不说，直接笑嘻嘻地搂着他的腰，然后像猫一样在他的胸口蹭了蹭。

这种撒娇方式对凌越非常管用，顾安心早就尝试过无数次了，这会儿立马感觉到凌越身体一紧，回抱住了自己。

顾安心偷笑，有戏！

“撒娇也不行。”然而凌越格外坚定，“这段时间最好不要工作，我是为你和孩子着想。”

“画画也算是一种消遣，去参加活动就当去散散步、透透气。”顾安心尝试跟他商量。

凌越摇头：“不行。”

顾安心撇嘴，只好伸出三根手指：“那我每天只画三个小时！估计一周左右，结局就画好了！”

凌越捏住她的手指，道：“想都不要想。”

一个小时都不行，吃、喝、玩、睡才是她现在该做的。

“你怎么这样？”顾安心生气了。

道理顾安心都懂，但是她认为画画、参加活动也不是很累，凌越太固执了。

她不想搭理他，只想赶快拿到自己的工具，把漫画的结局画出来。

“陈姨，你把我的手绘板和电脑收到哪里去了？给我拿回来。”顾安心对保姆道。

保姆愣了一下，下意识地看向凌越。凌越给保姆使了个眼色，示意不能给她。

但顾安心坚持道：“陈姨，快点给我拿来！”

见顾安心生气了，保姆很为难，怕顾安心会因此影响到身体，这个责任她可承担不了。而且她记得凌越说过，太太想要的就是他想要的！所以，她听太太的一定没错！

保姆最终将顾安心的画具拿来了。

凌越看着保姆，有些生气，但一时又没法指责她……

顾安心心满意足地拿到了画具，对凌越道：“你工作应该很忙，不用管我了。”说完便把自己关进了书房里。

凌越起初还能坚持自己的立场，但顾安心在书房整整待了一个小时后，凌越立马服软了。他敲敲门，对顾安心道：“行，那就听你的，但你必须保证不累到自己，每天只画一个小时，好吗？”

顾安心不同意：“一个小时我要画到猴年马月啊？两个小时！”

凌越：“一个小时。”

顾安心沉默。

凌越又道：“一个半小时，行吗？”

顾安心又沉默。

凌越扶着门叹气：“那好吧，两个小时，但前提是画完结局立马停下。”

书房的门立马开了，顾安心跑出来，一把抱住凌越：“我知道的，画完结局我就不画了，好好养胎！谢谢老公，我爱你。”

凌越捏着她的脸，既欢喜又无奈。

三天后的分享会。

顾安心到现场的时候已经来了很多粉丝，有好些人举着漫画男女主角的形象条幅，很有创意。有些粉丝还给漫画的男女主角画了形象图，制作非常精美，连顾安心都忍不住赞叹高手在民间。

现场气氛十分热烈，粉丝们也很兴奋，聚在一起叽叽喳喳地聊天，伸长了脖子等着顾安心出来。

顾安心一直知道自己的漫画拥有很多读者，平常在网上跟读者互动时也很热闹，但这是第一次面对面地跟读者交流，还是有些紧张。

夏大川叫顾安心入场，见顾安心有点紧张，不禁失笑：“你在粉丝的眼里可是无所不能的大神，完全不用紧张。”

顾安心深呼吸，接着便听到主持人在喊“安小书”，这正是顾安心的笔名。

顾安心在主持人介绍过她之后，便跟着夏大川进了会场。粉丝看见顾安心出现，立刻爆发出雷鸣般的掌声，除了喊她的笔名的，还有喊漫画主角的姓名的。

顾安心人气很高，相比其他两位漫画作者，有压倒性的优势。

顾安心上台后笑着跟他们打了招呼，然后坐下，表现得落落大方，但同时又给人一种神秘感。

“美女的待遇就是不一样啊，颜值果然能当饭吃！”主持人为了暖场，调侃顾安心道。

现场哄堂大笑，气氛瞬间轻松起来。

接下来，顾安心和另外两位漫画作者就一个话题进行分享，顾安心不再紧张，在分享会上表现得游刃有余。

一个半小时的分享会很快过去，按照惯例，最后还有个提问环节。

主持人话音刚落，场下立马骚动起来。大家来这里，无非因为喜欢漫画、喜欢安小书的画风，都想要有一个亲密接触漫画作者、了解漫画作者的机会。他们准备了一大堆问题要问安小书，气氛瞬间被推到了一个新高潮。

前面的几个问题都是关于漫画的，顾安心根据里面设置的悬念给了他们满意的答复，逗得大家哈哈大笑。

其中有个女生问了大家都想问的问题：“我很喜欢您的漫画，里面塑造的主角性格太招人爱了！请问作者是怎么画出这么丰满的角色的？现实中有人物原型吗？”

顾安心早料到会有人问这样的问题，道：“其实，我身边确实有这么一个人物原型，这本漫画就是因为他才诞生的。”

场内顿时爆发一阵惊呼，更多的问题向她抛了过来。

“请问这个人物原型是你的男朋友吗？”

“据说你和盛世集团的总裁交往过，是真的吗？”

“凌越就是人物原型？”

…………

场面有些失控。

因为《天上掉下个总裁》的男主角的人物经历和凌越太过相似，网上一直有人试图确定漫画作者和凌越的关系。

有人说这只是安小书虚构出来的故事，也有人说安小书就是凌越的女朋友，甚至还有人说他们是夫妻。

大家对安小书很好奇，对盛世集团总裁夫人这个身份更加好奇，如果这两个人是同一个人，那简直太让人震惊了！

特别是前段时间，安小书无故暂停更新时，凌越那边传出总裁夫人怀孕的消息，这不禁更让大家怀疑安小书是不是就是总裁夫人。

此刻，安小书亲口承认男主角的原型就在她的身边，这不就等于承认了凌越就是她的枕边人吗？

这个消息太劲爆了！

场内的文娱记者都恨不得化身八卦娱乐记者，冲上去向安小书问清楚！

夏大川见问题偏离了原来的主题，立马让主持人把分享会的重心拉回来。

主持人道：“好的，那我们问完最后一个问题，分享会就结束了！”

众人一阵失望，但也争先恐后地举手，希望能得到这最后一个机会。

最终，主持人将这个机会给了一个手拿相机的女生。

由于之前顾安心的回答吊足了大家的胃口，很多人希望这个女生继续问与男主角原型相关的问题，纷纷催促这个女生。

“快问啊，问安小书那个主角原型是不是她的男朋友！”

“对啊，或者问她有没有结婚，人物原型是不是她的老公！”

“……”

就在主办方和顾安心都等着这个女生提问的时候，女生突然仰起头，看着顾安心怪异地笑了笑，然后将手里的一张照片跟面前的顾安心对比了一下，道：“我想问一下，我最近经常在夜幽灵看到的这个女人，是安小书吗？”

她问的不是关于漫画人物原型的问题，这个问题甚至连漫画的边都沾不到，是关于安小书的私生活的。更可怕的是她还提到了夜幽灵，那可是当地有名的夜店。

现在大家普遍认为，去夜幽灵的人作风不太好。

女生话音刚落，现场立刻安静了片刻，随后爆发出比刚刚更加热烈的讨论声。

“这人莫名其妙，问的是什么问题？安小书怎么可能去夜幽灵？”

“对啊，退一万步讲，就算她去了夜幽灵，也有可能只是去应酬，并不能代表什么！”

“还指望她能帮我们了解一些关于人物原型的东西，这人有病，鉴定完毕。”

“……”

大家七嘴八舌的，但都更偏向顾安心。毕竟顾安心的形象摆在眼前，她看起来很温婉大气。

主持人觉得这个提问的女生眼神不善，像是来找碴儿的，但是舆论偏向顾安心，他也就稍稍放心了。

不过既然问题问出来了，为了顾安心的名声考虑，主持人还是侧头问顾安心：“她说的夜幽灵……”

“没有，我没去过夜幽灵。”顾安心也很莫名其妙，对主持人摇头否认。

她最近为了保胎，医院、家里，两点一线。凌越把她看得很严，怎么可能让她去夜幽灵那种嘈杂的地方？

见顾安心摇头，大家纷纷说那个女生莫名其妙。

然而女生笑了笑，语不惊人死不休：“是吗？那为什么我昨天在夜幽灵门口看到你和两个男人亲吻？”

现场的气氛更热烈了，大家既兴奋又疑惑，偷偷讨论起来。

和两个男人亲吻的人真的是安小书吗？可如果不是，为什么这个女生说得这么笃定？

现场有人开始怀疑安小书或许并不像表面上看起来这么清纯了。

“不好意思，我真的没去过，你可能看错人了。”顾安心明显感觉到这个女生不太友好，对主持人使了个眼色，想要就此结束分享会。

但女生突然又拿出一张照片：“我本来也以为自己可能看错人了，但是对比了照片之后，我发现那个人就是你！”

大家纷纷想看女生手里的照片，看完一个个目瞪口呆，难以置信地盯着顾安心。

“原来安小书这么开放？”

“看不出来啊……我还以为她是乖乖女。”

“人不可貌相。”

“那如果她是凌越的妻子，岂不是出轨了？”

…………

听到这些难听的言论，顾安心十分恼火，但在看到女生手里的照片后心里咯噔了一下。

照片里有两男一女拥吻，女人只露出半张脸，却与她神似！若不是熟悉她的人，百分之百会认为那是她！

就连夏大川都以为是她。

夏大川陪同作者参加过很多次活动，从来没碰到过这种情况，看到照片后脸都黑了，对顾安心道：“你还是跟我说实话吧，都这个时候了，别瞒我了！”

大川漫画确实想开发顾安心的IP，但若是作者黑料缠身，读者不买账，那所有的计划便只能搁置下来！

顾安心简直比窦娥还冤，只一眼便确定，照片里的人是司晚，那个女人又顶着一张和自己相似的脸为所欲为！

“夏总编，说出来你可能不信，照片里的人不是我，是一个跟我长相相似的人。”顾安心解释道。

夏大川愣了一下，看了看照片，又看了看顾安心，明显不信世界上会有两个这么相像的人。

顾安心皱眉：“总编，我是真的没去过那种地方，你觉得凌越能同意我出去吗？”

夏大川一想，凌越确实不可能同意顾安心去那种地方。但她这么解释，谁会信她啊？连他都不敢相信，读者就更不信了！

现场，大家纷纷用意味深长的眼光看着顾安心。

“这不是我。”顾安心对提问的女生道。

顾安心刚说完，那女生便哈哈大笑了起来：“你可真会睁眼说瞎话，这不是你能是谁？难道你要告诉我们，你还有个双胞胎姐妹？”

这张照片的拍摄角度十分刁钻，光看照片就能让人对两男一女浮想联翩。而照片里的女主角，俨然就是顾安心。

顾安心不想替司晚承担这份责任，强迫自己冷静下来，道：“照片里的女人叫司晚，确实不是我，麻烦不要揪着我不放，谢谢！”

见顾安心开始焦虑，提问的女生越发嚣张了："你为了推卸责任，竟然连不存在的人的名字都想出来了？不愧是原创漫画作者，名字取得还挺好听的，但你觉得我们会相信吗？你还不如主动承认，顺便跟我们道个歉。"

顾安心疲于解释："我没做过的事情，为什么要承认？我不是那种人，昨天一直都待在家里，照片里的人不是我！"

下面有人议论纷纷——

"她说不是她？"

"找理由也不找个好点的，哪有这么巧的事？哪有人跟她长得这么像？"

"是啊，我之前还很崇拜她，没想到她的私生活这么混乱。"

…………

现场的舆论开始向对顾安心不利的方向发展。

与此同时，柳然见事态不妙，当即给凌越打了个电话。

电话接通得很快，凌越知道顾安心今天出去参加活动，对任何风吹草动都很紧张。

"怎么了？"凌越问。

柳然急道："先生，这边有个人拿着司晚的照片来找太太的麻烦。"

"什么照片？"凌越有种不好的预感。

柳然把照片内容以及现场情况跟凌越说了。凌越听完沉默了。

跟了凌越这么久，柳然清楚地知道，凌越这是生气了。

"老头竟然又把那女人放出来了！"凌越的语气十分冰冷。

九州酒店事件后，他本来要找司晚算账，但凌天表示已经帮他们算过账了，并且以后会好好看着司晚，凌越这才作罢。

"现在多说无益，找到司晚才能澄清真相。"凌越迅速分析，道，"你先把安心带下来，我马上过来！"

凌越说完又给 Alice 打了个电话："把司晚给我找出来！"放下手机，他便对司机道："去省图书馆！"

司机从后视镜里看了一眼凌越的表情，立马掉转车头，往省图书馆开去。

萧一山还在凌越的车上，他们本来是要去科技工厂考察的，现在凌越却改变了主意。萧一山大声问："凌越你干吗？你到底知不知道，你除了老婆的事要处理，还有很多大事要干？"

凌越沉默不语，给了他一个"闭嘴"的眼神。萧一山见凌越一脸严肃，觉得安心可能真的出了什么事，便闭嘴了。

"快点。"凌越想到别人正在刁难顾安心，对司机吼了一声。

萧一山愣了一下："这么着急啊？该不会顾安心出轨了吧？"

凌越扫了他一眼，冰冷的眼神吓得萧一山打了个哆嗦。

随后，凌越吐出一个字："滚！"

萧一山顿时不敢再出声。

柳然得到凌越的指示，立马冲上台去，对顾安心道："太太，回去吧。"

"不行，我现在不能回去。"顾安心摇头，怎么能就这么回去？她现在走了，应该就算默认那个女生所说的一切了吧？

顾安心不想任人抹黑，但又没有能力改变现状，一时有些着急。

"太太，夜幽灵那边的灯光一向昏暗，那张照片却拍得那么清晰，想必是有人故意抹黑您。现在，唯一能解决问题的办法就是找到司晚！"柳然道。

听了柳然的话，顾安心冷静下来。他说得没错，当前最有力的澄清证据是司晚本人。没有司晚，顾安心说再多都是徒劳。

顾安心这才点了点头，跟随柳然离开。

虽然顾安心走了，创作分享会也结束了，但这件事情迅速在网上发酵。而且由于当天凌越现身省图书馆接顾安心，顾安心总裁太太的身份也坐实了。

一夜之间，原创漫画作者安小书变成了夜店女，大家纷纷为凌越感到不值。

安小书的八卦新闻传着传着，变成了整个漫画圈的"黑料"，很多人说原创漫画圈很乱，整个圈子都是安小书这样的女人。

慢慢地，很多原创漫画作者开始讨厌并攻击安小书，觉得"一粒老鼠屎坏了一锅粥”。

顾安心现在一上网就发愁，几乎成了全网公敌，不但被同行骂，被凌越的粉丝骂，还被自己的粉丝骂。

凌越见她唉声叹气，恨不得把司晚千刀万剐！这件事发酵得如此快，一定是司晚故意策划的。

好在，凌越很快就找到了司晚。

“先生，找到司晚的下落了，她现在正在西海海边度假。”Alice道。

“我马上过来，你堵住她，让她拍澄清视频。等她澄清完之后，你将她交给警察，然后起诉她侵犯他人的名誉权！”凌越早有决断，现在找到司晚，直接按计划办事。

司晚抹黑了顾安心，还潇洒地在海边度假？对于这种人，凌越绝不轻饶！

凌越驱车过去，准备亲自处理司晚的事。司晚有一张跟顾安心相似的脸，再加上心机深，对顾安心恶意满满，迟早还会出问题。这次，凌越必须解决掉司晚这个隐患！

“好的。”Alice点头。

但三分钟后，Alice又打来电话。

“办好了？”凌越在路上问。

“没有，先生，您还是赶快过来吧，司晚说有重要的话跟您说。”Alice道。

凌越对司晚已经完全没了耐心：“不听，Alice，直接办事。”

Alice却很犹豫：“先生，司晚说您若是不听，会后悔一辈子。我有点不敢下手……”

凌越深吸了一口气：“我马上到！”

他倒要听听司晚能说出什么让他后悔一辈子的话来！

凌越赶到的时候，司晚已经被困在了一艘游轮上。

Alice正跟司晚打电话：“我劝你尽快录制一段澄清视频，主动上传，不然，等我抓到你，你的那张整容脸可能会被我揉成一团！”

“我要跟凌越说话！”司晚的声音中竟然没有丝毫畏惧之意，反而带着浓浓的嘲讽之意。

Alice 就是因为这样才不敢出手的。司晚到现在还笑得出来，说不定手上真的有什么王牌。

Alice 不确定，不敢贸然行动，见凌越总算过来了，立刻把手机给他。

凌越拿起手机，眯着眼睛看向司晚所在的游轮，压低了嗓音道："给你一分钟的时间，如果你说不出个所以然来，我就把你扔进海里喂鱼！"

凌越说完便示意 Alice 计时。

司晚却不为所动，依旧嚣张："我还没玩够呢，不能落到你们的手里。凌越，你跟你的手下们都回去吧。"

Alice 瞪大眼睛，这个女人是疯了吗？她以为自己是公主，凌越是来接她回宫的？

凌越脸色阴沉，过了一分钟后，冷笑道："看来你没什么重要的话要说，只不过是想拖延时间。"说完便让保镖逼近抓人。

司晚这时突然道："凌越，白文清在我的手里！"

第二十三章

/

幕后推手

凌越听到这个名字时愣住了。船长问凌越要不要开船，凌越没说话。

没有凌越的吩咐，船长也不敢开船，一群人瞪大眼睛看着凌越，不知道发生了什么。

只有 Alice 知道，白文清是凌越母亲的名字，凌越一直在寻找他的母亲。

凌越这辈子从未见过母亲，从未感受过母爱，这已经成了他的心结。现在司晚突然提及白文清，凌越的反应很正常。

凌越回过神来，问："你说谁？"

司晚很满意凌越的反应，哈哈大笑，笑完了才道："凌越，你母亲白文清在我的手里！"

"先生，司晚不像是在开玩笑，她可能真的知道您母亲的下落。"Alice 道。

"不可能。"凌越摇头，"连我都找不到的人，怎么可能在她的手里？她想借助我母亲的名字保命罢了！"

凌越根本不信。但这时，司晚又道："白文清现在在我的手里，这就是我嚣张的理由！你要是敢过来要我的命，那我就要了白文清的命！”

虽然凌越从未见过白文清，但那毕竟是他的母亲。没有白文清就没有他，他无法不在乎。

人向来对自己的生母有一种特别的感情，就算无法侍奉膝下，也不可能间接地置她于危险的境地。

凌越站在游轮的甲板上，看着不远处司晚的游轮，犹豫了。

司晚笑得张扬："我就知道你是在意白文清的，你一直在找她，不是吗？”

凌越握紧了拳头。

司晚继续道："你放心，只要你今天放了我，我就能保证，白文清是安全的。”

司晚的语气强势起来，她因为有白文清，便开始谈条件，要凌越放了她。

凌越没有说话，直接把电话挂了。司晚再次打过来，凌越又一次挂了。

不仅司晚很困惑，Alice 等人也不知道凌越要干什么。

这时，凌越打开了电脑，一边入侵监控系统一边问 Alice："今天你们找到司晚之后就一直盯着她吗？”

Alice 点头："一直盯着，现在算来已经有四五个小时了。”

"这期间你们有没有看到她跟一个中年女人在一起？”凌越在说话的时候，已经调出了游轮上的监控录像。

Alice 想了想："没有，一直都是司晚一个人行动。如果真有另外一个人，我们一定会发现的。”

"嗯。”凌越应了一声，手指在键盘上飞舞，眼睛不停地浏览监控录像里有司晚的画面，特别是司晚上那艘游轮前后的画面。

"先生，要不要再派些人过来？”Alice 问。

凌越抽空扫了 Alice 一眼。Alice 连忙闭嘴，对付司晚那样一个女人，确实不需要那么多人，自己这是小看先生了。

过了十分钟左右，凌越浏览完相关录像，脸上露出一丝笑意。

Alice看凌越笑了，心里跟着轻松了些，凌越轻松就代表大局已定、胜券在握。

凌越关掉电脑，直接放了个信号屏蔽器，把这片海域的信号全都屏蔽了。

之后，凌越便带人登上了司晚的游轮。

司晚此刻还躲在船舱里，见凌越竟然无所顾忌地上了她的船，怒不可遏！

“凌越！我让你离开，你听不见吗？你非要见到白文清的尸体后才肯罢休？”

凌越冷笑一声：“尸体？那也要你能办到才行！”

司晚见凌越怎么都不肯放过她，瞪大眼睛尖叫起来：“凌越你是疯了吗？你连你的亲生母亲都不管了？”

凌越懒得跟她多言。他刚刚已经查过监控了，就算司晚真的控制了白文清，现在也没有把白文清带在身边。也就是说，她若要伤害白文清，只能打电话让别人操作。

但他刚刚已经把信号屏蔽了，司晚是打不出电话的。这样他还有什么可担心的呢？

凌越站在司晚的游轮上，定定地盯着船舱。今天，他不但要算顾安心的账，还要将白文清的账一起算了。

“我跟你说话你到底听到没有？你是疯子吗？”司晚知道凌越不好惹，之所以毫无顾忌是因为有白文清，结果凌越现在竟然什么都不管了？

司晚吓得摔了一跤，跌倒在船板上。司晚爬起来一看，发现自己好不容易修复的鼻子又歪了！

但她已经顾不上鼻子了，凌越的人迅速占领了她的游轮，把她逼得无路可退。

她赶紧拨打电话，却发现手机根本没有信号！

此时，Alice迅速地抓住了司晚的双手，一脚踩在司晚的小腿上，司晚被迫跪在地上。

柳然又一脚踩在了她的肩膀上，司晚立马从跪着变成了趴着。

凌越居高临下地看着司晚，眼神冰冷："你敢威胁我？想死吗？"

司晚抬起头，脸上都是被凌越吓出的眼泪："凌越，白文清真的在我的手上，你不要动我，她真的在我的手上！"

司晚听说凌越向来冷血，再加上他现在的眼神着实吓人，连忙抓紧白文清这根救命稻草，试图跟凌越谈条件。

然而凌越无动于衷，Alice 和柳然的脚力都大得出奇，司晚感觉整个人都要散架了！

"说，她在哪里？不然我把你扔进海里喂鱼！"

"凌越，我警告你，现在天已经快黑了，天黑之前我要是没有赶回去吃晚饭，那么白文清就会死！"司晚继续威胁凌越，"我就是怕你硬来，所以早就跟伙伴约好了，现在你自己选吧！你母亲的命就在你的手里，你要是想要，就把我放……"

司晚的话还没说完，凌越突然一脚踩在她的脖子上！

"闭嘴，吵死了！"凌越没有被司晚唬住，对 Alice 使了个眼色。

司晚突然有不好的预感，惊恐地问："你们要干什么？"

Alice 拿出手机，看着司晚那快要从鼻子里掉出来的假体以及满面的油光，忍住恶心，道："司小姐，你刻意抹黑了我们家凌太太，请站出来澄清一下。"

一群人死死地盯着司晚，司晚别无选择，只好乖乖地录了澄清视频。

"大家好，我叫司晚，和顾安心长得有点像……"

说到这里，Alice 按了暂停键，直接甩了司晚一巴掌："什么叫长得有点像？自己整容还不认？快点，重来！"

司晚直接被 Alice 打哭了，但很快抹去眼泪，重新录视频！

"大家好，我叫司晚，按照顾安心妈妈的样子整了容，所以和顾安心长得很像。在夜幽灵门口被拍到照片的人是我，那些照片是我为了抹黑顾安心而拍的。我现在已经认识到了自己的错误，希望顾安心能原谅我。"

这一段司晚录了三遍，除了最后那句"希望顾安心能原谅我"，

Alice 都挺满意的。但是，司晚还期待顾安心原谅她？做梦！

Alice 询问凌越的意见，凌越也对最后那句不太满意，但因为赶时间便没再追究。

Alice 将信号屏蔽器关了，随后联系了营销账号，在网上发布了这条视频，帮顾安心澄清。

凌越扫了一眼司晚，对柳然道："你来！"

司晚还不知道怎么回事，下一秒，柳然直接对着她的脸挥了一拳！一张重度整容的脸直接被毁了！

司晚跌倒在地，顿时崩溃了，疯了般地在柳然的腿上咬了一口！柳然抬脚一甩，司晚整个人飞了出去，重重地摔在甲板上。她愤恨地对凌越道："凌越，我上辈子和你有仇吗，你为什么一而再再而三地毁了我？！"

一而再再而三？这句话提醒了凌越。

他一直觉得司晚对顾安心的恨意来得奇怪，觉得她们之前可能有私仇，所以司晚才会咬着顾安心不放。

现在，凌越听到这个"一而再再而三"，立刻问："你到底是谁？"

司晚现在也豁出去了，疯了般地骂凌越，懒得对自己的身份遮遮掩掩，道："我是顾锦溪，我就是顾锦溪！凌越，你和顾安心都会遭报应的！你们害得我家破人亡，都是魔鬼！"

她太吵了，柳然往她的嘴里塞了一块抹布。

世界顿时安静了。

凌越没想到她竟是顾锦溪，更没想到现在的整容技术这么发达，竟然能直接给人换脸。但凌越对这个并不感兴趣，盯着司晚问："白文清在哪里？"

他母亲在他出生后便离开了，知道母亲下落的人很少。司晚用白文清威胁他，看起来不像是胡编乱造。即使白文清不在她的手里，她应该也是认识白文清的。

司晚死死地瞪着他，眼里全是红血丝。此刻她恨不得咬死凌越，坚决不肯开口。

她不明白，明明自己的手里握着白文清这张王牌，为什么还会被凌越逼成现在这样。她不服！

啪的一声！司晚被打了一巴掌！

保镖力大无穷，下手特别重，司晚最终还是点头，表示自己要招了。

柳然把抹布取出来，司晚这才道："其实这一切都是你母亲白文清策划的。凌越，你母亲早就回国了，她讨厌金绾，不喜欢顾安心，更加不希望你和顾安心结婚。她是个整容医生，我的脸就是她整的！她特意把我整成了金绾的样子，我们有共同的目标，所以才会合作。

"是白文清让我勾引你的，就是为了让顾安心对你失望，最终让你们离婚。

"随后，她策划了夜幽灵丑闻事件，试图败坏顾安心的名声，让你慢慢嫌弃顾安心。她为了拆散你们，一直把我当工具人。其实，你更应该报复的是你妈！"

司晚声嘶力竭地控诉白文清！

她现在后悔和白文清合作了，如果早知道自己撼动不了顾安心的地位，打死也不会把自己整成金绾的样子！

在凌家老宅天天面对凌天那个老头子时，她都快恶心死了！

听了司晚的话，凌越十分震惊。这话的信息量太大了，他一时无法消化。

在凌越的心中，远走他乡的母亲只是个普普通通的女人。他没想到母亲竟是个整容高手，还试图扰乱他平静幸福的生活。凌越原本以为他的母亲和其他人的母亲一样温暖慈爱，现实却给了他重重一击，母亲竟与他的妻子为敌。

凌越一时难以接受这个事实，拉着司晚道："你再说一遍！"

"再说一百遍也改变不了这个事实！我现在没必要骗你！凌越，你的血性是从你妈妈那里继承来的，你们母子太可怕了！"司晚说着不停地往后退。

"她在哪里？"凌越声音低沉，眸中似有狂风暴雨。

司晚退到栏杆旁，最后一次尝试跟凌越谈条件："我跟你说，你就放了我，不然我不会说的！”

司晚已经录了澄清视频，他不再跟司晚周旋，低吼道：“说！”

“世纪广场新开了一家清美整形医院，是她开的，她就在那里！”

凌越离开游艇，让柳然留下处理司晚的事，自己跟 Alice 驱车赶往清美整形医院。

此刻 Alice 在网上发的澄清视频已经起了作用，一部分人向顾安心道歉，承认是他们认错人了。另一部分人感叹司晚的整容效果，纷纷表示要寻找司晚的整容医院。

不管怎样，顾安心的名誉恢复了，她的漫画重新更新，评论区中不和谐的声音也越来越少。

凌越在赶往清美整形医院的路上接到顾安心的电话。

“老公，司晚的澄清视频是你发的吗？”顾安心问。

“嗯。”凌越点头，“没事了，好好在家静养。”

“谢谢老公。”顾安心很高兴，“我今天只画了两个小时，没有累到自己。”

“乖。”凌越夸赞她。

“你还不下班吗？陈姨已经做好饭了。”

这时车子在世纪广场的地下车库停下，凌越抬头看到了“清美整形医院”的广告牌，沉默了片刻，对顾安心道：“今天晚上我有事，你自己乖乖吃饭。”

“好吧。”顾安心也没多想，他加班晚归是很正常的。

顾安心嘱咐他“早点回家”后，挂了电话。

凌越带着 Alice 直接进了清美整形医院。

私立美容医院的服务态度很好，护士见有人进来，立马迎了过来。不过，护士在看到凌越和 Alice 后，有点惊讶。一般人来整形医院，基本是对自己的五官有不满意之处，但护士眼前的两个人，五官完美，好看得过分。

护士有点蒙，问他们：“请问二位是来干什么的？”

凌越看了一眼 Alice，Alice 会意，对护士道：“我们是来咨询整形项目的。”

护士重新认真地看了看凌越和 Alice 的脸，发现真的没有任何不足之处，问：“请问两位是来咨询什么项目的呢？”

Alice 伸长了脖子看了看里面，道：“我想找白医生亲自问一问。”

护士却摇头道：“不好意思，我们这边没有姓白的医生，小姐您是不是记错了？”

原来白文清在这里并没有用本名。

Alice 又道：“那我找你们的老板。”

“您说的是克丽丝吧？”护士了然。

“克丽丝？”凌越笑了一声。

“嗯，克丽丝今天刚好在，不过平常找她的人多，现在她正在问诊。等她看完现在这位病人，我再叫你们好吗？”

Alice 点头：“好的，麻烦你了。”

护士点了点头，给他们倒了茶水之后离开了。

她一回到工作岗位就立马跟自己的同事道：“我的天啊，刚刚进来的一男一女长得也太好看了吧！我要是长成他们那样，得天天在外面晃十个小时以上，真是不明白他们为什么还要来整形。”

“或许是对自己某些地方不满意？”同事踮起脚，远远地朝接待区的方向看了一眼，发现他们不但长相好，气质也很好。

“不会，他们绝对不需要调整，神仙也造不出这么好的五官来！”

“难道是之前整过了，过来做修复？”同事也很纳闷。

“看起来像是原装的，对了，我感觉那个帅哥的眉眼跟克丽丝有点像！”

“可能漂亮的人都是相似的吧。”

这时，在克丽丝的办公室问诊的病人出来了，护士不再聊八卦，立刻把凌越和 Alice 带进了克丽丝的办公室。

凌越一进门便看到了穿着白大褂的克丽丝。她将头发绾起来了，露出光洁的额头，看起来很干练，有一股独立又强势的感觉。她保养得很好，看起来比同龄人年轻很多。

护士道："她就是克丽丝！"随后关上门出去了。

"您好，请问来咨询什么项目？"克丽丝似乎很忙，手里还在写着上一个病人的记录，没空抬头。

"我咨询的项目可能有些复杂。"凌越坐下来，盯着她。

只一眼，他便知道她就是白文清，是他的生母。

Alice 见状，默默地出去了，关上了门。

克丽丝终于意识到气氛有些不对劲，顿了一下，抬头与凌越四目相对。

见到凌越的一刹那，她瞳孔收缩，手里的笔掉在地上都浑然不知。

好半天，白文清才回过神来，慌乱地拾起地上的笔。面对凌越，她有说不出的紧张和激动，但尽量克制住了。

"凌先生这样看着我，不觉得没礼貌吗？"白文清首先开口，打破这尴尬的气氛。

"我要把对我来说最重要的脸交给你，自然要看清楚你是怎样的人，是否有这种能力。"凌越目不斜视，仿佛要把她看穿。

"那你看出来我是怎样的人了吗？"白文清笑了笑。

"我希望你是个温柔的人。"凌越目光深邃。

"那可能要让你失望了，我并不是个温柔的人，我下手很重，指压止血的时候，好几个小姑娘被我按哭了。但我觉得，那种时候只有下手重才有效果，我是为她们好。"

凌越站起来，脸色阴沉："所以，你做那些事时，也认为是为我好？"

白文清知道凌越总有一天会来找自己算账，只是没想到这一天来得这么快。

她看着日夜思念的儿子，双手颤抖，笑道："当然，我当然是为了你好，世界上再也没有人比我更爱你。"

听着这些话，凌越只觉得好笑。

"凌越，"白文清扔掉手里的笔，表情严肃，"顾安心配不上你！"这是一个母亲的劝告，凌越却觉得无比刺耳。

“你见过安心吗？你觉得这对她公平？不要把你们上一辈子的恩怨强加在我的身上！白文清，你活了大半辈子，怎么还这么幼稚？”

凌越突如其来的指责令白文清愣了一下。她道：“你们男人就是喜欢金绾那种类型的女人，她们表面上确实讨喜，但是你们是看不出她们骨子里的性格的。只有女人才懂女人！”

“闭嘴！”凌越对白文清很失望。

他原本还对白文清有点期待，但跟白文清聊了几句之后发现白文清比他想象中的更加偏执。这么多年，她竟一直活在金绾的阴影下，现在连顾安心都不放过！

白文清定定地看着凌越，道：“你找什么女人不好，偏偏找了她的女儿。”

凌越不想再听，转身要走，白文清突然慌了：“凌越，你……你去哪里？”之前他们母子没机会相认就罢了，现在两人摊牌了，再让她看着儿子离自己远去，她有些不舍。

“我跟你已经没什么好说的了。”凌越一脸暴躁，“你从生下我，便对我不闻不问。这么多年，我以为你过得很惨，结果你出国进修、回国开医院还成了业内名人受人追捧，之后还想摧毁我安稳的生活……”

白文清愣住，回过神来后向凌越解释：“我没有想摧毁你的生活，只是……”

“你扪心自问，没有吗？”凌越目光凌厉地盯着她。

“我……”白文清哑口无言。

她这才知道，原来她做的这些在儿子看来是破坏、是伤害。

“你可真是个好母亲！”凌越紧紧地咬着牙。

白文清流下两行眼泪，无论如何都想不到，再次见到凌越，会是这般剑拔弩张的局面。

“别再动她，”凌越拉开门，最后对白文清道，“否则就算你我有血缘关系，我也会站在我妻子这边。”

白文清宛如被雷劈了一般，站在原地良久。

凌越和 Alice 从整形医院出来的时候，刚好跟赶过来的凌天打了个照面。凌天刚从司晚的嘴里听说了白文清的事，连忙赶了过来。

父子俩对视了一眼，凌天问他："你刚跟她见过面？"凌天看上去有些激动。

凌越一言不发，大步离开了。

"凌越，凌越！"凌天追了两步，根本追不上他，意识到他们母子可能发生了争执。

凌天叹了口气，大步朝白文清的办公室走去。

"不好意思，克丽丝说今天不舒服，不接待病人了。"立马有人迎过来，试图拦住凌天。

"这位是凌天先生，麻烦让路。"

凌天的保镖长得凶神恶煞的，整形医院的小护士被吓了一跳。

而且这个人竟然是凌天？那个以自己的名字命名，创办了国内一流的互联网公司的凌天？

一群人看着凌天进了克丽丝的办公室，忍不住八卦起来。今天到底是什么日子？长相完美的人来咨询整形项目就罢了，竟然连凌天也过来找院长？

凌天走进白文清办公室的时候，她正在回想凌越刚刚说的话。

凌越显然已经深深地爱上了顾安心，白文清无论如何都不可能拆散他们了，否则可能会让凌越对她更反感。

"文清？"

白文清突然听到一声熟悉的呼唤。

白文清抬头，看见了凌天的脸。她愣了片刻，脸色顿时变了，立马喊人："来人，送客！"她不想见凌天，这辈子最讨厌的男人就是凌天！

然而凌天先她一步关上了门。保镖守在门外，谁也进不来。

"文清，真的是你！"凌天生怕自己看错了，认真地盯着白文清，脸上满是激动和兴奋，"我没想到还能再见到你，这么多年我一直在找你，还以为你……"凌天有些哽咽，之前一直以为白文清已经死了。

这些年他用了很多方法在国内调查白文清的下落，但一直没有结果。

凌天从司晚的口中听到白文清还活着并且已经回国的消息后，马不停蹄地赶来了。

可白文清十分暴躁，道："你给我滚出去！"

凌天没有生气，耐心地道："文清，你冷静一下，我们聊聊。"

"我跟你没什么好聊的，你给我滚！"白文清仍旧恨凌天，此刻情绪十分激动，几乎无法自控，胸口起伏得厉害。

凌天看着眼前声音尖锐的女人，叹了口气："文清，是你误会了。"凌天解释道，"其实在你生下凌越的时候，我便下了与你共度一生的决心。那个时候，我明明可以去找金绾，但没去。我知道我跟她有缘无分。你恨我负了你，我接受，但这么多年过去了，我不希望看见你还沉浸在过去的恩恩怨怨中。我们放下不好吗？"

凌天也是从司晚的口中得知，原来司晚会出现都是白文清的计划。他震惊于白文清的偏执，也希望她能解开心结。

"你别说了！"白文清大喊，"你自己认真数一数你一共有多少个女人！你好意思跟我提'共度一生'这四个字？"

凌天皱眉："不管怎样，我可以对天发誓，刚刚说的都是事实！"

白文清冷笑了一声："麻烦你从我的办公室消失！"

"我不走。"凌天道，"你必须好好考虑一下。不管我们之间经历了什么，都不能用惩罚下一代的方式来报复。安心是无辜的，你见过那个孩子就知道……"

"我不见！"

…………

两人的争吵声被外面的小护士们听得清清楚楚。克丽丝一向温柔，也不知道今天发生了什么，脾气竟变得这样暴躁。

凌越回家后，将白文清的事情告诉了顾安心。

顾安心很惊讶。司晚就是顾锦溪的事已经够令顾安心震惊了，而更令她震惊的是，她这段时间被网友攻击竟然都是婆婆的“功劳”！

“对不起，这件事是因我而起的。”凌越很自责。

幸好白文清做的那些事最终没有造成什么严重的后果，他们的生活已经恢复平静，顾安心的心情也没受到太大的影响。

顾安心摇头道：“但我始终觉得白阿姨不是这种人，她只是放不下内心的执念。我觉得她还是善良的，不然当年我落水时她也不会救我。”

顾安心始终感谢白文清当年救了自己一命，对这个婆婆的感情十分复杂。

“希望如此。”凌越还是对这样的母亲有些失望。

之后的几天，凌越让柳然全天守在顾安心的身边。

顾安心觉得他有点小题大做，没想到第二天便接到了司晚的电话。

司晚在电话里吼道：“顾安心，我要和白文清同归于尽！”

“怎么回事？”顾安心觉得莫名其妙。

司晚声音尖锐，情绪完全失控了：“我的脸毁了，现在正在发炎、溃烂，只有白文清可以帮我修复，可是她不肯做手术。我不想活了，要和她同归于尽！”

顾安心愣了片刻，笑了：“司晚，你的脑子是不是有问题？你们俩联手陷害我，现在起内讧了，你竟然还拿她来威胁我？”

司晚显然也意识到自己的逻辑不对，但现在已经无法正常地思考了，只喊着要与白文清同归于尽，然后直接挂了电话。

此刻，世纪广场大厦的顶楼，司晚正拉着白文清站在楼顶的边缘。

只要司晚再往前走一步，她和白文清就必死无疑。

司晚看了看楼下，又看了看白文清，咬牙切齿地问：“你做不做手术？”

白文清平静地看着司晚的脸，道：“不做。”她语气平静，内心没有丝毫波澜，似乎根本不在意生死。

司晚快被她逼疯了，将刀架在她的脖子上：“你做不做？”

“不做！不管你问多少遍，我都不做。”白文清已经感觉到脖子上流出了鲜血，传来一阵刺痛，但还是非常坚持自己的想法。

凌越的态度告诉她，她跟司晚合作就是个错误。她不想再搭理司晚了，也不想再修复出一张那么像金绾的脸。现在，连儿子都不要她了，她觉得自己是生是死已经没有什么关系了。

在司晚说要跟她同归于尽的时候，她的内心十分平静。她觉得一切都无所谓了。

白文清站得笔直：“你拉着我死吧，干吗给顾安心打电话？司晚，你的脑子真的不正常！”

“我要让她过来，要拉着她一起死！”司晚喊道。

司晚越来越嫉妒顾安心，明明自己才是顾家千金，但为什么自己会变成人人喊打的整容女，而顾安心则成了被万千女性羡慕的总裁夫人？

白文清突然笑了：“你的脸变形了，脑子也跟着变形了吧？她现在恨我还来不及，说不定就在家等着我们同归于尽的消息呢！”

司晚愣了一下，突然感觉白文清说得有道理。但她又气不过，于是将白文清的头和自己的头狠狠地撞了两下！

白文清被撞得头晕眼花，咒骂司晚该被送进精神病院！

司晚见白文清终于生气了，顿时哈哈大笑起来。

清美整形医院的人发现克丽丝很久没有回来了，便去找她。最终有人找到了天台，看到了司晚和白文清。

白文清的脖子上已鲜血淋漓，虽然她没有被司晚割到大动脉，但多处破了皮。而司晚好像在玩弄一个玩具，把白文清弄得四处流血。

小护士吓得尖叫起来，立马叫来了更多的人。

司晚的精神状态已经不太对劲了。她俨然疯了，围观的人越多越兴奋。

“还有人吗？快多叫些人过来看！”司晚用水果刀在白文清的脸上比画着，“我要给你们现场表演，让你们看看一个人的脸是怎么被毁掉的！”

司晚的脸现在已经完全不能看了，丑陋无比。她见白文清五十岁依旧保养得这么好，嫉妒得发狂，决定毁了白文清的脸！

听到这话，大家震惊了，而司晚更加兴奋了。

“顾安心呢？顾安心来了没有？快让她看看我的精彩表演！我要吓得顾安心生不出孩子，哈哈哈！”司晚疯狂地笑着，白文清则绝望地闭上了眼睛。

“住手！”突然，一个温和又严肃的女声响起。

白文清听到声音睁开眼睛，看到了刚赶到的顾安心。

白文清的瞳孔骤然放大，她根本没想到顾安心会过来。

她闭上眼睛又重新睁开，确定顾安心真的过来了！顾安心不是应该待在家里，等着她和司晚同归于尽的“好消息”吗？为什么顾安心的眼里会有一丝担忧？

白文清的心里五味杂陈，她不知道要怎么面对顾安心。

“司晚，你冷静一点，不做修复手术大不了丑一点，但如果挟持了人质，就等于绑架，是要被追究法律责任的！”顾安心道。

跟顾安心一起过来的柳然一个劲地劝顾安心回去：“太太，先生已经在赶来的路上了，他让您先回家，您还是先下楼吧！司晚对您的恨意太深，我怕她突然冲过来伤害您。”

顾安心瞥了柳然一眼：“你没看到现在的情况吗？只有我能吸引司晚的注意力，不然她随时会下手划破白阿姨的脸。”

“可是您……”顾安心说得确实没错，柳然一时不知该怎么劝。

另一边，司晚发疯地笑道：“我连死都不怕，你以为我会害怕承担法律责任？”

“哦，是吗？你不怕死？那你跳一个给我看看！”顾安心冷静地道。

司晚回头，看见自己所站位置的高度，吓了一跳，下意识地往里面挪了挪。

顾安心看到她的动作，知道自己猜对了，司晚压根就舍不得死。一个真正想死的人不会这么在意修复手术。

司晚被顾安心说中了，她确实不想死。她想做修复手术，还想威胁白文清给她生活费，但白文清不干，她只能走这条路。

现在剑已出鞘，收不回来，司晚盯着顾安心，越发恼怒，吼道："顾安心，你给我过来！"

柳然听到这话，下意识地挡在顾安心前面。他是绝对不会让顾安心过去的，不然等凌越来了，他就死定了！

见顾安心迟迟不过来，司晚越发暴躁，开始拿刀在白文清的脸上划。

这次她不是虚张声势，直接一刀划了下去，一道长长的口子出现在白文清的脸上。

白文清尖叫起来，众人纷纷吓得倒吸一口凉气，光听声音就知道白文清有多痛。

但现在已不是疼痛的问题了，司晚已经疯了。司晚见顾安心仍然无动于衷，又在白文清的脸上划了一道口子。

白文清叫了起来，脸上、脖子上已被鲜血染红，看上去触目惊心！

柳然这时接到凌越的电话，凌越还有七八分钟赶到。

顾安心一看当前的形势，担心没等凌越赶到这里，白文清就彻底毁容了。顾安心看着司晚身后的太阳能热水器，心中有了一个计划。

"这样下去不行，"顾安心对柳然道，"等一下我站在那个阴影的位置，吸引司晚的注意力，你悄悄跑到太阳能热水器的后面，趁她不注意，制伏她！"

柳然看了一眼，难度不大，对他来说很简单。但柳然担心顾安心的安全："太太，您不会有事吧？"柳然再三确认，在得到顾安心肯定的答案之后才开始行动。

司晚见顾安心迟迟不过来，又拿出一支不知道从哪里偷来的针剂，冷笑道："这是可以造成眼内压升高的麻醉剂，我只要全部给白文清注射进去，她的这双眼睛就废了！"

白文清的双手被司晚绑住，她根本无法动弹，只能承受这一切。

“等等！”顾安心突然从人群中走出来。

司晚的动作总算是停住了。

白文清惊讶地看着顾安心，难以相信顾安心竟然不顾安危，走出来与司晚谈判。

“这样吧，既然你也不想死，我们又何必在这里纠缠呢？不如你把人放了，有什么要求我们下楼说。”顾安心道。

司晚见顾安心终于有反应了，瞪大眼睛，一脸兴奋：“你果然是在意你婆婆的，果然不忍心看她失明！”

听到“婆婆”这两个字，白文清第一次在心里衡量起自己和顾安心的关系。

顾安心是金绾的女儿，白文清在没见到安心时一直下意识地排斥安心。但现在盯着顾安心，白文清发现安心勇敢、负责任，眼里的睿智和坦然能够瞬间感染人，给人可靠的感觉。

顾安心还在不断靠近，司晚的笑声不断放大，格外刺耳。

“你不要再过来了！”白文清瞪着顾安心，突然喊道。

顾安心顿住脚步，停在原地，诧异地看向白文清。

“你不要命了吗？”白文清冲她吼。

司晚也垂下手里的水果刀，盯着顾安心道：“顾安心，要不这样吧，你跟白文清换一换？”

白文清愣住了，开始拼命挣扎。她不愿意跟顾安心换，那样自己就欠安心太多了，而且凌越这辈子都不可能原谅她。与其那样，她宁愿直接死！

“你动什么动？”司晚见白文清突然情绪激动，烦躁地扬起手，想要打她一耳光。

就在这时，司晚的身后突然出现一个身影！有人从司晚的背后猛扑过来！

司晚意识到不对劲，在被人抓住之前猛地推了白文清一把！

白文清顿时失去平衡，在众人的惊呼声中往后倒去！这里是32楼，人摔下去可能连全尸都没有！有人甚至已经捂上了眼睛，不敢看。

说时迟那时快，顾安心迅速冲过去，一把拉住白文清的手腕！

白文清悬空着被顾安心拉住了！

刹那间，顾安心感觉自己的胳臂被撕裂开了，几乎听见了筋骨崩断的声音，豆大的冷汗从额头滴下来。

但她不敢松手，一松手就是一条人命！

顾安心的汗水落在白文清的脑门上。白文清静静地盯着涨红了脸却绝不松手的顾安心，突然明白凌越为什么会毅然决然地站在顾安心那边了，也明白凌越为什么会说自己幼稚了。

凌越说得都对。

后面的人终于冲过来，帮顾安心一起把白文清拉了上来。顾安心松开手，坐在地上大口喘气。

凌越赶到时，看到的便是这样一个众人手忙脚乱的场景。他扫了白文清一眼，跑向顾安心。

“安心，你怎么了？”他紧张得要命，刚从邻市赶回来，红灯都不知道闯了多少个。

柳然把司晚绑住了，赶紧跑过来对凌越道：“先生，太太刚刚为了救您母亲，手臂应该受伤了！”

柳然话音刚落，便挨了凌越一拳。

“你是摆设吗？！”凌越怒不可遏！

柳然捂着鼻子，低头不敢反驳。他没料到司晚会突然推白文清，也承认自己确实没照顾好顾安心，心甘情愿地挨了这一拳。

这时顾安心回过神来，抓住凌越的胳臂，面露痛苦之色。

凌越的脸色都变了，他将所有注意力都放在了顾安心的身上，问：“安心，怎么了，哪里不舒服？”

“老公。”顾安心皱着眉，突然感觉一阵暖流涌出，子宫似乎在收缩，意识到不对劲后，惊慌地道，“送我去医院，快！”

“怀孕头三个月是不能提重物的，刚刚她已经达到体力的极限了，肯定要出问题。快送她去医院！”白文清突然冲过来道。

“你闭嘴！”凌越愤怒地瞪了白文清一眼，随后迅速地抱着顾安心离开。

凌越低头看着一脸痛苦的顾安心，心疼不已，不敢耽误一分一秒。白文清盯着凌越离去的背影发呆。

“克丽丝，那个就是您的儿子吗？”旁边的助理一边帮她止血，一边问。

“嗯。”白文清目露悲戚之色。

见白文清伤心，助理叹了口气道：“他怎么能那样对您说话？毕竟是您生了他、养了他。”

“他没错，是我活该。”白文清喃喃道。

“嗯？”助理有些困惑。

白文清突然推开助理，大步朝凌越追去！

“您的脸上还有伤！”

白文清仿佛没听见，追着凌越去了妇幼保健院。

伴随着楼下的警笛声，警察出现在天台。警察抓住司晚，司晚痛苦地喊疼，求警察让她先去医院修复自己的脸。然而警察不为所动，把她扔进警车，道：“早知今日，何必当初！”

此刻，凌越正紧张地带顾安心赶往妇幼保健院。

Alice 在一旁跟医院的人联系，让他们准备急诊床位。

“对，出血了，情况不太好，安心看起来很痛苦……先兆流产？好的，我们正在赶过来的路上！”

听着 Alice 的通话内容，凌越的心提到了嗓子眼，他整个人就像是个火药桶，冲着司机吼道：“开快一点，再快一点！”

过了一会儿，车子颠了一下，凌越又嫌司机开得不够稳：“你走的是什么路？你会不会开车？”

司机紧张得汗如雨下，凌越隔五分钟就要吼他一次，司机从来没想过开个车能有这么大的压力。

顾安心面色惨白，摸了摸凌越的脸，反倒安慰他：“别着急，我和宝宝都会没事的。”

“嗯。”凌越亲吻着她的手心，仿佛在给她力量，“会没事的。”

司机既快速又平稳地把他们送到了医院。他们下车的时候，顾安生已经到了。顾安生听说安心出事之后便直接往医院赶，比凌越早到两分钟。

顾安生心疼地盯着妹妹，随后斥责凌越道："凌越你怎么回事？竟然比我还慢！"

一个焦急的新爸爸已经很难伺候了，现在又来一个焦急的新舅舅，司机的衣服都湿透了。等他们进了医院的大门，司机才长舒了一口气。

顾安心被送进了急诊室，医生给她打了保胎针。

两个大男人担心得在急诊室里走来走去，虽然帮不上医生的忙，但又不舍得让顾安心离开自己的视线。

"你们别着急，我们一定尽力保住孩子，你们家属能不能先出去？"医生道。

"什么叫尽力？"凌越着急了，"你们必须保住孩子！"

凌越态度坚决，不容反驳。医生见惯了这种人，点头道："行，我尽我最大的努力。"

两个男人这才退出病房。

病房外，顾安生开始骂凌越："你到底是怎么照顾人的？她都怀孕了，你还放她满世界乱跑？"

这时，白文清刚好赶过来，听到顾安生的话，忙道："这不怪他，今天都是我的错。"

顾安生看见一脸血的白文清，吓了一跳："您是……"

Alice 识趣地走到顾安生身边，低声在顾安生的耳边解释了几句。

顾安生听明白后，顿时对白文清充满敌意，世界上哪有这样的婆婆？她不但费尽心机拆散儿子和儿媳妇，现在还可能害得儿媳妇流产！

白文清如果不是个女人，顾安生的拳头便直接挥出去了！

"今天的事我很抱歉……"白文清还没说完，凌越和顾安生同时道："闭嘴！"

他们现在不想听任何解释。

白文清愣了一下，抿着唇，不再说话。

Alice 连忙过来道："你脸上的伤必须处理一下，流了很多血。"

白文清意识到在顾安心和胎儿没有脱离危险之前，凌越和顾安生都无法接受自己的道歉。她点了点头，跟着 Alice 去处理伤口。

白文清和 Alice 走后，空荡荡的走廊里只剩下凌越和顾安生两个人。

"你放心，孩子不会有事，安心也不会有事。"凌越声音低沉，狭长的眸子里充满希望。他明明不是医生，也无法预知未来，偏要说这么笃定的话。

"希望如你所说。"顾安生阴沉着脸，不再跟凌越搭话。

两个大男人都很慌乱，但又不得不镇定下来。

在病房内忙碌了一阵之后，医生终于喊他们进去了。

凌越拉住医生的左手，顾安生拉住医生的右手，异口同声地问："怎么样？"

医生笑着动了动手腕，道："两位先放开我，病人没事。"

谁知这两人没完没了，继续拉着他问："那孩子呢？"

医生喊了一声："痛、痛、痛，孩子也没事！二位能不能松开我？"

凌越和顾安生这才松开医生，同时松了一口气，竟然还忍不住拥抱了一下。陪白文清去处理完伤口又回来的 Alice 看到这一幕，吓得以为安心怎么了，连忙举起手机，要拍下这历史性的一幕。然而这两个男人迅速意识到自己高兴到失态了，连忙松开了对方。

凌越和顾安生之间的气氛头一次这么和谐。

"恭喜我吧，我要当爸爸了！"凌越高兴地道。

"也恭喜我，我要当舅舅了！"顾安生也很高兴。

"你有什么好恭喜的？跟你没什么关系，是我的女儿。"凌越忍不住骄傲起来。

顾安生扯了扯嘴角："你怎么知道是女儿？万一是个儿子呢？你该

不会重女轻男吧？”

凌越笑了：“只要是安心生的，猴子我也喜欢，不过我有预感是女儿。父亲的预感一向准，这点你是体会不到的。”

顾安生黑了脸：“这有什么好炫耀的？到时候外甥女指不定跟舅舅更亲。”

现在这两人已经开始幻想了，就好像顾安心明天就能把孩子生下来一样。

“那不可能，我女儿肯定跟我更亲近，跟舅舅亲近是什么道理？绝对不可能。”凌越一定要跟顾安生争个输赢。

Alice在一旁听着两个霸道总裁拌嘴，觉得格外新鲜。他们难道丝毫不觉得自己幼稚？

顾安心安安稳稳地睡了一天，醒来后发现凌越守在病房里，身旁放着电脑和文件，他俨然将这里当成了办公室。

见顾安心醒了，凌越连忙放下电脑，过来给她揉手。

“医生说肌肉拉伤了，可能要半个月才恢复，这段时间你绝对不能再提东西了。”凌越一边给她按摩一边对她说。

顾安心轻笑，凌越的力道刚刚好，他按得非常舒服。顾安心很满足，点头道：“好。”

凌越把医生说的注意事项对她说了一遍，顾安心不停地点头。

“老公，我的腿有点酸，我想活动一下。”顾安心伸出双手，想让凌越扶她下床。

凌越小心翼翼地扶着她，道：“医生说这两三天最好卧床休养。如果你腿麻的话，我就带你在走廊里走一圈。”

“嗯。”

凌越拉着她在走廊散步，顾安心问了一下后面的事情，凌越说司晚被警察拘留了。

“你妈妈呢？”顾安心问。

凌越皱眉，对于白文清，他的感觉有点复杂。他一时不知道要怎么说。

昨天白文清看起来已经有了悔意，凌越感到欣慰。但白文清对顾安心做出那些荒唐事是事实，凌越没办法放下心中的芥蒂。

“我觉得你妈妈是值得被原谅的。”顾安心突然道。

凌越愣了一下，没想到顾安心比他先释怀：“可是她企图拆散我们，也因为她，我们险些丢了孩子。”

“嗯，她做这些确实很令人讨厌。”顾安心道，“若不是因为她是你妈妈，我是不会去天台的。”

她突然把实话说出来，鼓着一张脸，生气的样子既真实又可爱。

凌越失笑：“那你还拼了命地救她？”

“她救我一命，我也救她一命，这下我还清了。”顾安心道。

凌越不得不提醒她：“你这下可把人感动坏了。她昨天直接跟着过来看你，都忘记她的脸上有伤口要处理了。”

“那怎么办？我可不知道怎么跟她相处。”顾安心想了想，感觉自己和白文清之间的气氛还是有些尴尬。

“随便你。”凌越道，“你若不愿意理她，我也支持你。”

“要不这样吧……”顾安心想到了办法，“她若给我抛来橄榄枝，我便接着；她若懒得主动与我联系，我就当没这个婆婆。”

凌越点头：“都可以，你高兴就好。”

他们说完便准备回病房了。就在这时，顾安心一转头，竟然看见白文清在不远处盯着他们发呆。

白文清脸上的伤口应该处理过了。她戴着口罩，但从衣着和发型便能看出来，那个人就是她。

她提着一个银色的保温桶，见凌越和顾安心看到了自己，当即转头走了。

凌越和顾安心对视了一眼，白文清的橄榄枝是不是抛得太远了？

顾安心以为白文清也在犹豫该怎么处理她们之间的关系，回到病房后才发现桌子上放着那个银色的保温桶。

顾安心打开保温桶，立马有一阵浓郁的香味飘来，令她食欲大增。

顾安心尝了一口，排骨香嫩，汤汁鲜美，味道很好。

顾安心抬头笑了起来，打了清美整形医院前台的电话。

“喂，你好，这里是清美整形。”

“可以帮我带句话给克丽丝吗？”

接电话的人声音甜美：“好的，没问题，您说。”

顾安心：“我姓顾，想跟她说谢谢。”

“好的，我一定带到。”

第二十四章

/

余生有你

顾安心住院保胎一周，银色保温桶从未缺席。

而凌越这段时间也表现得格外小心翼翼，就连小护士一不小心把棉签掉在顾安心的身上，都要被凌越教训半天。

“你今天掉棉签，明天就要掉针头了。医护工作者能不能小心点？这个还需要我提醒你吗？”

小护士愣是被凌越说哭了。

顾安心连忙安慰小护士：“不好意思，我先生是太紧张了，等过了这段时期就好了，你多担待。”

小护士这才吸着鼻子点头走了。

但顾安心没想到，凌越的紧张心情一直保持着，不但没缓解，反而越来越严重了。凌越恨不得所有人都用自己的语气跟顾安心说话，温柔地待她。

另外，凌越非要把旁边的几个病房都包下来，说怕别的病人传染什么病毒给他的老婆和宝宝。

顾安心住院这几天，偶然听到别人讨论他们，说凌越恨不得弄一片云过来，把她放在云上面飘着。

顾安心哭笑不得，回到病房里，见凌越正在工作，好笑地看了他半天，最终决定严肃认真地批评他一番！

“老公。”顾安心往他的嘴里塞了一颗樱桃。

“嗯。”凌越咬住，抬头看了她一眼，继续看手里的策划案，“怎么了，又无聊了？”

“我刚刚在外面，他们说你想弄一片云过来，把我放在上面飘着。”顾安心道。

凌越扬了唇角：“他们的形容有点意思。”要真有那种云，他还真想弄一片过来。

“老公！”顾安心把他的脸转过来，让他面对自己，“别人的意思是你紧张过头了。孩子会健康长大的，你应该让紧绷的神经放松一些。”

顾安心抱着他，一双亮晶晶的眼睛仿佛会说话，既灵动又漂亮。

凌越不说话。顾安心又给他喂了一颗樱桃，说：“好不好？”

“好。”凌越说完突然皱眉，道，“酸。”

“酸吗？我尝尝。”

顾安心刚要伸手再拿，凌越突然压住她的后脑勺，朝她吻了过来。

顿时，顾安心的唇齿间都是樱桃味。

Alice站在病房外，本来准备把自己带来的文件拿给凌越签字，一不小心在门缝中看到了少儿不宜的画面，犹豫了一下，还是决定不打扰总裁大人了，不然她怕自己被发配去非洲。

Alice坐在走廊里的长椅上，一边处理手上的事情，一边等凌越出来。

这时走廊的尽头走过来两个人，一路打听着找到了顾安心的病房。他们正要敲门，Alice出声阻止道：“不好意思，这个病房不允许随便敲门。你们是？”

那两个男人转过身来，Alice这才认出来其中一个是大川漫画的老板夏大川。

“夏总编？”

夏大川连忙客气地跟她打招呼。

Alice揶揄道："夏总编，我们凌太太这次真的不能再给您画漫画了，上次他们夫妻就险些因此闹矛盾。而且她最近要保胎，身体比较虚弱。"

这种时候，凌越就算家里揭不开锅了，也不会允许顾安心再给人打工赚钱了，更何况盛世集团的生意做得风生水起呢？

夏大川连忙摇头："您误会了，我这次来不是为了催稿，是为了一个重要的合作，顾小姐听了一定会高兴的！"

Alice看了一眼紧闭的病房门，摇头道："再重要也得等等。"如果他们打扰凌越的好事，后果不堪设想。

Alice给了个眼神，让夏大川自己体会。无奈夏大川根本体会不到："真的很重要啊，我们最好能现在见到顾小姐。"

"那您敲门吧，到时候看见什么少儿不宜的画面了，别怪我没提醒您。"Alice做了个"想敲随便敲"的手势。

夏大川这才明白过来，不好意思地挠了挠头："那我们还是在这里等等吧。"

Alice失笑："您有什么事？如果很急的话，您可以先告诉我，说不定我能帮您处理呢？"

夏大川点头："是好事。"他连忙给Alice介绍了自己身边的男人，道，"这位是金曼影视公司的制片人何总，他们公司看中了顾小姐的漫画，想把漫画改编成电视剧。这次何总就是特意来找顾小姐商量版权合作事宜的。"

何总伸手跟Alice握手："您好，我是何明。我们公司特别希望能和顾小姐合作，这对我们双方来说都是一件好事。"

Alice点头："这确实是一件好事。"

不过Alice转念一想，那本漫画的男主角好像是以凌越为原型的，凌越会同意这个故事被搬上荧屏吗？

"好事是好事，就是不知道我们先生会不会同意。"Alice话锋一转。

何明以为Alice这样说是想为顾安心争取更多的利益，立马承诺道："Alice小姐，价钱这方面您放心，我们这次的收购价，绝对是业内的最高水平。而且，我们很看好这部剧的市场，会用高投资制作出一部高质量的影视剧。”

“我也很看好这部剧的市场，毕竟是我们凌太太写的。拍了后，你们随时能借我们总裁的关注度上热搜。但你要知道，我们太太不缺钱，这个合作能不能成功，全看先生和太太的心情。”Alice 道。

何明一开始还以为只要花高价就能成功地收购版权，现在听 Alice 这么说，顿时没有信心了。是啊，论有钱，自己肯定比不上凌越。

“那Alice小姐到时候能不能帮我在凌总面前说说？漫画作品能开拍，对凌太太今后的职业生涯有很大的益处。”何明怕凌越真的不同意。

Alice 笑道：“我们老板应该更希望太太没有职业。”

何明：“……”这还怎么谈？

何明看中了漫画的人气，像这样一本大火的漫画，谁拍谁赚钱。他们不能放任这样一个赚钱的好机会溜走。何明甚至还打算给顾安心分成，让她参与影视剧制作。

Alice 在一旁听到后不由得暗笑，自己的几句话竟然给顾安心多争取了好几百万元，这钱未免太好赚了。由此可见，太太的漫画果然很火。

他们等了几分钟，里面的凌越和顾安心也听到了门外的动静。

凌越开门看到夏大川后，表情不太友好：“夏大川，你又来干什么？”凌越说完便要 Alice 送客。

顾安心也不好意思地对夏大川笑了笑：“夏总编，我不画了，等明年再说吧。”

夏大川尴尬地摸了摸头：“放心，我这次不是来催稿的。”

“嗯？”凌越诧异，“那你来干什么？”

夏大川连忙把何明介绍给他们，并说明了来意。

顾安心十分惊喜，没料到好消息来得这么突然！那本漫画就像她的孩子，她看着它成长，看着它被越来越多的人认可，像母亲一样欣慰。

现在她听到有人竟然愿意把这本漫画搬上荧屏，眼睛都亮了。

“真的吗？”顾安心激动地道。

“是的，顾小姐，我们承诺会将您的漫画打造成一个超级大 IP，拍成电视剧之后绝对能够在同类题材中登顶。您的漫画本就有很多粉丝，是很容易出成绩的。我没有让影视作品红遍全球的把握，但是至少能够让它大火！”

何明很激动，想要与顾安心握手，但是看了一眼旁边目光凌厉的凌越，又收回手。

“太好了！将作品改编成影视剧是很多作者的梦想，我也不例外。”顾安心刚要同意，然而下一秒凌越一盆冷水泼了过来。

“不拍！”

顾安心诧异地看向凌越：“你干吗？这可是个千载难逢的好机会，你不要捣乱。”

凌越当然有自己的原因：“拍影视剧是一个很漫长的过程，大项目从剧本到拍摄结束至少需要一年，他们又需要你作为编剧参与其中。当中的工作量你考虑过吗？你现在情绪不能有任何波动，不能工作，也不能有任何压力，你知道吗？”

顾安心沉默了，她有做编剧的朋友，知道工作量确实不小。

凌越当即拍板，对何明道：“这件事我们需要再考虑一下。”

何明是个知趣的人，既然凌越这么说，自己也不好再强求。何明不想把版权方逼得太紧，不然合作起来不愉快。

不过，何明还是想要顾安心的微信号，方便以后联系。

凌越直接把自己的手机拿出来，对何明道：“这件事暂时由我代理。”

何明意外地成了凌越的微信好友，激动地点头道：“好的，那就麻烦您考虑一下了。”

夏大川也十分期待顾安心的作品能被拍成影视剧，临走前帮何明说了几句好话。

顾安心的漫画是在大川漫画上连载的，如果这次改编能够火爆，那么就给大川漫画开了个影视改编的好头，之后，大川的漫画作品在影视这块就能走得更加顺畅了。

顾安心点头：“我会好好考虑的，我们保持联系！”

他们一走，顾安心便掐了凌越一把：“你干吗对人家那么冷淡啊，万一人家后悔了不签了怎么办？我好想参与其中！”

“小傻瓜。”凌越捏了捏她的鼻子，“你不知道你的作品有多火，是他们要求你，而不是你求他们。”

顾安心啊了一声，有些惊讶：“是吗？”

凌越拉着她出门：“医生说你每天需要散散步，我们边走边说。”

“好吧。”顾安心牵着他往外走，“这是个千载难逢的机会，我不能错过。”

“你的作品从网络点击量来说，超过同类作品百分之九十五；从话题热度来说，超过同类作品百分之九十八；从题材的可取性来说，当前正是漫画改编盛行的时候，相关政策十分支持。综上所述，你这本漫画改编之后一定赚钱，谁拍谁赚钱，我们根本不用上赶着跟他们合作。”凌越分析道。

听完凌越这番话，顾安心目瞪口呆。按照这个道理，她还真是不用着急，一定会有很多影视公司抢着要她的漫画。

“可是他们给的价钱已经很高了，我觉得差不多了。”顾安心道。

“价钱确实还不错，但是你的身体条件不允许。”凌越摇头。

说来说去，凌越还是担心她和孩子。

顾安心停下脚步，抱住凌越：“老公，你对我真好。”

“所以你理解我了，不拍了？”凌越低头看着她。

顾安心笑着摇头：“不，我还是想拍。”

凌越顿时黑着脸道：“等你生了后再拍。”

“不，我现在就要拍。正好怀孕期间你不让我画画，我没事就去剧组待一待，多惬意。”

“剧组惬意？”凌越重重地叹了口气，“小祖宗，你没看过娱乐圈的花边新闻吗？世界上最乱的圈子之一就是娱乐圈，里面鱼龙混杂，什么样的人都有。你去剧组了还想惬意？”

他哪里知道，顾安心听完不但不害怕，反而还眼前一亮。

“那岂不是有很多素材给我收集？听你这么一说，我已经迫不及待了呢！”

凌越脸都黑了，后悔自己话太多了。

“让我签，让我签……”顾安心尝试说服他，“签了后我的心情会跟着变好，说不定生出来的宝宝水灵灵的，特别爱笑。爱笑的孩子运气都不会太差哦！”

凌越戳了戳她的肚子，对宝宝说：“你怎么能有个这么不安分的妈？”

最后，顾安心、凌越达成协议，必须等胎儿的情况稳定了，等顾安心的身体没有任何不适状况了，她才可以适当地参与剧本的改编工作。一旦顾安心的身体有任何不适，她就得立刻回家休息！

顾安心觉得这已经是凌越这个“好爸爸”做出的最大的让步了，便一口答应了。

很快，三个月过去了，顾安心和宝宝的情况都非常稳定。

白文清经常来看望她，给她传授一些初为人母的经验。她们婆媳的关系越来越好，顾安心的心情也每天都很好。

在凌越确认合同没有问题后，漫画改编的事情就这么敲定了，顾安心很快跟何明签了合同。何明担任制片人，筹集了一大笔投资，这部剧将是实打实的大制作！

剧本阶段，顾安心基本担任的是顾问的角色。剧本遵从漫画的设定，由另外两个编剧进行剧情拆分，顾安心来取舍剧情并确定最终的剧本。

在顾安心怀孕五个月的时候，剧本已经基本确定了，接下来剧组开始招募演员。

何明为了征求顾安心的意见，特地登门拜访。

“演员方面，顾小姐有没有特别中意的？我们公司可以争取看看。”何明问顾安心。

“江孜浩！”顾安心双眼放光，“他的外形我非常喜欢，而且气质也不错，有一种贵公子的疏离感，跟我的男主角很符合。另外，我觉得他的演技在同年龄段的男演员中是最好的。如果我们能让他来出演这部作品的话，就太好了！”

顾安心说到江孜浩的时候，甚至还激动地搓了搓手，刚下班回来的凌越正好看见了这一幕。

“江、孜、浩？”凌越一字一顿地将名字念了出来。

何明本来还想说可以去争取江孜浩试试，现在见凌越这样，顿时不敢说话了。

凌越在顾安心的身边坐下来，问："我怎么不知道你这么喜欢这个男人？真想一睹他的风采。"

凌越的话几乎是从齿缝中挤出来的，他哪里是想目睹江孜浩的风采，分明就是想整一整江孜浩！

"那就是个男明星而已，我怎么闻见了酸酸的味道？"顾安心笑着抱紧凌越，道，"在我的心里，最符合男主角的人当然是老公你啦！可惜你不能出演，不然男主角肯定是你！"

"是吗？"凌越听了顾安心的话，脸色才稍微好了一些，转头看向何明："我能演吗？"

何明擦了擦额头上的冷汗："这……"就算您能演，您大总裁这身价，我们公司也请不起啊……

顾安心看着何明笑了笑："他开玩笑呢，你别理他。我心中的男主角人选就是江孜浩，你们尽量争取吧，如果实在争取不到就算了。"

见凌越这回没说话，何明才在意向男主角的姓名栏中填上了江孜浩。

"女主角这边，投资人那边的意向是馨儿，不知道顾小姐有没有意见？"何明道。

"馨儿！"顾安心听到这个名字更惊喜了。馨儿作为新生代演员，最近在内地非常火，既有实力，关注度也很高！

馨儿出道的前几年一直在国外发展，好莱坞大片没少拍。对一个新人来说，她的起点非常非常高。

她自己也十分争气，一进内地演艺圈，便凭借一部时装剧大红大紫。这段时间她的宫斗剧又上映了，在黄金时段播出，收视率在同时间段的电视剧中最高。

如果馨儿能演女主角的话，顾安心对这部剧就更有信心了！

"当然可以了，真的能请到她吗？"顾安心对这个阵容很满意。

何明点头："概率还挺大，听说这段时间馨儿小姐在休息，没有接剧本，但我相信她不会错过这样的好剧本。"

何明先后与馨儿、江孜浩洽谈，结果果然不出他所料，馨儿和江孜浩都答应了!

接下来就是拍摄阶段。

由于顾安心已经怀孕七个月了，挺着大肚子，不方便进组，基本都是远程跟其他人开剧本会议。

顾安心偶尔兴起时，也会去剧组探班，不过出门时基本都有凌越陪同。

等到她怀孕八个月时，凌越便不让她随便出门了。

为了守着她，凌越后期更是直接把办公地点改到了家里。

对此，萧一山有一肚子意见。

有一次他实在忍不住了，打电话向凌越吐槽道："凌大总裁，这公司你到底还要不要了？你倒是天天享受着当好爸爸的快乐，我都快累死了，要帮你开月度会、季度会、年会，还要帮你开项目会、高管会，还要……你怎么不上天呢？我也要时间谈恋爱好吗？你要是再不回来干活，我就走人，不干了！"

萧一山太憋屈了，凌越当爹就了不起吗?

事实证明，当爹就是了不起。

凌越嘚瑟地道："有本事你明年也当个爸爸，我给你放半年的假。"

萧一山顿时不说话了。他的女朋友郑婉如在娱乐圈正处于事业的上升阶段，不想公开恋情，更不会在明年给他生孩子。萧一山气得不行，直接挂断了电话。

凌越被萧一山逗乐了。但为了避免失去一个能干脏活、累活的好帮手，凌越还是决定偶尔回公司看看。

他不放心把待产的顾安心单独留在家里，每次都要带她一起去上班。

他在办公室里放了一张足够柔软的沙发椅，这是顾安心的专座。

顾安心的肚子有动静时，她正瘫在沙发椅上追电视剧，嘴里还嚼着坚果。

凌越正在外面的会议室开会。

突然，顾安心感觉不对劲，下身有一股暖流涌出来。

她嚼坚果的动作立刻顿住。因为孕期已经和凌越一起学习了不少生产知识，她知道自己现在可能羊水破了！

顾安心迅速躺平，一边深呼吸一边给凌越打电话："老公，羊水破……破了！"

正坐在会议室里的凌越突然站起来，在场的其他高管吓了一跳，纷纷看向凌越。

只见凌越脸色都变了，总裁大人变成了毛躁小子，对他们说了一句"散会"之后便立马跑了！

他们从来不曾见总裁这般着急，有人没忍住把这一幕录下来，后续竟然把其做成了一个表情包。

而此刻成为另类的凌越，眼里已经没有其他人了，他直奔办公室，用最快的速度把顾安心送去产房。

路上，凌越一直鼓励顾安心："别怕，我陪着你。"

顾安心看他明明紧张得要死，却假装放松的样子，没忍住笑了："你能不能自然点？"

凌越扯了扯嘴角："现在自然了吗？"

结果，直到顾安心被推进产房，凌越的表情都没能恢复自然。他太紧张了，即使在尽量控制自己，还是忍不住发抖，手根本不知道往哪里放。站在产房门口的每一秒钟，对他来说都是煎熬。

白文清和凌天先后赶过来，两人虽然还没有冰释前嫌，但共同等待孙子出生，偶尔也交流几句。

顾安生正好在国外出差，每隔三分钟打一次电话过来。凌越被他打电话的频率弄得更加紧张了，干脆直接关机！

顾安生气得要命，转而打电话给保镖柳然："凌越就是存心破坏我和外甥女的感情！"

柳然很无奈，但又不好学凌越直接关机，只能默默忍受。

三分钟后。

顾安生："柳然，生了没？"

又过了三分钟。

顾安生："柳然，生了没？"

…………

等到天快亮了，终于有一阵婴儿的啼哭声划破长空！

凌越顿时感觉轻松了，听着婴儿的哭声，总算不再紧张了。

看到孩子的那一刻，凌越感觉整个人生都满足了。那样小小的一团，皱巴巴的，挥舞着小拳头，看起来既脆弱又有活力。

“恭喜凌先生，是个小公主！母女平安！”

凌越终于露出欣慰的笑脸，让凌天他们陪着孩子，自己则进了产房。

护士一边走出产房，一边笑着讨论——

“我见过好多产后就不管妈妈的，一家人围着孩子转，特别是新生儿的爸爸。但是凌先生明明那么喜欢孩子，还是要先看妈妈，这样的男人真好！”

“你都不知道，我中途出来了一次，凌先生那眼神，仿佛生孩子痛的不是里面的老婆，而是他自己。”

产房里，顾安心累极了。

她刚闭上眼睛，便感觉有一只熟悉的手在抚摸着她的脸。这熟悉的感觉令顾安心不用睁开眼睛，就知道来的人是谁。

但她现在没力气说话，只是闭着眼睛，弯起嘴角，示意自己还没睡着。

“谢谢老婆，谢谢。”凌越轻吻着她的眼眸，薄唇颤抖，既兴奋又心疼。

他知道顾安心十月怀胎有多辛苦、心酸，孕早期，她吃了就吐，吐了又强迫自己吃，打针打到手背全是青紫的针眼。孕后期，她下肢浮肿，腿经常抽筋，天天带着个十斤重的肚子，累到小脸苍白。

但她始终保持微笑，进产房时还不忘叫他放松，提醒他表情自然点。

凌越有些哽咽：“她像你一样漂亮。我希望，她也如你一样善良、坚强。”

顾安心的嘴角弯起最完美的弧度，她说：“好。”

余生有你们，真好。

精彩片段

机舱内充满了粉色的光斑，光斑中跳跃着“love”的字符，地上用爱心指示着方向。顾安心下意识地顺着指示的方向走去。

第一排有乘客递了一枝玫瑰过来，顾安心惊讶地接住了。

她继续往里走，第二排有玫瑰，第三排也有……

她越往前走越紧张，心如小鹿乱撞，撞得她整个人都发抖起来。

顾安心最终收到了一大捧玫瑰，也看见了从后面走出来的凌越。

他走到顾安心面前，缓缓屈膝，单膝跪地，拿出早已准备好的“情人眼”戒指，直直地盯着顾安心的眼眸，问：“安心，我可以帮你戴上吗？”

周遭安静下来，仿佛只剩下了顾安心和凌越。

顾安心盯着凌越深邃的眼眸，脑子里闪过初见他的场景、带他回家的场景、他不告而别的场景、他们争吵的场景以及属于他们的无数个幸福的瞬间……

顾安心默默地想：一路走来，庆幸有你。

两行眼泪悄无声息地滑下，顾安心哽咽着点头：“好。”

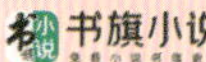